Jakob Arjouni ***DIE KAYANKAYA-ROMANE***

JAKOB ARJOUNI

DIE KAYANKAYA ROMANE

HAPPY BIRTHDAY, TÜRKE!

MEHR BIER

EIN MANN, EIN MORD

BÜCHERGILDE GUTENBERG

Lizenzausgabe für die Büchergilde Gutenberg, Frankfurt am Main und Wien, mit freundlicher Genehmigung der Diogenes Verlag AG, Zürich · Schutzumschlag- und Innentitelgestaltung Elisabeth Hau, Stuttgart · Herstellung Thomas Pradel, Frankfurt am Main · Schrift Ehrhardt 9,5/12 Punkt sowie Avant-Garde schmalfett (elektronisch schräggestellt) als Auszeichnungsschrift · Satz LibroSatz Johannes Witt KG, Kriftel · Druck und Bindung Kösel GmbH & Co., Kempten · Printed in Germany 1992

ISBN 3 7632 4089 6

INHALT

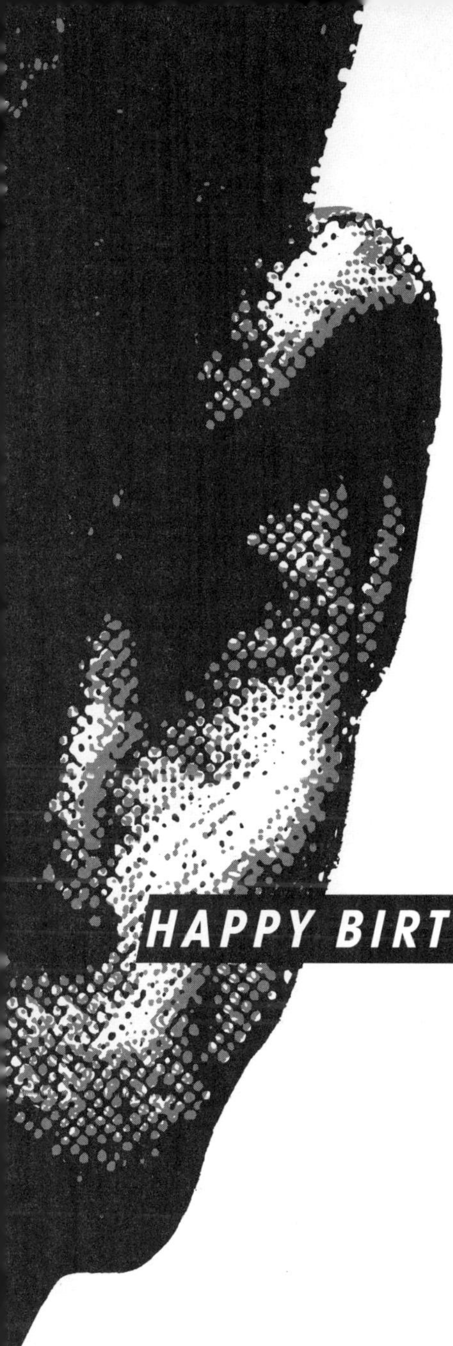

HAPPY BIRTHDAY, TÜRKE!

ERSTER TAG

Es summte unerträglich. Immer wieder schlug meine Hand zu, doch sie zielte schlecht. Ohr, Nase, Mund – unerbittlich griff sie alles an. Ich drehte mich weg, drehte mich wieder zurück. Keine Chance. Mörderisch.

Endlich schlug ich die Augen auf und ortete die verdammte Fliege. Dick und schwarz saß sie auf der weißen Bettdecke. Ich zielte anständig und stand auf, um mir die Hand zu waschen. Den Spiegel mied ich. Ich ging in die Küche, setzte Wasser auf und suchte Filtertüten. Das lief noch eine Weile so, bis heißer Kaffee vor mir dampfte. Es war der elfte August neunzehnhundertdreiundachtzig, mein Geburtstag.

Die Sonne stand schon weit oben und blinzelte mir zu. Ich trank Kaffee, spuckte Satz auf die Küchenkacheln und versuchte, mich an den letzten Abend zu erinnern. Ich hatte mir eine Flasche Chivas geleistet, um den folgenden Tag in angemessener Weise einzuleiten. Das war sicher, denn die leere Flasche stand vor mir auf dem Tisch. Irgendwann war ich losgetrottet, um mir Gesellschaft zu suchen. Schließlich hatte ich einen Rentner gefunden. Er wohnt zusammen mit seinem Dackel im Stockwerk über mir. Ab und zu spiele ich ein paar Partien Backgammon mit ihm. Ich war ihm im Hausflur begegnet, als er gerade mit seinem Hund pinkeln gehen wollte.

»'n Abend, Herr Maier-Dietrich. Wie wärs mit 'ner Stunde unter Männern, im Beisein einer Flasche Feuerwasser?«

Er willigte ein, und wir verabredeten uns für später.

»Passen Sie auf, daß niemand aus Versehen auf den Hund tritt«, rief ich ihm hinterher, aber er hatte es wahrscheinlich nicht mehr gehört.

Ich schaute mir ein Dutzend Tote im Fernsehen an und goß das erste Glas Chivas in die Leber. Dann klingelte Maier-Dietrich und hinkte in die Wohnung. Der Russe habe ihm das Bein gemopst, erzählt er mir oft, nicht ohne Witz.

Der Abend war verlaufen wie erwartet. Wir sprachen über Autos, die wir nicht bezahlen, und Frauen, die wir nicht beschlafen konnten. Er sowieso nicht mehr. Später klauten wir dem Gemüsehändler im Erdgeschoß noch zwei Flaschen Mariacron aus dem Keller und waren irgendwann danach bewußtlos in die Betten gefallen.

Ich schlürfte meinen Kaffee und starrte die leere Flasche an. Geburtstag. ›Na ja‹, dachte ich mir, ›wär schon schön, wenn irgend jemand mit Geschenk und Kuchen reinplatzen würde.‹ Mir fiel allerdings niemand ein. Herr Maier-Dietrich konnte aufgrund der letzten Nacht nur schlafen oder tot sein. Im übrigen kann er nicht backen und würde, die gemeinsame Nacht vergessend, mir wahrscheinlich die angebrochene Flasche Mariacron schenken.

Ich holte eine offene Büchse Heringssalat aus dem Kühlschrank und stocherte mißmutig drin herum. Die blaugrau schillernde Haut der Fischstücke glänzte im Sonnenlicht. Eine halbe Flosse lugte zwischen zwei Gurkenstückchen hervor.

Ich schmiß die Büchse in den Abfall, machte eine Flasche Bier auf und zündete mir eine Zigarette an.

Irgendwo pfiff ein Wasserkessel, und der Ton schnitt mein Hirn in Scheiben.

Dann klingelte das Telefon. Ich kroch hin und nahm ab.

»Heinzi, bist du es?« kreischte die Muschel. Ich heiße nicht Heinzi, möchte auch nicht so heißen, flötete aber ein fröhliches »Ja«.

»Heinzi, mein Heinzi, ich bin so wahnsinnig glücklich, deine Stimme zu hören. Ich habe gestern den ganzen Abend versucht, dich zu erreichen, aber du warst nicht zu Hause. Weißt du, was passiert ist?«

Ich wußte es nicht.

»Ich war beim Arzt, du weißt schon, und was glaubst du, hat er gesagt, Heinzi? Heinzi?!«

Noch einmal ermunterte ich sie mit einem erwartungsvollen »Ja«. Es funktionierte.

»Er hat gesagt, ich kriege ein Baby!«

Ich bekam Angst, sie würde mir durchs Telefon an den Hals springen.

»Ein Baby, Heinzi! Verstehst du?! Endlich hat es geklappt, wo wir es schon fast aufgegeben hatten! Heinzi, ich bin ja so glücklich, und siehst du, ich hatte doch recht, man muß es nur wirklich wollen!«

Ich überlegte, wie man diesen Heinzi warnen konnte.

»Heinzi, Liebling, sag doch was! Bitte!«

»Imbißkette McDonald's, Abteilung Fishburger und Apfeltaschen. Guten Tag.«

»Was? Ach, das bist du gar nicht? Entschuldigen Sie, falsch verbunden.«

Wir legten auf. Meine Ohren sausten noch, während ich, um langsam wach zu werden, unter der Dusche stand. Das Telefon klingelte noch zweimal. Heinzi mußte ihr eine falsche Nummer gegeben haben.

Rasiert und angezogen, schüttete ich den Rest Bier in die Spüle und verließ die Wohnung.

Im Briefkasten lagen eine Aufforderung, Schweinekoteletts, Badeanzüge und Zahnpasta zu kaufen, und der Prospekt eines Bestattungsinstituts. Sonst nichts.

Ich kritzelte ein freundliches ›Guten Morgen‹ auf den Prospekt und schob ihn in den Briefkasten von Herrn Maier-Dietrich. Die Haustür flog auf. Herein stolperte der Gemüsehändler, bepackt mit Bananen. Statt eines Grußes murmelte er irgendwas von unnützem Gesocks, um dann schnell in seiner Wohnung zu verschwinden.

Ich zündete mir eine Zigarette an, trat auf den schwitzenden Asphalt hinaus und fand meinen grünen Kadett ein paar Häuser weiter im Halteverbot stehen. Ich hatte doch Post. Sie klebte unter dem Scheibenwischer. Die Hitze lag über der Stadt, und das Autoblech glühte. Nachdem ich mir fast die Finger verbrannt hatte, saß ich im Wagen. Es war eine Luft wie in der Sauna, wenn jemand seine dreckigen Socken liegengelassen hat.

Ich fuhr los und genoß den lauwarmen Fahrtwind. Es war elf Uhr, die Straßen lagen verlassen da; die Menschen vegetierten in ihren Büros vor sich hin oder lagen im Schwimmbad. Nur ein paar Hausfrauen schlichen mit Einkaufstüten über den Bürgersteig. Ich zwängte den Kadett in eine Lücke, zwei Straßen von meinem Büro entfernt.

Es liegt am Rand der Frankfurter Innenstadt, gut beschützt von einigen tausend Amerikanern, die nach dem Krieg dort ihre Wohnkartons hochgezogen haben. Stacheldrahtgerahmt zieht sich der grüne und gelbe Putz kilometerlang durch die Gegend, hin und wieder unterbrochen von schmierigen Hühner-Inns oder Hamburger-Depots.

Gegenüber dem Büro ist eine kleine Bäckerei. Ich ging hinein, um etwas zum Frühstück zu besorgen.

Hinter der Theke stand die dicke Tochter des Chefs, eine stattliche Reklame für den Teig ihres Vaters. Sie trug ein freizügig geschnittenes Kleid, und man sah, wie sich die beigen Riemen ihres Büstenhalters in die rosa Haut drückten. Ich wartete, bis eine ältere Dame Kuchen für mindestens hundert andere ältere Damen ausgesucht hatte und säuselte: »Was haben Sie denn so tortenmäßig anzubieten, Verehrte?« Es war immerhin Geburtstag.

»Sacherdort, Schwarzwälderdort, Rumdort, Brinsrechendedort un Sahnedort«, sabbelte sie munter, beugte sich dann vor zu mir und zischelte: »Die Rumdort hat de Baba versaut.«

Ich entschied mich für zwei Stück Sachertorte, holte noch eine Tüte Kaffee aus dem Regal, zahlte und zwinkerte ihr geheimnisvoll zu; über die Straße ging ich dann zum Haus Nummer dreiundsiebzig.

Mein Büro liegt im dritten Stock eines mittelgroßen, hellbraunen Betonhaufens. Ich schaute auch hier in den Briefkasten, aber wieder nichts. Flur und Treppe rochen nach Desinfektionsmittel. Aus der Zahnarztpraxis im zweiten Stock hörte man leises Wimmern. Ich schmiß den Briefkasten zu, kletterte die Treppe rauf und steckte den Schlüssel ins Loch der Eingangstür.

KEMAL KAYANKAYA
PRIVATERMITTLUNGEN

Privatdetektiv war ich seit drei Jahren. Türke von Geburt.

Mein Vater Tarik Kayankaya und meine Mutter Ülku Kayankaya stammten beide aus Ankara. Meine Mutter starb neunzehnhundertsiebenundfünfzig bei meiner Geburt, sie war achtundzwanzig Jahre alt gewesen. Mein Vater, Schlosser von Beruf, entschied sich daraufhin ein Jahr später, nach Deutschland zu gehen. Krieg und Diktatur hatten seine Familie umgebracht; die Angehörigen meiner Mutter mochten ihn nicht, aus Gründen, die mir unbekannt blieben, so daß er mich mitnahm, weil er mich nirgendwo unterbringen konnte.

Er ging nach Frankfurt und arbeitete drei Jahre bei der Städtischen Müllabfuhr, bis ihn ein Postauto überfuhr. Ich kam in ein Heim, hatte Glück und wurde nach wenigen Wochen von dem Ehepaar Holzheim adoptiert. Ich erhielt die deutsche Staatsbürgerschaft. Es gab noch ein zweites adoptiertes Kind, meinen sogenannten Bruder Fritz. Fritz war damals fünf, also ein Jahr älter als ich. Max Holzheim arbeitete als Lehrer für Mathematik und Sport an einer Grundschule, Anneliese Holzheim betreute drei Tage in der Woche einen Kindergarten. Sie adoptierten aus Überzeugung.

Ich wuchs also in einer durch und durch deutschen Umgebung auf und begann erst spät, nach meinen richtigen Eltern zu forschen. Mit siebzehn fuhr ich in die Türkei, doch mehr als ich durch die Heimakte schon wußte, habe ich über meine Familie nicht herausfinden können.

Ich machte ein durchschnittliches Abitur, fing an zu studieren, hörte wieder auf, verbrachte die Zeit hiermit und damit und bewarb mich vor drei Jahren um eine Lizenz für Privatermittlungen, die ich merkwürdigerweise auch erhielt. Manchmal macht der Job sogar Spaß.

Ich verfrachtete die Torte in den Kühlschrank. Er roch nach vergammeltem Tomatenmark. Dann zog ich den Rollladen hoch, öffnete das Fenster und hielt Ausschau nach reichen, gutaussehenden Klientinnen. Hitze und Licht strömten in mein Büro. Nachdem ich Kaffeewasser aufgesetzt hatte, lehnte ich mich wieder aufs Fensterbrett. Die Straße blieb leer. Nur ein fetter käsiger Cowboy joggte über das Pflaster. ›Herzlichen Glückwunsch‹, dachte ich mir und versuchte, in einen Hausschuh auf dem Balkon unter mir zu spucken. Noch eine Weile starrte ich auf die Schlappen. Dann schrillte der Wasserkessel. Ich goß Kaffee auf, kratzte Spaghetti-Reste von einem Teller, kramte die Torte aus dem Kühlschrank, wechselte den Fliegenfänger, zündete eine Kerze an und setzte mich schließlich an den Schreibtisch. Eine Wespe brummte herein, taumelte in immer enger werdenden Kreisen auf das Backwerk zu. Ich schnappte mir eine Zeitung und stand noch mitten im Kampfgeschehen, als es klingelte.

»Is offen«, brüllte ich und schlug die Wespe zu Matsch.

Die Tür ging langsam auf. Etwas Schwarzes schlich sich herein und musterte mit unruhigem Blick mich und mein Büro.

Ich brummte: »Guten Morgen.«

Das Schwarze war eine kleine Türkin im Trauerflor mit dicken goldenen Ohrringen. Ihre Haare hatte sie zum strengen Zopf geflochten, und unter den Augen hingen Schatten.

Ich schmiß die Zeitung in die Ecke. Dann, etwas freundlicher: »Guten Morgen.« Pause. »Tja, wollen Sie sich nicht setzen?«

Sie blieb stumm. Nur die Augen hetzten durch das Zimmer.

»Ähm . . .«, ich überlegte, »suchen Sie mich privat oder als Detektiv auf?«

›Oder als Privatdetektiv‹, dachte ich, aber selbst gutwillige Menschen hätte man dazu kitzeln müssen.

Sie murmelte etwas auf türkisch, aber selbst laut und deutlich verstehe ich diese Sprache nicht. Ich erklärte ihr, ich sei zwar ein Landsmann, könne aber Türkisch wegen besonderer Umstände weder sprechen noch verstehen. Sie verzog das Gesicht, flüsterte: »Auf Wiedersehen«, und wollte sich wegschleichen.

»Ach, warten Sie doch mal. Wir werden uns schon verständigen können, irgendwie, meinen Sie nicht? Setzen Sie sich, und dann erzählen Sie mir in Ruhe, weshalb Sie in der Hitze hier hochgestiegen sind. In Ordnung?«

Die Ohrringe wackelten bedenklich.

»Sehen Sie, ich habe gerade Kaffee gemacht, und ich. . . tja, wir können Kaffee trinken und Kuchen essen und, na ja, das können wir machen. Nicht wahr?«

Langsam verlor ich die Geduld. Endlich ging der Mund auf und hauchte ein »Gut«.

»Machen Sie sichs bequem, ich will nur grad ’nen zweiten Teller besorgen. «

Über meinem Büro liegen die Räume eines zweifelhaften Kreditinstituts, dessen Einnahmequelle das Kleingedruckte ist. Der Kassierer des Ladens, ein verschlafener Glatzenträger, kommt manchmal auf einen Schwatz herunter. Meistens mit einer Flasche Kirschlikör unterm Arm.

Während ich überlegte, was die stumme Türkin wollen könnte, lief ich die Treppe rauf und hämmerte gegen die Tür mit der Aufschrift *»Durch uns werden Ihre Wünsche Wirklichkeit – Bäumler und Zank Kreditinstitut«.*

Es grunzte, und ich trat ein. Hinter dem Schreibtisch des Empfangszimmers saß der Kassierer und blätterte gelangweilt in einem Fußballmagazin.

»Na, Mustaffa, was gibts?«

»Ich brauch ’n Teller und ’ne Gabel. Läßt sich sowas in dem Laden hier auftreiben?«

»Was gibts denn Feines? Kebab?«

»Mhm, kann schon sein.«

»Na ja, will mal sehen, was sich machen läßt.«

Er wuchtete sich aus dem Sessel, schlappte zu einer Tür und verschwand.

Es roch süßlich. Ich ging um den Schreibtisch herum und zog die obere Schublade heraus. Eine halbleere Flasche Likör rollte mir entgegen. Während ich sie aufschraubte, um ein bißchen daran zu lutschen, schepperte es laut im Zimmer nebenan. Kurz darauf kam der Kassierer fluchend mit Gabel und Teller zurück.

»Hier haste dein Porzellan, Mustaffa.«

Er sah den Likör und zog die Mundwinkel hoch.

»Kannste dich denn nicht daran gewöhnen, daß de nun in ’nem zivilisierten Land bist, wo man nich in anderer Leute Schubladen rumschnüffelt?«

Ich stellte die Flasche auf den Tisch.

»Mußt ’n ganz schöner Schlappschwanz sein. Hat mir deine Frau neulich geflüstert. Glaub mir, das liegt am Alkohol.«

Er glotzte mich dämlich an.

»Nimms nicht tragisch, ich war auch nicht so toll«, tröstete ich ihn, nahm Teller und Gabel und verließ das Kreditinstitut.

Die kleine Türkin saß in meinem Besucherstuhl und knabberte an einer Zigarette. Sie schrak hoch, als ich reinkam.

»Tut mir leid, hat ein bißchen länger gedauert. Wollen Sie nicht den Mantel ausziehen? Es ist heiß heute.«

Ich verteilte Kuchen und Kaffee und setzte mich ihr gegenüber hinter den Tisch.

»Na, dann wollen wir mal. Ich hoffe, Sie mögen Sachertorte?«

Ihre Ohrringe schlenkerten ein bißchen hin und her, vielleicht sollte es ›ja‹ bedeuten. Wir schlabberten eine Weile still vor uns hin. Dann fing sie endlich an zu erzählen. Ich zündete mir eine Zigarette an, lehnte mich zurück und hörte zu. Sie sprach etwas gebrochenes Deutsch und wiederholte sich manchmal. Es lief auf folgendes hinaus: Ihrem Mann, Ahmed Hamul, hatte man vor ein paar Tagen in der Nähe des Bahnhofs ein Messer in den Rücken gesteckt. Die den Fall bearbeitende Polizei tat – nach Meinung von Ilter Hamul, Ahmeds Frau, die mit mir Torte aß – nicht ihr Möglichstes, um den Mörder ihres Mannes ausfindig zu machen. Sie vermutete, daß ein toter Türke genauere Ermittlungen nicht wert sei.

Ihr Mann hatte ihr vor seinem Tod mit den Worten ›falls mir etwas passieren sollte‹ einen größeren Batzen Geld gegeben – woher, wußte sie nicht –, den sie nun mir überlassen wollte, damit ich mich aufmache, den Mörder zu finden. Sie hatte im Branchen-Telefonbuch unter Detekteien nachgesehen und mit Freude unter den ganzen Müllers einen türkischen Namen entdeckt. Nun war sie hier. Sie aß Torte und schaute mich fragend an.

»Aha«, bemerkte ich und überlegte, was sie unter einem größeren Batzen Geld verstehen könnte.

»Zweihundert Mark am Tag plus Spesen. Aber versprechen kann ich nichts. «

Sie kramte ihr Portemonnaie aus der Handtasche, zog einen Tausendmarkschein an die Luft und schob ihn zu mir rüber. Hell und schön lag der Haufen Nullen im Sonnenlicht. »Den Rest geben Sie mir wieder, wenn Sie den Mörder gefunden haben.«

Für meinen Geschmack etwas zuviel Vertrauen in meine Fähigkeiten.

»Leben Sie alleine?«

»Nein, ich wohne mit meiner Mutter, meinem Bruder und meiner Schwester zusammen. Außerdem habe ich drei kleine Kinder.«

»Geben Sie mir Ihre Adresse und versuchen Sie es einzurichten, daß heute nachmittag um drei Uhr alle zu Hause sind.«

»Ich weiß nicht, mein Bruder arbeitet, und . . .«

»Hhm?«

»Sie wollten nicht, daß ich . . .«

»Daß Sie zu mir gehen?«

»Hhm, ja. Sie haben gesagt, die Polizei würde den Mörder schon finden. Wir sollten abwarten.«

»Und warum sind Sie trotzdem gekommen?«

»Ich wußte in den letzten Jahren so wenig von Ahmed. Er war oft weg und erzählte nicht viel. Ich hatte die Kinder und alles. Ich muß einfach wissen, was wirklich passiert ist, verstehen Sie?«

»Wie lange waren Sie verheiratet?«

»Zehn Jahre. Ahmed kam neunzehnhunderteinundsiebzig allein nach Deutschland. Seine erste Frau ist in der Türkei bei einem Unfall gestorben. Meine Familie ist schon seit neunzehnhundertfünfundsechzig in Deutschland. Mein Vater lernte Ahmed neunzehnhundertzweiundsiebzig kennen und brachte ihn mit zu uns nach Hause. Ein Jahr später heirateten wir.«

»Wie alt waren Sie und Ihr Mann damals?«

»Ich sechsundzwanzig, Ahmed siebenunddreißig.«

»Wohnt Ihr Vater nicht bei Ihnen zu Hause?«

»Nein. Er starb vor drei Jahren, bei einem Autounfall.«

Ich holte ein Stück Papier und schrieb manches von dem auf, was sie mir erzählt hatte.

»Sagen Sie mir bitte noch, wann Ihr Mann ermordet wurde, und wo man ihn fand.«

»Die Polizei meint, es ist letzten Freitagabend passiert.«

»Und wo?«

»In einem Hinterhof . . . in der Nähe vom Bahnhof.«

Sie senkte den Kopf und starrte aufs schwarze Linoleum.

»Die genaue Adresse wissen Sie nicht?«

»Nein. Ich weiß sie nicht . . . es war eines dieser Häuser.«

Die Ohrringe zitterten.

Obwohl ihr Mann erst vor kurzem tot in einem Bordell gefunden worden war, hatte sie sich bisher recht gut beherrschen können. Ich bekam Angst, sie würde das gleich nicht mehr so gut schaffen, und stand auf.

»Gut, das wärs dann erstmal. Geben Sie mir noch Ihre Adresse, ich werde um drei Uhr vorbeikommen.«

Sie gab sie mir. Wir verabschiedeten uns, und sie huschte hinaus.

Ich zündete mir eine Zigarette an und spielte eine Weile mit dem Tausendmarkschein, bis ich ihn mit einer Büroklammer unter die Schublade heftete. Die Straße hatte sich belebt.

Autohupen und vereinzeltes Rufen drangen durchs Fenster. Mir war schlecht. ›Ausgerechnet beim Bahnhof‹, ging es mir durch den Kopf. Ich trottete zur Tür, ging hinaus und schloß ab.

2

Es war zwanzig nach eins. Mittagspause.

Ich mischte mich unter die verschwitzten, prallen Bürohemden, die in Dreier- und Vierergruppen aus den Hauseingängen strömten. Sie entschieden sich für ein Restaurant oder packten Brote und Kakaotüten aus, je nach Etage.

Ich kickte eine leere Bierdose an das vor mir her stolzierende Flanellbein.

»Na, hören Sie mal«, polterte der Fettkopf, während er seinen Körper herumschob, »passen Sie gefälligst auf!«

Ich lächelte ihn an.

»Ach so! Nix verstehen, he?«

Er schaute sich zu drei anderen um. Ihre Schweinsbacken verzerrten sich zu einem Grinsen.

»Hier Deutschland! Nix Türkei! Hier kommen Bierdosen in Mülleimer, und . . . ähm, türkisch Mann zu Müllabfuhr!«

Sie wieherten los. Die Pfannibäuche wabbelten.

Da mir nichts Passendes einfiel, verließ ich den Kreis und ging zu dem nahegelegenen Gartenrestaurant. Ich bestellte Kaffee und Scotch, dachte an Ahmed Hamul und meinen Auftrag. Ich dachte an glückliche Nutten, bonbonlutschende Zuhälter und gutmütige Polizeibeamte.

Vor zwei Jahren hatte ich schon einmal im Bahnhofsviertel zu tun gehabt. Ein Metzger aus Südhessen wollte seine achtzehnjährige Tochter finden. Eine Stunde blieb er in meinem

Büro, brüllte und winselte abwechselnd, bis ich das Mädchen verstehen konnte.

Warum er sich ausgerechnet einen türkischen Detektiv ausgesucht hatte, habe ich nie verstanden. Ich suchte die Metzger-Tochter in allen zweifelhaften Absteigen, stöberte rund um den Bahnhof, ließ mir zwei- oder dreimal das Gesicht zermatschen und wurde zuletzt, unter dem Verdacht, mit Rauschgift zu handeln, von der Polizei festgenommen. Nach vierundzwanzig Stunden ließen sie mich gehen. Ich rief den Metzger an, gab den Auftrag zurück und legte mich für eine Woche in mein Bett.

Ich bestellte noch einen Scotch, ohne Kaffee.

Ein betrunkener Affe konnte ihm aus reiner Lust das Eisen in den Rücken gerammt haben. Vielleicht hatte er einer Nutte die Hose geklaut oder mit zu markigen Sprüchen um sich geworfen. Im schlimmsten Fall war Ahmed Hamul einer der Heroin-Türken, die täglich von der Presse durch den Fleischwolf gedreht werden.

Was wußte ich schon? Ich wußte, daß sich ein Haufen Nullen unter meinem Schreibtisch tummelte.

An den Nebentischen stapelten sich Sauerkrautschüsseln, Bratwürste und Schnitzel. Münder zerrten an paniertem Fleisch, schmatzten und würgten, quetschten dazwischen Wörter in die heiße Luft, und Zungen leckten sich Fettreste von den Backen. Ich mußte aufstoßen, und ein säuerliches Stückchen Sachertorte landete auf meiner Zunge. Als mir richtig schlecht war, zahlte ich und ging.

Die Adresse von Ilter Hamul lag hinter dem Bahnhof. Auch nicht die beste Gegend. Ich ließ meinen Heißluft-Kadett stehen und machte mich zu Fuß auf den Weg.

Das weiße Sonnenlicht brannte auf die Stadt, und der kahle Beton sah noch kahler aus. Die unbewegte Luft stank nach Abgasen, Müll und Hundescheiße. Unter den wenigen Bäumen dämmerten Rentner dem Abend entgegen. Kinder lutschten Eis und tollten über den Bürgersteig. Ich trottete durch die Innenstadt, blieb an mehreren Reisebüros stehen und genoß den Anblick von türkisem Meer, endlosen weißen Stränden, Palmen und glatten braunen Bacardi-Girls. Nur zweitausendvierhundertneunundneunzig Mark die Woche. Ich überlegte, wieviel Ahmed Hamuls noch ins Gras beißen müßten, damit ich sieben Tage Sandburgen bauen, Rum trinken und mir von Nesquick-Damen die Füße waschen lassen könnte.

Die Straßencafés waren überfüllt. Kellner mit roten, nassen Köpfen balancierten ganze Ladungen kalter Getränke durch die Tischreihen. Ich näherte mich dem Bahnhof. Die Sprüche der Sex-Shops, ›Feuchte Schenkel‹, ›Schweiß blutjunger Nymphomaninnen‹, konnten kaum beeindrucken. Feuchte Schenkel hatte bei dem Wetter jeder.

Ein paar Penner suhlten sich in leeren Cola-Büchsen und abgefressenen Hamburger-Kartons. In ihren Schädeln schwappte der warme Rotwein hin und her.

Hinter dem Bahnhof wurden die Straßen leer und still. Ich suchte, bis ich vor einem bröckelnden Altbau stand. Zwei türkische Kinder donnerten ihren Ball gegen die Hauswand. Ich überlegte, ob sie es schaffen würden, den gesamten Putz bis zum Abend runterzuholen.

Die Klingelknöpfe waren herausgerissen und hatten ein Loch mit Drahtwirrwarr hinterlassen. Ich schob die Tür auf. Im Flur war es düster. Eine Mischung von Kinderpipi und Bratkartoffeln zog mir in die Nase. Aus einer Wohnung blubberte es leise: ich lieb dich nicht – du liebst mich nicht. Die Briefkästen waren fast alle aufgebrochen oder aufgebogen. Wahrscheinlich hatte man die Schlüssel verloren. Ich ging langsam die Treppe hinauf in den dritten Stock. Zumindest ein Mitglied der Familie Ergün erwartete mich. Oben angelangt, öffnete sich sogleich die Tür. Ilter Hamul bat mich in die Wohnung. Sie hatte die Ohrringe gewechselt, trug jetzt kleine Perlen, die sehr viel strenger wirkten, der Situation entsprechend.

Gegen die Wohnung war der Hausflur ein Sonnenbad, und nur vage konnte ich den einen oder anderen Gegenstand ausmachen.

»Mein Bruder ist doch gekommen. Er hat sich für den Nachmittag frei genommen«, flüsterte sie mir zu, während ich gegen einen blödsinnig plazierten Sessel stieß. Wir schlichen durch den langen Flur, als wollten wir Marmelade klauen. Das Wohnzimmer befand sich am anderen Ende.

Ilter Hamul packte mich am Ärmel, und gemeinsam betraten wir einen großen Raum. Zwischen einem Haufen bunter Decken, Kissen, Sessel und Sofas hockten die Mitglieder der Familie Ergün.

»Hier ist Herr Kayankaya.«

Es klang wie eine Entschuldigung.

Das Zimmer glich einer Lichtung. Drei große Fenster ließen die Sonne herein. An den Wänden hingen Bilder aus der Heimat. Unter anderen Umständen mußte es gemütlich sein.

»Guten Tag«, versuchte ich freundlich. Einer nickte. Ilter Hamul schob mich in einen Sessel, in dem man ohne weiteres zu zweit hätte schlafen können. Eine Kanne Tee, Tasse und Zucker standen auf einem kleinen Messingtisch davor. Ich setzte mich, nahm ein Stück Zucker und überlegte mir, wie am besten beginnen. Alles glotzte mich stumm an. Die drei kleinen Kinder saßen eng aneinandergeschmiegt in rotem Samt. Sie schienen wie aus Wachs. »Tja«, sagte ich und rührte im Tee. »Sie wissen, Frau Hamul hat mich engagiert, den Mörder ihres Mannes zu finden.« Pause. Bedächtiges Räuspern der alten Mutter. »Oder es jedenfalls zu versuchen«, fügte ich hinzu.

»Ich muß Ihnen deshalb ein paar Fragen stellen. Es wird nicht lange dauern. Frau Hamul hat mir das Wichtigste schon erzählt.«

Der Bruder saß rechts von mir auf einem dunkelblauen Sofa. Jetzt warf er meiner Klientin einen kurzen, bösen Blick zu. Sie betrachtete stur ihre Schuhe.

Ich fischte Notizblock und Stift aus der Tasche, suchte eine leere Seite und fragte an Ilter Hamul gewandt: »Übrigens, wo ist Ihre Schwester? Arbeitet sie?«

Die Augen verließen die Schuhe, ihr Mund öffnete sich zu einem »Äh. . .«

»Sie ist krank und liegt im Bett! Sie kann nicht aufstehen, sie muß schlafen!« kam es schnell und kalt aus der Ecke des Bruders.

Die Situation war etwa so entspannt wie im Endspiel der Fußballweltmeisterschaft. Also gut. Ich hatte hier nichts verloren. Dann wollte ich alles so schnell wie möglich hinter mich bringen.

»Das tut mir natürlich leid. Tja, dann sagen Sie mir mal alle Ihren Namen, Geburtsdatum, Beruf und so weiter . . . «

Da sich nichts tat, zauberte ich mir ein Lächeln ins Gesicht und wandte mich an den Bruder: »Fangen Sie an, ja? Und sagen Sie mir auch, was Sie vermuten, warum Ihr Schwager umgekommen ist.«

Inzwischen wußte ich nicht mehr so recht, was ich eigentlich fragen sollte. Viel konnte man mir hier bestimmt nicht erzählen.

»Ich heiße Yilmaz Ergün. Ich bin vierunddreißig Jahre alt. Mein Beruf ist Tischler, aber ich arbeite schon länger in einer Großküche. Inzwischen bin ich Hilfskoch.«

Er bemerkte das nicht ohne Stolz.

»Was für eine Großküche? Wo?«

»Im Hessischen Rundfunk.«

Schlechtes Radio und schlechtes Schnitzel waren das einzige, was mir dazu einfiel.

»Und was denken Sie über den Mord an Ihrem Schwager?«

Ich sah kurz rüber zu Ilter Hamul, um mich zu vergewissern, daß sie sich tapfer hielt. Sie hielt sich.

»Ich weiß nichts. Das ist Sache der Polizei!«

Daß er dieser Meinung war, wußte ich längst. Vielleicht hätte ihn eine Flasche Raki redseliger gestimmt.

»Na gut. Lassen wirs dabei. Zu Ihnen, Frau Ergün. Die gleichen Fragen.«

Die Oma war zwar offener, trotzdem mußte es etwas geben, was sie verschwieg. So dachte ich jedenfalls. Sie schmückte ihre Daten aus, erzählte eine ganze Lebensgeschichte und lächelte mir sogar manchmal zu.

Sie hieß Melike Ergün, war fünfundfünfzig Jahre alt, hatte mit achtzehn ihren vor drei Jahren verstorbenen Mann, Vasif Ergün, geheiratet, mit ihm drei Kinder gezeugt (Ilter, Yilmaz und die kranke Schwester Ayse) und war nach dem Umzug nach Deutschland putzen gegangen. In letzter Zeit kümmerte sie sich um die kranke Tochter.

»Darf ich fragen, was Ihre Tochter hat?«

Als wäre es seine Tochter, antwortete der Bruder: »Sie hat bis vor einem halben Jahr auch als Putzfrau gearbeitet. Dann hat sie die Stelle verloren und wurde schwermütig.« Sein gutes Deutsch, der scheinbar sichere Posten, alles wies darauf hin, daß Yilmaz Ergün ein fleißiger und gewissenhafter Mensch sein mußte.

»Wie alt ist sie?«

»Vierundzwanzig Jahre.«

»Mhmhm. Frau Ergün, was vermuten Sie über den Tod Ihres Schwiegersohns?«

Ich hätte eine ganze Menge erwartet.

»Ahmed hat Selbstmord gemacht.«

Blöde schaute ich sie an.

»Ja . . . aber das Messer steckte im Rücken, nicht?« fragte ich Ilter Hamul.

»Egal. Sie werden sehen, er hat Selbstmord gemacht.«

Ich merkte, wie meine Klientin anfing zu zittern, und wechselte das Thema. »Na ja, das wird mir auch die Polizei sagen können. Frau Ergün, erzählen Sie mir, was Ihr verstorbener Mann gearbeitet hat und wo.«

Vasif Ergün hatte, genau wie mein Vater, bis zu seinem Tod anderer Leute Müll geschleppt.

»Frau Hamul, Sie haben mir heute morgen erzählt, Sie hätten in den letzten Jahren nicht mehr genau gewußt, was Ihr Mann gemacht hat. Was heißt das? Ist er manchmal länger weg gewesen, auch über Nacht? Oder verreist?«

Zum Glück glaubte der Bruder nicht auch noch, die Frau seines Schwagers zu sein.

»Nein, das nicht, er kam fast jeden Tag nach Hause«, sagte sie zögernd.

»Was hat er denn gearbeitet? Oder hat er nicht gearbeitet?«

»Doch, das schon.«

Nach längerem Hin und Her und bösen Blicken zwischen Ilter und Yilmaz kam heraus, daß keiner so recht wußte, was Ahmed Hamul in den letzten zweieinhalb Jahren getrieben hatte. Davor war er regelmäßig in eine Fabrik gegangen. Doch irgendwann hatte er gekündigt. Nach seinen Erzählungen war er dann als Packer bei der Post oder in einem Kebab-Laden beschäftigt gewesen. Er habe nicht viel geredet, aber immer genug Geld mit nach Hause gebracht. Von Freunden Ahmeds wußte man nichts. Viel gesprochen wurde offensichtlich in der ganzen Familie nicht.

Mit der Feststellung, daß Bruder und Mutter meiner Klientin nicht besonders von Ahmed Hamul eingenommen waren, beschloß ich das Gespräch.

»Gut. Das reicht dann auch. Sagen Sie, ob ich Ihre Schwester wohl demnächst einen Augenblick sprechen könnte?«

Alle machten den Mund auf, aber nur beim Bruder kam auch was raus.

»Das wird in nächster Zeit nicht gehen.«

›Das hätte ich mir auch denken können‹, dachte ich mir und stand auf.

»Ich werde mich ein bißchen umsehen und voraussichtlich morgen noch einmal vorbeischauen. Ist jemand in der Wohnung?«

»Ja, ich bleibe zu Hause wegen Ayse.«

Ich wandte mich an Ilter Hamul: »Eh ich es vergesse, ein Foto von Ihrem verstorbenen Mann brauche ich noch.«

»Natürlich.«

Sie ging zum Schreibtisch, zog eine der Schubladen auf und kam mit einer größeren Portraitaufnahme in Farbe zurück.

Ahmed Hamul hatte dichtes schwarzes Haar gehabt, einen ebenso kräftigen Schnurrbart und abstehende Ohren, wie hundert andere auch

»Vielen Dank.«

»Die Polizei wird uns Schwierigkeiten machen, wenn sie erfährt, ein Detektiv arbeitet für meine Schwester!«

Langsam ging mir der Bruder auf die Nerven.

»Nein, kann sie nicht. Glauben Sie mir das.« Pause. »Tja, ich werde mich dann mal verabschieden.« Jeder sagte mir mehr oder weniger freundlich ›auf Wiedersehen‹. Die Kinder, in den letzten zehn Minuten immer unruhiger geworden, erwachten nun ganz und begannen sich zu kitzeln. Der Tod ihres Vaters schien sie nicht zu berühren. Wahrscheinlich hatten sie es noch gar nicht kapiert. Ilter Hamul lotste mich zurück durch den Tunnel. Ich lief die Treppe runter und landete endlich vor der Haustür.

Eine Weile stand ich da, zündete mir eine Zigarette an und beobachtete das Treiben an der gegenüberliegenden Trinkhalle.

Besonders aufregend war das alles nicht. Aber was hätte ich schon noch fragen können? Nichts, dachte ich mir und ging hinüber, um ein Bier zu bestellen. Drei haarige Gestalten hingen schief um die Bude und klammerten sich an die Henninger-Flaschen. Säuerlich schlug es mir entgegen. Trübe Augen, eingebettet in aufgedunsene, rosa Fleischwülste, schielten zu mir herüber. Einer fing an, herzhaft zu rülpsen, wobei er Bröckchen in die Gegend schleuderte.

»Ei, isch brauch en Jescherkleister!« brachte er zwischendurch heraus.

»Ein Pils, bitteschön«, rief ich ins leere Häuschen und wartete.

»Ich brauch en Jescherkleister, gell Hans, merr brauche alle en Jescherkleister!«

Pause. »Gell?« Er drehte sich langsam und vorsichtig um, umklammerte dabei haltsuchend die Theke.

»Gell, Hans, merr brauche en Jescherkleister! Hans!«

Der Haufen in der Ecke mit Namen Hans blubberte Unverständliches.

»Uff Hans! Dringe merr noch aan!«

Hans pißte ohne Umstände und patschte mit der Hand in das gelbe Rinnsal, wie um sicherzugehen, daß auch alles klappte, und grunzte.

Endlich öffnete sich die hintere Tür, und Madame Obelix schlappte herein.

»Ich hätte gern ein Pils«, wiederholte ich und legte zwei Mark in den Geldteller.

»Wolle Se net gleisch saache, wiefel Se hawwe wolle, dann mus isch net dauernt hi und her renne.«

Sie war Profi.

»Also gut, dann gleich zwei.«

»Sehn Se!«

Sie wuchtete sich zu einem Kühlschrank, der neben ihr wie eine Zigarettenschachtel aussah, und zog mit Mühe zwei Flaschen heraus.

»Öffnen Sie mir bitte eine«, bat ich und legte das fehlende Geld in den Teller.

Das offene Bier landete auf der Theke, daß der Schaum spritzte. Madame Obelix schlappte wieder nach hinten.

Ich trank mein Bier und überlegte, warum die Alte von Selbstmord gefaselt hatte, bis ich bemerkte, daß mich der Dritte im Jägermeisterverein anglotzte. Er gab seinem Herzen einen Stoß: »Babbelst en gudes Deutsch. Bisde net vom Balgan?«

Seine Hand deutete hinter sich, wo der Balkan liegen sollte.

»Ei naa, Bubsche, isch war zwaa Woche uff Maijorga.«

»Ah, soo.« Pause. »Isses schee dort unne?«

»Schee isses scho, blos aach gefällisch, wesche de Indianer.«

»Ah, soo.« Er überlegte. »Habbe Se sich da verschdändische könne?«

»Klar, isch habb gedrommelt«, antwortete ich ihm, trank das Bier aus und ging, ohne ein weiteres ›Ah soo‹ abzuwarten, die Straße runter.

3

Zuerst wollte ich bei der Kripo vorbeischauen, um endlich zu erfahren, was Ahmed Hamul passiert war. Ob sie es mir erzählen würden, wußte ich nicht. Wohl kaum.

Bis zum Polizeipräsidium war es noch ein gutes Stück, und die zweite Bierflasche ragte aus meiner Jackettasche. Da ich schlecht mit einer Flasche Bier unter dem Arm bei der Polizei einlaufen konnte, öffnete ich sie an der nächsten Eisenkante und trank sie aus. Kurz vor dem Präsidium kaufte ich mir ein Päckchen Kaugummi und ging dann rein zum Empfangschef.

Durch einen großen, hellgelben Raum zog sich eine lange Holztheke, hinter ihr sichtete ich einen Kopf. Der Kopf fragte, ohne aufzusehen:

»Sie wünschen?«

Ein kleiner, dreckiger Ventilator summte an der Decke und mischte sich mit entferntem Geträller. Ich durchmaß etwa fünfzehn Meter Raum, um, auf die Theke gelehnt, zu sagen: »Ich möchte den Kommissar sprechen, der den Fall Ahmed Hamul bearbeitet.«

Das kleine Männlein mit schmalem Gesicht, über Papiere, Stempel, Schreibmaschine und noch mehr Papiere gebeugt, sah auf und zeigte mir eine dicke, rote Triefnase.

»Wie, Ahmed Samul?«

»Nein, Ahmed Hamul, der Mann, den sie neulich in der Nähe vom Bahnhof umgelegt haben.«

»Ein Türke?«

Genüßlich zog er sämtlichen Rotz aus der Nase hoch ins Gehirn.

»Ja, das auch!«

»Oh, Sie auch, was. . .«

»Ja, ich bin auch Türke. Jetzt verraten Sie mir mal, an wen ich mich wenden muß.«

Er steckte seinen Finger in die Nase, rührte ein bißchen drin herum, und man konnte fast zuschauen, wie der mit Rotz gefüllte Schädel arbeitete. Endlich quengelte er: »Tja, ich weiß wirklich nicht, ob ich Ihnen da helfen kann. Ich meine, ob ich es überhaupt darf, da könnte ja jeder kommen, verstehen Sie, und . . .«

»Hören Sie, ich bin Abgesandter der Türkischen Botschaft

und von höchster Stelle beauftragt, mit dem Kommissar zu reden, der mit diesem Fall betraut ist. Falls Sie nicht schleunigst anfangen, sich ein bißchen zu beeilen, wäre ich gezwungen, mich über Sie zu beschweren!«

Er schaute ungläubig auf und schniefte. Doch dann kam Leben in das Männlein.

»Na, ja . . . dann, natürlich, sofort, äh . . . entschuldigen Sie, aber man kann ja nie wissen. Warten Sie einen Augenblick, ich will nur telefonieren, es dauert nicht lange. Hoffentlich ist der Kommissar im Haus.«

Er stürzte sich auf das Telefon.

»Hallo, Zentrale? Ja? . . . Hier spricht Nöli vom Empfang . . . ja, hören Sie, wer bearbeitet denn den Fall Ahmed Hamul? . . . Ja, es ist dringend! . . . Ein Abgesandter der Botschaft! – Welcher? Na, der türkischen natürlich!. . .

Ja, ja . . . ich warte.«

Er nickte mir ernst zu.

»Ja, hallo, ja . . . wer? . . . Kriminalkommissar Futt?. . . Ah ja, er befindet sich in seinem Büro . . . Welche Nummer? . . . Einhundertsiebzehn? . . . Ah, ja, gut, vielen Dank.«

Er legte auf und schniefte einmal kurz.

»Also! Kriminalkommissar Futt befindet sich in seinem Büro im vierten Stock. Er erwartet Sie. Wenn Sie jetzt wieder auf den Flur gehen, finden Sie den Aufzug zehn Meter weiter links. Im vierten Stock gehen Sie rechts. Die fünfte oder sechste Tür müßte dann das Zimmer hundertsiebzehn sein.«

Nachdem ich mich bedankt und er sich noch einmal entschuldigt hatte, verließ ich die Halle. Ich benutzte die Treppe, um mir zu überlegen, was ich Herrn Futt erzählen könnte. Irgend jemand hatte mir mal weismachen wollen, mit dem Kriminalkommissar sei nicht gut Kirschen essen. Weitere aktenbeladene Nölis, reizlose Politessen und eine Menge Freunde und Helfer begegneten mir, bis ich vor der Tür hundertsiebzehn stand, anklopfte und eintrat. Futt stand am Fenster und bräunte seine Glatze.

»Ah, guten Tag. Der Herr Abgesandte, nehme ich an?«

Ein Metallschreibtisch, zwei Metallsessel und vier Metallschränke zierten den sonst leeren Raum. Das eintönige schmutzige Weiß der Wände wurde nur von einem Kalender mit springendem Schäferhund unterbrochen.

»Guten Tag, Herr Kommissar. Ja, ich bin von der Türkischen Botschaft beauftragt, die Fakten zum Fall Ahmed Hamul zu erkunden.«

Futt maß etwa einsneunzig, sein kahler Kopf hatte Dellen, das Kinn eine senkrechte Kerbe, ein rosa Hemd trug er offen bis zum Bauchnabel, und um den Hals schlenkerte ein Goldkettchen, wie man es mit Glück am Kaugummiautomaten zieht. Seine behaarten, kräftigen Hände hielten eine Zigarre, die das Zimmer mit dünnem Nebel versah. Er sah aus wie ein Metzger auf Urlaub.

»Ja, dann setzen Sie sich doch erstmal. Viel kann ich Ihnen leider nicht erzählen, denn unsere Ermittlungen sind bisher ziemlich ergebnislos verlaufen.«

Seine Hand schüttelte meine. Sie fühlte sich an wie rauhes Klopapier. Er dirigierte mich zu einem Sessel. Dann setzte er sich mir gegenüber, schlug die vor ihm liegende Mappe auf und ratterte los: »Ich weiß nicht, was für Sie von besonderem Interesse ist, aber ich kann kurz alle bisher vorliegenden Fakten aufzählen.« Er hustete.

»Die persönlichen Daten von Ahmed Hamul dürften Sie ja besitzen, ich erspare sie mir . . . Hamul wurde letzten Freitag in der Nähe des Bahnhofs mit einem Messer im Rücken tot aufgefunden. Er lag in einem Hinterhof, eine Bewohnerin des Hauses entdeckte ihn am Abend, als sie zum Müllcontainer gehen wollte. Hamul lebte mit seiner Frau und deren Familie seit zehn Jahren – seit der Heirat – zusammen. Gearbeitet hat er in einer kleinen Fabrik für Elektrobauteile. Wir haben sämtliche Bewohner des Hauses verhört, konnten aber nichts herausfinden.«

Das war kurz und unvollständig.

»Es tut mir wirklich sehr leid, aber mit mehr kann ich Ihnen im Augenblick nicht dienen.«

Ich wunderte mich schon die ganze Zeit, warum er so bereitwillig und, gemessen an seiner Position, so freundlich Auskunft gab, wenn auch lückenhaft. Vielleicht hatte man Abgesandte der türkischen Diktatur neuerdings zuvorkommend zu behandeln.

Flott fragte ich ihn all das, was er verschwieg.

»Wie heißen denn Straße und Nummer des Hauses; wie ist der Name der Fabrik, in der er gearbeitet hat; wann genau ist nach Zeugnis des Arztes der Tod eingetreten, und in welche Richtung laufen Ihre Vermutungen?«

Wie erwartet wurde er mißtrauisch.

»Wozu wollen Sie das eigentlich alles wissen? Ich meine, ich frage, weil wir natürlich unsere Informationen nicht leichtfertig unter die Leute bringen können.«

»Der Geheimdienst meines Landes hegt den begründeten Verdacht, daß Ahmed Hamul Opfer eines Anschlages linksradikaler Elemente ist, die, aus der Türkei geflüchtet, sich hier im Untergrund aufhalten. Weitere Erklärungen kann ich Ihnen nicht geben, da die Angelegenheit streng geheim behandelt wird, und ich im übrigen auch nicht mehr weiß.«

Das saß.

»Ach so, tja, das ist etwas anderes. Entschuldigen Sie, aber das wußte ich natürlich nicht. Für uns war es bisher nur ein alltäglicher Mordfall, Sie verstehen?« Ich verstand. Langsam bekam ich Spaß an der Sache. Ich holte Stift und Notizblock heraus und lehnte mich mit ernster Miene zurück. Futt suchte die richtige Mappe.

»Ah, ja. Sie haben etwas zu schreiben? . . . Gut . . . das ist die Sumpfrainerstraße Nummer vierundzwanzig. Die Fabrik heißt Fuchs & Sohn Elektrobauteile . . . Haben Sie das? Gut. Nach ärztlichem Befund trat der Tod unmittelbar ein. Die Tatzeit dürfte etwa achtzehn Uhr gewesen sein . . . Auf Ihre Frage nach eventuellen Vermutungen muß ich Sie leider enttäuschen . . . Offen gestanden, Sie sind da weiter als wir.«

Das langte mir. Viel mehr wußte er wahrscheinlich wirklich nicht. Ich erhob mich, steckte Notizblock und Stift weg und machte einen Schritt auf Futts Schreibtisch zu. Er stand ebenfalls auf. Wir schüttelten uns die Hände.

»Vielen Dank, Herr Kommissar. Falls noch irgendwelche Fragen auftauchen, melde ich mich bei Ihnen. Sie haben mir sehr geholfen.«

Wir wünschten uns einen guten Tag. Dann verließ ich ihn samt seinem Schäferhund. Es war achtzehn Uhr. Schichtwechsel. Auf dem Gang war eine Menge los. Kurz vor der Treppe links befand sich eine Telefonzentrale. Eine dralle Blondine, mit sichtlichen Problemen bei der Konfektionsgröße ihrer Uniform, hatte Dienst. Immer noch im Bewußtsein, eine very important person der Türkischen Botschaft zu sein, blieb ich stehen und warf ihr ein kesses Lächeln zu. Sie musterte mich geringschätzig.

»Na, Aladin, wo haste denn deine Lampe gelassen?«

Ich hatte mir am Anfang meiner Laufbahn als Privatdetektiv einen Stapel Visitenkarten drucken lassen. Ich hatte geglaubt, das gehöre dazu. Ich brauche sie fast nie, habe aber immer welche bei mir. Nun war die Gelegenheit da. Ich zog ein Kärtchen mit *Kemal Kayankaya – Privatermittlungen* aus meiner Brieftasche, knallte es aufs Brett vor der Blondine und knurrte: »Geben Sie das Kommissar Futt, wenn er geht, oder bringen Sie es in sein Büro. Es ist wichtig!«

Sie verzog keine Miene.

»Mach ich.«

Ob es vernünftig war oder nicht, es machte Vergnügen, an Futts Grimasse zu denken, wenn er die Karte lesen würde.

Ich ging die Treppe runter, schaute noch kurz bei Nöli rein, um ihm mitzuteilen, er hätte auf Grund seines Verhaltens ein Disziplinarverfahren zu erwarten, und trat raus in die Sonne.

Der Feierabendverkehr schwappte durch die Straßen. Ich hatte keine Lust, in das Gewühl einzutauchen, und kehrte in die nächstbeste Kneipe ein. Beim Bier beschäftigte mich der Gedanke, ob ich nun sowas ähnliches wie ein Bulle sei oder nicht. Mein Magen machte der Überlegung ein Ende. Ich beschloß, nach Hause zu gehen, wo noch zwei oder drei Buletten im Kühlschrank liegen mußten. Es war ein langer Weg, und ich hatte Zeit, meine weiteren Schritte für Ilter Hamul zurechtzulegen.

4

LASS DEINE FINGER VON AHMED HAMUL, TÜRKE! ERSTE UND LETZTE WARNUNG!!

Ich hielt den Zettel gegen die Lampe. Kein Wasserzeichen, ganz normales, weißes Schreibmaschinenpapier. Was anderes hätte mich auch gewundert. Es mußten schnelle Jungs sein, die mir den Lappen an den Briefkasten geheftet hatten. Besonders einfallsreich war der Text nicht. Vielleicht sollte er das auch gar nicht sein.

Ich holte einen Reißnagel und pinnte den Zettel über den Herd. Gut sichtbar. Dann fummelte ich die Buletten aus dem Wachspapier, warf sie in die Pfanne, öffnete eine Büchse Erbsen und schüttete sie dazu. Die Buchstaben waren aus Zeitungen ausgeschnitten und aufgeklebt. Ich hatte nie gedacht, daß es solche Post wirklich gibt, konnte mich auch jetzt nicht recht entscheiden, ob ich lachen sollte oder nicht. Ich nahm den Wohnungsschlüssel, lief die Treppe hinunter auf die Straße, um die Ecke zu einer Trinkhalle und kaufte einen Satz auflagenstärkerer Tageszeitungen. Auf dem Rückweg überflog ich zwei Titelseiten. Das F von Finger und das U von Warnung standen in der gleichen Zeile, dicht beieinander. Als ich die Tür aufschloß, roch es verdächtig nach angebrannten Buletten. Ich riß die Pfanne vom Herd, gab alles auf einen Teller, öffnete eine Flasche Bier, legte die Zeitungen neben mich, las und kaute. Zwei Zeitungen reichten, um alle Buchstaben bis auf die i-Pünktchen beisammen zu haben. Den ›Türken‹ hatte man bei der rasanten Überschrift ›Türke peitschte Dackel bis zum Herzinfarkt‹ gefunden. Sechs Stunden beschäftigte ich mich gerade mit der ehemaligen Existenz Ahmed Hamuls, und nur die Familie Ergün und Futt und wahrscheinlich noch einige seiner Mitarbeiter wußten das. War in der stummen Familie doch ein redseliges Mitglied, oder hatte die Polizei keine Lust, sich die Arbeit wegnehmen zu lassen? Da war noch eine Möglichkeit. Wenn ich durch Zufall als türkischer Abgesandter ins Schwarze getroffen hätte? Bestimmt hatte Futt nach Empfang meiner Visitenkarte die Botschaft angerufen, um nachzufragen. Wenn nun die Türkische Botschaft, anstatt in orientalisches Gelächter auszubrechen, hellhörig geworden wäre? Vielleicht störte sie, daß ein hergelaufener Landsmann mit Sachen um sich warf, mit denen sie selber werfen wollte. Vielleicht kam den Vertretern der türkischen Diktatur der Tod von Ahmed Hamul auch ganz gelegen, und sie wollten nun in diesem Zusammenhang nicht gern genannt werden.

So langsam fielen mir die Fragen ein, die ich der Familie Ergün stellen mußte. Hatte Ahmed Hamul eine politische Vergangenheit? Bekam er viel Post aus der Heimat? War er in

Deutschland vielleicht Mitglied eines Kegelclubs, der sich intensiv mit der Abschaffung der türkischen Regierung befaßte?

Ich pulte mir einen Rest Hackfleisch aus den Zähnen, holte das Bastelwerk von der Wand und betrachtete es.

Ob die Türkische Botschaft mich mit ›Türke‹ anreden würde? Warum nicht? Ich zündete mir eine Zigarette an und suchte im Telefonbuch die Nummer der Botschaft. Achtmal klingelte es. Die Telefonistin hatte Feierabend. Ich legte auf.

Weihnachten, Ostern und Pfingsten sind Zeiten, zu denen ganz Deutschland Päckchen für die Verwandtschaft packt. Es sind die Zeiten, für die die Post Sondertrupps anheuert, um den Berg eingeschnürter Plätzchen und Schlafanzüge abzutragen. Umschlagplatz ist der Bahnhof. Wenn ich etwas über den Gelegenheitsarbeiter Ahmed Hamul erfahren wollte, mußte ich dort nachfragen. Ich trank das zweite Bier. Nebenan in der Wohnung des haarigen Sozialpädagogen wütete die Stimme eines Westernhelden.

Ich hätte mir auch lieber Indianerschlachten angesehen. Statt dessen schlurfte ich hinaus in den hellblauen Augustabend.

Die Vögel flöteten in den schläfrigen Strahlen der untergehenden Sonne. Es war angenehm warm.

Der Opel stand immer noch beim Büro. Ich steuerte die nächste U-Bahn-Station an. Die Rolltreppe zog mich unter das Pflaster in die stickigen Hallen. Zwei Typen, rosa glänzende Haare, jede Menge Werkzeug im Gesicht, torkelten mir entgegen. Ich zog ein Ticket und setzte mich auf eine Bank. Neben mir erzählten sich drei Alte Abenteuer aus dem Altersheim.

Der Zug donnerte herein. Die drei erhoben sich vorsichtig und staksten zur Schiebetür. Ich hatte keine Lust auf mehr

Geklapper von dritten Zähnen, setzte mich in die andere Ecke des Waggons und las Reklameschilder.

›Schleck dir einen!‹

Das Schild zeigte einen länglichen Plastikzylinder mit Vanilleeisrohr. Wenn man lecken wollte, konnte man das Rohr rausschieben, danach wieder zurückziehen, und immer hin und her, bis die milchige Creme alle war. Wieso hatte ich es eigentlich nicht bei der Werbung versucht? Eine Dose, oben drauf eine Schuhbürste, und wenn man dran kitzelt, blubbert es roten Himbeersaft.

Der Zug hielt, und ich stürzte mich ins Bahnhofsdurcheinander. Ein blumenschwenkender Junge rannte mich fast über den Haufen. Zwei schlitzäugige Minoltas erkundigten sich, wo die Frauen seien. Schließlich lehnte ich an einem der zehn Postschalter und musterte den Rücken vor mir.

»'n Abend. Sagen Sie, an wen müßte ich mich wenden, wenn ich Lust hätte, Postsäcke durch die Gegend zu schleppen?«

»Hhm?«

»Hab 'ne Menge Muskeln, aber keinen Job.«

»Hhm?«

»Okay, ich will wissen, wo die Männer zu finden sind, die Pakete und Päckchen verladen.«

Immerhin, er drehte sich um und deutete mit dem Daumen die Treppe runter.

»Gleis eins is 'ne Tür, steht Post drauf.«

»Danke.«

»Hhm.«

Ich fand die Tür und stieß sie auf. Wieder ein Schalter, wieder ein Rücken, wieder ein längeres Hin und Her. Er wies mich zur nächsten Tür. Dahinter müsse irgendwo der Personalchef sitzen. Irgendwo dahinter war eine vergitterte Halle mit Eingepacktem, dann eine Art Umkleidekabine und endlich das Schild *Personalbüro.* Ich klopfte an. Ohne Antwort zu bekommen, ging ich hinein.

»Noch nie was von Warten gehört?« kam es säuerlich aus der Ecke.

Dort saß Schwabbel. Schwabbel hatte einen roten Seemannsbart, der die Oberlippe frei ließ, eine picklige Stirn und zurückgekämmtes fettiges Haar.

Das Büro war ein Büro wie hundert andere auch. Billige Preßspanmöbel, grauer Linoleumfußboden, Autokalender, Klolampe. Die Flasche Bier lugte miserabel versteckt hinter einem Haufen Akten hervor.

»Tut mir leid, hab ein paar Mal geklopft.«

»Un was wolln Se?« polterte er.

»Ich will wissen, ob hier ein gewisser Ahmed Hamul zeitweise als Packer gearbeitet hat.«

»Schon möglich. Hier arbeiten viele.«

»Ich muß es aber genau wissen. Es wird doch irgendwo eine Akte geben, wo das drin steht.«

»Wozu wolln Se das denn so genau wissen?«

Ich kramte meine Lizenz raus.

»Na und?«

»Der Junge ist tot, und ich soll rauskriegen, was er gemacht hat, als er noch laufen konnte.«

Schwabbel zog die Stirn hoch.

»Na ja, werd ich wohl mal nachsehen. Wann soll er denn hier gearbeitet haben?«

»So in den letzten zwei, drei Jahren.«

Schwabbel furzte.

»Tschuldijung.«

Dann stand er auf und schlurfte zu einem Regal mit Aktenordnern.

»Die letzten zwei, drei Jahre, hä?«

»Ja, das müßte hinkommen.«

Mit zwei Ordnern unterm Arm ließ er sich wieder in den Sessel fallen.

»Arbeiten viele nur kurz hier . . . so . . . wie nennt er sich?«

»Ahmed Hamul, wie man's spricht.«

»Hhm . . . Ihr Brüder habt doch alle dieselben Namen . . . naja . . . Hamul . . . Ha . . . Ham«, er blätterte, ». . . Ha . . . Hamu . . . Hamul! Da isser! Hat öfters 'n paar Wochen hier gearbeitet, hammse recht.«

»Wann?«

»Och, sehn Se sich's doch selber an«, muffelte er und schob den Ordner zu mir rüber.

Ahmed Hamul, 14. 4. 1981 bis 2. 7. 1981, war die erste Eintragung. Es folgten weitere, die immer kürzere Zeiträume umfaßten, bis zur letzten, 20. 12. 1982 bis 3. 1. 1983.

Ich klappte den speckigen Ordner zu und fragte: »Gibts hier vielleicht jemanden, der sich an ihn erinnern könnte?«

»Warum nich, fragen Se halt vorne nach. Wird schon jemand wissen.«

»Mach ich. Schönen Abend noch.«

»Von mir aus.«

Ich verließ Schwabbel und lief zurück zum Schalter. Wieder der Rücken. Ich klopfte gegen die Glasscheibe, und er drehte sich um.

»Na, Sie schon wieder. Chef gefunden?«

»Chef gefunden«, bestätigte ich. »Erinnern Sie sich zufällig an einen Packer mit dem Namen Ahmed Hamul? Hat öfter hier gearbeitet.«

»Ach wissen Se, da fragen Se mal besser die Jungs aufm Bahnsteig. Die hatten ja schließlich mit ihm zu tun.«

Ich ging wieder hinaus in die dröhnende Bahnhofshalle. Auf Gleis drei stand ein Postwaggon zum Entladen. Ich schlenderte hin und sah den Muskelmännern bei der Arbeit zu.

Einer machte Zigarettenpause. Ich ging auf die zwei Meter Fleisch zu und versuchte ein kumpelhaftes »Guten Abend«.

»Gleichfalls«, brummte er, drehte sich um, sprang auf den Wagen und fuhr fort, Säcke zu wuchten. Als er kurz an der Rampe auftauchte, brüllte ich durch den Lärm: »He, Meister, kennst du einen Kollegen namens Ahmed Hamul?« Er verschwand im Waggon, kam dann mit noch mehr Säcken zurück und donnerte: »Hat 'ne Zeit lang hier gearbeitet.«

»Gibts hier jemand, der mehr mit ihm zu tun hatte?«

Es dauerte eine Weile, bis er wieder zum Vorschein kam.

»Frag mal da vorne in dem Häuschen nach, die haben Pause.«

Er zeigte auf ein Wellblechdach und war weg, ehe ich ein ›Danke‹ schreien konnte.

Also ließ ich es.

Die Tür war ebenfalls aus Wellblech und quietschte unangenehm. Dunst von abgestandenem Bier und Zigarettenrauch schlug mir entgegen.

Drei Mann spielten auf einer umgedrehten Henninger-Kiste Skat. Einer saß in der Ecke und sah trübe in den Flaschenhals. Alle vier hatten speckige, ärmellose Unterhemden an, aus denen regelrechte Muskelkugeln heraushingen. Die Kartenspieler sahen kurz auf, als ich eintrat, drehten sich aber gleich wieder weg und reizten weiter.

»Wo war'n mer?«

»Sibbe?«

»Mhm!«

»Dreisisch?«

»Scheise, verdammte! Läßt dei Aal disch net mer ran? Gehert ja vebodde, so e Glick!«

»Alles Köppsche, sach isch der!«

Er grapschte nach dem Skat und kniff die Augen zusammen. Der dritte kramte gelangweilt zwischen seinen Beinen.

»Un wie hast se?«

Der mit ›Köppsche‹ schmiß zwei Karten zurück auf den Tisch.

»Was dei Fraa vorm Bobbes hat!«

»Karo mit dreidreisisch? Schpritz aus!«

Sie begannen die Karten zu dreschen und ließen sich nicht stören. Ich setzte mich zu dem stummen Trinker. Er musterte immer noch reglos seine Bierflasche.

»'n schönen Abend.«

Er drehte seinen Kopf ein wenig, und ich schaute in triefende Augen. Zwischen den Haaren auf seinem linken Arm tanzte eine tätowierte Seejungfrau.

»Was 'n los?« hauchte er mit winziger Stimme.

Die kurzatmigen Postmenschen gingen mir auf die Nerven.

»Kannste dich zufällig an 'nen Mann erinnern, der Ahmed Hamul hieß? Hat hier Säcke geschleppt.«

Er triefte mich noch eine Weile an, schaute dann wieder auf die Flasche.

»Ich arbeit nich mit Ausländern.«

Nur seine Muskeln hielten mich davor zurück, ihm aufs Hirn zu hauen. Es langte mir. Ich stand auf, ging auf die Skatspieler zu, sparte mir das ›Guten Abend‹ und knurrte: »Hört mal zu, Freunde, kennt hier jemand Ahmed Hamul? Wenn ja, soll er die Hand heben und ›ich‹ brüllen!« Sie glotzten mich an. Ich kam in Fahrt.

»Ja, mein Gott, ist das so schwer? Schwarzhaariger Türke mit Schnurrbart und Segelohren, hat vergangene Weihnachten das letzte Mal hier gearbeitet. Ganz kurz ›ja‹ oder ›nein‹. Ob ihr eure Ferien nicht am Schwarzen Meer verbringen wollt, oder ein Türke 'n Rattenschwanz in der Unterhose hat, interessiert mich nicht im geringsten! Alles klar?«

Einer, mit nach hinten gekämmten, öligen Haaren, legte langsam die Karten weg und erhob sich.

»Bubsche, isch waas net, wer du bist, gell, abber dein Ton gefällt mer net. Besser du machst disch ab, kabiert?«

Er unterstrich seine Rede, indem er mehrmals die zur Faust geballte rechte Hand auf die linke Handfläche klatschen ließ. Mit schnellem Blick auf die Tür pumpte ich ein bißchen mehr Luft in die Brust und zischte: »Hör mal zu, Briefträger, ob dir mein Ton gefällt oder nicht, will hier niemand wissen, ich hab dir ja auch noch nicht erklärt, was 'n Stück Seife ist. Alles, was mich interessiert, ist, ob du schon mal den Namen Ahmed Hamul gehört hast.«

Ich versuchte, ihn gefährlich anzusehen. Die anderen beiden warteten gespannt, was passieren würde, belustigt über meine Grimasse. Auf einmal schien die Hütte verdammt eng und still. Nur entfernte Pfiffe von abfahrenden Zügen sickerten durch das Blech. Das Monster vor mir sah auf den Boden, kratzte sich kurz am Bart, ging drei Schritte vor und rammte mir mehrere Pfund in den Bauch.

Kleine, weiße Pünktchen segelten durch die Dunkelheit, tanzten dann wild durcheinander, beschrieben Kreise und Linien. Kirchturmglocken schlugen einen unregelmäßigen Takt dazu. Irgend jemand hatte seinen Güterzug auf meinem Nabel geparkt. Wahrscheinlich war es der, dessen schallende Lache in meinem Schädel dröhnte. Aus der Ferne grölte es: »Seife, hä? Abber kozze wie e Sau!«

Vorsichtig öffnete ich die Augen, sah ein Stuhlbein und eine Pfütze dicht neben mir. Oben drauf ruderten halbverdaute Erbsen. Saures lag auf meiner Zunge. Immerhin, er konnte mir den Magen nicht vollständig rausgerissen haben. Ich versuchte mich zu bewegen. Nach mehreren Versuchen saß ich gegen die Wand gelehnt und erbrach mich von neuem. Dann wühlte ich, immer noch sitzend, nach meinen Zigaretten und steckte mir eine an. Langsam floß das Nikotin in die Adern. Ich genoß es.

Die vier Mammuts sahen mitleidig auf mich herunter.

»Net so Schprüsch, gell! Des möchte mer net!« Nach einer Pause: »Dei Ahmed hat hier geschafft, is aber schon länger här.«

Ich machte den Mund auf, brachte aber nur ein Röcheln zustande.

Nach zwei, drei Anläufen krächzte ich: »Kannte ihn jemand näher . . . oder weiß einer, wer ihn näher kannte?«

»Hier kannde den niemand. Aamal kam e Mädsche vorbei, todal ferdisch, un hat gekrische, wo dann de Ahmed wär. Hunnert zu aans, des wa e Nutt, abber wisse tu ischs aach net. Is aach schoh länger här gewese.«

Ich zog mich am Stuhl hoch, schwankte und stolperte dann grußlos zur Tür hinaus. Kühle Luft wehte durch die Halle. Ich schleppte mich zu einer Bank und atmete tief durch. Es dauerte eine weitere Zigarette, bis ich einigermaßen hergestellt war. Zehn nach acht.

Ich beschloß, nach Hause zu fahren, unter die Dusche.

Unterwegs kaufte ich meinem Magen eine Flasche Whisky.

5

Es war ein Anfang nach Maß. Ich wischte mir die letzten Tropfen aus den Ohren und mixte mir einen Whisky-Soda.

Eine Dirne hatte irgendwann einmal nach Ahmed Hamul geschrien. Das wußte ich jetzt.

Ich überlegte, wieviel Prügel ich für eine anständige Auskunft beziehen müßte, und ob ich Bordellbesuche auf die Spesenrechnung setzen könne. Ein weiterer Whisky-Soda beruhigte langsam meinen zerfetzten Bauch. Wenn ich wirklich darauf angewiesen war, die Dirne zu finden, um ein paar

Takte über Ahmed Hamul zu erfahren, lag eine endlose Suche vor mir. Auf das Haus Nummer vierundzwanzig in der Sumpfrainerstraße setzte ich keine Hoffnungen. Futt und seine Leute hatten dort schon genug gewütet und offenbar nichts gefunden. Außerdem glaubte ich nicht, daß Ahmed Hamul im Vorgarten seiner Freundin abgestochen worden war. Die Theorie des zufälligen Mordes hatte ich verworfen. Ich ging an den Kleiderschrank, suchte frische Socken und meine Neun-Millimeter-Parabellum. Früher war ich mit ihr in einem Schießkurs. Jetzt lag sie meistens unbenutzt zwischen meinen Unterhosen. Ich schnallte den Schultergurt um und verstaute die Kanone. Wahrscheinlich würde ich sie nicht brauchen. Immerhin, sie konnte Respekt einflößen. Ich zog ein Jackett über und betrachtete die Beule unter der Schulter im Spiegel. Wie ein Neger im Solarium. Vielleicht ein Vorteil, wenn klar war, daß Artillerie in meiner Achsel steckte. Mit einem Schluck Whisky pur verließ ich die Wohnung.

Zum zweiten Mal an diesem Tag schaukelte mich die U-Bahn zum Hauptbahnhof. Dann stand ich am Ende der Rolltreppe und am Anfang einer der Luststraßen, die ich hintereinander nach der Dirne durchsuchen mußte.

Helles, saftiges Neon, Zentnerbusen, orgiastisch grunzende Frauen in Öl, rosa kolorierte Arschberge zogen sich links und rechts die Häuserwände entlang. Vor den roten Plüscheingängen verschiedener Clubs lehnten bleiche, ranzige Männer, um mit markigen Sprüchen die vorbeiziehenden Passanten zu einem Besuch anzuhalten. Stöhnen geschlachteter Tiere, von lauwarmem Discogeplärre untermalt, drang durch kleine, dröhnende Lautsprecher auf die Straße. In Dreier- und Vierergruppen schubsten sich geile Bauernjungen aus dem Umland durch die Straße, Mund und Augen offen bis zum Anschlag; Rentner lugten in abgeblätterte Hauseingänge und leckten sich den Geifer aus ihren runzligen Hautfalten. Ehemänner schauten sich vorsichtig um, ehe sie durch die rosa Schwingtür eines Love-Inns traten, um sich hastig davonzumachen. Ich stand eine Weile da und rauchte. Um mich herum wimmelte es von eingefallenen, weißen Gesichtern, die ihre zerstochenen Adern an die Luft hielten und warteten. Ich betrachtete die ausgemergelten Körper und überlegte, was eine Dirne veranlassen könnte, schreiend in den Bahnhof einzulaufen.

Ein paar glasige Augen schleppten sich zu mir hin. Sie starrten durch mich durch in irgendeine Ferne. »Eh, Kumpel, hass nich mal 'ne Maak für mich? Is für was zu essen.«

Ich ging zwanzig Meter weiter zu einem Burger, kaufte einen Karton gehackte Kuh, kam zurück, schmiß ihn dem Jungen in die Arme und sah zu, wie er die Pappe aufriß. Senf und Ketchup kleckerten über sein Hemd. Ich setzte mich neben ihn auf den Boden.

»Sag mal, du kennst dich doch aus hier, ne?«

Er drehte seinen trüben Kopf zu mir.

»Bissn Bulle?«

»Nee, bin Türke.«

Skeptisch glitt sein Blick an mir herum.

»Na und? Die nehmen doch jeden.«

»Hör mal, wenn ich Bulle wäre und von dir was wissen wollte, würd' ich dir keinen Hamburger ausgeben, sondern dich in 'ne Zelle stecken, und spätestens nach drei Tagen würdest du deine Großmutter ans Messer liefern.«

Er kicherte dämlich.

»Letzten Freitag ist ein Mann abgestochen worden, heißt Ahmed Hamul, schon mal von gehört?«

»Mhm, kann sein.«

»Zufällig interessiert es mich, wer ihm das Messer in den Rücken gejagt hat.«

»Hab ich gemerkt.«

»Ich such 'n Mädchen, das ihn gekannt hat. Is möglich, daß sie genauso an der Fixe hängt wie du und ihre Zeit hier in der Gegend verbringt. Vielleicht kannst du mir erzählen, wo man sie findet.«

Er kaute eine Weile nachdenklich auf einem Semmelbrokken herum, ließ dabei den Mund offen, manches fiel heraus. Mein Magen beschwerte sich. Ich sah weg, in Gesichter, die zu uns rüber starrten.

»Hasse auch noch 'ne Kippe?«

Ich kramte eine Zigarette raus und gab ihm Feuer. Gierig zog er den Teer ein. Seine Lunge ächzte.

»Na, ja, bis ja in Ordnung, Kumpel. Würd' dir ja helfen, dein Mädchen zu finden. Gibt halt bloß 'ne ganze Menge davon. Is nich so einfach.«

»Was weißte denn so von Ahmed Hamul?«

Er schüttelte den Kopf, setzte eine vielsagende Stirn auf und murmelte: »Nichts, Kumpel.«

In meiner Hosentasche tummelten sich zwei Fünfzigmarkscheine. Einen zog ich raus, hielt ihn gegen das Laternenlicht und ließ ihn sacht knistern. Ein viertel Gramm konnte er damit erstehen, einen guten Schuß.

Plötzlich erwacht, beobachtete er meine Finger.

»'n bißchen weiß ich natürlich schon, vielleicht auch noch 'n bißchen mehr ...« Er biß sich in die Lippen, »aber ... wie wär's mit 'ner runden Summe?«

Ich steckte mir eine Zigarette an, zog eine Weile, bis die Glut anständig dick war und begann, kleine Löcher in den braunen Schein zu brennen. Als die erste Ecke fiel, schlug er mir auf die Hand. »Is ja gut, Kumpel, gib mir die Kohle, langt so, ich erzähl's dir ja.«

Ich schob den verrußten Schein zurück in die Tasche. »Na, dann erzähl mal!«

»Erst die Kohle, is doch klar, oder?«

»Gar nix is klar. Wer sagt mir denn, ob dein Kopf nicht irgendeine Geschichte zusammenbaut. Fang mal an. Wenn's sich einigermaßen anhört, kriegst du den Schein.«

»Bist 'n Arschloch. Hab ich gleich gesehn, daß du 'n Arschloch bist. Überall nur Arschlöcher; die ganze Scheißwelt voll mit Arschlöchern! Ich hab gedacht, du wärst 'n Kumpel, aber du bist 'n Arschloch!«

Irgendwo hatte er recht. Ich bekam Angst, er würde anfangen zu heulen. Am liebsten wäre ich aufgestanden und weggegangen. Fixern die Fixe zu bezahlen, ist kein Anlaß zu Luftsprüngen.

»Jammer nicht rum, hab mein Geld auch nicht auf der Straße gefunden.«

Er grummelte vor sich hin. Dann: »Okay, was soll's. Viel weiß ich auch nicht, hab nur einiges gehört. Der tote Kanake hatte mit Stoff zu tun; glaub, er war schwer im Handel, kann ich aber nich beschwören. Er machte keinen Straßenverkauf, jedenfalls nich hier. Hab mal 'n Typen getroffen, der hat was mit Hamul gequatscht. Als er tot war, hat jemand weise Sprüche gekloppt, nie versuchen, 'n eigenes Geschäft zu drehen, 's gäb immer welche, die 'ne Etage höher sitzen. So was Ähnliches jedenfalls. Na ja, viel mehr weiß ich nicht, möcht ich auch nicht wissen, is schlecht für die Gesundheit.«

Ich dachte an seine Gesundheit.

»'nen Namen hat der Typ nicht, der irgendwas mit Hamul gequatscht hat?«

»Hey, selbst wenn du mir das Doppelte . . .«

»Is gut«, unterbrach ich ihn, »über das Mädchen kannst du mir wahrscheinlich auch nichts sagen, was?«

»Nee, an der Fixe hängen viele. Wenn se anschaffen ging, mußte 'n paar Häuser weiter fragen, die werden aber kaum Lust zum Interview haben.«

Ich drückte ihm den zerlöcherten Schein in die Finger, rappelte mich hoch und ging die Straße runter. Es war eine Menge los im Viertel. Ich ortete eine lila schimmernde Bar. Irgendwo mußte ich anfangen. Millys Sex-Bar. Das A von der Bar flackerte unruhig. Vorhänge verdeckten die Sicht durchs Glas, auf dem ›Spaß bis 4 Uhr früh‹ zu lesen war.

Ich stieß die Tür auf und ging unter in Lila. Alles, Tapete, Tische, Stühle, Theke, Gläser, Teppich, Bilder, Kissen, Lampenschirme, selbst die Menschen leuchteten lila. Viele waren es nicht. Außerdem schien mehr als die Hälfte Personal zu sein. Abseits in dunklen Ecken saßen ein paar schwitzende Herren mit gelockertem Schlips bei leichtbekleideten Damen in Lila. Schwüles Gitarrengeklimper untermalte das Halbdunkel.

Ich watete durch weiche Teppiche zu einem Tisch und nahm Platz auf Schaumgummikissen in Seide. Hinter der Theke stand Milly, jedenfalls sah sie so aus. Vor vielen Jahren mußte sie eine Bombe gewesen sein. Heute konnte keine Farbe die tiefen Falten verbergen. Wasserstoffblond hingen die Haare neben dem schlabbernden Doppelkinn. Ein Stück Leopard betonte ihre Fettröllchen über der Hüfte, stützte den schlaffen Busen und vermittelte den Eindruck einer abgetakelten Dame, die sich bei der Größe ihres Pelzmantels verschätzt hat. Trotzdem, sie war der Boss und rief den Mädchen mit dröhnender Stimme Befehle zu.

Ich hockte im lila Plüsch und kam mir ziemlich behämmert vor. Dann ein Luftzug. Kurz danach strichen dunkle Dauerwellen über meine Stirn und billiger, süßer Dampf stieg in meine Nase. Eine halbnackte hessische Sünde setzte sich neben mich und ließ gekonnt angeklebte Wimpern klimpern.

»Na, mein wilder Scheich, darf ich dir Gesellschaft leisten?« hauchte sie mit Hingabe. Die Worte flossen wie Camembert über den Tisch.

»Mhm, was muß ich tun, um einen Scotch mit Eis zu kriegen?«

»Nichts, warte kurz, ich bin dein williger Schwan.«

Sie stand auf, ließ ihren schmalen Hintern leicht zittern und glitt mit kurzen, dicken Fingern, als wären es lange schmale, über meine Schulter. Ich bezweifelte, daß hier schon jemand von Ahmed Hamul gehört hatte, und beschloß, nach dem Whisky das Haus zu wechseln. Eine feuchte Hand schob sich um meinen Hals und fummelte an ihm herum.

»Hier, mein wilder Scheich«, säuselte sie. Ich nahm die Hand von meiner Kehle und schubste den Schwan auf den Stuhl.

»Aber, aber, wilder Scheich, nicht so stürmisch, wir haben doch Zeit, nicht?«

Der ›wilde Scheich‹ hatte es ihr angetan. Offensichtlich reichte ihr Grips nicht zu einem zweiten, ähnlich dämlichen Titel. Sie sah mich schief von der Seite an. Mit halb geschlossenen Lidern ließ sie ihren Zeigefinger langsam um den Nabel kreisen. Da man die Stoppeln von abrasierten schwarzen Bauchhaaren sah, hatte das ganze nichts Erotisches. Es langte mir ohnehin.

»Hör mal zu, mein häßliches Entlein, ich bin nicht hier, um an deinen Ohrlappen zu knabbern oder lauwarme Sprüche zu machen. Ich suche jemand, der einen Mann namens Ahmed Hamul kennt. Ist reiner Zufall, daß ich zuerst in eure lila Waschküche getrottet bin, aber nun bin ich hier und frage: kennst du einen Ahmed Hamul?«

Sie hatte Schwierigkeiten zu folgen. Nachdem sie alles geordnet hatte, kam das unausweichliche: »Bulle?« Endlich tropfte kein Sirup aus ihrem Mund.

»Nein, kein Bulle.«

Ich warf ihr meine Lizenz hin. Sie las alles langsam durch.

»Happy birthday, Türke!«

So blöd war sie doch nicht.

»Kann man ja gratulieren. Bist nur ’n mieser Schnüffler, he?«

»Jeder hat seinen Job, mußt du doch wissen.«

Das war nicht nett. Es war mir egal.

»Also, Ahmed Hamul, schon mal gehört?«

Sie sah mich nicht so sauer an, wie ich erwartet hatte.

»Nee, hab ich nicht.« Pause. »Aber wenn ich dir ’n Tip geben soll, hau hier mal besser ab, die Chefin mag’s nicht, wenn so Typen wie du den Betrieb aufhalten. Warst zwar nicht besonders freundlich, hab trotzdem nichts gegen dich. Deshalb sag ich dir das.«

»Warum hat die Chefin was gegen zahlende Kunden?«

»Du bist nur ’n Türke, steht sie nicht besonders drauf, und wenn du nur trinkst, lohnt sich’s nicht.«

»Und wer soll mich rausschmeißen? Die Leoparden-Oma?«

Sie sah zur Theke, lächelte und flüsterte mir ins Ohr:

»Hinten sitzen ein paar von ihren Freunden, die sind nicht ohne.«

Irgendwie fing ich an, sie zu mögen. Ihr Gesicht war plötzlich nicht mehr dümmlich, und die billige Nachahmung einer liebestollen Haremsdame hatte sie abgelegt.

»Soll ich dir etwas sagen, Entlein, du hast in natura ’ne große Portion mehr verführerischen Charme als hinter der schmierigen Maske von Tausendundeinernacht.« Sie schenkte mir einen außergeschäftlichen Augenaufschlag, den ich bis in die Zehenspitzen spürte.

»Das hoffe ich doch.«

»Wie wärs denn, wenn wir noch ein Glas trinken?«

Sie sah mich kurz an, nestelte an ihrer Nase und flüsterte: »Ein andermal, sie schaut die ganze Zeit rüber. Ich hab keine Lust, Ärger zu kriegen, geh jetzt.«

»Okay, wo zahl ich den Whisky?«

»Vorne bei ihr.«

»Also gut, bis demnächst, Entlein.«

»Bis demnächst, wilder Scheich«, murmelte sie.

Ich kämpfte mich durch den Teppich zur Theke. Milly stand ans Holz gelehnt, eine goldene Zigarettenspitze zwischen den glänzenden, roten Lippen.

»Was macht der Scotch?«

Sie musterte mich grimmig und knurrte dann an der Zigarettenspitze vorbei »Achtzehn, der Herr.«

Ich strich den zweiten Fünfzigmarkschein auf der Theke glatt. Während sie das Geld wechselte, brummte ich: »Letzten Freitag is hier in der Nähe 'n Typ unters Messer gekommen. Hieß Ahmed Hamul. Ich such jemand, der ihn kannte.«

Sie sah mich schnell an.

»Ich kenn keine Hamuls.«

Sie schob mir das Wechselgeld hin.

»Und ich mag nicht, wenn jemand in meinem Laden rumschnüffelt, schon gar nicht, wenn er 'n ausgebeulten Anzug trägt. Eigentlich sollte ich dich festhalten und die Polizei rufen, aber dann würden wahrscheinlich zehn Türkenbälger ihren Papa verlieren. Ich bin kein Unmensch, also verschwinde.«

Wenn man sie in diesem lila Dampf erkennen konnte, war meine Kanone auffälliger verstaut als ich dachte.

»Ich hab 'nen Waffenschein und 'ne Schnüffellizenz, kein Anlaß zu kräftigen Sprüchen. Versüßt sich eines der Mädchen ihren lila Alltag mit sauren Spritzen?« Erst sah es so aus, als wollte sie mir ihre langen, roten Fingernägel in die Backe hauen, aber dann drückte sie wie nebenbei auf einen kleinen weißen Knopf neben dem Bierhahn. Ich steckte schnell das Wechselgeld ein und drehte mich zur Tür mit der Aufschrift *Privat.* Zwei, drei Sekunden verstrichen, bis sie sich langsam öffnete. Heraus glitten drei nadelgestreifte Kleiderschränke mit ähnlichen Beulen wie unter meiner Schulter. Ihre Blicke glitten durch den Raum. Dezent kamen sie an die Bar und umringten mich wie alte Freunde. Der kleinste von ihnen trug eine senfgelbe Krawatte mit kleinen, hellgrünen Elefanten. Er sah zu mir runter, legte seine Pranke auf meine Schulter und knetete sie durch. Ich biß die Zähne zusammen.

»Na, Sportsfreund, ich habe gehört, dir fällt der Abschied schwer.«

Er grinste mich dreckig an. Drei seiner Zähne funkelten golden.

»Es gibt 'ne Menge nette Lokale in der Stadt, muß ja nicht ausgerechnet dieses sein, oder?«

Alle drei zusammen brachten etwa fünfmal soviel auf die Waage wie ich. Trotzdem bekam ich Lust, ihnen das glattrasierte Kinn einzutreten.

»Wieviel von so 'nem Goldzahn zahlt denn die Kasse?«

»Wieso?«

»Bin am überlegen, ob ich dich zu 'ner Runde einlade.«

Alle drei lachten.

»Okay, starker Mann, die Vorstellung ist zu Ende. Dort hinten ist die Tür, steht ›Gesundheit‹ drauf.«

Er deutete mit dem Daumen zum Ausgang. Während ich noch dabei war, mir meine Parade auszudenken, packten die anderen zwei meine Arme und trugen mich hinaus auf die Straße. Ich kam mir vor wie ein Kind, das man in die Badewanne hebt. Einer murrte: »Mach, daß du weiterkommst, sonst breche ich dir deine verfluchte Türkennase.« Ich zeigte auf etwas hinter ihnen und machte ein entsetztes »Oh«. Es funktionierte. Sie drehten sich um und schauten auf die kahlen Häuserwände.

»Was solln da sein?«

Ich tippte auf die Schulter des Sprechers. Er drehte den Kopf, und ich knallte ihm meine Faust ins Gesicht. Das

Nasenbein knackte trocken. Er grunzte und klatschte aufs Pflaster.

Sein Partner sah mich ungläubig an, besann sich aber und wollte mir nun das Hirn zermatschen. Ich sah, wie sich die Muskeln unter dem engen Jackett spannten. Langsam ging er auf mich zu, ließ die Finger knacken und leckte sich die Lippen. Das Neonlicht warf Schatten auf sein Gesicht, und das Weiß der Augen war sichtbar. Kriegte er mich zu fassen, hatte ich wenig Chancen, heil davonzukommen.

Er hielt inne und musterte mich wie ein Stück Kotelett. Ich schnellte auf ihn zu, blieb abrupt stehen, duckte mich und ließ seine rechte Betonhand voll ins Leere prügeln. Ein Luftsprung, und ich kriegte seinen Arm zu fassen. Ich warf mich mit meinem ganzen Gewicht dagegen und stemmte ihn dann gen Himmel. Laut krachten seine Knochen. Er brüllte auf vor Schmerz. Die gesunde Linke schlug blind in meine Richtung. Zweimal wich ich aus, bis mir eine Ladung frontal das Kinn sprengte.

Ich torkelte rückwärts den Bordstein entlang und donnerte dann gegen einen Laternenpfahl. Langsam rutschten mir die Beine weg. Der Schläger schlurfte in meine Richtung. Sein rechter Arm schlenkerte unnatürlich durch die Luft. Ich blieb sitzen und wartete, bis er vor mir stehenblieb.

Er zischte: »Kleine türkische Ratte, sowas machst du nie wieder!«

Ich machte eine Rolle seitwärts und harkte ihm meine Schuhspitze in die Kniekehle.

Es gab ein dumpfes Geräusch, als er auf dem Boden aufschlug. Wie ein gefällter Baum lag er da. Ich stürzte auf den gesunden Arm und hebelte ihn über meinen Schenkel. »So, Großer, bleib ganz ruhig, oder du kriegst noch 'n zweiten Gips, das versprech ich dir!«

Er schüttelte sich, und ich hatte Mühe, den Arm festzuhalten, aber dann gab er auf, und ich konnte verschnaufen. Der kaputte Knochen mußte verdammt weh tun. Die Masse Goliath unter mir fing kläglich an zu wimmern.

»Hör mit dem Gejaule auf, wenn du artig bist, laß ich dich los. Vorher noch 'ne Frage, kennst du einen Ahmed Hamul?«

Er biß die Zähne zusammen und preßte: »Nee, nie gehört.«

Ich hebelte noch ein bißchen.

»Wirklich nie gehört?«

Er stöhnte laut auf und brüllte: »Nee, verdammt nochmal, kann ich doch auch nix dafür.«

In dem Moment ging die Tür auf, und ein Schwarm hellgrüner Elefanten glotzte verdutzt.

Ich hatte keine Lust auf noch mehr Knochenbrüche. Ich ließ den gequälten Arm los und stand auf. Goldzahn betrachtete das Elend. Plötzlich schnellte seine Hand unters Jackett. Ich aber war schneller, hatte meine Kanone schon aus der Achsel gezogen.

»Laß gut sein! Hol die Pfote langsam wieder raus, sonst is 'n Loch drin.«

Er verzog den Mund und gehorchte.

Jetzt erst bemerkte ich eine Menge Publikum, das wohl schon länger aus sicherer Entfernung rübergaffte. Es war nicht der richtige Ort, um ungestört mit dem Schießeisen rumzufuchteln. Also steckte ich es wieder ein. Auch mein Gegner nahm dic Zuschauer wahr und zeigte sein goldenes Grinsen.

»Du hättest Eintritt verlangen sollen. Ich weiß nicht, wie du's geschafft hast, die zwei in Klump zu hauen, aber es muß ein großartiges Schauspiel gewesen sein.«

In der Ferne hörte man eine Polizeisirene, die näher kam.

»Pack deine Freunde zusammen. Gleich sind die Bullen hier und stellen unangenehme Fragen.«

Er sah mich belustigt an.

»Danke für den Tip, wär ich nicht drauf gekommen. Bist ’n kluges Köpfchen. Paß auf, daß nicht jemand aus Versehen Blei reinballert.«

Mir langten die wilden Männer mit großer Klappe. Bevor ich wegging, sah ich noch einmal nach dem Jungen, dem ich den Kopf demoliert hatte. Seine Nase war blutender Brei, der langsam die Backe runterlief und aufs Pflaster tropfte. Er röchelte. Ich rüttelte an seinen Schultern. Als er die Augen aufschlug, brummte ich: »Merk dir, mit Gästen aus dem Ausland geht man freundlich um. Das nächste Mal reiß ich dir die Ohren ab.«

Er wollte was sagen, spuckte aber nur roten Rotz.

Ich verließ das Schlachtfeld und ging ziellos die Straße hinauf.

Ein grünes Polizeiauto donnerte flötend an mir vorbei. Ich war sicher, sie würden nur eine charmante Milly antreffen, die mit Erstaunen ausrief: »Aber Herr Kommissar, hier war alles ruhig, glauben Sie mir!«

Ich steuerte die nächste Fast-Food-Tür an und bestellte drei Pappbecher Bier. Mein Kinn war anständig ramponiert, und das Mäuschen hinter der Theke verzog angewidert sein Gesicht.

»Ist nur Schminke, Schwester. Ich komm drüben vom Theater, hab grad Pause.«

Sie lachte.

»Oh, tut mir leid, sieht ziemlich echt aus. Was wird denn gespielt?«

»Shakespeares *Romeo und Julia,* als moderner orientalexistentialistischer Gegenentwurf zu herkömmlichen traditionell europäischen Interpretationsmodellen.«

Sie nickte ernst und meinte: »Ah, ja.«

Nach einer Pause: »Und was passiert da so?«

»Romeo trifft Ali Baba und tauscht Julia gegen die vierzig Räuber.«

»Mhm, und dann?«

»Julia verliebt sich in die vierzig Räuber, die vierzig Räuber wollen mit Romeo Kinder machen, und Ali Baba steht im Regen. Am Ende vertragen sich alle, schwimmen im Nil einer neuen Zukunft entgegen und singen ›Fußball ist unser Leben‹.«

Sie sah mich mit großen Augen an. Dann drehte sie sich um und holte mein Bier. Als ich das Geld in die Schale legte, fragte sie: »Und weshalb das blutige Kinn?«

»Um das Publikum zum Nachdenken zu bringen.«

Ich ließ sie stehen, balancierte die Bierbecher an einen Tisch, setzte mich und steckte mir eine Zigarette an.

Es war mächtig Betrieb im Laden. Kurzbehoste Amerikaner drängten sich um die kleinen, grünen Plastiktische, ständig bemüht, ihre Münder zum Lächeln zu verzerren. In der Ecke stand eine Musikbox. Mick Jagger hockte drin und blökte ›You can't always get what you want‹. Ich habe was gegen gegrölte Lebensweisheiten von Rock-Opas.

Das Bier begann sanft in meinem Hirn zu wirken. Ich überlegte, ob ich nach Hause ins Bett gehen sollte. Meine Suche nach der Dirne wurde doch immer aussichtsloser; außerdem war mir die Lust auf Balgereien mir Urkörpern vergangen. Ich beschloß, mein Glück noch bei den Straßendirnen zu versuchen. Mehr als angespuckt konnte ich dabei nicht werden.

Doch zuerst ging ich auf die Toilette. Jemandem war es nicht gut gegangen. In der Ecke dampfte Erbrochenes. Mein Magen zog sich zusammen, und ich mußte tief durchatmen, um nicht direkt daneben zu kotzen. Ich pinkelte schnell, wischte mir noch vor dem Spiegel angetrocknetes Blut vom Kinn und verließ Klo und Kneipe.

Zehn vor zwölf. Inzwischen war der Himmel stockdunkel. Ich lief durch eine ruhige Seitengasse. An mir vorüber schlichen nur ein paar schüchterne Freier, die sich nicht trauten, im Rampenlicht die Frage nach Preis und Leistung zu stellen. Bei einer Pizzeria lugte ein weißer Lackschuh aus der Häuserwand. Ich ging drauf zu. Aus einem Ventilator strömte Duft von warmem Teig auf die Straße. Hier hätte ich mich auch hingestellt.

In den hochhackigen Lackschuhen standen lange, weiße Beine; um Bauch und Busen wand sich eine grell-türkise Netzkonstruktion; eine ebenfalls türkise Schleife band das strähnige, blonde Haar zum Zopf zusammen.

Bevor ich ein Wort loswerden konnte, rotzte sie: »Weiter, weiter, ich nix Ficki-Ficki mit dir, habe meine Prinzipien«, und machte dabei eine Handbewegung wie ein Polizist, der den Verkehr regelt.

»Wieso Ficki-Ficki, hab nur 'ne Frage.«

Das interessierte sie überhaupt nicht.

»Hau ab, Mann, fahr deinen Kümmelschwanz ein und mach die Fliege, du hast hier nix verloren!«

Wie es aussah, hatte sie nichts mit Ahmed Hamul zu tun gehabt. Da die Arme weiß und glatt waren, konnte sie auch kaum Einblick in die Fixerszene haben. Ich trottete weiter, nahm mir vor, noch zweimal zu fragen, und hoffte, nichts zu erfahren, was mich daran hindern könnte, danach in mein Bett zu gehen. Leider kam alles anders.

Als ich den nächsten Hauseingang ansteuerte, wippte mir ein kurzer Netzstrumpf entgegen. »Na, Süßer, siehst so einsam aus.«

Ihr Busen drohte den schwarzen Satin zu sprengen und mir ins Gesicht zu platschen. »Bin ich auch. Such 'n Mädchen, die einen gewissen Ahmed Hamul kannte. Namen schon mal gehört?«

Sie verschränkte die Arme und betrachtete mich mit verwunderter Abscheu.

»Seit wann haben die Bullen denn 'ne Fremdenlegion?«

»Bin kein Bulle, bin Privatdetektiv.«

»Ah, ja. Dann zisch ab, hältst nur den Betrieb auf!«

Ich überlegte, ob die zweiunddreißig Mark in meiner Tasche sie beeindrucken könnten.

»Ich hab dreißig Mark. Ist nicht viel, aber wenn du mir 'nen Satz über Ahmed Hamul sagen kannst, geb ich sie dir.«

Sie knabberte an ihren grünen Fingernägeln und sah mich abschätzend an. »Kenn deinen Ahmed doch gar nich.«

»Wurde letzten Freitag hier in der Nähe umgebracht.«

»Ach, der!«

»Ja, der.«

»Laß erst mal die Scheine sehen, vorher weiß ich gar nix.«

»Und nachher?«

»Wird sich zeigen.«

Da ich nichts sagte, lamentierte sie: »O Gott, Mann, ganz schön knickerig, he? Bei läppischen dreißig Mark gehste ja wohl kein Risiko ein. Das verdien ich, wenn ich einmal die Backen zusammenkneife.«

Sie hatte recht. Außerdem war es nicht mein Geld. Ich drückte ihr die drei Zehner in die Hand. Sie schob die Scheine geübt unter den Strumpfhalter.

»Der Typ, den du meinst, hing, glaube ich, öfters in *Heinis Hühnerpfanne* rum. Is'n Schuppen paar Straßen weiter. Ich bin da manchmal.«

Ich hatte nichts halb so Konkretes erwartet.

»Wieso nimmst du an, es war der Typ, den ich suche?«

»Sonntagabend hab ich dort gegessen, und 'ne Freundin hat mir erzählt, sie haben 'nem Türken, der immer zum Flippern kam, ein Messer in den Rücken gehauen.«

»Wer ist sie?«

»Och, irgend jemand wirds schon gewesen sein.«

»Die Freundin, woher hat sie das?«

Ein kleiner Mann mit Hut trippelte die Hauswand entlang auf uns zu.

»Hat's glaub ich in der Zeitung gelesen. So, es hat sich ausgeplaudert, mehr weiß ich nicht, außerdem kommt Kundschaft!«

»Na gut, schönen Abend noch.«

Sie rief mir noch hinterher, mit ein bißchen mehr Geld ließe sich bei Gelegenheit eine nettere Zusammenkunft arrangieren. Ich gab vor, sie nicht zu hören.

Ich kannte *Heinis Hühnerpfanne,* wenn auch bisher nur von außen. Jetzt stand ich davor und betrachtete die Preise der Gerichte. Als ich in die Kombination von Restaurant und Snackbar eintrat, wehte mir der Gestank von vergammeltem Fett um die Nase. Ich setzte mich an einen Wandtisch, von wo aus ich alles überblicken konnte. An der Decke hingen alte Faschingsgirlanden. Sonst war der Saal eintönig hellbraun. Rustikale Holzmöbel standen ungeordnet herum. Über der Theke röhrte ein abgehackter Hirschkopf. Die Tische waren kaum besetzt. Gebräunte Männer in weißen Jacketts unterhielten ihre derzeitigen oder zukünftigen Strichmädchen mit wilden Abenteuern. Einzelne Dirnen saßen über einem Korn. In der Ecke rülpste ein Penner. Der lange, magere Kellner kam schnurrbartzwirbelnd auf mich zu. Er wollte wissen, was der Herr wünsche. »Scotch«, meinte ich, »der Herr wünscht Kaffee und Scotch«, und er eilte wieder weg. Ich musterte die Frauen. Eine der hübscheren dämmerte über einem glänzenden Hühnerschenkel.

Dann kam der Kellner, Tasse und Glas schwingend, ließ beides galant auf den Tisch gleiten und schnurrte: »Wünscht der Herr auch zu speisen?«

Er gehörte eher in die Hotelbar vom Plaza, wo er Messebesuchern die Hummerbeine vorkauen könnte, als in diese fettige Schnapsschänke.

»Danke, habe schon gegessen.«

Er lächelte und glitt davon.

In der Ecke stand jener Flipper, auf dem Ahmed Hamul öfters gespielt haben mußte. Vorausgesetzt, dreißig Mark waren dem Netzstrumpf wirklich zu wenig gewesen, um die Phantasie zu bemühen.

Ich zündete mir eine Zigarette an und ging zum Flipper. Flash Gordon jagte, gefolgt von hundert Superfrauen, über die Glasplatte. Ich spielte mit den beiden Markstücken, die mir geblieben waren. Wie ich Kaffee und Scotch zahlen sollte, wußte ich nicht.

Ich steckte Geld in den schmalen Schlitz, drückte einen roten Knopf und drehte mich um. Der Flipper polterte ›oh, yes‹. Das Mädchen mit dem Teller voll Huhn sah kurz auf und warf einen ungläubigen Blick durch den Saal. Ich schoß die Kugel in das blinkende Lichtermeer, sie bollerte durch Gummi und Plastik. Ich ließ sie rollen und ging zu dem Mädchen ohne Appetit.

»Tschuldigung, darf ich mich zu Ihnen setzen?«

Sie schaute mich an, als hätte ich Mundgeruch: »Muß das sein?«

»Nur kurz, ich habe für Sie eine Nachricht von Ahmed ... er ist nicht tot«, flüsterte ich.

Es war mit verbundenen Augen ins Schwarze getroffen. Man hätte eine mittelgroße Wassermelone in ihren aufgerissenen Mund schieben können. Ich fühlte mich wie ein Lottoschein mit sieben Richtigen.

»Ja ... ja ... setzen Sie sich bitte ...«, stotterte sie und rückte mir einen Stuhl zurecht.

»Wer sind Sie? Und ... was reden Sie da?«

Ich setzte mich umständlich und überlegte fieberhaft, was nun folgen könnte.

»Ich bin ein Freund von Ahmed. Er hat mich gebeten, Ihnen etwas zu überbringen.«

Ich schaute mich um. Zum Glück saß jemand am Nebentisch.

»Ich erkläre Ihnen alles, aber nicht hier. Wissen Sie einen Ort, wo wir ungestört sind?«

»Natürlich, ja . . . wir können zu mir gehen, das ist nicht weit, aber . . . gut, gehen wir, ich bin ein bißchen durcheinander . . . wissen Sie, es ist . . .«

»Schon gut«, unterbrach ich sie, »zahlen wir und gehen.«

Ich winkte dem Kellner, verlangte die Rechnung und erinnerte mich, ich hatte meine letzten zwei Mark in den Flipper geworfen.

»Tschuldigen Sie, ich habe mein Geld vergessen, könnten Sie mir Kaffee und Scotch auslegen?«

»Natürlich.«

Während der Kellner die Rechnung brachte, suchte sie nervös in einem Stück Krokodil nach ihrem Geldbeutel. Sicherlich wäre der Kellner gerne ein ›Hat es Ihnen geschmeckt‹ losgeworden. Statt dessen betrachtete er kummervoll den unberührten Teller und ließ den Eindruck entstehen, er sei persönlich getroffen. Natürlich war es ihm schnurzegal. Seinem mageren Körper nach zu urteilen, mochte er die triefenden Hühnerkeulen selbst nicht besonders. Endlich fand sie ihr Geld und fischte mit zittriger Hand einen Zwanzigmarkschein aus der Börse.

»Mein Kaffee mit Scotch kommt noch dazu.«

Kurz huschte Verwunderung über seine Augen. Er hielt mich ohne Zweifel für einen Freier und war erstaunt über eine Dirne, die ihre Kundschaft zum Kaffee einlud.

Während er das Geld wechselte, holte ich meine Zigaretten

und schüttete den inzwischen lauwarmen Whisky hinunter. Als ich zurückkam, steckte sie gerade Münzen und Scheine in die Börse. Ich hatte Ahmed Hamuls Freundin in kürzester Zeit ohne Hilfe gefunden und kam mir gut vor. Daran muß es wohl gelegen haben. Ich sah ohne Erstaunen zu, wie sie vierzehn Mark Wechselgeld einstrich.

Die Tür von *Heinis Hühnerpfanne* fiel zu, und wir standen auf der Straße. »Ich wohn hier im Haus«, meinte sie und stieß zwei Meter weiter eine vergammelte Haustür auf. Eine flakkernde Neonröhre beleuchtete schwach das Treppenhaus. Stumm ging sie vor mir die Stufen hinauf. Wahrscheinlich beschäftigten sie viele Fragen, und sie wußte nicht, wo und wie sie anfangen sollte. Mir war das nur recht. Ich hätte sowieso keine Antwort gewußt.

Im zweiten Stock angelangt, erfuhr ich ihren Namen. Er stand in handgeschriebenen Druckbuchstaben über dem Klingelknopf. *Hanna Hecht.* Hanna Hecht schloß die Tür auf und knipste das Licht an. Wir standen in einem winzigen Vorzimmer auf weißem Flokati. Abgesehen von einem blauen Telefon stand das Zimmer leer. Der rosa Lampion an der Decke schaffte schummeriges Halbdunkel. Man hatte das Gefühl, in lauwarmem Kakao zu schwimmen.

Es gab zwei Türen. Eine mußte in den Schlaf- und Arbeitsraum von Hanna Hecht führen. Sie öffnete die andere, die private.

Vier Mauern, an denen sich Kochecke, Spüle und Ikea-Möbel reihten. An der Tapete hingen Pferdebilder, ein rosabeiges Plakat mit Herzchen und tanzenden Kindern und die sauberen Köpfe irgendeiner Popgruppe. Das Regal in der Ecke war gefüllt mit Setzkastenkleinkram, Pferdebüchern und einem Radiowecker. Alles Habseligkeiten eines Cola gurgelnden Teenagers, weniger die einer fixenden Dirne.

»Setzen Sie sich. Wollen Sie was trinken?«

»Gerne.«
»Ich hab Martini und Wodka.«
»Ein Wodka wär schön.«
»Eis?«
»Gerne.«

Während sie den Kühlschrank aufmachte und Eis klopfte, konnte ich sie genauer betrachten. Sie war groß, mit langen Beinen, die in Jeans steckten. Wenn sie etwas mehr essen würde, hätte sie eine gute Figur. Ihr Gesicht war von vielen Spritzen ausgemergelt und gelblich, die blonden Locken dünn und künstlich. Ich überlegte, welcher Art die Beziehungen zwischen ihr und Ahmed Hamul gewesen sein könnten.

Sie stellte den Wodka vor mich hin, setzte sich mir gegenüber, steckte sich eine lange Filterzigarette an und musterte mich unruhig.

»Sagen Sie, was . . . was wissen Sie von Ahmed?«

Mir fiel keine anständige Lüge ein. Ich wußte auch nicht, ob mir das weiterhelfen würde. Ich platzte mit der Wahrheit heraus.

»Ich habe Sie vorhin belogen. Ahmed ist tot.«

Diesmal riß sie nicht den Mund auf, sondern kniff die Lippen zusammen. Ich bekam Angst, sie würde sie zerbeißen. Ihre Finger zerbrachen die Zigarette und krampften sich um die Tischkante.

»Tut mir leid, aber ich wußte keinen anderen Weg, um Ihnen ein paar Fragen stellen zu können. Ich bin Privatdetektiv, und die Familie von Ahmed Hamul hat mich beauftragt, seinen Mörder zu finden.«

Zitternd am ganzen Körper stand sie auf, starrte mich eine Zeitlang wie eingefroren an und preßte ein »Hau ab, du Sau« durch die Zähne. Ich hatte die Innigkeit der Beziehung unterschätzt. Im nachhinein gefiel mir der Weg zum Gespräch über ein paar anständige Lügen sehr viel besser. Dazu war es leider zu spät. Haß flackerte in ihren Augen, und tatsächlich wäre ich am liebsten gegangen. Statt dessen nahm ich einen kräftigen Schluck Wodka und brummte: »Jetzt mach aber mal 'n Punkt. Ich will nur 'n paar Sachen fragen. Wenn ich ehrlich gewesen wäre, hättest du mir keine Minute zugehört. Du meinst doch auch, der Mörder soll gefunden werden, oder? Über Ahmed Hamul weiß ich bisher nur, er hatte Stoff und Segelohren. Das ist nich besonders viel, um . . .«

»Hau ab, hab ich gesagt! Mich interessiert das 'n Scheiß!«

Ich erinnerte mich, ihr gesagt zu haben, ich hätte ihr etwas von Ahmed zu überbringen. Der Stoff mußte sie scharf gemacht haben, nicht, daß da jemand plötzlich wieder lebte.

»Nur ein paar Fragen, dann geh ich sofort, okay?«

Das Eis wich aus ihrem Gesicht, und sie lächelte mich sogar ein bißchen an.

»In Ordnung, muß nur schnell mal aufs Klo.«

Sie trippelte hinaus auf den Flur. Ich kapierte gar nichts, strengte mich auch nicht besonders an, sondern nippte an dem billigen Wodka und legte mir die Fragen zurecht.

Nebenan gurgelte die Klospülung. Wenig später kam Hanna Hecht zurück. Sie lächelte immer noch, inzwischen recht blöde.

»Also gut, was willste wissen?«

»Zuerst interessiert mich, wieweit Ahmed Hamul im Heroingeschäft mitgemischt hat.«

»Hat er das?«

Sie spitzte spöttisch den Mund.

»Och, nicht so, Mädchen. So viel Zeit haben wir nicht.«

»Nee?«

Sie sah kurz an mir vorbei, und endlich kapierte ich. Doch es war schon zu spät. Ich drehte mich langsam um und glotzte verblüfft auf die offene Tür. Im Rahmen stand schnurrbartzwirbelnd der Kellner aus *Heinis Hühnerpfanne.* Er lächelte süßlich. Mir wurde einiges klar. Es hatte ihn nicht gewundert, Hanna Hecht für mich bezahlen zu sehen, sondern, daß ich glaubte, sie habe eine eigene Rechnung. Daher das viele Wechselgeld.

Der galante Kellner war Hannas Zuhälter und kam natürlich für ihre Rechnung auf. Im anderen Zimmer mußte eine Klingel sein, um ihn in Notfällen herbeizurufen.

Ich kam mir dämlich vor.

»Sehr richtig. So viel Zeit haben wir nicht.«

Er griff langsam in die Tasche und zog eine schwarze Pistole heraus.

»Was hat denn unser Freund auf dem Herzen, Hanna?«

»Hat mich angeschwindelt, der Arsch. Ahmed is mausetot. Der da is'n Schnüffler und arbeitet für Ahmeds Familie. Er hat mich hier hoch gelockt, um mir 'n paar Fragen zu stellen. Das ist alles.«

Mittlerweile war ihr Gesicht nur noch eine Grimasse, die mir keinen Blick mehr gönnte, sondern stur den Boden anstierte.

»Er hat also auch keine Päckchen von Ahmed?«

»Quatsch.«

»Nun gut, dann werden wir den jungen Mann jetzt an die Tür begleiten und ihn freundlich, aber bestimmt bis auf weiteres des Hauses verweisen.«

Er winkte mir mit der Pistole aufmunternd zu.

»Wieso stört es den Haushalt so sehr, wenn ich ein paar Fragen loswerden will?«

»Fragen, mein Freund, stören immer, und wenn man ihnen aus dem Weg gehen kann«, genüßlich strich seine Hand über das schwarze Eisen, »macht man das im allgemeinen auch. Außerdem, ich persönlich lehne Menschen, die mit dem Tod ihren Scherz treiben, ab.«

»Moralische Bedenken in Ehren, aber . . .«

»Schluß mit dem Gerede. Ich habe nicht die Zeit und auch nicht das Bedürfnis, Ihnen Anstand beizubringen, mein Freund. Stehen Sie jetzt langsam auf und kommen Sie her.«

Ich erhob mich wie befohlen und ging zu ihm hin. Plötzlich stieß er mir die Pistole in den Bauch, griff unter mein Jackett und fummelte die Parabellum heraus. Dann schubste er mich gegen die Wand.

»Tut mir leid, nur eine Vorsichtsmaßnahme. Damit Sie nachher nicht auf dumme Gedanken kommen und glauben, es wäre ein leichtes, noch einmal zurückzukehren.« Er öffnete die Kanone, ließ das Magazin auf den Boden fallen und warf sie mir zu.

»So, mein Freund, jetzt gehen wir artig durch die Tür und schön ruhig die Treppe hinunter.«

Ich hörte noch, wie Hanna Hecht, diesmal für sich, Eis klopfte. Dann trottete ich, vom höflichen Kellner gefolgt, durchs Treppenhaus runter auf die Straße.

Er warnte mich noch vor gewissen Dingen, die meiner Gesundheit schaden könnten, verabschiedete sich danach in aller Form und verschwand eilig in *Heinis Hühnerpfanne.* Es war kurz nach zwölf. Mein Geburtstag war vorbei, und ich wollte ins Bett.

Als ich die U-Bahn-Station verließ, begann der Wodka unangenehm an meine Hirnrinde zu klopfen. Ich schlenderte durch die stillen Straßen und betrachtete die fein geschwungene Mondsichel.

Beim Haus Nummer sieben angelangt, bog ich in die Einfahrt ein und zog die Schlüssel heraus. Während ich noch überlegte, welcher Hammel seine Karre mitten im Weg geparkt hatte, heulte der Motor auf, und die Scheinwerfer gingen an. Das grelle, weiße Licht blendete mich. Ein Satz Reifen quietschte, und ich rannte instinktiv los. Fünfzehn

Meter waren es bis zur Straße, wo ich mich keinen Augenblick zu früh nach rechts unter ein geparktes Auto warf. Ein kleiner Fiat schoß an mir vorbei. Er bremste scharf und donnerte nach links. Ich rollte mich so schnell es ging herum, riß die Kanone aus dem Schultergurt und zielte auf die Reifen.

Es machte ein leises, metallisches ›Klick‹. Ich sah noch, wie der Fiat um die Ecke verschwand. Ein Fenster im Haus gegenüber wurde aufgestoßen.

»Ruh da unne, oddä isch ruf die Pollizei! Is net zum aushalde!«

Krachend flog das Fenster wieder zu.

Ich stand auf und klopfte mir den Dreck von der Hose. Es roch nach verbranntem Gummi. Am liebsten wäre ich zurückgefahren, um dem Kellner die leere Kanone in die Visage zu schlagen. Statt dessen steckte ich die Pistole wieder in den Schultergurt, ging in meine Wohnung und legte mich ins Bett.

ZWEITER TAG

Madame Obelix schaute mich verschlafen aus aufgequollenen Augen über die Theke hin an.

»Isch habb kei Kaffe, des tut mer leid. Die Leut wolle ja aach nie Kaffe, die wolle immer nur Bier, aach so frie morjens, egelhaft. Abber wardde Se, isch hab hinne eh Känsche fer misch, da kenne Se e Tass von hawwe.«

Ohne meine Antwort abzuwarten, schlurfte sie davon.

Es war neun Uhr morgens. Mein Schädel brummte vor sich hin. Ich war um acht Uhr aufgestanden und hatte unter der Dusche beschlossen, den Tag mit einem Besuch bei Mutter Ergün einzuleiten. Nun lehnte ich an der Bude und wollte noch einen Kaffee trinken, bevor ich zu ihr rüber ging.

Ich hatte die Türkische Botschaft angerufen, doch obwohl ich mich als Beauftragter des Innenministeriums ausgegeben hatte, sogar mit bayrischem Akzent, konnte oder wollte mir der Herr am anderen Ende der Leitung nichts über Ahmed Hamul erzählen.

Madame Obelix kam mit pfeifendem Husten und einem Pappbecher Kaffee zurück.

»Ein belegtes Brötchen oder so haben Sie nicht zufällig?«

»Ich kann Ihne eh Rindsworscht warm mache, wenn Se des möchte.«

Mein Magen meldete, keine Rindswurst zum Frühstück. So kaufte ich Schokolade und ein Päckchen Zigaretten. »Is des dann alles?«

»Ja.«

»Mei Kaffe werd nemlisch kald.«

Ich beobachtete, wie sich der mächtige Arsch durch die

Tür zwängte und nach und nach verschwand. Ihr Kaffee hatte eine Konsistenz, von der behauptet wird, sie könne Tote aufwecken. Ich aß eine halbe Tafel Schokolade, zündete mir anschließend eine Zigarette an und dachte an den quietschenden Fiat. Ich bezweifelte, daß er mich wirklich über den Haufen hatte fahren wollen. Das konnte man einfacher haben. Eher war es eine Aktion, die dem Drohbrief ein bißchen mehr Nachdruck verleihen sollte. Was auch gelungen war.

Wem, verdammt nochmal, kam ich so in die Quere? Die Aktenhengste der Türkischen Botschaft würden kaum in vollendeter Gangstermanier einen halben Abend im Auto rumgammeln, nur um mir dann einen saftigen Schrecken einzujagen.

Oder vielleicht doch?

Um mir darüber klarzuwerden, mußte ich endlich wissen, ob Ahmed Hamul irgendwie politisch aktiv gewesen war. Ich trank den Kaffee aus und lief hinüber zu den rausgerissenen Klingelknöpfen.

Mutter Ergün öffnete mir die Tür im grün-braun gestreiften Frotteebademantel, unter dem zwei schwammige, gelbe Füße hervorschauten. Die Zehennägel hatten eine eitrige Farbe. Sie war so überrascht wie erwartet, entschuldigte sich für ihre häusliche Aufmachung und bat mich offensichtlich nur ungern in die Wohnung.

Es roch nach aufgebackenen Brötchen, und irgendwo blubberte eine Dusche. Sie führte mich in die Küche. Zwei saubere Teller warteten aufs Frühstück.

»Yilmaz ist schon arbeiten gegangen, und Ilter ist auf dem Amt, wegen der Beerdigung. Ich wollte gerade mit Ayse frühstücken. Möchten Sie einen Kaffee?«

Und wie ich mochte! Noch mehr hoffte ich, sie würde mir auch eins der dampfenden Brötchen anbieten. Um diesen Wunsch dezent zu äußern, hätte ich am liebsten mit dem

Magen geknurrt. Statt dessen fragte ich: »Könnte ich bei der Gelegenheit einen Moment mit Ihrer Tochter Ayse sprechen?«

Yilmaz Ergün hatte mir zwar deutlich zu verstehen gegeben, ich könne das bis auf weiteres nicht, aber er war weg, und seine resoluten Sprüche wurden, soweit ich das einschätzen konnte, ohnehin vom Rest der Familie nicht getragen.

Trotzdem war ihr die Antwort sichtlich unangenehm. Ihre Worte schleppten sich nur mühsam von den Lippen.

»Ja, wenn sie kommt . . . können Sie mit ihr reden.«

Langsam gewann ich die Überzeugung, die arme Ayse mußte Syphilis haben. Die Mutter goß mir Kaffee ein und setzte sich gegenüber an den Tisch.

»Mir sind seit gestern noch eine Menge Fragen eingefallen, deshalb platze ich schon so früh herein. Ehrlich gesagt, ich habe noch nicht viel über ihren Schwiegersohn herausbringen können. Bisher sind alles nur Vermutungen, doch vielleicht können Sie mir weiterhelfen.«

Mein sehnsüchtiger Blick hing schon eine Weile am duftenden, goldgelben Brötchenkorb. Sie mußte es gemerkt haben, denn als ich verstummte, sagte sie schnell: »Wenn Sie essen wollen, bitte.«

Ich legte ein bißchen Höflichkeit vor und meinte: »Nein, nein, ich werde Ihnen doch nicht das Frühstück wegessen.«

»Bitte, nehmen Sie. Es ist genug da.«

»Na ja, dann schmier ich mir mal was.«

Ich schnitt die knusprige Semmel in zwei Teile, ließ Butter und Marmelade darüber fließen und versuchte, ohne Gier zu kauen. Langsam breitete sich die Semmel wohligwarm in meinem Magen aus.

»In erster Linie interessieren mich Sachen aus Ahmeds Vergangenheit. Ob er politisch in irgendeiner Richtung aktiv gewesen ist, ob er als Mitglied bei einer Partei oder Gruppierung gearbeitet hat. Wenn, müßte ich wissen, was er in diesem Zusammenhang alles gemacht hat.«

Sie war einigermaßen überrascht.

»Aber Ahmed hat nie etwas mit Politik gemacht.«

Jetzt erst merkte ich, wieviel Hoffnung ich in diese Vermutung gesetzt hatte, ohne den kleinsten Anhaltspunkt zu besitzen. Wie wenn man den ganzen Abend lang in der Kneipe sitzt und an einem genau konstruierten Bierdeckelhaus baut; gerade wenn man den letzten Pappdeckel drauflegen will, kommt irgendein Fettwanst, torkelt gegen den Tisch und grummelt eine Entschuldigung. Man sitzt vor dem zusammengestürzten Haufen und möchte dem Trottel den Kiefer brechen.

»Ah, ja, das dachte ich mir schon.«

Es ist keine gute Reklame für einen Privatdetektiv, wenn er zugibt, seine analytischen Fähigkeiten seien mehr oder weniger unterentwickelt. Jetzt blieb nur noch der Dealer übrig.

»Sie haben gestern erzählt, Ahmeds ungeregeltes Leben begann etwa vor zwei Jahren. Können Sie sich an einen besonderen Vorfall seit dieser Zeit erinnern? Zum Beispiel ein überraschender Besuch oder ungewöhnlich viel Post für Ahmed aus der Türkei?«

Sie schlürfte ihren Kaffee und sagte nichts.

»Wissen Sie, daß Ahmed mit Heroin gehandelt hat?«

Sie nickte stumm. Still war es in der Küche. Die ersten Sonnenstrahlen glitten durch die Scheibe und warfen dunkle Schatten auf das Gesicht der Mutter. Nach einem kräftigen Schluck Kaffee räusperte sie sich und begann zu erzählen.

»Natürlich wußte ich es. Alle wußten es. Nur Ilter hat den Lügen von Ahmed geglaubt.«

Es folgten ein paar Weisheiten über die Blindheit der liebenden Frau. Dann kam sie wieder auf Ahmed zurück, besser gesagt, auf Vasif, ihren verstorbenen Mann. Dieser hatte, genauso wie Ahmed, eines Tages mehr Geld mit nach Hause gebracht, als sein mickriger Lohn erlaubt hätte. Etwa ein Jahr vor seinem tödlichen Unfall begann er damit, die Abende in Kneipen und Clubs zu verbringen. Mutter Ergün wußte das. Sie war ihm mehrmals bei seinen Ausflügen gefolgt. Zugegeben hatte er es nie, aber alles lief darauf hinaus, er mußte Heroin verkauft haben. Woher er das Zeug bekam, hatte sie nicht herausfinden können. Besuch oder ungewöhnliche Post habe ihr Mann nie erhalten. Irgendwann in dieser Zeit mußte auch Ahmed in das Geschäft eingestiegen sein. Sehr wahrscheinlich durch Vermittlung seines Schwiegervaters. Mutter Ergüns Erzählung nach war es nichts Außergewöhnliches, wenn Ahmed und Vasif zusammen ausgingen und die Zeit miteinander verbrachten. Die beiden hatten sich auch vorher bestens verstanden. Ahmed Hamul mußte sowas wie ein Abenteurer in der sonst eher vorsichtig bedachten Familie gewesen sein. Dem Alten gefiel er, außerdem waren sie nur zehn Jahre auseinander.

Bald zog er ihn seinen eigenen Kindern, speziell dem Sohn Yilmaz, vor. Ihr Verhältnis war eher das zweier lachender Wandergesellen, die gemeinsam Streiche aushecken, als das, was man sich normalerweise unter der Beziehung Schwiegervater – Schwiegersohn vorstellt.

Das führte zu einer angespannten Situation in der Familie. Gerade Yilmaz schaffte seiner Eifersucht oft Luft, indem er Vater und Schwager böse Vorhaltungen machte.

Langsam verstand ich seine Ablehnung mir gegenüber. Nach dem Tod von Vasif hatte Ahmed das Heroingeschäft allein weitergeführt und sich kaum noch zu Hause blicken lassen. Abgesehen von seiner Frau Ilter waren wohl alle darüber recht froh gewesen. Mutter Ergün machte eine Pause, und ich beobachtete, wie ich dabei war, mir ein weiteres Brötchen zu schmieren.

Sie legte ihre dunkle, lederne Stirn in Falten und brütete vor sich hin. Das Quietschen meines Messers auf dem Porzellan durchschnitt die nachdenkliche Ruhe wie eine kreischende Motorsäge.

Allmählich konnte ich mir ein Bild von der Familie Ergün machen. Vasif, das Familienoberhaupt, der mit Mülltüten den Familienunterhalt verdiente und sonst keinen großen Spaß an dem fremden Land mit seinen unfröhlichen, ordentlichen Bewohnern hatte. Mit seinen Kindern konnte er nicht viel anfangen. Sie waren sehr jung gewesen, als sie nach Deutschland kamen, wurden geprägt von der neuen Umwelt, paßten sich ihr notgedrungen an und entfernten sich dadurch von ihm. Yilmaz, arbeitsam und strebsam, erhielt nur wenig Bestätigung von seinem Vater. Der hätte lieber einen temperamentvolleren Sohn gehabt. Er verschanzte sich hinter seinen beruflichen Erfolgen, wurde verbittert und hatte wahrscheinlich nur die Mutter als menschlichen Bezugspunkt.

Melike Ergün, die umsichtige Mutter, die auch nicht die Kraft hatte, ihren Mann vom Heroingeschäft abzuhalten, kümmerte sich um die Kinder, war Rückhalt in der Familie.

Dann Ilter, mehr schüchtern und zurückhaltend, die große Tochter, die der Mutter half, bald selbst Mutter wurde und auch nur noch für Kinder und Haushalt lebte. Nur über Ayse Ergün wußte ich keinen halben Satz zu sagen. Sie mußte aus irgendeinem Grund das schwärzeste Schaf in der Familie sein.

Dann platzte Ahmed Hamul, relativ frisch aus der Heimat, in die trübe Familie, nahm sich Ilter zur Frau, den Vater zum Freund und spaltete so die Familie in zwei Teile. Auf der einen Seite Yilmaz, Ayse und die Mutter, auf der anderen Seite er und Vasif. Ilter hing mit den Kindern irgendwo dazwischen. Ich betrachtete eine Luftaufnahme von Istanbul, die groß an der gelben Tapete hing, und fragte: »War da nicht irgend etwas Ungewöhnliches in der Zeit, als Ihr Mann anfing, mit Heroin zu handeln? Versuchen Sie, sich zu erinnern! Auf den ersten Blick hat es vielleicht gar nichts miteinander zu tun.«

»Nein, da war nichts, bestimmt.«

»Und wann es genau anfing, wissen Sie auch nicht?«

Sie rieb nachdenklich die Finger aneinander.

»Es war, glaube ich, kurz nach dem Unfall . . . ja, da fing es an.«

»Was für ein Unfall?«

»Nicht schlimm. Vasif ist in ein anderes Auto gefahren.«

»Hat Ihr Mann öfter Unfälle gebaut?«

Die Frage rutschte mir mehr aus Versehen heraus.

»Nein, es war sein einziger Unfall, außer seinem letzten.«

Es war ein verdammt mickriger Strohhalm. Aber es war einer.

»Waren Sie dabei?«

»Ja, wir wollten zu Freunden fahren.«

»Das Datum wissen Sie noch?«

»Nein, nicht genau, es war im Februar, aber den Tag weiß ich nicht.«

»Wer hatte schuld an dem Unfall? Ihr Mann oder der andere Fahrer?«

»Ich kenne mich da nicht aus. Ich glaube, Vasif hatte schuld. Das andere Auto kam von rechts. Aber dann hatte er doch keine schuld.«

»Was heißt das, dann hatte er doch keine schuld?«

»Na ja, die Polizei kam, wir mußten alle mitfahren, und Vasif hat dann mit der Polizei lange geredet. Ich war nicht dabei, ich habe im Flur gewartet. Dann kam Vasif zurück und hat gesagt, es würde ihm nichts passieren.«

»Mußte er nichts zahlen?«

»Nein, zum Glück, wir hatten sehr wenig Geld damals, und

Vasif war verzweifelt, als wir zur Polizei fuhren. Aber dann war er wieder froh und mußte nichts zahlen.«

»Der andere Fahrer, können Sie sich noch an seinen Namen erinnern?«

»Nein.«

»Was war das für ein Mensch?«

»Er war noch jung, mit blonden Haaren.«

Davon gab es Millionen. Allerdings mußte eine Akte über den Unfall bei der Polizei liegen.

»Wissen Sie noch die Polizeiwache, auf die man Sie gebracht hatte?«

»Ja, sie ist hier in der Nähe, drei Straßen weiter. Der Unfall ist auch gleich hier um die Ecke passiert. Ich kann es Ihnen vom Fenster aus zeigen.«

Wir standen auf und zwängten uns nebeneinander ans Küchenfenster. Sie beschrieb mir noch einmal, wie der Unfall genau geschehen war. Ohne Zweifel hatte Vasif schuld gehabt. Das sah man sogar von hier oben. Wir betrachteten schweigend den lärmenden Verkehr, bis ich sie fragte: »Wo wollte Ihr Mann am Tag seines tödlichen Unfalls hinfahren?«

»Es war Samstag und wir frühstückten, da kam ein Anruf, und Vasif telefonierte kurz. Dann sagte er uns, er müsse wegfahren. Er wollte gleich wiederkommen.«

Sie stockte und preßte die Zähne zusammen.

»Welcher Tag genau war das?«

»Am fünfundzwanzigsten April neunzehnhundertachtzig.«

»Wer angerufen hat, wissen Sie nicht?«

»Nein, einer von Vasifs Freunden.«

»Wo ist der Unfall denn genau passiert?«

»Auf der Straße nach Kronberg.«

Auch das mußte in einer Polizeiakte genauer beschrieben sein. Ich beschloß, Mutter Ergün in Ruhe zu lassen und zur Polizei zu gehen. Als erstes wollte ich bei der Abteilung

Rauschgift nachfragen, ob es irgendwelche Schriftstücke über Vasif und Ahmed gab.

»Gut, Frau Ergün, Sie haben mir wirklich sehr geholfen. Ich werde morgen wieder vorbeikommen. Und dann hoffentlich mehr wissen. Könnten Sie Ihrer Tochter Ilter ausrichten, sie möchte mich im Lauf des Tages im Büro oder bei mir zu Hause anrufen? Die Nummer hat sie.«

Wir verabschiedeten uns, und ich bedankte mich für das Frühstück. Gerade als ich mich umdrehen wollte, zuckte die alte Frau, wie von einem unsichtbaren Schuh getreten, zusammen. Ihre Augen flackerten widerwillig an mir vorbei.

Die Küchentür knarrte leise. Billiges Parfüm wehte durch den Raum. Langsam wandte ich den Kopf und blickte in Richtung Parfüm. Ayse Ergün stand auf wackeligen Beinen im Türrahmen. Mutter und Tochter starrten sich stumm an, und ich verstand endlich.

Wie im Dunst suchten ihre Augen nach Halt; doch der Blick schwamm immer wieder weg, glitt ohne Ziel durch die Küche. Der kleine, magere Körper zitterte leicht, und die Finger krampften sich ineinander, als wollten sie sich verstecken. Ayse Ergün hatte nicht die Syphilis. Sie hing an der Fixe.

2

»Wie bitte, was wollen Sie?«

Er hatte den Ton eines aufstrebenden Offiziers, der einen Gefreiten wegen ungebügelter Hosen zur Sau macht. Seine Zähne hackten die Wörter am Ende scharf ab. Ich fürchtete, er könnte sich aus Versehen die Zunge abbeißen. Seine stahlblauen Augen blitzten mich ungnädig an. Immerhin popelte er nicht ständig in der Nase wie Nöli.

Jetzt mußte ich mich schon zum zweiten Mal im Empfang des Polizeipräsidiums mit einem Schreibtischhelden herumärgern.

»Haben Sie Dreck in den Ohren? Das Rauschgiftdezernat such ich. Soll ich's Ihnen buchstabieren?«

Er knallte Unter- und Oberkiefer aufeinander und kniff die Augen zusammen, als hätte ich ihm kochendes Wasser über die Socken gekippt.

»Werden Sie bloß nicht unverschämt, ja! Ich kann Sie auch rausschmeißen lassen!« Drohend hieb er ein Lineal durch die Luft und schmetterte es auf die Tischplatte. Der kahl rasierte Nacken spannte sich.

»Euch muß man treten, um ein halbwegs freundliches Wort zu bekommen. Na ja, ich finde den Weg auch alleine.«

Noch während ich sprach, stand er auf und bekam ein käsiges Gesicht. Ich drehte mich um und verließ die Halle. Der Offizier sagte nichts mehr. Wahrscheinlich hing er am Telefon und ordnete meine standrechtliche Erschießung an.

Ein paar fleischfarbene Nylons trippelten mir im grauen Flur entgegen.

»Entschuldigen Sie, wo liegen denn die Räume vom Rauschgiftdezernat?«

Sie musterte mich nicht ohne Ehrfurcht. Vielleicht glaubte sie, ich sei ein Opiumkönig, der sich nun der Gerechtigkeit stellt. Vielleicht faszinierte sie aber auch nur mein immer noch mit angetrocknetem Blut verziertes Kinn.

»Im vierten Stock.«

»Danke.«

Diesmal nahm ich den Aufzug. Nummer vier leuchtete auf, und die verkratzten Türen schoben sich auseinander.

Zuerst roch ich ihn, besser gesagt seine Zigarre. Gleich darauf sah ich ihn. Futts Metzgerfigur stand wartend neben der Aufzugstür. Und neben ihm ein schmächtiges Bürschchen, das irgendeinen Satz verschluckte, als es mich erblickte. Ich mußte lachen.

Eine dicke, rote Ader trat aus Futts kahlem Schädel, und seine fette Brust pumpte Luft. Doch das Gebrüll blieb aus. Statt dessen ließ er das Lächeln eines Folterknechts spielen, der genüßlich sein nächstes Opfer in Augenschein nimmt.

»Ach, der Herr Abgesandte.«

Es klang bierfreundlich, als wolle er mir gleich eine Zigarre anbieten. Nur seine Augen wurden eng. Er hätte Charakterdarsteller beim Kinderfilm werden sollen: als lieber Onkel von nebenan, der immer mit den kleinen Mädchen Pipi machen will.

»Ach, der Herr Kriminalkommissar. Was macht der Fall Hamul? Bahnen sich tatsächlich internationale Verwicklungen an, oder bleibt es beim Durchschnittskanaken? Mein Interesse ist privater Natur, das haben Sie ja inzwischen festgestellt.«

Der liebe Onkel steckte langsam seine Zigarre zwischen die polierten Zähne, nahm einen tiefen Zug und schoß dann kleine, niedliche Rauchringe in die Luft. Das Bürschchen neben ihm mußte von mir gehört haben. Es trat nervös Löcher in den Boden, und ich hatte das Gefühl, es würde nur auf einen Wink des Chefs warten, um sich endlich auf mich zu stürzen. Seinen Körpermaßen nach zu urteilen, würde er wahrscheinlich an den Haaren ziehen.

Futt blies mir aus seiner Lunge den letzten Rest Rauch ins Gesicht und sagte mit der teilnehmenden Stimme eines Anwalts, der seinem Klienten das Hinrichtungsdatum verrät: »Mein lieber Herr Kayankaya, ich habe voraussichtlich heute nachmittag keine allzu dringenden Termine; ich werde mich deshalb erkundigen, wie man am schnellsten seine Lizenz als Privatdetektiv verliert. Mit Ihrem hellen Köpfchen eine andere Arbeit zu finden, ist sicherlich ein Kinderspiel.«

»Ingenieur bei der Müllabfuhr!« sprudelte das Bürschchen hastig und verzog die dünnen Lippen zum flatternden Lächeln.

Futt fand das offensichtlich weniger komisch und wies ihn mit einem schneidenden Blick zurecht.

Die beiden gaben einen exzellenten Einblick in das einfach strukturierte Leben einer Herrchen-Hund-Beziehung.

Futt zog die Augenbrauen hoch und fuhr fort.

»Nun, Herr Kayankaya, ich bin kein Unmensch, doch gewisse Dinge ärgern mich. Vor allem, wenn irgend jemand glaubt, er könne auf meine Kosten seinen Spaß haben. Ich halte Ehrlichkeit für eine der vornehmsten Tugenden, und wären Sie mir gegenüber aufrichtig gewesen, wer weiß, vielleicht würden wir jetzt zusammenarbeiten. So allerdings . . .«

Vielsagend strich seine Hand durch die Luft. Der Hund friemelte an seiner Hosennaht und blickte erwartungsvoll zum Herrchen hinauf. Doch das Herrchen blickte nicht hinunter.

Anstatt zu kläffen, haspelte er dann: »Ähm, Herr Kriminalkommissar, sollten wir nicht jetzt gleich, äh . . . ich meine . . . jetzt wo . . .«

Futt peitschte ein kurzes, bestimmtes »Nein« auf ihn nieder.

Ich war meine Rolle als Zuschauer bei der Dressur leid und fragte Futt: »Daß er Männchen machen kann, weiß ich jetzt, aber findet er auch das Stöckchen?«

Futt lachte. Nicht aus vollem Herzen, aber doch so, daß das Bürschchen anfing, mir leid zu tun. Es sah mich an, als hätte ich rumerzählt, er habe ein kleines Geschlechtsteil.

»Wenn Sie ausgelacht haben, wischen Sie sich den Rotz vom Kinn, sonst könnte glatt noch jemand seinen Spaß auf Ihre Kosten haben.«

Er griff sich ans Kinn. Jetzt lachte ich und ging. Bevor ich die Tür des Rauschgiftdezernats fand und anklopfte, hörte ich noch, wie der Aufzug kam und die beiden einstiegen. Bei dem seltsamen Spiel zwischen Herr und Hund hatte ich irgendwie das Gefühl gehabt, ich sei der Knochen.

Eine tiefe Stimme blökte langgezogen »Ja«, und ich drückte auf die Türklinke. Das Büro lag in Richtung aufgehende Sonne. Ich mußte die Augen zusammenkneifen, als ich eintrat.

Es war ein großer Raum mit drei abgegriffenen Holzschreibtischen, einer hoffnungslos mit Ordnern überladen. Dahinter saß die tiefe Stimme. Der Mensch hatte das intellektuelle Kopfschmerzengesicht mit zwei dicken, roten Brillen-Beulen auf der Nase. Er hatte die Brille abgenommen und kaute leidend auf dem einen Bügel herum. Vor ihm dampfte eine Tasse mit schwarzem Kaffee. In der Ecke säuselte ein Radio Wetterberichte. Es roch nach dicker Zigarre. Futt mußte auch schon weiter gekommen sein. Er legte Stirn und Augen in sorgenvolle Falten, als würde ihn ein Sack Kartoffeln drücken, und musterte mich wie seinen Zahnarzt.

Da er keine Lust zeigte, als erster den Mund aufzumachen, tat ich es.

»Guten Morgen. Ich bin Kemal Kayankaya, habe zu Weihnachten eine Lizenz für Privatermittlungen geschenkt bekommen und will, nachdem ich Sankt Nikolaus als Schwulen entlarvt habe, nun beweisen, der langhaarige Sohn Gottes war der größte Haschisch-Hippie von Jerusalem.«

Er verzog keine Miene, sondern sah mich weiter stumm mit seinem Migräneblick an. Ein netter Mensch hätte ihm eine Packung Aspirin schenken sollen. Ich war kein netter Mensch.

»Ich mach Ihnen einen Vorschlag, wie Sie sich mühsames Sprechen ersparen können. Wenn Sie mit dem linken Ohr wackeln, bedeutet es ›Ja‹, mit dem rechten ›Nein‹, und ich darf nur drei direkte Fragen stellen. In Ordnung?«

Anstatt mit dem rechten Ohr zu wackeln, sagte er: »Nein.«

Dann folgte eine kleine Pause, und ich überlegte, ob das alles war, was ich von ihm hören sollte.

»Ich weiß nicht, wer Sie sind. Im übrigen, es interessiert mich auch nicht besonders. Falls Sie mich nur besuchen wollten, um den Witzbold vorzuführen, bitte ich Sie, jetzt wieder zu gehen. Ich habe einiges zu tun.«

Er zog ein zerknülltes Taschentuch aus der Hose und begann seine Brille zu putzen.

»Ich bin gekommen, um zu erfahren, ob es in der Abteilung Rauschgift eine Akte über einen gewissen Ahmed Hamul gibt. Er ist letzte Woche in der Nähe vom Bahnhof in ein Messer gestolpert.«

Er schob die Brille auf die Nase. Jetzt war er der Germanistikstudent nach durchlesener Nacht. Er paßte einfach nicht hierher.

»Selbst wenn es eine Akte gäbe, wären Sie einer der vielen, die sie nicht zu sehen bekommen. Verschwenden Sie nicht Ihre und meine Zeit, gehen Sie woanders Witze reißen, ich bin sicher, mit ein wenig Geduld findet sich auch jemand, der darüber lacht.«

Abschließend legte er die Hände ineinander. Er bot den Anblick eines Professors nach längerem Vortrag, der nun hofft, die Studenten hätten keine weiteren Fragen und würden gehen.

»Wer oder was muß man denn sein, um an die Akten ranzukommen?«

»Alles, was Sie nicht sind.«

»Also gut, dann eben nicht. Aber wir sehen uns wieder«, fügte ich hinzu, ohne die geringste Ahnung, weshalb. Während ich den Raum verließ, schleimte das Radio irgendwas von sieben Brücken, über die ich gehen müsse.

Ich ließ die stickigen Flure des Polizeipräsidiums hinter

mir und trat auf die sonnige Straße. Ein bis zum Platzen gefülltes Paar Jeans drängte sich an mir vorbei. Ich blickte ihm hinterher, bis sich eine schlabberige Latzhose dazwischen schob.

Ich steuerte die nächste Telefonzelle an, um einen ehemaligen Kripokommissar anzurufen. Theobald Löff sitzt seit zwei Jahren seine Rente ab. Ich hatte ihn getroffen, als er eine frühere Klientin von mir wegen Mordes suchte. Es war der erste und einzige Polizist, den ich kennengelernt hatte, mit dem man sich verständigen konnte.

Löff, mit allen Ehren aus dem Polizeidienst entlassen, würde bestimmt die Akteneinsicht erhalten, die ich brauchte. Also stupste ich zwei Zehner in den Telefonschlitz und wählte Löffs Nummer. Es klingelte, drei-, viermal. Dann rief eine gehetzte Stimme durch die Leitung, ich solle bitteschön einen Moment warten, die Milch koche über. Das war Löffs Frau. Sie hatten vor knapp vierzig Jahren geheiratet und führten das, was als glückliche und langweilige Ehe umschrieben wird. Ich stand in der stickigen Telefonzelle und spürte die Schweißtropfen einzeln aus meiner Achsel herauskullern. Es roch nach verdautem Knoblauch.

Endlich kam Frau Löff zurück an den Hörer und erkundigte sich, wer da sei. Ich sagte ihr, wer da sei und was er wolle. Sie erklärte mir, ihr Mann sei in der Stadt, werde aber gleich zurückkommen, und ich solle zum Mittagessen vorbeischauen. Ich nahm dankend an, schmiß den Hörer in die Gabel und flüchtete nach draußen.

3

Das Ehepaar Löff wohnt in Nieder-Eschbach. Ein Großstadt-Reihenhaus-Randgebiet.

Die Nummern auf den hängenden Glas- oder Plastiklaternen vor den Häusern sind das einzige, was die beigen, aneinandergereihten Schuhkartons mit Ziegeldach unterscheidet. Überall gepflegter, grüner, vier mal vier Meter großer Rasenteppich, eingerahmt von säuberlich angeordneten Blumensträuchern. Drumherum ein niedriger, dunkelbraun gebeizter Jägerzaun mit scharfen Spitzen, zu nichts anderem gut, als fallenden kleinen Kindern die Augen auszustechen. An langen Sommerabenden stinkt der Holzkohlengrill, und aufgeregte Familienväter hüpfen in dunkelblauen Trainingsanzügen, Wurst und Kotelett schwingend, durch den Garten. Langsam steuerte ich den Opel durch die ruhige Straße und hielt Ausschau nach Nummer vierunddreißig. Gußeisern gekringelt fand ich sie neben einer blau geriffelten Glastür. Ich parkte den Wagen und stieg aus. In der Ferne brummte ein Mofa. Aus den geöffneten Fenstern kam Geruch von halbgarem Essen auf die Straße. Hinter einem vergitterten Parterrefenster trällerte eine Frauenstimme. »Die Gedanken sind frei . . .«

Ich stieß die Pforte auf, stolperte über einen blöde grinsenden Gartenzwerg und drückte auf die Klingel. Es machte hell Bimbam. Wenig später öffnete Frau Löff in buntgeblümter Küchenschürze die Tür.

»Herr Kayankaya! Herein in die gute Stube, das Essen ist gleich fertig. Mein Mann sitzt im Wohnzimmer.«

Für ihre sechzig Jahre war sie gut in Schuß. Ihr Mann

dagegen führte, außer der Salatzucht, ein recht unausgefülltes Rentnerdasein. Am liebsten verbringt Theobald Löff seine Zeit damit, willigen Zuhörern Heldentaten aus vergangenen Polizeijahren zu schildern.

Ich ging durch den niedrigen, hellbraun tapezierten Flur hindurch ins Wohnzimmer. Als das Ehepaar Löff vor Jahren hier eingezogen war, hatte es zuallererst den riesigen Fernseher in die Ecke gestellt und, von ihm ausgehend, den Rest des Raumes eingerichtet. Eine mit kaffeebraunem Cord bezogene Sitzgarnitur rankte sich um das Monstrum. Vereinzelte Sessel standen in Richtung Flimmerkasten. Selbst die Lampen waren so gedreht, daß sie, angeschaltet, ein angenehm gedämpftes Licht geben mußten. An den Wänden hingen Stiche von irgendwelchen Burgen und Teppiche mit ländlichen Motiven. Frau Löff häkelte sie an langen Winterabenden. So sahen sie jedenfalls aus. Auf zwei Teetischen lagen Gartenprospekte und Fernsehprogramme verstreut.

Löff saß mit gefalteten Händen in seinem Sessel. Er sah hinaus auf ein Fleckchen Garten.

Als ich eintrat, stand er auf und schlurfte in seinen Frotteepantoffeln auf mich zu.

»Tag, Herr Kayankaya, freut mich, Sie mal wieder zu sehen.«

Ich schüttelte sein dünnes Händchen. Löff hat dichtes, graues Haar, man meint im ersten Moment, das sonst zierlich-klapperige Männchen habe eine Fellmütze auf dem Kopf. Das Gesicht ist schmal und überzogen von kleinen Fältchen, wie ein eingetrockneter Apfel. Seine enorme Säbelnase ragt einem aufdringlich entgegen.

»Tag, Herr Löff, wie gehts? Was macht die Salatzucht?«

Er verzog den Mund, was den Apfeleindruck verstärkte.

»Salaaat! Was für Kinder und Greise. Hab den ganzen grünen Plunder herausgerissen und auf den Kompost geschmissen, konnte das Zeug nicht mehr sehen. Ist doch nichts, erst ein halbes Jahr pflanzen und pflegen und dann ein halbes Jahr essen. Meine Frau wollte ihn einfrieren! Geht nicht, hab ich ihr gesagt; geht doch, hat sie gesagt. Allein der Gedanke, jeden Tag aufgetauten Salat kauen! Rausgerissen hab ich das ganze Feld!«

Er schaute eine Weile trotzig auf seine Frotteepantoffeln.

»Lassen wir das. Setzen Sie sich. Erzählen Sie, warum Sie hergekommen sind. Wohl kaum, um von meiner Frau warme Würstchen serviert zu bekommen!«

Wir plumpsten in die braune Sitzgarnitur. Er verschränkte die Arme und schaute mich erwartungsvoll an.

»Stimmt, nicht nur wegen der Würstchen. Ich wollte fragen, ob es nicht eine Abwechslung im Rentenalltag wäre, mal wieder ein bißchen Polizist zu spielen und mir zu helfen?«

Ungeduldig sah er hoch zur Decke.

»Sie wissen genau, was ich davon halte, machen Sie's nicht so spannend.«

Ich erzählte ihm die Geschichte von Anfang an. Von Ilter Hamuls Besuch, dem Drohbrief, Ahmed Hamuls Dealer-Job, dem kleinen, schnellen Fiat, Hanna Hecht, Mutter Ergüns Erzählungen, Vater Ergün und seinen Unfällen, bis zu meinem Besuch heute morgen im Rauschgiftdezernat.

Löff hörte aufmerksam zu. Ich merkte, er begann sich wohlzufühlen. »Tja, das war alles bisher«, schloß ich und wartete auf Fragen.

Ganz Polizeikommissar, kratzte er sich am Kopf, stand langsam auf, holte sich Pfeife und Tabak, begann zu stopfen und zog die kleinen Apfelfältchen zu dicken, nachdenklichen Stirnrunzeln zusammen. Ich hätte ihm wahrscheinlich keinen größeren Gefallen tun können.

Sherlock Löff zündete sich die Pfeife an und ließ den Rauch bedächtig aus den Nasenlöchern rieseln.

»Wer bearbeitet den Fall?«

»Ach ja, hab ich vergessen, Schlachtermeister Futt und irgendein winselndes Dingsbums, zittert ständig um seinen Rockzipfel herum.«

»Harry Eiler heißt das Dingsbums. Futts Schatten, schon in der Zeit, als er noch beim Rauschgiftdezernat gearbeitet hat. Eigentlich ist er normale Streife, zu mehr hats nicht gelangt. Trotzdem holt Futt ihn immer wieder als Mitarbeiter oder Gehilfen, warum, weiß ich nicht. Er wird seine Gründe haben. Futt ist zwar ein unsympathischer Mensch, aber ein guter Polizist.«

»Ich dachte, das eine sei Voraussetzung fürs andere?« Löff konnte darauf nichts mehr erwidern. Seine Frau kam herein und zwitscherte, die Würstchen seien fertig.

Das Eßzimmer der Löffs ist wie aus PVC gegossen. Als wäre es für suhlende Kinder eingerichtet worden. An den hellgelben Wänden hängen in Plastik eingeschweißte Rezeptplakate. Eßtisch und Stühle sind grellorange, und der Boden ist mit dunkelgrünem Linoleum überzogen. Unter den Tellern lagen abwaschbare Plastikdeckchen. Ein Gully fehlte. Nach der Mahlzeit hätte man mit einem Gartenschlauch sauberspritzen können.

Frau Löff schaufelte Würste, Kartoffelbrei und Sauerkraut auf meinen Teller. Ich rupfte zwei Bierflaschen den Deckel ab.

Der selbstgemachte Brei bestand zu großen Teilen aus halbgaren Kartoffelbrocken. Dafür war er selbstgemacht.

»Man merkt sofort den Unterschied zum Kartoffelbrei aus der Tüte.«

Frau Löff bedankte sich.

Nachdem wir alles mögliche über Wetter, Preise und Sonderangebote weggeplaudert und ein paarmal über unseren neuen Kanzler gelacht hatten, fragte Löff:

»Also gut, das vorhin war die Geschichte, und wie soll ich Ihnen nun helfen?«

»Ach, Theo, laß das doch, bis wir mit dem Essen fertig sind. Herr Kayankaya muß doch auch mal Pause machen, nicht wahr?«

Sie tätschelte mir die Schulter.

»Ist schon in Ordnung, Frau Löff, ich muß möglichst schnell wieder los«, dann zu Löff, »ich brauche ein paar Schriftstücke, an die ich nicht rankomme, das ist alles. Sie können das, jeder kennt Sie noch. Es sind die Akten über die beiden Unfälle von Vasif Ergün und falls vorhanden, über Ahmed und Vasif im Drogendezernat. Am besten wäre es, Sie könnten von allem eine Fotokopie besorgen. Wenn Sie überhaupt wollen?«

»Natürlich will ich! Auf welchen Wachen wurden die Unfälle aufgenommen?«

»Der erste muß im Februar neunzehnhundertneunundsiebzig passiert sein, direkt hinterm Bahnhof. In der Nähe ist auch die Wache.«

»Ja, ich weiß«, zischte er. Er wurde fast böse.

»Der zweite, der tödliche Unfall, war am fünfundzwanzigsten April neunzehnhundertachtzig auf dem Weg nach Kronberg. Wo genau, das weiß ich nicht, aber . . .«

»Das werde ich schon herausfinden!«

Mich begann der Eifer des Polizei-Opas zu nerven.

»Na gut, bis wann könnten Sie die Kopien haben?«

»Kommen Sie so um fünf Uhr heute abend vorbei.«

»In Ordnung.«

Während des Nachtischs erzählte Theobald Löff, wie er neunzehnhundertsiebenunddreißig, als junger Polizist, einen jüdischen Eierdieb auf frischer Tat ertappt hatte: »Ich mußte ihn festnehmen, das war meine Arbeit. Aber wissen Sie, Herr Kayankaya, da ich gehört hatte, wie man mit den Juden im

Lager umspringt, hab ich ihm die Eier gelassen. Sie denken jetzt vielleicht, ›na und‹, aber was meinen Sie, was ich für ein Risiko eingegangen bin? Aber davon haben Sie ja keine Vorstellung. Heute sind andere Zeiten. Sehen Sie, sogar mit einem Türken, ha, ha, ha«, er klatschte seine verschrumpelte Rentnerhand auf meine Schenkel, » . . . sitze ich an einem Tisch.«

Seine Frau erläuterte noch die Vorzüge eines eigenen Gartens. Danach bedankte und verabschiedete ich mich. Wieder im Opel, konnte ich endlich rülpsen.

4

Ich ließ den Wagen im Schatten eines Spielsalons stehen und schlenderte langsam die träge in der Hitze flimmernde Straße hinunter. Ein paar meiner Landsleute standen an der Ecke und berieten irgend etwas. Flipper- und andere Automatengeräusche schwirrten durch die Luft. Sonst war es still. Ich steuerte *Heinis Hühnerpfanne* an. Gemächlich rollte eine Polizeistreife an mir vorbei. Ich schob *Heinis* Tür auf, und wieder wehte der gleiche, wochenalte Fettgeruch durch den Raum. Ich setzte mich an den erstbesten Tisch.

Mein schneller Freund von gestern abend schien seinen freien Tag zu haben. Der Kellner, der jetzt auf mich zu trudelte, paßte sehr viel besser in den stinkenden Hühnerfriedhof. Seine roten Haare hatte er in fettigen Strähnen eitel über die fortgeschrittene Halbglatze gelegt.

Einen Hals gab es nicht, nur eine Speckrolle, die sich zwischen Kopf und Schulter zwängte. Die Beine waren kurz und krumm, und sein Bauch sah aus, als hätte er einen Fußball verschluckt.

»Was wünschen der Heer, äh?«

Als sollte ich ihn streicheln, streckte er mir kokett den Fußball entgegen.

»Scotch, Kaffee und ein bißchen frische Luft.«

»Sofort.«

Er drehte sich um und tanzte mit derbem Hüftschwung hinter die Theke. Er hatte etwas von einem schwulen Nilpferd.

Der Ventilator fing an zu surren. Ich steckte mir eine Zigarette zwischen die Lippen und suchte Streichhölzer, als mir ein bekannter lila Duft in die Nase stieg.

»Na, starker Scheich, wie steht's?«

Der Schwan aus Millys Sex-Bar fiel mir gegenüber in den Stuhl. Diesmal in Zivil.

»Hallo Entlein, heute keine lila Unterhosen?«

Sie lächelte. Nicht zu viel und nicht zu wenig. Genau richtig.

»Mein Job beginnt erst um sieben. Stört dich Gesellschaft? Ich muß was essen.«

Der Fußball drängte sich zwischen uns und schob Kaffee und Scotch über den Tisch.

»Was wünschen gnää Frau?«

»Ein halbes Huhn mit Pommes, bitte.«

»Wird gemacht.«

Sie zündete sich eine Zigarette an, schlug die langen Beine übereinander, die aus einem knappen Rock herausschauten, und meinte: »Hast 'nen astreinen Eindruck in unserm Schuppen hinterlassen. Die Chefin und ihre zusammengeschlagenen Freunde haben die ganze Nacht überlegt, wie sie dir den Kopf abreißen können. Wie kam's denn dazu?«

»Ach, . . . hatte schlechte Laune.«

Sie zeigte spöttisch eine Reihe weißer Zähne.

»Klar, Mann, entschuldige, war für dich Alltag. Hast nebenbei die zwei Jungs zu Klump gehauen, hattest Lust. Bist 'n Superscheich. Darf ich sitzen bleiben, oder stört dich mein Durchschnitt?«

»Nix Superscheich, bin das dicke Ding vom Kebab-King.«

»Ist das ein Grund, andere Leute zu Klump zu hauen?«

Das halbe Huhn flatterte auf den Tisch und ersparte mir die Antwort, dich ich ohnehin nicht gewußt hätte.

Die Pommes frites glänzten braun und alt. Sie steckte sich eine Gabel voll in den Mund. Dann, zwischen den halb verschluckten Kartoffelstangen hindurch, «und wie läuft die Suche nach diesem, diesem . . . wie heißt er?«

»Ahmed Hamul.«

»Genau. Wie stehts damit?«

»Da gibts keine Suche mehr. Der ist tot.«

»Okay, ich mein auch seine Freundin, oder so was . . .«

»Ja, die Suche läuft.«

Ein Stück Huhn zitterte auf ihrer Gabel.

»Sehr gesprächig, hä?«

»Mein Gott, da gibts nicht viel zu erzählen. Morgen vielleicht.«

»Mhmhm, und was machst du hier?«

Sie lachte:

»Wartest du bis Rudi Feierabend hat?«

»Muß man ihn kennen, den Rudi?«

Sie rieb zwei längere Pommesstangen aneinander und gluckste:

»Kommt ganz drauf an.«

»Rudi ist der Kellner, bei dem sie den Hals vergessen haben?«

»Zum Anbeißen, was?«

»Doch, er hat was.«

»Mhmm, kneifts schon?«

»Hab Schießer-Unterhosen, die halten was aus.«

»Rudi steht auf Pariser.«

»Warum nimmt er nicht die Pille?«

»Gibt keine mit Noppen.«

»Wenn 'n Loch drin ist?«

»Rudi liebt das Risiko.«

»Ist schon einmal schiefgegangen. Bei dem Bauch kriegt er mindestens Zwillinge.«

Sie nagte ein Hühnerbein ab und blinzelte mir zu. Das lief runter bis in die Zehenspitzen. Ich zündete mir eine Zigarette an und blies ihr einen Rauchring über die Nase.

»Kennst du eine Hanna Hecht?«

»Klar.«

Sie schmiß das kahlgefressene Hühnerbein auf den Teller, wischte sich glänzende, braune Pfützen aus den Mundwinkeln, machte eine Zigarette an und lehnte sich zurück.

»Warum?«

»Hanna Hecht war die Freundin von Ahmed Hamul. Ich hab sie gestern abend noch gefunden. Leider war das schon alles. Ihr Meister hat mir sehr schnell klar gemacht, meine Person ist nicht erwünscht.«

»Und? Warum hast du ihn nicht einfach zusammengeschlagen?«

Sie grinste mit einem dunklen Stückchen Hühnerhaut zwischen den weißen Zahnreihen. Ich sagte es ihr, und sie hörte auf zu grinsen.

»Er ist besser als all die Muskelhirne aus deinem Schuppen.«

»Kann gut sein. Sitzt du deshalb hier herum?«

»Mhm. Weißt du, wie dick die beiden im Stoffgeschäft drinhängen?«

Einen Moment lang glitten ihre Augen zweifelnd an mir herunter. Mißtrauisch wie eine Katze, die fremden Besuch mustert.

»Sie drückt, und er ist ein kleines Tier im Handel. Nichts Besonderes, soweit ich weiß. Ein Türke hing hier manchmal mit ihr rum, muß wohl dein Ahmed gewesen sein. Aber ich hab mit dem Geschäft nichts zu tun, da mußt du andere suchen.« Ich betrachtete die vollen, weichen Lippen, die dunklen Augen, die etwas zu stämmigen Schultern, die langen, starken Beine, die langsam auf und nieder wippten, die dunkelrot lackierten Fußnägel und ihre schmalen, leicht zerfurchten Hände – und dachte nichts.

Eine Stimme brüllte »zahlen«. Rudi wackelte durch die Gegend. Es stank nach Huhn, immer noch. Ein kaputter Auspuff dröhnte durchs Fenster. Irgendwo blitzte es.

»Ich will aber niemand anders suchen. Du bist privat hier?«

Wenig später zahlten wir und gingen.

5

Es war kurz vor fünf, als ich das Zimmer von Susanne Böhnisch Entlein verließ und mit weichen Knien und warmem Bauch die Treppe hinunter auf die Straße segelte. Ich wollte immer noch mit Hanna Hecht sprechen. Löff konnte warten. Ich lief zurück zum Auto und holte die Parabellum. Nochmal sollte mich der Schnurrbart nicht auf die Straße begleiten.

Bei Hanna Hechts Wohnungstür angelangt, hing ich mit dem Ohr am Schlüsselloch, bis ich wußte, er ist da. Dann hämmerte ich gegen die Tür und brüllte: »Telegramm!« Die Parabellum lag kalt in meiner rechten Hand. Schnurrbart kam aus der Küche, polterte »gibt doch 'ne Klingel« und öffnete die Tür.

Der magere Mann schaute im ersten Moment verblüfft, dann angewidert auf das Schießeisen. Mich schien er nicht zu bemerken. Früh genug sah ich, wie seine Hand zur Schulter schlich.

»Pfoten weg von der Kanone. Diesmal ist mein Finger am Abzug. Dreh dich um und leg die Arme hinter den Kopf.«

Er verzog das Gesicht, als hätte er sich mit saurer Milch bekleckert. »Das hast du im Fernsehen gelernt, nicht wahr, mein Freund?«

Stimmt, dachte ich, sagte es aber nicht.

»Keine langen Reden, es wird sich umgedreht und losmarschiert!«

Er machte es wie befohlen. Ich bohrte ihm mein schwarzes Rohr ins Rückenmark, drückte ihn gegen die Wand und fummelte seine Kanone aus dem Schulterhalfter. »Ganz ruhig. Wir gehen jetzt durch die Tür da, und ich wünsch dir, deine Partnerin macht keine Dummheiten.«

Er brummte irgendwas und ging los. Als wir das Zimmer mit den Pferdeplakaten betraten, stand Hanna Hecht hinter dem Kühlschrank. Ihre Hände umklammerten eine kleine, braune Automatic.

»Schwester, leg das Gerät weg, ich hab so was auch.«

Um dem Nachdruck zu verleihen, schwang ich die Parabellum für einen Moment durch die Luft. Es war ein Fehler. Der Schnurrbart schaltete schnell und rammte mir seinen Ellbogen in die Rippen. Hätte er meinen Magen getroffen, wäre ich wie ein nasser Sack aufs Linoleum geplumpst. Doch er traf nicht. Ich stolperte einen Schritt zurück, während er sich umdrehte. Dann holte ich aus und hackte ihm die Parabellum in die Fassade. Einen Moment stand er noch, schaute an mir vorbei ins Leere, dann schwammen seine Augen weg, und er rutschte krachend an einem Regal auf den Boden. Ich drehte mich zu Hanna Hecht. Immer noch hielt sie sich an der Automatic fest und schaute mit großen Augen und zitternden Lippen zu mir herüber.

»Schwester, leg das Ding weg, oder ich baller deinem Freund das Hirn raus.«

Langsam, wie unter Hypnose, ließ sie die Automatic los. Sie fiel auf den Boden.

»In Ordnung. Es macht mir keinen Spaß, den wilden Mann zu spielen, aber anders kommt man mit dir nicht ins Gespräch.«

Ich zeigte auf die Ikea-Küchensitzecke. »Setzen wir uns, und du erzählst mir ein bißchen von Ahmed Hamul.«

Sie schob ihre flatternden Hände in die Jeans und lehnte sich an den Fensterrahmen.

»Ich bleibe lieber stehn.«

Ihre starre Grimasse bekam mit der Zeit einen dämlichen Zug.

»Na gut.«

Ich zündete mir eine Zigarette an, ließ ein bißchen Nikotin in die Lunge rutschen und überlegte, was ich wissen wollte.

»Wie lange kanntest du Ahmed schon?«

Sie knabberte auf ihrer blutleeren Unterlippe herum und sagte nichts.

»Hör zu, mein Liebes, wenn du's Maul nicht aufkriegst, sind wir flott bei der nächsten Polizeiwache. Dort interessiert man sich auch für den toten Ahmed. Ich bringe dich nicht gerne hin. Ich mag die Jungs auch nicht, aber wenn du vorhast, weiter stumm deine Lippen zu kauen, dann . . .«

»Ja, ja, is ja gut.«

Sie schluckte irgendwas runter und meinte, »ich kannte Ahmed etwa seit drei Jahren.«

»Hat er damals schon mit Stoff gehandelt?«

»Sicher.« Es klang bitter.

»Du warst mit ihm zusammen, weil er was zum Drücken hatte?«

»So fings an.«

Ich deutete auf den halbtoten Schnurrbart.

»Und was ist mit dem da?«

»Er hat manchmal für Ahmed verkauft.«

»Is 'n flotter Dreier gewesen.«

»Mhmm, kann man so sagen.«

»War zwischen dir und Ahmed ein bißchen mehr los als nur Geschäft?«

»Ich mochte ihn gern.«

»Und der da?«

»Nur Geschäft.«

»Die Möglichkeit, daß er ihn über das Geschäft hinaus verdammt wenig leiden konnte und ihm deshalb ein Messer in den Rücken gejagt hat, gibt es nicht?«

»Gibt es nicht.«

Ich glaubte ihr.

»Woher bekam Ahmed den Stoff?«

»Keine Ahnung.«

»Ich habe gefragt, woher er den Stoff bekam?«

»Und ich habe gesagt, keine Ahnung.«

»Schwester, wenn du mir nicht die Wahrheit erzählst, bring ich dich mit deinem Freund schnurstracks auf die Wache, klar?«

Sie ließ ihre Zunge über die Lippen spielen und schlug die Augen nieder. Ich überlegte, ob sie versuchen würde, mich mit feuchtwarmen Gebärden zu überrumpeln. Statt dessen leierte sie gelangweilt: »Du müßtest eigentlich wissen, das Geschäft läuft nur, wenn sich niemand kennt. Ahmed und ich haben uns gut verstanden, doch er hätte mir nie seine Quelle verraten. Wär auch schön blöd gewesen. Je weniger man weiß, desto weniger kann man erzählen.«

Leider hatte sie recht. Ich glaubte ihr trotzdem nicht.

»Kanntest du seine Familie?«

»Er hat nicht oft von ihr gesprochen.«

»Wußtest du, daß die kleine Schwester seiner Frau an der Fixe hängt?«

»Ja.«

»Wußtest du auch, daß er sie dran gebracht hat?«

Ich hatte keine Ahnung, ob das stimmte oder nicht, aber es war eine Möglichkeit. Sie zögerte. Ihr »Ja« kam dann kurz, halb verschluckt. Ich klopfte mir auf die Schulter und dachte an die Verhältnisse bei der Familie Ergün.

»Aber er wollte sie auch wieder rausholen, aus . . .«

Sie stockte. Ihre Augen starrten ohne Ziel, versunken in Gedanken oder Erinnerungen. Es machte sicher keinen Spaß, über das Rauskommen zu sprechen, wenn man selber tief drin saß.

»Wie wollte er sie rausholen?«

»Mit so 'nem Sanatorium, er hatte da 'nen Platz für sie gefunden. Irgendsowas jedenfalls.«

Einen ganz neuen Gedanken braute mein Gehirn zusammen.

»Wollte Ahmed aus dem Geschäft aussteigen?«

»Mhmm. Wollte er.«

»Was hat er vorgehabt?«

»Mit der Familie wegziehen. Er hatte ein bißchen Geld und wollte ein Haus kaufen. Weiter weg oder so.«

»Wußte die Familie davon?«

»Glaub nich.«

Ich mußte endlich rausbringen, mit wem Ahmed Hamul den verdammten Stoffhandel gemacht hatte.

»Am Tag seines Todes – war Ahmed hier?«

»Mhmm.«

Sie schaute durch das graue Glas hinaus auf die immer noch sonnige Straße. Ich betrachtete ihren schmalen Rücken. Die Schulterblätter stachen spitz aus dem ausgemergelten Körper heraus.

»Wann war er da?«

»Nachmittags.«

»Genau?«

Sie drehte sich um, drückte die Hände noch tiefer in die Hosentaschen und hatte das erste Mal etwas Klares im Gesicht. Sie war sauer.

»Du blöder Schnüffler, ist das denn so wichtig?«

»Isses.«

Sie kam an den Tisch und riß sich eine Zigarette aus der Schachtel.

»Er kam so um vier und ist um halb sechs wieder weg.«

»Hat er gesagt, wohin er gehen wollte?«

»Nee. Irgendwas abchecken.«

»Stoff?«

»Nee, Gummibärchen.«

»Ich denke, er wollte aussteigen?«

»Dazu braucht man Kleingeld.«

»Mhm. Hat vorher irgend jemand angerufen?«

»Nur so 'n Kumpel von ihm.«

»'n Kumpel?«

»Na ja, 'n Landsmann. Ahmed hat das wenigstens gesagt.«

»Du hast es nicht geglaubt?«

»Weiß nicht. Ich hab den Hörer abgenommen, und der Typ hat 'n ganz normales Deutsch gesprochen, vielleicht 'n bißchen Akzent, aber nich viel.«

»Könnte ein gespielter Akzent gewesen sein?«

»Keine Ahnung.«

»Die Stimme, wie war die?«

»Wie so 'ne Stimme halt is.«

»Tief? Hoch? Verschnupft? Irgendwas Besonderes?«

»Eyh, ich hab 'nen halben Satz mit dem gewechselt, ob er Kopfschmerzen oder Fußpilz hat, hab ich dabei nicht rausgekriegt.«

»Ahmed hat deutsch mit ihm gesprochen?«

»Der hat die ganze Zeit nur ›ja‹ gesagt.«

»Wann war der Anruf?«

»Kurz bevor Ahmed gegangen is.«

Ich kratzte mir einen Fingernagel voll Schmalz aus dem Ohr, zerrieb es langsam in der Hand und wartete auf zündende Ideen. Hanna Hecht knabberte an ihren Fingern und betrachtete mich wie einen Staubsaugervertreter.

Irgendwie mußte es einen Zusammenhang geben. Irgendwo mußte der Mensch sitzen, der Ahmed Hamul den Stoff geliefert hatte, und der mich mit einem Fiat zu Matsch fahren wollte oder wenigstens so getan hatte. Wahrscheinlich war es derselbe, der Ahmed Hamul umgebracht hatte.

»Besitzt du irgendeine Tageszeitung?«

»Hast du vor, länger hier zu bleiben?«

»Solange, bis mir keine Fragen mehr einfallen. Hast du irgendeine Tageszeitung?«

»Nee.«

Ich hob die Parabellum über die Tischkante.

»Laß uns nach nebenan gehen, vielleicht findet sich da was.«

»Was willste denn mit 'ner verdammten Tageszeitung?«

»Wissen, wie die Eintracht gespielt hat. Auf gehts!«

Widerwillig kam sie durch die Küche und ging vor mir her durch Tür und Flur ins andere Zimmer. Schnurrbart schlief immer noch selig.

Das Arbeitszimmer von Hanna Hecht bestand aus zwei mal zwei Meter Bett mit einer himmelblau glänzenden Decke, einem Kleiderschrank und vielen kleinen Kästen mit noch mehr Schubladen. Auf einem weißen Plastiktisch lagen abgegriffene Pornobände. Ich nahm einen und blätterte drin.

»Kann der Kunde sich aus dem Katalog 'ne Übung aussuchen?«

»Er kann sich auch einen runterholen, wenn er will.«

Ich legte das Buch zurück auf den Tisch.

»Also gut, wenn Zeitungen hier sind, gib sie mir.«

»Sind aber keine da.«

Ich zog die Tür vom Kleiderschrank auf und begann, ihre Klamotten durch das Zimmer zu schmeißen. Hanna Hecht wurde weiß. Ihre Augen funkelten mich an; eine Katze, bereit zum Sprung.

Nach einer Weile zog ich den letzten Strumpf raus, und der Schrank war leer. Der Boden sah aus wie ein Wühltisch bei Hertie. »Scheint nichts drin zu sein, was?«

Hanna Hecht sagte nichts.

Ich begann, die Schubladen aus den Holzkästen auf den Boden zu schütten. Lippenstifte, Haarklammern, Tampons, Briefe, Nähzeug, alles mögliche purzelte durcheinander. Nichts von Interesse.

Eigentlich konnten die zerschnittenen Tageszeitungen nicht hier sein. Aber vielleicht was anderes. Irgendwas, das mich weiterbrachte. Sie kenne keinen Geschäftspartner von Ahmed Hamul, das glaubte ich Hanna Hecht nicht, und ich hoffte, etwas zu finden, das mir recht gab.

Schublade auf Schublade verteilte sich über den weinroten Fusselteppich. Danach nahm ich mir einen Stapel Briefe und schaute die Poststempel an. Alle älteren Datums. Die meisten Absender stammten aus der Kleinstadt Ommersbach. Wahrscheinlich der Geburtsort Hanna Hechts. Überbleibsel aus einer Zeit, in der sie noch Pickelprobleme mit Jugendfreundinnen besprochen hatte.

Ich kam mir vor wie ein Leichenfledderer. Ich legte die Briefe beiseite. »Immer noch nichts.«

Sie öffnete den Mund, bis sie sehr ruhig und beherrscht sagte: »Wenn sich eine Möglichkeit bietet, dir den Schwanz abzuschneiden, dann schneid ich ihn dir ab!« Ich glaubte ihr.

In der Küche bewegte sich etwas. Ich nahm die Parabellum und Hanna Hecht und ging hinüber zum Kellner. Ich zog ihm noch mal die Kanone über das Ohr, und wir gingen zurück. Ihrem Gesicht nach zu urteilen, war es ihr egal, wie oft ich auf ihrem langen Freund rumklopfte.

Ich nahm das himmelblaue Bettzeug und schmiß es zu dem anderen Kram auf den Boden. Es reichte ihr immer noch nicht. Sie blieb eisern und stumm. Da ich nicht die Mauern einreißen konnte, nahm ich mir den Papierkorb vor. Zerrissenes Papier schaute heraus. Das hatte ich schon bemerkt.

Ich drehte ihn um. Zigarettenkippen, Pariser, eine leere Colabüchse, eine Illustrierte für Sommerstrickmoden, rausgekämmte Haarbüschel und mittendrin ein Haufen zerfledderter Tageszeitungen. Sie waren größtenteils zerschnitten. Ich blies die Asche ab und stand mit dem bedruckten Papier in der Hand auf.

»Fräulein, da hat wer was vergessen.«

Für heute hatte sie beschlossen, den Mund zu zu lassen.

Ich breitete die Tageszeitungen auf dem abgezogenen Bett aus und holte Notizblock und Stift aus der Tasche. Es war mühselig. In der einen Hand die Kanone, in der anderen den Kugelschreiber. Viele Buchstaben waren unsauber ausgeschnitten, und ich mußte mehrere Möglichkeiten aufschreiben. Es dauerte fast eine halbe Stunde, bis ich alle Lücken als Buchstaben definiert in meinem Block stehen hatte. Das sah so aus:

WLNEITFMRUCKWRDTLENIOLOUDLINEOTS
NMENILAHADNEBIILERTSJERTSIEBILDABRE

Im Moment konnte ich damit nichts anfangen. Der Brief an mich war jedenfalls nicht mit diesen Buchstaben geklebt worden. Ich faltete die Zeitungen zusammen und steckte sie in meine Jackettasche.

»Schwester, ich bin sicher, du weißt, wer den Deal mit Ahmed gemacht hat, und willst dafür kassieren. Aufpassen, könnte dir genauso gehen wie ihm.«

Ihre Augenlider hingen müde über den Pupillen.

»Nich 'ne blasse Ahnung, von was du redest, du Wichser.«

»In Ordnung. Mach, was du willst, viel kannst du nicht mehr verlieren.«

Es war zwecklos. Sie ließ sich nicht aus der Ruhe bringen.

»Der, der deinen geklebten Brief bekommt, wird sich melden. Ich schreib dir meine Adresse auf, vielleicht kannst du meine Hilfe gebrauchen.«

Ich kritzelte die Telefonnummer auf die Tapete über dem Bett. So konnte sie sie nicht sofort zerreißen.

»Zeitverschwendung!«

»Kann sein. Zeitverschwendung wird auch alles sein, was ich demnächst mache. Ich sollte hier sitzen bleiben und warten, bis du auspackst.«

»Mach, is mir scheißegal, Wichser.«

»Krieg ich auch anders raus. Spätestens, wenn du draufgehst, werde ich es wissen. Mörder erpressen ist 'ne Nummer zu groß für 'ne kleine Nutte und ihren Zuhälter. Ist nicht gerade der wildeste Hengst.«

Ich schaute auf die Uhr. Es war kurz vor sechs. Ich mußte Löff anrufen.

»Wenn du merkst, dir wächst da was über den Kopf, melde dich. Ist das letzte, was ich dir sage.«

Ich steckte die Parabellum in die Hosentasche und ging an ihr vorbei zur Wohnungstür. Ein kurzer Blick in die Küche, der Kellner schlief immer noch.

»Schönen Gruß an deinen Freund, wenn er aufwacht. Bis dann.«

Ich zog die Tür langsam zu. Hanna Hecht sagte nichts mehr.

6

»Pünktlichkeit ist eine unerläßliche Voraussetzung, um als Kriminalbeamter erfolgreich arbeiten zu können. Lassen Sie sich das gesagt sein.«

Am liebsten hätte ich aufgelegt.

»Hören Sie, Herr Löff, es war wichtig. Ich erkläre das später. Erzählen Sie, was Sie auf der Polizeiwache rausgekriegt haben, ich muß es dringend wissen.«

»Ich dachte, Sie wollten rauskommen, damit wir das zusammen durchgehen?«

»Hab jetzt keine Zeit. Können wir morgen machen.«

»Wichtig in diesem Beruf ist gründliche Kenntnis der vorliegenden Tatsachen. Unbedachte Eile schadet nur und führt zu voreiligen Schlüssen!«

»In Ordnung, Herr Löff. Wollen Sie mir nun erzählen, was in den Akten steht, oder nicht?«

Er machte eine Pause. Ich bekam Angst, er würde auf meinem Besuch bestehen.

»Warten Sie.«

Er ließ sich Zeit. Die Akten lagen sicher direkt neben dem Telefon. Ein aufgeregter Mann mit ledernem Köfferchen klopfte an die Zelle und ließ seine Hand durch die Luft flattern. Nach seiner Meinung hatte ich genug telefoniert. Löff kam nicht. Ich verfluchte ihn.

Der Mann schob die Zellentür auf.

»Gehört Ihnen das Telefon?«

»Hauen Sie ab, Mann.«

»Wie bitte?!«

»Wie bitte?«

Löff und der Mann gleichzeitig.

»Herr Löff, es tut mir leid, hier stört jemand.«

Ich hielt die Muschel zu.

»Suchen Sie sich 'ne andere Zelle, gibt doch genug!«

Der Mann knallte die Tür zu und schwang die Faust.

»Hätten sich mal ein bißchen beeilen können.«

»Ich habe auch noch was anderes zu tun, Herr Kayankaya, als Ihre Arbeit zu machen.« Das war gelogen.

»Okay, was steht in den Akten?«

»Ich habe nur etwas über die Unfälle gefunden. Dem Rauschgiftdezernat sind Ihre beiden Kandidaten nicht bekannt.«

»Noch nicht einmal die Namen? Mit wem haben Sie da gesprochen, war das so ein verkatert aussehender Brillenträger?«

»Georg Hosch, wenn Sie den meinen.«

»Mein ich wahrscheinlich. Na gut, was gibts über die Unfälle?«

»Der erste Unfall war am neunzehnten Februar neunzehnhundertneunundsiebzig, Niddastraße, Ecke Ludwigstraße. Beteiligte waren Vasif Ergün und ein gewisser Albert Schönbaum.«

»Hat der eine Adresse?«

»Warten Sie es doch ab! Albert Schönbaum wohnte damals Schumannstraße dreiundzwanzig; Telefonnummer ist einundsiebzig achtundfünfzig vierzig. Der Unfallver . . .«

»Moment, ich muß den Kram auch aufschreiben.«

Den Hörer zwischen Schulter und Ohr geklemmt, schrieb ich ins Notizbuch. Die Muschel roch nach verschwitzten Händen.

»Weiter.«

»Der Unfallverlauf ist nur ungenau festgehalten. Raus kommt jedenfalls, Albert Schönbaum hat durch überhöhte

Fahrgeschwindigkeit und mangelhaften Fahrzeugzustand den Unfall verschuldet. Wie es genau dazu gekommen ist, läßt sich der Akte nicht entnehmen.«

»Ach was! Da steht wirklich drin, der andere war schuld? Gibts doch nicht. Wer hat denn den Unfall aufgenommen?«

Löff machte eine Pause. Ich hörte Papier knistern.

»Passen Sie auf, jetzt kommts!«

Ich argwöhnte, der Alte wolle sich wichtig machen.

»Kommt was?«

»Auf Streife waren Harry Eiler und Georg Hosch. Sie kümmerten sich um den Unfall. Georg Hosch hat das Protokoll aufgesetzt, und Roland Futt war diensthabender Vorgesetzter. Er unterschrieb das Ganze.«

Ich preßte den Hörer ans Ohr.

»Ach . . . nee . . .!«

»Tja, iss'n Ding. Ob Sie das nun als Zufall betrachten wollen oder lieber bißchen drin rumwühlen, ist Ihre Sache. Ich persönlich glaube, da besteht keinerlei Zusammenhang zum Mord, um den Sie sich zu kümmern haben. Ich weiß, Sie mögen Futt nicht, aber verbeißen Sie sich nicht in eine verwegene Theorie. Es könnte Ihnen schlecht bekommen. Futt ist inzwischen angesehener Kripokommissar.«

Im Augenblick hatte ich überhaupt keine Theorie, weder eine verwegene noch eine andere.

»Ja . . . ja, was gibts zu dem zweiten Unfall?«

»Ich sag's Ihnen nochmal, laufen Sie nicht ins offene Messer. Es gibt manchmal solche Zufälle.«

Wieder eine Pause.

»Es kommt noch dicker. Das Datum des zweiten Unfalls haben Sie. Er ereignete sich auf der B vierzehn, Frankfurt Richtung Kronberg, kurz vor Kronberg, bei Kilometerstein sechsunddreißig. Nach dem Protokoll ist Vasif Ergün gegen einen Betonpfeiler gefahren. Das Auto hat sich überschlagen, ist explodiert und anschließend in einen Graben gestürzt. Ärztliche Hilfe kam zu spät.«

»Was Sie nicht sagen. Wer ist hier der Protokollant?«

»Streife waren Erwin Schöller und Harry Eiler. Harry Eiler hat das Protokoll geschrieben.«

»Bißchen viel Zufälle. Meinen Sie nicht auch?«

»Denken Sie, was Sie wollen, Herr Kayankaya. Nur, seien Sie vorsichtig.«

»Wer ist Erwin Schöller?«

»Dachte ich mir, daß Sie das wissen wollen. Erwin Schöller war bis neunzehnhunderteinundachtzig normale Streife in Frankfurt und hat sich dann nach Pfungstadt versetzen lassen.«

»Adresse hat er?«

»Pfungstadt, Ladenstraße drei, Telefonnummer fünfundneunzig zehn dreiunddreißig.«

Ich schrieb das auf. Die Gedanken schossen mir kreuz und quer durchs Gehirn.

Bisher hatte ich wirklich nicht gewußt, wo ich weitermachen mußte. Jetzt wußte ich nicht, wo anfangen.

»Hatten die vier, Futt, Eiler, Schöller und Hosch, früher schon einmal etwas miteinander zu tun gehabt?«

»Futt war neunzehnhundertfünfundsiebzig Ausbilder von Harry Eiler und Georg Hosch. Futt ist dann zum Rauschgiftdezernat gegangen und hat sich später Hosch als festen Mitarbeiter geholt.«

»Wird immer schöner. Der Zufall will es, und die drei kommen überhaupt nicht mehr voneinander los! So ’n kleiner Verein ist die Polizei doch nicht, die müssen doch nicht ständig übereinander stolpern. Schicksal in allen Ehren, Herr Löff, aber . . .«

»Ich weiß, was Sie sagen wollen, Herr Kayankaya. Aber lassen Sie sich von einem erfahrenen Polizisten sagen, wenn da was faul gewesen wäre, man hätte es herausgefunden. Auch bei der Polizei mag es die eine oder andere nicht ganz saubere Sache geben, aber keine wirklichen Schweinereien. Sie müssen mir glauben, ich kenne den Laden besser.«

Ich las mir meine Notizen durch. Futts Karriere war musterhaft.

»Beim ersten Unfall war Futt diensthabender Vorgesetzter und gleichzeitig im Rauschgiftdezernat. Was hatte er da auf der Wache zu suchen?«

Löff bemühte sich um einen anderen Ausdruck für Zufall. Er fand ihn nicht.

»Keine Ahnung. Vielleicht zu Besuch.«

»Klar, vielleicht war er hinterm Bahnhof spazieren und mußte plötzlich auf die Toilette: Dann ging er auf die Wache pinkeln, und weil er schon mal da war, hat er sämtliche Protokolle unterschrieben. Tschuldigung, Herr Löff, aber ich dachte, die Polizei hielte was auf Disziplin und Ordnung.«

»Auf jeden Fall hatte Futt durch seinen Dienstgrad die Berechtigung zu unterschreiben.«

»Da bin ich beruhigt.«

Löff konnte mir nicht mehr weiterhelfen. Ich mußte mit anderen Leuten telefonieren. Er brummelte beleidigt und wollte mich nur ungern vom Telefon entlassen. Wir verabredeten uns für den nächsten Tag. Das besänftigte ihn, und ich legte auf.

7

Als ich die Treppe zum Büro hochstieg, klingelte das Telefon. Ich sprang die letzten Stufen, schloß hastig die Tür auf und riß den Hörer von der Gabel. »Kayankaya am Apparat.«

Er oder sie legte auf. Eine Weile lauschte ich auf das Knakken in der Leitung.

Das Büro war von dem heißen Tag mit faulig riechender Wärme aufgeladen. Ich zog den Rolladen hoch, öffnete das Fenster und setzte mich mit einer Flasche Bier an den Schreibtisch. Ich nahm einen langen, kühlen Schluck und dachte an Susanne Bönisch. Im Moment mußte sie wieder zahlenden Herren am Hosenlatz zupfen.

Die Flasche war schnell alle, und ich öffnete eine neue. Ich war schon dabei, mir zu sagen, der heutige Tag wäre erfolgreich genug gewesen, und ich könnte mir einen Abend vor dem Fernseher gönnen, als das Telefon erneut klingelte. Diesmal blieb der Anrufer dran. Es war Ilter Hamul.

Sie wollte wissen, ob ihr Bruder bei mir sei.

»Ist er nicht. Warum?«

»Er ist, wie gewöhnlich, um sechs von der Arbeit nach Hause gekommen, aber als er erfahren hat, daß Sie heute morgen mit meiner Mutter gesprochen haben, ist er ohne ein Wort wieder gegangen.«

»Regen Sie sich nicht auf, Frau Hamul. Vielleicht trinkt er nur irgendwo ein Bier. Hier ist er jedenfalls nicht. Warum sollte er auch.«

Ich überlegte, ob ich Ilter Hamul auf Ahmeds Drogenhandel und ihre fixende Schwester ansprechen sollte. Könnte sie mir etwas Neues erzählen? Ich glaubte nicht und ließ es.

Außerdem hatte ich Angst, ihr als erster die Tatsache vor Augen zu zerren.

»Ist sonst alles soweit in Ordnung bei Ihnen?«

»Ja, ja. Nur . . . eine Rechnung ist angekommen, für Ahmed. Ich weiß nicht, was ich damit machen soll.«

»Was für eine Rechnung?«

»Eine unbezahlte Rate, oder so . . . für ein Haus. Aber das kann nicht sein, wir wollten uns kein Haus kaufen . . . da ist was falsch. Ganz bestimmt.«

»Der Absender, wer hat die Rechnung geschickt?«

»Die Stadt heißt Lüneburg. Aber es ist keine richtige Rechnung, eher ein Brief. Der Mann schreibt, er will Ahmed an die zweite Rate für das Haus erinnern. Ich verstehe das nicht.«

»Frau Hamul, ich komme morgen vorbei, und dann schauen wir uns das zusammen an, in Ordnung? Solange lassen Sie den Brief liegen und machen sich keine Sorgen.«

»Ich werde es versuchen.«

Wir verabschiedeten uns. Ich trank und rauchte, schoß Ringe in die Luft und ließ meine Gedanken wegschwimmen. Das Bier legte einen Schleier über meine Augen. Ich schob die Beine auf den Tisch und rutschte in eine bequeme Lage. Das Bier lief und lief wie in einen trockenen Schwamm. Dann fiel die Flasche auf den Boden, und ich schloß die Augen. Ich war angetrunken und müde. Es war wohlig warm.

Gerade als der Schatten langsam auch über mein Gehirn zog, schrillte die Türklingel.

»Scheiße.«

Ich rappelte mich hoch, schlurfte zur Tür und drückte die Klinke herunter. Erst sah ich tranig in die Mündung. Dann war ich mit einem Schlag hellwach. Zwei Monster standen vor mir. Beide im Overall und mit dicken Fallschirmspringerstiefeln. Auf den Köpfen Gasmasken und darüber Gummistrümpfe. Der eine zielte mit einer mittelgroßen Gaskanone auf meine Stirn. Der andere hatte die Finger am Abzug einer kleineren Pistole. Sie standen vor mir und sagten nichts.

Langsam hob ich die Arme und machte einen Schritt rückwärts ins Zimmer. Der Schweiß brach mir aus allen Poren. Die Knie zitterten leicht gegeneinander. Ich machte den Mund auf, kriegte aber keinen Ton heraus.

Die zwei standen immer noch reglos vor mir.

Ich merkte, wie meine Muskeln die Starre nicht mehr ertrugen, sich verkrampften und zu zucken anfingen. Etwa eine Minute standen wir uns so gegenüber, dann begann sich der mit der Gaskanone zu bewegen.

Er machte drei kurze Schritte auf mich zu und bedeutete mir mit dem schwarzen Rohr, weiter zurückzugehen. Ich ging vorsichtig in die hinterste Ecke, ohne eine verdächtige Bewegung zu riskieren. Der eine hielt die ganze Zeit das Rohr auf mich, während der andere Tür und Fenster schloß. Er ließ auch die Rolläden herunter. Nun befanden wir uns im Dämmerlicht.

Ich hatte das Bedürfnis zu schreien, aber im Haus war sowieso niemand mehr. Ich überlegte, was ich die beiden fragen könnte. Mir fiel nichts ein. Wer sie waren, würden sie mir sowieso nicht erzählen, und was sie wollten, konnte ich noch früh genug erfahren. Also blieb ich stumm.

Mein Bewacher ließ mich keinen Augenblick aus den Augen, sonst hätte ich alles auf eine Karte gesetzt. Nachdem Tür und Fenster verschlossen waren, kam der andere auf mich zu und durchsuchte meine Hose und Jacke nach Schußwaffen. Die Parabellum lag im Auto. Hier hätte sie mir ohnehin nichts genützt.

»Wir haben dich gewarnt!«

Durch die Gasmaske klang die Stimme blechern.

»Wir haben dir gesagt, du sollst dich raushalten!«

»Wer ist ›wir‹?«

Ich hatte meine Stimme wieder gefunden.

»Denk mal nach!«

Er ließ die Gaskanone um meinen Kopf kreisen. Ich konnte sein Gesicht nicht sehen, aber wahrscheinlich grinste er dabei. Plötzlich riß er das Rohr in die Luft und drückte ab.

Es krachte, und ein Haufen Funken sprühten durchs Zimmer. Die Gasgranate platzte, und dichte Rauchschwaden machten sich breit. Der ätzende Dampf drang bis in die letzte Ecke. Ich hielt mir das Hemd vor die Nase, kniff die Augen zusammen, es nützte nichts. Das Tränengas war für mein kleines Büro zu stark dosiert, nur eine Gasmaske hätte schützen können.

Die Suppe floß aus Augen, Mund, Nase, und es wurde immer schlimmer. Ich schmiß mich auf den Boden, hämmerte die Fäuste aufs Linoleum, zerriß mein Hemd und drückte es mir aufs Gesicht. Es nützte nichts. Ich versuchte mich aufzurichten, stürzte sofort wieder hin, versuchte es noch einmal und krachte mit dem Ellbogen auf die Stuhllehne. Es tat weh, war aber lange nicht so schlimm wie das verfluchte Gas in meinem Kopf. Ich schlug meinen Schädel gegen die Schreibtischwand, der brennende Dampf ging nicht weg. Ich schrie, brüllte, schlug um mich. Ich sah nichts mehr, spürte nur noch die verätzten Augen. Dann begannen sie, mich mit ihren Fallschirmspringerstiefeln zu treten. In den Bauch, ins Gesicht, überall hin. Verschwommen sah ich sie wie riesige Schatten über mir. Ich mußte kotzen.

»Laß deine Finger von Ahmed Hamul, ein für allemal! Verstehst du?! Wir machen dich sonst alle, Kanake!«

Sie hörten nicht auf, mir ihre Stiefel in den Körper zu hacken. Das Gas legte sich auf die aufgeplatzten Wunden. Ich versuchte den brennenden Schleim mit den Fingernägeln abzukratzen. Nichts half. Jetzt traten sie mir in den Rücken, in die Nieren. Ich spürte es kaum noch.

»Wenn du das überlebst, haust du ab! Klar?«

Ich zwang mich, die Hände um die Beine zu krampfen, aus Angst, ich könnte mir die Augen auskratzen. Irgendwann mußten sie aufgehört haben. Sie sind weg, dachte ich und kroch um den Schreibtisch herum, rutschte immer wieder weg und blieb liegen. Doch dann hatte ich es geschafft.

Sie waren noch da. Sie schrien mir etwas zu. Ich verstand es nicht. Sie standen an der Tür. Der eine schwang die Kanone. Direkt neben mir krachte es entsetzlich. Mit letzter Kraft schmiß ich mich in Richtung Tür, um die Granate nicht genau vor dem Kopf zu haben. Die zweite Gasladung haut dich total um, dachte ich, wußte aber gleichzeitig, sie waren gegangen. Ich griff um mich, riß und stieß, sah nichts, doch dann hatte ich die Tür gefunden. Ich hängte mein ganzes Gewicht an die Klinke. Sie hatten sie abgeschlossen.

Ich merkte, wie mir die Luft weg blieb. In diesem Raum gab es nichts mehr zu atmen. Meine Lungen zogen sich zusammen. Noch einmal bäumte ich mich auf, schleppte mich zum Fenster und stieß den Kopf durch die Scheibe. Trotz Rolladen, es gab Sauerstoff.

Es dauerte eine Weile, dann konnte ich den Rolladen hochziehen. Immer noch halb blind, tastete ich nach dem Ersatzschlüssel und schloß die Tür auf.

Ich rief einen Arzt an, gab ihm die Adresse vom Büro und wurde ohnmächtig.

»Langsam, Herr Kayankaya, ganz langsam, Sie dürfen sich nicht anstrengen.«

Vorsichtig richtete ich mich in einem weißen Bett auf.

»Wo bin ich hier?«

»In meiner Praxis, und da bleiben Sie vorerst auch.«

Zwei alte, warme Augen schauten mich aus einer Brille mit Goldgestell an.

»Kann ich nicht.«

Ich hievte meine Beine über die Bettkante und stellte die Füße auf den Boden.

»Versuchen Sie nur aufzustehen, wenn Sie unbedingt wollen. Sie werden schon sehen, was passiert.«

Ich versuchte es und knallte auf den Kachelboden.

»Jetzt soll ich Ihnen helfen. Nicht wahr?«

»Nee.« Langsam zog ich mich am Bettgeländer hoch. Ich hatte das Gefühl, als habe man mir das Rückgrat genommen. Trotzdem schaffte ich es zum Waschbecken. »O Gott!«

»Tja, ich weiß nicht, wie Sie vorher aussahen, aber . . .«

Im Spiegel sah ich aufgedunsenen rosa-braunen Matsch. Der linke Schneidezahn war abgebrochen und ein Auge völlig zugeschwollen.

»Sie haben Glück gehabt, daß Sie mich noch anrufen konnten. Roch übrigens fürchterlich. Die paar Minuten in Ihrem Büro haben mir gereicht. Aber wer hat Sie nur so schlimm zugerichtet?«

Ich ließ kaltes Wasser übers Gesicht laufen. Das tat gut.

»Als Notarzt kommt man mit so was öfter in Berührung, aber Sie sind schon verdammt übel zugerichtet. Kompliment.«

»Danke.«

»Sie sind Privatdetektiv, habe ich gelesen. Ist scheinbar ein anstrengender Job.«

»Mhm, heut war er anstrengend.«

Er setzte sich an den Schreibtisch und begann zu tippen. Ich hatte das Gefühl, die Schreibmaschine stehe auf meinem Schädel.

»Sagen Sie bitte . . . solange ich hier bin, würde es Ihnen etwas ausmachen, nicht auf der Maschine herumzuhämmern?«

Er lächelte.

»Geben Sie zu, Sie sind anständig demoliert.«

»Ach Gott, tippen Sie Ihren Kram zu Ende.«

Ich hangelte mich zurück ins Bett.

»Haben Sie eine Zigarette für mich?«

»Als Arzt . . .«

»Haben Sie eine oder nicht?«

Er lächelte wieder.

»Warten Sie, in Ihren Kleidern waren welche.«

Er ging in die Ecke, wo meine Hose und mein Jackett hingen. Er zog die Packung raus und warf sie mir zu.

»Danke. Feuer?«

Er holte Streichhölzer. Ich zündete mir eine Zigarette an. Im ersten Moment glaubte ich, erneut in Ohnmacht zu fallen; aber dann wurde es angenehm. Ich bekam Hunger und Durst.

»'n Schluck Bier oder 'n belegtes Brötchen gibts hier nicht?«

»Gibts alles. Sie werden sich aber sofort wieder übergeben.«

»Werden wir sehn.«

Er ging hinaus. Ich erreichte meine Kleider und begann mich anzuziehen. Es war anstrengend, ging aber besser als ich dachte. Die Tür öffnete sich, und der Arzt kam zurück.

»Schinken, Leberwurst und Käse – alles, was das Herz begehrt . . .« Er stockte einen Moment und sah sich um. »Na, was soll ich denn dazu sagen?«

»Was Sie wollen.«

»Ist mir alles egal, Sie müssen mir nur unterschreiben, daß Sie auf eigene Verantwortung gehandelt haben.«

»Unterschreib ich Ihnen.«

»Wenn ich Ihnen einen Tip geben darf, legen Sie sich für zwei, drei Tage ins Bett, das wird das beste sein.«

»Mach ich. Ab übermorgen.«

Ich schleppte mich zum Schreibtisch und nahm mir ein Käsebrötchen. Mir wurde nicht übel.

»Bier gibts nicht?«

»Doch, eins, und das ist für mich.«

»Mhmm.«

Ich kaute auf dem Brötchen herum und tastete meinen Bauch ab.

»Schlimmere Verletzungen habe ich nicht?«

»Eine Rippe könnte angebrochen sein, aber das merken Sie dann. Auf jeden Fall werden Sie sich in den nächsten Tagen nochmal bei mir melden müssen.«

»Wo muß ich was unterschreiben?«

Er schob mir ein vorgedrucktes Papier hin. Ich unterschrieb und nahm mir ein Schinkenbrötchen.

»Na dann, bis demnächst.«

Er tippte sich an die Stirn.

»Kommen Sie übermorgen vorbei!«

»Mach ich.«

»Und schonen Sie sich. Noch so ein Abenteuer, und Sie kommen das nächste Mal nicht so davon.«

»Werd ich mir merken. Schönen Abend noch.«

»Sie auch. Bushaltestelle ist übrigens um die Ecke. Wir sind im Westend. Ich weiß nicht, wo Sie hinwollen.«

»Aber ich. Danke.«

8

»Bei Schöller.«

»Guten Abend, Herr Schöller. Hier spricht Kemal Kayankaya. Ich arbeite im Auftrag der Staatsanwaltschaft und muß einen Fall recherchieren, bei dem Sie vor längerer Zeit mittelbar beteiligt waren.«

Das Sprechen machte Mühe. Außerdem glitt meine Zunge

immer wieder über den abgebrochenen Zahn. Auf das rechte Auge preßte ich einen nassen Waschlappen.

»Sie sind doch Erwin Schöller, nicht wahr?«

»Bin ich.«

»Können Sie sich an den fünfundzwanzigsten April neunzehnhundertachtzig erinnern?«

»Wenn Sie mich so fragen, nein. Was soll denn da gewesen sein?«.

»Sie waren auf Streife mit einem gewissen Harry Eiler. Im Lauf des Tages hatten Sie einen Unfall in der Nähe von Kronberg aufgenommen. Sagt Ihnen das was?«

Eine Weile blieb es still.

»Ja, ja . . . doch, das sagt mir was.«

»Dann versuchen Sie sich, so gut es geht, daran zu erinnern. Erzählen Sie mir, wie Sie den Unfall gefunden haben und alles weitere.«

Er räusperte sich und ließ sich Zeit.

»Tja . . . Sie arbeiten für die Staatsanwaltschaft?«

»Richtig.«

»Na ja, wissen Sie . . . ich kann Ihnen da nichts Genaues sagen . . . ich war nämlich gar nicht dabei . . .«

»Was soll das heißen?«

»Hören Sie, ich will niemanden belasten, und . . .«

»Es geht nicht darum, jemanden zu belasten.«

»Na gut. Also, das war so. Ich hatte damals 'ne kleine Freundin in der Stadt, verstehen Sie? . . . Na ja, und der Harry und ich, wir haben die Streife oft zusammen gemacht. Da hatte ich mit ihm abgesprochen, er fährt manchmal alleine, und ich kann einen Besuch machen. Dafür hab ich für ihn die Protokolle getippt . . . Wissen Sie, ich habe Frau und Kinder, da muß man sich schon was einfallen lassen.«

»Klar. Und an diesem Tag waren Sie auch bei Ihrer Freundin?«

»Ja, eigentlich . . . das war nicht geplant . . . der Harry hat mich, als wir im Auto saßen, gefragt, ob ich heute nicht Lust hätte, einen Ausflug zu machen. Ihm würde es nichts ausmachen, und nächste Woche hätte ich ja Ferien, müßte dann doch mit der Familie weg, und so weiter. Na ja, war ich natürlich mit einverstanden.«

»Wenn jemand merkt, daß Sie Ihre Streife auf diese Art handhaben, gibts da keinen Ärger?«

»Doch . . . schon. Aber meine Freundin hat genau in dem Bezirk gewohnt, den wir abzufahren hatten. Wenn was Ernsthaftes passiert war, hat der Harry mich angerufen, und ich bin losgerannt . . . Das war auch das Komische an dem Tag, den Sie meinen, auch für mich. Der Harry hatte nämlich nichts in Kronberg zu suchen. Wir mußten ziemlich rumtricksen, damit das nicht offiziell wurde.«

»Hat Harry Ihnen erzählt, warum er in Kronberg gewesen ist?«

»Er meinte, das Wetter wäre schön gewesen, und er hätte einfach Lust gehabt, was Grünes zu sehen.«

»Hat er Ihnen den Unfall beschrieben?«

»Daß es schlimm war, sonst nichts.«

»Vielen Dank, Herr Schöller. Sie haben mir sehr geholfen.«

»Wird deshalb irgendwas mit uns passieren?«

»Nein, nein, keine Angst, Herr Schöller. Auf Wiedersehen.«

Ich legte schnell auf und schnitt ihm die nächste Frage ab.

Ich ging zum Waschbecken und tränkte den Lappen mit frischem Wasser. Noch ein Anruf, dann wollte ich mich ins Bett legen. Ich griff erneut zum Hörer und wählte die Nummer von Albert Schönbaum. Es tutete lange, bis jemand abhob.

»Hallo?«

»Guten Abend, bin ich richtig bei Schönbaum?«

»Ja, wer spricht denn dort?«

»Sie kennen mich nicht. Ich heiße Kayankaya und muß Herrn Schönbaum sprechen, sind Sie das?«

»Nee. Warten Sie, ich ruf ihn mal.«

Ich hörte ihn »Albi« schreien. Albi kam nach etwa fünf Minuten.

»Schönbaum.«

»Abend, Herr Schönbaum. Ich bin Kemal Kayankaya, Privatdetektiv. Ich möchte Ihnen ein paar Fragen stellen, wenn es Ihnen nichts ausmacht.«

»Privatdetektiv? Gibts doch gar nicht.«

»Gibts, glauben Sie mir.«

»Mhmm, na und?«

»Sie waren am neunzehnten Februar neunzehnhundertneunundsiebzig in einen Unfall verwickelt, stimmts?«

»Sind Sie von 'ner Versicherung?«

»Sie wissen also, wovon ich spreche?«

»Mhmhm.«

»Ich bin nicht von der Versicherung, wenn Sie das beruhigt. Ich will wissen, ob Sie an dem Unfall schuld waren.«

»War ich nicht.«

»In der Polizeiakte steht das aber.«

»Weiß ich, offiziell war ich das schon.«

»Wie bitte?«

»Das war so, der Junge is mir von links in die Tür geknallt, klare Sache. Dann sind wir zu den Bullen gefahren, um das amtlich zu machen. Doch zuerst haben die 'ne Weile mit dem Typen gequatscht, der kam aus der Türkei. Na, ich hab gewartet, bis sie damit fertig waren. Danach kam ein Bulle zu mir und hat mich gefragt, ob ich 'ne anständige Versicherung hätte, und ob ich nich die Schuld übernehmen könnte. Zuerst dachte ich natürlich, na hallo, was werden denn hier für Deals geschoben, aber dann hat er mir das erklärt. Der Türke hätte keine Versicherung, müßte ins Gefängnis oder würde abgeschoben und so weiter, die ganze Leidensgeschichte. Na ja, das Angebot war, er schiebt mir zwei Tausender unter der Hand rüber, und ich check den Unfall über meine Versicherung. Ich war natürlich baff. Aber wenn die Bullen schon mal menschlich sind, will ich mich nicht quer legen. Ende der Story. Ich bin am nächsten Tag die Kohle bei dem Türken abholen gegangen, und meine Versicherung hat gezahlt. Das is alles.«

Ich war auch baff.

»Als Sie das Geld von dem Türken geholt haben, was hat der da gesagt?«

»War irre freundlich, hat sich sich die ganze Zeit bedankt. Sonst nichts. Kann man aber auch verstehen, möchte auch nicht nach Anatolien geschickt werden.«

»Danke, Herr Schönbaum. Kann ich Sie in der nächsten Zeit unter dieser Telefonnummer erreichen?«

»Sicher, warum?«

»Vielleicht melde ich mich nochmal. Bis dahin, auf Wiederhören.«

»Ja, tschüss.«

Ich suchte Musik im Radio, wählte leise Klassik, knipste das Licht aus und legte mich ins Bett.

7 DRITTER TAG

Vier graue Betonpfeiler ragten sinnlos in den Himmel. Nur ein paar Vögel nutzten sie als Rastplatz. Irgendwann waren sie wohl in eine Brücke verplant gewesen. Die Brücke hatte man nicht gebaut.

Ich zog mich aus dem Auto und ging zum rechten vorderen Pfeiler. Die roten Lackspuren von Vasif Ergüns Wagen konnte man noch jetzt sehen. Zwei Meter weiter zog sich der Graben entlang. Direkt hinter den Pfeilern standen die ersten Häuser von Kronberg. Davor lagen endlose Kartoffeläcker. Ich lief hundert Meter zu einem Bungalow und drückte auf die Klingel neben der Gartenpforte. Ein Vorhang bewegte sich. Wenig später ging die Haustür auf.

»Was wünschen Sie?«

»Mein Name ist Kayankaya, ich bin Privatdetektiv und würde Ihnen gerne eine Frage stellen.«

Sie blieb unschlüssig stehen. Zum Einladen sah ich nicht aus. Mein Gesicht war immer noch dick geschwollen und zur Hälfte mit schwarzer Kruste überzogen. Außerdem tat mir der Brustkorb fürchterlich weh, aber das konnte sie nicht sehen.

»Privatdetektiv?«

Sie trug einen dunkelblauen Jogginganzug und war um die Vierzig.

»Kommt nicht alle Tage vor, ich weiß.«

Langsam klapperte sie mit ihren Clogs über die Steinplatten zu mir runter.

Ich lächelte. Sicherlich sah es fürchterlich aus. Sie lehnte sich auf die Pforte.

»Und die wäre?«

»Was?«

»Die Frage?«

Das geschminkte Gesicht schaute mich mißtrauisch an. »Vor vier Jahren war hier ein Unfall, hundert Meter weiter, dort bei den Betonpfeilern, erinnern Sie sich?«

»Wo der Türke gegengefahren ist?«

»Genau. Waren Sie an dem Tag zufällig zu Hause?«

»Ja, war ich. Habe aber nichts gesehen. Ich war hinten im Garten.«

»Kennen Sie jemand, der hier wohnt oder gewohnt hat, der den Unfall beobachten konnte?«

»Nee, so was geht so schnell. Den Knall haben wir alle gehört, aber sonst . . . das heißt, warten Sie mal . . .«

Sie legte die Finger über den Mund und dachte nach.

» . . . da war jemand, und zwar die älteste Tochter von dem Hornen, das ist der Bauer da drüben.«

Sie zeigte auf einen Hof gegenüber.

»Aber die ist tot.«

»Die ist tot?!«

»Ja, ja, jetzt erinnere ich mich. Direkt nach dem Unfall ist ihr ein Dachziegel auf den Kopf gefallen. Sie hatte immer viel Pech.«

»Aber den Unfall hatte sie gesehen?«

»Ja, ja. Hatte sich sogar damit noch ziemlich wichtig gemacht.«

»Wieso hat sie sich wichtig gemacht?«

»Na ja, wichtiggemacht. Wie so Bauernmädchen eben sind. Nie passiert was im Ort, und wenn mal was los ist, wie so ein Autounfall direkt vor der Tür, wird ein Abenteuer draus gemacht.«

»Was hat sie denn erzählt?«

»Ach, Spinnerei. Es wäre kein Unfall gewesen. Ein Auto

hätte das andere abgedrängt, oder so was. Vollkommener Blödsinn. Direkt danach war die Polizei da und hat alles ordnungsgemäß aufgenommen. Die hätten schon gemerkt, wenn was faul gewesen wäre.«

»Das Mädchen ist gleich danach umgekommen?«

»Am nächsten Abend. War schon tragisch.«

Ich sah zu dem Hof hinüber.

»Meinen Sie, Herr Hornen ist zu Hause?«

»Bestimmt.«

»Ich werde mal zu ihm gehen. Vielen Dank für die Auskunft. Auf Wiedersehen.«

»Wiedersehen.«

Sie klapperte zurück in den Bungalow.

Bauer Hornen hatte einen sauberen Hof. Keine Holzlatte, kein Strohhaufen, nicht mal Hundekacke lag auf den gefegten Steinen. Den Stall zierte ein neues Tor, und die Fensterläden waren frisch gestrichen. Über der Haustür hing was Schmiedeeisernes. Auf den Fensterbänken standen üppige Blumenkästen.

Ich klopfte an die Tür. Ein Hund fing an zu bellen.

»Wessen da?«

Ich sagte laut meinen Spruch auf, und kurz danach stand der Bauer vor mir.

»Herr Hornen?«

»Mhmm.«

»Ich habe eine Frage wegen Ihrer vor vier Jahren verstorbenen Tochter.«

»Frache Se doch.«

»Wie ist sie genau umgekommen?«

»Zischel uffen Kopp.«

»Wo?«

»Lings runner, zwaa Häuser weider.«

»Wann genau?«

»Zwansischster Februar neunzehnhunnertneununsibzisch, sibbe Uhr awends.«

»War sie sofort tot?«

»Ja.«

»Was hat der Arzt gesagt?«

»Zischel uffen Kopp.«

»Wie heißt der Arzt?«

»Langner, lings nunner, dridde Schtraß rechts, zwaades Haus lings.«

»Danke.«

»Bidde.«

Er zog die Tür zu.

Ich ging hinter die Pfeiler zurück, holte meinen Opel und fuhr zu Doktor Langner.

»Privatdetektiv?«

Ich steckte meine Lizenz wieder ein.

»Ja.«

»Bitte, kommen Sie rein.«

Er führte mich durch Flur und Wartezimmer in sein Büro.

Langner war selber an die Tür gekommen, nachdem eine Empfangsschwester meine Visitenkarte überbracht hatte. Während wir den Warteraum durchquerten, musterten mich die Patienten verständnisvoll. Mein Gesicht wies mich als besonders dringenden Fall aus.

»Was kann ich für Sie tun?«

»Sie haben vor vier Jahren einen Totenschein für die Tochter des Bauern Hornen ausgestellt, nicht wahr?«

»Ja, wieso?«

»Ich will wissen, ob es ein Ziegelstein oder ein Dachziegel war, der das Mädchen getötet hat, beziehungsweise, ob da Zweifel bestanden haben.«

Er rückte sich in seinem Stuhl zurecht.

»Ich weiß nicht, wie Sie darauf kommen, mich das zu fragen. Sie werden Ihre Gründe haben.« Pause.

»Zweifel gab es, aber nur bei mir. Für die Familie und für den Ort war es ein Dachziegel, und entsprechend habe ich den Totenschein ausgestellt. Sie können mir das vorwerfen, wenn Sie wollen. Doch selbst wenn ich meine Zweifel angemeldet hätte, sie wären ohne Folgen geblieben.« Er war in seiner Ehre als Arzt getroffen. Aber er war ehrlich.

»Was könnte denn die wahrscheinliche Todesursache gewesen sein?«

»Nach dem Schädelbruch zu schließen, muß es eine schwere Stange oder ein Balken gewesen sein. Jedenfalls kein einzelner Ziegel. Der Bruch lief lang und gerade über den Knochen. Dazu war der Ziegel zu kurz.«

»Den Ziegel hat man gefunden?«

»Er lag neben ihr, neben vielen anderen. Das Dach darüber wurde zu der Zeit neu gedeckt.«

»Würden Sie die Fehldiagnose vor Gericht zugeben und über die nach Ihrer Meinung zutreffende unter Eid aussagen?«

Er sah lange auf seine Hände. Dann hob er den Kopf.

»Ja, das würde ich machen.«

2

»Also dann, in zwanzig Minuten am Präsidium. Können Sie bis dahin einen Kassettenrekorder auftreiben?«

»Wozu brauchen Sie einen Kassettenrekorder?«

»Seltene Vogelstimmen. Muß aber mit Batterie sein.«

»Ich werds versuchen, irgendwo haben wir so was. Ich frage meine Frau.«

»Beeilen Sie sich.«

»Ja, ja.«

Eine halbe Stunde später bog der blaue Benz in die Einfahrt des Polizeipräsidiums. Ich ging über den Kies auf ihn zu. Löff stieg mit einer glänzenden, schwarzen Aktentasche aus dem Auto. Er hatte Schlips und Anzug angelegt.

»Morgen, Herr Löff, haben Sie ein Tonband aufgetrieben?«

Er zog ein uraltes kleines Gerät aus der Aktentasche. Ich nahm es in die Hand und testete die Qualität der Aufnahme. Sie war nicht berauschend, aber für meine Zwecke langte es. Ich gab es Löff zurück.

»Behalten Sie es erst einmal. Noch brauchen wir es nicht.«

»Herr Kayankaya, was halten Sie davon, mir endlich zu erklären . . .«

»Nichts. Ich kann Ihnen noch nichts erklären. Entweder Sie helfen mir, ohne viel zu fragen, oder Sie lassen es bleiben.«

»Ich kann doch nicht ohne jede Information mit Ihnen zusammenarbeiten.«

»So, wie ich mir die Zusammenarbeit vorstelle, geht das schon.«

»So, und wie?«

»Hören Sie zu, Herr Löff, ich brauche zunächst nur Ihren Namen, der zählt in amtlichen Kreisen nun mal mehr als meiner. Das fängt gleich hier im Polizeipräsidium an. Mit Ihnen zusammen komme ich rein und kriege auf meine Fragen eine Antwort. Bis ich Ihnen erklärt habe, was ich wissen will und warum, ist der halbe Tag vergangen. Soviel Zeit haben wir leider nicht mehr.«

»Herr Kayankaya, wenn ich Ihnen aufgrund meiner Erfahrung etwas raten darf, dann . . .«

»Helfen oder nicht helfen?«

Er schaute mich eine Sekunde lang wütend an. Dann klappte er trotzig die Aktentasche zu.

»Also gut. Wo müssen wir zuerst hin?«

»Nochmal ins Rauschgiftdezernat und in die Kleiderkammer.«

»Dann mal los.«

Wir liefen über den Parkplatz, stiegen die Treppen zum Haupteingang hoch, durchquerten die Empfangshalle und fuhren mit dem Aufzug in den vierten Stock.

Vor Georg Hoschs Büro nahm ich Löff am Arm.

»Nicht zu Hosch. Wir müssen jemand anders finden.«

»Warum?«

»Darum!«

Löff holte tief Luft. Dann zeigte er auf die Tür gegenüber von Hoschs Büro.

»Sie gehen rein und spielen Begrüßung, oder was sonst unter Polizisten üblich ist. Ich stelle danach die Fragen.«

Löff klopfte energisch an die Tür.

»Jaaa. Immer rein in die gute Stube.«

Die freundliche Stimme gehörte einer jungen Dame im Minirock. Sie war dabei, Kaffee in den Filter zu löffeln. Löff betrat den Raum mit der Würde und dem Selbstverständnis eines höheren Vorgesetzten. Er machte seine Sache gut. Leider hielt der Minirock nicht viel von würdevollen Vorgesetzten.

»Wen Sie auch immer sprechen wollen, alle sind weg.«

Sie knipste die Kaffeemaschine an und drehte sich um. Löff verschränkte die Arme.

»Ich bin Theobald Löff, ehemals Kriminalkommissar dieses Hauses.«

»Und?«

»Ich wünsche den diensthabenden Inspektor der Abteilung zu sprechen.«

»Herr Rolland ist dienstlich unterwegs.«

»Wann wird er zurück sein?«

»Das weiß der Herrgott.«

Löffs Vorstellung war zu Ende. Er drehte sich fragend zu mir um.

»Kayankaya mein Name. Außer wo der Kaffee steht, wissen Sie über die Abteilung hier noch was anderes?«

»Anzunehmen, ich arbeite seit zwei Jahren in dem Laden.«

»Es gibt ein Lager, wo der ganze beschlagnahmte Kram hinkommt, um irgendwann verbrannt zu werden. Wo ist das?«

»Am Flughafen ist eins, so 'ne Art Zwischenstation, und hier im Haus ist das Hauptlager. Verbrannt wird in einem Spezialofen hinten im Hof.«

»Wer hat hier im Präsidium Zugang zu dem Lager?«

»Sagen Sie mal, wollen Sie das Ding knacken?«

»Klar, ich lauf in die erste Polizei-Ranch der Stadt und erkundige mich, wie und wo ich . . .«

»Schon gut. Zugang hat nur eine Art Verwalter, der aufschließt, wenn neue Ware reinkommt, und kontrolliert, ob alles seine Ordnung hat.«

»Wie heißt er?«

»Im Moment macht das Herr Sörbier. Das wechselt aber jeden Monat.«

»Leitet der auch die Verbrennung?«

»Nee, das macht immer Herr Hosch.«

»Georg Hosch?«

»Ja.«

»Herr Kayankaya, was soll das? Ich kann nicht die ganze Zeit im dunkeln neben Ihnen herumtappen.«

Wir standen im Aufzug zum Kellergeschoß. Meine Finger tasteten nach der kaputten Rippe. Morgen würde ich beginnen, sie zu kurieren. So hoffte ich.

»Geht nicht anders, Herr Löff. Heute abend wissen Sie alles. Bis dahin Geduld. Sie haben Ihre Sache doch eben fabelhaft gemacht, besser gings gar nicht.«

»Also gut, ich mache weiter. Aber bitte, tun Sie mir einen Gefallen . . .«

»Der wäre?«

». . . eignen Sie sich ein paar Umgangsformen an. Man kann mit Leuten reden, ohne sie gleich vor den Kopf zu stoßen. Sagen Sie das nächste Mal ›Danke‹ und ›Auf Wiedersehen‹, wenn Sie die gewünschte Information erhalten haben. Schließlich fällt das auf mich zurück.«

Die Aufzugstür öffnete sich, und mir blieb die Erwiderung erspart. Wir liefen durch den neonbeleuchteten Flur bis zu einer Kioskfassade. Doch statt Stapel von Bierkästen und Lutschervorräten sah man dahinter eine riesige Halle, durch die sich hohe Eisenregale zogen. Olivgrüner Kleiderkram, Plexiglasschilde, Helme, Verkehrskellen, Schuhe, alle möglichen Sorten Schießwerkzeug, Walkie-Talkies, sogar ein Bündel Trillerpfeifen lagen relativ geordnet auf den Regalbrettern. Alles neu und sauber.

Ich drückte auf eine silberne Klingel. Aus dem hinteren Teil der Halle brummte jemand »ein Moment«. Löff sah mich kritisch an. Er erwartete offenbar immer noch eine Bestätigung seiner Bitte.

»Ich versuche, weder zu kleckern noch unaufgefordert zu rülpsen.«

»Was gibts?«

Ein runzliges Männlein humpelte durch die Halle auf uns zu. Es musterte uns durch dicke Brillengläser. Löff räusperte sich und stützte die Hände auf die Theke.

»Ach, der Herr Kommissar! Was treibt Sie denn hierher?«

»Tja, die Katze läßt das Mausen nicht.«

»Ach, was, Sie sind wieder im Geschäft?«

»Nein. Ich betreue einen Fall. Um die in langen Jahren gewonnene Erfahrung sozusagen an Jüngere weiterzugeben. Eine Art wandelnder Ratschlag.«

Das Männlein lachte herzlich.

»Das haben Sie gut gesagt, Herr Kommissar.«

Löff trat einen Schritt beiseite und stellte mich vor.

»Hier ist der Nachwuchs, wenn ich mal so sagen darf. Herr Kayankaya ist als freier Mitarbeiter mit der Lösung eines Falles betraut.«

Die kurzsichtigen Augen glitten ungläubig an mir herunter. Wahrscheinlich überlegte er sich, wo die Polizei enden würde, wenn blutverkrustete Türken ihren Nachwuchs bilden sollten. Löffs Geschichte war ebenso unglaubhaft wie phantasielos.

»Aha. Na gut. Was führt Sie zu mir?«

Bevor Löff noch mehr Unsinn loswerden konnte, schob ich mich kurzerhand vor ihn an die Theke.

»Führen Sie eine Kartei über die Geräte, die Sie ausgeben?«

»Natürlich. Das hat bei uns alles seine Ordnung.«

»Kann auch ein Beamter seine fehlende Ausrüstung bei Ihnen ergänzen? Angenommen, er hat was verloren, oder es wurde was beim Einsatz beschädigt?«

»Mit Bestätigung seines Vorgesetzten, aber sicher. Was glauben Sie, weshalb ich hier bin?«

Er belächelte die törichten Fragen des Nachwuchses.

»Wenn ich Sie zum Beispiel fragen würde, ob in der Woche nach dem zwanzigsten Februar neunzehnhundertneunundsiebzig sich einer oder mehrere der Kollegen bei Ihnen einen neuen Polizeischlagstock besorgt haben, könnten Sie das beantworten?«

Ein kurzer Seitenblick bestätigte mir, Löff war baff.

»Müssen Sie einen Moment warten, bis ich den Karteikasten finde. Ist aber sonst kein Problem.«

»Wir warten gerne.«

Das Männlein humpelte weg. Löff tippte mir auf die Schulter.

»Sonst ist alles in Ordnung, Herr Kayankaya?«

»Warten Sie's ab.«

Wir standen stumm nebeneinander, bis das Männlein mit einem hellbraunen Holzkasten unterm Arm zurückkam.

»Hier haben wir neunzehnhundertneunundsiebzig, wollen mal sehen.«

Er blätterte die Kärtchen durch.

»Schlagstöcke haben Sie gesagt?«

»Ja.«

Es dauerte eine Weile, dann zog er zwei Karteikarten heraus und las vor.

»Da haben wir den einundzwanzigsten und den neunundzwanzigsten Februar. Jedesmal Schlagstock im Einsatz verloren, Antrag auf Ersatz. Bestätigungen der jeweiligen Vorgesetzten lagen vor.«

Er sah auf.

»Reicht das?«

»Die Namen der Antragsteller wüßte ich gerne.«

»Wenns weiter nichts ist.«

Er hielt sich die Karteikarten noch einmal dicht vor die Brille.

»Am neunundzwanzigsten war es Michael Kuch vom Mobilen Einsatzkommando D Strich A siebzehn einundzwanzig, am einundzwanzigsten Harry Eiler, Streifendienst, Nummer null null acht Strich sieben drei. Vorgesetzte waren im ersten Fall Hauptkommissar Norbert Rutel, im zweiten Kriminalkommissar Futt.«

Ich schaute zu Löff und sagte: »Vielen Dank und auf Wiedersehen, Sie haben uns sehr geholfen.«

Wir gingen durch die Empfangshalle hinaus auf den Parkplatz. Löff zog immer noch eine Schnute und sagte kein Wort.

»Herr Löff, holen Sie bitte das Auto. Ich bin da vorne bei der Telefonzelle, muß 'ne Adresse rauskriegen.«

Ich blätterte die dünnen, eingerissenen Seiten durch. Löff stand schon mit dem Benz vor der Kabine, als ich endlich fand, was ich suchte. Futt, Große Nelken-Straße siebenunddreißig. Das lag in Hausen, einem Außenbezirk Frankfurts. Ich setzte mich neben Löff, und wir fuhren los. Sanft rollte das große Auto über den Asphalt.

»Hausen, Große Nelken-Straße siebenunddreißig.«

»Was wollen wir da?«

»Ist Futt verheiratet?«

Löff bremste leicht.

»Sagen Sie bloß nicht, Sie . . .«

»Doch. Ist er verheiratet oder nicht?«

»Ist er.«

»Also keinen Einbruch.«

»Keinen was?!«

Die Reifen quietschten, und der Wagen blieb am Straßenrand stehen. Löff stellte den Motor ab.

»Nochmal ganz langsam. Keinen was?«

»Nur mit der Ruhe. Wir fahren jetzt zu Futts Wohnung und unterhalten uns mit seiner Frau. Ist doch nichts dabei. Sie bleiben im Auto.«

»Hab ich mich wohl verhört.«

Wir rollten wieder los. Ich kurbelte die Scheibe runter und ließ meine Hand durch den Fahrtwind gleiten.

»Kennen Sie die Glückliche?«

»Nein.«

»Mal was über sie gehört?«

»Ja.«

»Was?«

»Gerüchte.«

»Welcher Art?«

»Als Futt das Drogendezernat leitete, ging herum, seine Frau sei Alkoholikerin. Dummes Gerede.«

»Warum?«

»Weil sowas immer dummes Gerede ist, darum.«

»Ah, ja.«

Wenig später hielten wir vor dem Haus Nummer siebenunddreißig.

»Suchen Sie sich einen anderen Parkplatz, bißchen weiter weg. Sie müssen aber den Eingang beobachten können. Ich werde spätestens in einer halben Stunde wieder hier sein. Sollte inzwischen ein Ihnen bekanntes Gesicht auftauchen, hupen Sie zweimal kurz. Das wäre jetzt alles. Bis gleich.«

Ich schmiß die Wagentür zu. Futt wohnte in einem dunkelgrün verputzten Fünfziger-Jahre-Wohnhaus. Ich klingelte. Die Tür summte, und ich stieg hinauf in den zweiten Stock. Der Name Paul Futt war in eine Messingplatte eingraviert. Die Wohnungstür stand halb offen.

»Horstilein, hier bin ich!«

Ich ging hinein. Der Flur stand voll mit alten, teuren Möbeln, die nicht zueinander paßten. An der Wand hing ein Sonnenuntergang mit Segelboot. Der Boden war mit drei oder vier Schichten Perser bedeckt.

»Hiiier, im Schlafzimmer, hi, hi.«

Ich durchquerte den Flur und betrat das Schlafzimmer. Wir starrten uns beide eine Weile fassungslos an.

Sie, weil ich nicht Horstilein war, sondern ein Türke mit angeschwollener Visage. Ich, weil vor mir eine dicke, grell geschminkte Frau lag, die ihre Schenkel weit auseinander spreizte und außer einem goldenen Glitterschal nichts am Leibe trug.

»Kayankaya mein Name. Schönen guten Tag.«

Langsam, ohne die Augen von mir zu lassen, begann sie, ihre weiße Haut mit einem Bettlaken zu bedecken. Auf dem Nachttisch stand das Gerücht. Eine halbleere Flasche Johnny Walker.

»Ich muß mit Ihnen reden. Ziehen Sie sich was an, ich geh solange raus.«

Ich griff mir die Flasche Johnny Walker, ging hinaus in den Flur und setzte mich auf ein seidenbespanntes Sofa. Ende achtzehntes Jahrhundert war mein Tip. Ich spendierte mir einen Schluck auf Futts Kosten. Nebenan zog sich seine Frau an.

Nach fünf Minuten stand sie im Türrahmen. Ihr fetter Körper schwankte, und die Augen glänzten. Sie hatte schon mächtig einen in der Krone.

»Wer sind Sie? Was machen Sie hier?«

Ich stellte die Flasche auf den Boden und erhob mich.

»Wie gesagt, Kayankaya. Ich bin hier, um Ihnen ein paar Fragen zu stellen.«

Sie hatte sich einen weißen, mit Drachen bestickten Kimono übergezogen. Der rechte Busen hing heraus.

»Wer gibt Ihnen das Recht, einfach in meine Wohnung einzudringen, hä?«

»Ich habe geklingelt, man hat mir aufgemacht.«

Sie fuchtelte mit den Händen durch die Luft.

»Na und? Ich habe einen Freund erwartet. Kann ich wissen, daß fremde Leute einfach in die Wohnung kommen? Geht doch nicht! Ich warte auf einen guten Freund, und Sie kommen einfach hier herein. Geht nicht, sowas.«

Der Alkohol ließ sie lallen.

»Sind Sie die Frau von Paul Futt?«

»Was wollen Sie damit sagen? Hat der Arsch Sie hergeschickt? Weiß er doch alles, is ihm doch egal. Bin doch 'ne Frau, oder? Der impotente fette Sack, der bringt nichts mehr. Is doch mein Recht, nich? Hab ein Recht auf Männer. Kann ich wissen, daß er son schlaffer Schwanz ist. Hat mir in der Kirche niemand gesagt. Kann ich doch nich wissen. Is doch mein Recht . . .«

Sie hielt sich die Hände vors Gesicht und fing an zu schluchzen.

»Frau Futt, es ist mir schnurzegal, ob Sie sich einen Liebhaber halten. Deshalb bin ich nicht hier.«

»Ficken! Sagen Sie doch ficken, Sie Arsch. Das meinen Sie doch!«

»Frau Futt, es ist mir egal, mit wem Sie ficken!«

Sie lachte hysterisch. Ich nahm ihren Arm und drückte sie aufs Sofa.

»Nehmen Sie sich zusammen! Sagen Sie mir, wo das Zimmer von Ihrem Mann ist.«

Sie hörte auf zu lachen und sah mich kumpelhaft an.

»Sind Sie von der Polizei? Für ihn oder gegen ihn?«

»Wie soll ich das verstehen?«

Sie machte schnell einen Rückzieher.

»Gar nichts sollen Sie verstehen. Ich weiß nichts, gar nichts!«

»Ich bin gegen ihn, wenn Sie so wollen.«

»Trotzdem, ich weiß nichts. Er schlägt mich tot, hat er gesagt.«

»Ihr Mann?«

»Nein, der Weihnachtsmann, hi, hi.«

»Warum sollte er Sie totschlagen?«

Ihre lackierten Finger schmiegten sich um meinen Arm, dann drückte sie den Arsch an mich und legte ihren vernebelten Kopf auf meine Schulter. Sie roch nach Whisky und Kölnisch Wasser. Keine gute Mischung.

»Ganz schön neugierig, was?«

Die Hand glitt über meinen Nabel abwärts. Ich ließ sie gleiten, leckte mit der Zunge an ihrer Ohrmuschel und flüsterte: »Der Arsch macht viel Geld mit dem Stoff, was?«

Sie kicherte.

»Bist ein ganz raffinierter . . ., hi, hi . . .«

Ich legte mich ins Zeug.

»Wenns rauskommen würde, müßtest du sagen, was du weißt.«

»Er wird mich umbringen, hi, hi.«

»Hinter Gittern kann er dich nicht umbringen.«

»Solche Schweine kommen nich hinter Gitter . . . laß ihn doch jetzt, is doch nich wichtig.«

Sie hatte Schwierigkeiten mit den Knöpfen.

»Gleich, sag mir nur, wo er das Zeug hat.«

»Ich hab mal was gesehen, in seinem Schrank, das is alles.«

Ich riß mich aus der Umklammerung und stand auf. Sie sah mich verdutzt an. Ich knallte ihr eine.

»Wo ist der Schrank?«

»Duuu, du wider . . .«

Ich knallte ihr noch eine.

»Jetzt werden wir wieder nüchtern, Verehrteste. Wo ist der Schrank?«

Eine Hand hielt die Backe, die andere zeigte auf die Tür gegenüber. Der Schrank stand in einem weiteren Schlafzimmer. Ich räumte Mäntel und Anzüge raus, bis in der linken hinteren Ecke ein Rucksack zum Vorschein kam. Ich zog ihn raus und öffnete die Schnallen. Alles mögliche Campingzeug lag obenauf. Ich kippte alles aus. Zwischen Emaillekochtöpfen, Gaskartuschen, Zelthaken und Nylonseilen purzelten auch kleine, in Plastik verpackte Päckchen auf den Boden. Ich nahm mir eins und riß die Ecke ab. Meine Zunge leckte am Plastik. Kein Zweifel. Als alles wieder eingepackt war, sah ich den zusammengefalteten Briefbogen: *Futt Mörder, halt eine Million und ein Kilo bereit, wir melden uns. Bis bald!* Ich steckte das Papier ein und ging hinaus auf den Flur. Futts Frau lag verrenkt im Sofa und heulte.

» . . . nichts, zum Kotzen, ich bin zum Kotzen . . .«

»Wo steht das Telefon?«

Sie sah mich an. Die schwarze Augenschminke war über das ganze Gesicht verschmiert.

»... in der Küche ...«

Ich blätterte das Telefonbuch durch, fand die Nummer und wählte. Bei Hanna Hecht war besetzt. Ich mußte mich beeilen.

»Sie bleiben hier, bis ich wieder da bin, klar? Ein Kollege von mir wird gleich zu Ihnen kommen und bei Ihnen bleiben. Ist zu Ihrem eigenen Schutz. Wischen Sie sich den Dreck ausm Gesicht und bieten Sie ihm 'nen Kaffee an. Und sein Hosenlatz bleibt zu! Bis später.«

Ich rannte die Treppe hinunter, über die Straße zu Löff. Er saß im Auto und hörte Radio.

»Herr Löff, es fängt an, spannend zu werden.«

»Ach ja?«

»Oben sitzt Futts Frau in ziemlich verstörtem Zustand. Sie müssen hochgehen und bei ihr bleiben, bis ich wieder zurück bin. Passen Sie auf, sie könnte Dummheiten machen. Sollte Futt vorbeikommen, halten Sie ihn fest. Wie, ist mir egal.« Ich gab ihm meine Parabellum.

»Hier, für alle Fälle. Schauen Sie nicht wie ein Pferd. Wenn Sie immer noch nicht glauben, ich habe meine Gründe. Werfen Sie mal 'n Blick in Futts Kleiderschrank.«

»Is das alles?«

»Ja, das ist jetzt alles. Ich brauche etwa eine Stunde, sollte es länger dauern, rufe ich an. Ihren Wagen muß ich haben.«

Er drückte mir die Autoschlüssel in die Hand, schob die Parabellum in die Hosentasche und ging hinüber zu Nummer siebenunddreißig.

Ich ließ den Benz an und fuhr los. Die erste rote Ampel nahm ich mit hundert.

3

Um die Hände frei zu haben, stellte ich den Kassettenrekorder links neben Hanna Hechts Wohnungstür auf den Flurboden. Durch das Schlüsselloch drang leises Gebrabbel. Ich klingelte. Das Gebrabbel hörte auf. Ich klingelte ein zweites Mal. Es blieb still. Beim dritten Mal reagierte jemand und kam an die Tür.

»Wer is da?« Die Stimme kannte ich.

»Maingas, Strom- und Wasserabnahme.«

»Einen Augenblick.«

Kurzes Geflüster, dann war er wieder da. Ich drückte mich rechts neben die Tür an die Mauer. Der Schlüssel klirrte im Schloß. Langsam wurde er umgedreht. Dann ging die Tür auf, und sein Kopf schaute aus der Wohnung. Ich schlug ihm meine rechte Handkante unter die Gürtellinie. Einen Moment lang blieb ihm die Luft weg. Ich sprang auf ihn zu und warf ihn zu Boden. Der Schlag hatte ihn nicht schlimm erwischt, und ich hatte Mühe, gegen sein Gestrampel anzukommen. Mein erster Eindruck war richtig gewesen. Er zog an den Haaren. Als er anfing, mir in den Bauch zu beißen, reichte es mir. Ich rammte ihm die Fäuste aufs Kinn. Seine Muskeln erschlafften, und er sank zurück auf den Flokati. Ich schaute zur Küchentür. Hanna Hecht betrachtete mich mit großen Augen. Ihr Gesicht war blau angeschwollen, und aus der Nase lief Blut. Ihre Bluse war rot verschmiert und bis zur Hose aufgerissen. Ich stand auf und begann den Draht zu lösen, der ihre Hände fesselte. Die Arme waren blutig zerschnitten. Danach fesselte ich ihn damit. Ich zog fest an, und der Schmerz weckte das Bürschchen.

»Ganz ruhig bleiben, ist schon vorbei.«

Ich drehte ihn auf den Rücken und betrachtete sein wehrloses Dackelgesicht. Auch Hanna Hecht hatte sich niedergekniet, was ich aber zu spät merkte. Sie zog ihm ihre Fingernägel einmal quer durchs Gesicht. Ich stieß sie weg. Doch ihm half das nicht mehr. Fünf tiefe Kerben ließen das rote Fleisch der Wangen sehen. Er schrie und wand sich vor Schmerz. Hanna Hecht lächelte, und jetzt sah ich, er hatte ihr sämtliche oberen Schneidezähne rausgeschlagen.

»Wo ist dein Freund aus der *Hühnerpfanne*?«

Sie zeigte hinter sich in die Küche.

»Lebt er noch?«

»Bißchen!«

»Kannst du irgendwelchen Alkohol mixen? Das können wir jetzt alle gebrauchen.« Sie nickte und ging. Ich zog ihn hoch und setzte ihn an die Wand.

»Tach, Herr Eiler, so sieht man sich wieder.«

Ich holte den Kassettenrekorder vom Flur und spulte das Band zurück.

»Ich werde ein paar Fragen stellen. Sie können antworten, Sie könnens auch sein lassen, dann gebe ich Fräulein Hecht freie Hand, mit Ihnen zu veranstalten, was ihr Spaß macht . . . klar?«

»Nein! Ich will alles sagen.«

»Schade.« Ich drückte auf Aufnahme.

»Womit konnten Sie Vasif Ergün nach dem Unfall überreden, in Ihrem Auftrag mit Heroin zu handeln?«

Er sah mich erschrocken an.

»Aber . . .«

»Antworten Sie schnell, ich habe nicht soviel Band.«

Er druckste eine Weile herum, bis er sich überwand.

»Es ist eh alles egal . . . Es war Futts Idee. Ich hatte damit nichts zu tun . . . das stimmt wirklich . . .«

»Interessiert mich nicht, Sie sollen sagen, wies gewesen ist!«

». . . na ja, wir haben ihm erzählt, der Unfall sei besonders schlimm, und deshalb müsse er zurück in die Türkei, oder lange ins Gefängnis . . . irgend sowas . . . dann haben wir ihm ein Geschäft angeboten. Wir würden dafür sorgen, daß ihm nichts passiert, würden ihm auch Geld geben, um den Schaden unter der Hand zu bezahlen.«

»Zweitausend Mark?«

»Mhmm, ja soviel war das . . . also das haben wir für ihn gemacht. Dafür sollte er für uns Drogen verkaufen. Dreißig Prozent vom Gewinn haben wir ihm angeboten, und er war einverstanden.«

»Nachdem das eine Weile lief, habt ihr ihn gefragt, ob er nicht noch jemanden wüßte, der Lust hätte mitzumachen?«

»Mhmm, ja.«

»Das war dann Ahmed Hamul?«

»Ja.«

»Weshalb mußte Vasif Ergün sterben?«

»Aber nein . . . das war 'n Unfall . . . Sie glauben doch nicht . . .«, er kreischte fast.

»Mach kein Theater, Futt hat ein Geständnis abgelegt, und ich habe Zeugen für den Unfall, das beste für dich, du sagst die Wahrheit.«

Futts Geständnis schoß ihm wie ein Blitz durch den Körper.

»Der . . . der blöde Hund . . . er war es, er hat es gewollt, er hat gesagt, das muß sein, sonst würden wir alle hochgehen, das Schwein . . . verdammt nochmal, ich bin doch kein Mörder, ich bin keiner . . . Wirklich!«

Er schrie und schluchzte abwechselnd und schlug sich mit den Händen ins aufgerissene Gesicht; sein schmächtiger Körper begann wild zu zittern.

»Nehmen Sie sich gefälligst zusammen! Sie haben drei

Menschen umgebracht und drei andere bestialisch gefoltert, mich eingeschlossen. Da haben Sie nicht geheult, wahrscheinlich hat es Ihnen sogar Spaß gemacht. Ich hätte Lust, Sie restlos auseinanderzunehmen, das können Sie mir glauben. Jetzt wird geantwortet!«

». . . er wollte aussteigen, wollte das Geschäft alleine machen . . .«

»Und da haben Sie ihn mit dem Wagen am Betonpfeiler zerquetscht?«

»Ja.«

»Woher wußten Sie, daß die Bauerntochter alles gesehen hat?«

». . . hab den Unfall aufgenommen. Die Leute aus dem Dorf kamen an . . . schauten, was passiert war . . . sie war auch dabei und hat erzählt, hat sich wichtig gemacht, hat ihr aber niemand geglaubt . . .«

»Am nächsten Tag haben Sie ihr den Knüppel über den Kopf gehauen. Wo ist der?«

». . . hab ich weggeschmissen . . .«

»Wohin?«

». . . weiß ich nicht mehr . . .«

Ich knallte ihm meinen Handrücken auf die zerfurchte Backe. Er schrie.

». . . irgendwo, im Wald . . . hinterm Dorf . . .«

»Georg Hosch hat den Stoff bei der allmonatlichen Verbrennung besorgt?«

»Mhmm . . .«

»Mit ihm waren Sie gestern bei mir und haben Gas verschossen?«

»Mhmm . . .«

»Der Stoff wurde bei Futt gelagert?«

»Mhmm, ja. Er hatte auch die Idee zu allem. Er hat uns fast erpreßt, wirklich, er hat . . .«

»Interessiert mich nicht! Warum mußte Ahmed Hamul sterben?«

»Damit hab ich nichts zu tun, davon weiß ich nichts . . . Sie können mir nicht alles anhängen . . . das war ich nicht . . . das war überhaupt keiner von uns . . . das würde ich wissen . . . das können Sie nicht machen . . .!«

Ich schlug ihm immer wieder ins Gesicht, aber alles, was er rausbrachte, war »nein«.

»Was Sie an dem Abend gemacht haben, werden wir auch so herausbekommen. Wo ist Hosch jetzt?«

»Dienst.«

Ich stellte das Band ab und ging in die Küche. Hanna Hecht lehnte mit einigermaßen zufriedenem Gesicht im Stuhl; sie hatte gerade ihren Druck beendet. Der Kellner lag stöhnend unter der Spüle. Er hatte in den letzten Tagen eine Menge abbekommen. Ich packte ihn bei den Schultern, um ihn aufzusetzen. Er schrie wie am Spieß. Harry Eiler mußte ihm beide Arme gebrochen haben. Ich ließ ihn liegen, alles andere hätte ihn vollends umgebracht. Die Küche glich einem Schlachtfeld. Zerbrochenes Mobiliar und Geschirr waren mit Blut bespritzt, der Mülleimer auf den Boden ausgeleert worden, und sämtliche Plakate lagen zerfetzt darüber. Ich holte die Flasche Wodka aus dem Kühlschrank und nahm einen tiefen Schluck. Der Kellner keuchte laut.

»'n Schluck?«

Mit Mühe klappten seine Augenlider auf und nieder. Ich flößte ihm den Wodka auf einem Teelöffel ein. Das meiste ging daneben. Dann ging ich zurück zu Harry Eiler und zum Telefon.

Ich wählte den ärztlichen Notruf und bestellte einen Wagen und wandte mich dann zu dem Haufen Eiler.

»Sie rufen jetzt Hosch an und verabreden sich mit ihm in einer halben Stunde bei Futts Wohnung.«

Er schüttelte den Kopf. Ich knallte ihm eine. Er nickte.

»Nummer?«

Er sagte sie. Ich wählte und hielt ihm den Hörer an Ohr und Mund.

»Ja, Georg? Hier ist Harry . . . ja, wir müssen uns in einer halben Stunde bei Paul treffen . . . doch, ist dringend . . . was? . . . kann ich dir am Telefon nicht erklären, ist wichtig, wirklich . . . ja? Dann bis gleich.«

Ich legte auf. Harry Eiler sah gequält auf seine gefesselten Hände.

»Jetzt das gleiche mit Futt.«

»Nein! . . . also gut!«

»Keinen Rückzieher! Er muß kommen. Von mir aus sagen Sie ihm, hier sei was schiefgegangen.«

»Paul? . . . Ja, Harry . . . es ist dringend, wirklich . . . es ist was falsch gelaufen . . . wir müssen uns, so schnell es geht, bei dir treffen . . . ja . . . doch, glaub mir, es ist wichtig . . .«

Seine Augen flehten mich an. Ich schüttelte den Kopf.

»Paul, bitte, es dauert auch nicht lange . . . ich will dich nicht verarschen, nein! . . . Nur kurz, in Ordnung . . . in einer halben Stunde? . . . Ja? Gut, tschüß.«

Ich nahm das Telefon und wählte Futts Privatnummer.

»Katrin Futt.«

»Hallo, Frau Futt. Lassen Sie mich mal mit Ihrem Aufseher sprechen.«

Löff kam an den Apparat.

»Hier ist Kayankaya . . . ja, dauert nicht mehr lange, ich komm gleich . . . ist alles klar. Hören Sie, ich brauch 'nen Staatsanwalt . . . ja! Können Sie einen auftreiben?«

Harry Eiler fing an zu schreien. Ich ging mit dem Apparat ins Schlafzimmer.

»Wer das ist? Sie werden es kaum glauben, das ist Harry Eiler . . . Erklär ich Ihnen dann. Klappt das mit dem Staatsanwalt? Sie müssen doch irgend jemand aus dem Fach so gut kennen . . . ist mein vollkommener Ernst, ich habe drei Heroinhändler zu bieten, einer davon ist mehrfacher Mörder. Ist das kein Angebot?! . . . Jaa, ich habe Beweise, sind durch Ihr Tonband schon alle überführt . . . In Ordnung, Herr Löff. Sie brauchen mich nie mehr anzuschauen, wenn es nicht stimmt . . . Ich will den Staatsanwalt! Jetzt! Hab keine Lust, die Geschichte zweimal zu erzählen . . . Gut, bin in zehn Minuten da!«

4

Im gleichen Augenblick, als ich mit Harry Eiler aus dem Haus trat, hielt der Notarztwagen, und zwei Pfleger stürzten heraus. Einen hielt ich am Arm fest.

»Erster Stock rechts, das Mädchen ist voll mit Heroin, der Typ mit Wodka.«

Er sah mich entgeistert an, nickte dann und rannte weiter.

Ich stopfte Harry Eiler in den Beifahrersitz, setzte mich hinters Steuer und startete.

Zehn Minuten später saßen wir zu fünft in Futts Wohnzimmer. Katrin Futt, Theobald Löff, Harry Eiler, ich und Horst ›Horstilein‹ Schramm. Ich bedeutete dem Liebhaber von Katrin Futt zu verschwinden.

»Ist mir egal. Ich bleibe hier. Lasse Katrin doch jetzt nicht im Stich.«

»Herr Schramm, hier werden gleich Sachen geschehen, die Sie nicht das geringste angehen.«

»Ich lasse Katrin jetzt nicht alleine! Wer sind Sie überhaupt? Sie können mir gar nichts sagen.«

»Ich habe keine Zeit, mit Ihnen zu diskutieren. Entweder

Sie gehen freiwillig, oder ich bringe Sie raus! Mein Freund hier kann Ihnen bestätigen, ich bin nicht zimperlich. Also, spielen Sie nicht den Ritter, hauen Sie ab!«

Er betrachtete angeekelt Harry Eilers Visage.

»Sie sind ein brutaler Typ, ja das sind Sie! Das können Sie einer Frau doch nicht zumuten!«

»Und Sie glauben, wenn Sie hier rumquengeln, helfen Sie ihr?«

»Sie braucht mich!«

Katrin Futt war inzwischen einigermaßen nüchtern.

»Horst, ich glaube, es ist besser, wenn du jetzt gehst. Wir sehen uns heute abend.«

»Katrin! Das kannst du nicht machen.«

Ich nahm ihn bei der Schulter.

»Und wie sie das kann. Bei drei sind Sie draußen. Eins . . .«

Er schüttelte meine Hand ab, sah grimmig in die Runde und verließ die Wohnung.

»Wann kommt der Staatsanwalt?«

»So schnell er kann.«

Wir saßen uns schweigend gegenüber. Nur Harry Eilers Gequengel durchbrach von Zeit zu Zeit die angespannte Stille. Er würde nie wieder ein anständiges Gesicht haben. Warum ich ihn nicht vor dieser Hexe bewahrt hätte . . . Etwa zehn Minuten sagte keiner ein Wort. Löff machte den Eindruck, als würde er schon bereuen, den Staatsanwalt gebeten zu haben. Katrin Futt hatte die Augen geschlossen und döste ihren Rausch aus. Harry Eiler beschränkte sich nach und nach darauf, still zu leiden und seine Drahtfesseln anzustarren. Ich suchte im Kopf angestrengt nach einer bestimmten Melodie von Louis Armstrong. Dann klingelte es. Alle schauten verstört auf, als hätte niemand mehr mit irgendeinem Ereignis gerechnet. Ich entsicherte die Parabellum, bedeutete den anderen, sich ruhig zu verhalten, und ging zur Tür.

Nach dem zweiten Klingeln riß ich die Tür auf. Noch ehe Georg Hosch irgendwas kapiert hatte, lag der schwarze Lauf der Kanone auf seiner Brust. Ich nahm ihn beim Jackett und zog ihn in die Wohnung.

»Hab gesagt, wir sehen uns wieder.«

»Bitteschön, was soll das?«

»Abwarten. Wo haben Sie heute Ihre Gasmaske? Stand Ihnen gut.«

Verächtlich spitzte er den Mund: »Das wird Folgen haben.«

»Und ob!«

Ich schob ihn vor mir her ins Wohnzimmer.

»Bald sind wir vollständig.«

Georg Hosch blieb ruhig. Nur seine Stirn lief rosa an.

»Setzen Sie sich. Leider müssen wir uns noch gedulden, bis Kommissar Futt und der Staatsanwalt anwesend sind.«

»Der Staatsanwalt . . .?«

»Geht alles schneller, als man denkt, Herr Hosch.«

Er begnügte sich mit einem geringschätzigen Augenaufschlag.

Wenig später klingelte es erneut. Das gleiche Spiel. Ich riß die Tür auf und stieß meine Kanone in eine Brust.

Diesmal war es der Staatsanwalt. Er schaute nicht weniger entgeistert als Hosch. Ich zog meine Hand zurück und entschuldigte mich.

»Schon gut, immerhin bin ich hier richtig. Ist doch die Wohnung von Herrn Futt?«

»Ist es.«

»Und wo ist er?«

»Noch nicht da. Warum?«

»Weil ich es für unverschämt halte, mich um diese Tageszeit und bei solchen Temperaturen durch die Stadt zu hetzen. Er kann doch mit seinen Verbrechern zu mir kommen, oder etwa nicht? Seit wann fehlen der Polizei Mittel und Zeit, ihre Gefangenen aufs Gericht zu befördern? Nur weil ich Herrn Löff kenne und schätze, mache ich diese Ausnahme.«

»Herr Futt muß jeden Augenblick eintreffen.«

»Im übrigen, wer sind Sie?«

»Kemal Kayankaya, Privatdetektiv. Ich habe Sie um diese Zeit durch die Stadt gehetzt, weil ich nicht die Polizei bin und nicht die Mittel habe, Gefangene aufs Gericht zu befördern. Herr Futt wird hier nicht als Kommissar auftreten, sondern als Drogenhändler. Sobald er hier ist, fange ich an zu erzählen. Wenn Ihnen einleuchtet, was ich sage, können Sie danach die Haftbefehle ausstellen.«

»Sie sind schnell, junger Mann.«

»Ach ja, es wird Ihnen kaum gefallen; die drei, um die es geht, sind Polizisten.«

Er fuhr sich durch die kurzen grauen Haare.

»Aha. Mhm. Macht die Sache nicht einfacher.«

Er taxierte mich streng.

»Na gut, wann fangen wir an?«

»Wir warten auf Herrn Futt.«

»Der Rest ist anwesend?«

»Kommen Sie.«

Mit Ankunft des Staatsanwaltes hatte die Stimmung im Raum an Spannung gewonnen. Georg Hosch verlor mehr und mehr seine Fassung und begann, Harry Eiler wütende Blicke zuzuwerfen. Eiler gab sich inzwischen ganz wimmerndem Selbstmitleid hin. Katrin Futt war sich langsam der Situation bewußt geworden und rutschte unruhig auf dem Stuhl hin und her.

Löff und der Staatsanwalt begrüßten sich wie zwei Leute, die im selben Kegelclub sind. Dann setzten sie sich still nebeneinander, verschränkten die Arme und sahen von Zeit zu Zeit ungeduldig zu mir herüber.

»Frau Futt, darf ich den Herren was zu trinken anbieten?«

»Ja, ja, steht alles in der Küche. Gläser sind im Schrank.«

»Herr Hosch, würden Sie mir bitte behilflich sein?«

Als wir nebeneinander in der Küche standen, schloß ich leise die Tür und lächelte in Hoschs kalte Augen. Er hielt mich für einen Dummkopf, nach seinem Gesichtsausdruck zu schließen.

»Ich mache Ihnen ein Angebot, Hosch.«

»Was können Sie mir für Angebote machen?«

»Ich könnte Sie, zum Beispiel, aus dem Gasüberfall raushalten. Die Anklage wegen schwerer Körperverletzung bliebe Ihnen erspart.«

»Ich kann leider nicht folgen.«

»Ich könnte es so arrangieren, daß Sie bei sämtlichen Mordanschlägen nicht erwähnt würden. Würde Ihnen doch gefallen, von nichts gewußt zu haben, oder? Georg Hosch, ahnungslos hineingeschlittert in die verbrecherischen Machenschaften eines Vorgesetzten, der ihn unter Druck oder mit falschen Erklärungen zum Drogendiebstahl angehalten hat. Und die Anklage wegen Mitwisserschaft bei drei Morden wäre vom Tisch. Übrigbleiben würde der im Grunde genommen ehrliche Mensch Georg Hosch, dessen Einfaltigkeit von anderen für dunkle Geschäfte ausgenutzt wurde. Der Tip schmeckt Ihnen nicht, ich weiß, aber er erspart Ihnen einige Jahre hinter Gittern.«

»Muß ich mir noch mehr von diesem Blödsinn anhören?«

»Ist kein Blödsinn, das wissen Sie. Mein Angebot lautet folgendermaßen: Ich erzähle die Geschichte ab Auftritt Vasif Ergün, Sie spielen den Trottel und tun so, als würden Sie das heute zum erstenmal hören. Denken Sie sich was aus. Vielleicht dachten Sie, Sie hätten für den Geheimdienst gearbeitet oder so. Ich lasse den Film ablaufen. Sie regen sich mehr und mehr auf, machen den Entsetzten, sind fassungslos und verzweifelt. Von mir aus fangen Sie an, Futt zu beschimpfen.

Das steigern Sie, bis die Rede auf Ahmed Hamul kommt. Da geht Ihnen ein Licht auf. Was ich will, ist: Bei der Schilderung des dritten Mordes finden Sie für sich den Beweis, die Geschichte ist wahr, und man hat Sie tatsächlich drei Jahre lang übers Ohr gehauen. Danach geraten Sie völlig aus dem Häuschen. Bis hierhin haben Sie nämlich immer noch die Hirngespinste eines Privatdetektivs vermutet, doch mit Ahmed Hamuls Tod wird Ihnen klar, ich habe recht. Verstanden?«

Er schüttelte leicht den Kopf.

»Überlegen Sie sich's. Ein bißchen Theater, weiter nichts. Mitwisserschaft bei Mord und schwere Körperverletzung ist 'ne unangenehme Sache. Skrupel wegen Eiler brauchen wir nicht zu haben. Ob er den Schweinkram alleine gemacht hat oder manchmal zu zweit, hilft ihm vor Gericht auch nicht mehr. Er geht als erster von euch drauf, so oder so.«

Ein kurzes Grinsen glitt über sein Gesicht, als amüsierte es ihn, ich könnte glauben, er würde wegen Harry Eiler Skrupel haben.

»Müssen sich bald entscheiden. Jetzt servieren wir die Getränke.«

Ich nahm Whisky, Mineralwasser, Orangensaft und Eis. Hosch balancierte ein Tablett Gläser.

Löff und der Staatsanwalt schnappten sich den Orangensaft. Der Rest trank Whisky-Soda.

Wenig später hörten wir ein Schlüsselbund klirren. Alle, bis auf Katrin Futt, hielten den Atem an.

»Paul!«

Ehe ich sie fassen konnte, war sie aufgesprungen und zur Tür gerannt.

»Paul, ich hab nichts gesagt! Glaub mir! Bitte, glaub mir, ich habe nichts verraten, Paul . . .«

Futt war dabei, sich aus ihrer Umklammerung zu lösen, als er mich am Ende vom Flur erblickte. Er hielt einen Augenblick inne. Dann stieß er seine Frau zu Boden. Sie lag zusammengekrümmt an der Wand und heulte.

Ich winkte ihm mit der Parabellum zu.

Futt steckte den Schlüssel ein und zog sich eine Zigarre aus der Hemdtasche.

»Kommen Sie her, es warten schon alle.«

Er biß ein Ende der Zigarre ab, spuckte es auf den Perser und bewegte sich mit breiten, langsamen Schritten auf mich zu.

»Wer wartet auf mich?«

»Bunte Runde.«

Er trat ins Wohnzimmer, und man sah den Schreck in seinen Augen. Alle nickten ihm leicht zu. Hoschs fragendes Gesicht signalisierte, er wollte den Trottel spielen.

»Setzen Sie sich, Herr Futt. Wir können anfangen.«

»Anfangen, womit?«

»Abwarten.«

Während ich Löffs Kassettenrekorder auspackte und installierte, begann ich meinen Vortrag.

»Am neunzehnten Februar neunzehnhundertneunundsiebzig verursachte Vasif Ergün – bis zu seinem Tod Gastarbeiter dieses Landes – einen Unfall; er fuhr in das Auto von Albert Schönbaum. Er hatte die Vorfahrt nicht beachtet . . .«

»Tschuldigung, was soll das?«

»Das wissen Sie genau, Herr Futt. Nehmen Sie sich zusammen. Es ist aus. So schlimm wird es für Sie nicht werden, Sie sind Kripokommissar.«

Ich fuhr fort. Erzählte von dem Vertrag, den Vasif Ergün mit Futt und Eiler geschlossen hatte, diktierte dem Staatsanwalt die Adresse von Albert Schönbaum, wies ihn auf vorhandene Akten hin, die meine Geschichte bewiesen, kam dann auf Ahmed Hamuls Einstieg ins Geschäft zu sprechen, gab die Namen von Hanna Hecht samt Freund und Mutter

Ergün an, beschrieb den Mord an Vasif Ergün und der Bauerntochter, die Tatwaffe, den Polizeiknüppel, führte als Zeugen Erwin Schöller, Doktor Langner und die Bewohner am Rande Kronbergs auf und endete schließlich kurz vor Ahmed Hamuls Ermordung. Hosch machte seine Sache wunderbar. Futt und Eiler warfen ihm abwechselnd verstörte Blicke zu. Hosch stöhnte, platzte immer wieder mit einem fassungslosen »nein« heraus, raufte sich die Haare, zog am ganzen Leib zitternd an der Zigarette und übertraf, in bezug auf die Darstellung eines Zusammenbruchs, Eiler bei weitem. Als er sich bei meinem Bericht über die verübten Morde für die ersten Tränen vorbereitete, wurde es Futt zuviel.

»Georg! Es ist genug!«

Mit Bedacht hatte ich den Namen Georg Hoschs bisher nicht erwähnt. Dem Staatsanwalt würde er noch früh genug auffallen. Bisher war dieser eifrig mit Notizblock und Stift beschäftigt.

»Um letzte Zweifel auszuräumen, werde ich jetzt ein Band abspielen, auf dem mir Herr Eiler einige Fragen bereitwillig beantwortet hat.«

Eiler wollte gegen die Formulierung protestieren und deutete auf sein zerkratztes Gesicht. Aber Futts Lächeln zeigte ihm, er könnte nichts mehr gewinnen, und er ließ es bleiben.

Das Band lief, und der Fall war so gut wie erledigt. Löff und ich nickten uns zu. Kurz bevor der Name Hosch erwähnt wurde, hielt ich das Band an.

»Bis hier wäre damit alles klar. Bleibt der Mord an Ahmed Hamul.«

»Einen Augenblick, Herr Kayankaya. Was Sie vorgetragen haben, klingt plausibel. Was ich nicht verstehe, ist, warum hier drei Leute als Verdächtige sitzen. In meinen Notizen tauchen bisher nur die Namen Futt und Eiler auf. Dürfte ich fragen, welche Rolle Georg Hosch in der Geschichte spielt?«

»Er hat das Heroin aus dem Drogenlager des Polizeipräsidiums entwendet. Der Auftrag, den Kram jeden Monat zu verbrennen, gab ihm dazu die Möglichkeit. Aber fragen Sie ihn doch am besten selber nach seiner Rolle.«

Der Staatsanwalt nickte Hosch zu.

»Wissen Sie, Herr Staatsanwalt, Sie können es sich vielleicht nicht vorstellen, aber ich bin fassungslos. Ich weiß nicht mehr, was ich denken soll. Unglaublich das alles . . . ich höre mit Entsetzen, in welche Sache ich da hineingeraten bin . . . schrecklich . . .«

»Drücken Sie sich ein bißchen deutlicher aus.«

»Aber ich wußte ja von nichts . . .«

»Hör auf, Georg! Ist ja widerlich! Nimm dich zusammen!« Futt schlug auf die Tischplatte. Er sah ein, er hatte verloren, und wollte die Sache schnell zu einem Ende bringen.

»Ruhe! Herr Hosch, erzählen Sie!«

Mein Vorschlag mit dem Geheimdienst hatte ihm gefallen. Er beschrieb, wie er vor vier Jahren von Futt ins Drogendezernat geholt worden war. Der habe ihn bald in seine Verbindungen zum MAD eingeweiht und erklärt, Drogen würden in der Welt der Geheimdienste eine erhebliche Rolle spielen. Mit Rücksicht auf den Ruf des MAD dürfe das aber nicht öffentlich werden. Dann, erinnerte sich Hosch, habe ihm Futt die Position des Drogenverbrenners vermittelt, damit er ebenfalls dem Geheimdienst dienen könne. All die Jahre habe er, Georg Hosch, mit gutem Gewissen und im Glauben, dem Staat zu nützen, Heroin entwendet. Nachdem Herr Futt zur Kriminalpolizei gewechselt sei, habe ihn der Lieferauftrag für Stoff schon ein wenig gewundert, aber schließlich sei es der Auftrag eines Vorgesetzten gewesen, und außerdem wisse man beim Geheimdienst ja nie . . . da sei eben alles möglich. In der Zeitung habe er doch über den CIA ähnliche Geschichten gelesen.

». . . vor kurzem allerdings hat mir Herr Futt mitgeteilt, die Lieferungen könnten für eine Weile eingestellt werden, der Bedarf sei bis auf weiteres gedeckt. Das konnte ich mir dann überhaupt nicht mehr erklären . . .«

Hosch hielt sich an unsere Vereinbarungen. Er kam mir mehr entgegen, als ich gehofft hatte.

Allerdings war nicht zu verhindern, daß Futt lauthals loslachte.

»Schlitzohr, so ein Schauspiel hätte ich dir nicht zugetraut!«

Der Staatsanwalt schaute aufgescheucht von einem zum anderen und schließlich zu mir. Er verlor den Überblick.

»Hören Sie auf zu lachen, Futt! Wir klären jetzt den Mordfall Hamul, danach werden Sie noch genug Zeit zum Lachen haben.«

Futt begnügte sich damit, über alles weitere zu grinsen.

»Ahmed Hamul wurde letzten Freitag, den Fünften Achten, abends gegen sechs Uhr in einem Hinterhof in der Bahnhofsgegend ermordet aufgefunden. Erwähnte Hanna Hecht hat ausgesagt, Ahmed Hamul wollte aus dem Geschäft aussteigen. Beweis dafür ist ein anbezahltes Haus in Norddeutschland, wo er mit seiner Familie hätte hinziehen können, um der Verfolgung seiner Geschäftspartner zu entgehen. Leider hat er das nicht mehr geschafft.«

Georg Hosch griff sich pathetisch an die Stirn.

»Jetzt verstehe ich! Natürlich, ist doch ganz klar. Ahmed Hamul sollte umgebracht werden! Dann gab es keinen Verkäufer mehr für meine Heroinlieferungen!«

Ich hatte mich schon die ganze Zeit langsam in Richtung Harry Eiler bewegt. Als er jetzt mit einem Schrei aufsprang und sich auf Hosch stürzen wollte, schlug ich ihn für eine Weile k.o.

Der Staatsanwalt schnappte nach Luft und erhob sich von seinem Stuhl.

»Tut mir leid, das mußte sein. Setzen Sie sich wieder, es ist schon vorbei.«

». . . ich bin solche Umgangsformen nicht gewohnt, wenn Sie erlauben.«

»Ich normalerweise auch nicht. Haben Sie alles aufgeschrieben? Den letzten Beweis werden Sie erhalten, wenn Sie nachprüfen, was Harry Eiler am Fünften Achten abends um sechs Uhr getrieben hat. Sonst wäre der Fall, glaube ich, soweit klar.«

»Sie haben recht. Der Haftbefehl ist sofort auszufertigen.«

»Schwere Körperverletzung in drei Fällen können Sie auch noch in die Anklage mit hineinnehmen.«

Ich gab ihm Hanna Hechts Erpresserbrief. Er las ihn verwundert vor.

»›Futt, Mörder, halt eine Million und ein Kilo bereit. Wir melden uns. Bis bald!‹ Was soll das?«

»Hanna Hecht, die Freundin von Ahmed Hamul, wußte, mit wem Ahmed die Drogengeschäfte machte. Nachdem er umgebracht worden war, hatte sie dieselben Leute als Mörder im Auge wie wir jetzt und wollte kassieren.«

»Und wieso schwere Körperverletzung?«

»Ich habe den Zettel hier vorhin in dieser Wohnung gefunden und bin sofort zu Hanna Hecht gefahren. Dort war Herr Eiler gerade dabei, saubere Arbeit zu leisten. Sie können die beiden im Krankenhaus besuchen.«

»Muß ich sogar, sind wichtige Zeugen.«

»Der dritte Fall bin ich. Mein Gesicht ist sonst ansehnlicher, das dürfen Sie mir glauben.«

»Ah, ja?«

»Futt hat es verstanden, den Mordfall Hamul an sich zu ziehen, um ihn dann einfach liegen zu lassen; aber er konnte nicht verhindern, daß die Witwe des Toten mich als Privatdetektiv engagierte. Zunächst habe ich einen Drohbrief erhalten, der mich aufforderte, den Auftrag zurückzugeben, und noch am gleichen Abend entging ich direkt vor der Haustür nur knapp einem Fiat. Gestern schließlich besuchte mich ein maskiertes Ungetüm mit Gaspistole, räucherte mein Büro aus und trat mir das Gesicht zu Brei. Machen Sie daraus, was Sie wollen.«

Hosch dankte mir die Einzahl mit einem kurzen Blick.

»Kann ich meinen Anwalt anrufen?«

»Sicher, Herr Futt.«

Wir sahen uns lächelnd an. Futt wollte sich nicht geschlagen geben, schon gar nicht von einem Türken. Ich zündete mir eine Zigarette an und deutete mit dem Daumen hinter mich. »Bevor Sie Ihren Anwalt anrufen, gehen wir mit dem Herrn Staatsanwalt ins Schlafzimmer, und Sie führen uns Ihre Campingausrüstung vor.«

»Ich hätte mich doch früher um Ihre Lizenz kümmern sollen.«

»Und Sie hätten nicht so gefährliche Geschäfte machen sollen.«

Der Staatsanwalt tippte mir auf die Schulter.

»Bitte, warum müssen wir uns eine Campingausrüstung anschauen?«

»Kann nie schaden.«

Wir gingen nach nebenan, und Futt leerte den Rucksack aus. Die kleinen, in Plastik verschweißten Heroinpäckchen fielen dem Staatsanwalt vor die Füße. Er verstand sofort und nahm sie als Beweisstücke an sich.

»Kann ich telefonieren?«

Diesmal lächelte nur ich.

»Klar, Herr Futt, aber rufen Sie vorher bitte im Präsidium an, man soll einen Mannschaftswagen zur Festnahme mehrerer Drogenhändler vorbeischicken! Sie wissen schon, wer dafür zuständig ist.«

Nachdem Futt gegangen war, drückte mir der Staatsanwalt die Hand.

»Gute Arbeit.«

»Danke. Tja, jetzt sind Sie dran.«

»Können Sie sich drauf verlassen.«

Bis die Polizei kam, verbrachten wir die Zeit damit, Hosch vor dem wieder erwachten Harry Eiler zu schützen und Frau Futt aus ihrem Zimmer zu locken. Sie hatte sich eingeschlossen.

Futt zog nachdenklich an seiner Zigarre. Ich mixte mir einen Whisky und setzte mich neben ihn.

»Haben Sie dem Hosch das Theater vorgeschlagen?«

Er sah mich nicht an.

»Mhmm.«

»Jetzt kommt er damit durch, aber vor Gericht werd ich auspacken.«

»Ich weiß.«

»Daß der so dämlich ist und sich von Ihnen was aufschwatzen läßt. Das hätte ich nicht von ihm gedacht.«

»War in Panik. Kann mir übrigens nur recht sein, wenn Sie sich vor Gericht gegenseitig zerfleischen . . . Warum haben Sie mich nicht gleich umgebracht?«

»Gute Frage. Aber die Verbindung zu Ahmed Hamul wäre zu offensichtlich gewesen.«

»Schon übel, wenn man einen Mord vertuschen muß, mit dem man nichts zu tun hat.«

»Mhmm.«

Es klingelte, und die Polizisten kamen wie eine Horde Wilder in die Wohnung gestolpert. Nachdem der Staatsanwalt ihnen erklärt hatte, was Sache war, stürzten sie in eine leichte Identitätskrise. Den Herrn Kriminalkommissar Futt als Heroinhändler und den Kollegen Harry als Mörder zu verhaften, fiel ihnen schwer. Die Kameraden könne man doch nicht einfach einsperren, da liege bestimmt ein Irrtum vor. Schließlich mußte Futt selbst eine Erklärung abgeben und die Festnahme verfügen. Mit Bemerkungen, man hätte doch lieber den Türken verhaften sollen, verließ die Mannschaft samt Staatsanwalt und Verhafteten die Wohnung und machte sich auf den Weg ins Untersuchungsgefängnis.

Zurück blieben Löff, Katrin Futt und ich.

Wir holten die Gattin des Kommissars, setzten sie vor den Fernseher, stellten die Flasche Whisky daneben und verabschiedeten uns.

5

Löff und ich saßen jeder vor seinem vierten Bier. Es war kurz vor sechs. Die Feierabendkundschaft begann, den Tresen zu besetzen. »Ein Klarer, ein Bier« war die allgemeine Begrüßung. Je mehr Gläser über die Theke geschoben wurden, desto vertrauter wurde man untereinander. Die ›Soni‹ war Bedienung und hatte einen großen Arsch. Es machte ihr Mühe, den Männerhänden auszuweichen, und meistens versuchte sie es gar nicht. Der Arsch war Teil ihrer Arbeit. Löff hatte schon schwere Schatten über den Augen, und ich bekam Angst, ich müsse ihn nach Hause fahren.

»Herr Kayankaya, ssaben Ssie gut gemacht, aber trossdem . . .«

». . . trotzdem kann ein guter Anwalt die Anklage wegen Mord an Ahmed Hamul zu Fall bringen, da keine eindeutigen Beweise vorliegen, nicht wahr?«

Er hatte mir das schon fünf- oder sechsmal erzählt.

»Genau . . . owwoll alls klar ist, bei Gricht zähln nur Beweise . . . dassis so.«

»Erst mal abwarten, ob Harry Eiler ein Alibi für den Fünften Achten zusammenbringen kann. Man wird ihn sowieso zum Sündenbock für alles machen. Diese Chance lassen sich Futt und Hosch nicht entgehen.«

»Das 's wahr.«

Das Blut pochte um meine angeknackste Rippe. Ich begann, mir die nächsten drei Tage auszumalen. Ein frisch bezogenes Bett, ein Haufen Reise- und Ferienprospekte für den Vormittag, verschiedene Fernsehzeitschriften für den Nachmittag und abendlange Spielfilme und keine Rate- oder Wettshows von Deppen, mit Deppen, für Deppen! Nachrichten und anschließend Bogart!

Ich rüttelte Löff an der Schulter. Sein Blick war starr auf Sonis Hinterteil gerichtet.

»Herr Löff, ich mach mich auf den Weg, muß noch zur Familie Ergün, berichten, und dann will ich ins Bett.«

»Mhmm ... ich fahr auch ma nahause ... habscho 'n kleinen in der Krone ...«

»Vielen Dank nochmal. Ohne Sie hätte ich das nicht so geschafft. Ich werde die nächsten Tage bei Ihnen draußen vorbeikommen.«

»Machn Se das, meine Frau freut sich beschtimmt.«

Ich winkte Soni, und sie kam mit der Rechnung. Ich zahlte. Löff zwinkerte. Dann gingen wir.

Es war inzwischen halb zehn geworden. Ich hatte Löff zu seinem Benz gebracht, war in mein Büro gegangen, um den Tausendmarkschein zu holen, danach zu mir, hatte dort geduscht und gegessen.

Jetzt nahm ich das Wechselgeld von Madame Obelix und drei Tafeln Schokolade für die Kinder Ilter Hamuls und wünschte einen schönen Abend.

»Gleischfalls.«

Die Sonne war untergegangen, und außer ein paar roten

Wolken war der Himmel blau und leer. Weit oben flogen schwarze Vögel umher. Ich war müde.

Ilter Hamul öffnete mir die Tür. Sie trug einen dunkelgrünen Satin-Morgenrock.

»Guten Abend. Ich schaue noch so spät herein, um Ihnen mitzuteilen, der Fall ist erledigt. Der Mörder gefunden und hinter Gittern.«

Ihr Gesicht hellte sich fast zu einem Lächeln auf. Sie bat mich herein und fragte, was ich zu trinken wünsche.

»Einen Kaffee würde ich nicht ablehnen.«

Sie führte mich in das große, bunte Wohnzimmer, drückte mich in einen Sessel und verschwand. Zehn Minuten später stand eine Tasse guter, starker türkischer Kaffee vor mir.

»Die Schokolade ist für Ihre Kinder.«

Sie bedankte sich überschwenglich und bat mich zu erzählen. Zum zweiten Mal an diesem Tag ließ ich die ganze Geschichte ablaufen. Hanna Hecht konnte ich ihr nicht ersparen.

Sie hörte still und gespannt zu. Manchmal schüttelte sie leicht den Kopf. Als ich geendet hatte, war es im Wohnzimmer stockfinster. Durch das Fenster sah man den Mond aufgehen. Eine Weile saßen wir uns stumm gegenüber, dann stand Ilter Hamul auf und knipste das Licht an. Tränen hingen in ihrem Gesicht.

»Wie soll ich Ihnen danken?«

»Wechseln Sie mir den Schein. Ich bekomme drei Tagessätze, sind sechshundert Mark. Das ist alles.«

Sie holte das Geld und gab es mir. Dabei drückte sie fest meine Hand.

»Ist Ihr Bruder da?«

»Er ist in seinem Zimmer. Er will morgen in die Türkei fahren und packt gerade.«

»Ich möchte ihn gerne sprechen.«

»Kommen Sie.«

Sie nahm meinen Arm, und wir gingen auf eine angelehnte Tür zu. Durch den schmalen Spalt schien Licht in den Flur. Ilter Hamul ließ mich dort stehen. Ich klopfte leise an und betrat, ohne eine Antwort abzuwarten, das Zimmer. Yilmaz Ergün stand über einen halb gepackten Koffer gebeugt. Über die Schulter schaute er mich an. In seinem Zimmer befanden sich ein ungemachtes Bett, ein offener Kleiderschrank, zwei Stühle und ein Nachttisch mit Radiowecker. Ein Kalender der Stadt Heidelberg schmückte den sonst kahlen Raum.

Mit drei zusammengelegten Hemden in der Hand drehte er sich um.

»Darf ich rauchen?« Er nickte unwillig und ließ die Hemden in den Koffer fallen.

»Packen Sie ruhig weiter, ich will Sie nicht davon abhalten. Allerdings kann ich Ihnen versichern, Sie brauchen nicht zu verreisen.«

Ich steckte mir die Zigarette an und zog einen Stuhl heran. Yilmaz Ergün setzte sich aufs Bett.

»Wollen Sie?«

»Danke, ich rauche nicht.«

Er sah mich ernst, fast traurig an.

»Was soll das heißen, ich brauche nicht zu verreisen?«

Ich zog an der Zigarette und rauchte eine Weile still.

»Das soll heißen, niemand sucht Sie wegen dem Mord an Ihrem Schwager!«

Er beugte sich vor und nahm sein Gesicht in die Hände. Ich sah nur noch die schwarzen, glänzenden Haare.

Ich rauchte drei Zigaretten, bis er seinen Kopf wieder hob.

»Woher wissen Sie . . .?«

»Das Messer. Nur ein Amateur benutzt ein Messer. Ich habe nie nachgefragt, aber ich nehme an, es war ein Küchenmesser.«

»Ja.«

»Sie hatten Ahmed Hamul noch nie leiden können, nicht wahr? Ihr Vater hat ihn Ihnen vorgezogen, Sie waren immer nur zweite Wahl. Sie mußten sich mit der Mutter zufriedengeben.«

»Hören Sie auf!«

»Tut mir leid. Wahrscheinlich glaubten Sie, Ahmed Hamul hätte Ihren Vater in den Drogenhandel hineingezogen. In Wahrheit wurde Ihr Vater dazu erpreßt. So begann das Unglück. Erst später hat er Ahmed den Einstieg ins Geschäft vermittelt. Drei Jahre lang stauten sich in Ihnen Wut und Trauer über die kaputten Familienverhältnisse. Der Schuldige war klar, Ahmed Hamul. Als Ihr Vater tot war, hatten Sie sicher mit dem Gedanken gespielt, ihn aus der Familie rauszuschmeißen. Aber da er kaum noch nach Hause kam, ließen Sie das mit Rücksicht auf Ihre Schwester. Auf Ihre Schwester Ilter, denn wegen Ayse haben Sie ihn zuletzt umgebracht. Daß Ahmed Ayse vom Heroin abhängig gemacht hat, konnten Sie ihm nicht verzeihen. Wahrscheinlich bestand seit diesem Tag die Idee, ihn zu töten. Je mehr Zeit verging, desto unausweichlicher wurde diese Lösung für Sie. Und tatsächlich, alle Probleme schienen damit vom Tisch. Die Eifersucht der ganzen Jahre wäre gerächt, und Ihre Familie hätte endlich in Ruhe leben können. Durch die Sucht Ihrer Schwester Ayse war die Tat moralisch gerechtfertigt. Also wurde die phantastische Idee zu einem Plan, zu einer Aufgabe. Zur Rettung der Familie.«

Yilmaz Ergün saß zusammengekrümmt auf dem Bett. Regungslos. Ich wußte nicht, ob er mir überhaupt noch zuhörte.

»Sie sind kein guter Mörder, erst recht kein Profi. Sie haben zwei dumme Fehler gemacht. Erstens kein Alibi. Von Ihrer Schwester Ilter weiß ich, Ihre Arbeitszeit endet kurz vor sechs, normalerweise sind Sie um sechs Uhr zu Hause. Wie

Sie die Nummer von Hanna Hecht rausbekommen haben, keine Ahnung, aber . . .«

»Ich bin ihm einmal gefolgt und habe den Namen an der Tür gelesen. Dann aus dem Telefonbuch.«

»Ah ja, auf jeden Fall haben Sie ihn am Fünften Achten dort angerufen und zu einem Gespräch in die Nähe bestellt. Direkt nach Ihrer Arbeit. Wenn man Sie fragen würde, könnten Sie wahrscheinlich nicht einmal beantworten, wo Sie sich um diese Zeit aufgehalten haben, nicht wahr?« Er nickte.

»Der zweite Fehler: Wenn man in einer Großküche arbeitet, nimmt man nicht das nächstbeste Schinkenmesser, um damit seinen Schwager umzubringen.«

Ich machte eine Pause. Er bewegte sich immer noch nicht.

»Wenn Ihnen jemand auf die Spur gekommen wäre, oder der Kommissar, der den Fall bearbeitet hat, nicht zufällig der Mörder Ihres Vaters wäre – der voraussichtlich auch den Mord an Ahmed in die Schuhe geschoben bekommt –, dann säßen Sie jetzt im Gefängnis.«

Er starrte mich mit großen Augen an.

»Der Mörder meines Vaters, aber . . .«

»Das ist eine andere Geschichte, lassen Sie sie sich von Ilter erzählen. Ich bin müde.«

Ich stand auf und ging zur Tür.

»Wissen Sie eigentlich, daß Ahmed aussteigen wollte? Als Sie ihm das Messer in den Rücken gesteckt haben, war er dabei, ein Haus in Norddeutschland abzubezahlen. Dort wäre er mit Ihrer Familie in ein paar Monaten hingezogen. Einen Therapieplatz hatte er für Ayse auch schon gefunden. Sie hätten ihn fragen sollen, was er in nächster Zeit vorhat. Sie hätten mit ihm reden können. Sie hätten sich den Mord sparen können!«

Wir sahen uns eine Weile in die Augen. Mir schien es eine Ewigkeit zu sein.

»Und wissen Sie, weshalb ich Sie nicht zur Polizei bringe?«

Er schüttelte traurig den Kopf.

»Weil Sie damit ein Leben lang zu kämpfen haben werden. Es ist kein gutes Gefühl, ein Mörder zu sein, um so mehr, wenn der Mord sinnlos war. Falls es Sie beruhigt, niemand außer mir weiß es.«

Ich tippte mir an den Kopf.

»Machen Sie es gut, Herr Ergün. Schöne Tage in Istanbul.«

Ich zog die Tür leise zu und schlich durch den stillen Flur aus der Wohnung. Das Treppenhaus war düster und noch vom Tag mit Hitze aufgeladen. Ich steckte mir eine Zigarette an. Während ich die Stufen hinunterstieg, drang aus einer Wohnung ein sanftes Jazz-Saxophon. Ich dachte an ein Mädchen, das ich vor langer Zeit gekannt hatte.

Dann kaufte ich bei Madame Obelix eine Flasche Chivas und ging durch die Nacht nach Hause.

MEHR BIER

April 1986

Rheinmainfarben plant Zweigwerk im Vogelsberg

Zur Kundgebung im Vogelsberg werden zweihunderttausend Teilnehmer erwartet

Mai 1986

GIFTGAS-SKANDAL

Wie die französische Zeitung Le Monde *in ihrer heutigen Ausgabe berichtet, hat das deutsche Unternehmen* Rheinmainfarben *dem Irak Grundbestandteile zur Herstellung von Senfgas verkauft.*

HOLLÄNDISCHER REEDER PACKT AUS

Vor Journalisten bestätigte der holländische Reeder Zoetemelk, mehrere hundert Fässer im Auftrag der Rheinmainfarben-Werke *in den Irak verschifft zu haben. Der Inhalt der Fässer sei ihm unbekannt gewesen. Der Vorstandssprecher von* Rheinmainfarben *lehnt jede Verantwortung des Werkes ab, »nach unseren Informationen wurden die Chemikalien für rein zivile Zwecke verwandt«.*

DEMONSTRANTEN HALTEN FIRMENGELÄNDE BESETZT

RHEINMAINFARBEN STELLT AUF WEISUNG DER HESSISCHEN REGIERUNG DIE ARBEIT VORLÄUFIG EIN

FRANKFURTER OBERBÜRGERMEISTER BEZIEHT BEI RHEINMAINFARBEN GEHALT ALS RECHTSBERATER

Juni 1986

GRÜNER TERROR! MORD AN CHEMIEFABRIKANT!

EIN GROSSER MANN IST TOT

»Friedrich Böllig war mehr als ein herausragender Mitstreiter für eine saubere Zukunft. Er war ein Freund. Alle, die ihn kannten, werden sich seines überlegten, gütigen und gerechten Charakters erinnern. Als der Kopf eines der letzten Familienbetriebe in unserer Branche kämpfte er unbeirrbar für die Entwicklung von Medikamenten, die vor allen Dingen unseren Kindern das Leben erleichtern sollten. Der frühe und tragische Tod von Friedrich Böllig erfüllt uns alle mit Trauer.«

DIE FRAU DES FRANKFURTER OBERBÜRGERMEISTERS BESTÄTIGT, AKTIEN VON RHEINMAINFARBEN ZU HALTEN

NACH DER ›ROTEN ARMEE FRAKTION‹ JETZT DIE ›GRÜNE‹?!

RHEINMAINFARBEN DRÄNGT AUF SCHNELLE ENTSCHEIDUNG

Vorstandsvorsitzender Maximilian Funke: »Wenn die Hessische Regierung unser Zweigwerk im Vogelsberg nicht genehmigt, müssen wir annehmen, die Mörder von Friedrich Böllig haben im Sinne dieser Regierung gehandelt. Ich wäre sehr glücklich, wenn sich der Verdacht als unbegründet erwiese.«

November 1986

Grundsteinlegung für Rheinmainfarben-Werke im Vogelsberg ohne Zwischenfälle

Früherer Frankfurter Oberbürgermeister wird Vorsitzender des Umweltsicherheitsrates der Vereinten Nationen

ERSTER TAG

Der Kaffee war dünn, und das feuchtweiche Käsebrötchen mußte seit Tagen im Kühlschrank gelegen haben. Ich riß es in Brocken und spülte mit Kaffee nach. Die klebrige Theke roch nach Bier. Zwei Meter neben mir döste ein zerknitterter Mann über seinem Korn. Von Zeit zu Zeit schnupfte er in ein Taschentuch und wischte sich dann damit Stirn und Mund ab. Er starrte auf den gerahmten Spruch über der Spüle: *Abends paar Bier, die trinken wir – morgens 'nen Schnaps, weg ist die Katz.* Neben ihm lag der Sportteil der Zeitung. Ich lehnte mich zu ihm rüber.

»Wie hat Gladbach gespielt?«

»Zwei Null verloren«, murmelte er, ohne aufzusehen.

Ich klopfte auf die Theke.

»Noch einen Kaffee. Bißchen stärker.«

Die Wirtin schob sich durch den braunen Kettenvorhang, nahm die Tasse und brachte sie gefüllt zurück. Ihr üppiger Busen steckte in einem Ballkleid, Arme und Kopf quollen hervor wie Würste. Über den Hintern hatte sie sich eine lila Satinschleife gebunden, und an den Armen klapperten Goldimitationen. Das Haar war in Silber getunkt. Hertha war die Besitzerin von *Herthas Ecke* – Rund-um-die-Uhr-geöffnet. Die Ecke war groß, leer und düster. Eine Neonröhre hing über den verstaubten Flaschen der Bar. An die schmutzigen Fenster schlug Regen. In der Ecke stand der Stammtisch mit schmiedeeisernem Emblem, eine Wildsau mit Bierkrug. Hertha wusch Gläser ab. Eine Fliege setzte sich auf das angerissene Brötchen. Ich zündete mir eine Zigarette an und blies Rauchringe um die Fliege. So früh am Morgen verging die

Zeit langsam. Es war halb neun. In einer halben Stunde mußte ich auf dem Gericht sein. Ich ging zur Toilette. Die Schüssel war zerbrochen, und beim Spülen lief Wasser über den Boden. Als ich zurückkam, spielte das Radio. »Ach Schnucki, ach Schnucki, ach fahrn wir nach Kentucky . . .« Hertha wiegte die Hüften im Rhythmus. Der Mann rotzte in sein Taschentuch, nahm dann das Glas mit beiden Händen und kippte den Schnaps mit einem Ruck hinunter. Mit Schwung knallte er es zurück auf die Theke.

»Hertha! Noch einen.«

»Laß man, Karl. Hass genuch.«

Karl fummelte einen zerknüllten Fünfzigmarkschein hervor.

»Kann ich etwa nich zahlen, hää?! Kann ich etwa nich?«

»Steck dein Geld ein.«

Hertha stellte die abgewaschenen Gläser ins Regal. Karl zündete sich eine Zigarette an. Nach einer Weile sah er zu mir herüber.

»Gladbach, ja?«

Ich nickte. Er musterte mich von oben bis unten. Dann drehte er sich um und brummte: »Wir sinn hier in Frankfurt.«

Das Radio spielte jetzt »Wenn die Heidi mit dem Hans, tam, tam tam«. – Ich holte mir die Zeitung vom Haken. ›*Prozeßbeginn in Frankfurt mit weitreichenden Sicherheitsmaßnahmen.* Der Prozeß gegen vier Mitglieder der *Ökologischen Front* beginnt unter Ausschluß der Öffentlichkeit.‹ Die Uhr zeigte Viertel vor neun. Ich zahlte und ging.

Vor *Herthas Ecke* trieb der Wind den Regen quer über die Straße. Herbst. Ich zog meinen Hut in die Stirn, vergrub die Hände in den Manteltaschen und drückte mich die Häuserwand entlang. An der Straßenecke peitschten mir die Schauer ins Gesicht. In den Schuhen begann das Wasser zu knatschen.

Alles grau. Nur ein paar Neonreklamen unterbrachen die nasse Betonöde. Leere Dosen, Milchtüten, Zigarettenkippen, lauter Müll wurde durch den Rinnstein gespült und blieb auf dem Gully liegen. Hundescheiße sabberte über den Bürgersteig. Leute mit Regenschirmen rannten an mir vorbei. In den Hauseingängen tratschten Frauen und warteten, daß der Regen nachließ. Langsam kroch die Nässe durch den Mantel. Ein Taxi spritzte mir Wasserlachen über die Hose. Ich lief weiter, glitschte über Pappkartons und Gemüseabfälle und rannte endlich die Treppe zum Gericht hoch. Die Tür fiel zu. Wie ein undichter Eimer zog ich meine Spur über den Steinfußboden.

»Halt!«

Zwei Bullen versperrten den Weg. Ich kramte meine Lizenz für Privatermittlungen raus.

»Bin mit Herrn Doktor Anastas verabredet.«

»Kenn wir nicht.«

»Der Anwalt der Angeklagten.«

»Mhm.«

Eine Patrouille schritt mit vorgehaltenen MPs die Halle ab. Der Bulle sah von meiner Lizenz auf.

»Ihren Ausweis.«

Ich zeigte ihn ihm. Der andere kratzte sich übers Kinn, nahm sein Funkgerät und gab meine Ausweisnummer durch. Als das ›alles klar‹ zurückkam, mußte ich die Beine breit machen. Sie fanden nichts. »Treppe hoch, zweite Tür links!« wiesen sie mich an. Ein Haufen Journalisten lungerte im Warteraum herum. Es roch nach kaltem Rauch und nassen Kleidern. Alles schwatzte ungeheuer wichtig. Neben mich setzte sich ein hübsches Ding mit langen, schwarzen Haaren.

»Kalt, was?«

Sie schniefte.

»Mhm.«

Sie kuschelte sich in ihren Pelzmantel.

»Von welcher Zeitung kommen Sie?«

»Meine Frau und dein Auto.«

»Aha.« Nach einer Pause. »Kenn ich nicht.«

Ich zündete mir eine Zigarette an.

»Kann ich eine haben?«

Ich gab ihr Feuer. Wir rauchten eine Weile. Was der Anwalt wohl von mir wollte, und warum er mich so früh herbestellt hatte. Sie betrachtete mich von der Seite. Ich lehnte mich zurück und schloß die Augen.

»Sie sind gar kein Journalist.«

»Stimmt.«

»Merkt man.«

»Aha. Woran?«

»Na ja, kein Photoapparat, Sie sagen nichts, kennen niemand und dann schlafen Sie.«

Sie roch gut. Irgendwas Schweres aus Frankreich.

»Quatsch. Ich bin Türke. Daran merkt man's.«

Sie trat die Zigarette aus.

»Vielleicht.« Pause. »Und weshalb sind Sie dann hier?«

»Ich bin Privatdetektiv. Fragen Sie nicht warum, ich bin's eben. Ich warte auf jemand.«

Vor der Tür entstand Unruhe. Kameras wurden eingestellt und Notizblöcke hervorgeholt.

»Privatdetektiv und Türke. Das soll ich glauben?«

»Lassen Sie's bleiben.«

Es wurde laut. Die Meute wartete darauf, endlich losstürzen zu können. Der Engel rückte näher.

»Sie leben schon lange in Deutschland?«

»Mein Vater war einer der ersten türkischen Müllmänner der Republik. Er hatte mich mitgenommen. Ich war ein Jahr alt. Bald darauf wurde er von einem Auto überfahren. Eine deutsche Familie hat mich adoptiert.«

»Und Ihre Mutter?«

»Ist bei der Geburt gestorben.«

Sie machte in Mitgefühl.

»Schrecklich.«

Ich zeigte auf die Tür.

Im selben Augenblick öffneten sich die Türen zum Gerichtssaal, und die Reporter schossen los. Sie verabschiedete sich und tauchte ein ins Gewühl. Auf dem Gang war mächtiger Lärm. Ich blieb zurück und betrachtete meine aufgeweichten Schuhe. Dann schob auch ich mich in den Saal. Der Anwalt stand einer Gruppe von Journalisten Rede und Antwort. Unentwegt zuckten Blitzlichter. Fernsehkameras kämpften um den besten Platz. In der Ecke machte ein Typ Reportage vor Ort. Gehetzt schrie er ins Mikrofon. Polizisten waren an Fenstern und Türen postiert. Ich setzte mich auf eine Bank. Die nassen Kleider klebten auf der Haut. Von irgendwoher zog es. Ich fror. Ich zündete mir eine Zigarette an und beobachtete den Gerichtsdiener, der mir von drüben mit wedelnden Armen zu verstehen gab, daß Rauchen verboten sei. Zehn Uhr. Fünf Minuten später kam der Anwalt und setzte sich neben mich.

»Entschuldigen Sie, Herr Kayankaya, aber bei so einem wichtigen Prozeß . . . man ist auf die Presse angewiesen. Sie verstehen.«

Rechtsanwalt Anastas war klein und kräftig. Alles an ihm war braun. Der Lockenkranz, der sich um die Halbglatze legte, die Brille auf der Stupsnase, der Anzug, die Schuhe, die Fingernägel. Die Krawatte hing ihm wie ein nasses Handtuch um den Hals.

»Warum hatten Sie mich für neun Uhr bestellt?«

Er legte die Stirn in Falten.

»Hab ich das? Ich dachte, wir hätten zehn gesagt. Tut mir leid.«

Er sah nachdenklich in den Saal, der sich leerte. Auch die Bullen packten ihren Kram zusammen.

»Sie wollten mich sprechen.«

Er schreckte hoch.

»Entschuldigen Sie. Es gehen mir so viele Dinge durch den Kopf. Vielleicht . . .«

»Lassen Sie uns einen Kaffee trinken.«

Er überlegte. Dann griff er sich an die Stirn.

»Ausgezeichnet, machen wir. Ich habe eine Verabredung im Restaurant um die Ecke. Wie heißt es? Irgendwas mit O. Na, werden wir schon finden, schließlich sind Sie Detektiv.«

Er lachte und tätschelte mir die Schulter. Mit einem Satz war er auf den Beinen und trabte los. Ich warf mir meinen klammen Mantel über und trottete hinterher.

2

»Da ist es! Chez Jules. Kein O. Macht nichts. Wir haben es gefunden.«

Er parkte, und wir gingen hinein. Es war einer dieser Edelkeller, bei denen man Angst haben muß, der Tisch bricht zusammen, wenn man ein anständiges Glas Bier draufstellt. Man ißt Häppchen auf Stühlchen an Tischchen und trinkt aus Gläschen. Alles hat zierliche Beine, die Möbel, die Damen und der Kerzenständer. Man sagt ›Pardon‹, wenn man sich an einem Tisch niederläßt, und ›Tschau‹, wenn man wieder aufsteht. Die Eingeweihten rufen ›Jules, hast du heute frische Krabben?‹ Jetzt um die Mittagszeit war der Laden voll. Anastas rannte, den Kopf vorgestreckt wie ein Huhn, an den Tischen vorbei und suchte seine Verabredung. Mitleidig musterten die gestylten Damen und Herren den kleinen Anwalt.

Sie schlürften Weißwein und knabberten an gerösteten Knoblauchschnitten. Es wurde geflüstert. Anastas winkte mir zu und brüllte: »Hierher, Herr Kayankaya!« Es hätte mich nicht gewundert, wenn es die Gäste von ihren Stühlen gehauen hätte. Bei Anastas angelangt, erkannte ich die hübsche Nervensäge vom Gericht. Sie sah mich an und lachte.

»Ach, der Privatdetektiv. Jetzt verstehe ich.«

»So. Was denn?«

Anastas sah verdutzt drein.

»Sie kennen sich?«

»Flüchtig. Zu Namen sind wir nicht gekommen.«

»Carla Reedermann vom *Rundblick,* Kemal Kayankaya.«

Wir nickten uns zu und rutschten auf die Stühle. Carla Reedermann lächelte.

»So ein Zufall.«

»Zufall. Ja.«

Ich zündete eine Zigarette an und verkroch mich hinter der Speisekarte. Anastas hatte seine Brille auf die Nasenspitze geschoben und ging zum dritten Mal die Gerichte durch. Der Kellner kam auf weißen Tennisschuhen angewippt, blieb wie zufällig am Tisch stehen und erkundigte sich nach den Bestellungen. Anastas nahm zwei Käsebaguettes und zwei Tomatensalate. Dann setzte er die Brille ab, faltete die Hände und lächelte mich an. »Da wären wir, Herr Kayankaya.«

»So ist es.«

Zufrieden strich er sich über die Halbglatze. Ich betrachtete den runden Kopf und überlegte, warum ich seit acht Uhr morgens auf den Beinen war. Der Kellner kam und lud die Teller ab. Anastas zog ein Grinsen bis zu den Ohren, wünschte guten Appetit und machte sich über das erste Baguette her.

Ich rührte Milch und Zucker in den Kaffee, kippte das Glas Scotch dazu und nahm einen tiefen Schluck. Mein Eiertoast war aufgewärmt und schmeckte wie Spiegelei in Packpapier. Dem kleinen Anwalt machte Essen Spaß. Er angelte mit der Zunge nach Käsefäden, die sich in seinem Gesicht verloren hatten, und mampfte das fettige Weißbrot. Dazu schlürfte er schwarzen Kaffee. Die halbe Tomate, die ihm von der Gabel fiel, lutschte er von der Krawatte weg. Als er fragte, ob es mir schmecken würde, schob ich den Rest Toast beiseite und rauchte. Carla Reedermann knabberte an ihren Muscheln. Ich fragte mich, was sie mit dem kleinen schmatzenden Anastas zu tun hatte. Ihre braunen Augen schauten mich immer wieder herausfordernd von der Seite an. Ich bestellte noch einen Kaffee mit Scotch. Die beiden kauten still vor sich hin. Ich baute Bierdeckelhäuser. Fünf Minuten später brachte der Kellner den Kaffee. Als Anastas nach der Karte grapschte, um neue Bestellungen mit auf den Weg zu geben, knallte ich die Bierdeckel auf den Tisch. »Schluß jetzt! Ich bin nicht in aller Herrgottsfrühe aus dem Bett gestiegen, um Ihnen beim Essen zuzuschauen.«

Der Kellner machte sich davon. Anastas legte die Karte zurück, wischte sich den Mund ab und setzte die Brille auf.

». . . entschuldigen Sie.«

»Im übrigen will ich keine Presse.«

Ich deutete auf die Reporterin. Einen Augenblick war Ruhe. Dann schob sie die Muscheln beiseite, legte zwanzig Mark auf den Tisch und holte ihren Mantel.

Anastas schaute ihr hinterher.

»Herr Kayankaya, Fräulein Reedermann ist auf meiner Seite. Sie wird bestimmt nichts schreiben, was . . . «

»Jeder wie er denkt. Ich arbeite lieber allein.«

Sie kam zurück, nahm ihre Handtasche und ging. Sie war wütend.

»Also, worum gehts?«

Anastas schob die Brille zurecht und murmelte: »Sie haben vom Anschlag der Ökologischen Front gelesen?«

»Kaum.«

»Wie Sie wissen, verteidige ich die vier und arbeite seit Monaten an der Sache. Ein Konzept, um den Prozeß mit irgendeiner Aussicht auf Erfolg zu führen, habe ich noch nicht gefunden. Meine Mandanten verweigern so ziemlich jede Aussage. Mir gegenüber sind sie freundlich, aber sie sagen mir auch nicht mehr als dem Staatsanwalt. Der Fall liegt insoweit klar, als sie zugeben, das Abflußrohr der Firma Böllig in Doddelbach in die Luft gesprengt zu haben. Die Firma besteht seit etwa vierzig Jahren und ist ein mittlerer Familienbetrieb. Friedrich Böllig hat den Betrieb vor zwanzig Jahren von seinem früh verstorbenen Vater übernommen. Bei dem Anschlag vor sechs Monaten ist er ums Leben gekommen. Seine Leiche wurde mit vier Kugeln in Brust und Kopf auf dem Fabrikgelände, nicht weit von dem gesprengten Rohr, gefunden. Meine Mandanten leugnen, ihn gesehen, geschweige denn erschossen zu haben. Ich glaube ihnen. Erstens gibt es kein stichhaltiges Motiv, und zweitens haben die vier soviel mit einem Killerkommando zu tun wie eine Abordnung Kleingärtner.«

»Sie kennen keine Kleingärtner.«

»Die vier wollten ein Rohr von Böllig zerstören. Sachschaden, nichts weiter.«

»Was floß denn durch die Rohre?«

»Chemieabfälle. Wie anderswo auch. Aber Kinder aus der Gegend bekamen seltsame Hautausschläge, und Diskussionen um die Firma Böllig waren im Gange. Die Kinder hatten in dem See gebadet, in den die Abwässer flossen. Es gab alle möglichen Initiativen, aber geändert hat das nichts. Meine Mandanten wollten was tun, um die Diskussion wieder anzukurbeln.«

»Das ist ihnen gelungen. «

»Tja, aber offensichtlich wissen sie selber nicht, was sie

davon halten sollen.« Er kaute nachdenklich auf einer Tomatenscheibe.

»Muß ein seltsames Gefühl sein. Man sprengt ein Betonrohr in die Luft, und am nächsten Tag steht in der Zeitung, ein Mensch ist erschossen worden.«

«Wurde die Pistole gefunden?«

»Nein.«

»Wenn ich richtig verstanden habe, liegt der Fall so: Mitten in der Nacht jagen vier Leute ein Abflußrohr der Firma Böllig in die Luft, und ein paar Meter weiter kriegt zur gleichen Zeit der Firmenchef ein paar Kugeln in den Kopf. Für Sie ist da kein Zusammenhang, weil Ihre Mandanten so armselig aus der Wäsche schaun, wenn Sie sie in der Zelle besuchen. Aber ob Sie damit vor Gericht durchkommen? Viel Glück wünsche ich Ihnen. Und was soll ich dabei?«

»Es fehlt der fünfte Mann. Nach Zeugenaussage waren fünf Personen am Anschlag beteiligt.«

»Zeugen?«

»Ein Camper am Seeufer, nicht weit von der Fabrik. Mit seiner Freundin. Er ist von der Detonation aufgewacht. Als er aus seinem Zelt stürzte, sah er fünf Leute davonlaufen.«

»Und was sagen Ihre Mandanten dazu?«

»Nichts. Sie wollen ihren Mann nicht verraten. Aber bei ihm liegt die Lösung, und deshalb will ich Sie engagieren. Ich habe heute im Gericht einen neuen Verhandlungstermin beantragt, damit Sie Zeit haben, den Mann zu finden. Genau eine Woche.«

Ich drückte die Zigarette in den Aschenbecher.

»Sie wollen einen Privatdetektiv. Warum mich? Ich bin Türke.«

Seine kurzen Finger kratzten über den Handrücken.

»Ich habe von Ihrer letzten Sache gelesen. Ich halte Sie für einigermaßen unbestechlich.«

»Kommt auf die Summe an.«

»Von der öffentlichen Meinung. Das müssen Sie sein, wenn Sie den Auftrag übernehmen.«

Pause. Es brauchte gute drei Minuten, bis er die nächste Frage herauswürgte.

»Wie kommen Sie zu diesem Beruf? Ich meine, als Türke . . .«

»Ich bin Staatsbürger der Bundesrepublik.«

»Ach, so?«

Er nickte. Und als er sich jetzt vorbeugte, hatte er was Solidarisches in der Pupille.

»Nicht leicht, diese verdammte Staatsbürgerschaft zu erlangen, wie?«

»Kein Problem für mich. Ich mähe meinen Rasen, lache bei Karneval und kann gleichzeitig Bier trinken und Skat spielen. Irgendwo hinter München liegt Afrika, da wohnen die Neger. Bei der Sportschau möchte ich nicht gestört werden. Meine Couchgarnitur ist pünktlich abbezahlt. Und im Grunde meines Herzens bin ich ein tanzender Schlesier.«

Einen Augenblick lag ihm das unvermeidliche ›Das meinen Sie doch nicht ernst‹ auf der Zunge, aber er ließ es liegen und lachte nur geziert.

»Im Ernst, Herr Kayankaya, wie lange leben Sie schon in Deutschland?«

»Meine Mutter ist bei der Geburt gestorben. Mein Vater hat mich nach Deutschland mitgenommen. Lange hat er es auch nicht gemacht, und so wurde ich von einer deutschen Familie adoptiert. Seit ich denken kann, bin ich in diesem Land.«

Er wiegte den Kopf.

»Verzeihen Sie. So eine Geschichte ist interessant.«

Ich steckte mir eine Zigarette an.

»Ach, ja?«

Ich rauchte.

»Da hätten Sie erst einmal hören sollen, was ich meinem letzten Klienten erzählt habe.«

Ich stieß Rauchringe in die Luft.

»Wie hat man Ihre Mandanten gefaßt?«

»Eine der vielen Fragen in dem Fall.«

»Soll heißen?«

»Das soll heißen, die Polizei hat drei Tage nach dem Anschlag die Wohnung meiner Mandanten gestürmt. Eine größere Fahndung fand nicht statt.«

»Könnte einer geredet haben.«

»Ja . . .«

»Könnte der fünfte Mann gewesen sein?«

»Vielleicht . . .«

»Hat die Polizei sich geäußert, wie sie zu dem schnellen Erfolg gekommen ist?«

»Der verantwortliche Kommissar, Kessler, hielt sich zurück. Die Täter hätten auf Grund einer rasch organisierten Fahndung festgenommen werden können.«

»Und von dem fünften Mann kein Wort?«

»Nein.«

»Wird nach ihm gefahndet?«

»Das nehme ich an.«

»Warum?«

»Na, er ist ebenso verdächtig wie meine Mandanten.«

»Und wenn er mit der Polizei ein kleines Geschäft gemacht hat? Seine Freiheit gegen die Adresse Ihrer Mandanten?«

»Das glaube ich nicht. Ein Fall, der soviel politisches Aufsehen macht. Das kann sich die Polizei nicht erlauben.«

»Ja, gut. Die Polizei ist also hinter ihm her, und trotzdem meinen Sie, noch einen Privatdetektiv losschicken zu müssen. Für wen halten Sie mich? Wenn der Junge Grips hat, ist er über alle Berge. Nicht von Sachsenhausen ins Nordend oder andersrum, sondern viel weiter. Wenn Sie wollen, ich fahre gerne auf Spesen durch die Gegend. Aber normalerweise spiele ich Kreisliga.«

»Ein diskreter Einzelgänger ist nach meiner Meinung wirkungsvoller. Selbstverständlich erstatte ich Ihnen sämtliche Kosten . . .«

Er zögerte.

». . . wenn ich Sie nicht für einen guten Detektiv hielte – ich wäre schon längst gegangen.«

»Seit drei Stunden hocke ich in nassen Klamotten herum. Ich leide, wenn Leute beim Essen schmatzen. Und Ihrer Freundin wäre ich lieber alleine bei Vollmond begegnet.«

»Zu Fräulein Reedermann waren Sie auch nicht gerade freundlich.«

»War auch kein Vollmond.«

»Was bei unserem Fall noch dazu kommt . . . ich weiß nicht, wo Sie politisch stehen, aber . . .«

»Ich soll einen Mann suchen, oder?«

»Natürlich, aber die politische Einstellung spielt hier auch eine Rolle. Die Leute wollen meine Mandanten schuldig sehen. Sogenannte Grüne Terroristen sind ein gefundenes Fressen für die Rechten. Was Besseres konnte denen nicht passieren. Zum Beispiel die Rheinmainfarbenwerke, da . . .«

»Na schön. Wenn Sie's beruhigt, selbstgestrickte Socken, freilaufende Hühner, diskutierende Frauen und ungespritzte Rosinen finde ich riesig, und Seehund steht mir nicht. Aber fragen Sie jetzt nicht, wann die nächste Altpapiersammlung ist.«

»Na gut.« Er seufzte. »Also, nehmen Sie an?«

»Zweihundert Mark pro Tag, plus Spesen.«

»Keinen Sonderpreis für die gute Sache?«

»Ist schon drin. Die gute Sache bin ich.«

Er nickte säuerlich. »Wie werden Sie beginnen?«

»Zuerst nehme ich mir Ihre Mandanten vor, dann fahre ich nach Doddelbach.«

»Meine Mandanten? Völlig ausgeschlossen, sie sprechen nur mit mir.«

»Dann brauche ich Akten, Unterlagen und so weiter.« Ich überlegte. »Einen Nachtwächter hat die Firma Böllig nicht?«

»Er wurde zusammengeschlagen.«

»Und?«

»Er hat die Person gesehen. Bei einer Gegenüberstellung hat er keinen meiner Mandanten erkannt.«

»Der fünfte Mann?«

Ich stand auf und steckte meine Zigaretten ein. »Wann kann ich Sie im Büro aufsuchen?«

»Heute abend.«

»So um acht. Wo liegt Doddelbach?«

»Autobahn Frankfurt – Heidelberg, hinter Darmstadt. Hat eine eigene Ausfahrt.«

»Also, bis heute abend. Wäre schön, wenn Sie den Camper vom See auch um acht da hätten.«

Ich ging. Der Himmel war heller geworden. Es nieselte. Ein paar Wölkchen hingen wie schmutzige Wattebäusche an den Hochhäusern. Ich schlug den Mantelkragen hoch und lief zur nächsten U-Bahn-Station.

3

Ich stieß die Haustür auf und knipste das Flurlicht an. Fast im gleichen Augenblick sprang der Gemüsehändler im Erdgeschoß aus seiner Wohnung.

In Cordpantoffeln, Jeans mit Schlag und grünem Nylonnicki baute er sich vor mir auf, die glänzenden blonden Haare scharf nach rechts gelegt. Erregt wedelte er eine Zigarettenschachtel durch die Luft.

»Was ist das?! Na, was ist das?!«

Sein Kopf schnellte vor und zurück, als schlüge ständig einer hinten drauf.

Und wieder keifte er:

»Na, was ist das?!«

Ich schloß meinen Briefkasten auf.

»Keine Ahnung.«

»Das ist eine leere Zigarettenschachtel, die ich heute morgen auf der Treppe gefunden habe! Ich fege nämlich meine Treppe! Haben Sie gehört?! Ich fege meine Treppe! Hier in Deutschland fegt man die Treppe vor seiner Tür! Das ist hier anders als auf dem Balkan, und daran haben Sie sich zu gewöhnen. Oder Sie gehen am besten dahin wieder zurück! Sie terrorisieren das ganze Haus mit Ihrem Dreck . . . ja, das ganze Haus!«

Er drückte den Zeigefinger auf die Schachtel, als wollte er Löcher hineinbohren. »Alle Mieter im Haus haben bestätigt, daß nur Sie diese Marke rauchen. Na, was sagen Sie jetzt?! Na?!«

Er zog die Stirn hoch und lamentierte weiter.

»Ha! Das verschlägt Ihnen die Sprache, was?! Dafür will ich Ihnen aber was sagen, wenn ich noch einmal so eine Schachtel auf der Treppe finde, hole ich den Hausbesitzer und zeige ihm die Sauerei. Ihre Sauerei! Dann können Sie sehen, wo Sie bleiben! Haben Sie verstanden?!«

Ich hatte Lust, ihm eine runterzuhauen.

»Na, antworten Sie! Sie sind doch sonst immer so schlau, hä?! Da fällt Ihnen nichts ein, Sie . . .!«

Ich nahm Post aus dem Briefkasten, schloß ab und ging auf ihn zu. Es trennten uns noch zwei Meter, da fing er an zu stottern.

»Wenn Sie mir was tun . . . wenn Sie es wagen . . . ich, ich ruf die Polizei . . . die, die werden Sie mitnehmen, und dann ist endlich Ruhe im Haus . . . dann kommen Sie ins Gefängnis, dann sind Sie weg!«

Seine Hände flatterten mir entgegen, wie wenn man Tauben vertreibt.

»Ha, ha . . . ich warne Sie . . . tun Sie mir nichts, sonst . . . ich schreie . . .«

Er schnappte nach Luft. Ich schob mich an ihm vorbei und stieg die Stufen zu meiner Wohnung hoch.

Oben zog ich mir die feuchten Kleider von der Haut und stellte mich unter die heiße Dusche. Die Füße prickelten unangenehm. Beim Abtrocknen dachte ich an Carla Reedermann. Danach streifte ich Wollhose und zwei Lagen Pullover über und schnürte mir Wanderschuhe an die Füße. In der Küche roch es nach angebrannten Zwiebeln. Ich schenkte mir ein Wasserglas voll Chivas ein und ging zum Telefon. Ich wählte die Nummer meiner Autowerkstatt und ließ es eine Weile klingeln.

»Autowerkstatt Riebl.«

»Kayankaya. Ist mein Wagen fertig?«

»Bin grad dabei, wieso?«

»Vor drei Wochen haben Sie versprochen, die Schüssel in einer Woche wieder hinzukriegen.«

»Aber keine Sorge, spätestens übermorgen haben Sie den Wagen.«

»Ich mache mir keine Sorgen. Ich brauche heute ein Auto, und wenn's nicht anders geht, nehme ich Ihre Limousine.«

Er kicherte. Riebl gehörte zu den Menschen, die ständig den Eindruck machen, betrunken zu sein, aber nie einen Schluck Alkohol anrühren. Er war einfach nur ein bißchen dämlich.

»Kein Witz. In einer halben Stunde bin ich bei Ihnen.«

Er kicherte weiter und sabbelte irgendwas in den Hörer. Ich legte auf.

»Bin gleich da.«

Riebl lag unter der Motorhaube meines grünen Kadetts. Es roch nach Benzin und Schmieröl. In der Ecke kreischte ein Radio Heimatmelodien. Dann tauchte er auf aus der Versenkung.

»Ach, Sie, Herr . . .«

»Kayankaya.«

»Genau.«

»Was ist mit meinem Wagen?«

Er kratzte sich im Nacken und sah mit verklärtem Blick zu Boden, als hätte man ihm ein zweideutiges Angebot gemacht.

»Tjaaa . . .«

»Bitte?!«

»Wissen Sie, man verschätzt sich so leicht. Auf den ersten Blick sind's die Kerzen, und dann ist der ganze Motor im Eimer. So geht's, nicht wahr?«

»Geben Sie mir die Schlüssel von Ihrem Wagen. Heute abend um halb acht bin ich zurück.«

Er schüttelte seinen zusammengedrückten Kopf.

»Ts, ts, ts, ich weiß ja nicht . . .«

»Na, los.«

Zögernd fingerte er einen Schlüsselbund aus dem Overall.

»Also wirklich . . . eigentlich . . .«

»Bis heute abend.«

Ich ließ ihn mit meinem Kadett stehen. Zwanzig Kilometer hinter Darmstadt kam die Ausfahrt Doddelbach.

4

Zum ersten Mal hörte ich es von einem rothaarigen Typ im *Großen Schiff* in Sachsenhausen. Bei dem hieß Doddelbach stur Trottelbach. Da er aber auch Äbbelwoi statt Äppelwein sagte, habe ich nicht weiter darüber nachgedacht. Später fiel mir bei anderen, die es nicht so eilig mit ihren Silben hatten, die gleiche Aussprache auf. Jene umwerfende Art Humor, die aus einem Professor einen Brotfresser macht, meinte ich. Erst heute, Jahre später in Doddelbach, ging mir ein Licht auf.

Doddelbach war ein kleines Nest mit einer häßlichen Fußgängerzone als Mittelpunkt. Drittklassige Modeläden reihten sich an Supermärkte, mit Verkäuferinnen, die aussahen wie die Wurst im Schaufenster. Blumenfässer, Lampenkugeln und leere Bänke schmückten die Straße. Rentner schoben sich mit rollenden Einkaufstaschen übers Trottoir. Wahrscheinlich lockte ein Sonderangebot trotz naßkaltem Wetter auf die Straße. Hausfrauen regelten in wettergeschützten Ecken Probleme mit Nudelaufläufen, Kindern und Krampfadern. Am Ende des Cityversuchs war das unvermeidliche italienische Eiscafé mit der Cola gurgelnden Jugend. Motorradhelm unterm Arm und die Kreidler unterm Arsch, hockten sie da und rissen schlechte Witze über ihre Mädchen.

Ich hatte den Wagen an der Hauptstraße geparkt und schlenderte hoch in die Altstadt. Fachwerkhäuser zogen sich hin, wie von Kindern in Förmchen gebacken und angemalt. Makellose Straßen. Nicht der kleinste Hundehaufen verletzte deutsche Sauberkeit. Die Gassen waren bis auf ein paar rosa schimmernde Tee- und Gesundheitsläden ausgestorben. Ein junger Mann wartete an einer verlassenen Kreuzung auf

Grün. Als er mich die Straße bei Rot überqueren sah, bekam sein Mund einen verkniffenen Zug; am liebsten wäre er hinterher, um mir für Recht und Vaterland die Schnauze einzuschlagen. Aber die Ampel blieb auf Rot.

An der Trinkhalle fragte ich nach der Firma Böllig. Zwei Figuren standen im Regen und tranken zu Mittag. Sie grinsten. »Böllisch? Mit sei kaputt Rohr?«

Er schlug dem anderen auf die Schulter.

»Unser Rohre sin ach kaputt. Odder? Ennst! Was sacht dei Aal dadezu? Ennst! Kaputtes Rohr!«

»Und wie komme ich dahin?«

»Böllisch. Ennst! Wie kimmt er dadehin? Ennst!«

Ernst blinzelte mir gerissen zu und röchelte: »Un wie komm isch zur Oper?«

»Üben, viel üben«, sagte ich und ging.

»Hä, hä. Des waren guder. Die aale sinn die beste.«

Die Bäckersfrau erklärte mir den Weg. Ich ging zum Wagen und fuhr mit dem Autostrom die Hauptstraße entlang Richtung Weinheim. Nach einem Kilometer tauchten hohe, mit Stacheldraht gespickte Backsteinmauern auf. Privatklinik Ruhenbrunn. Gleich dahinter bog die geteerte Auffahrt zur Firma Böllig ein.

Die Fabrik klebte an einem Hang. Rechts daneben lag der berüchtigte See. Das schmuddelig gelbe Wasser plätscherte leicht gegen den hellen Kies am Ufer.

Ich kämpfte mich durch die feuchten Steinchen bis zum demolierten Abflußrohr. Es bedurfte keiner großen Sprengladung, um solche Betonröhren kaputt zu kriegen. Die Aktion mußte so aufregend gewesen sein wie eine Reifenpanne im Parkverbot. Ich sah mir das Ufer an. Wo der Kies aufhörte, trennten kleine Schilfwälder den vermodderten Boden vom See. Man mußte außergewöhnlichen Geschmack vermuten, wenn einer sein Campingzelt hier aufstellte. Ich drehte mich um. Die Fabrik war ein Haufen Wellblech, aus dem wie zufällig drei stattliche Türme herausschauten. Auf dem einen flackerte eine magere Flamme. *Arzneimittel Böllig – für das Leben, für die Zukunft, für unsere Kinder* konnte man in verblichener roter Farbe auf der Längsseite einer Lagerhalle lesen. Chemiebetriebe haben eine Schwäche für gewagte Werbung.

»He, Sie! Was machen Sie da! Das ist Firmengelände!«

Ein schmächtiger Mann mit Kapitänsmütze kam über den Kies auf mich zugelaufen und schnaufte, als er vor mir stehenblieb.

»Ich schaue mich um. Hier war der Anschlag.«

»Tja, so geht das aber nicht. Haben Sie eine Genehmigung?«

»Ich ermittle im Auftrag des Staatsanwalts.«

Er kratzte sich am Kinn.

»Sie?«

»Ich.«

»Aber so sehen Sie nicht aus.«

»Und?«

»Staatsanwaltschaft ist ja ’ne wichtige Sache, Gesetze und so . . . Also, ehrlich, mit dem Gesicht . . . entschuldigen Sie. Aber wenn Sie von der Staatsanwaltschaft kommen.«

Er fummelte an seiner Uniformjacke herum.

»Sind Sie der Nachtwächter?«

»Mhm, bin ich.«

»Sie haben neulich Nacht eins auf den Kopf gekriegt?«

»Mhm, ja.«

Er wippte mit den Knien und sah immer wieder zur Fabrik hin, als habe er Angst, entdeckt zu werden.

»Sie haben den Mann gesehen?«

Er versuchte, meinem Blick nicht auszuweichen.

»Habe ich schon alles der Polizei erzählt.«

»Sie haben den Mann also gesehen?«

»Mhm, ja.«

Seine Augen glitten wieder zum Schotterplatz vor der Fabrik.

»Wie sah er aus?«

»Gar nicht. Er hatte was überm Kopf. Strumpf oder Mütze. Ich konnte es nicht erkennen. War dunkel.«

»Mal der Reihe nach. Sie haben Ihre Runde gedreht, und da ist einer aufgetaucht und hat Sie niedergeschlagen?«

»Nein ... also, ich saß in meinem Häuschen, da ...«

Er wies mit der Hand hinter sich, und während er weitersprach, wurde sein Gesicht zusehends verquälter.

»... ich hab gelesen, oder so ... na, plötzlich springt die Tür auf, und eh ich mich richtig umdrehe, hatte ich einen Schlag übern Kopf, und dann war alles duster. Na ja, und als ich wieder zu mir kam, war die Polizei da. Mehr gibt es da nicht zu erzählen.«

Der Wind war stärker geworden, und Nieselregen wehte über den Platz. Ich ließ ihn zappeln und zündete mir eine Zigarette an.

»Es war dunkel, und Sie hatten sich gar nicht richtig umgedreht. Komisch, heute morgen hat mir jemand erzählt, es hätte eine Gegenüberstellung mit den Verdächtigen stattgefunden. Wollte der mich auf den Arm nehmen?«

»Nein, das stimmt schon. Aber ... warum fragen Sie nicht die Polizei, die wissen doch alles.«

»Und er hatte einen Strumpf überm Kopf. Hätten Sie Ihre Frau zur Gegenüberstellung schicken sollen.«

»Der Herr Kommissar hat gemeint, wir machen einen Versuch. Nur 'n Versuch, verstehen Sie?«

Er schob die Mütze hoch und wischte sich über die Stirn.

»Als Sie zu sich kamen, war die Polizei da? Sofort? Sie schlugen die Augen auf und sahen grün?«

»Wie? Nein. Zuerst kam Frau Böllig, sie hat mich sozusagen geweckt. Sie wohnen ja gleich da vorne.«

»Als Frau Böllig Sie weckte, hatte sie ihren Mann schon gefunden?«

»Ich weiß nicht . . . ich glaube . . .«

»Eine Frau läßt doch eine Bemerkung fallen, wenn der Mann gerade ins Feuer gegangen ist.«

»Es ging alles so schnell und . . . aber Sie haben recht, jetzt erinnere ich mich. Sie war ja ganz fertig mit den Nerven und hat kaum ein vernünftiges Wort rausgekriegt . . .«

Er lächelte mir vorsichtig zu. Ganz auf Bullenschiene, holte ich die Zigaretten raus und bot ihm eine an. Wir rauchten. Als sich sein verkrampfter Mund zu lösen schien, setzte ich neu an: »Das muß ein harter Schlag gewesen sein.«

»Ja, mir brummt von dem Knüppel heute noch der Schädel.«

»Aha. Kann ich mal sehen?«

Er machte große Augen.

»Wie?«

»Ich möchte sehen, wo der Knüppel Sie erwischt hat. Na los!«

Wie in Zeitlupe zog er die Mütze vom Kopf.

»Aber . . . nach einem halben Jahr?! Das ist doch längst verheilt.«

»Narben von solchen Schlägen hat man für immer«, und, nachdem ich seinen Kopf untersucht und nichts gefunden hatte, »ist gut.«

Wortlos lief ich dann neben ihm über den nassen Schotter zur Fabrik. Wir kamen an Fässern, Röhren und Kleinlastern vorbei, durchquerten eine Halle, in der riesige Stapel numerierter Kisten rumstanden, bogen um einen Gabelstapler und traten schließlich durch ein großes Tor wieder hinaus in den Regen. Die Villa Böllig lag hundert Meter weiter an einem

Hügel: ein weißer Luxusbungalow mit Dachgarten, und links daneben der Tennisplatz. Auf englischem Rasen tummelten sich kleine dicke Weihnachtsbäume, mit einem Haufen Blech in der Mitte. Vor der Garage war ein silbergrau glänzendes Benz-Cabrio neben einem schwarzen Mini abgestellt.

Mit der Versicherung, in den nächsten Tagen noch einmal vorbeizuschauen, verabschiedete ich den Nachtwächter. Ich schlenderte über den Firmenparkplatz auf das schmiedeeiserne Tor zu, von wo aus sich die geteerte Auffahrt zur Villa Böllig durchs Gras fraß. Klingel und Sprechanlage waren in Marmor gebettet. Ich drückte den Messingknopf und wartete auf den Schäferhund. Statt seiner knurrte die Sprechanlage »Wer da?«

»Kayankaya. Staatsanwaltschaft Frankfurt.«

»Staatsanwaltschaft?«

Für einen Augenblick war es still. Dann schrie jemand. Gleich darauf meldete sich die Sprechanlage wieder.

»Ich mach Ihnen auf.«

Der Öffner summte, und ich stieß gegen das Tor. Der Blechhaufen erwies sich als Kunstwerk. Ich tippte auf verschlungene Fische, war mir aber nicht sicher. Das Gelände samt Bungalow vermittelte die Stimmung einer verlassenen Autobahnraststätte erster Klasse. Oben angelangt, schlug ich einen antiken Türklopfer aufs Holz. Sofort wurde geöffnet. Wider Erwarten stand eine attraktive Blondine um die Vierzig vor mir.

»Guten Tag, ich bin Barbara Böllig. Was kann ich für Sie tun?«

Ihr aufregender Körper steckte in einem einfachen schwarzen Wollkleid, das sich eng um die Hüften spannte. Die Haare waren mit einer roten Glitzerschleife zum Zopf gebunden. Ihre grünen Augen musterten mich.

»Kayankaya. Staatsanwaltschaft Frankfurt. Ich muß Ihnen

ein paar Fragen stellen.« Es sah nicht so aus, als wollte sie mir das zauberhafte Lächeln schenken, das ihr Mund ahnen ließ. Sie verschränkte die solariumbraunen Arme und legte den Kopf zur Seite.

»Ich wüßte nicht, was ich Ihnen noch sagen könnte.«

»Lassen Sie Besucher immer im Regen stehen?«

»Wenn der Besuch ungelegen kommt.«

Sie machte keine Anstalten, mich ins Haus zu lassen. Ich betrachtete Haus und Garten.

»Das gehört jetzt alles Ihnen?«

»Und?«

Ich zeigte auf die Autos.

»Auch geerbt?«

»Der Mini gehört einem Bekannten.«

»Er steht Ihnen in diesen schweren Monaten zur Seite?«

»Wenn Sie so wollen.«

»Über mangelnden Beistand haben Sie sich nicht zu beklagen?«

»Bitte?«

»Hübsche Witwen mit Fabrik genießen meistens besonderes Beileid. Traum aller Abteilungsleiter: Der Chef stirbt, und die Chefin sucht einen Nachfolger. In jeder Beziehung.«

Peng, die Tür war zu. Ich hämmerte so lange dagegen, bis sie aufgerissen wurde. Ein Koloß schob sich durch den Türrahmen. Um etwa zweihundert Pfund auf zwei mal zwei Meter schlabberte ein grauer Trainingsanzug, der unten in Basketballschuhen endete und oben an einen kahl rasierten Kopf stieß.

»Was ist?«

Seine Arme schwangen beim Sprechen leicht hin und her, wobei am Handgelenk so eine Goldkette mit Amulett schepperte, dessen Innenseite meist den eingravierten Namen trägt. Wie er wohl in seinen Mini kam?

»Ich bin hergekommen, um mit Frau Böllig zu sprechen.«

Er stülpte die Unterlippe nach vorn und zog die Stirn hoch.

»Tja, sie fühlt sich aber heute nicht so. Kommen Sie ein andermal wieder.«

»Eben sah sie noch ganz gesund aus.«

Bevor er was erwidern konnte, rief die Witwe im Hintergrund: »Laß ihn rein, Henry.«

Henry wandte den Kopf, zuckte mit den Schultern und ließ mich rein. Die Füße versanken im Teppich. Vorbei an Telefontisch und Kleiderablage tappte ich ins Wohnzimmer. Ein großer Raum, der zur Rückseite des Hauses hin mit einer Glaswand abschloß und den Blick auf einen Garten freigab, der sich in nichts von dem vor dem Haus unterschied. Allerdings stieß er hier nach etwa fünfzig Metern an die Mauern der Privatklinik. Das Wohnzimmer zeugte von zuviel Geld und zuwenig Geschmack: Möbel quer durch die Jahrhunderte, hellblaue Tapeten, drei Schichten Perser, indische Lampenschirme und so weiter. Die Witwe lag in einer Lederliege und nippte gelben Saft. Henry schob mich in einen Sessel, zog einen Stuhl heran und setzte sich hinter mich. Ich begann mich zu fragen, ob dieser Henningerturm von Mann Leibwächter oder Liebhaber war. Wahrscheinlich besorgte er beides. Muskelmänner mit Goldkettchen in Turnanzügen haben Erfolg bei Frauen. Die Witwe setzte ihr Glas ab.

»Also, was gibt's? Ich dachte, die Fragen seien nun endlich alle beantwortet.«

»Heute hat der Prozeß begonnen. Wußten Sie das?«

»Wenn man Zeitung liest, nimmt man davon Kenntnis.«

»Na schön. Also, es gibt da immer noch Lücken in der Anklage, und deshalb sollen Sie mir noch einmal genau erzählen, was in jener Nacht passiert ist. Vielleicht wurde doch was übersehen.«

Sie lutschte nachdenklich am Finger.

»Verhalten Sie sich immer so hartnäckig?«

»Kommt aufs Wetter an. Also, erzählen Sie noch einmal, wie das war, bevor Ihr Mann zur Fabrik lief. «

Sie setzte sich in der Liege zurecht, das Wollkleid gab die braunen Knie frei. Meine Aufmerksamkeit war für Sekunden blockiert.

»So genau weiß ich das nach einem halben Jahr auch nicht mehr.« Dann, nach einer Pause: »Friedrich und ich saßen vor dem Fernseher. Ich war eingeschlafen, und er springt plötzlich auf und läuft zur Tür. Und während er die Jacke anzieht, ruft er mir zu, er habe einen Knall oder sowas gehört, und dann . . .«

»Sie hatten nichts gehört?«

»Nein, ich hatte ja schon halb geschlafen. Naja, Friedrich ist losgerannt, und ich bin hier im Wohnzimmer geblieben. Als er nicht zurückkam . . .«

»Wie lange?«

»Eine Viertelstunde etwa . . . dann bin ich hinterhergegangen und habe ihn gerufen. Tja, und irgendwann lag er dann vor mir.«

Sie unternahm nicht einmal den Versuch, Trauer zu markieren. Gelangweilt reihte sie Satz an Satz.

»Wo?«

»In der Nähe vom Rohr. Etwa zehn Meter entfernt.«

»Was haben Sie dann gemacht?«

»Ich bin zu Nachtwächter Scheigel gerannt und habe ihn ohnmächtig am Boden gefunden. Als er zu sich kam, haben wir die Polizei angerufen.«

»Scheigels Kopfverletzung haben Sie nicht zufällig gesehen?«

Sie betrachtete mich argwöhnisch.

»Hören Sie, ich hatte gerade meinen toten Mann gefunden. Mir war nicht nach Krankenschwester zumute.«

Ich strich mir übers Kinn und dachte an den Drink, den man mir nicht anbot.

»Darum hat sich also keiner gekümmert?«

»Was meinen Sie?«

»Ich habe eben mit Scheigel geredet. Es gibt niemand, der seinen Schädel nach dem Überfall untersuchte.«

Sie zog die Augenbrauen hoch. »Unvorsichtig von Scheigel. Kopfverletzungen können gefährlich sein.«

»Das dachte ich auch.«

Ich spürte Henrys Atem im Nacken. Witwe Böllig ließ ihren Zeigefinger über den Glasrand gleiten. Das Eis klirrte leise.

»Wie lange waren Sie mit Friedrich Böllig verheiratet?«

»Sechzehn Jahre. Genau seit dem achtzehnten Januar neunzehnhundertneunundsechzig.«

»Ihr Schwiegervater war damals schon tot?«

»Ja.«

»Wie alt war Ihr Mann, als er die Firma übernahm?«

»Achtundzwanzig.«

»Und als Sie heirateten?«

»Einunddreißig.«

»Und Sie?«

Sie setzte sich auf.

»Was soll das eigentlich?«

»Meine Sorge. Wie alt waren Sie?«

»Neunzehn.«

»Wie haben Sie Ihren Mann kennengelernt?«

»Ich war seine Sekretärin.«

»Aha.«

Henrys Atem wurde hörbarer.

»Mochten Sie ihn?«

Mit einem Knall landete das Glas auf dem Cocktailtischchen. Eine Ader wurde an ihrer Schläfe sichtbar.

»Es reicht! Machen Sie, daß Sie rauskommen.«

»Haben Sie Kinder?«

Blei legte sich auf meine Schulter.

»Kommen Sie, Freund, ich bringe Sie zur Tür.«

Ich drehte den Kopf: »Finger weg.« Und zu ihr: »Haben Sie welche?«

»Einen Sohn.«

»Wie alt ist er? Was macht er?«

»Siebzehn Jahre. Seit Geburt behindert und in einer Anstalt. Reicht das?!«

Sie sprang auf und stand wie eine Furie über mir. Das behinderte Kind war ein Kratzer in der solariumbraunen Fassade aus schnellen Autos, teuren Partys und gutaussehenden Tennislehrern. Wahrscheinlich wäre hier jedes Kind ein Kratzer gewesen.

»Ihr Mann arbeitete mit anderen Firmen zusammen?«

Sie stockte. Es war nicht die Frage, die mich endgültig vor die Tür gesetzt hätte.

»Manchmal.«

»Gab es zu einigen intensivere Beziehungen?«

Sie raste durch den Raum.

»Mein Gott! Natürlich! Mein Mann hatte mit vielen Leuten zu tun. Schauen Sie in den Büchern nach. Gehen Sie zu Meyer, er ist der Geschäftsführer.«

Ich fummelte die letzte Zigarette aus dem Päckchen.

»War Ihr Mann Alleininhaber von Chemie Böllig?«

»Ich hielt dreißig Prozent.«

»Jetzt haben Sie hundert.«

Ich rauchte, und die Witwe lehnte an der Glaswand und betrachtete ihre nassen Tannenbäume. Sie sah immer noch sehr gut aus. So gut, daß ich mit einem Ruck aufstand. Henry erhob sich ebenfalls, in seinem Mundwinkel klebte ein Zigarillo.

»Den Geschäftsführer Meyer finde ich in der Fabrik?«

»Ja.«

»Gut. Vorerst ist das alles.«

Wir verabschiedeten uns. Draußen nieselte es. Von der Auffahrt aus schätzte ich die Entfernung bis zum Rohr. Es war ein ziemliches Stück, und ich fragte mich, warum fünf Leute, die gerade verbotenerweise ein Rohr gesprengt haben, stehenbleiben und auf den Firmenchef warten.

»Der Herr Meyer? Zimmer achtundzwanzig.«

Ich stieg die Treppen hinauf und klopfte. Jemand nieste und rief dann »Herein«. Ich öffnete die Tür und stand im Vorzimmer. Die Sekretärin hinter dem Schreibtisch hatte die Nase ins Taschentuch gedrückt und sah mich wie ein längst ausgestorbenes Reptil an; eine Frau um die Zwanzig mit blonden Dauerwellen, Sommersprossen und an den Ohren rosa Herzchen. Bestimmt der Jugendtraum aller Söhne vom Land. An der Wand hinter ihr klebte eine Sammlung Postkarten.

»Bin ich richtig bei Meyer?«

»Sind Sie angemeldet?«

»Ich komme von Frau Böllig.«

»Tja . . . ich werde mal fragen.«

Mit einer Hand drückte sie auf die Taste der Sprechanlage, mit der anderen bearbeitete sie weiter ihre Nase und betrachtete mich mißtrauisch. Endlich meldete sich jemand.

»Herr Meyer, jemand will Sie sprechen. Er sagt, er käme von Frau Böllig . . . weiß ich nicht . . . kommt von außerhalb . . . nein, überhaupt nicht von hier, verstehen Sie? . . . Gut, mach ich, Herr Meyer.« Sie sah auf.

»Bitte warten Sie. Herr Meyer ist noch in einem Gespräch.«

Ich setzte mich aufs Besucherbänkchen. Draußen wurde es dunkel, und die Dorfprinzessin schaltete das Licht ein. Als ich meine Taschen vergebens nach Zigaretten durchkramte, beobachtete sie mich von der Seite, räumte ihr Päckchen HB in die Schublade und sah wieder in ihre Papiere. Schließlich öffnete sich die Tür, und Herr Meyer sah um die Ecke.

»Ja?!«

Ich stand auf.

»Kayankaya von der Staatsanwaltschaft. Ich ermittle im Fall Böllig. Aus mehreren Gründen muß ich die Geschäftsbücher einsehen. Frau Böllig meinte, ich solle mich an Sie wenden.«

Bei dem Wort Staatsanwaltschaft klappte der Prinzessin die Kinnlade runter. Meyer biß verlegen auf seine Lippen.

»Staatsanwaltschaft? Aha. Ich dachte, das hätte mal ein Ende? Die Mörder sind doch hinter Schloß und Riegel, oder? Na ja, wenn's denn sein muß. Eigentlich habe ich ja Feierabend, aber . . .«

Er ging mir bis zur Schulter, war mager und sehnig, hatte einen blauen Cordanzug an und trug Zehnzentimeter-Absätze. Er sah aus wie gebügelt. Wenn er sprach, bewegten sich seine Ohren rhythmisch mit. An seinem Arm hing eine elektronische Zeitansage, die er immer wieder zärtlich den Arm hoch und runter streifte.

»Tut mir leid, Herr Meyer, ich tu auch nur meine Pflicht.«

Das war ein Satz, der ihm gefiel.

»Tja, wie wir alle. Kommen Sie, Herr . . . wie war der Name?«

»Kayankaya.«

»Sehr schön, kommen Sie.«

Bevor er die Tür schloß, sah er noch einmal zur Prinzessin hinüber.

»Petra, sei so lieb und bleib etwas länger, wir müssen noch einiges besprechen.« Er zwinkerte väterlich über ihren Busen hin und stolzierte dann wie ein Gockel zum Schreibtisch.

»Was kann ich für Sie tun, Herr Kayankaya?«

»Ich brauche sämtliche Unterlagen der Firma seit neunzehnhundertsechsundsechzig über Geschäftsverbindungen mit anderen Unternehmen. Außerdem die vollständige Personal- und Gehaltsliste auf aktuellem Stand. Und die Finanzbücher mit Bilanzen, ebenfalls seit sechsundsechzig.«

Er hatte aufgehört, seine Unterlippe abzunagen, und schob sich ein Pfefferminzbonbon in den Mund.

»Da haben Sie sich was vorgenommen.«

»Je eher ich anfange, desto schneller bin ich fertig.«

Er nickte.

»Was ich den Leuten immer sage. Trödelei verdirbt die Moral und ist schlecht für die Firma. Wenn Sie verstehen, was ich meine?«

Ich verstand nicht.

»Warten Sie, ich werde sämtliche Bücher herbringen lassen.«

Fünf Minuten später schleppte ein Mann Berge Leitz-Ordner an. Ich begann zu blättern, ohne eine Ahnung zu haben, was ich suchte. Meyer wurde ungeduldig. Aus der gemeinsamen Überstunde mit Petra schien nichts zu werden. Schließlich nahm ich mir die Gehaltslisten vor. Geld hat was Sinnliches, auch wenn es anderen gehört.

»Warum verdient Doktor Kliensmann dreimal so viel wie alle anderen?«

»Doktor Kliensmann ist nicht in der Entwicklung und auch nicht in der Forschung oder Produktion beschäftigt, er erfüllt die Position eines psychologischen Beraters für Firma und Mitarbeiter. Die Idee der Position stammt vom verstorbenen Herrn Böllig und richtet sich nach amerikanischem Vorbild.«

»Wie sieht das aus? Hat der Doktor in der Fabrik einen Raum mit Couch, und jeder, der will oder muß, kann zu ihm gehen und plaudern?«

Meyer lächelte. »Aber nein. Doktor Kliensmann ist Leiter

von Ruhenbrunn. Sie haben die Klinik vielleicht auf dem Herweg bemerkt. In dringenden Fällen kommt er auch mal rüber, aber eigentlich besteht seine Aufgabe darin, die Firmenleitung beim Umgang mit den Angestellten zu beraten. Zum Beispiel, wie man Arbeitswillen motivieren kann oder Bereitschaft erreicht, sich für die Firma einzusetzen und sich mit ihr zu identifizieren. Auch in Fragen wie der Gestaltung des neuen Kantinenraums wird Doktor Kliensmann herangezogen. Die Japaner haben da unwahrscheinliche Sachen entdeckt.«

»Und diese Beraterfunktion läßt sich der Doktor so teuer bezahlen?«

»Da wird Qualität, nicht Quantität honoriert.«

»Aha.«

Ich blätterte noch ein bißchen. Dann gab ich auf.

»Das wär's, Herr Meyer. Könnte ich jetzt das Material über die Unglücksfälle vom letzten Sommer sehen? Ich brauche die Adressen der Kinder, die Schadenersatzforderungen, den jeweiligen gerichtlichen Befund und so weiter.«

»Einen Augenblick.«

Meyer ging hinaus. Durch die halboffene Tür hörte ich, wie er der Prinzessin vorschlug, zu ihm nach Hause zu gehen. Ich schaute noch einmal in die Ordner. Als er mit einer roten Mappe zurückkam und sie auf den Tisch schob, hielt ich ihm die Personalliste vor die Nase.

»Herr Windelen und Frau Doktor Hahn wurden letzten Monat entlassen. Warum?«

»Eine unangenehme Sache. Windelen und die Hahn haben sich wiederholt und ohne Rücksprache mit der Firmenleitung in die Diskussion um die Giftaffäre eingemischt. Selbst im Betrieb drängten sie auf eine Art Untersuchungs- und Kontrollausschuß in Abwässerfragen. Die beiden haben derart das Betriebsklima vergiftet, sie waren nicht mehr zu halten.«

Ich nahm mir die rote Mappe vor. Die Schadensersatzforderungen beliefen sich auf fünfzigtausend pro Kind. Nach ärztlichem Befund hatten sie Hautschäden für ihr Leben davongetragen. Der Prozeß war auf kommenden Februar angesetzt.

»Wieso zahlen Sie nicht? Dann hätten Sie Ruhe vor der Öffentlichkeit.«

Er sah mich prüfend an.

»Seit dem Mord an Herrn Böllig stehen die Chancen, den Prozeß zu gewinnen, nicht schlecht. Die öffentliche Meinung hat sich gewendet.«

»Ahja.«

»Verstehen Sie mich nicht falsch. Auch vorher fühlten wir uns für den Unfall nicht verantwortlich. Schilder und Zäune weisen auf mögliche Gefahren hin. Außerdem gehört der See schließlich zum Firmengelände. Die Kinder sind widerrechtlich eingedrungen, wenn man so will.«

»Wenn Sie den Prozeß verlieren, müssen Sie genau vierhundertfünfzigtausend Mark bezahlen. Ist das viel für Chemie Böllig?«

»Wir würden es überleben, nehme ich an. Aber es gibt natürlich weitaus lohnendere Investitionen. Wir sind ein Familienbetrieb. Das will in diesen Zeiten was heißen. Wir kalkulieren knapp.«

»Frau Böllig hält jetzt hundert Prozent.«

»Hundert Prozent von den Anteilen der Familie Böllig. Das sind sechzig Prozent vom Gesamtvermögen. Der Rest gehört verschiedenen Aktionären.«

»Sind Sie Aktionär?«

Er strich sich übers Kinn. Dann lehnte er sich zu mir herüber.

»Im Vertrauen, es lohnt sich nicht. Das Risiko ist zu groß. Eine einzige Fehlkalkulation geht an die Existenz der Firma.

Aktien von solchen Unternehmen sind was für Spielernaturen. Man muß darauf setzen, daß, zum Beispiel, einem Chemiker in nächster Zeit der große Wurf gelingt.«

»Das wäre?«

»Was Sie wollen. Ein international anerkanntes Haarwuchsmittel, zum Beispiel.«

»Sind vierhundertfünfzigtausend Mark eine etwas größere Fehlkalkulation?«

»Tja, sie könnte den Stein ins Rollen bringen. Ganz zu schweigen von dem Prestigeverlust in der Öffentlichkeit, den ein verlorener Prozeß mit sich bringen würde.«

»Man kann also sagen, streng betriebswirtschaftlich kam der aufsehenerregende Tod von Herrn Böllig der Firma nicht ungelegen.«

Er überschlug sich fast.

»Ich bitte Sie! So habe ich das nie gemeint. Sie dürfen mich da nicht falsch verstehen.«

Ich schrieb mir die Adressen der betroffenen Kinder auf.

»Wird Frau Böllig den Betrieb weiterführen?«

»Das ist noch nicht entschieden. Für den Übergang leite ich die Geschäfte.«

Stolz klang mit. Wahrscheinlich fühlte er sich schon lange zum Chef berufen. Ich fragte mich, wie er mit der Witwe zurecht kam. Reich, dekadent und faul, mußte sie ein rotes Tuch für den ehrgeizigen Meyer sein. Ich stand auf.

»Vielen Dank, Herr Meyer. Ich hoffe, ich habe Sie nicht zu lange aufgehalten.«

Wir gaben uns die Hand, und ich ging zur Tür hinaus. Die Prinzessin saß da, rauchte und wartete auf Meyer. Sie schaute ängstlich auf, als ich vorbeikam. Ich lief die dunklen, leeren Flure entlang und hatte nur eine anständige Zigarette im Kopf.

5

Es war halb sieben. Ich verließ die Eingangshalle und schlurfte über den nassen Kies zum Auto. Gelbe Neonröhren beleuchteten den Weg. Fünfzig Meter weiter links stand der Firmenkiosk. Die rote Lottoreklame flackerte unruhig. Ich ging hin und klopfte an die Scheibe. Durch das verregnete Glas sah ich undeutlich eine kleine Gestalt heranhinken, wie ein alter Kahn bei Wellengang. Sie blinzelte zögernd durchs Fenster, bevor sie es zur Seite schob.

»Wassen?«

Die Glöcknerin von Notre-Dame war kaum größer als die Theke. Ich hätte bequem mein Bier auf ihrem Kopf abstellen können. Aus ihrer Nase lief Wasser, und über Kinn und Oberlippe wuchs ein zerzauster Ziegenbart. Es kostete sie Mühe, zu mir aufzuschauen. Ich legte einen Zwanzigmarkschein in das Tellerchen.

»Zwei Packungen Lucky und einen Nulldrei-Asbach.«

Ihre krummen Finger nahmen das Geld und schoben es unter die Theke. Dann hangelte sie sich zum Zigarettenregal und danach zu Keksen und Alkohol. Es dauerte seine Zeit, aber sie fand alles. Sie kramte in der Kasse und schob das Wechselgeld über die Theke. Durch die offene Hintertür sah ich ein altes, eisernes Bettgestell.

»Wohnen Sie auch hier?«

»Geht Sie das was an?«

»Frage nur. Vielleicht haben Sie in der Nacht des Anschlags was gehört.«

»Den Knall hab ich gehört. Wie jeder.«

Während sie sprach, hielt sie den Kopf gesenkt.

»Keine Schüsse?«

»Doch.«

»Wann?«

»Vorher.«

»Vorher?«

»Na und?«

»Wieviel Zeit verging zwischen den Schüssen und dem großen Knall?«

»Weiß nicht. Hab keine Uhr.«

»Fünf Minuten, halbe Stunde, Stunde?«

»Zehn Minuten.«

»Sind Sie sicher?«

»Haben Sie, was Sie wollen? Ist schon lange Feierabend.«

Langsam schob sie die Scheibe zu.

»Kannten Sie Herrn Böllig?«

Ein paar Zentimeter fehlten noch. Sie stockte. »Das kann man wohl sagen.«

Das Fenster war zu. Ihr Schatten kroch durch die Hintertür hinaus. Ich zündete mir eine Zigarette an, schlürfte vom Asbach und trottete zu Riebls Golf. Direkt dahinter stand ein Renault fünf. Ich stieg in den Golf und fuhr den Weg hinunter zur Hauptstraße. Kurz vor der Autobahnauffahrt war der Renault hinter mir. Ich bremste und ließ ihn herankommen. Außer dem Fahrer war keiner im Wagen. Auf der Autobahn überholte ich vier Laster, lenkte scharf zurück auf die rechte Spur und ging runter auf achtzig. Der Renault sauste links vorbei. Ich beschleunigte, und zwei Minuten später hatte ich ihn wieder. Mit knappen siebzig kroch er über die Straße. Ich war kaum vorbei, als er wieder anzog und mir hinterher jagte. Ich veränderte die Taktik und testete, wieviel aus einem Golf rauszuholen ist. Bei hundertsiebzig dachte ich an Riebls Gesicht, wenn ich ihm sein Auto ohne Türen zurückbringen würde. Ich drosselte auf hundertdreißig und gewöhnte mich an die Scheinwerfer des Renaults. Bei der Ausfahrt Frankfurt-West steuerte ich den Wagen Richtung Messe, dort gab es eine Sackgasse. Der Renault beschattete mich weiter so unauffällig wie eine Polizeieskorte. Entweder war es ein Profi, der mir Angst machen wollte, oder ein Anfänger. Ich raste mit siebzig die Straße hinunter, bremste an der Ecke ab und riß das Steuer nach links. Als ich den Renault ebenso gewagt um die Ecke kommen sah, beschleunigte ich nochmal kurz und machte eine Vollbremsung. Der Teer war naß und mit glitschigem Laub bedeckt. Ich rutschte nach rechts weg und stand quer zur Fahrbahn. Mein Beschatter knallte mir mit quietschenden Reifen auf die Fahrertür. Ich sprang über den Beifahrersitz auf die Straße, rannte um den Renault herum und riß die Tür auf.

»Na, so eine Überraschung!«

Carla Reedermann starrte auf ihre Knie. Ich nahm ihren Arm und zerrte sie aus dem Wagen.

»Jetzt mal raus mit der Sprache!«

Sie versuchte meine Hände abzuschütteln, und als ich nicht losließ, fing sie an zu krakeelen. »Laß mich los, verdammt noch mal! Nimm deine Pfoten weg, du . . .«

Ich scheuerte ihr eine.

»Immer ruhig bleiben. Detektivspielen ist nicht jedermanns Sache. Schon heute morgen im Gerichtssaal. Du wußtest, Anastas wollte mich engagieren. Und dann die Komödie in der Weinklitsche. Kam sich mächtig gerissen vor, der Vollmond, mit seinem ›Was, Sie kennen sich schon?‹. Wenn es irgendjemand Spaß macht, den Idioten zu spielen, mich stört das nicht. Aber ständig die gleichen Scheinwerfer im Rückspiegel, das stört mich.«

Ich ließ sie los und zündete mir eine Zigarette an. Sie rieb sich die Handgelenke. Nach einer Weile machte sie den Mund auf.

»Ich . . . also gut, Sie haben recht, aber . . .«

»Aber?!«

Sie reckte den Kopf. »Sie haben keine Ahnung, um wieviel es bei diesem Fall geht!«

»Ach ja. Hab ich nicht?«

»Nein! Sonst wären Sie heute morgen nicht so kühl gewesen. Was meinen Sie, wie vielen Leuten es gelegen kam, daß Böllig von Grünen umgelegt wurde. Nicht, weil er eine Konkurrenz darstellte, sein kleiner Betrieb war völlig unbedeutend, sondern, weil die Chemieindustrie so ihren Märtyrer hatte. Und den brauchte sie. Die Menschen interessieren sich in letzter Zeit zu sehr für ihre Umwelt. Naturschützende Maßnahmen wurden immer massiver gefordert. Seit dem Tod von Böllig hat sich das geändert. Denken Sie nur mal an die Rheinmainfarbenwerke. Alle waren gegen das Werk im Vogelsberg. Jetzt, nach Böllig, darf es gebaut werden. Und wissen Sie, wer Aktien von Rheinmainfarben besitzt? Der Frankfurter Oberbürgermeister. Jetzt staunen Sie, was?«

»Und wie. Sowas schreiben die ja nicht im Sportteil.«

Einen Moment schaute sie verwirrt.

»Sie sehen also, wer alles Interesse daran hat, daß die vier ohne Wenn und Aber verurteilt werden. Wir wollten wissen, ob wir Ihnen vertrauen können. Ich habe keine Erfahrung mit Privatdetektiven. Wir brauchen jemand, der auf unserer Seite ist. Sie hätten ja mit der Polizei zusammenstecken können. Sozusagen von ihr beauftragt, uns auszuhorchen. Dann wäre alles vorbei gewesen. Was wissen wir von Ihnen? Sie haben drei Polizisten ins Gefängnis gebracht. Das allein muß nicht soviel heißen. Ich helfe Anastas in diesem Prozeß, und es war meine Idee, Sie erst einmal zu testen.«

»Indem du mir das Auto zu Schrott fährst?«

»Tut mir leid. Ist meine erste Verfolgung. Außerdem hätten Sie nicht bremsen müssen.«

»Ach so. Und was habt ihr euch davon erhofft?«

»Wenn Sie zum Beispiel direkt zur Polizei gefahren wären, oder so. Außerdem . . .«

»Ja?«

»Na, ja, ich wollte wissen, wie Sie leben. Wir kennen uns kaum und wollen schließlich in so einer wichtigen Sache zusammenarbeiten. Sie haben von sich aus nichts erzählt. Mich interessiert, wo Sie wohnen, was Sie sonst so machen. Und Sie sind Türke. Das ist eine andere Kultur, und möglicherweise verstehen wir uns gar nicht . . . Vielleicht ist das dumm, aber ich wollte keine Überraschung erleben. Zum Beispiel, ob Sie eine Frau als Mitarbeiterin akzeptieren. Ich meine, bei Ihnen ist das nicht üblich, nicht wahr? Verstehen Sie, was ich meine?«

Ich blickte auf die nasse Straße und überlegte, ob ich den Auftrag hinschmeißen sollte. »Keinen Schimmer. «

Sie schaute hilflos drein. Langsam ging ich zum Wagen.

»Ich soll vier Leute aus dem Gefängnis holen. Wenn der Mörder noch frei rumläuft, werde ich ihn finden. Vielleicht werde ich Sie irgendwann bitten, mir einen Kaffee zu kochen, oder auch nicht. Ich mache meine Arbeit. Bis um acht bei Anastas.«

Ich rutschte über den Beifahrersitz ans Steuer, ließ den Motor an und lenkte den Wagen vorsichtig um den Renault herum. Neben Carla Reedermann blieb ich kurz stehen und lehnte mich aus dem Fenster.

»Übrigens, nicht der Oberbürgermeister besitzt die Aktien, sondern seine Frau.« Ich fuhr los. Im Rückspiegel sah ich sie noch. Ihre schwarzen Haare glänzten im Laternenlicht.

Riebl schaute traurig auf die Beule.

»Tut mir leid, Herr Riebl. War glatt. Da ist mir einer reingerutscht.«

Ich schrieb ihm Anastas' Adresse auf. Dort sollte er sich den Schaden bezahlen lassen.

»Da leiht man mal was . . .«

Sanft strichen seine Finger über das zerkratzte Blech. Ich ging zu meinem Opel. Riebl hatte ihn wieder hingekriegt. Zwei Ecken weiter parkte ich den Kadett und ging in eine Wirtschaft. Es war zehn vor acht. In der Ecke saßen drei breite Männer und klopften Skat.

Der Wirt schob das Rippchen mit Kraut auf den Tisch. Einer der Skatspieler ging an die Musikbox und drückte ›Neunundneunzig Luftballons‹. Ich habe den Text nie kapiert. Hustend begann der Wirt mitzusummen.

Wenig später zahlte ich und stand auf.

»Sach mal, Fritz, seit wann kimmt dann so ebbes in dei Wertschaft?«

Einer der Besoffenen schaute mich herausfordernd an.

»Keine Politik«, brummte der Wirt.

Ich drehte mich um und ging. Vielleicht hätte ich ihm seinen Korn ins Gesicht kippen sollen.

6

Anastas' Büro lag in einem schick renovierten Altbau. Ich stieg über rote Läufer die Treppe hinauf in den zweiten Stock. Anastas stand schon an der Tür und schüttelte mir lächelnd die Hand. »Ich hatte Angst, Sie kämen nicht.«

»Wieso?«

»Fräulein Reedermann hat mir von ihrem Zusammensein berichtet.«

»Zusammensein ist gut.«

Er führte mich durch einen verspiegelten Flur in sein Büro.

Auf seinem Schreibtisch lagen mehrere Stapel Aktendeckel, davor standen vier abgewetzte Ledersessel. Die Wände waren bis auf einen billigen Kunstdruck kahl und weiß. Carla Reedermann lehnte an der Heizung und studierte Tageszeitungen. Sie blickte kurz auf und nickte mir zu. Anastas fragte: »Kaffee, Bier, Wein, was wollen Sie?«

»Bier.«

Während er draußen war, starrte ich durchs Fenster.

»Der Golf gehört dem Meister meiner Autowerkstatt. Ich habe ihm Anastas' Adresse gegeben. Recht so?«

»Mhm.«

Der kleine Anwalt kam zurück, drückte mir Glas und Bierflasche in die Hand und setzte sich auf die Schreibtischkante. Seine Beine schlenkerten in der Luft. »Tja, Herr Kayankaya, ich muß mich entschuldigen und Ihnen wohl einiges erklären.«

Er faltete ernst die Hände. Ich trank Bier und hörte mir an, was ich schon wußte. Dann räusperte er sich und schaute erwartungsvoll. Carla Reedermann schielte ebenfalls aus den Augenwinkeln zu mir rüber.

»Haben Sie den Camper und seine Freundin erreicht?«

Kurze Pause.

»Ah, verstehe, ha, ha . . .« Er lachte dämlich. »Herr Kayankaya, ich bin froh, daß Sie dabeibleiben.«

Er hüpfte vom Tisch und schüttelte mir die Hand. Als er sich beruhigt hatte und hinter seinem Schreibtisch saß, lächelte auch Carla Reedermann. Ich fragte mich, ob sich außer mir noch irgendjemand dafür interessierte, wer Böllig erschossen hatte, und ob Anastas' Mandanten zu Recht in ihrer Zelle versauerten. Ich steckte mir eine Zigarette an.

»Also, kommt der Camper, oder kommt er nicht?«

»Um neun wollte er hier sein.«

»Na schön. Bis dahin will ich mir das Papier da anschauen.«

Ich ging zum Schreibtisch, und Anastas erklärte mir den Inhalt der Akten. Zuerst nahm ich mir den Obduktionsbericht vor. Vier Kugeln. Neun Millimeter. Zwei im Bauch, eine durch die Lunge, ein Streifschuß am Kopf, und das aus einer Entfernung von etwa zehn Metern. Der Schütze mußte Anfänger oder sturzbesoffen gewesen sein. Der Tod war zwischen null Uhr und null Uhr dreißig eingetreten. Ich schrieb mir die Adresse des Arztes auf und machte mich an die Akten der Angeklagten. Alle vier waren Mitte zwanzig und hatten schon früh begonnen, sich in unterschiedlichen Gruppen für oder gegen etwas zu engagieren, waren aber nicht weiter aufgefallen. Einer kam aus Doddelbach, die anderen drei aus Frankfurt. Ich schrieb mir auch hier die Adressen auf. Nach ihren Aussagen hatten sie die Nase voll gehabt, in leeren Fußgängerzonen Flugblätter zu verteilen, die ohnehin keiner las. Dann kam die Idee vom Knall, der die Leute wachrüttelt, und sie besorgten sich bei einem Chemiestudenten Sprengstoff. Auf die Frage nach dem fünften Mann verweigerten sie jede Aussage. Als sie am Morgen nach dem Anschlag von dem Toten hörten, wollten sie alle nach Griechenland abhauen. Nach langer Diskussion gaben sie diese Idee auf und warteten ab. Drei Tage später kam die Polizei. Nach Killern sah das nicht aus.

»Noch ein Bier?«

»Danke. Hat einer Ihrer Mandanten genauer beschrieben, wie ihnen das Ding bei Böllig in den Sinn kam?«

»Nein.«

»Einer muß doch drauf gekommen sein.«

»Sie sagen, sie hätten das gemeinsam entwickelt.«

»Entwickelt! Unsinn. Ich muß mit denen reden.«

»Das wollen die unter keinen Umständen.«

»Dann lassen Sie sich was einfallen. Sie sind der Anwalt. Machen Sie Druck. Wie soll ich denn arbeiten?«

»Tut mir leid, Herr Kayankaya, ich möchte das Verhältnis zu meinen Mandanten nicht belasten. Das müssen Sie verstehen.«

»Die riskieren fünfzehn Jahre, und Sie reden von Verhältnissen. Wenn die Leute wegen Mord sitzen, können Sie sich Ihr zwischenmenschliches Trallala sonstwohin schieben. Wieso kam die Polizei so schnell dahinter, wer bei Böllig rumgeballert hat? Da muß jemand gesungen haben. Und wenn denen das klar wird, dann werden sie diesen jemand verraten. Oder es sind Idioten. Wenn es aber keine Idioten sind, und sie trotzdem nicht auspacken, brauche ich hier nicht weiter den klugen Detektiv zu spielen. Dann haben sie Böllig selber umgelegt. Logisch?«

Anastas stand im Zimmer herum und zog die Stirn hoch.

»Vielleicht haben Sie recht. Ich hole Ihnen noch ein Bier.«

Ich sah die Reporterin an.

»Und was meinen Sie dazu? Sollen wir Unterschriften sammeln? Oder ein Flugblatt drucken? Hungerstreik ist auch nicht schlecht. Wir binden Anastas für eine Woche ans Rathaus.«

Sie lächelte. Ein schönes Lächeln.

Es klingelte. Wenig später kam Anastas zurück mit einem jungen Mann in Jeans und Sportjacke. Hinterher tappte ein X-beiniges Blondchen ohne Hintern. Beide führten sich auf, als seien sie das erste Mal nach neun außer Haus. Wir gaben uns die Hand, und Anastas sprach einleitende Worte. Alf Düli und Anita Weiß waren seit einem Jahr verlobt und wollten nächsten Sommer heiraten. Alf Düli war dabei, seine Lehre als Bankkaufmann abzuschließen. Er stellte seine Freundin ans Fenster, setzte sich in einen Ledersessel mir gegenüber, lehnte sich vor und strahlte mich an. Ich bat Anastas und Carla Reedermann, uns alleine zu lassen.

»In der Nacht vom zweiundzwanzigsten auf den dreiundzwanzigsten April haben Sie auf dem Fabrikgelände der Firma Böllig gezeltet.«

»Daneben. Nicht auf dem Fabrikgelände, sondern daneben.«

»Na schön, am See. Erzählen Sie, wie das war.«

Ich hörte mir an, daß Alf Dülis Eltern vor langer Zeit den See entdeckt hätten, daß man auch ohne Trauschein zusammen zelten könne, und wie viele Konservenbüchsen in einen Golf passen. Dann unterbrach ich.

»Herr Düli, wovon sind Sie in der Nacht aufgewacht?«

». . . tja, da war die Explosion . . .«

»Keine Schüsse?«

»Na klar doch.«

»Vorher oder nachher?«

»Na . . . ähm, etwa gleichzeitig . . . besser gesagt danach. Der Böllig kam ja dann erst angerannt, was?«

»Ich frage, ob und wann Sie die Schüsse gehört haben, nicht, was Sie vermuten.«

»Also, so ganz sicher bin ich mir da nicht, aber logischerweise . . .«

Ich drehte mich zu dem Blondchen. »Und Sie?«

»Ich kann mich nur an die Explosion erinnern.«

»Aber Anita . . .«

»Bitte! Also, Frau Anita, keine Schüsse?«

»Ich hab keine gehört.«

»Was haben Sie nach der Explosion gemacht?«

Düli ballte die Faust: »Ich hab mein Messer genommen und bin gleich . . .«

»Ich meinte Ihre Freundin.«

Das Pfadfinderlächeln erstarrte. Er lehnte sich zurück und malmte beleidigt mit den Zähnen.

»Also, der Alf ist raus und ich hinterher. Wir haben die vier gerade noch weglaufen sehen.«

»Die vier? Wieso nicht fünf?«

»Doch. Kurz danach rannte noch einer übers Feld.«

Ich zündete mir eine Zigarette an.

»Könnte es sein, daß einer der vier nochmal umgekehrt war und von Ihnen zum zweiten Mal gesehen wurde?«

»Da hätte er verdammt schnell sein müssen.«

»Gut. Und dann?«

»Wir haben etwa fünfzehn Minuten vorm Zelt gewartet, dann kam die Polizei.«

Düli hielt es nicht mehr aus und schmiß sich in die Brust.

»Ich wollte ja hinterher, mir die Typen vorknöpfen. Hab mir gleich gedacht, daß da was faul ist. Aber Anita, wie Frauen sind, bekam Angst, und so . . .«

»Ja, gut«, und wieder zu dem Mädchen, »wurden Sie verhört?«

»Man hat unsere Personalien aufgenommen, und am nächsten Tag mußten wir uns auf der Wache melden. In zwei Wochen sind wir als Zeugen vors Gericht geladen. Das ist alles.«

»Kannten Sie die Familie Böllig?«

»Nein.«

»Das wär's. Vielen Dank.«

Ich stand auf und schüttelte beiden die Hand. Alf Düli bewies noch einmal, welch klasse Bursche er war, und drückte mir fast die Hand zu Brei. Ich rief Anastas, und er begleitete die beiden zur Tür. Carla Reedermann kam herein und setzte sich auf die Tischkante. Mit ihrem knappen Rock machte sich das ausgezeichnet. Die langen Beine wippten leicht. Ich sah zu und fragte mich, was für ein Test das sein mochte.

»Und, was Neues erfahren?«

»Warum fragen Sie? Sie haben doch sicher alle Ohren an der Tür gehabt, stimmt's?« Sie vergaß das Wippen und zuckte mit den Schultern. »Stimmt.«

Ich blätterte in herumliegenden Papieren. Dann kam Anastas zurück und stellte ein Bier auf den Tisch.

»Über Bölligs Privatleben haben Sie nichts?«

»Nur das Übliche. Geboren, verheiratet mit, und so weiter. Warum?«

»Das Aufschlußreichste über einen Mord ist sein Motiv. Und das Aufschlußreichste über das Motiv ist der Ermordete. Ganz einfach.«

Ich trank das Bier aus und verabschiedete mich mit der Versicherung, von mir hören zu lassen.

7

Ich parkte am Bauzaun und ging zum Haus Nummer fünf hinüber. Ein nasser Wind wehte durch die Straßenschlucht und lief mir wie kaltes Wasser den Nacken runter. Nummer fünf war ein Fünfziger-Jahre-Bau mit geriffelter Glastür. Ich drückte auf die Klingel und wartete. Heinzel, Lechmann und Schmidi. Heinzel und Lechmann saßen mit zwei Kumpeln hinter Gitter und pflegten das gute Verhältnis zu ihrem Anwalt Anastas. Blieb also Schmidi, wenn er da war. Es summte, und ich drückte die Tür auf. Parterre. Schmidi stand in Unterhose und T-Shirt im Türrahmen. Er war kein Fettsack, aber viel fehlte auch nicht. Dennoch, die strammen Schenkel sahen nicht nach Macro-Schlabberei aus.

Ich tippte mir an die Stirn: »Guten Abend.« Er machte das gleiche, machte aber keine Anstalten, den Türrahmen freizugeben.

»Wassen los?«

»Kayankaya. Ich arbeite für Doktor Anastas.«

Er kratzte sich den behaarten Bauch und betrachtete mich.

»Für den Anwalt?«

»Richtig. Hätten Sie Zeit für ein paar Fragen?«

». . . na gut.«

Er führte mich durch einen kurzen Flur, der mit Plakaten und Zeitungsausschnitten tapeziert war, in die Küche. Ein zerfetzter Papiermond sorgte für gelbes Licht. Es roch nach Mülleimer. Ich setzte mich an den Tisch Marke Bastelkeller und sah Schmidi zu, wie er Kaffeetassen abräumte. Dann lehnte er sich an die Spüle und steckte beide Daumen hinter den Gummi seiner Unterhose.

»Fangen Sie an.«

»Hatten Sie mit Lechmann und Heinzel guten Kontakt?«

»Was solln das heißen?«

»Alles mögliche. Zum Beispiel, ob Sie sich Gedanken über die Geschichte Böllig gemacht haben.«

Er bearbeitete seine Bartstoppeln.

»Was denken Sie denn? Wir wohnen seit zwei Jahren zusammen.«

»Und was meinen Sie, warum die vier so fix von der Polizei gefaßt wurden?«

»Weiß man doch. Rasterfahndung, Computer und son Kram. Klar, daß die gleich Bescheid kriegten.«

»Waren Sie dabei, als die Sache geplant wurde?«

»Nicht doch, Chef. Ich wußte damals nichts, und heute weiß ich nur, was in der Zeitung stand.« Er verzog den Mund. »Sie sind nicht zufällig 'n Bulle?«

»Seh ich so aus?«

»Na, ja, ihr seid doch diktaturmäßig trainiert.«

Er grinste. Ihm gefiel sein Witz. Ich zündete mir eine Zigarette an und wartete. »Haben Sie schon mal daran gedacht, daß der fünfte Mann ein Spitzel sein könnte und seine Kumpels hat hochgehen lassen?«

Er beugte sich vor, machte ein kluges Gesicht und sagte:

»Sie sprechen in Rätseln, Meister. Weiß nicht, was das ist, der fünfte Mann.«

»Stand in allen Blättern. Fünf Leute waren es bei Böllig. Einer läuft noch rum. Bei dem scheint die Rasterfahndung nicht zu funktionieren.«

»Sie meinen die Geschichte von dem Typ, der bei Böllig Abenteuer gespielt hat? Glaubt doch eh niemand.«

»Doch, ich. Und ich frage mich, warum die Polizei vier Leute nach drei Tagen gefunden hat und einen nicht in sieben Monaten. Als nächstes frage ich mich, wie vier Leute so glaubwürdig leugnen können, einen Mord begangen zu haben, den sie offensichtlich . . .«

»Ist gut, Chef, ich weiß, wo du hin willst. Keine Chance. Ich hab nichts damit zu tun, ich kenne keinen fünften Mann, und es interessiert mich auch nicht die Bohne.«

Er verschränkte die Arme und schaute mich von unten bis oben an. Mehr von oben. Er war um die Fünfunddreißig, bewohnte eine verkommene Wohnung und wußte, der Zug war abgefahren. Er fühlte sich offensichtlich irgendwie illegal, weil er den Namen des fünften Mannes wußte, aber nicht verriet, und er war stolz darauf. Dabei kapierte er überhaupt nicht, wen er schützte. Er war der Typ, der mit dir durch die Straßen geht und irgendwann mit feuchten Augen auf ein Fenster zeigt und flüstert: ›Da hat sich mal Ulrike versteckt‹.

Ich schmiß die Zigarette in einen halb geleerten Joghurtbecher und stand auf.

»Wenn Sie meinen, Schmidi . . .«

»Herr Schmidi. Ich sag ja auch nicht Kanacke.«

»Das also wollten Sie die ganze Zeit loswerden?«

»Gehn Sie besser, sonst passiert noch was.«

»Ja, zum Beispiel könnte ich auf die Idee kommen, den Namen des fünften Mannes aus Ihnen herauszuprügeln.«

Er kam auf mich zu.

»Zisch ab!«

Er war mir zu unappetitlich, und ich ging.

Etwa zehn Minuten stand ich hinter einem Bauzaun und beobachtete Haustür Nummer fünf, dann öffnete sie sich. Schmidi schaute sich kurz um und lief die Straße hinunter. Ich zog den Mantelkragen höher, weil es anfing zu regnen, und folgte ihm. Einmal links, einmal rechts, dann durch eine kleine Gasse, und wir standen vor *Linas Keller*. Schmidi schaute sich noch einmal um und ging hinein. Nach fünf Minuten ging ich hinterher. *Linas Keller* war eine rustikale Kneipe mit Politpinnwand neben der Toilette. Hinter der Theke stand die blonde Bedienung. Ich setzte mich an einen leeren Tisch und bestellte Scotch. Der Laden war einigermaßen voll. Schmidi konnte ich nicht ausmachen. Ein Pärchen neben mir schaute sich ohne Pause in die Augen und ließ zwei Teller Spaghetti kalt werden. In der Ecke gegenüber feierten junge Leute den Abschluß eines südamerikanischen Tanzkurses. Die Bedienung stellte mir den Scotch hin und wies mit dem Kopf nach gegenüber. »Den ganzen Abend geht das schon so. Einer hat mir erzählt, sie seien Sozialpädagogen und würden demnächst nach Nicaragua fliegen; die da drüben werden sich bedanken.«

Ich meinte »mhm.«

Sie verschränkte die Arme und beobachtete den Tanzkurs.

Ich kippte den Scotch mit einem Zug runter und bat sie, mir noch einen zu bringen.

»Wissen Sie, was die Franzosen sagen, wenn sie einen bemalten VW-Bus sehen?« fragte sie, als sie zurückkam. »Der Fritz trägt wieder Tarnfarbe.«

»Kann man hier telefonieren?« fragte ich.

»Neben der Toilette ist eine Tür, wenn Sie den Gang dahinter bis zum Ende durchgehen, links.«

»Gibt es einen zweiten Ausgang?«

Sie schmunzelte. »Nicht jede Woche ist hier Razzia.«

»Ich suche jemand.«

Ich beschrieb ihr Schmidi. Sie nickte und murmelte was von ›Thekenguevara‹. »Er ist vorhin reingekommen. Sehen Sie die da«, sie wies auf drei bis zum Kinn schwarz zugeknöpfte Milchgesichter, »die ›Galluskolonne‹ nennen sie sich und vertreiben sich die Zeit mit Apfelkorn. Schmidi ist ihr Guru. Wenn er viel geschluckt hat, redet er von der ›revolutionären Vorhut‹.«

Sie musterte mich.

»Wieso suchen Sie ihn?«

»Er kennt jemand, den ich sprechen muß.«

Sie blinzelte skeptisch.

»Sie sehen nicht aus wie'n Bulle.«

»Bin auch keiner.«

»Ist mir auch egal. Ich habe nichts zu verbergen, und die Bullen können mir den Buckel runterrutschen.«

Sie beugte sich vor. »Noch son Kleinen?«

Ich nickte. Aber ehe sie mein Glas nehmen konnte, steckte Schmidi seinen unrasierten Kopf durch die Tür neben der Toilette. Sein Blick suchte die Tische ab. An meinem blieb er hängen. Eine Sekunde sahen wir uns in die Augen. Die Bedienung verstand und verkrümelte sich. Schmidi kam herüber.

»Sie sind mir hinterher?«

»Wie kommen Sie darauf?«

Er zündete eine Zigarette an, ließ den Rauch langsam durch die Nasenlöcher quellen und fragte: »Wer sind Sie?«
»Privatdetektiv.«

»Privatdetektiv. Sachen gibt's!«

Er grinste müde.

»Und Sie arbeiten für den Anwalt?«

»Mhm.«

Er ließ die Zigarette zwischen den Lippen und steckte die Hände in die Hosentaschen. Eine Weile paffte er so vor sich hin. Ich ging ihn an. »Mit wem haben Sie telefoniert?«

»Mit meiner Liebsten, Chef«, flüsterte er und grinste wieder. Schließlich zog er die Zigarette aus dem Mund, schnippte sie in den Aschenbecher und beugte sich über den Tisch.

»Na schön, Schlaumeier, vielleicht habe ich doch was zu erzählen.«

Und mit einem Blick zur Theke: »Aber nicht hier. Warten Sie draußen.«

Er drehte sich um und ging zu den Bleichgesichtern. Während ich an der Theke zahlte, verließ er dann den Laden. Die Bedienung drückte mir das Wechselgeld in die Hand und meinte: »Ich will's Ihnen nicht versprechen, aber Schmidis Vorhut scheint sich für Sie zu interessieren.«

Im Spiegel über der Theke sah ich, wie die drei mich regungslos betrachteten. Ich fand Schmidi eine Ecke weiter an eine Straßenlaterne gelehnt. Es schüttete, seine Haare waren klatschnaß. Er fuhr sich mit dem Handrücken übers Gesicht und fragte: »Gehn wir 'n bißchen?«

»Weils Wetter so schön ist?«

»Weil so niemand zuhören kann.«

Wir platschten stumm nebeneinander durch den Regen Richtung Westbahnhof.

»Viel zu hören gibt's aber nicht.«

Ohne mich anzusehen, nuschelte er: »Warten Sie's ab, Mann. Muß mir das erst im Kopf zurechtlegen.« Er spuckte aus. »Außerdem habe ich ein Photo, dürfte Sie interessieren. Sowas guckt man sich besser im Trockenen an. Ich kenn da eine Fußgängerunterführung, nicht weit von hier.«

Ich glaubte weder an das Photo noch daran, daß er mir etwas erzählen wollte. Aber irgendwas mußte passieren. Wir bogen in eine schmale Straße ein und liefen schließlich die

Treppe zur Unterführung hinunter. Sie war mit allen möglichen Parolen beschmiert und schlecht beleuchtet. Es stank streng nach Pisse. Ein Einkaufswagen lag umgestürzt an der Wand. Unsere Schritte hallten wider. Ich blieb stehn.

»Jetzt sind wir in der Unterführung.«

Wir sahen uns an. Er steckte sich eine Zigarette in den Mund und nickte. Am anderen Ende des Ganges tauchten Leute auf. Drei. Drei Milchgesichter. Schmidi grinste an der Zigarette vorbei und fragte: »Feuer?«

Ich langte ihm eine und rannte los.

»Den holen wir uns!«

Ich hechtete die Stufen hoch, sprang über ein Geländer, rutschte aus, rollte mich ab und jagte die Straße hinunter. Sie waren dicht hinter mir. Die Beretta zwischen den Unterhosen im Schrank fiel mir ein. Die Straße gabelte sich, und ich lief nach links. Eine Sackgasse. Wohnhäuser standen zu beiden Seiten, ich rannte auf eine Haustür zu, und warf mich auf die Klinke. Abgeschlossen, wie es sich gehört. Ehe ich auf die Klingel drücken konnte, hatten sie mich. Sie keuchten, zerrten mich auf die Straße und drückten mich gegen einen Laternenpfahl. Schmidi zischte zwischen zusammengebissenen Zähnen: »So, du Bullenschwein . . .«

Er zog meinen Jackettkragen hoch, während die anderen drei an den Ärmeln hingen. Wie Gummiband wickelten sie mich um die Laterne. Dann der eine: »Das ja 'n Türke, oder?«

»Trotzdem Bulle!«

Er schob seine Faust unter mein Kinn. »Na Bulle, immer noch eiskalt?«

»Sag deinem Kindergarten, meine Arme sind lang genug.«

Er holte aus und schlug mir die flache Hand ins Gesicht.

»Bist genauso 'n Arsch wie wir. Der Unterschied is, du verkaufst dich an die Schweine, verstehst du?!«

»Nein.«

»Du bist 'n Türke, okay, is'n Bonus, Kanacke . . . aber, wenn du versuchst, uns an die Bullen zu liefern, hört das Verständnis auf. Klar?«

»Hör zu, ich bin zu alt für deine Partei.«

Der nächste Schlag war fällig, dann hielt er mir den Zeigefinger unter die Nase. »Zum letzten Mal, ich weiß nichts von der Sache mit Böllig, und den fünften Mann kenne ich auch nicht! Und noch was: Du wirst nie wieder bei uns rumschnüffeln. Kapiert?!«

Die drei hingen wie Einkaufstüten an mir. Ich hatte die Nase voll. »Wenn der fünfte Mann kein Spitzel ist, lade ich euch zu 'ner Fanta ein.«

Seine Faust flog durch die Luft, ein weißer Blitz durchzog meinen Schädel, dann wurde es grau. Ich versuchte, um mich zu schlagen, aber sie ließen es nicht zu und droschen auf mich ein.

»Verräter, verdammter!« Dann lag ich auf dem Pflaster, und wehrte mich nicht mehr. Es war zwecklos. Wie im Karussell sah ich Gesichter über mir herumwirbeln. Ein Schlag in den Magen, ein Kick gegen den Kopf, Feuerwerk und weg.

Stechende Schmerzen weckten mich. Ich schlug die Augen auf und sah auf eine zerknickte Coladose. Sie hatten mich im Rinnstein liegen lassen. Der Schädel klopfte wie wild. Meine Zunge schmeckte nach Blut. Irgendwas zerrte an meiner Hose, dann ein Krabbeln und im nächsten Augenblick wieder der fürchterliche Schmerz. Diesmal im Arm. Ich warf mich zur Seite und spürte den nassen Pelz, gleichzeitig quietschte es. Eine Ratte hing an meinem Arm, und ihre nadelkopfgroßen Augen funkelten mich an. Ich riß mich hoch und schlug schreiend auf die Ratte ein. Sie krallte sich nur noch fester ins aufgeplatzte Fleisch. Wahnsinnig vor Schmerz und Ekel schaffte ich es zur nächsten Straßenlaterne und knallte die

Ratte samt Arm gegen den Mast. Wäre das Vieh nicht dazwischen gewesen, der Arm hätte einen sauberen Bruch davongetragen. Noch einmal schlug ich gegen den Laternenpfahl. Diesmal ließ sie los, rutschte aufs Pflaster und rannte quietschend in den nächsten Gully. Wie von Sinnen lehnte ich an der Laterne. Die Ratte hatte Jackett und Hemd aufgerissen, und ein Matsch aus Blut und Haut quoll hervor. Ich brauchte sofort einen Arzt. Hinter mir wurde die Haustür geöffnet, Schritte kamen. »Mein Gott! Was haben Sie denn gemacht?«

»Einen Krankenwagen! Bitte!«

Dann wurde wieder alles schwarz, und ich rutschte weg. Als ich zu mir kam, stützte mich ein Mann im weißen Kittel. Wir waren immer noch bei der Laterne, nur daß sich inzwischen eine Menge Neugieriger versammelt hatte. Jemand fragte, was denn geschehen sei. Eine Ratte habe ihn angefallen, gab einer Auskunft. Die Leute kicherten.

»Zum Schießen, 'n Türke, der von 'ner Ratte gefressen wird!«

Bum, bum, bum. Das war mein Arm. Wie von weit her murmelte es leise. Auf meiner Zunge lag ein Geschmack, als hätte ich alten Hering gelutscht. Das Murmeln kam näher und entwickelte sich zu einer Stimme direkt neben mir, die in den Kopf stach.

»Ich hasse Nachtdienst. Messerstiche, Alkoholvergiftungen und gebrochene Nasen . . . immer das gleiche. Er kann froh sein, daß sein Arm noch dran ist. Der ganze Abfall schwemmt nachts in den Notdienst. Und wir können Doktor spielen. Früher hatte ich Mitleid, jetzt ekelt mich alles nur noch an. Schicken Sie ihn nach Hause ins Bett, wenn er aufwacht. Und sagen Sie ihm, wieviel Tabletten er nehmen muß. Wenn er's nicht versteht, malen Sie's ihm auf.«

»In Ordnung, Herr Doktor.«

Ich blinzelte. Das weiße Licht blendete mich. Langsam

bekamen die Kittel Konturen. Mit dem rechten Arm zog ich mich hoch, der linke schleifte wie leblos hinterher. Zwei Männer betrachteten mich, wie Fischer einen vergifteten Fisch betrachten.

»Bis später, Heckler.«

Ich hob die Hand und keuchte: »Doktor.«

Ohne sich umzudrehen, ging er hinaus. Heckler las Papiere. Ich betastete meinen kaputten Arm, bewegte ein bißchen Ellbogen und Finger, voll tauglich war er nicht. War immer schon schwächer gewesen, mein linker Arm.

»Heckler.«

Nicht, daß er sich mir zuwandte, aber er machte so eine Andeutung und brummte: »Mhm?«

»Was ist mit meinem Arm?«

Er legte das Papier weg und kam ans Bett. Ein junger Krankenpfleger, frisch rasiert, tadellose Fingernägel und weiße Clogs. Breitbeinig mit durchgedrückten Knien stand er vor mir.

»Tja, böse Sache. Beim nächsten Mal«, er schnalzte mit der Zunge, »sollten Sie besser aufpassen.«

»Ich will wissen, was mit meinem Arm los ist.«

Er verschränkte die Arme und wippte auf den Holzsohlen.

»Sie haben leichte und mittlere Prellungen am ganzen Körper und am rechten Arm eine Rißwunde; der linke Arm ist stark infiziert, wir haben ihn so gut es geht genäht.«

Während er sprach, führte er eine Art Pantomime vor.

»Was heißt, so gut es geht?« fragte ich, nachdem ich ihm klar gemacht hatte, daß der Riß im Bein saß und nicht im Gehirn.

»Da wird eine Narbe bleiben, aber«, er schmunzelte, »das ist nicht so tragisch für Sie, oder?«

Wollte er sagen, zum Fotomodell taugte ich sowieso nicht? Ich wünschte ihn zum Teufel und versuchte, aus dem Bett zu kommen. Halb rutschend und halb mich ziehend, gelangte ich zum Stuhl, über dem meine Kleider hingen. Sie rochen übel nach Alkohol.

»Wieso riecht das so penetrant?« erkundigte ich mich.

»Wir haben alles desinfiziert.«

Ich zog die Schuhe an und wankte auf den Flur. Heckler klapperte neben mir her. »In zwei Tagen müssen Sie sich wieder bei uns melden, oder wir übergeben die Sache Ihrem Hausarzt.«

Ich gab ihm die entsprechende Adresse und verabschiedete mich. Es war zwei Uhr morgens. Der Flur war von gelben Notlampen beleuchtet und still. Ich zündete mir eine Zigarette an, schlurfte durch die Empfangshalle hinaus und winkte einem Taxi. Es hatte aufgehört zu regnen. Sogar den Mond konnte man sehen. Aber da schlief ich schon.

ZWEITER TAG

7

Eine riesige Ratte in Unterhosen saß auf der Bettkante und hielt eine flammende Rede über den deutschen Wald. Zwischendurch schnappte sie sich immer wieder einen meiner Füße und nagte dran herum. Ich hatte mindestens zehn. Irgendwann kroch ich dann auf Beinstümpfen durch einen endlosen Tunnel, entlang an Männern in weißen Kitteln, die johlend mit dem Finger auf mich zeigten. Vom Ausgang des Tunnels her kam mir eine dicke Frau entgegen, die in den Händen ein klingelndes Telefon hielt, sie stellte es vor mir ab, und ich nahm den Hörer und sagte »Hallo?«, niemand antwortete. Und immer weiter klingelte es und immer lauter. Und immer wieder hob ich den Hörer ab. Schließlich wachte ich in kaltem Schweiß gebadet auf. Jemand schellte wie verrückt an der Wohnungstür. Ich schlug die Bettdecke zurück und schleppte mich zum Kleiderschrank. Die Beretta lag angenehm in der Hand. Auf meiner Uhr war es zwanzig nach fünf. Wer zum Teufel konnte das sein? Ich betastete meinen linken Arm, er tat kaum noch weh. Wieder schellte es. Diesmal wurde gleichzeitig auf die Tür eingehämmert.

»Polizei! Aufmachen!«

Ich machte Licht, drehte den Schlüssel um, entsicherte die Beretta und zog die Tür auf. Es waren tatsächlich die Bullen. Zu viert bildeten sie einen Halbkreis um mich. Einer tippte sich an die Mütze und fragte: »Sie sind Kemal Kayankaya?«

»Wenn's an der Tür steht.«

»Kommen Sie mit.«

Ich steckte die Kanone in die Bademanteltasche und verriet ihm die Uhrzeit.

»Ich habe Befehl, Sie vorläufig festzunehmen«, polterte er und wies ein Papier vor. »Wenn Sie sich weigern, laß ich Ihnen Handschellen anlegen.«

Die drei hinter ihm fingerten nervös an ihren Pistolentaschen herum. Ich gab auf, und eine halbe Stunde später waren wir auf der Wache.

Die Zelle maß etwa drei Quadratmeter, mit einer hellgrünen Plastiktoilette in der Ecke. Die Wände waren mit Schweinereien bemalt. Rechts über mir rauschte ein kleiner Ventilator. Fenster gab es nicht. Die Uhr zeigte kurz nach sieben, draußen mußte es schon hell sein.

Ich lag auf einem schmalen Bettgestell und summte Schlager. Vor einer halben Stunde hatten sie Licht gemacht. Grelles Licht, das durch die geschlossenen Augenlider drang. Einer hatte eine Kanne Leitungswasser hingestellt und bedeutet, der Kommissar habe noch zu tun. Das Licht wurde unerträglich, ich legte die graue Decke über meinen Kopf. Die Zigaretten waren im Mantel, und der Bulle, der von Zeit zu Zeit seinen Kopf durch die Tür steckte, weigerte sich, mir welche zu besorgen. Als mich einer der Idioten aus dem Wagen zerren wollte, hatte der Arm wieder angefangen zu bluten. Ich drehte mich zur Wand und versuchte zu schlafen. Es gelang nicht. Die Wunde pochte bis ins Hirn. Also stand ich auf und machte zwei Schritte vor und zwei zurück, hin und her, immer hin und her. Dann fing ich an, auf der einen Seite gegen den Pißpott zu treten und auf der anderen gegen die Guckscheibe zu schlagen. Keine zwei Minuten, und der Kopf steckte im Rahmen.

»Was soll das?!«

»Ich gewöhn mir 's Rauchen ab.«

»Wie bitte?«

»Sehn Sie vielleicht 'ne Zigarette?!«

Er zog die Scheibe zu, ich hörte nur noch »Willi, der Kanacke dreht durch.« Ich stieg auf den Klodeckel und hielt die Decke in den Ventilator. Der harte Stoff verfing sich sofort in den Flügeln. Wieder klopfte ich gegen die Scheibe. »Was ist denn jetzt schon wieder?«

Ich zeigte auf den Ventilator: »Ich ersticke.«

Er schob sich an mir vorbei und sah die Decke. »Hör mal, Schmutzfink, hinten sitzt eine Menge Kollegen, die verdammt nicht gut drauf sind, weil das eine verdammt lange Nacht war, und die hätten nichts dagegen, dir verdammt nochmal die Fresse zu polieren! Halt's Maul und leg dich hin, und du wirst es nicht bereuen.«

»Ich möchte meinen Anwalt anrufen.«

Erst betrachtete er mich mitleidig. »Du verstehst mich nicht«, brüllte er dann los, »als ob du sowas überhaupt kennst, einen Anwalt. Eben noch die Höcker auf den Autodächern gesucht, aber jetzt will er einen Anwalt!«

Ich packte seinen grünen Kragen und drückte ihn gegen die Mauer. »Jetzt hörst du mal zu! Heute nacht um zwei werde ich aus dem Krankenhaus entlassen, und drei Stunden später holt ihr mich aus dem Bett, reißt mir den kaum geflickten Arm wieder auseinander und steckt mich in eine Zelle, in der jeder normale Mensch kotzen muß. Ich will meinen Anwalt anrufen!« Ich ließ ihn los und setzte mich aufs Bett. Er atmete tief durch.

»Na schön, Kanacke. Ich sag dem Kommissar, daß du zum Verhör bereit bist.« Er sah auf die Uhr. »Rollkommando spielen wir ein andermal. Jetzt ist Feierabend.«

Ich brummte was von wegen, sämtliche verdammten Bullen könnten was von mir in die Fresse haben, sie sollten nur vorbeikommen, samt Kommissar. Er war draußen. Ich riß die Decke aus dem Ventilator, und das Ding begann wieder zu flattern. Dann hörte ich Schritte, und die Tür wurde aufgestoßen. Sie kamen zu zweit, legten mir Handschellen an und führten mich ab. Es fiel kein Wort. Unsere Schritte hallten durch den langen Flur. Bei einer Holzbank hielten sie an, und ich mußte mich setzen. Es verging eine Ewigkeit von zehn Minuten, dann zogen sie mich zur gegenüberliegenden Tür ins Dienstzimmer.

Hinter dem Schreibtisch saß ein netter kleiner Mann mit großen Ohren, der mich ansah wie ein Luftballonverkäufer. Man setzte mich auf einen Stuhl ihm gegenüber. Die zwei Uniformierten gingen, und ich blieb mit dem netten kleinen Mann allein. Er blickte auf ein Papier vor sich und las: »Privatdetektiv Kayankaya. Geboren in der Türkei. Deutsche Staatsbürgerschaft.«

Ich nickte. Er legte das Papier weg und faltete die Hände.

»Vor vier Jahren war ich in Istanbul. Für eine Woche. Eine bezaubernde Stadt. Wirklich bezaubernd. Und die Architektur! Natürlich«, er hob bedauernd die Arme, »etwas verkommen. Aber, das ist ja bei uns nicht viel anders.«

Er musterte mich freundlich, blieb bei den Handschellen hängen und rief mit gespielter Empörung: »Diese Beamten! Immer pflichtbewußt. Haben sie Ihnen doch tatsächlich Handschellen angelegt. Dabei habe ich ausdrücklich Zuvorkommenheit befohlen.« Er schüttelte den Kopf. »Haben Sie Nachsicht, Herr Kayankaya, meine Leute sind noch so unerfahren.«

Anstatt mir die Handschellen endlich abzunehmen, drehte er sich lächelnd zum Fenster.

»Ich höre, Sie haben sich über die Behandlung hier beschwert?«

»Ich wollte meinen Anwalt verständigen.«

»Sie haben einen Beamten bedroht, nicht wahr? Wissen Sie, daß man Sie dafür anzeigen könnte?« Als er sich mir wieder zuwandte, waren seine Augen kalt. »Es sind immer die ganz besonders Schlauen, die sofort nach dem Anwalt rufen. Sind Sie ein ganz besonders Schlauer?«

Er lehnte sich im Stuhl zurück und knetete eines seiner großen Ohren.

»Sie antworten nicht. Sind Sie vielleicht ganz besonders dumm?«

Er gluckste vergnügt. Um seine Augen bildeten sich Lachfältchen, aber die Augen selber blieben hart.

»Na, gut, lassen wir das. Sie beschäftigen sich zur Zeit mit der Angelegenheit Böllig. Das gefällt mir nicht. Ich möchte, daß Sie den Auftrag zurückgeben. Wenn Sie sich weigern, werde ich einen Haftbefehl wegen Begünstigung des Täters und Verdunkelungsgefahr beantragen. Ich habe keine Lust, mir von Ihnen in den Ermittlungen rumpfuschen zu lassen. Der Fall Böllig gibt uns Gelegenheit, bestimmte Zusammenhänge und Organisationen aufzudecken, über die wir bisher keine Kenntnisse besaßen. Sowas verlangt Fingerspitzengefühl und Zeit. Die Polizei besteht nicht nur aus Idioten. Wir haben ein feines Netz gesponnen, und Sie machen sich daran, es an allen möglichen Stellen einzureißen.«

Ich klapperte mit den Handschellen.

»Schließen Sie mir die Dinger auf.«

Er stand auf, steckte die Hände in die Hosentaschen und kam langsam um den Schreibtisch herum.

»Ich habe über Sie Informationen eingeholt, Kayankaya. Sie glauben, Sie sind ein harter Bursche, der, wie's ihm paßt, seine Nase überall reinstecken kann.«

»Ist das alles, was Sie rausgekriegt haben?«

Er setzte sich auf die Tischkante und faltete die Hände über seinem Fußballbauch.

»Sie sind Trinker.«

»Macht Ihnen das Sorgen?«

Er nahm ein Metall-Lineal und zeigte damit in meine

Richtung. »Was trinkt man bei Ihnen? Raki, nicht wahr? Wollen Sie einen Schluck?«

»Danke. Ich habe noch nicht gefrühstückt.«

»Zigarette?«

Ich antwortete nicht. Er lehnte sich nach hinten über den Schreibtisch und zog ein Päckchen Rothman's aus der Schublade. Während er das Päckchen aufriß, fragte er: »Also? Werden Sie den Auftrag zurückgeben?«

»Ich glaube nicht.«

Wütend warf er die Zigaretten in den Papierkorb und kam auf mich zu. Mir wurde es zu dumm. Ich wollte aufstehen, aber er stieß mich zurück.

»Sie bleiben sitzen, bis die Sache geklärt ist«, stieß er messerscharf durch die Zähne. Dann wechselte er wieder zum Luftballonverkäufer, lächelte mich an und brummte, als wollte er mir die Vorteile eines Bausparvertrags erläutern: »Hören Sie zu, Kayankaya . . .«

Er legte die Hände auf den Rücken und durchmaß mit bedächtigen Schritten den Raum.

»Ich kann Sie hier halb tot prügeln, und kein Schwein würde sich darum scheren. Vielleicht würde man mir sogar anerkennend auf die Schulter klopfen.«

Er betrachtete seine Fingernägel.

»Ich ziehe natürlich eine andere Lösung vor. Weil es mir keine Freude machen würde . . . na, ja. Vier Beamte würden bezeugen, daß Sie mit dem Messer auf mich losgegangen sind, und Sie wandern wegen versuchter Körperverletzung ins Gefängnis. Aber«, er strahlte verzückt, »es kann auch noch viel schlimmer kommen.« Und freundlich tätschelte er meine Schulter. »Ich versau Ihnen die Visage, Kayankaya, dagegen ist ein Flug durch die Windschutzscheibe aktive Gesichtspflege.«

»Sie sind ja 'ne rasante Nummer. Sitzen da wie'n Heiliger

und haben nebenan einen Haufen Schläger, die nur darauf warten, endlich Rabatz machen zu dürfen. Dabei klopfen Sie beinharte Sprüche, als wären Sie wer weiß was für'n Typ.«

Er schmunzelte.

»Herr Kayankaya, glauben Sie tatsächlich, ich würde meine Beamten ...« Er lachte. »Sie haben Ideen.«

Während er zum Schreibtisch zurückging, kicherte er in sich hinein. Dann nahm er das Metall-Lineal in beide Hände und sah nachdenklich zu Boden.

»Wenn Sie mir versprechen, Ihre Finger aus der Sache zu lassen, schließe ich Ihnen«, sein Kinn wies auf die Handschellen, »das da auf, und Sie können gehen. Wenn nicht ...«, er räusperte sich, »nun, dann bin ich gezwungen, meinen Worten einen gewissen Nachdruck zu verleihen.«

Eine Weile schien er wie in Gedanken verloren, dann sah er auf und strahlte mich an. »Seien Sie versichert, ich kann das alles ganz allein, und die Wirkung ist gar nicht übel.«

Ich beteuerte, daß ich ihm natürlich eine Menge zutrauen würde, aber es doch nur fair wäre, wenn er mir vorher die Handschellen abnähme. Immerhin hätte ich auch einiges in puncto Rauferei zu bieten und würde ihm gern ein paar Nummern zeigen.

Er kicherte. »Sie sind mir einer.«

Dann kam er auf mich zu und legte mir das kalte Lineal unters Kinn. »Also?«

Es gab nur zwei Möglichkeiten. Ich wählte die falsche. Mit einem Satz sprang ich auf und stieß ihm beide Fäuste in den Magen. Aber ich erwischte ihn nicht voll, und er konnte sich, nachdem er zwei Meter getaumelt war, fangen, um einem zweiten Schlag auszuweichen. Dafür knallte ich mit Schwung gegen den Schreibtisch, und ohne daß ich mich hätte schützen können, zischte das Lineal wie glühendes Eisen auf mein Ohr. Es rutschte ab und riß mir die rechte Wange auf. Sekunden hörte ich nichts. Es war wie Feuer in meinem Kopf. Langsam ließ der Schmerz nach. Ich sah auf. Da stand er und machte »ts, ts, ts«, nahm Maß und schlug erneut zu. Er traf meinen kaputten Arm. Ich spürte noch den heißen Stich, die Wunde platzte auf, und Blut schoß wie aus einem Staudamm, dann wurde ich ohnmächtig. Als ich wieder zu mir kam, schlug mir der nette kleine Mann mit der flachen Hand ins Gesicht. Ich schloß die Augen. Und wieder schlug er zu. Ich versuchte, unter den Schreibtisch zu kriechen, aber er nagelte meine Fußgelenke mit seinen Absätzen fest. Er stand über mir und lächelte.

»Nun, Herr Kayankaya, haben Sie sich überzeugen lassen?«

Überzeugen sei nicht das richtige Wort, wollte ich sagen, spuckte aber nur Blut. Er ließ von mir ab und setzte sich auf die Tischkante. »Stehn Sie auf, Sie versauen den Fußboden.«

Ich zog mich hoch. Meine Wange glühte. Ich schleppte mich zum Stuhl. Der ganze Boden war rot verschmiert. Er kam zu mir und legte seine Hand auf meine Schulter. »Kleiner Vorgeschmack. Aber«, er gab mir einen Klaps, »in zwei, drei Tagen sind Sie wieder auf dem Damm.«

Ich schloß die Augen. Ein Wasserhahn rauschte. Dann bekam ich einen neuen Schlag ins Gesicht. »Verzeihen Sie, aber wir sind hier nicht zum Vergnügen.«

Ich streckte ihm die Handschellen hin: »Schließen Sie auf und geben Sie mir eine Zigarette.«

Er zog mich an den Haaren dicht an sich heran. Seine Augen waren hart, er roch nach Mundwasser.

»Kayankaya, ich warne Sie. Wenn Sie mich aufs Kreuz legen wollen, ich mach Sie fertig, dagegen war das hier ein Osterspaziergang!«

»Schließen Sie die Dinger auf!«

Er ließ mich los. Ich fiel zurück. Schlüssel klirrten, und er flötete: »Aufstehen.«

Ich drückte mich hoch und hob die Arme. Er grinste, und ehe ich mich ducken konnte, krachten mir die Schlüssel ins Gesicht. Ich fiel hintenüber und schlug gegen ein Regal.

»Wissen Sie, wie das vor Gericht heißt? Widerstand gegen die Staatsgewalt.«

Dann schloß er die Handschellen auf, und ich spürte eine brennende Zigarette zwischen den Lippen.

»Und damit Sie es nicht vergessen, das hier bleibt unter uns. Ich vertraue Ihnen da.«

Dann setzte er sich hinter den Schreibtisch und sagte gerade so laut, daß ich es hören mußte: »Kayankaya läßt alle Aktivitäten in Sachen Böllig fallen.«

Er schrieb es in ein kleines schwarzes Buch, verstaute das in der Schublade und ging zur Tür.

»Hansmann!«

Hansmann, dick und blond, mit abfallenden Schultern, schlurfte herein.

»Holen Sie einen Lappen und wischen Sie die Sauerei da auf.«

Er gab ihm die Handschellen. »Und die abwaschen.«

Hansmann grinste, als wollte er sagen, ›Boß, Sie sind der Größte‹, und verschwand. Der ›Boß‹ kam mit ausgestrecktem Arm auf mich zu und meinte: »Nun, Herr Kayankaya, wir sind uns einig geworden?« Und dann, einen Ton schärfer: »Ich hoffe, Sie enttäuschen mich nicht.«

Er schüttelte mir die Hand, führte mich wie seinen Schwager zur Tür und wünschte noch einen schönen Tag. Ich schleppte mich durch den Flur zum Ausgang. Hansmann kam mir mit einem Eimer Wasser entgegen. Das Mädchen in der Telefonzentrale blickte kopfschüttelnd hinterher.

2

Ich saß beim dritten Schinkentoast im Interconti-Frühstückssalon, als Max Schwartz durch den Saal marschiert kam. Er ist ein verläßlicher Bursche, mit einer der hübschesten Frauen, die ich kenne, zur Freundin. Leider ist sie Alkoholikerin, und vor lauter Kummer hatte Max ebenfalls angefangen zu trinken. Max ist gelernter Elektriker und versteht sich darauf, Abhörwanzen zu orten. Er fiel mir gegenüber in den Stuhl. Dann kniff er die Augen zusammen, betrachtete mich interessiert und fragte: »Was hammse denn mit dir gemacht?«

Ich erzählte kurz, was passiert war, und daß mein Hausarzt mich vor einer Stunde vor die Tür gesetzt hatte, weil ich mich nicht ins Bett legen wollte. Max schaute sich in dem großen blitzblanken Saal um, bis er an der Handvoll Kellner hängen blieb, die am Büfett darauf wartete, daß man sanft in die Hände klatschte. Max machte ein Zeichen und bestellte Kaffee und Scotch. Ich warf sämtliche guten Vorsätze über den Haufen und schloß mich ihm an. Neben uns ließen sich Banker nieder. Junge, braune Könner, Marke Trimmdich. Sie ließen Lachs und Champagner auffahren und schienen verdammt guter Dinge zu sein.

Ich überlegte, wie ich mich hinter einem Bankschalter machen würde. »Worum geht's?« fragte Max.

Ich zündete mir eine Zigarette an.

»Gestern mittag bin ich in die Sache Böllig eingestiegen, heute nacht holt mich die Polizei ab und prügelt auf mich ein, bis ich verspreche, die Finger davon zu lassen. Ich muß wissen, wer ihnen den Tip gegeben hat. Oder ob sie sich den Tip selber geholt haben.«

»Ob sie dein Büro anzapfen?«

»Das vom Anwalt.«

Wenig später, als die Gentlemen neben uns begannen, sektbeschwingt das Gleitverhalten von Sportflugzeugen und Tippsen zu erläutern, zahlten wir und gingen.

Eine kleine Signora, in braunem Kittel, mit Eimer und Schrubber in der Hand, öffnete. Mit einer Menge Gesten erklärte sie, sie sei die spanische Putzfrau von Doktor Anastas und er hätte ihr nichts von unserem Besuch gesagt. Nachdem ich ihr mit ähnlichem Aufwand versicherte, ich sei seit neuestem der allerengste Mitarbeiter von Doktor Anastas, ließ sie uns, wenn auch zögernd, hinein. Max blieb mit seinen Geräten im Flur und begann, Kabel und Stöpsel zusammenzubasteln. Ich machte mich auf die Suche nach was Trinkbarem und fand in einer Art Bibliothek den Kühlschrank. Mit einer Flasche Sekt und drei Gläsern trabte ich zurück. Als ich eingeschenkt und die Spanierin zu einem Glas überredet hatte, klingelte das Telefon. Es war Anastas. Ich erklärte ihm, weshalb ich hier sei. Er bestätigte, daß der nette kleine Mann Kommissar Kessler gewesen war, und meinte, er wolle keinen Ärger mit der Polizei.

»Sie wollen keinen Ärger mit der Polizei, wollen keinen mit Ihren Mandanten, soll ich vielleicht Pingpong spielen?«

Er bat mich, bei meiner Arbeit jedenfalls möglichst wenig Aufsehen zu erregen. Ich sagte »Klasse« und legte auf.

Max brummte. »Was ist das für ein Typ, der Anwalt?«

»Keine Ahnung. So 'ne Mischung aus Ghandi und Häuschen in Frankreich. An seine Freunde verschenkt er Wein oder Wallraff. Ich vermute, er ist für freie Wahlen in Südafrika.«

Ich zündete mir eine Zigarette an und trank Sekt.

»Wieso verteidigt er die vier?«

»Damit er in Ruhe schlafen kann.«

»Und warum suchst du den fünften Mann?«

»Wahrscheinlich aus demselben Grund.«

Nebenan quietschte Signora mit dem Lederlappen über die Fenster. Max nahm einen Schluck Sekt: »Wenn ich nun 'ne Wanze finde, was dann?«

»Gute Frage.«

»Und wenn nicht?«

»Dann hat einer von den Leuten, die mir gestern begegnet sind, den Bullen gepfiffen, daß ich bei Böllig mitspiele. Einer, der Kessler kennt. Ein Spitzel.«

Eine halbe Stunde später war alles klar. Wir saßen im Auto, und Max ließ den Motor an. Vom Himmel fiel dichter Regen, die Tropfen knallten aufs Blech. Der Scheibenwischer auf meiner Seite war kaputt. Ich sah nichts. Max lenkte den Wagen vorsichtig aus der Lücke und wiederholte: »Wie gesagt, wenn sie nicht was total Neues entwickelt haben, war da kein Abhörgerät. Vielleicht hat der Anwalt mit irgendjemand beim Gericht drüber gequatscht, und der Staatsanwalt hat's den Bullen gesteckt. Die sind doch ganz dick miteinander.«

»Vielleicht.«

Wir warteten vor einer Ampel, und ich betrachtete die Schaufenster.

»Sag mal, Max, kennst du eine Kneipe, die *Linas Keller* heißt?«

»Was Linkes mit 'ner Spur bella Italia. War ich mal. Mieser Wein, und die Bedienung reißt dich auch nicht vom Hocker.«

»So'ne üppige Blonde?«

»Genau.«

»Und noch was Besonderes?«

»Früher wurde Haschisch gedealt. Heute geht der Professor mit seiner Studentin hin.«

Wir hielten beim Büro, machten einen Billardtermin aus und verabschiedeten uns.

»Und was macht Anna?«

Er verzog das Gesicht.

»Übermorgen geht sie in Entzug, deshalb läßt sie sich seit einer Woche auf Vorrat vollaufen.«

Er wendete und fuhr davon. Ich stieß die Tür auf und schaute in den Briefkasten. *Bilka* wünschte mir ›Guten Morgen‹ und hatte einen Haufen toller Ideen, wie ich mir die Birne zuknallen könnte. Für sieben Mark Korn, Gin für das Doppelte, und wenn gar nichts mehr half, ein Liter Brennspiritus, um der Leber zu zeigen, was Grillparty alles heißen kann. Mein Büro lag im dritten Stock. Es war kalt und roch nach abgestandenem Rauch. Ich drehte die Heizung auf und setzte mich hinter den Schreibtisch. Unter mir lag eine Zahnarztpraxis. Eine Weile lauschte ich dem feinen Geräusch des Bohrers, holte dann das Telefonbuch und suchte die Nummer vom *Rundblick*. Nach dreimal Läuten meldete sich jemand, und ich ließ mich mit Carla Reedermann verbinden.

»Reedermann am Apparat.«

»Kayankaya. Erzählen Sie mal genau, was Sie gestern den Tag über gemacht haben.«

»Bitte?«

»Die Bullen haben mich heute morgen in Sachen Böllig ausgequetscht. Ich möchte wissen, wie die so schnell auf mich gekommen sind. Jemand muß ihnen 'nen Tip gegeben haben.«

»Wollen Sie damit sagen . . .?«

»Ich frage mich halt, was Sie bei Anastas zu suchen haben. Dann die Fahrt nach Doddelbach, und die Weiberfrage, von wegen Kultur und weiß der Himmel . . . alles bißchen dünn. Andersrum wird eher ein Schuh draus: Sie haben Anastas geflüstert, ich könnte für die Bullen mitmischen, und waren so in der Lage, in Ruhe hinter mir her zu schnüffeln. Und daß die Bullen wissen wollen, was ich in der Sache anstelle, leuchtet sofort ein.«

Sie atmete tief. Im Hintergrund klapperten Schreibmaschinen. »Und jetzt? Sie glauben mir ja doch nicht!«

»Ist sowieso egal. Ich habe Kessler versprochen auszusteigen. Im Gegenzug hat er mir verraten, wer ihm den Tip zugespielt hat.«

»Waaas?!« Während sie abwechselnd mich und den Kommissar zur Hölle fahren ließ und rumschrie, daß das der übelste Schwindel sei, den sie je erlebt hätte, fummelte ich die halbleere Flasche Chivas aus der Schublade, wusch, den Hörer zwischen Ohr und Schulter geklemmt, eine Kaffeetasse ab und schenkte mir ein. Als sie dann leiser wurde und die Flüche nur noch stoßweise durch den Hörer kamen, brummte ich: »Na schön. Kommen Sie wieder runter. Kessler hat mir nichts gesagt.« Eine Sekunde war Ruhe, dann kam ein tonloses »Bitte?«, und alles ging von vorne los. Schreiende Frauen verursachen Kopfweh – außer, sie schreien auf italienisch –, und ich legte auf.

Ich nahm Papier und Bleistift und machte einen Plan. Eine halbe Stunde später saß ich vor einer Liste mit Namen und noch mehr Fragezeichen. Ich beschloß, mir noch einmal den Nachtwächter vorzunehmen. Er hatte von allen am schlechtesten gelogen.

3

Das kleine Fachwerkhaus war das schäbigste in der Gasse. Der Putz bröckelte ab, das Holz war schon lange nicht mehr gestrichen worden, und leere Blumentöpfe hingen unter den Fenstern. Die Gardinen waren zugezogen. Ich drückte auf die Klingel. Von oben kam leises Husten. Dann ging das Fenster über mir auf.

»Wer ist da?«

Ein Kopf mit kurzem struppigem Blondhaar sah herunter. Sie mußte um die Sechzig sein. Ihre grünen Augen musterten mich scharf.

»Bin ich richtig bei Scheigel?«

»Was wollen Sie?«

Das fragte eine rauhe, von Alkohol und Zigaretten gegerbte Stimme.

»Ich ermittle für die Staatsanwaltschaft im Fall Böllig. Gestern habe ich mich mit Herrn Scheigel unterhalten, und da sind mir noch ein paar Fragen eingefallen.«

»Warten Sie.«

Sie schloß das Fenster. Kurz darauf ging die Tür auf.

»Kommen Sie rein.«

Sie trug einen verblichenen rosa Morgenmantel, der neu ein Vermögen gekostet haben mußte, ein paar halbhohe Hausschuhe und jede Menge Ringe und Armreifen. Ob sie echt waren, konnte ich nicht beurteilen. Schwarze Kerben hatten sich unter ihre Augen gegraben, und die Wangen waren weißlich und aufgedunsen. Ein verbrauchtes Gesicht, das die frühere Schönheit immer noch verriet.

Sie führte mich durch einen dunklen Flur zu einer Art Salon und bat, Platz zu nehmen. Zierliche Möbel aus einer anderen Zeit standen herum. An der Decke hing ein schwerer Kronleuchter, und es roch nach abgestandenem Blumenwasser. Die Vorhänge waren auch hier zugezogen, und das wenige Licht, das durchschien, tauchte den Raum in düsteres Halbdunkel. Ich setzte mich aufs Sofa und sah zu, wie sie eine Kerze anzündete. Dann zog sie aus ihrem Morgenmantel eine Packung russischer Zigaretten mit Papierende, knickte das Ende ein und steckte es in eine goldene Zigarettenspitze. Ich gab ihr Feuer, und sie ließ sich mir gegenüber in einem Sessel nieder.

»Also, was wollen Sie von meinem Mann?«

»Ich will wissen, warum er nicht zum Arzt gegangen ist, nachdem man ihm den Schädel eingeschlagen hatte.«

Sie sah mich durch den Qualm ihrer Zigarette an.

»Sie sind nicht von der Staatsanwaltschaft.«

»So? Warum?«

»Darum.« Lächelnd setzte sie dazu: »Ich mag Lügner. Sie sind romantisch.«

»Ich bin Privatdetektiv.«

Sie sagte: »Sehen Sie.« Dann stand sie auf und zog aus dem Regal eine Flasche Wodka. Aus der Küche holte sie Eis.

»Nehmen Sie auch einen?«

Ich nickte. Sie schenkte zwei kostbare, handgeschliffene Gläser voll und wünschte »Zum Wohl«.

So wunderbaren Wodka hatte ich noch nie getrunken. Ich sagte es ihr. Sie lachte.

»Er ist direkt aus Rußland. Schmuggelware.«

An der Wand hing ein braunes Photo von einem kleinen Mädchen mit langen Zöpfen, das vor einer Runde Erwachsener auf einem Eßtisch tanzte.

»Sie kommen aus Rußland?«

»Polen. Warschau. Aber das ist schon lange her. Wenn ich mehr getrunken habe, hören Sie den Akzent.«

Ich mag es, wenn jemand beim Trinken sachlich bleibt.

»Und was hat Sie nach Doddelbach verschlagen?«

»Männer. Was sonst.«

Wir tranken aus, und sie schenkte nach.

»Sie leben schon lange hier?«

»Ein halbes Leben. Damals hat man genommen, was man kriegen konnte. Jetzt ist es zu spät. Ich werde hierbleiben.«

Ein Hustenanfall bemächtigte sich ihres ganzen Körpers, so, als würde er von Krämpfen geschüttelt. Sie entschuldigte sich.

»Alt sein ist ein Greuel. Alte Leute können nicht laufen, sabbern und schmatzen beim Essen. Spucken und husten ... Oh, wie ich es hasse!«

Dann nahm sie einen tiefen Schluck Wodka und meinte: »Jetzt geht es wieder.«

Ich suchte nach einer Frage, die von Husten und Alter ablenkte. Wann sie ihren Mann kennengelernt habe, erkundige ich mich schließlich, seinetwegen war ich immerhin hier.

»Interessiert Sie das wirklich?«

Ich nickte.

»Fragen Sie alte Leute nicht nach ihrem Leben, ihre Erinnerung ist ihr Leben, und je weniger war, desto mehr wissen sie darüber zu erzählen.«

Ich sagte, ihre Geschichte würde mich trotzdem interessieren.

Sie lächelte. »Aber von Anfang an, sonst macht es mir keinen Spaß.«

Sie füllte die Gläser neu und lehnte sich zurück. Und, tatsächlich, sie erzählte mir ihr Leben.

»Neunzehnhundertfünfundvierzig war ich siebzehn Jahre alt. Von zu Hause bin ich mit fünfzehn weg, um mit einem deutschen Offizier Liebe zu machen. Wäre ich älter gewesen, hätte ich geahnt, daß es mit den Deutschen nicht gutgehen kann. Aber ich war jung und glaubte, auf einen Sieger zu setzen. Meine Eltern haßte ich, weil sie die Deutschen nicht mochten und stolz darauf waren, Polen zu sein. Ich wollte raus aus Warschau. Ich wollte die Welt sehen. Amerika, China, Rußland. Ich wollte leben. Warschau war für mich Provinz, obwohl ich keine größere Stadt kannte. Ich wollte berühmt werden und träumte, eine große Tänzerin in Berlin zu sein. Meine Eltern bestanden auf einer Lehre, damit ich später die Schneiderei vom Vater übernehmen könnte. Na ja, die Russen kamen, mein Offizier wurde erschossen, und ich mußte mich irgendwie durchschlagen. Zu den Eltern zurückzugehen ließ mein Stolz nicht zu. Es waren schlimme Zeiten, für einen Sack Kartoffeln tat man so ziemlich alles. Die jungen russischen Soldaten sorgten, daß ich zu essen hatte, und ich kümmerte mich um ihre Nächte. Aber auch die Russen waren arm, und ihr Land war kaputt. Mit einer Freundin beschloß ich, in den Westen zu gehen, zu den Amerikanern. Wir hatten gehört, da könnte man reich werden. Ein Pole versetzte den Schmuck seiner Frau, kaufte eine Kutsche und fuhr uns die ersten hundert Kilometer Richtung Berlin. Leider wollte er alle paar Kilometer dafür bezahlt werden, weshalb wir uns schließlich davonmachten. Eine russische Militärpatrouille nahm uns dann auf und brachte uns bis nach Berlin. Wir ließen uns im amerikanischen Sektor absetzen und mußten feststellen, auch hier arbeitete man für Kartoffeln, und die Amerikaner waren in puncto Bezahlung noch schlimmer als die Russen. Vielleicht, weil ihre Frauen noch lebten. Dafür sahen wir das erste Mal einen echten Neger und hörten Jazzmusik. Für uns war's die Welt, die wir suchten. Eines Tages lernte ich dann einen schneidigen Sergeant kennen, Sohn reicher Eltern, und witterte die Chance meines Lebens. Ich hängte mein lockeres Leben an den Nagel und widmete mich nur noch ihm. Tagsüber trank ich Whisky und flickte seine Uniform, und nachts träumten wir von einer Ranch in Kalifornien. Unglücklicherweise verliebte ich mich in ihn und wurde sentimental. Ich nahm ihm ab, daß die Briefe, die er bekam, von seiner Schwester waren, und auch die Vorbereitung seiner Abreise entging mir vollkommen. Er verließ mich. Ich folgte ihm nach Köln und Frankfurt, doch irgendwann saß er im Flugzeug nach Amerika, und ich stand auf der Straße. In Frankfurt kannte ich niemanden, hatte aber bald Kontakt zu meinem alten Broterwerb und verdiente eine Menge Geld. Neunzehnhundertfünfundfünfzig zog ich nach

Kronberg und versorgte nur noch Stammkunden. Eine gute Zeit. Ich konnte mir alles leisten, und es hätte so weitergehen können.«

Sie steckte eine Zigarette in den Filter und inhalierte den ersten Zug tief. Dann sah sie auf.

»Ich habe Sie gewarnt. Es ist lange her, daß jemand mit mir Wodka getrunken hat. Wie heißen Sie eigentlich?

»Kayankaya. Kemal Kayankaya.«

»Dachte ich mir. Sie sind kein Deutscher.« Sie zeigte auf sich: »Nina Scheigel, geborene Kaszmarek«, und lachte. Dann schenkte sie Wodka nach und fuhr fort. »Irgendwann kam wieder so ein Verrückter, der mich aus dem Geschäft bringen wollte. Er war hübscher als die anderen und schien mir anständiger. Er hatte Frau und Kinder, wollte aber unbedingt mich. Ich war neunundzwanzig und hätte noch zehn Jahre weitermachen können. Aber es wäre auch schwieriger geworden, und irgendwann ist man weg vom Fenster. Mit vierzig in Hauseingängen stehen, dazu hatte ich keine Lust, ich nahm sein Angebot an. Er kaufte eine kleine Wohnung hier in Doddelbach und gab mir monatlich mehr als genug. Seine Frau wußte, was los war. Er kam fast jeden Tag. Wir machten kleine Reisen, und durch seinen Einfluß begann ich mich für Bücher zu interessieren. Eine große Tänzerin war ich nicht geworden, aber ich führte ein unbesorgtes Leben. Ich liebte meinen Gönner nicht, und das war gut so. Im Ort galt ich als Schlampe. Jeder wußte Bescheid. Ich trank mit seiner Frau Kaffee, und irgendwann lernte ich den Sohn kennen, einen jungen Mann von neunzehn. Wir mochten uns gleich, und das war das Ende. Er war die Hoffnung auf etwas Neues, und ich träumte wieder von Amerika. Aber eines Nachts erwischte uns sein Vater im Bett und setzte mich vor die Tür. Seinen Sohn schickte er ins Ausland. Ich reiste hinter ihm her, und wir hatten eine großartige Zeit. Doch sein Vater bekam Wind davon und strich das Geld, bis er mit mir Schluß machen würde. Eine Zeitlang war die Liebe in billigen Absteigen ganz romantisch. Aber dann ging er zurück und studierte, weil der Vater es so wollte. Mir blieb die Wohnung in Doddelbach. Dahin verzog ich mich und versuchte, den Sohn zu vergessen. Es gelang mir nicht. Ich war mehr in der Wirtschaft als zu Hause, auch weil ich dort einen Freund meines Geliebten traf. Ich hatte Fred Scheigel bei unseren heimlichen Spaziergängen kennengelernt. Auch Fred war jung, sah gut aus und wollte weit weg. Wie ich. Wir zogen zusammen, und schließlich heiratete ich ihn. Mit dem Auswandern wurde es nichts. Fred ging arbeiten. Dann versuchten wir es mit einem Lebensmittelladen, machten aber Pleite und hörten auf zu träumen. Mein Geliebter kam zurück, übernahm den Betrieb seines Vaters und kannte mich nicht mehr. Sein Vater starb dann plötzlich, aber er heiratete eine andere. Tja, und da sitze ich in dem Kaff mit einem Idioten zum Mann. Die polnische Schlampe. Ein alter Russe in Frankfurt ist mein einziger Kontakt, er besorgt mir den Wodka. Ich bin achtundfünfzig, sehe zehn Jahre älter aus und werde in dieser Bruchbude sterben.«

Sie stand auf und holte eine frische Packung Zigaretten. Dann, mit der Zigarette im Mund: »Vor einem halben Jahr ist mein Geliebter umgekommen. Ich wollte zur Beerdigung. Sie haben mich nicht ans Grab gelassen.«

Der Regen trommelte gegen die Fenster. Es war dunkel geworden, und ich sah nur noch ihren Schatten und das Gesicht, wenn sie an der Glut zog.

»Der Sohn, das war Böllig?«

Sie nickte, dann zündete sie eine Kerze an.

»Und Ihr Mann hat bei ihm als Nachtwächter gearbeitet.«

Sie holte eine neue Flasche Wodka.

»Sie sehen aus, als könnten Sie was vertragen.«

Ich hob zustimmend mein Glas, und sie goß es voll.

»Ja. Fred hatte keine Arbeit, und ich wollte ihm helfen. Ich habe bei Friedrich Böllig für ihn um eine Stelle nachgefragt, sozusagen aus alter Freundschaft. Er hat gelacht und gefragt, warum ich mich ausgerechnet mit dieser Null zusammengetan hätte. Es war widerlich, aber er hatte recht. Er gab Fred eine Stelle als Nachtwächter. Ich habe ihn dafür verflucht, aber ich habe ihn immer noch geliebt.«

»Kennen Sie seine Frau?«

»Was denken Sie denn ... Ein junges Ding, war hinter seinem Geld her. Das Geld hätte sie haben können, wenn sie mir nur den Mann gelassen hätte.«

»Hat er das gewußt?«

»Ich weiß nicht. Die paar Mal, die wir uns sahen, versuchte ich, es ihm beizubringen. Er wurde dann wütend, schrie mich an und beschimpfte mich. Ich hätte die Beziehung zwischen ihm und seinem Vater zerstört, sogar an seinem Tod soll ich schuld gewesen sein.«

»Woran ist er gestorben?«

Sie fixierte mich einen Augenblick. Dann ließ sie sich zurück in den Sessel fallen und lachte.

»Sie glauben, ich habe ihn umgebracht?«

»Ich glaube gar nichts.«

»Und wenn schon, wen interessiert das noch. Kreislaufkollaps. Ganz durchschnittlich. Er hatte zuviel um die Ohren.«

»Kam der Tod damals jemandem gelegen?«

»Na, jedenfalls kam er niemandem besonders ungelegen.«

Sie stand auf und begann langsam im Zimmer auf und ab zu gehen.

»Otto Böllig war nicht der Typ, um den man trauert. Er war ein Tyrann, aber kein intelligenter. Er hatte keinen Charme, war langweilig, fast einfältig. Friedrich war da ganz anders. Er war gescheit, witzig und immer vorne weg. Er konnte jemand beleidigen und mit einer einzigen Geste alles wieder in Ordnung bringen. Er hat die Leute überrollt. Außerdem, er war jung, sah gut aus und hatte Geld. Er genoß das Leben. Für seinen Vater gab es nur die Fabrik. Ich glaube, ich war der einzige Luxus, den er sich in seinem Leben geleistet hat. Friedrich ging es gut bis zum Tod des Vaters. Er ging auf die Dreißig zu, und ihm wurde klar, daß es mit dem Charme und der Jugend bald aus sein würde. Und da war eine Fabrik, und die war nicht in München oder Düsseldorf, die war in Doddelbach, und sie mußte weitergeführt werden. Sein Leben würde von nun an die Fabrik sein. Zuerst versuchte er, den alten Rhythmus beizubehalten, nachts Frankfurt oder Köln, am Tag die Fabrik. Aber irgendwann sah er ein, die Fabrik müßte dabei den kürzeren ziehen. Und dann machte er den größten Fehler seines Lebens, er heiratete seine neunzehnjährige Sekretärin und glaubte, sich so seine Jugend erhalten zu können. Sie war auch ein hübsches Ding. Und nicht nur das, sie wußte genau, was sie wollte.«

Sie verschränkte die Arme und sah mich an.

»Ich sage das nicht aus Eifersucht. Ich bewundere Frauen, die sich keine Illusionen machen. Aber dieses Mädchen war schon was Besonderes an Berechnung. Friedrich hatte sie geliebt, und wie ich meinem amerikanischen Sergeanten, glaubte er ihr alles. Sie zwang den Hansdampf in allen Gassen in die Knie. Irgendwie schaffte er es dann, sich vorzumachen, er sei bei der ganzen Geschichte der Gewinner. Ich meine, er war ein erfolgreicher Geschäftsmann, mit einer schönen Frau und so weiter . . .«

Sie lachte bitter. Für mich war es an der Zeit, ein paar Fragen zu stellen. Außerdem war ich betrunken. Ich versuchte, meine Gedanken zu ordnen, aber mir fiel nichts Besseres ein als: »Sie haben ihn bis zuletzt geliebt?« und das Drama ging weiter.

»Sie können mich ruhig für verrückt halten: ja. Auch wenn er ein schlimmer Mensch geworden war.«

»Das soll heißen?«

»Alles mögliche. Fragen Sie seine Mutter, was sie von ihrem Sohn gehalten hat. Zur Beerdigung ist sie nicht gekommen.«

»Ach, ich wußte gar nicht . . .«

»Doch, Herta Böllig, die Witwe von Otto Böllig, lebt noch. Wenn Sie zur Fabrik hoch fahren, kommen Sie an einer Trinkhalle vorbei. Eine alte Frau verkauft da Zigaretten und Bier.«

Die Glöcknerin von Notre-Dame. Langsam machte ich den Mund wieder zu. Die Polin begriff.

»Sie kennen sie also. Tja, kurz nach der Heirat befand Brigitte Böllig, daß die alte Dame den Haushalt störe. Zunächst machte Friedrich nicht mit, aber irgendwann landete sie im Anbau, der vorher Abstellkammer war. Die nächste und letzte Station wäre das Altersheim gewesen. In aller Stille kündigte Herta Böllig deshalb dem Mann von der Trinkhalle, richtete sich den Hinterraum her und zog um. Können Sie sich die Schande in Doddelbach vorstellen? Friedrich tat alles, um sie da wieder rauszuholen, aber nichts war zu machen. Schließlich ließ er sich von seiner Frau überzeugen, daß es für alle Beteiligten so besser sei. Man gewöhnte sich an den Zustand, im Betrieb war er tabu. Ich bin die einzige Person, mit der sie noch redet. Die ehemalige Geliebte ihres Mannes.«

Diese Geschichte und dieser Wodka! Was ich wohl mit sechzig zu erzählen haben würde. Vielleicht war ich mehr ein Drama ohne Inhalt, sagte ich mir, und außerdem, wer würde schon bei mir vorbeischauen.

»Weil wir nun einmal beim Aufwasch sind, sagen Sie, was ist aus dem Sohn von Friedrich Böllig geworden? Man sagt, er sei in einem Heim?«

Sie nahm wieder einen tiefen Schluck, lehnte sich an die

Fensterbank und hielt das Glas mit beiden Händen fest. Menschen aus dem Osten haben wodkamäßig andere Normen.

»Mehr weiß ich auch nicht. Ich habe das Kind nie gesehen. Es lebt in einer geschlossenen Anstalt. Hirnhautentzündung, direkt nach der Geburt.«

»Der Name der Anstalt?«

»Tut mir leid, ich weiß nicht einmal den Namen des Kindes. Ich weiß nur, weder Friedrich noch seine Frau interessierten sich besonders für den Jungen, eigentlich haben sie ihn totgeschwiegen. Sie sind seit Jahren der erste, der mich darauf bringt.«

Sie ging betont gerade zur Tür und dann hinaus. Man hörte die Wasserspülung der Toilette. Dann kam sie mit einer Flasche Mineralwasser zurück und stellte den Wodka weg. Ich trank drei Gläser Wasser hintereinander und war wieder einigermaßen in Form.

»Kennen Sie einen gewissen Henry? Ein Bekannter von Brigitte Böllig.«

»Sie hat viele Bekannte, ich merke mir keine Namen.« Ein Schlüssel drehte sich im Schloß. Kurz darauf kam Fred Scheigel mit nassen Haaren und verdutztem Gesicht in den Salon getappt.

Abweisend betrachtete er mich, seine Frau und die Gläser. Er nickte und murmelte: »Guten Abend.« Und sie: »Fred, du kennst Herrn Kayankaya. Er will wissen, warum du wegen der Sache mit deinem Kopf nicht beim Arzt warst.«

Ein tolles Gedächtnis. Ich hätte glatt vergessen, weshalb ich hergekommen war.

Fred Scheigel pellte sich langsam aus seinem Mantel und legte ihn sorgfältig über die Stuhllehne.

»Das habe ich ihm doch neulich schon erklärt.«

»Erklärt ist wohl übertrieben. Aber eine andere Frage: Vor dem Überfall, haben Sie da Schüsse gehört?«

Er fuhr auf und zeterte: »Fragen, Fragen, immer die gleichen Fragen! Ich habe der Polizei alles gesagt!« Er sah mich verbissen an: »Ich habe ja nicht einmal die Detonation mitgekriegt!«

»Die Schüsse fielen vor der Sprengung.«

Beide starrten mich an.

»Aber . . .«

»Dafür gibt's Zeugen.«

Die Polin kniff die Augen zusammen und kombinierte schnell. »Aber was hat Friedrich Böllig mitten in der Nacht bei den Abflußrohren gesucht?«

»Das habe ich mich auch gefragt. Was meinen Sie, Herr Scheigel, hat Ihr Chef manchmal so eine Art Kontrollgang gemacht?«

Er zögerte. »Vorgekommen ist das natürlich.« Und nach einer Pause: »Eigentlich regelmäßig, er hat ja öfter bei mir reingeschaut.«

Seine Frau beobachtete ihn mißtrauisch. Ich konnte nicht beurteilen, ob ich ihn in die Enge trieb oder die Anwesenheit seiner Frau. Ich hätte ihn gerne allein gesprochen. Aber das war jetzt nicht möglich. Es war kurz nach sechs, für einen Nachmittag hatte ich genug erfahren.

»Ja, es ist spät geworden, und ich . . .« Ich sah Scheigel an und fragte plötzlich: »Sie haben nicht zufällig die Polizei über unser Gespräch von gestern verständigt?«

Er schüttelte überrascht den Kopf.

»Nein.«

Wodkaschwer erhob ich mich vorsichtig aus dem Sofa und testete die Senkrechte. Ich wankte, aber es ging.

»Ihren Wodka, Madame, den können nur Landsleute beziehen?«

So schnell wollte ich mich von meinem neuen Freund doch nicht trennen. Sie lächelte.

»Ich gebe Ihnen die Adresse.«

Während sie draußen war, steckte ich Scheigel meine Visitenkarte zu. »Für alle Fälle. Sie können mich Tag und Nacht anrufen. Wenn Ihnen danach ist.«

Unwillig betrachtete er die Karte und dann mich.

»Ihre Geschichte hinkt. Das wissen Sie so gut wie ich, und irgendwann kommt das raus.«

Seine Frau kam zurück, und er ließ die Karte in der Hosentasche verschwinden.

»Hier, ich habe eine Empfehlung dazu geschrieben. Nikolei ist ein netter Mensch, aber beim Preis müssen Sie aufpassen. Er übertreibt gerne.«

Ich dankte, und sie begleitete mich zur Tür. Scheigel blieb im Salon. Ohne aufzublicken hatte er mir die Hand geschüttelt. Ich verabschiedete mich von der Polin.

»Bis zum nächsten Mal.«

Sie fuhr sich durch die struppigen Haare.

»Haben Sie von dem Geschwätz immer noch nicht genug?«

Ich lachte.

»Machen Sie, daß Sie wegkommen, junger Mann.«

Ich lief das Kopfsteinpflaster hinunter. An der Hauptstraße drehte ich mich noch einmal um, der rosa Morgenmantel war verschwunden.

4

Die Tür war angelehnt. Es war still. Ein bißchen zu still. Langsam schob ich die Tür mit dem Fuß auf. Die drei großen Spiegel, die links und rechts den Flur geziert hatten, lagen in Scherben über den hellen Teppich verteilt. Vorsichtig schlich ich zum Büro, von wo leises Wimmern kam. Ich ging hinein und fiel fast über einen zerbrochenen Stuhl. Der Schreibtisch war umgeworfen, drei Tischbeine staken in der Luft, das vierte lag im Chaos aus rausgerissenen Schubladen, Büchern und allen möglichen Papieren. Die Ledersessel waren aufgeschlitzt, aus den Löchern quoll Holzwolle. Die Papiere raschelten im Zug durch die zerbrochenen Fensterscheiben. An der Wand stand in großen schwarzen Lettern gesprüht: AKTIONSKOMMANDO FREIHEIT UND NATUR. Ich watete zum Wimmern im Schrank: abgeschlossen, und der Schlüssel war weg. Ich trat aufs Schloß, und mein Fuß verschwand krachend im Schrank. Drinnen jaulte Anastas auf. Schließlich brach die Tür raus. Dahinter krümmte sich Anastas im ein Meter breiten Kasten wie ein dickes Baby. Die Hände hatte man ihm mit seiner Krawatte zusammengebunden, und aus der Nase lief Blut. Die Folge des Tritts in die Tür. Anastas' Augen waren mit einem Küchenhandtuch verbunden. Ich löste Schlips und Handtuch und zog ihn aus dem Schrank; dann half ich ihm auf die wackeligen Beine und setzte ihn in einen Sessel. Er lehnte sich zurück und schloß die Augen. Soweit ich feststellen konnte, war er nicht ernsthaft verletzt. Weder ein blaues Auge noch eine Zahnlücke, geschweige denn unnatürlich baumelnde Arme. Das Nasenbluten hatte aufgehört. Allerdings waren die Hemdknöpfe ausgerissen und die Wangen rot angeschwollen. Man mußte ihm ziemliche Ohrfeigen verabreicht haben. Mittlerweile war es saukalt. Ich schob Pappe vors kaputte Fenster, drehte die Heizung auf und machte mich auf die Suche nach einem Schluck wärmendem Alkohol. Als ich mit der halbvollen Flasche Remy Martin zurückkam, kroch Anastas suchend durch den Schutt.

»Hier, nehmen Sie, wird Ihnen guttun.«

Er betrachtete die Flasche, als wär's der Tod, und jammerte: »Nein, bitte nicht!«

›Dann nicht‹, sagte ich mir, nahm statt seiner einen tiefen

Schluck und ließ mich in einen Sessel fallen, bis ich begriff, daß Anastas auf allen vieren seine Brille suchte, und ihm half. Sie lag unter der Heizung. Das rechte Glas war zerbrochen. Er setzte sie auf und betrachtete das, was von seinem Büro übriggeblieben war. Dann holte er tief Luft, nahm mir die Flasche aus der Hand und trank einen guten Zentimeter weg.

»Zigarette?«

Er nickte. Nach ein paar Zügen sagte er: »Ich dachte, ich müßte in diesem Schrank sterben.«

»Von Ohrfeigen stirbt man nicht.«

Er sah mich grimmig an.

»Ach ja? Sie Alleswisser. Und das hier?!«

Er streckte mir seinen Kopf entgegen und zeterte: »Sie haben mich geschlagen! Gefoltert!«

»Und wer war's?«

»Wer! Meine Mandanten, ihre Freunde, ihre Sympathisanten, was weiß ich. Sehen Sie sich das an!«

Mit großer Geste wies er auf das Chaos. Ich nahm den Cognac und verzog mich wieder in den Sessel, während er weiter blaffte.

»Und überhaupt, Sie! Ihretwegen ist das ja alles passiert. Was glauben Sie, weshalb die hier waren? Damit ich Sie vor die Tür setze! Und ich will Ihnen was sagen, sofort zahle ich Sie aus, und damit ist unsere Zusammenarbeit beendet. Ich bin Anwalt und kein Schläger!«

Ich zündete mir eine Zigarette an.

»Ja, da schauen Sie! Wenn ich das gewußt hätte, ich . . .«

»Jetzt mal der Reihe nach. Wie viele waren es, und wann kamen sie? Und nehmen Sie sich zusammen.«

Er fuchtelte mit den Armen und schrie: »Zusammennehmen! Ich bin gerade brutal überfallen worden, und Sie reden von Zusammennehmen! Versetzen Sie sich mal in meine Lage!«

Er pumpte Luft. Als er ruhiger schien, fragte ich höflich: »Also?«

Er stützte sich auf den Schreibtisch und begann, mehr zu sich selbst als zu mir zu sprechen.

»Sie kamen zu zweit. So um halb sieben hat es geklingelt. Ich war dabei, meine Bibliothek zu ordnen, und machte die Tür auf. Zwei Männer, ganz in Schwarz, mit Strumpfhosen überm Kopf, packten mich und zerrten mich, drauflos prügelnd, ins Büro. Widerstand war zwecklos, sie hätten kurzen Prozeß gemacht. Einer maß mindestens zwei Meter. Ein Monstrum mit riesigen Schultern, und eine Pistole hatte er auch.« Er stockte, sah auf und brüllte: »Da hätte ich Sie mal sehen wollen!«

Ich murmelte irgendwas und bat ihn weiterzuerzählen. Aber jetzt hatte er Fahrt und malte sich ein Bild von meiner Verfolgung, und wie ich um Hilfe gebettelt haben würde. Er besaß viel Phantasie, verlor aber irgendwann den Faden und verstummte.

»Als wer oder was haben die zwei sich denn ausgegeben?«

»Haben Sie doch gelesen. ›Aktionskommando Freiheit und Natur‹.«

»Na gut. Und das soll heißen?«

»Das soll heißen, das soll heißen! Weiß ich, was das heißen soll! Sie haben gesagt, sie seien Genossen der ökologischen Front im gemeinsamen Kampf für Leben und Natur. Na ja, Böllig, der See, frisches Wasser, paßt doch alles zusammen.«

Ich stand auf und tätschelte ihn freundlich. »Herr Anastas, das ist doch ein Witz. ›Freiheit und Natur‹. Die Genossen Ihrer Mandanten nehmen sich doch nicht selber auf den Arm.«

»Ach, das wissen Sie so genau.«

Ich fuhr herum und brüllte: »Ja, das weiß ich sogar verdammt genau! Und noch ein paar Sachen weiß ich! Ich weiß sowieso fast alles! Und wenn Sie nicht endlich den Rand halten, dann fahr ich mit Ihnen Schlitten, daß Sie Sehnsucht nach Ihren zwei Spielkameraden von vorhin kriegen werden! Also, warum haben die hier so einen Radau veranstaltet?«

Er räusperte sich eingeschüchtert. »Nun . . . Ihretwegen. Sie hielten mir vor, einen Polizisten engagiert zu haben.« Er blickte unsicher. »Ich sei ein Verräter und nicht würdig, ihre Freunde vor Gericht zu vertreten und so weiter. Seien Sie versichert, die meinen das ernst. Während ich zu erklären versuchte, schlugen sie das Büro in Schutt. Mich hatten sie gefesselt, ich konnte nichts verhindern. Als ich schließlich versprach, Ihnen zu kündigen, sperrten sie mich in den Schrank.« Er fing an zu jammern. »Warum ich! Warum sind die nicht zu Ihnen gekommen? Ich meine, das wäre doch viel naheliegender. Ich, der alles für die Leute getan hat.«

Er ballte die Faust. »Aber jetzt ist Schluß, ich werde es ihnen heimzahlen!«

»Wem?«

»Wem!? Wer solche Freunde hat, schreckt auch nicht vor einem Mord zurück. Immerhin ist mir klar geworden, daß ich keine Unschuldigen verteidige.«

»So, das ist Ihnen also klar geworden. Himmel, sind Sie klug.«

Ich wandte mich ab und spazierte durch die Müllhalde.

»Klasse Reklame für Ihre Praxis. Ein paar Ohrfeigen, und Sie lassen Ihre Mandanten wie 'ne heiße Kartoffel fallen.«

»Ach Sie, Sie können groß reden. Jeder Kollege hätte unter solchen Umständen den Fall abgegeben.«

»Na, dann kann ich ja gehen. Macht vierhundert Mark.«

Einen Augenblick schien es, als wollte er protestieren, aber dann zog er sein Scheckheft heraus, füllte den Scheck aus und schob ihn mir hin. Ich fragte: »Angst?« Er fuchtelte mit den Armen.

»Natürlich habe ich Angst. Die kommen doch wieder. Eine Bande von Mördern und Bombenlegern. Sie werden mich umbringen!«

»Dann passen Sie in den nächsten Tagen nur gut auf sich auf.«

Er starrte mich entgeistert an. »Was soll das heißen?«

»Ich glaube nicht an den Unsinn von ›Freiheit und Natur‹. Ich habe gesagt, ich finde den fünften Mann, wenn es ihn gibt. Also mache ich weiter. Wenn Ihre Mandanten schon so einen miesen Anwalt erwischt haben, haben sie wenigstens einen halbwegs anständigen Detektiv verdient.«

Er lief rot an und fauchte: »Das werden Sie nicht tun! Die glauben doch dann ... dazu haben Sie kein Recht!« Er kam mit ausgestrecktem Zeigefinger auf mich zu. »Ich informiere die Polizei! Sie bedrohen mein Leben, die ganze Bande hetzen Sie mir auf den Hals. Ich werde Schutz verlangen!«

Ich grinste ihn an: »Sie werden nicht sterben. Typen wie Sie sterben nicht so schnell. Aber die Angst wird bleiben, bis der Fall aufgeklärt ist. Und wenn Sie sich das halbe Polizeipräsidium vor die Tür stellen. Sie sind ein toller Bursche.«

Ich tippte mir an die Stirn und ging. Auf dem Flur lief er mir hinterher: »Sie lassen die Finger von der Sache, nicht wahr? Wenn ich Sie nicht engagiert hätte, Sie wären doch nie auf die Idee gekommen ...«

Ich zog die Tür hinter mir zu.

5

Die Fenster waren geöffnet, gleichmäßig pladderten Regentropfen. Ich saß mit aufgestützten Ellbogen am Schreibtisch in meinem Büro. Außer mir war keiner im Haus. Agenturen und Ärzte über und unter mir hatten um die Zeit geschlossen. Nur der Hausmeister war in der Kellerwohnung und guckte fern. Aus dem Chicken-Inn gegenüber von der Straße wehten Musikfetzen herauf. Der abgewetzte Bezug des Klientensessels mußte erneuert werden. In der Schreibtischschublade lag die Flasche Chivas. Ich versuchte, an was anderes zu denken. Frauen. Ich hatte mal ein Mädchen gekannt, mit dem ich verregnete Tage bei Tee und Backgammon verbrachte. Zwischendurch ging immer einer Zigaretten holen. Abends zündeten wir Kerzen an und tranken Champagner und so.

An der Decke war ein Wasserfleck. Das Kreditinstitut über mir hatte sich vor kurzem eine Badewanne angeschafft. So könne man das Bier besser kühlen, hatte mir der Kassierer anvertraut.

Eine Badewanne. Kühles Bier. Frauen. Endlich zog ich die Flasche Chivas aus der Schublade und schenkte ein Wasserglas voll ein. Ich mußte den fünften Mann finden, und ich hatte eine Idee. Normalerweise neige ich nicht zu Größenwahn. Aber jetzt schien es mir die einzige Möglichkeit, in dem Fall weiterzukommen. Ich lief die Kaiserstraße hoch in Richtung Hauptbahnhof. Bis auf ein paar Dirnen mit Regenschirmen an den Hausecken war das Viertel leer. Eine Handvoll Amis verschwand grölend im Puff. Das Neonlicht verschwamm im Regen, und niemand war da, den ein Strip hätte anlocken können. Ein Polizeiwagen drehte seine Runde. Vor dem *Rio* stand sich ein verbeulter Mensch im Nappamantel die Beine in den Bauch. Er zog mich am Ärmel. »Klasse Weiber, Mustaffa. Sone Titten und son Arsch. Klasse! Ehrlich. Und ganz billig.« Ich überquerte die Straße. Eine Blonde machte mich an, sie täts heute fürn Zwanziger. »Is wie Schlußverkauf, Alter.« Endlich war ich im *Spiel- und Sportcenter Ellermann.* Im ersten Stock lag der Billardsaal. Ich kam oft her und kannte den Juniorchef. Der Saal war leer wie die Straße. Zwei Japaner spielten einen Pool, zwei Fünfhunderter lagen auf dem Zigarettentisch. Ich schaute zu, wie der eine die schwarze Acht versenkte und die Scheine einstrich. Stumm erneuerten sie den Einsatz und ordneten ihre Kugeln zum nächsten Spiel. Weiter hinten trainierte ein älterer Herr Carambolage. Der Juniorchef stand am Fenster und verfolgte ein Schauspiel im Stundenhotel gegenüber.

»Abend. Was wird gespielt?«

Er schnalzte mit der Zunge.

»Seit einer halben Stunde handelt die Alte den Preis aus.«

Jetzt schauten wir beide rüber.

»Da! Jetzt hat sie die Kohlen und zieht den Vorhang zu.«

Er drehte sich um.

»Seltene Vorstellung. Aber bei dem Sauwetter is Essig mitm Geschäft, und die Preise fallen. Aldi-Tag aufm Kiez.«

Plötzlich schlug er mir auf die Schulter: »Na, Isnogoud, spielen wir einen?«

Ich nickte, und er holte die Kugeln. Karate – alle nannten ihn so, seit er einem zahlungsunwilligen Besucher den Fuß ins Gesicht gesetzt hatte – war im Viertel geboren und aufgewachsen. Zwar hatte er wegen Autodiebstahl und Körperverletzung eine Weile gesessen, aber insgesamt war er sauber geblieben und grüßte Bullen wie Zuhälter. Und Bullen wie Zuhälter spielten bei ihm Billard.

Er kam zurück und ließ die Kugeln ins Dreieck fallen. Ich

machte den ersten Stoß. Das ging hin und her bis zur schwarzen Acht. Jeder stieß dreimal daneben, dann schob er die Kugel elegant über drei Banden ins Loch und stellte fest: »Dein linker Arm is wie Pudding.«

»Hatte 'n Unfall.«

Er grinste. »Und der Arzt hat dir Schnaps verschrieben. Stinkst wie'n Loch.«

Ich brummte »mhm«, und wir machten das zweite Spiel. Als er die Kugel peilte, fragte ich: »Kennst du einen, der Geld verdienen will? Fünfhundert Mark die Stunde.«

Er machte den Stoß und richtete sich dann langsam auf. »Und was muß er in der Stunde machen?«

»Vor der Kripo Schmiere stehen und vielleicht einen Schrank knacken.«

»Vor der Kripo. Aha.«

Wir spielten weiter. Nach einer Weile meinte er: »Wenn's dir nicht gut geht, meine Freundin is in Ferien, kannst paar Tage zu mir kommen.«

»Das war kein Witz.«

»Um so schlimmer.«

»Ich suche einen Mörder . . . oder Mitwisser, der Kontakt mit der Polizei hat. Sein Name müßte auf einer Liste von V-Männern oder Informanten stehen. Oder was weiß ich. Jedenfalls muß er den Bullen vier vermeintliche Täter geliefert haben und dafür freigelassen worden sein. Wahrscheinlich ist er seitdem unter Vertrag. Der zuständige Kommissar ist auf den Coup irre stolz, und ich bin der letzte, der ihm klarmachen kann, daß er den einzig wirklich Schuldigen auf freien Fuß gesetzt hat. Im Gegenteil, er bastelt sich sein Informationsnetz und glaubt, ich würde ihm alles kaputt machen.«

Karate versenkte die Drei.

»Und du willst dem Kommissar das Büro ausräumen. Wie willst du Akten und Papierberge abtransportieren? In Kartons oder Säcken? Ich habe gehört, heute hat man Archive. Vielleicht findest du also gar nichts im Büro und mußt Archiv und Computer untern Arm klemmen. Am besten, du bestellst ein Taxi direkt vor die Tür.«

Er knallte die Sieben hinterher. Dann verrechnete er sich, und ich war dran.

»Ich kenne niemand, der den Job machen würde, ohne im voraus bezahlt werden zu wollen. Und ich kenne erst recht niemand, den man im voraus bezahlen könnte, und der den Job dann noch macht.«

Ich steckte eine Zigarette an und lief nach einer spielbaren Kugel um den Tisch herum.

»Nimm an, er würde jederzeit beweisen können, daß ich ihn gezwungen habe. Er müßte sogar, sobald wir das Präsidium betreten, jedem möglichen Frager weismachen, ich hätte ihn ohne Begründung festgenommen. Wenn wir Pech haben, ist das auch meine Chance, aus der Geschichte rauszukommen. Dann mach ich den blöden Schnüffler, der sich mit einer Verhaftung ohne Sinn und Verstand beim Kommissar beliebt machen wollte.«

Er nahm eine Zigarette, kaute mißmutig drauf herum und brummte: »Blöde? Total bescheuert.« Er schüttelte den Kopf. »Wenn du die Lizenz los bist, also, du kannst jederzeit bei mir arbeiten. Bißchen aufpassen, bißchen Billard spielen. Die Stunde sieben Mark. Issen ruhiger Job.«

6

Restaurant *Morgenröte.* Die chinesischen Schriftzeichen waren rissig und blätterten ab. Auf der Glastür fauchte ein blaßgrüner Drache die Speisekarte in die Luft. Glöckchen klingelten, als ich eintrat. In den schummrigen Eßnischen hingen gelbe Papierlaternen und verstaubte Chinaschirme, aus dem Radio kam Discopop. Der kleine Chinese hinter der Theke kaute einen Zahnstocher und betrachtete mich gelangweilt.

»Ich suche einen gewissen Slibulsky.«

Er deutete mit dem Daumen in eine dieser dunklen Ecken. Ich bestellte Kaffee und ging unter bunten Girlanden nach hinten durch. Slibulsky saß am Bambustisch und trank Bier. Die Beschreibung paßte. Kurze schwarze Locken, aufgeplusterte Backen, unrasiert und Schnapsnase. Ich setzte mich ihm gegenüber.

»Ernst Slibulsky?«

Er schaute in sein Bier.

»Mhm.«

»Kemal Kayankaya. Privatdetektiv.«

Er trank einen Schluck. Dann musterte er mich und sagte: »Aha.«

»Ich habe gehört, Sie suchen Arbeit. Ich habe Arbeit für Sie.«

Der Kaffee kam, und er bestellte ein neues Bier.

»Stundenlohn fünfhundert Mark.«

Er lehnte sich zurück, streckte die Beine aus und grinste, da könne er sich endlich einen Steuerberater zulegen.

»Sie müssen nichts weiter tun, als sich von mir in Handschellen ins Kripodezernat führen zu lassen und möglichst laut rumzuschreien, daß ich dazu kein Recht hätte.«

»Schreien?«

»Nur wenn wir reingehen. Falls wir wieder rauskommen, sollten Sie besser den Mund halten.«

»Und falls nicht?«

»Dann machen Sie weiter im Text, als hätten Sie von nichts eine Ahnung. Ich habe Sie mit der Kanone gezwungen, hätte mich als Bulle ausgegeben und so weiter. An Ihnen sind die nicht interessiert.«

Er meinte, ich sei ein spaßiger Bursche und vertiefte sich wieder in sein Bier. Ich erzählte ihm dann so ziemlich alles, was bisher in Sachen Böllig gelaufen war. Nicht daß ich ihm vertraut hätte, aber es war meine einzige Chance, ihn zu gewinnen. Am Ende schaute er auf und fragte: »Wer hat dir meinen Namen gesteckt?«

Ich schüttelte den Kopf. Das hatte ich dem Junior versprechen müssen. Slibulsky nahm ein Streichholz und schob es sich zwischen die Zähne. Dann zwinkerte er.

»Und wer hat gewonnen?«

»Mhm?«

»Ich kenne keinen, der bei Karate vorbeischaut, und ohne ein Spiel zu machen wieder wegkommt.«

Er zeigte mit dem Streichholz auf meine Hände. »Die blaue Billardkreide.«

»Einmal ich, einmal er.«

Er zog seine Brieftasche heraus.

»Ein Freund von Karate ist schon in Ordnung. Selbst wenn er ein Schnüffler ist und 'ne verflucht komische Aktion vorhat.« Er legte zwanzig Mark auf den Tisch.

»Achthundert, und ich bin dabei.«

Wir plänkelten uns auf siebenhundert runter, zahlten und verließen das Reich der Mitte.

»Wir fahren vorher bei mir vorbei. Bißchen verkleiden, Handschellen holen und so weiter.«

»Und vierhundert Mark. Der Rest morgen.«

Jemand hatte unter die Scheibenwischer sämtlicher Autos in der Straße rote Zettel geklemmt. ›Jimmys Jeansshop – Großer Einweihungshulahup!‹ Der Wisch wanderte in den Rinnstein, und wir fuhren los.

Den Hut tief im Gesicht, stieß ich Slibulsky ins Polizeipräsidium. Die Frau an der Telefonzentrale und der wachhabende Polizist schauten auf. Ich trieb Slibulsky direkt auf die Glasscheibe zu. Als wir davor standen und die Frau das Fenster beiseite zog, fing er an.

»Laß mich los, scheiß Schnüffler! Hab nix damit zu tun. Is alles Quark, Fräulein, was er Ihnen erzählt. Der hat verdammt kein Recht, mich hierher zu schleifen, und geschlagen hat er mich auch!«

Ich langte ihm eine und lehnte mich ans Fenster.

»Ich bin mit Kommissar Kessler verabredet. Er wird gleich kommen. Sollte er nochmal von unterwegs anrufen, richten Sie ihm bitte aus, ich hätte unseren Mann gleich mitgebracht.«

Sie schaute mich verständnislos an. Der Bulle kam an die Scheibe.

»Wissen Sie, wieviel Uhr es ist?«

»Hören Sie, es ist dringend. Vielleicht gibt's diese Nacht eine Großaktion . . .«

»Du träumst, Schnüffler! Von mir kriegst du was geschissen . . .«

»Halt's Maul!«

Slibulsky machte seine Sache gut. Die beiden im Empfang waren ratlos.

»Also, alles klar? Ich werde im Büro auf ihn warten. Er hat mir die Schlüssel gegeben.«

Ich klapperte mit meinen Hausschlüsseln.

»Na gut.« Dann griff der Uniformierte nach seiner Jacke und fügte hinzu: »Ich komme mit und passe auf, der könnte Ihnen Schwierigkeiten machen.«

Ich winkte ab.

»Nicht nötig, ich werde schon mit ihm fertig. Außerdem kann man mir nachher keinen Ärger machen, wenn ich zupacken müßte. Ich bin kein Polizist, verstehen Sie«, ich blinzelte ihm zu, »er muß reden.«

Er grinste.

»Verstehe. Sobald Kommissar Kessler kommt, werde ich ihn informieren.«

Ich nickte und trieb Slibulsky durch die Halle in den Gang, der, wenn ich mich richtig erinnerte, zu Kesslers Büro führte.

Die Frau sagte noch: »Aber Kommissar Kessler ist doch erst . . .«

»Laß man, is wohl was Geheimes.«

Endlich standen wir vor der Tür. Ich zog den Dietrich raus und machte mich ans Schloß. Fünf Sekunden später war offen.

»Wenn jemand kommt, und wir haben Zeit zu verschwinden, klopfst du gegen die Tür. Wenn nicht, machst du Theater.«

»Alles klar.«

Ich drückte leise die Tür zu und knipste Licht an. Das Büro war unverändert. Wenn es nur nicht ganz so still gewesen wäre. Ich setzte mich hinter den Schreibtisch und durchsuchte die Schubladen. Schreibmaschinenpapier, Stempel, das bekannte Lineal, eine Frankfurter Stadtkarte. Ganz unten lag ein Kalender. Ich steckte ihn ein. Für die Eisenschränke nahm ich wieder den Dietrich. Sofort schnappten die Schlösser auf. Der erste war leer. Im zweiten standen Kaffeetassen, Aspirin, Kekse und Rasierschaum. Im dritten schließlich reihten sich an die zwanzig Ordner aneinander. Ich sah einen nach dem anderen kurz durch. Hatte es geklopft? Ich mußte mich getäuscht haben. Dann las ich ›Ermittlungen im Fall Böllig‹. Es klopfte. Diesmal lauter. Unverkennbar. Slibulsky steckte den Kopf rein und flüsterte: »Bist du taub?! Mach schnell, Mann!«

Ich nahm den Ordner unter den Arm und knipste das Licht aus. Die Stimmen waren schon ganz nah.

»Sauerei sowas! Ich war im Haus. Sie haben mich doch gesehen!«

Kessler! Slibulsky zerrte mich in die entgegengesetzte Richtung. Wir waren noch nicht um die Ecke, als das Flurlicht anging. Auf Zehenspitzen rannten wir den Gang hinunter. Da ging das Geschrei los.

»Die Schränke sind aufgebrochen! Was stehen Sie rum, geben Sie Alarm! Die sind noch im Haus! Alles abriegeln!«

Wir liefen die Treppe runter. Kein Ausgang. Ich drückte sämtliche Klinken, schließlich gab eine nach. Die Toilette. Am Ende der Pißrinnen war ein Milchglasquadrat in die Kacheln eingelassen.

»Da müssen wir durch.«

»Wenn du mir zwischendurch das Blech abnehmen könntest?!«

Ich schloß die Handschellen auf. Im selben Moment begann die Sirene zu heulen. »Jetzt wird's spaßig.«

Ich zog die Jacke aus, wickelte sie um den rechten Arm und schlug die Scheibe ein. Es war knapp, aber es ging. Mit dem Kopf voraus ließ ich mich die zwei Meter auf den nassen Rasen fallen. Slibulsky kam hinterher geplumpst. Wir robbten zu den Büschen. Das Präsidium war hell erleuchtet. Ein Bulle rannte an uns vorbei. Das Eingangstor war zu. Bis zur Mauer mußten wir etwa dreißig Meter freies Feld durchqueren. Noch ein Bulle kam, die Kanone im Anschlag. Durch das zerbrochene Fenster hörten wir, daß sie dabei waren, die Toilette zu stürmen.

»Hier sind sie durch! Alle Mann raus! Schießbefehl!«

Uns blieb keine Wahl mehr. Ich krallte mich in den Aktenordner.

»Jetzt!«

Wir rannten los.

7

Der Motor war abgestellt, und ich lehnte mich mit einer Zigarette zurück. Es war kurz nach eins. Gegenüber im Restaurant *Morgenröte* brannte noch Licht. Slibulsky sah still in die Gegend.

Eine Weile saßen wir so da und hörten dem Regen zu.

»Sag mal, deinen Job . . . für wen machst du das?«

»Für den Anwalt.«

»Der hat dich doch an die Luft gesetzt. Ich meine so insgesamt. Privatdetektiv. Ist doch verlogen, der Job.«

Er kratzte sich nachdenklich am Kinn. »Jedenfalls was du daraus machst. Irgendwie . . . 'ne Mischung aus Robin Hood und Bulle. Das kann doch nicht gutgehen.«

»Ich muß essen. Frag einen Arbeiter bei VW, für wen er sein Leben lang Stoßstangen an die Autos knallt.«

»Ein Arbeiter bei VW würde aber nie seinen Kopf hinhalten, damit die Schleuder termingerecht ausgeliefert wird. Und wenn der Motor nach hundert Kilometern in die Luft fliegt, kümmert ihn das einen Dreck. Vorhin, die wollten uns abknallen. Viel hätte nicht gefehlt, und wir würden jetzt wie die Hasen im Gras liegen. Und wen würde das interessieren? Ein kleiner Dealer vom Bahnhof und ein türkischer Schnüffler.

Das gibt nicht mal 'ne Meldung für *Aus aller Welt.* Die würden den einen schneller als den anderen verbuddeln. Riskierst dein Leben für irgendwas, wovon du glaubst, es sei Gerechtigkeit, und endest als Gemüsedünger. Dabei gibt's das gar nicht, Gerechtigkeit. Nicht heute und nicht morgen. Und deinetwegen sowieso nicht. Du machst doch genau die gleiche Dreckarbeit wie irgendein Bulle. Fängst die Typen und bringst sie vors Gericht. Bist vielleicht bißchen netter, läßt mal einen laufen, wenn du meinst, er hätte ein Leben hinter Gittern nicht verdient ... aber daran, daß es immer die gleichen sind, die irgendwas anstellen ... immer die gleichen sein müssen, weil die Regeln so gemacht sind, daran änderst du gar nichts. Schön, heute hast du denen da oben eine lange Nase gemacht und die Akte geklaut. Na und?«

Der Wind peitschte den Regen in die Fenster. Ich beobachtete die querlaufenden Tropfen. Wie eine Herde gehetzter Tiere liefen sie die Scheibe entlang.

»Ich habe Hunger.«

»Um die Ecke gibt's die ganze Nacht Hamburger und panierte Schnitzel.«

»Gehn wir?«

»Und was ist mit dem verdammten Aktenordner?«

»Später.«

Ich schob den Ordner unter den Sitz, und wir stiegen aus. Hundert Meter weiter war der *Schnitzelfritz.* Ein Wartesaal mit Neonröhren, grünen Plastiktischen und Plastikstühlen, und hinter der Theke stand ein Wabbelmann und wendete Buletten. Es war mächtig Betrieb. Türken, ein paar schnelle Mädchen und ein Tisch kichernder Schüler, die sich mit Fritten und Cola vollstopften. Wir bestellten Schnitzel, Kartoffelsalat, Bier und Korn. Ich trank zwei Kurze und ein Bier hintereinander weg. Das Schnitzel war kalt, der Kartoffelsalat schmeckte nach Essig.

»Ich mache meinen Job, weil es zum Anwalt nicht gelangt hat. Ich hatte geglaubt, Privatdetektiv wäre so eine Art Hausarzt. An den großen Schlachtereien und dem allgemeinen Dreck ändert er zwar nichts, aber für den einen oder anderen kann es vielleicht doch wichtig sein, daß er da ist. Irgendwann erklärte mir dann ein Totschläger, sich vom Kanacken festnehmen zu lassen sei unter seiner Würde, und verlangte eine korrekte Polizeiaktion. Ich hatte ihm vorher einen Schnaps angeboten und gesagt, daß ich lieber die anderen ins Loch stecken würde als ihn. Na ja. Inzwischen weiß ich auch, es ist vollkommen egal, ob ich da bin oder nicht. Ich mache meine Arbeit so gut es geht, das ist alles.«

Um den Geschmack vom Schnitzel loszuwerden, bestellten wir einen Korn nach dem anderen. Langsam zog sich die graue Gardine zu, und ich sackte weg. Aber die nächste Runde kam und die übernächste, und ich leerte jedes Glas und nahm nicht wahr, daß Slibulsky alles unter den Tisch kippte. Zwei hochhackige Mädels vom Nebentisch musterten uns abschätzend. Ihre Arbeitstage und -nächte waren ihnen unter die Augen gemeißelt. Eine stand auf und schob sich neben mich auf den Stuhl. Der Ledermini rutschte die Schenkel hoch.

»Na, ihr Süßen, um die Zeit noch auf Tour? Einsam in der Nacht? Wollt noch einen losmachen, was?«

Sie lächelte, aber ihre Augen verrieten eher Verachtung. Sie steckte sich eine Zigarette an, musterte mich durch den Rauch und sagte provozierend: »Ich seh's dir an, kannst 'n bißchen Liebe gebrauchen.«

Ihre Hand kraulte meinen Nacken. Ich schloß die Augen.

»Wie wär's mit einem Blick in die feine Stube? Ist gleich um die Ecke. Ein ganzes Haus voll netter Mädchen und toller Ideen.«

Sie rüttelte mich an der Schulter. »Na?«

Dann nahm ich nichts mehr wahr. Irgendwann kam ich zu mir und lief untergehakt neben der Frau, die mir erklärte, sie hieße Fanny. Dann standen wir vor einem Haus voller roter Lichter, die zu einem Meer verschwammen. Ich bemerkte Slibulsky, der wohl die ganze Zeit hinter uns hergetrottet war. Er bremste mich hart am Ärmel, fast wäre ich hingeschlagen. Aber Fanny stützte ab, und Slibulsky begann auf mich einzureden. Dabei kramte er in meiner Jacke, zog Autoschlüssel und Brieftasche hervor, sprach mit Fanny und drückte ihr einen Schein in die Hand. Ich kapierte nichts.

Sollte er doch! Sollte er doch mein Geld auf den Kopf hauen, den verfluchten Ordner auf den Müll schmeißen und mein Auto gegen die Wand fahren! Ich schrie ihn an. Ich hätte ihn um nichts gebeten, und er solle mich endlich in Frieden lassen und sich gefälligst um seinen eigenen Dreck kümmern. Überhaupt, diese ganze dreckige Welt könne zum Teufel gehen, und er mit ihr. Ich wollte auf ihn los, aber Fanny zerrte mich in den Hausflur. Männer huschten vorbei, eine halbnackte Frau las auf einem Treppenabsatz Zeitung. Endlich schloß sie eine der grünen Preßspantüren auf und schleppte mich aufs blauseidene Bett. Sie steckte mir eine Zigarette an und zog mich aus. Dann setzte sie sich neben mich und half mir, sie auszuziehen. Schließlich streifte sie das bißchen Stoff, was noch blieb, selber ab. Nackt und warm spürte ich ihre Haut. Meine Hände patschten ihre Beine entlang. Später bewegte sie sich über mir, und ich sah nur noch Busen und tauchte vollends weg.

Halb fünf war es, als ich aufwachte und auf die Uhr sah. Meine Kehle fühlte sich an wie gegerbt. Es war noch dunkel. Fanny lag neben mir und schlief. Das Licht von der Straßenlaterne beleuchtete ihr Gesicht. Sie hatte sich abgeschminkt. Ich konnte mich nur an die Hälfte der Nacht erinnern, und die hätte ich lieber auch vergessen. Leise stand ich auf, suchte meine Sachen zusammen und zog mich an. Ich ging zum Fenster, die Straßen waren noch leer. Dann fiel mir die Sache mit den Schlüsseln und der Brieftasche wieder ein. Ich verfluchte den Alkohol und Slibulsky und die ganze Welt. Wenn der Ordner weg war . . . ich war ein Idiot. In der Ecke stand eine Kanne voll Wasser für meinen armen Kopf. Fanny seufzte. Mit ihrem Lippenstift malte ich ein *Danke für alles* auf den Spiegel und entschuldigte mich für den stillen Abgang. Ich schlich die Treppe hinunter durch die Plastikschwingtür auf die Straße. Die weichen Knie wankten in Richtung Opel. Eine verlumpte Gestalt am Rinnstein sang ›Ohne dich schlaf ich heut nacht nicht ein‹ und schmiß dazu leere Bierflaschen auf die Straße.

»Fresse halten«, brüllte einer aus dem Haus gegenüber.

Der Alte zog sich an der Parkuhr hoch, ballte die Faust und schrie: »Komm runter . . . wenne was inne Fresse willst, Schschscheißkerl!«

Dann plumpste er zurück und schluchzte.

»Scheißland und scheiß Leute . . . un nichts zu saufen . . . alles Schschscheiße!« Er legte sich zur Seite und fing an zu schnarchen.

Der Opel stand noch da. Unterm Scheibenwischer klemmte ein Zettel, ›Ist offen!‹. Ich zog die Tür auf und langte unter den Sitz. Der Aktenordner war weg.

Wie betäubt lehnte ich mich ans Auto und starrte in die Gegend. Der Regen hatte aufgehört. Dann sah ich Licht beim Chinesen und fand das doch merkwürdig. Ich lief hin und drückte die Klinke: es war offen. Gleich am ersten Tisch saß Slibulsky über einem Haufen Papiere. Neben ihm dampfte eine Tasse Tee. Er brummte: »Kaffee ist auch hinter der Theke. Muß noch warm sein.«

Ich schenkte mir ein und setzte mich zu ihm.

»Ist phantastisch, was die Bullen alles über einen einzigen

Fall zu schreiben wissen. Die Akte ist 'ne Goldgrube. Nur, was du suchst, steht nicht drin.« Er zeigte auf die Bank. »Da sind Brieftasche und Schlüssel. In deinem Zustand hätteste noch das ganze Bumshaus zu Champagner eingeladen. Hundert Mark habe ich Fanny gegeben. Eigentlich ist der Satz für die Nacht höher; keine Ahnung warum, sie hat dich auch für hundert mitgenommen.« Er grinste. »Vielleicht hatte sie Mitleid.«

»Es ist gut!«

Ich zwang mich zum Kaffee. Er schmeckte gräßlich.

»Wer hat denn den gemacht?!«

Slibulsky schnalzte mit der Zunge und zeigte stolz auf sich: »Original Wiener Rezept. Mit einer Prise Salz und einem Hauch echten Kakao.«

»Aha.« Dann zündete ich mir eine Zigarette an und sah mit in die Protokolle. Zweiundzwanzigster April, der Tag des Anschlags. Kesslers Kalender fiel mir ein. Ich blätterte: Vierzehn Uhr Zahnarzt; sechzehn Uhr Konferenz bei G; Aktion bei Chem. B.

Am sechsundzwanzigsten April, als die vier verhaftet wurden, stand: Null Uhr, Operation Herbert K. Hinten im Adressenverzeichnis war ein H. Kollek, Postfach 3278, Doddelbach, eingetragen. Ich nahm Slibulsky beim Arm.

»Ich hab's.«

Er schaute mißtrauisch auf den Kalender, und nachdem er die Eintragungen studiert hatte, murmelte er: »Seit zwei Uhr sitz ich hier und . . . na ja, ich bin auch kein Hausarzt«, und grinste wieder.

Ich steckte den Kalender ein und stand auf.

»Ich muß sofort nach Doddelbach.«

»Ich komme mit.«

»Warum?«

»Ich kriege noch dreihundert Mark und bleib dir auf den

Fersen, habe keine Lust, nachher zu hören, daß du sie mit Herbert Kollek in der Kneipe durchgebracht hast.«

Wir nahmen den Aktenordner und gingen.

»Fahr bis zum Ende der Straße, dann rechts, einmal um den Block herum, in zehn Minuten bin ich wieder unten. Wenn nicht, haust du ab.«

»Glaubst du wirklich, die warten seit zwei Uhr auf dich?«

»Weiß nicht. Sieht alles ruhig aus. Bis gleich.«

Ich stieg aus und lief hundert Meter zurück zu meiner Wohnung. An der Tür war nichts zu hören. Ich schloß auf und trat in den Flur. Immer noch nichts. Spätestens jetzt hätten Kessler und seine Kerle zugeschlagen. Ich hängte meinen Mantel an die Garderobe und knipste Licht an. Irgendwas roch schlecht. Ich ging ins Zimmer, machte auch hier Licht und sah, was schlecht roch.

Schmidi, ungewaschen, im gleichen T-Shirt wie gestern abend, lag gemütlich in der Sofaecke. Nur ein kleines schwarzes Loch in seiner Stirn störte die Idylle. Ich knipste das Licht sofort aus und suchte im Halbdunkel die Beretta. Sie lag unterm Sofa. Man hatte Schmidi mit meiner Kanone erschossen. Er hatte nichts dabei. In seinen Taschen war nur der Ausweis. Ich nahm ihn und die Beretta an mich, ließ sonst alles, wie es war, und verließ die Wohnung.

Slibulsky kam im Schrittempo. Ich riß die Tür auf und fiel auf den Beifahrersitz. »Bei mir liegt einer mit 'nem Loch in der Birne. Reiner Schmidi. Der Typ, der mir gestern die Figur gebügelt hat.«

»Und was hast du gemacht?«

»Da gab's nichts mehr zu machen.«

Wir fuhren Richtung Autobahn. Am Bahnhof bat ich ihn zu halten und kramte die Adresse raus, die mir Nina Scheigel gegeben hatte.

»Hier in der Nähe wohnt so'n Russe. Er handelt mit geschmuggeltem Wodka. Ich bin jemandem 'ne Flasche schuldig.«

Slibulsky trat auf die Bremse und polterte: »Gibt es an diesem verdammten Morgen nichts Wichtigeres zu tun, als die Promille zu pflegen?!«

Ich antwortete, es gebe immer Wichtigeres zu tun, oder eben nie, und wenig später klingelten wir bei Nikolei Herzel, Hausnummer dreiundsechzig in der Münchner Straße, zweiter Stock. Es war kurz vor sechs. Hellwach und angezogen öffnete er uns die Tür. Ein kleiner Mann in schwarzem Anzug und braunen Pelzpantoffeln. Ich stellte uns vor, aber noch bevor ich aussprechen konnte, zog er uns in die Wohnung, augenzwinkernd schnarrte er: »Ich weiß. Nina war gerade hier. Sie haben sie knapp verpaßt.« Er mußte über fünfzig sein, hatte aber keine einzige Falte, und sein Haar war dicht und glänzte aufdringlich. Er schien bei bester Gesundheit zu sein, und dennoch stimmte irgend etwas nicht. Im schmuddeligen Wohnzimmer, vollgestopft mit verrotteten Sesseln und drei Fernsehern, bat er uns Platz zu nehmen. Eine Kanne Tee dampfte auf dem Ölofen. Er verschränkte die Arme und lächelte uns an.

»Meine Herren, um es kurz zu machen, die letzte Lieferung ist noch nicht eingetroffen, und der Vorrat neigt sich dem Ende zu.«

Er legte eine Pause ein, faltete die Hände und setzte leise dazu: »Sowas schlägt sich natürlich im Preis nieder.«

Er schaute mir tief in die Augen.

»Wieviel?«

Er schmunzelte und begann, durchs Zimmer zu marschieren.

»Also, weil Sie von Nina kommen . . . sagen wir, hundertfünfzig der halbe Liter.«

Ich schielte zu Slibulsky, dem der Finger in der Nase stekkenblieb und der mir zu verstehen gab, der kleine Russe habe nicht mehr alle Tassen im Schrank.

»Jetzt mal ohne Faxen, Kamerad. Wir sind arme Schlucker, die 'ner älteren Dame 'ne Freude machen wollen.«

Er quengelte. »Ich weiß, ich weiß, aber was soll ich machen. Die Zeiten sind schlecht.«

»Achtzig, und wir sind dabei.«

Seine Augen wurden eng.

»Hundertvierzig, und beiden Seiten ist gedient.«

Slibulsky stand auf und ging dicht an den kleinen Russen heran. »Mein Freund und ich sehen das aber anders. Mit hundertvierzig ist nur einer verdammten Seite gedient. Und das ist nun mal nicht unsere. Mein Freund ist bereit, auf neunzig hochzugehen, von mir aus auch auf hundert, aber dann ist Schluß!«

Er senkte den Kopf. »Und wenn ich Schluß sage, dann meine ich das auch so. Paar Straßen weiter liegt einer, dem pfeift der Wind durchs Hirn. Und wissen Sie warum? Es ging um 'ne Kiste Cognac. Jetzt strengen Sie mal Ihr helles Köpfchen an! Alles klar, Amigo?«

Der kleine Russe kriegte große Augen, dann schob er sich vorsichtig an Slibulsky vorbei und stolperte hinaus. Slibulsky machte eine Handbewegung, die sowas heißen sollte wie ›Na also‹.

Wir bekamen die Flasche für neunzig und machten uns davon. Im Wagen sagte Slibulsky: »Und ich dachte, mit Koks würde ich gut verdienen.«

»Hast du seine Haut gesehen? Ganz glatt. Und die Haare.«

Er ließ den Motor an.

»Arsen!«

»Hhm?«

Wir fuhren los.

»Arsen in kleinen Dosen ist wie'n Schluck Whisky vorm Frühstück. Wenn du es schaffst, nicht zu kotzen, fühlst du dich wunderbar. Nimmst du das Zeug täglich, wird die Haut glatt wie'n Kinderarsch, und die Haare bekommen einen Butterglanz, wie bei dem Alten.«

»Aha.«

Wenn es nicht geregnet hätte, wären wir jetzt in den Sonnenaufgang gefahren. So wurde es nur ein bißchen weniger dunkel. In der ersten Raststätte gingen wir Kaffee trinken.

»Wenn die Bullen den toten Kameraden bei dir entdecken, isses aus.«

Ich wiegte den Kopf.

»Ich glaube, die wissen schon lange, daß der da liegt. Aber inzwischen wissen sie auch, daß wir bei Kessler abgeräumt haben und sind sich nicht mehr sicher, ob die Idee mit dem toten Mann in meinen Möbeln so großartig war. Und deshalb sind sie vorhin nicht auf Achse gewesen. Vielleicht schleppen sie ihn gerade wieder raus.«

Mir gingen viele Sachen durch den Kopf. Noch einmal nahm ich mir Kesslers Kalender vor. Bestimmte Eintragungen fielen auf, die sich seit Mai mit wöchentlicher Regelmäßigkeit wiederholten. ›Besprechung mit OB!‹ Das letzte Treffen hatte demnach gestern abend stattgefunden.

»Wann machen Meldeämter auf?«

»Keine Ahnung. Kenne ich mich nicht aus. Vielleicht zwischen acht und neun?«

Um acht ging ich zur Telefonzelle. Die Auskunft sagte mir die Nummer vom Doddelbacher Einwohnermeldeamt, und ich wählte durch.

»Meldestelle Doddelbach, guten Morgen.«

»Möller, Staatsanwaltschaft Frankfurt. Es handelt sich um Ermittlungen im Fall Böllig. Ich muß prüfen, ob ein gewisser Herbert Kollek in Doddelbach gemeldet ist.«

Er druckste herum. Nachdem ich ihm dann versicherte, die schriftliche Anfrage nachzureichen, sah er schließlich nach.

»Herr Möller? Tut mir leid, da kommen Sie zu spät. Herbert Kollek ist neunzehnhundertneunundsechzig von Doddelbach weggezogen.«

»Wohin?«

»Nach Frankfurt.«

»Aha. Und noch etwas. Im gleichen Jahr, also neunundsechzig, wurde der Sohn von Friedrich und Barbara Böllig geboren. Der Vorname ist mir leider entfallen. Er soll seit seiner Geburt in einem Heim leben. Könnten Sie den Namen des Heimes herausfinden?«

Er brauchte zehn Minuten. Ein Fernfahrer wartete vor der Zelle. Ein Blick gab mir zu verstehen, wieviel Spaß ihm das machte.

»Der Junge heißt Oliver, ist am siebzehnten November geboren und lebt seitdem in Behandlung bei Doktor Gerhart Kliensmann, Privatklinik Ruhenbrunn.«

»Danke.«

Ich hängte ein. Slibulsky saß am Tisch und blätterte mürrisch in Illustrierten. Ohne aufzusehen blaffte er: »Okay, du bist der Boß, und hast den Durchblick, trotzdem möchte ich wissen, was du mit Meldeämtern zu bequatschen hast.«

Ich erzählte es ihm. Dann zahlten wir und gingen.

Ich zeigte auf Nina Scheigels Haus.

»Nummer sieben. Ich nehme an, er schläft. Ist schließlich Nachtwächter. Hol ihn irgendwie aus dem Bett. Wenn seine Frau da ist, sperr sie ein oder fessel sie. Spiel den wilden Mann, hau was kaputt, nur nicht so laut, wegen der Nachbarn. Mach ihm eine Höllenangst. Sag, du wüßtest alles und wolltest kassieren, andernfalls käme die Polizei. Sobald er Kohle rausrücken will, drückst du die Wahrheit raus.«

Slibulsky kniff die Augen zusammen: »Welche Wahrheit?«

»Irgendwas weiß er und konnte oder wollte darüber nicht reden. Ob es die ganze Wahrheit ist, keine Ahnung. Vielleicht ein Teil.«

»Und wenn nicht?«

»Haben wir Pech gehabt. Und wenn's dann irgendwie geht, ruf danach bei Anastas an. Versuche, anonym herauszubekommen, ob der Verein ›Freiheit und Natur‹ noch einmal von sich hat hören lassen. Wird schon gutgehen.«

Er nickte.

»Klar, hab ich doch Übung, anonyme Anrufe und Nachtwächter verprügeln.«

Ich streckte ihm die Beretta hin. Er verzog das Gesicht.

»Danke. Einbruch und Körperverletzung mit 'nem guten Anwalt, okay, aber der Mord an diesem Schmidi, der kommt nicht auf meine Rechnung. Dazu alles für siebenhundert Mäuse!«

»Dann laß es bleiben!«

Er schüttelte den Kopf und tippte sich an die Stirn: »Bis dann.«

Ich lief in Richtung Hauptstraße. Eine halbe Stunde später stand ich vor dem schmiedeeisernen Tor der Privatklinik Ruhenbrunn. Es hatte aufgehört zu regnen, und Morgenfriede lag über dem großen Backsteinbau. Ein paar Vögel flöteten in den Bäumen, die das Haus umstanden. Aus einzelnen Fenstern hing weißes Bettzeug. Eine Schwester schob einen Mann im Rollstuhl über die Wiese. Ich klingelte. Die Sprechanlage fragte nach meinen Wünschen.

»Eine Familienangelegenheit. Mein Onkel, also, der Onkel meiner Frau, verstehen Sie . . .«

»Bitte?!«

Ich stockte. Die Stimme keifte: »Bitte drücken Sie sich deutlich aus!«

»Der Mensch ist total verwirrt und muß unter Aufsicht.«

»Sagen Sie das doch gleich. Wegen Aufnahme wenden Sie sich bitte an Frau Hengstenberger, erster Stock, Büro Nummer drei.«

Das Tor sprang auf, der Sand knirschte unter meinen Sohlen. Der Weg war frisch geharkt, und ich war der erste, der die feinen Linien zertrat. Links zog sich die Wiese hin, bis sie an eine Mauer stieß. Dahinter lang die Villa Böllig. Ein Gärtner schnitt Rosen. Vollkommene Ruhe. Man hätte meinen können, die Klinik sei bis auf weiteres geschlossen. Kurz huschte ein Kopf hinter einem Fenster vorbei, dann ein zweiter, ein dritter, bis ich begriff, es war immer dieselbe Person, die da ihre Runden drehte. Am Portal kam mir ein Rollstuhl samt Patient und Schwester entgegen. Der Patient kicherte mir was zu. Ich lief die blitzblanken Treppen hinauf durch die Glastür und prallte auf einen zwei Meter großen Fleischkloß. Ganz in Weiß, er schien so eine Art Pfleger zu sein.

»Na, na«, sagte er leise. Seine Lippen spielten mit einem Streichholz, und seine Augen musterten mich gleichgültig.

»Tschuldigung«, murmelte ich, und er lächelte.

»Zu Frau Hengstenberger?«

Er spuckte das Streichholz in einen Blumentopf und fragte: »Balla-balla?«

Ich antwortete: »Nicht ich, mein Onkel«, und er lächelte wieder.

Ich wiederholte: »Zu Frau Hengstenberger?« und er: »Balla-balla.«

Ich nickte ihm freundlich zu und schob mich vorbei. Er gluckste vergnügt. Die Tür zu Büro Nummer drei war angelehnt. Jemand telefonierte.

». . . nein, tut mir leid, dem Patient ist kein Besuch gestattet . . . auch nicht seine Mutter . . . wie bitte?! Sie haben einen Brief von ihm erhalten? Das ist ausgeschlossen, der Patient darf keine Briefe . . . Unsinn. Er wird medizinisch bestens versorgt. Machen Sie sich keine Sorgen . . . na gut, ich werde sehen, was sich machen läßt. Auf Wiederhören.«

Sie legte auf und wählte eine zweistellige Nummer.

»Hengstenberger. Hören Sie, Kunze, nehmen Sie sich mal Zimmer vierunddreißig vor. Er hat einen Brief rausgeschmuggelt. In Ordnung?«

Ich klopfte.

»Herein.«

Mit der Stimme konnte man Glas schneiden. Frau Hengstenberger saß über ihren Schreibtisch gebeugt und schrieb. In der Ecke stand ein alter Bücherschrank, daneben hing ein AOK-Kalender mit Blumenmotiv. Sonst war das Zimmer weiß und sauber, mit Blick auf die Einfahrt. Sie legte den Stift weg und steckte den Brief in einen Umschlag. Ohne aufzublicken fragte sie: »Sie wünschen?«

»Ich möchte eine Besuchserlaubnis für Oliver Böllig, der hier seit siebzehn Jahren in Behandlung ist.«

»Wie heißen Sie?«

»Kayankaya.«

Ihr Gesicht entspannte sich. »Keine familiären Beziehungen? Dann darf ich Ihnen die Besuchserlaubnis nicht erteilen. Ich bedaure sehr. Auf Wiedersehen.«

Sie warf mir einen triumphierenden Blick zu und konzentrierte sich wieder auf ihren Schreibtisch. Ich ging zum Fenster und steckte mir eine Zigarette an.

»Rauchen ist hier verboten.«

Mit einem Satz war ich bei ihr. »Hör mal, Engel«, sie schnappte nach Luft, »ich habe nicht viel Zeit. Ich brauch den Jungen, oder die Akte über seinen Krankheitsverlauf. Ich muß wissen, warum er seit siebzehn Jahren hier in diesem Käfig hockt. Es geht um Mord. Also, sehen Sie zu, daß ich die Akte kriege. Hier . . .«

Ich warf meine Lizenz auf den Schreibtisch. Mit spitzen Fingern griff sie danach, überflog die Karte und legte sie zurück. »Da muß ich Herrn Doktor Kliensmann informieren. Wenn Sie bitte draußen warten würden . . .«

Ich zog die Tür zu und ließ mich auf einen Stuhl fallen. Alles still. Ich zündete mir die nächste Zigarette an und schoß Rauchringe durch die Luft. Ab und zu drangen wie von weit her Schreie durch die weißen Flure. Gerade als ich beschloß, Frau Hengstenberger noch einmal Dampf zu machen, kam der Fleischkloß die Treppe hoch, im Mundwinkel ein neues Streichholz. Träge baute er sich vor mir auf, verschränkte die Arme. »Kommen Sie«, forderte er mich auf. Dann lächelte er, aber seine Augen blieben kalt. Er führte mich eine Treppe hinunter, dann noch eine. Im Kellergeschoß ging es durch einen Flur. Schließlich schob er mich in einen gelben fensterlosen Raum, schwarzes Eisengitter schützte die Neonröhre an der Decke. Wände und Boden waren mit dünnen Gummimatten ausgelegt. Der Kloß lehnte sich an die Tür, lächelte immer noch. »Balla-balla?«

Ich ging zwinkernd auf ihn zu. »Du bist doch ein intelligenter Bursche. Bring mich jetzt zu deinem Chef. Dafür darfst du nachher in meinem Auto ein paar Runden drehen. Von mir aus auch Autobahn. Okay?«

Er machte ein beleidigtes Gesicht, trat vor und schlug mir die Faust in den Magen. Ich ging zu Boden, und er sagte: »Der Doktor kommt gleich.« Die Tür fiel zu. Ich tastete nach der Beretta. Sie steckte geladen in meiner Hosentasche. Wieso hatte ich ihm das Eisen nicht gezeigt? Ich kroch zur Tür, und plötzlich stieg mir ein bitterer Geruch in die Nase. Irgendwas legte sich wie Blei auf mein Hirn. Meine Bewegungen wurden langsamer. Wie in Zeitlupe zog ich die Kanone raus und legte auf das Türschloß an. ›Schlafen‹, dachte ich, ›Schlafen und nie mehr aufwachen.‹ Fast hätte ich dabei die Beretta vergessen. Der erste Schuß weckte mich. Dann knallte ich das ganze Magazin in die Tür. Meine Finger krallten sich in die Ritze, und wenig später fiel ich durch den Rahmen in die frische Luft. Ich schleppte mich ein paar Meter in den Flur und blieb sitzen. Gerade als der Kopf halbwegs klar war, kamen Schritte die Treppe herunter. Kurz darauf stand der Kloß vor mir, in den Händen hielt er Handschellen. Er betrachtete mich verblüfft. »Erklär mir den Trick.«

Ich zog die Beretta hinterm Rücken hervor und ließ ihm Zeit, sich an das Schießeisen zu gewöhnen.

»Klasse Trick, was?«

Er sah gekränkt zu Boden. Langsam, gegen die Wand gestützt, kam ich auf die Beine.

»Bring mich zum kleinen Böllig!«

»Oh«, dann ängstlich, »das wird dem Doktor gar nicht gefallen.«

Der Kanonenlauf zeigte ihm die Richtung, wir gingen los.

Der kleine Böllig war so klein, daß er den Kopf einziehen mußte, wenn er in seiner Zelle aufrecht stehen wollte. Ich bedeutete ihm, sich wieder zu setzen. Mit stumpfem Blick fuhr er fort, Wäscheklammern zusammenzubauen. Der lange Rücken krümmte sich über den Tisch. Sprechen schien der junge Mann nicht gelernt zu haben, jedenfalls reagierte er auf keine Frage. Er war ein siebzehn Jahre altes Wrack, nur bleiche Haut und Knochen. Durch ein vergittertes Fenster fiel fahles Licht auf den Arbeitstisch. In der Ecke stand ein eisernes Bettgestell. Der Kloß lehnte unglücklich an der Wand.

»Seit wann macht er den Scheiß?«

»Weiß nicht. Aber . . .«, er kam auf mich zu und flüsterte, »was anderes kapiern die nich.«

»Aber du, du kapierst was anderes.«

Oliver Böllig hätte ein kräftiger Kerl werden können, doch siebzehn Jahre Privatklinik Ruhenbrunn hatten aus ihm einen Zweimeteridioten gemacht. Im übrigen sah er seinem Vater Friedrich Böllig so ähnlich wie ich einem schwedischen Tennisstar. Einen Augenblick lang betrachtete ich den dumpf vor sich hin arbeitenden letzten Sproß der Bölligs. Einen Augenblick zu lange. Dann explodierte irgendwas über meinem Kopf.

». . . eine Spritze, die das Gedächtnis lähmt. Ich zahle Ihnen, was Sie wollen, Kliensmann.«

»Das wird teuer, Madame. Meine Existenz, mein Ansehen, Sie verstehen. Unter fünfhunderttausend, sehen Sie . . . auch mein Schweigen kostet . . . außerdem . . .«

»Gut. Ich treibe die Summe auf.«

». . . und da wäre noch etwas, Sie erinnern sich. Bisher haben Sie abgelehnt. Nun, ich denke, heute . . . Sie werden annehmen, nicht wahr? Auch ich hätte mir andere Umstände gewünscht, aber . . .«

»Was wollen Sie?!«

»Ziehn Sie sich aus . . .«

Meine Nase juckte. Mit Mühe rieb ich sie an der Schulter, da die Arme fest auf dem Rücken verschnürt waren. Die Zwangsjacke roch nach Chlor. Ich lag in einer Art Behandlungszimmer; und während ich mich hin und her wand, um die Fesseln zu lockern, fand drüben die Anzahlung auf mein Blackout statt. Kliensmann gab von Zeit zu Zeit ein paar Schweinereien von sich, daß man meinen konnte, er selber sei sein bester Patient. Ich kroch auf ein Bild hinter Glas zu. Langsam hob ich es mit dem Kopf an, so daß es krachend zwischen meinen Füßen landete. Ich horchte. Nebenan ließ man sich nicht stören. Ich begann, meine Jacke über die abgebrochenen Glasreste zu wetzen, die noch fest im Rahmen steckten. Bald war über dem Ellbogen ein kleines Loch. Das Glas hackte immer wieder hinein und zerschnitt nach und nach Jacke, Hemd und Haut. Ich biß die Zähne zusammen und raspelte weiter, bis sich ein Blutfleck über meine rechte Seite bis zur Hose ausbreitete. Etwas später drückte ich den Arm raus, er sah aus, als hätte man Laubsägearbeiten auf ihm veranstaltet. Ich ertastete auf dem Rücken die Ledergurte und zog sie auf. Mit einem Handtuch auf den Arm gepreßt, schlich ich mich zur Tür und lauschte.

». . . wir sollten uns regelmäßig sehen.«

Kein Kommentar.

»Also, fünfhunderttausend in bar, innerhalb der nächsten drei Wochen. Wenn nicht, gehe ich zur Polizei. Sie verstehen.«

»Drei Wochen?! Ich muß Aktien loswerden!«

»Sie werden das schon schaffen. Die Zahlungen laufen wie gewohnt weiter.«

Barbara Böllig fluchte.

»Na, na, dafür wird Ihnen der Schnüffler keine Probleme mehr machen.«

Eine Tür schlug zu. Barbara Böllig war offensichtlich gegangen. Kliensmann telefonierte mit der Hengstenberger.

»Ich möchte in der nächsten halben Stunde nicht gestört werden!«

Ich baute mich hinter der Tür auf. Kliensmann trat ein, stockte, drehte sich um, und ich rammte ihm eine Faust unters Kinn. Während er durch den Raum tappte, schnappte ich mir den Rest Zwangsjacke, gab ihm präzise einen Tritt von hinten, so daß er mit dem Bauch auf den Boden klatschte. Dann verpackte ich ihn anstaltsgemäß. Schließlich lehnte Kliensmann an der Wand, und ich tätschelte ihm die Wangen. Widerwillig öffnete er die Augen.

»Guten Morgen. Was wollten Sie mir spritzen, Doktor? Rein privates Interesse, wollte auch mal in Medizin machen.«

»Pah!«

»Tja, so schnell ist eine halbe Million futsch. Aber gut zu wissen, was man wert ist.«

Kliensmann hustete und spuckte mir vor die Füße.

»Der kleine Böllig . . . die Anklage müßte auf klinischen Mord lauten. Was meinen Sie?«

Er drehte den Kopf weg.

»Hat er in den letzten siebzehn Jahren jemals etwas anderes gesehen als vier Wände und vergitterte Fenster?« Kliensmann schwieg.

»Weshalb, meinen Sie? Weil er den falschen Vater hatte, oder die falsche Mutter? Interessante Frage. Oder, weil so Typen wie Sie für Geld alles machen?«

»Pah!«

»Sie haben Barbara Böllig angerufen, als Sie hörten, jemand fragt nach dem Sohn?«

Er schwieg. Ich stand auf und durchsuchte den weißen Medikamentenschrank. Mit einer Dose Schlaftabletten und einem Glas Wasser hockte ich mich vor ihn hin.

»So, jetzt geht der Doktor in die Heia.«

Er wollte nicht. Ich scheuerte ihm ein paar, bis er den

Mund offen hielt, trichterte ihm eine anständige Dosis Tabletten ein, kippte Wasser hinterher und drückte die Kiefer zusammen.

»Schon vorbei. Gute Nacht.«

Ich ging hinaus, schloß die Tür ab und steckte den Schlüssel ein. In Kliensmanns Schreibtisch lag die Beretta. Ich sah aus dem Fenster und betrachtete die nackten Birken. Das Blut klopfte in meinen Armen. Jetzt waren beide unbrauchbar. Ich dachte an Bier und wünschte, der fünfte Mann wäre schon hinter Gittern. Dann fiel mir Slibulsky ein.

2

Das *Roma* war eine dieser italogermanischen Frascati-Schenken, die einem klar machen, was Kulturaustausch alles bedeuten kann. In Eichenausstattung mit weiß-rot karierten Deckchen und Riffelfenstern fand der Papst in goldenem Rahmen genauso seine Ecke wie der Aushang des ansässigen Kegelclubs. Juventus teilte sich die Wand mit den Kickern des 1. FC Doddelbach, und die eingelegten Auberginen in der Vitrine mußten Frankfurter Würstchen neben sich dulden. Die Flagge beider Länder zog eine Schnur quer durch den Raum. Der Laden war leer. Kein Kellner und keine Kundschaft. Ich fand Slibulsky in einer Ecke zwischen Bello Adriano und einem Hirschgeweih. Mürrisch studierte er die Speisekarte.

»Muß ja mordsmäßig gewesen sein. Seit drei Stunden sitz ich hier.«

Ich berichtete kurz, was passiert war. Er besah meinen Arm und brummte: »Iß was, mein Junge, damit du wieder zu Kräften kommst.«

Ich suchte mir auf der Speisekarte einen Teller Hammel aus. Der Kellner kam nicht.

»Dünn gesät, das Personal hier, was?«

»Von Zeit zu Zeit kommt schon einer vorbei.«

Irgendwann kam dann ein kleiner freundlicher Italiener, und ich bestellte. Dann rauchte ich und wartete, daß Slibulsky von seinem Ausflug erzählen würde. Als nichts kam, half ich nach.

»Was hat der Nachtwächter gesagt?«

Slibulsky schob seinen Zahnstocher in den Mundwinkel.

»Gar nichts hat der gesagt. Der war nämlich gar nicht da.«

Der Kellner brachte zwei Kaffee.

»Er ist heute morgen mit Koffern aus dem Haus. Das hab ich vom Bäcker gegenüber. Dann ist er zum Flughafen. Das hab ich vom Taxifahrer.«

»Mit dem Taxi?«

Slibulsky nickte.

»Hat er mit 'nem Fünfhunderter bezahlt.«

»Und seine Frau?«

»Ist kurz danach weg, zum Bahnhof und mit dem ersten Zug nach Frankfurt.«

»Wodka kaufen. Ist das alles?«

Slibulsky sah aus dem Fenster.

»Deinen Anwalt hab ich gesprochen. Die Truppe ›Freiheit und Natur‹ hat nichts von sich hören lassen.« Und nach einer Pause: »Weshalb auch, du wirst wegen Mord an dem Moppel gesucht.«

»Schmidi?«

»Jawohl. Und Raub. Von deinem Partner gibt's schon 'ne Phantomzeichnung. Soll mir ähnlich sehen. Häng ich mir dann an die Wand zwischen Playmate und Gitterstab. Falls die Gefängnisleitung Reißzwecken genehmigt.«

Der Hammel kam.

»Ich könnte dich bei den Bullen verpfeifen. Dann hab ich 'ne Chance.«

»Mach's.«

»Hat keinen Stil.«

Der Kellner stand hinter der Theke und drehte am Radio. Zwei Uhr. Nachrichten. Dann ein Fahndungshinweis der Polizei. Ein Türke, der Deutsch ohne Akzent spricht, sei in Begleitung eines kleinen Mannes mit schwarzen, lockigen Haaren. ». . . es wird vermutet, daß sich die Gesuchten im Raum Frankfurt oder Südhessen aufhalten. Für Hinweise steht jede . . .«

»Wir zahlen.«

Slibulsky hatte schon den Mantel an, als der Kellner auf uns zukam.

»Meine Herren, ich bitte Sie. Essen Sie. Keine Angst.«

Er preßte meine Hand.

»Ich Neapel. Schöne Stadt und schöne Menschen, und Polizei . . .«, er ballte die Faust, ». . . tutti figli di una putana!«

Wir setzten uns wieder hin. Der Kellner wünschte noch einmal guten Appetit und ging zur Theke. Slibulsky brummte. »Das nächste Ding drehen wir in Italien.« Und ich: »Für den Mord habe ich ein Alibi.«

»Ach, ja?«

»Zu der Zeit haben wir das Präsidium umgekrempelt.«

»Das beruhigt mich. Also, Abteilung Einbruch und Diebstahl. Vielleicht bekommen wir eine Gemeinschaftszelle. Spielst du Schach?«

Er sah wieder aus dem Fenster.

3

Meyer starrte uns an. Seine Finger kneteten die Tischkante.

»Sie . . . Sie, was . . .?«

»Ich brauche die Personalakten von allen, die zwischen neunzehnhundertsiebenundsechzig und siebzig hier gearbeitet haben.«

Meyer riskierte ein Lächeln und stotterte: »Aber, eben war die Polizei hier . . . Ihretwegen. Ich . . . ich muß melden . . . Sie . . .«

Seine Hand tastete in Richtung Telefon. Ich zog die Beretta raus und legte sie auf die Fensterbank.

»Rufen Sie Ihre Personalabteilung an. Und keine Tricks.«

Beim Anblick der Kanone wurde er weiß um die Nase und tat wie befohlen. Als er den Hörer aufgelegt hatte, fragte ich ihn: »Die Polizei war hier?«

Er nickte schnell.

»Was wollte sie?«

Unsicher sah er zu Slibulsky, dann wieder zu mir.

»Sie werden wegen Mord . . .«

Er stockte. Slibulsky, mit verschränkten Armen gegen die Tür gelehnt, brummte irgendwas. Ich sah aus dem Fenster auf die Trinkhalle von Friedrich Bölligs Mutter. Dann kam der dicke Mann vom letzten Mal und wuchtete die Ordner auf den Tisch. Zehn Minuten später hatte ich es schwarz auf weiß. Herbert Kollek, Leiter der Werbeabteilung ›Chemie Böllig‹, wurde am zehnten Dezember neunzehnhundertneunundsechzig fristlos entlassen. Ich riß die Seite raus und steckte sie ein.

»Seit wann arbeiten Sie hier, Herr Meyer?«

Er schaute verwundert: »Achtundfünfzig habe ich im Lager angefangen.«

»Kannten Sie Herbert Kollek?«

»Ja ... natürlich.«

»Weshalb wurde er entlassen?«

»Ach, wissen Sie ...«, er schluckte, »so genau ... ich meine, es waren wohl private Gründe von Herrn Böllig. Die beiden kannten sich vom Studium.«

Ich ging zum Fenster und nahm die Beretta wieder an mich.

»Freunde?«

»Na ja ...« Er sah zu Boden.

»Und eines Tages Feinde. Haben Sie eine Ahnung, was Kollek heute treibt?«

Überrascht blickte er auf. »Wissen Sie denn nicht ...?«

»Doch, ich weiß.« Nach einer Pause: »Jetzt weiß ich.«

Ich nahm die dicke Paketschnur und ging zu Meyer.

»Legen Sie die Hände auf den Rücken. Tut mir leid. Aber spätestens heute abend ist es vorbei.«

Meyer machte ein unglückliches Gesicht und ließ alles stumm über sich ergehen. Ich knebelte ihn mit meinem Schal. Slibulsky schüttelte den Kopf.

»Der Kerl stirbt ja vor Angst. Noch 'n Anklagepunkt.«

Ich legte Meyer auf den Boden, ging mit Slibulsky hinaus und schloß die Tür ab. Die Sekretärin war nicht zu erblicken.

Es klingelte dreimal.

»Kessler.«

»Kessler? Wußten Sie eigentlich, daß Herbert Kollek es hervorragend verstanden hat, seine Pflicht als V-Mann mit reinen Privatinteressen zu verknüpfen? Haben Sie sich nie gefragt, warum sein Postfach ausgerechnet in Doddelbach ist?«

Ich legte auf.

Ich stand an einen Baum gelehnt und rauchte. Slibulsky fluchte über nasse Füße und erzählte was von Palmen, von Strand und netten Mädchen. Es hatte wieder angefangen zu regnen. Wir standen etwa fünf Meter vor der Mauer zum Böllig-Grundstück. Links die Schornsteine der Fabrik, rechts die Birkenkronen der Privatklinik. Ich schielte über die Mauer. Alles war ruhig. Mini und Benz standen vor der Tür. In der Villa brannte Licht.

Ich zog einen Flachmann aus der Tasche. Wir nippten, rauchten und froren. Dann begann ich Kesslers Kalenderbuch noch einmal durchzugehen, was mich die nächsten zwei Stunden beschäftigte. Gewissenhaft und sorgfältig hatte er jede Kleinigkeit notiert, sogar den geplanten Besuch eines Spiels der Eintracht gegen den HSV. Das alles zu lesen war nicht besonders spannend, aber vier kleine Eintragungen machten aus der Sache Böllig eine verdammt klare Geschichte. Dabei handelte es sich erneut um einen gewissen OB.

Fünfter Mai: OB bittet vertraulich um Hilfe wg. *Rheinmainfarben.* Motto: Stimmung im Land wenden.

Achtzehnter Mai: OB einverstanden mit K. und Unternehmen B. OB drängt auf baldige Umsetzung. Vorschlag: erste Juniwoche.

Sechster Juni: Operationsgruppe um K. noch nicht einsatzbereit. Neuer Termin: Zweiundzwanzigster Juni. OB einverstanden.

Zwölfter Juli: OB mit Entwicklung zufrieden. K. ausbezahlt – eventuell später ausschalten.

Dann war es soweit. Zwei Scheinwerfer fraßen sich durch Regen und Dämmerung die Auffahrt hinauf. Eine Person stieg aus und verschwand in der Villa. Slibulsky spuckte aus.

»Los jetzt!«

Wir stiegen über die Mauer und rannten in Etappen von

Tanne zu Tanne Richtung Bungalow. Der Wagen hatte eine Frankfurter Nummer. Unter dem Scheibenwischer des Minis klebte etwas Rotes. ›Jimmys Jeansshop – Großer Einweihungshulahup!‹ Ich bedeutete Slibulsky zu warten und rutschte über die Blumenbeete zur Glasfassade des Wohnzimmers. Die Beleuchtung war spärlich, nur aus der Küche fiel Licht in den großen Raum. Ich erkannte zwei Männer. Ein kleiner, der mit den Händen in der Manteltasche durch den Raum lief, und ein großer, der rauchend gegen die Wand gelehnt stand. Kessler und Henry. Ich lief um die Ecke und fand das Küchenfenster offen. Langsam schob ich es auf und horchte.

». . . Sie haben mich in ernsthafte Schwierigkeiten gebracht, mein Lieber.« Kesslers freundliche Stimme hatte die Schärfe einer Guillotine.

»Daß bei Ihrer Wahl Bölligs für unsere Sache persönliche Gründe eine entscheidende Rolle gespielt haben, Schwamm drüber. Wir hätten diese Panne verkraften können. Auch daß Ihnen anschließend nichts Besseres einfällt, als in dieses Haus zu ziehen, um mit der Witwe aller Welt vorzuführen, wie gelegen Ihnen der Tod Friedrich Bölligs kommt; im Vertrauen, es wäre nicht so schlimm gewesen, hatten wir doch vier Schuldige. Und eine junge Witwe mit Liebhaber ist nicht ungewöhnlich.« Kessler atmete tief durch, dann zischte er. »Aber weder das eine noch das andere darf sein, wenn ein Dritter im Spiel ist, der sich nicht kaufen und nicht einschüchtern läßt, sondern am Ball bleibt. Dann . . .«, er seufzte, »ist das Ganze ziemlich brüchig.«

Einen Augenblick lang war nur das Ticken der Küchenuhr zu hören. Dann brummte Henry: »Wegen dem Kaffer brauchen Sie sich keine Sorgen zu machen, der ist bei Kliensmann in Behandlung. Kliensmann ist ein vorzüglicher Arzt und ein guter Bekannter.«

Kessler zischte durch die Zähne. »Ich mache mir aber Sorgen! Der Kaffer, der angeblich bei Ihrem vorzüglichen Doktor in Behandlung ist, hat mich nämlich vor zwei Stunden angerufen und mir zu verstehen gegeben, wo sich mein V-Mann Kollek seit mehreren Monaten eingenistet hat, ohne daß ich davon wußte. Dann habe ich nachgedacht und bin hierher gefahren, und sieh an, meine Idee war goldrichtig. Herbert Kollek, den ich sonstwo vermutete, öffnet mir im Bademantel die Tür zum Hause Böllig!«

Henry brummte Unverständliches. Kessler fauchte. »Und überhaupt, Kliensmann! Wer weiß denn sonst noch von der Sache? Frau Böllig, der Gärtner, die Putzfrau?! Kann man es vielleicht in der Zeitung lesen?!«

»Nur der Nachtwächter.«

»Das hatten Sie mitgeteilt, und wir haben gehandelt. Wenn ich richtig informiert bin, hat er heute morgen die Maschine nach Paraguay genommen.«

Eine Weile schwiegen beide. Dann fragte Kessler eine Spur zu freundlich: »Weiß eigentlich irgend jemand, Nachtwächter eingeschlossen, von Ihrer Verbindung zu mir, oder sind Eingeweihte der Meinung, Sie hätten Böllig wegen seiner Frau und seines Geldes umgebracht? Den Mord mit einem politischen Terroranschlag zu kaschieren, hätten Sie sich ja auch ganz alleine ausdenken können.«

Henry glaubte, endlich etwas Positives vorweisen zu können, und tat genau das Falsche. Während er hoch und heilig versicherte, daß niemand etwas von dieser Verbindung wüßte, rannte ich los. An der ersten Hausecke stolperte ich über einen Draht und knallte der Länge nach ins Blumenbeet. An der zweiten pfiff und winkte ich Slibulsky zu, der nicht verstand und die Arme in die Luft warf. An der dritten zog ich die Beretta aus der Tasche und nahm Anlauf gegen die Haustür. Da fiel der Schuß. Ich stockte, dann sprang ich gegen die

Tür, sie war nur angelehnt, und ich sauste in die Garderobe. Ich befreite mich von einem Haufen Mäntel und flitzte ins Wohnzimmer.

Kessler hielt den Telefonhörer in der Hand und betrachtete mich interessiert. Neben ihm lag Henry, über seine starren Augen fiel das Licht aus der Küche. Sein Bademantel war über die Schultern gerutscht, und man sah das Blut aus der Brust den Bauch hinunterlaufen. Kessler legte den Hörer zurück auf die Gabel und stand auf.

»Ich habe den fünften Mann gefunden. Leider wollte er sich der Festnahme widersetzen und wurde gewalttätig, und so . . .«

Er machte eine entsprechende Handbewegung.

4

Wir sahen uns in die Augen. »Damit kommen Sie nicht durch, Kessler. Ich habe immer noch Ihr verdammtes Kalenderbuch.«

Seine Augen wichen aus.

»Eine bedauerliche Geschichte, das stimmt . . .«, er strich sich über Stirn und Kopf, ». . . aber das reicht nicht, nicht bei mir!«

Plötzlich stand Slibulsky neben mir und sah ratlos in die Runde.

»Darf ich vorstellen, Kommissar Kessler, Ernst . . .«

Slibulsky blaffte: »Halt's Maul! Willst du, daß er mir Postkarten schreibt?« Kessler schmunzelte. Ich zog die Schlüssel zu Meyers Büro aus der Tasche und drückte sie Slibulsky in die Hand.

»Befrei den kleinen Mann da unten. Sag ihm, er sei vorläufig die Nummer Eins bei Chemie Böllig. Das wird ihm Spaß machen.«

Slibulsky nickte und verzog sich. In der Hausbar war eine mittelprächtige Flasche Bourbon. Mit einem vollen Glas ließ ich mich ins Sofa fallen und forderte Kessler auf, mir gegenüber Platz zu nehmen. Aber er blieb stehen, steckte die Hände in die Manteltaschen und fragte wie die Ruhe selbst: »Auf was warten wir?«

Ich stellte das Glas ab und zündete mir eine Zigarette an.

»Ich will Ihnen etwas über Kollek erzählen.«

»Und wenn mich das gar nicht interessiert?«

»Dann hören Sie verdammt nochmal trotzdem zu, oder ich mach Schnipsel aus Ihnen!«

Ich legte die Beine auf den Cocktailtisch und erzählte. Kessler tat gelangweilt, säuberte sich die Fingernägel und seufzte in regelmäßigen Abständen. Nur seine Augen waren hellwach.

»Am siebzehnten November neunzehnhundertneunundsechzig bekommt Barbara Böllig, neun Monate nach ihrer Heirat mit Friedrich Böllig, einen Sohn, Oliver Böllig. Man sollte meinen, ein rührender Umstand, wurde das Kind doch sozusagen in der Hochzeitsnacht gezeugt. Am zehnten Dezember, einen Monat später, wird Herbert Kollek, Leiter der Werbeabteilung der Chemie Böllig und Studienfreund Friedrich Bölligs, fristlos gefeuert. Wenig später zieht er nach Frankfurt. Oliver Böllig wiederum kommt bald nach seiner Geburt in die Privatklinik Ruhenbrunn zu Doktor Kliensmann, wo er bis heute Wäscheklammern zusammenbaut.

Ich habe den Jungen heute besucht, er sieht seinem offiziellen Vater, soweit ich das nach Fotos beurteilen kann, nicht besonders ähnlich. Und Kliensmann bezieht seit Jahren ein überaus großzügiges Gehalt bei der Firma Böllig, obwohl er offensichtlich nicht einen Finger dafür rühren muß.«

»Na, da hat er's aber gut.«

Kessler, wieder ganz Luftballonverkäufer, lächelte.

»Ich stelle mir das Ganze folgendermaßen vor: Barbara Böllig hat ihren frisch geangelten Fabrikchef noch in der besagten Hochzeitsnacht betrogen, und zwar mit Kollek. Als das Kind auf die Welt kam, wurde augenscheinlich, daß Friedrich Böllig nicht der Vater sein konnte. Und es dauerte nicht lange, da kriegte er spitz, auf wessen Konto der Junge ging. Er schmiß Kollek raus und ließ den Sohn, der ihm jeden Tag von neuem Hörner aufsetzte, verschwinden. Mit Kollek arrangierte er sich und zahlte monatlich einen Haufen Geld, damit der Doktor das Kind als schwachsinnig erklärte und es in seiner Klapsmühle behielt. Daß ich Kollek bei meinem ersten Besuch hier als Hausfreund Henry antraf, war Zufall. Erst heute, durch eine Bemerkung vom Geschäftsführer, kam ich drauf, daß Kollek mit Henry identisch sein muß. Die Beziehung zwischen Barbara Böllig und ihm hatte über all die Jahre gehalten, und das Problem Friedrich Böllig war jetzt, dank Ihrer Hilfe, gelöst.«

Kessler hob die Augenbrauen.

»Dank meiner Hilfe?«

Ich steckte mir die nächste Zigarette an.

»Kollek nahm den Platz ein, auf den er seit siebzehn Jahren scharf war. Er hatte die Frau, er hatte die Fabrik, er hatte es geschafft.«

Ich lächelte ihn an.

»Und Sie dachten die ganze Zeit, er hätte Böllig für die paar Mäuse umgelegt, die Sie, oder Ihr mysteriöser Freund OB, dafür gezahlt haben. Bis heute nachmittag jedenfalls, bis zu meinem Anruf.«

Bei OB hatte Kessler aufgehorcht. Seine Augen waren klein und wachsam.

»Nicht daß ich die Ergebnisse Ihrer mehr oder weniger ...«, er hüstelte, »exakten Nachforschungen nicht zu würdigen wüßte, aber was geht es mich an?«

Er stand auf und ging bedächtig durch den Raum. Bei Henrys Leiche hob er den Zeigefinger.

»Für mich ist allein von Bedeutung, daß dieser Mann«, er berührte mit dem Schuh die Leiche, »der fünfte Mann ist, nach dem gefahndet wurde.«

Wie ein kleiner Ganove, der nichts gesehen haben will, breitete er die Arme aus. »Ich habe heute einen Tip bekommen, und so bin ich hierher gefahren. Aber die verdächtige Person wollte sich der Festnahme entziehen, und ich mußte, um eine Flucht zu verhindern, von der Schußwaffe Gebrauch machen. Leider«, er schlug bedauernd die Hände über dem Kopf zusammen, »bin ich ausgerutscht, und unglücklicherweise ging die Kugel nicht in die Beine, sondern in die Brust.«

Ich betrachtete die Leiche: »Unglücklicherweise verdammt mitten ins Herz.«

»Tja.« Er rieb sich die Hände und grinste mich herausfordernd an. »Jedenfalls ist das meine Version.«

Es war inzwischen draußen stockdunkel. Ich stand auf und machte Licht. Dann ging ich auf ihn zu.

»Vielleicht wäre Ihre Version vor dem Haftrichter gar nicht so schlecht. Aber daß Kollek Ihr V-Mann war, und nicht irgendein Hallodri, den Sie aus purem Zufall über den Haufen knallen, das läßt sich beweisen! Gestern morgen prahlten Sie doch noch mit Ihrem feinen Informationsnetz, gibt's das heute nicht mehr?«

Ich blieb vor ihm stehen und sah ihm in die Augen. Ohne den Blick abzuwenden, flüsterte Kessler: »Das stimmt schon, aber außer Ihnen und mir weiß niemand was davon, und ich bin deutscher Kriminalkommissar, Kayankaya, und Sie sind ein türkischer Alkoholiker mit einer Lizenz für Privatermittlungen. Merken Sie was?!«

Blitzschnell holte ich die Beretta raus und bohrte sie ihm in den Wanst. Mit der linken Hand packte ich ihn am Kragen. »Merken Sie was?!« Dann zog ich ihm seine Kanone aus der Manteltasche und ließ ihn los.

»Sie haben Glück, ich hätte gut Lust, Ihre Visage zu behandeln, aber ich will mit Ihnen heute noch zum Staatsanwalt. Und die Böllig kommt auch mit.«

Ich drehte mich um.

»Wo ist sie überhaupt? Ihre Limousine steht doch vor der Tür.«

Kessler streckte sich im Sessel aus.

»Barbara Böllig ist zum Tee. Da liegt ein Zettel.« Er zeigte aufs Regal. Ich nahm das Papier und las: ›Bin bei Scheigel zum Tee. Sie hat Lunte gerochen. Werde sie zur Vernunft bringen. Bis später, B B.‹ Ich hechtete zum Telefon, riß mein Notizbuch raus und wählte die Nummer von Scheigels. Niemand hob ab. Im selben Moment tappste Slibulsky herein und berichtete vergnügt: »Der kleine Mann lag da und zitterte wie ein Fisch. Der ist vielleicht geflitzt . . . Habe noch nie jemand gesehen, der so glücklich war.«

»Schnauze! Hier!«

Ich warf ihm Kesslers Ballermann in die Arme. Verblüfft fing er die Kanone auf und sah mich mit großen Augen an.

»Paß auf ihn auf! Und wenn er sich davonmachen will, schieß ihm in die Beine!«

Ich blitzte den deutschen Kriminalkommissar an. Slibulsky machte den Mund auf und blickte kopfschüttelnd hinter mir her. Auf halbem Weg hatte ich eine Idee. Ich raste zurück in den Bungalow und warf mich vor den verdutzten Gesichtern der beiden aufs Telefonbuch. Wie war der Name? Kasz . . . Kasz . . . Kaszmarek. Nina Kaszmarek, Am Südhang fünf. Ich wählte die Nummer. Besetzt.

»Kessler, geben Sie mir Ihre Autoschlüssel!«

Er spitzte die Lippen. »Muß ich das?«

Mit zwei Sätzen war ich bei ihm, und mit zwei Kinnhaken ging er zu Boden. Mit den Schlüsseln in der Hand erteilte ich Slibulsky noch eine Lektion, wie mit dem Kommissar umzuspringen sei, und rannte hinaus zum Auto. Wie der Teufel fuhr ich die Auffahrt hinunter, übers Fabrikgelände auf die Hauptstraße in die Stadt. In einer Kneipe fragte ich nach dem Südhang. In südhessischer Schnelligkeit erklärte man mir den Weg, und ich sprang wieder hinters Steuer. Der Südhang lag etwas außerhalb und war eine weniger gelungene Wohnungsbeschaffungsmaßnahme aus den sechziger Jahren, hohe, gelbe Häuser mit Ein- bis Dreizimmerappartements, schmale Rasenflächen davor und ein aufgeräumter Kinderspielplatz dahinter. Es gab einen Fahrradweg, für jeweils drei Häuser einen Grillplatz, *Edeka*, einen Eissalon, ein Schild ›Hunde an der Leine führen‹ und an jeder Straßenlaterne einen Papierkorb.

Ich hielt mit quietschenden Reifen vor dem Haus Nummer fünf, rannte zur Tür und drückte die Klingelpalette. Eine dünne Stimme fragte durch die Sprechanlage:

»Wer ist da, bitteschön?«

»Katastrophenschutz!«

»Ohgottohgott!«

»In wenigen Minuten geht das Atomkraftwerk Biblis hoch!«

»Aha!«

Ich wartete, daß sie aufdrückte, stattdessen fragte sie: »Soll ich die Fenster schließen?«

Sie solle mir vor allen Dingen erst einmal die Tür aufmachen, brüllte ich, sprang dann wie ein Wahnsinniger die Treppen hoch und spürte, es war zu spät.

5

»Das ist aber eine Überraschung.«

Nina Kaszmarek trug ein schwarzes Taftkleid mit schwarzem Spitzenkragen, schwarze, hochhackige Schuhe, schwarze Seidenstrümpfe und lange schwarze Handschuhe. Um Hals, Arme und am Ohr hing schwerer Goldschmuck. Die Haare waren sorgfältig frisiert, und ein dezentes Make-up betonte das Gesicht. Ihre Augen glänzten. Ob von Alkohol oder Tränen, war nicht auszumachen. Vielleicht von beidem. Sie zog die Tür ganz auf.

»Kommen Sie herein, und machen Sie sich nichts aus meiner Aufmachung. Mein letzter Abend hier, und so . . . ich bin beim Packen.«

Ich nickte und trat ein. Sie schloß die Tür hinter mir und sagte: »Kommen Sie nur. Ich ahne, weshalb Sie hier sind.«

Es war totenstill. Der kleine Flur wurde nur vom Kerzenlicht erhellt, das aus dem Zimmer fiel. Daneben waren zwei Türen, wahrscheinlich Küche und Bad. Langsam schob ich mich ins Zimmer. Es war größer, als ich erwartet hatte. Riesige, überquellende Bücherregale standen an allen vier Wänden und ließen gerade die Fenster frei. An die zwanzig Kerzen, kunstvoll im Raum verteilt, sorgten für gelbes, warmes Licht. Auf dem flachen Wohnzimmertisch dampfte ein prächtiger Samowar, daneben standen zwei Tassen. Eine war leer. Sonst gab es einen kleinen Plattenspieler, Platten, einen Schaukelstuhl, zwei schwere, weinrote Sessel, und mitten im Raum ein weißes französisches Bett. In einem Marmoraschenbecher knisterte leise eine von Nina Scheigels russischen Zigaretten vor sich hin. Auf dem Bett lag Barbara

Böllig. Sie hatte die Hände über dem Leib gefaltet und blickte starr zur Decke. Links und rechts standen Kerzen und beleuchteten das Gesicht. Eine Art Totenmesse.

»Na, das haben Sie ja sauber hingekriegt.«

Dann ging ich zu Barbara Böllig. Ihre Hand war eiskalt. Ich drehte mich um, und fragte mit Blick auf den Samowar: »Arsen?«

Nina Scheigel nahm ihre Zigarette und ließ sich in einem Sessel nieder.

»Sind Sie immer so scharfsinnig?«

»Nein. Aber ich habe Ihrem Nikolei heute morgen einen Besuch abgestattet, kurz nachdem Sie da waren. Er hat Ihnen das Zeug gegeben. Warum heute? Warum nicht vor fünf Monaten?«

»Ich habe Fred gestern abend mit dem Geld erwischt. Er hat mir alles gesagt, bevor er weggefahren ist.«

»Wieviel hat man ihm gezahlt?«

»Fünfzigtausend, damit er für immer verschwindet.« Nicht übermäßig viel, dachte ich, und ließ meinen Blick über die Bücherreihen gleiten.

»Da haben Sie ganz anständig was zu lesen gehabt.« »Was meinen Sie, wie ich meine Zeit verbringe?«

Ich steckte mir eine Zigarette an. »Sie packen? Wo wollen Sie hin?«

»Zur Polizei.«

Ich fuhr herum und schrie sie an: »Warum, verdammt nochmal, haben Sie das gemacht?!«

Sie schluckte. »Die Geschichte mußte ein Ende haben. Und nicht irgendein Ende, sondern genau dieses.«

Sie wies durchs Zimmer.

»Diese Frau hat mir Friedrich Böllig weggenommen, sie hat mich nicht zu seiner Beerdigung gelassen und seinen Tod mitverschuldet, wie ich gestern erfahren habe. Ich habe all die

Jahre Gedanken und Kummer wegtrinken müssen, und das Weib sollte ungeschoren davonkommen?! Das konnte ich nicht zulassen. Es ist meine Abschiedsfeier . . . von allem! Ein bißchen dramatisch, aber mir gefällt es so.«

Sie hustete.

»Sie kommen ins Gefängnis.«

Nina Scheigel stand auf und ging zum Fenster.

»Meinen Sie, hier ist es besser als im Gefängnis? Eine Höhle aus schlechten Erinnerungen. Wie viele Jahre habe ich noch? Wer wird mich finden?«

»Waren Sie oft hier?«

»Jeden Tag ein paar Stunden. Ich habe gelesen, Briefe an Leute geschrieben, die tot sind, und lauter so Sachen. Was alte Leute eben machen, um die Zeit zu vertreiben.«

Ich wischte den letzten Satz mit der Hand weg. »Was hat Fred Scheigel Ihnen über die Mordnacht erzählt?«

»Sie hatten ihm am Tag zuvor gekündigt. Aus Angst sagte er mir nichts und ging wie jeden Abend in die Fabrik. Diesmal, um sich zu betrinken. Als die Schüsse fielen, lief er raus und fand Friedrich. Tot. Er muß ein paar Minuten bei ihm gesessen haben, denn als er sich umdrehte, stand dieser Henry hinter ihm. Anscheinend ohne Waffe, sonst hätte er Fred auch über den Haufen geschossen. Im selben Moment ging der Sprengsatz hoch. Er versicherte Fred, wenn er den Mund hielte, bekäme er so viel Geld, um für immer von hier verschwinden zu können. Jemand hätte ihn niedergeschlagen, sollte er sagen, dann lief er weg. Kurz darauf kam Barbara Böllig, und als auch ihr klar war, daß Fred was gesehen hatte, redete sie wie er auf ihn ein und versprach einen Haufen Geld.«

Sie hob seufzend die Schultern.

»Fred fand Friedrich Bölligs Tod nicht weiter bedauerlich, außerdem sah er die Möglichkeit, mit dem Geld endlich von hier wegzukommen. Und schließlich nahm ihm der Kommissar die Version ohne Verdacht zu schöpfen ab.«

»Und der Kommissar hieß Kessler?«

Sie nickte. Ich klatschte in die Hände.

»Klasse! Der Mann ist einfach Klasse!«

Nina Scheigel schaute fragend. Ich winkte ab: »Sie haben damals auch Otto Böllig umgebracht. Ebenfalls mit Arsen. Endlich, hatten Sie gedacht, hätten Sie Ihre Ruhe mit Friedrich.«

Sie lächelte.

»Das ist so lange her. Wen interessiert das noch?«

Sie hatte recht, und mir war es im Grunde auch egal. Ich ging auf und ab und versuchte, den Kopf klar zu bekommen.

»Nach Henry haben Sie mir meine einzige Zeugin umgebracht.«

Sie verstand wieder nicht, und ich winkte wieder ab. Und dann, mit Blick auf die Leiche: »Ich habe Ihnen eine Flasche Wodka von Nikolei mitgebracht.«

»Sie sind ein merkwürdiger junger Mann.«

»Warum haben Sie das gemacht?« sagte ich mehr zu mir selbst, und dann etwas zu laut: »Ich muß Sie mitnehmen.«

Sie räusperte sich und fragte: »Darf ich Sie um einen Gefallen bitten?«

»Mhm?«

»Lassen Sie mich meinen Koffer fertig packen und allein zur Polizei gehen. Alleine, verstehen Sie? Ich möchte nicht abgeführt werden.«

Ich nickte und ging zur Tür.

»Von mir aus können Sie sich auch davonmachen. Jetzt ist das ohnehin gleich.«

Sie lachte traurig.

»Wo soll ich denn hin? Nein, nein. Schicken Sie mir die Flasche Wodka ins Gefängnis, wenn Sie mir eine Freude machen wollen. Ob ich dort oder hier trinke, so groß kann der Unterschied nicht sein.«

Ich biß mir auf die Lippen.

»Leben Sie wohl, Frau Kaszmarek.«

»Leben! Machen Sie sich nicht lustig über mich, junger Mann.«

Die Kerzen beleuchteten ihr Gesicht. Eine alte, geschminkte Straßenkatze. Ihre grünen Augen lächelten.

Ich zog die Tür hinter mir zu und stieg langsam die Treppe hinunter. Auf halbem Weg kamen mir die Frauen vom Haus entgegen und bestürmten mich, ob ich etwas über Biblis wüßte. Ich ging weiter. Auf der Straße hielt ich mein Gesicht in den Regen, die kalten Tropfen taten gut.

6

Als wir vor der Tür der Staatsanwaltschaft standen, hatte ich ein mulmiges Gefühl. Kollek und Barbara Böllig waren tot, und wenn Kessler auf seiner Version bestand, von Tuten und Blasen keine Ahnung gehabt zu haben, blieb mir als Beweis nur sein Kalender. Und das war ein bißchen wenig.

Kessler wußte das und lächelte gefährlich. »Die Schläge von vorhin, die werden Sie noch bereuen, Kayankaya!«

»Ich bereue, daß ich Sie nicht kaltgemacht habe.«

Slibulsky hatte es vorgezogen, im Wagen auf mich zu warten. Er kenne genug Haftrichter.

Es war kurz vor zehn. Widerwillig hatte Lübars zugestimmt, so spät ins Büro zu kommen. Ich kannte ihn gut, und er mochte mich ganz gerne, was das auch immer heißen mag. In erster Linie war er Staatsanwalt. Als er dann den Namen Kessler am Telefon hörte, hatte er seine Zusage bereut.

Endlich kam er angetrabt, flüchtig gekämmt und ohne Krawatte. Er war mittelgroß, aufgeschwemmt und hatte rote Flecken im Gesicht. Mit der Ledertasche in der einen und dem Schlüsselbund in der anderen Hand begrüßte er uns. »Guten Abend . . . guten Abend, Herr Kessler. Sie entschuldigen meine Aufmachung. Aber ich nahm an, ich hätte Feierabend . . .«

Kessler lachte beipflichtend.

»Ja, ja, auch ich hätte mir was Angenehmeres vorstellen können, aber . . .«

Er warf mir einen vernichtenden Blick zu. Wir traten in Lübars Büro. Ein üppiger Schreibtisch und zwei Besuchersessel. Während ich mich in den einen setzte, fragte Kessler: »Sagen Sie, Herr Lübars, wie geht es Ihrer Frau? Ich habe gehört, sie ist krank?«

Bei ›krank‹ sah er mich an und bleckte die Zähne.

»Danke, danke, es geht ihr schon wieder besser. Nehmen Sie doch Platz.«

Kessler setzte sich in den Sessel mir gegenüber. Lübars rutschte hinter den Schreibtisch, nahm seine Brille und faltete die Hände.

»Nun, ich hoffe, daß wir die Angelegenheit so schnell wie möglich klären können, denn sowohl ich als auch Herr Kessler haben einen anstrengenden Arbeitstag hinter uns.« Beide nickten sich zu.

Wie groß wohl die Macht Kesslers in diesem Apparat sein mochte. Vielleicht war es seine Freundschaft zu OB.

»Also, Herr Kayankaya, Sie haben mir am Telefon erklärt, Sie könnten mir einen Mörder präsentieren.« Er hüstelte, sah kurz zu Kessler. »Aber das kann ja wohl nicht Ihr Ernst sein.«

Mit unbeweglichem Gesicht sagte Kessler: »Der junge Kollege nimmt den Mund manchmal etwas voll. Das bringt ihm viel Ärger ein.« Bei ›Ärger‹ sah er ausnahmsweise nicht mich, sondern Lübars an. Der lächelte gequält. »Erläutern Sie doch mal Ihren Verdacht, Herr Kayankaya.« Dann nahm er sich ein Herz und meinte zu Kessler: »Denn irgendwas muß doch dran sein, sonst hätten Sie sich nicht freiwillig hierher bemüht, Herr Kommissar.«

Der Kommissar machte eine Großzügigkeit andeutende Handbewegung und brummte väterlich: »Ich dachte mir, es ist besser, so eine Sache schnell vor höherer Instanz aus der Welt zu schaffen. Damit der junge Kollege wieder auf den Boden der Realität kommt.«

Lübars nickte kurz und sah auffordernd zu mir. Ich räusperte mich und versuchte, die Gedanken zu ordnen. Ich war in einer lausigen Situation, und daß ich es wußte, machte die Sache nicht einfacher. Vor drei Stunden hatte ich ein Bombenblatt gehabt, mit Kollek als Trumpf, der alles stach. Und jetzt saß ich mit einem Haufen Luschen da und mußte ausspielen. Also sagte ich auf alle Fälle mal Re, damit die anderen nicht Contra gaben. »Kessler, Sie haben verloren, und das wissen Sie. Und damit Herr Staatsanwalt Lübars mir in Ruhe zuhören kann, halten Sie bitte in der nächsten halben Stunde den Mund.«

Kessler machte ein verblüfftes Gesicht und sah Lübars an.

»Muß ich mir das . . .«

»Bitte, Herr Kayankaya, fangen Sie an!«

Lübars suchte wie verzweifelt auf seinem Schreibtisch herum und gab sich alle Mühe, weder mich noch Kessler anzuschauen. Die Flecken im Gesicht waren jetzt von einem tiefen Bordeauxrot. Ich fing an. Ich erzählte von Anastas, dem mysteriösen fünften Mann, der eiskalten Witwe, von Schmidi, und so weiter, bis zu meiner Theorie von der Mordnacht.

Kessler saß mit einem dünnen Lächeln unbeteiligt im Sessel, den Kopf leicht zur Seite geneigt. Ab und zu kratzte er sich den Handrücken. Lübars schien wie versunken, nur seine Augen flitzten rastlos zwischen uns beiden hin und her. Jetzt horchte er auf. »Insgesamt waren also fünf Leute an dem Anschlag beteiligt?«

»Wenn man es genau nimmt, sechs. Was mich stutzig gemacht hat, waren die Zeugenaussagen der Frau vom Camper und der alten Frau Böllig, die die Trinkhalle der Firma führt. Beide haben die Knallerei gehört und bestätigt, daß die Schüsse auf Böllig vor der Sprengung fielen. Dagegen stand die Behauptung von Barbara Böllig, ihr Mann sei erst auf Grund der Sprengung aus dem Haus gelaufen. Wenn man davon ausgeht, daß Kolleks Partner kein Interesse daran hatten, Böllig umzulegen, und Kollek unmöglich kurz vor dem Anschlag noch ins Haus spurten konnte, um Böllig in die Fabrik zu führen und abzuknallen, bleibt nur eine Möglichkeit: Barbara Böllig selbst hat, unter welchem Vorwand auch immer, ihren Mann aus dem Haus gelockt und nicht weit vom Rohr erschossen.«

»Wenn man davon ausgeht!« sagte Kessler.

Ich wiederholte, er solle den Mund halten. Lübars nahm den Kugelschreiber, auf dem er herumgekaut hatte, aus dem Mund und fragte: »Warum sollte Barbara Böllig ihren Mann erschießen?«

Also spulte ich die Geschichte von Oliver Böllig ab und wie lange das alles schon gärte. Dabei fiel mir Kliensmann ein, der immer noch verschnürt in seinem Büro lag. Sollte er. Am Ende sagte ich: »Es gibt einen Zeugen für meine Version. Der Nachtwächter hat eine Menge gesehen und wurde von Barbara Böllig und Kollek für fünfzigtausend Mark gekauft. Damit stromert er inzwischen durch Paraguay.«

Und mit Blick auf Kessler fügte ich hinzu: »Wie Kommissar Kessler zu erzählen wußte.«

Kessler betrachtete seine Fingernägel und bemerkte leichthin: »Fred Scheigel ist als Zeuge zum Prozeß geladen. Weil er außer Landes wollte, mußte er eine Genehmigung einholen. Und zufällig weiß ich von dieser Genehmigung.«

»Und wenn er es vorzieht, in Paraguay zu bleiben?«

»Es ist nicht meine Aufgabe, mir darüber den Kopf zu zerbrechen.«

Lübars, ganz wach, rückte seine Brille zurecht, und als es still blieb, meinte er: »Na schön. Und wo ist diese Barbara Böllig?«

Kesslers Augen triumphierten.

»Sie ist tot«, sagte ich.

Staatsanwalt Lübars scharrte unruhig mit seinen Schuhen über den Teppich und schüttelte ungläubig den Kopf. »Bitte?«

»Man hat sie vergiftet. Die Schuldige stellt sich gerade der Polizei in Doddelbach. Aber das ist eine andere Geschichte. Die erzähle ich Ihnen später.«

Lübars schüttelte erneut den Kopf, doch ehe er was erwidern konnte, begann ich von Schmidi zu sprechen.

»Wie die anderen glaubte Schmidi, Kollek sei ein astreiner Genosse. Erst nachdem ich ihn angespitzt hatte, wie merkwürdig es doch sei, daß der fünfte Mann immer noch rumlaufen würde, während seine vier Kumpels schon nach drei Tagen geschnappt worden wären, schöpfte er Verdacht. Offensichtlich war Schmidi an der ganzen Aktion nicht unbeteiligt gewesen, und er wußte auch, wie man an Kollek herankommt. Wahrscheinlich hat er ihn gefragt, was Sache sei, und Kollek hatte dann eine Idee. Er mußte Schmidi aus dem Weg räumen und fand es vernünftig, das in meiner Wohnung zu tun. Wahrscheinlich hatte Kollek von Kessler erfahren, daß ich ihm auf den Fersen sei. Also lockte er Schmidi zu mir, findet zu allem Überfluß noch meine Waffe, erschießt ihn damit, und die Sache ist perfekt. Hier ist die Kanone.«

Ich warf ihm die Beretta auf den Schreibtisch.

»Der Tote sitzt bei mir zu Hause im Sofa. Daß Kollek in Frankfurt war, beweist ein Wisch unterm Scheibenwischer an seiner Karre, der an dem Abend im Viertel verteilt wurde.«

Lübars nahm vorsichtig die Beretta in beide Hände und betrachtete sie, als könnte sie ihm was ins Ohr flüstern.

Dann fragte er: »Fingerabdrücke?«

»Tut mir leid, ich hatte noch eine Menge zu erledigen, und dann habe ich das Ding ganz gerne in meiner Nähe.«

Er kniff die Augen zusammen, als wäre das alles zuviel für ihn, und legte die Beretta beiseite.

»Jetzt erzählen Sie noch, dieser Kollek ist auch tot. Oder warum haben Sie ihn nicht mitgebracht?«

»Stimmt. Kessler hat ihn vorhin umgelegt.«

Kessler hob bedauernd die Arme und sagte mit einer Stimme, die Besserung versprach: »Er wollte sich der Festnahme entziehen. Unglücklicherweise bin ich ausgerutscht. Eine dumme Sache.«

Mit schnellem Blick zu Lübars fügte er hinzu: »Wahrscheinlich wird man mich versetzen.«

»Soso«, sagte der Staatsanwalt, weil ihm nichts Besseres einfiel, und als ihm dann was einfiel, »Das klingt alles recht einleuchtend. Aber wie kommen Sie zu dem Vorwurf, Herr Kessler habe mit dem Fall mehr zu schaffen, als ihm sein Beruf vorschreibt?«

Ich zündete mir eine Zigarette an und legte zur Einstimmung Kesslers Kalender auf den Tisch. Das machte mir Mut.

»Sie erinnern sich an den Skandal um die *Rheinmainfarben-Werke*?«

Lübars guckte irritiert, als würde ich einen Witz erzählen.

»Das war der Laden, der Senfgas in den Irak verschoben hat und gleich danach im Vogelsberg ein Zweigwerk hochziehen wollte. Na ja, wegen der jüngsten Ereignisse waren viele dagegen, und für die Bosse bei *Rheinmainfarben* mußte was geschehen, was Kesslers Poesiealbum hier mit ›Stimmung im Lande wenden‹ vermerkt. Und nichts kann die Stimmung in diesem Land besser wenden als zwei Stangen Dynamit, ein ermordeter Arbeitgeber und eine trauernde Witwe. Vielleicht noch sterbende Hunde. Jedenfalls, so ein Tod verlangt nach Rache, und am besten rächt der, der trotz solch tragischer Rückschläge das Lebenswerk des Verstorbenen weiterentwikkelt. In dem Fall Chemie. Und schon wird das neue Werk im Vogelsberg gebaut. So hatten es sich Kollek und Kessler ausgedacht. Wobei Kollek die phantastische Möglichkeit sah, seine Privatangelegenheiten mit dem Ehepaar Böllig in einem Aufwasch zu erledigen. Sein Vorschlag, Friedrich Böllig zum Märtyrer zu machen, stieß auf Entgegenkommen, denn die Fabrik ist unbedeutend und stand in keiner größeren wirtschaftlichen Verbindung mit irgendjemand. Kollek warb also mit Hilfe von Kessler die vier Jungs an, um ein paar Köpfe rollen zu lassen. Was Kollek nicht wußte, was aber wieder in dem Poesiealbum steht, man plante, auch ihn früher oder später umzulegen. Und heute abend hat man ihn umgelegt.«

Ohne auf Kessler oder Lübars zu achten, nahm ich das Kalenderbuch, schlug die entsprechende Seite auf und schob es wieder auf den Schreibtisch.

»Kollek wurde für die Aktion bezahlt. Wie er und Kessler zueinander gefunden haben, weiß ich nicht. Er kam neunundsechzig nach Frankfurt. Vielleicht hat er schon früher für Kessler bestimmte Angelegenheiten geregelt oder sich als Spitzel verdient gemacht. Ich weiß nur, die beiden kannten sich.«

Und dann versuchte ich, das Gespräch, das ich im Böllig-Bungalow belauscht hatte, so exakt wie möglich wiederzugeben. Kessler verzog keine Miene. Seine Augen hatten sich zu zwei dunklen, engen Schlitzen zusammengezogen. Nur sein rechter Zeigefinger trommelte leise auf die Sessellehne. Lübars Hände zitterten, als er das Kalenderbuch nahm. Dann schluckte er und fragte: »Wer ist OB?«

Ich konnte ihm helfen: »Na, so schwer ist das doch nicht. Der Frankfurter Oberbürgermeister ist Rechtsberater bei *Rheinmainfarben*. Seine Frau besitzt ein hübsches Paket Aktien von dem Laden. Und OB ist immer noch das geläufigste Kürzel für Oberbürgermeister. Kessler hat sich ja auch sonst nicht die Mühe gemacht, seine Notizen zu verschlüsseln. Der Oberbürgermeister war Verbindungsmann zu *Rheinmainfarben*, oder überhaupt der Auftraggeber, auf jeden Fall hat er das Ding bei Kessler in die Wege geleitet.«

Lübars legte langsam das Buch weg und machte sich auf die Suche nach einem Loch, in das er verschwinden konnte. Danach sank sein Kopf nach vorn, und er quetschte die Wörter durch die Zähne.

»Herr Kessler . . . was haben Sie dazu zu sagen?«

Der sagte eine Weile gar nichts. Irgendwann fing er an zu lachen, wie ein altes, hysterisches Weib. Plötzlich brach er dann ab und sagte völlig ruhig: »Was soll ich dazu sagen. Es ist unglaublich!«

Lübars murmelte: »Ja, das dachte ich auch.«

Ich stand auf und legte los: »Was wird hier eigentlich gespielt?! In dem verdammten Buch steht doch alles drin! Oder hat der Kommissar das nur zum Spaß da reingekritzelt? Und die Adresse von Kollek?«

Ich knallte vor Lübars die Faust auf den Tisch.

»Warum steht die drin? Oder kann ich nicht lesen? Oder können Sie nicht lesen? Oder kann hier überhaupt niemand mehr lesen?! Sagen Sie's mir, sind das Kochrezepte, oder Liebesbriefe? Sagen Sie's mir!« Ich brüllte: »Ja, es ist unglaublich, wie die Herren festgestellt haben! Aber es steht verdammt nochmal auf diesem scheiß Papier, in diesem scheiß Buch, und dieses Buch gehört nun mal diesem scheiß

Kommissar und seine Geschichte ist eine scheiß Geschichte ... Aber ist das meine Schuld, verdammt nochmal?!«

Ich fuhr zu Kessler herum. »Und wenn Sie mich weiter so angucken wie ein vollgefressener Karpfen, dann hau ich Ihnen die Nase durchs Gehirn, daß 'n Loch bleibt, wo man durchgucken kann!«

Dann nahm ich den nächstbesten Gegenstand, einen vollen Aschenbecher, und knallte ihn gegen die Wand. Danach setzte ich mich.

Gute zwei Minuten waren nur mein Schnaufen und Lübars verstohlenes Hüsteln zu hören. Jemand sagte »Herr Kessler?« ein anderer antwortete »Ja«, mir war alles vollkommen egal. Ich hatte meinen Teil erledigt, sollten sie doch den Rest unter sich ausmachen. Ich schloß die Augen, dachte an laue Sommerabende im Gras, Champagner im Kopf und einen Haufen nußbrauner Mädchen im Himmel. Währenddessen spulte Kessler seine Version ab. Die Eintragungen im Zusammenhang mit OB wären seine Privatangelegenheit, und die Adresse Kolleks habe er im Laufe der Ermittlungen herausgefunden. Schließlich sei er ja auf der Suche nach dem fünften Mann gewesen, und Lübars sagte: »Aha, ich verstehe.«

Ich schlug die Augen auf, als sich eine Hand auf meine Schulter legte. Es war Lübars.

»Herr Kayankaya, ich muß Sie bitten, mir den Namen im Zusammenhang mit dem Mord an Barbara Böllig zu nennen.«

Ich zündete mir in Ruhe eine Zigarette an.

»Und wenn nicht?«

»Machen Sie Ihre Situation nicht noch schlimmer, als sie schon ist. Ich muß Sie sonst wegen Beihilfe zum Mord hierbehalten.«

Ich stand auf und ließ den Rauch langsam aus dem Mund quellen. Mit der Zigarette zeigte ich auf Kessler, der dabei war, in seinen Mantel zu schlüpfen.

»Und was ist mit dem da?«

Lübars atmete tief durch, wobei seine Nasenflügel zitterten.

»Herr Kayankaya, ich warne Sie. Sie sollten in Zukunft solche völlig abwegigen Beschuldigungen für sich behalten. Ich weiß nicht, wie Sie auf diese unglaubliche Geschichte gekommen sind, aber ich rate Ihnen, sich auf eine korrekte Beweisführung zu konzentrieren, wenn Sie einen Fall bearbeiten. Herr Kessler wird freundlicherweise von einer Anzeige wegen Verleumdung absehen.«

Er strich sich kurz mit der Zungenspitze über die Oberlippe.

»Haben Sie mich verstanden?«

Ich war wie versteinert. Erst als Kessler sein Kalenderbuch nehmen wollte, sprang ich zum Schreibtisch und schnappte es ihm vor der Nase weg. Er stemmte die Hände in den Rücken und pfiff mich an: »Meinen Kalender, bitte. Ein zweites Mal werden Sie ihn nicht stehlen.«

Ich steckte das Buch ohne Hast in meine Jackentasche. Mit ausgestrecktem Arm kam er auf mich zu. Ich rieb mir übers Kinn: »Faß mich an, und ich schlag dich windelweich.«

Er hielt inne. Lübars schloß die Augen. Kessler sagte: »Ich muß Sie bitten, die Stadt in den nächsten Wochen nicht zu verlassen. Ihre Theorie über den Mord an diesem Schmidi leuchtet nicht ein. Es ist Ihre Wohnung, Ihre Waffe, und die Polizei haben Sie auch nicht benachrichtigt. Ich bin der zuständige Kommissar und werde Ihre Angaben sorgfältig prüfen. Meinen Kalender, bitte. Oder«, er warf einen zurechtweisenden Blick auf Lübars, »wollen Sie gleich hierbleiben? Ich habe alles gegen Sie in der Hand und lasse Sie nur laufen, damit Sie zur Vernunft kommen und sich Ihre Geschichte aus dem Kopf schlagen können.«

Er hätte mich tatsächlich festnageln können. Aber er wollte

nicht. Ihm war daran gelegen, so wenig öffentliches Aufsehen wie nur möglich zu machen. Und ich hatte keine Lust, die Nacht in der Zelle zu verbringen. Ich schmiß ihm sein Kalenderbuch vor die Füße. Damit war alles vorbei.

An den Schreibtisch gelehnt, murmelte ich mir zu: »Phantastisch, Kayankaya.«

Als Kessler sich längst grinsend an die Stirn getippt und das Büro verlassen hatte, stand ich immer noch so da. Lübars ging hinter den Schreibtisch, hantierte mit Papieren und sagte schließlich: »Es tut mir leid, Herr Kayankaya.« Dann, nachdem sich die schwerwiegenden Worte gesetzt hatten: »Vielleicht kam Ihre Geschichte der Wahrheit ziemlich nahe, aber, verstehen Sie, der Oberbürgermeister . . . ein paar zweideutige Notizen, das reicht nicht . . . und dann so eine Anschuldigung, ich würde meinen Kopf riskieren.« Er seufzte und wiederholte: »Es tut mir wirklich leid.«

Ich betrachtete meine Schuhe: »Warum haben Sie solche Angst vor Kessler?«

Lübars nahm seine Aktentasche, und wir verließen das Büro.

»Nun, er hat eine Menge Einfluß, und . . .«, er schloß die Tür ab, drehte sich um und sah zu Boden, ». . . seine gute Beziehung zum Oberbürgermeister ist bekannt.«

7

Slibulsky gab sich alle Mühe, nett zu sein. Wir fuhren durch die dunklen Straßen. Das Scheinwerferlicht brach sich im Regen. Kleine Blitze zuckten über die Dächer.

Slibulsky sagte: »Wünsch dir irgendwas, ich mach es möglich.«

Ich dachte nach, während er den Wagen um eine Baustelle herumlenkte.

»Daß Whitney Houston einmal nur für mich alleine singt.«

Ich meinte es ernst.

»Und wer ist das?«

Ich drückte die Zigarette aus, lehnte mich zurück und sagte: »Ach, egal.«

Als wir an der nächsten Ampel halten mußten, fragte Slibulsky: »Wo fahren wir denn nun eigentlich hin?«

»Weiß nicht. Noch ein bißchen so herum.«

Lange sagte keiner ein Wort. Nur der Motor brummte beruhigend. Ich zog die Flasche Wodka unterm Sitz hervor.

»Kann man so'n Zeug in den Knast schicken?«

Slibulsky machte ein ratloses Gesicht. Ich schob die Flasche zurück und sah aus dem Fenster.

»Ich kenne da 'ne kleine Bar, gemütlicher Laden, leise Musik und so . . .«

Ich schüttelte den Kopf: »Ich brauche jetzt laute Musik, pralle Mädels und die Birne voll Bier, daß man's schwappen hört. Fahr nach Sachsenhausen.«

Slibulsky wendete und fuhr nach Sachsenhausen.

Als wir in die Kneipe kamen, die wie alle hessischen Kneipen heißen, nämlich so, daß man's nicht versteht, fiel gerade das Licht aus. Wir schoben uns durch ein Chaos aus Feuerzeugen, Kerzen und johlenden Menschen und fanden an einem Tisch mit Leuten um die Zwanzig herum Platz. Sie erzählten sich Männerwitzchen und tranken Apfelwein, was das Zeug hielt. Einer hatte aufgesteckt. Er lag mit dem Kopf auf der Tischplatte und schnarchte unregelmäßig.

Als wir lange genug gewartet hatten, stand ich auf und schnappte mir den Kellner. Er kniff die Augen zusammen.

»Zwölf Bier?! Für Sie?«

»Wir sind zu zweit.«

Er meinte »aha«, und ich ging zurück zu Slibulsky. Irgendwann drängelte der Kellner sich dann mit einem riesigen Tablett durch die Tischreihen, stellte die Ladung ab und wünschte gutes Gelingen.

Hinter uns schlug einer mit der flachen Hand auf den Tisch und schrie: »Leute, stellt euch mal vor, 'ne Frau ganz aus Bier. Stellt euch das mal vor! Das wär 'ne Frau! Stellt euch das mal vor.«

Er seufzte und sackte seinem Nachbarn gegen die Schulter.

Slibulsky und ich sprachen nur so Sachen wie »Nicht schlecht, das Bier«, »Mhm, gar nicht schlecht«.

Die Jungs nebenan waren inzwischen dabei, den Saal nach etwas abzusuchen, über das man, nach ihren Worten, ›mal rüberrutschen könnte‹. Ein dünner mit schlechten Zähnen und kurzem verschwitztem Haar patschte mir auf die Schulter: »Guck mal, Kumpel, die da! Bombenbiene. Und sone Möpse!«

Der neben mir brüllte: »Mensch Charly, ist doch 'n Türke! Türken wollen doch nur Weiber mit 'nem Riesenarsch. Kein Kopf, keine Beine, nur Arsch, verstehste? So groß!«

Ich sagte dem einen, er könne mal ganz schnell seine Pfoten wegnehmen, und den anderen forderte ich auf, mit mir vor die Tür zu kommen. Er war ein stämmiger Typ mit viereckiger Kinnlade und blondem, krausem Haar, sein buntes Hemd war so ziemlich bis zwischen die Beine aufgeknöpft. Die Jungs starrten ihn gespannt an. Er erhob sich langsam. Als zwei andere es ihm nachtun wollten, winkte er ab. »Laß man, regel ich solo.«

Ich bat Slibulsky zu zahlen, wir würden danach gehen.

Vor der Tür war der Blonde eine Sekunde unschlüssig, was jetzt genau passieren sollte. Ich nutzte das, schlug ihm sofort einmal fest aufs viereckige Kinn, so daß sich die Sache hatte. Er strauchelte, fiel und blieb liegen. Kurz danach kam Slibulsky, und wir stiefelten zum Wagen. Ich war müde. Wir fuhren los, und nach hundert Metern fing ich an zu schnarchen.

In Höhe Hauptbahnhof weckte mich eine Polizeisirene, und ich bat Slibulsky anzuhalten. Ich suchte meine Beine zusammen, torkelte in den Reiseshop, kaufte eine Flasche Chivas und torkelte zurück. Slibulsky betrachtete mißmutig den Whisky und meinte: »So schnell gibst du nicht auf, was?«

Ich schüttelte den Kopf und war schon wieder eingeschlafen.

Schließlich standen wir vor meiner Wohnung. Slibulsky hing im Sitz. Er sprach mit leiser, rauher Stimme. »Du bist nicht der schlechteste Kerl auf der Welt, Kayankaya.«

»Mhm«, stimmte ich ihm zu und stieg aus. Er brauste davon. Ich schlurfte durch den Regen in Richtung Haus Nummer sieben. Den Chivas trug ich mit beiden Händen vor mir her. Plötzlich löste sich ein Schatten aus der Einfahrt.

»Ich suche Sie schon den ganzen Tag. Und vor zwei Stunden hat Kommissar Kessler selbst in der Redaktion angerufen und erklärt, unsere Mandanten seien mehr oder weniger unschuldig. Der fünfte Mann, ein gewisser Kollek, hat die vier nur benutzt, um die Polizei hinters Licht zu führen. Stellen Sie sich das mal vor!«

Carla Reedermann gestikulierte aufgeregt. Dann musterte sie mich mitfühlend. »Es tut mir leid für Sie. Sie haben sich so bemüht. Und die Idee mit dem Spitzel war ja auch nicht schlecht, aber . . . Auf jeden Fall bin ich gekommen, um Ihnen das zu sagen, damit Sie es nicht aus der Zeitung erfahren. Außerdem möchte Anastas sich bei Ihnen entschuldigen. Er gibt zu, gestern etwas . . . ruppig gewesen zu sein.« Sie lächelte liebenswürdig.

Erst grinste ich und dann lachte ich los, lachte wie blöde, ohne mich beruhigen zu können.

»Ich verstehe nicht ...«

»Das macht nichts, Schätzchen. Dafür verstehst du ja sonst allerhand.«

Sie trippelte unschlüssig übers Pflaster und murmelte dann: »Nur, wer Anastas überfallen hat, bleibt ein Rätsel.«

Ich versuchte mir eine Zigarette anzuzünden, aber der Regen spülte die Glut immer wieder weg, und so ließ ich es bleiben. »Na, Kollek zum Beispiel, vielleicht zusammen mit Kessler, oder vielleicht mit dem Oberbürgermeister, oder mit mir ... oder war's der liebe Gott?«

Ihre Haare und ihr Mantel waren klatschnaß. Das sah sehr hübsch aus, auch wenn sie jetzt wütend loszeterte. »Was wollen Sie eigentlich?! Zuerst tun Sie so, als interessiere Sie alles überhaupt nicht, dann markieren Sie den wilden Mann, der auf Teufel komm raus hinter der Sache her ist, und jetzt ist Ihnen wieder alles egal.«

Ich warf die Arme hoch. »Was ich will? Ich will Bier. Mehr Bier! Viel mehr Bier!«

Ich schob mich an ihr vorbei und wankte den Bürgersteig hinunter. Auf halbem Weg holte sie mich ein, sagte »Entschuldigung« und fragte, ob sie mit zu mir kommen könne.

Einen Augenblick lang überlegte ich.

»Bei mir oben liegt ein Toter. Das ist kein schöner Anblick. Vielleicht ein andermal ... aber ich denke, jetzt nicht.«

Ich ließ sie im Regen stehen.

Dann war ich in meiner Wohnung. Ich packte Schmidi in zwei alte Bettlaken und schleifte ihn auf den Flur. Danach schenkte ich mir ein Glas Chivas ein und lehnte mich ans Fenster. Eine Katze schrie, und auf der Straße brüllte jemand »Rotfront!«

Ich stand noch eine Weile so da und starrte in den Regen.

Januar 1987

Reagan fordert Endlösung in der Palästinafrage

Gaddhafi trug Jeans!

Theo Sontag in seinem politischen Kommentar: War es eine Finte?

Atomreaktor in Biblis undicht

Der Innenminister spricht von ›geringfügiger Verseuchung der umliegenden Bevölkerung‹ und warnt vor ›unbegründeter Panikmache‹.

US-Verteidigungsminister vor der NATO

›Wir wollen eine Zweitschlagwaffe, die einen Drittschlag unmöglich macht.‹

›Dafür sind unsere Frauen ehrlicher‹

Der Bundeskanzler zum Abschluß seiner Asienreise in Bangkok.

Ehemaliger Frankfurter Oberbürgermeister stellt sich für das Amt des Bundespräsidenten zur Verfügung

Erwarteter Richterspruch im Böllig-Prozess

Die vier Angeklagten wurden jeweils zu einer zweijährigen Haftstrafe ohne Bewährung verurteilt. Viele Fragen zu der Rolle Herbert Kolleks blieben unbeantwortet. In seinem Plädoyer un-

terstrich der Staatsanwalt noch einmal ›die eindeutig staatsfeindliche Grundeinstellung der Angeklagten‹.

. . . Gladbach verlor durch das Tor der Stuttgarter in der neunundachtzigsten Minute unglücklich mit eins zu zwei.

Ich legte die Zeitung weg und warf zwei Aspirin ins Glas. Es war Samstag, zehn Uhr morgens, draußen schneite es wie der Teufel. Neben der Kaffeetasse lagen zwei Briefe, einer von der Staatsanwaltschaft und einer von der Gefängnisverwaltung Preungesheim. Ich riß den von der Staatsanwaltschaft auf und erfuhr meine inzwischen dritte Vorladung im Fall Schmidi. Kessler leistete nach wie vor ganze Arbeit, um mich wegen Mord dranzukriegen. Den von der Gefängnisverwaltung hielt ich eine Weile in der Hand und öffnete ihn dann behutsam. Man teilte mir mit, Nina Scheigel, geborene Kaszmarek, sei in der Nacht zum dritten Januar verstorben. Ihrem Wunsch, mich in diesem Falle zu benachrichtigen, komme man mit dem Brief nach.

Ich trank das Aspirin, zündete mir eine Zigarette an und rauchte vor mich hin, bis das Telefon klingelte. Es war Slibulsky.

»Um zwei bei Karate?«

Ich sagte, das ginge in Ordnung, und legte auf. Dann machte ich frischen Kaffee.

EIN MANN, EIN MORD

Für Iki

1

Ich saß am Schreibtisch, kritzelte meine Gladbacher Mannschaftsaufstellung für ein Spiel im Jenseits in den Kalender und langweilte mich mit Herrn Kunze.

Borussia im Himmel:

	Kleff	
	Hannes	
Vogts		Frontzeck
	Stielike	
Bonhof		Simonsen
	Netzer	
Heynckes	Jensen	Laumen

Herr Kunze war mein Vermieter. Durch den Hörer rechnete er mir vor, weshalb die Miete ab nächsten Monat erhöht werden müßte – um dreißig Prozent – und warum das Leben kein Zuckerschlecken sei. »Frau und Kinder«, stöhnte es aus der Muschel, und ich setzte Sieloff, Mill, Kamps und mich auf die Ersatzbank, Weisweiler auf eine Wolke. Dann unterbrach ich. »Wenn ich Sie richtig verstanden habe, Herr Kunze, bin ich für Sie der beste Mieter auf der Welt, und am liebsten würden Sie mir was draufzahlen, damit ich das Büro behalte. Auf der anderen Seite kann Ihre Frau mit weniger als zehn Pelzen nicht leben, ohne daß sie Migräne bekommt und Ihnen die Hölle heiß macht. Schön, jeder muß sehen, wo er bleibt. Trotzdem finde ich tausend Mark für ein Zimmer mit Waschbecken und regelmäßigem Stromausfall übertrieben.«

»Völlig Ihrer Meinung, mein Lieber, völlig! Ich sage immer, Arbeitsplatzqualität macht fünfzig Prozent Lebensqualität aus, dann die Wohnqualität und das Zwischenmenschliche – das natürlich ganz besonders. Aber nun versetzen Sie sich mal in meine Lage: elf Häuser in Frankfurt, der Reitstall, vier Autos – was das allein an Steuern kostet! Und dann die Reparaturen, und, und, und . . .«

Ich legte ein Kissen auf den Hörer, kramte zwei Aspirin aus der Schublade, warf sie in ein Glas Wasser und sah, den Kopf in beide Hände gestützt, zu, wie es sprudelte. Herrn Kunzes Stimme kam wie eine gefangene Hummel unter dem Kissen hervor.

Es war der einunddreißigste März neunzehnhundertneunundachtzig, neun Uhr morgens. Ich hatte Schulden und keine Aufträge. Der Wasserhahn tropfte, die Kaffeemaschine war kaputt und ich müde. Mein Büro glich einer Arbeitsbeschaffungsmaßnahme für Anonyme Alkoholiker. Aktenordner und leere Bierflaschen waren über Boden und Regale verteilt, die unbeschriebenen Karteikarten rochen nach verschüttetem Whisky. Einziger Wandschmuck ein vier Jahre alter Chivas-Regal-Kalender und eine Postkarte von den Bahamas. Ein Heiratsschwindler, dem ich letzten Herbst auf der Spur gewesen war, hatte sie mir als Einladung zum fünfzigsten Geburtstag geschickt. ›. . . werde sozusagen den goldenen Junggesellen feiern. Würde mich über Ihr Kommen sehr freuen.‹ Das Bild rundeten ein grauer fleckiger Teppichboden voller Brandlöcher, eine vom Zigarettenrauch gelb verfärbte Tapete und die im Raum verteilten Überreste der geplatzten Kaffeemaschine ab. Im Grunde genommen konnte mir ein Umzug nicht schaden.

Ich trank das Aspirin und ging zum Fenster. Aprilwetter mit allen Schikanen. Wolken stürmten über den Himmel wie Elefanten; zwischendurch ein Flecken Blau, ein Strahl Sonne, dann wieder Regen. Eine alte Frau kämpfte sich mit Krückstock und Pudel die Häuserwände entlang. Kinder wurden wie Plastiktüten über die Straße gefegt. Im Rinnstein kullerte ein Hut. Die warme Heizung schmiegte sich an meine Knie, und ich erinnerte mich verzweifelter Bittgänge zu Hausverwaltungen und Vermietern, die mir vor sechs Jahren den Winter verdorben hatten. Sie waren im großen und ganzen immer nach dem gleichen Muster verlaufen: Hinter einem Schreibtisch ein Mann mit gefalteten Händen, das Lächeln süßlich, die Augen zu unheilverkündenden Schlitzen verzogen, fragt, als hätte er was Besseres zu tun: »So, so, Herr Kayankaya, Sie sind also Privatdetektiv. Interessanter Name, Kayankaya.«

»Weniger interessant als türkisch.«

»Ach.« Das Lächeln wird noch süßer, und die Schlitze sind kaum mehr dicker als Rasierklingen. »Türke. Ein türkischer Privatdetektiv? Was es nicht alles gibt. Und wieso sprechen Sie so gut Deutsch, wenn ich mir die Frage erlauben darf?«

»Weil ich keine andere Sprache gelernt habe. Meine Eltern sind früh gestorben, und ich bin in einer deutschen Familie aufgewachsen.«

»Aber Türke sind Sie – ich meine . . .«

»Ich habe einen deutschen Paß, falls Sie das beruhigt.«

Seine Zunge fährt unentschlossen über die Lippen, um dann zu verschwinden und einer Stimme Platz zu machen, die so unschuldig wie hüpfende Kinder daherkommt.

»Dürfte ich einmal sehen?«

Ich gebe ihm das grüne Heftchen. Er blättert darin. Seine Augen zerlegen es in Atome.

»Nicht, daß eine türkische Herkunft für ein Mietverhältnis bei uns irgendeine Bedeutung hätte. Und da sogar die deutsche Staatsbürgerschaft vorliegt . . . trotzdem möchte man natürlich wissen, mit wem man es zu tun hat.«

Er schlägt das Heftchen zu und gibt es mir zurück.

»Ich hätte eher auf den arabischen Raum getippt. Ihr Profil, die Art – der Türke im allgemeinen ist anders.«

»Wie ist er denn so?«

»Kleiner, würde ich sagen, asiatischer, irgendwie unumgänglicher – eben anders.«

Hat er nun einen Büroraum für mich oder nicht. Ich räuspere mich und frage. Er weicht aus, kommt mit Floskeln und schreibt sich schließlich meine Telefonnummer auf einen Zettel, der aussieht, als gehöre er nirgendwo anders hin als in den Papierkorb. Ich verabschiede mich. Eine Woche später werde ich von einer Sekretärin abgewimmelt.

Ich fegte Kippen und tote Insekten vom Fensterbrett, lehnte mich mit dem Rücken zur Straße dagegen und betrachtete, die Arme verschränkt, mein Büro. ›Ein bißchen aufräumen, den Teppichboden auswechseln und ein frischer Kalender‹, dachte ich, ›das könnte die Arbeitsplatzqualität enorm steigern.

Als ich das Kissen vom Hörer nahm, hatte Herr Kunze aufgelegt. Im nächsten Moment klingelte es an der Tür. Ich drückte den Summer. Die Tür öffnete sich, und eine bunte Kugel schob sich herein. Braune Bommelschuhe, weiße Hose, roter Gürtel, blau-weiß gestreiftes Hemd, grüne Krawatte mit Pünktchen, blauer Mantel, dicker Bauch, kurze Beine. Von Kopf bis Fuß auf Lebenslust eingestellt, blieb er neben der Tür stehen und musterte entgeistert das Büro. Er stand einfach da und guckte; und je länger er stand, desto weniger schien ihm einzuleuchten, was er hier zu suchen hatte. Schließlich fragte ich: »Kann ich Ihnen helfen?«

Vorsichtig, als habe er Angst, seine Schuhe könnten schimmeln, durchquerte er den Raum, blieb vor meinem Schreibtisch stehen und fuhr sich durch die Haare. Dann rückte er die rosa Brille zurecht und fiepte: »Mein Name ist Weidenbusch, ich will Sie engagieren.«

Er fiepte tatsächlich. Entweder drückte sein Bauch von unten auf die Stimmbänder, oder die Krawatte war zu fest gebunden, jedenfalls fiepte er wie ein Welpe. Alles in allem machte er den Eindruck eines durchschnittlichen Westendaffen, der Rotwein schlürft, ohne Bier von Fanta unterscheiden zu können, gebügelte Unterhosen trägt und meint, rosa Brillen und bunte Uhren machten Charakter. Was ihm fehlte, war ein gepflegter Vier-Tage-Bart, und dafür konnte er nichts.

»In welcher Angelegenheit?«

»Nun . . .« Er räusperte sich. Und nach wiederholtem Seitenblick: ». . . ich störe Sie nicht zufällig beim Umzug?«

Ein Wink mit dem Betonpfeiler.

»Nein«, brummte ich, lächelte ihn an, nahm eine leere Zigarettenschachtel, knüllte sie zusammen und warf sie durchs Zimmer.

»Das ist so mein Stil.«

»Ach.«

Er versuchte zurückzulächeln. Es gelang ihm halbwegs, und als wir uns eine Weile angelächelt hatten und es aussah, als könnten wir gar nicht mehr damit aufhören, fragte ich: »Aber Sie sind wohl kaum gekommen, um mit mir über Büroeinrichtung zu diskutieren?«

»Nein, natürlich . . .«

Ich wies auf den Besuchersessel. Wenn man mich mochte, konnte man ihn antik nennen.

»Setzen Sie sich.«

Er drehte sich um, machte zwei Schritte, sah den Sessel und hielt inne.

»Wenn Sie natürlich lieber im Stehen reden . . .«

Er nickte dankbar: »Im Stehen redet es sich tatsächlich oft viel besser.«

»Na schön. Dann mal raus mit der Sprache. In ’ner halben Stunde hab ich Termin bei der Maniküre.«

Ich hätte nichts Selbstverständlicheres sagen können.

»Entschuldigen Sie. Also . . .«, seine Augen wurden groß wie Pflaumen, ». . . es handelt sich um Entführung.«

»Wer oder was?«

»Meine Freundin.«

»Wann?«

»Heute.«

Ich sah auf die Uhr.

»Heute?«

Er nickte.

»Auf die Idee, sie könnte zum Frühstück verabredet sein oder beim Frisör, sind Sie aber schon gekommen?«

»Der Fall liegt anders – ich meine, ich weiß, wo sie ist.«

»Ach, das wissen Sie.« Ich lehnte mich zurück. Irgendwie wollte unser Gespräch nicht recht in Gang kommen. »Nicht gerade üblich bei ’ner Entführung.«

Er schüttelte den Kopf.

»Sie verstehen mich nicht. Ich weiß, was sie vorhatte, und . . . es ist nämlich so . . .«

Wieder faßte er sich an die Brille. Er machte sich überhaupt dauernd an ihr zu schaffen, wenn er nicht am Schlips zupfte oder sich durch die Haare fuhr.

». . . meine Freundin ist Thailänderin.«

Er sah zu Boden, und ich runzelte die Stirn. Um ein bißchen Leben in die Veranstaltung zu bringen, fragte ich: »Und Sie haben die letzte Rate nicht gezahlt? – Oder war’s ein Probeexemplar?« Und tatsächlich ging ein überraschend vitaler Ruck durch die Kugel.

»Wie bitte?!«

»Schon gut. Erzählen Sie weiter.«

Einen Augenblick zögerte er, lief dann durchs Zimmer und

sah mich zwischendurch an, als hätte ich was über seine Mutter gesagt. Die Mundwinkel zuckten.

»Ja, sie kommt aus Thailand. Aber nicht so, wie Sie denken.«

Mehr zu mir selbst murmelte ich: »Eigentlich denke ich gar nicht«, und er nickte zustimmend. Fast wurde er mir sympathisch.

»Wir haben uns ganz normal in einer Diskothek kennengelernt. Jedenfalls am Anfang war es so. Sie sagte, sie würde Verwandte besuchen. Die ersten Tage mit ihr waren wie ein Traum.«

Er erging sich über die internationale Sprache der Liebe. Thailändisch oder deutsch – Gefühle sagen mehr als tausend Worte und so weiter. Dann kam er ins Stocken, seufzte und schwieg. Ich klemmte eine Zigarette zwischen die Lippen und tat es ihm nach. Als ich genug gewartet hatte, fragte ich: »Und?«

Mit einer Mischung aus Kummer und Sehnsucht im Blick sah er auf und hob flehend die Arme.

»Ich will Ihnen doch nur vermitteln, wie wichtig sie mir ist, verstehen Sie? Sie denken, ich wär so ein Kerl mit Thailänderinnen, aber so einer bin ich nicht. Ich . . . wissen Sie, wir haben zusammengesessen, einfach so. Sie hat mit den Augen gefragt, und ich habe mit einer Berührung geantwortet . . .«

Ich knallte die flache Hand auf den Tisch.

»Und als Sie ihr erklären wollten, wo die Toilette ist, ist sie aus 'm Fenster gesprungen! Mann, kommen Sie doch mal auf 'n Punkt. Daß Sie verliebt sind, sehe ich, sonst würden Sie nicht die schlimmsten Stunden Ihres Lebens durchmachen, weil in meinem Büro keine Bistrotischchen rumstehen. Und wenn Sie Probleme wegen einer Thailänderin haben, Ihre Sache. Ihre Freundin ist entführt worden, und mein Job könnte es sein, sie wiederzufinden. Könnte, wenn Sie erzählen, was passiert ist, und aufhören, mir über die Sprache der Liebe in die Jacke zu heulen.«

Er machte den Mund auf und zu, und sein Kinn fing an zu zittern. Dann schloß er die Augen, fuhr mit Daumen und Zeigefinger unter die Brille und drehte sich weg. Sein Rücken zuckte. Ich seufzte. Plötzlich schien die Sonne durchs Fenster, und ich hatte Lust, auf die Straße zu gehen, in die Stadt, irgendwo ein Bier trinken. Statt dessen rappelte ich mich aus dem Sessel, ging zu der bunten Kugel und knetete ihr die Schulter.

»Jetzt machen Sie sich mal nicht verrückt. Wir werden sie schon finden.« Seine Pflaumenaugen blickten auf. Sie hatten einen feuchten Glanz. Ich grinste. »Und Sie werden es noch früh genug bereuen. Beide. Spätestens, wenn Sie eine Sprache sprechen. Dann ist es vorbei mit Augen- und Berührungs-Trallala, dann wird über Suppe geredet, Haarwaschmittel, Wetterbericht. Nix mehr Herzklopfen und Kerzenschein, sondern Müll runterbringen und Sportschau verboten.«

Es war nicht auszumachen, ob er lachte, aber es schien so eine Andeutung davon. Ich gab ihm einen Klaps und setzte mich zurück hinter den Schreibtisch. Er schniefte noch ein bißchen, um dann langsam, die Worte wie ein altes Brötchen kauend, fortzufahren: »Eine Woche später erfuhr ich, daß sie in einem Club arbeitet. Sie wissen schon. Zuerst war ich außer mir, und dann setzte ich alles dran, sie dort rauszuholen. Dreimal hab ich sie besucht . . . an ihrem Arbeitsplatz. Schrecklich, ganz schrecklich.« Er schüttelte sich. »So etwas können Sie sich nicht vorstellen!«

»Na ja.«

Ich wiegte nichtssagend den Kopf. ›Ein Hurenretter‹, dachte ich, ›ein bonbonfarben verpackter Hurenretter mit rosarundem Guck-in-die-Luft. Und ich soll ihm dabei helfen, weil er Angst hat, sich in so einem Schuppen die Krätze zu holen.‹ Aber ich dachte falsch, und was er in der nächsten halben Stunde durchs Büro tappend erzählte, war auf den Punkt gebracht folgendes: Weidenbusch hatte Sri Dao, so hieß die Freundin, für fünftausend Mark freigekauft, die Summe, die sie dem Club angeblich für Anreise, Unterkunft und Verpflegung schuldete, und zu sich in die Wohnung genommen. Nach den Flittertagen fingen sie an zu überlegen, was weiter geschehen sollte. Sri Daos Aufenthaltsgenehmigung würde in drei Wochen ablaufen, und sie hatte weder Geld noch Lust, nach Thailand zurückzufliegen. Ein Asylantrag mochte Aufschub bedeuten, wäre aber mit hundertprozentiger Sicherheit abgelehnt worden; heiraten, so Weidenbusch, wollten beide nicht. Die Zeit verging, ohne daß sie eine Lösung fanden, und das vorgeschriebene Abreisedatum war bereits um einige Tage überschritten, als sie in eine Paßkontrolle gerieten. Der Polizist nahm Sri Daos Personalien auf und drohte mit Abschiebung, sollte sie nicht innerhalb der nächsten drei Tage das Land verlassen haben. Wäre Weidenbusch nicht dabeigewesen, man hätte sie sofort in Haft genommen. Am nächsten Morgen, Sri Dao packte schon die Koffer, klingelte das Telefon. Ein Mann, der sich mit Larsson vorstellte, bot gegen dreitausend Mark in bar falsche Papiere an; sie hätten eine halbe Stunde Zeit, sich zu entscheiden, dann würde er wieder anrufen. Weidenbusch und Sri Dao entschieden sich und trafen mit dem Anrufer folgende Abmachung: Sri Dao steht am nächsten Morgen, sieben Uhr, mit Geld und Paßbild am Taxistand Hauptbahnhof Ostseite. Alleine. Ein grauer VW-Bus holt sie ab und bringt sie an einen geheimen Ort, wo man die Papiere bastelt. Vierundzwanzig Stunden später sei sie wieder zu Hause.

Sie taten wie verlangt, mit einer Abweichung: Sri Dao kam nicht alleine. Der graue VW-Bus fuhr vor, ein Mann mit Sonnenbrille und Schnurrbart sprang heraus, öffnete die Schiebetür und rief Sri Dao »schnell, schnell« zu. Im gleichen Moment ging Weidenbusch dazwischen und verlangte Auskunft über das Ziel der Reise. Der Schnauzbart stieß ihn zur Seite, schob Sri Dao, die »No, no« und »This is my man« schrie, mit Gewalt ins Wageninnere, schloß die Schiebetür und setzte sich hinters Steuer. Weidenbusch riß die Beifahrertür auf, doch bevor er einen Laut von sich geben konnte, klebte ihm ein Pistolenlauf am Kinn. Sekunden später war der VW-Bus verschwunden, und Weidenbusch saß im Schock auf dem Bordstein. Irgendwann in der nächsten Stunde kam ihm dann die Idee, einen Privatdetektiv aufzusuchen, und jetzt war er hier. Zitternd und wild mit den Armen gestikulierend stand er vor mir und wiederholte immer wieder: »Mit einer Pistole, einer echten Pistole – hier . . .«, er zeigte auf seine rechte Wange, ». . . eine falsche Bewegung, und . . .« Er schlug die Hände vors Gesicht und schüttelte den Kopf.

Ich bot ihm eine Zigarette an, und er nahm sie, ohne hinzuschauen. Plötzlich blieb er stehen, betrachtete erstaunt den weißen Stengel zwischen seinen Fingern, ließ ihn fallen und trat mit dem Schuh drauf. Während ich mich noch über die auf einmal so häusliche Umgangsform mit meinem Büro wunderte, plumpste er in den Besuchersessel, streckte die Beine von sich und kommandierte in höchsten Fisteltönen: »Ich will, daß Sie sie wiederfinden, und ich will, daß Sie dem Verbrecher die Fresse polieren!«

›Fresse polieren‹ klang, als hätte er es für heute auswendig gelernt.

Ich pulte mit einem Streichholz an meinen Fingernägeln herum. »Wie sind Sie auf mich gekommen?«

Er stutzte. Seine Wimpern klimperten irritiert. Er schwieg.

»Ich nehme an, Sie haben im Branchenverzeichnis nachgeschaut. Warum Kayankaya, warum nicht Müller?«

»Weil sie Thailänderin ist, und ich dachte . . .«

»Sie dachten, Thailand – Türkei, fängt beides mit T an.«

»Wie konnte ich wissen, daß Sie Türke sind? Im Gegenteil. Ich hätte erwartet . . . aber . . .«

Der Satz blieb unbeendet zwischen uns hängen, als hätte jemand Stacheldraht durchs Zimmer gespannt.

Sie besuchen Ausstellungen in New York und gehen auf Safari in Afrika; sie kiffen in Kairo, essen japanisch und wollen Moskau Demokratie beibringen; sie sind international bis auf die Pariser Unterhose – aber einen Türken ohne Sperrmüll unterm Arm und zehn ungewaschenen Kindern an der Hand, das geht nicht rein in ihren Schädel. Ich war froh, bei Weidenbusch kein Zimmer mieten zu wollen. Ich warf das Streichholz weg und musterte meine Fingernägel. »Wie heißt der Club, in dem Ihre Freundin gearbeitet hat?«

»*Lady Bump*. In der Elbestraße.«

»Und wem haben Sie die fünftausend Mark gegeben?«

»Einem Mann namens Korble oder Köble . . .«

». . . Köberle? Charly Köberle?«

»Ja, genau.«

»Wer wußte sonst noch, wann die Aufenthaltsgenehmigung abläuft?«

»Nun . . . ein paar Freunde, und meine Schwester.«

»Was macht Ihre Schwester?«

»Sie arbeitet in einer Kindertagesstätte – therapeutisch, sozialtherapeutisch.«

»Kindergärtnerin?«

». . . so ähnlich.«

Ich angelte mir eine Zigarette und rollte sie zwischen den Fingern. »Sie sehen nicht aus wie einer, der auf mysteriöse Anrufe eingeht. Und daß das keine Spaßmacher sind, war immerhin abzusehen.«

»Ich hätte auch niemals zugestimmt, wenn nicht . . .« Für

einen Moment schloß er die Augen und schluckte. Seine Hände verkrampften sich wie miteinander ringende Kraken.

»... sehen Sie, gestern morgen, die gepackten Koffer, es ging alles so schnell, und dann ...« Erschöpft ließ er die Schultern sinken.

»Kennen Sie noch jemand, dem so ein Angebot gemacht wurde? Eine der ehemaligen Kolleginnen im *Lady Bump* zum Beispiel?«

»Nein.«

»Na schön. Zweihundert Mark am Tag plus Spesen. Ihre Adresse, die Telefonnummer, wo Sie tagsüber zu erreichen sind, und den vollständigen Namen Ihrer Freundin. Ich will sehen, was sich machen läßt.«

Aus einer krokodilledernen Brieftasche wechselten fünf Hundertmarkscheine über den Schreibtisch.

»Und noch was, ich bin kein Schläger. Wenn Sie jemand möchten, der Fressen poliert ...«

»Nein, nein – ich war vorhin nur sehr erregt. Entschuldigen Sie.«

Ich entschuldigte und strich das Geld ein. »Ihr Beruf?«

»Künstler.«

Mir blieb die Sprache weg. »Hä?«

Eifrig, mit jetzt nervösem Glanz in den Augen, erklärte er: »Ja, Bildhauer und Maler. Und ich schreibe, Kurzgeschichten und fürs Fernsehen. Vielleicht drehe ich demnächst sogar einen Film. Und beim Radio bin ich auch.«

Ich glotzte ihn an. »Alles auf einmal?«

»Ich kann nicht anders. Ich muß was tun, muß arbeiten und kreativ sein, sonst werde ich verrückt.«

»Aha. Haben Sie's mal mit Fernsehen und Bier versucht?«

Er machte ein richtig nettes Gesicht und sagte nur für mich: »Das halte ich nicht aus. Wirklich. Wenn Sie das können, ich beneide Sie darum.«

Ich überlegte, ob er da nicht etwas verwechselte, aber schließlich war es mir auch egal. »Ihre Adresse?«

Er gab mir seine Visitenkarte. Links ein Blümchen, rechts ein Blümchen, in der Mitte Manuel Weidenbusch.

»Sri Dao Rakdee. Rakdee mit zwei e.«

Ich schnippte meinen Daumennagel gegen die Visitenkarte und sagte: »Auf Wiedersehen.«

2

Eine schwarze polternde Decke hatte sich über Frankfurt gelegt, und die ersten Tropfen fielen. Ich bugsierte den Opel zwischen zwei Offenbacher Cabrios, ließ den Wagen quer stehen und rannte die Treppe zum *Eros-Center Elbestraße* hoch. Zwei graue Plastiklappen markierten den Eingang. Sie sahen aus, als kotze jeder Besucher zum Abschied einmal dagegen. Ich stieß die Lappen auseinander und war im rundum gekachelten, rosa beleuchteten Erdgeschoß. An den Wänden hingen vollbusige Gipsbüsten und Witzbilder in der Art ›Jäger jagt Hirsch, während Hirsch Jägersfrau besteigt‹. Dazu seufzte eine italienische Halsschmerzenstimme aus unsichtbaren Lautsprechern ›Amore, amore‹. Die Luft war dick und süß, und man meinte, sie schlüge Wellen, wenn man sie durchschritt: ein verkommenes, riesiges Luxus-Pissoir, nur daß die Klofrauen Strapse und bunte Schlüpfer trugen. Kurz hinter dem Eingang zogen sich Türen links und rechts durch die düsteren Gänge. Alle drei Meter eine, dahinter ein verschwitztes Zimmer. Handtuch auf dem Bett, Pornobilder an der Wand, ein Waschbecken, eine Packung Kleenex. Die meisten Türen waren geschlossen. Vor den offenen saßen Frauen auf Hockern, die Beine lang in den Flur gehängt, das Lächeln falsch wie Glasperlen, gelangweilt und jede Menge Putz im Gesicht. Um diese Uhrzeit arbeitete nur, wer es mehr als nötig hatte. Außer ein paar Spannern, die drei-, viermal die Runde machten und jedesmal neu ein Gesicht zogen, als wären sie hier rein zufällig hineingeraten, war kein Betrieb.

Abseits, in einer Ecke versteckt, lag der hauseigene Kiosk. Sprudel und belegte Brötchen fürs Personal. Drei Fliegen leisteten den Brötchen unter einer Glasglocke auf der Theke Gesellschaft. Ich lehnte mich daneben und zündete mir eine Zigarette an. Der kleine Mann unter mir, mit dem Kassengestell auf der Nase und der kalten Selbstgedrehten im Mundwinkel, saß in eine Decke gehüllt und grübelte über einem Puzzle. Der deutsche Bundeskanzler in fünfzig Teilen. Neben ihm ein volles Glas Wermut, vor ihm ein schlafender Dackel in gestricktem Leibchen, im Regal eine verstaubte Batterie Limonadendosen.

»Slibulsky schon da?«

Ohne aufzusehen, schüttelte er den Kopf. Ich sah zu, wie er das Kohlsche Kinn zusammensetzte.

»Macht Spaß?«

Wieder schüttelte er den Kopf. Mir lief Schweiß den Nakken herunter. Die Hände wurden feucht, und der Mantelkragen kratzte. Eine Hitze wie im Backofen. Ich hatte das Gefühl, langsam zu garen, und wunderte mich über seine Decke.

»Gar nicht so schwer, fünfzig Teile.«

Er legte das Puzzlestück, das er in der Hand hielt, beiseite und wandte sich mir zu. »Is 'n Werbegeschenk. Von 'ner Partei. Mit Politik hab ich nix am Hut, aber is umsonst. Verstehste?« Und, die Oberlippe rümpfend: »Normalerweise mach ich in Dreitausender, mindestens.« Beim Sprechen wippte die Kippe im Rhythmus.

Er sah mich noch eine Weile nach dem Motto ›Und wenn

du eins in die Fresse willst, kannste haben‹ an und widmete sich wieder dem Spiel. Ich rauchte, und er puzzelte. Ich sah auf die Uhr. Viertel nach elf. Wir hatten uns für elf verabredet.

Ich kannte Ernst Slibulsky seit zwei Jahren, und wir waren sowas wie befreundet. Er reparierte mein Auto, ich beriet ihn bei Geschenken für seine Freundin, und wenn er sich mit ihr gestritten hatte, schlief er bei mir auf dem Sofa. Einmal die Woche spielten wir Billard; anschließend tranken wir ein paar Bier und redeten über Fußball. Manchmal tranken wir zuviel Bier, versuchten andere Themen und verstanden uns nicht. Slibulsky machte seit drei Monaten den Hampelmann für Ibiza-Charly, schmiß randalierende Freier raus und trieb bei den Frauen das Geld ein. Es war seine erste Arbeit in dieser Richtung.

Der kleine Mann seufzte. Das Puzzle war fertig. Seine Hand tastete nach dem Glas, und auch beim Trinken blieb die Kippe im Mund. Als er das Glas absetzte, war es leer. Mißmutig wischte er sich mit dem Handrücken übers Kinn.

»Vielleicht isses aber auch deshalb nich schwer, damit der Herr Kohl, wenn er vom Regieren müde is, selber ma bißchen spielen kann.«

Ich gähnte. Er blinzelte mich an.

»Sind wohl keiner von der komischen Sorte?«

»Bin von der, die zu wenig geschlafen hat.«

Ohne den Blick von mir zu lassen, zündete er den Rest Zigarette an und sank zurück in seinen Sessel. »Sind Sie ’n Kunde?«

Ich schüttelte den Kopf. Die Glut leuchtete auf. Er sah zur Decke. »Früher hätte ich Sie das gar nicht zu fragen brauchen. Früher war das ’n anständiges Haus mit anständigen Mädels.

Da hing an der Tür 'n Schild ›Kein Fremdenverkehr‹. Lustig, was?«

»Zum totlachen.«

Er nickte bedächtig. »Und heute? Nur noch Kaffer und Perverse. Aber is ja kein Wunder, bei all den Seuchen, die sie jetzt in Amerika erfinden.«

Ich trat meine Zigarette aus.

»Kein Fremdenverkehr . . . das waren noch Zeiten. Sie sind doch auch 'n Kaffer, oder?«

»Und einer, der Ihnen Ihre belegten Brötchen um die Ohren schlagen kann.«

Er schien amüsiert. »Das lassen Sie mal besser bleiben. Ich bin nämlich der große Bruder von Charly. Bißchen zurückgeblieben, aber sein Bruder.«

»'nen zurückgebliebenen Eindruck machen Sie nicht gerade.«

»Finden Sie?« Er schlug die Decke zurück. Anstelle der Beine lagen da zwei kurze Stumpen. »Und jetzt?«

»Ich würde sagen, gehbehindert.«

»So, das würden Sie also?«

Sein Lachen war mehr ein Husten. Schadenfroh und häßlich zugleich. Er zog eine Flasche weißen Cinzano hinter dem Sessel hervor und schenkte sich nach.

»Ich war mal 'ne große Nummer! Aber eines Tages, ratsch! Beide Beine – wie 'ne Wurst. Danach hat Charly mir die Arbeit hier besorgt. Nutten die Brötchen schmieren. Nett, nicht wahr? Dieses Loch.«

»Geht eben nichts über Familie.«

Ein Luftzug. Slibulsky kam um die Ecke gefegt. Kurze schwarze Locken, Hamsterbacken, Schnapsnase. Er steckte in einem türkisgrünen Jogginganzug mit eingenähten Glitzerteilchen und hatte eine Kiste Kinderüberraschungseier unterm linken Arm. Der rechte lag in Gips.

»Morgen zusammen.«

Die Kiste landete auf der Theke.

»Ab heute im Angebot. Stück 'ne Mark. Damit die Girls was zu lachen haben. Charly ist seit gestern der Meinung, der Puff braucht ›freundlicheres Ambiente‹.«

Der Mann im Sessel knurrte verächtlich. Slibulsky zwinkerte ihm zu. »Was is, Heinz, kein guter Tag?«

Die inzwischen wieder erloschene Kippe landete auf dem Boden. »Bin mit dem falschen Bein aus 'm Bett.«

Slibulsky zog eine Grimasse, die alles mögliche bedeuten konnte, drehte sich dann um, boxte mir gegen die Schulter: »Na, Kayankaya, Niederlage vom Sonntag überstanden?«

Ich wies mit dem Kinn Richtung Gips. »Jedenfalls besser als du den Sieg.«

»Tja . . . Bin die Treppe runtergefallen. Hab's am Telefon vergessen zu sagen.«

»Schlimm?«

»Kaum der Rede wert.«

»Und das Turnier?«

Er zuckte die Schultern.

»Vielleicht können wir dich auf links trainieren und machen für das Queue 'ne Kuhle in den Gips?«

»Mit links kann ich höchstens beim Figurenpinkeln teilnehmen.«

Wir grinsten.

»Na, das wär doch mal was: das Turnier beginnt, Bierich und Glatkow, und wie die Nobelklicker alle heißen, packen ihre Elfenbeinstöcke aus, worauf du dich hinstellst und sagst: ›Schaut her, Leute, Billard ist nicht alles‹, und pinkelst ihnen 'nen Sonnenuntergang auf 'n Teppich.«

Slibulsky bleckte die Zähne. Dann deutete er eine Verbeugung an und sagte mit erhobener Stimme: »Danke, meine Herren, fünf Pils auf Kosten des Hauses, und ich signiere.«

Hinter der Theke ertönte ein langgezogener knarrender Laut. Der Dackel begann zu kläffen.

»Jetzt habt ihr Arschlöcher den Hund aufgeweckt! Still Howard! Still, hab ich gesagt! Wirst du wohl . . . Howard!« Gekläffe und Gebrüll schwollen zu unerträglicher Lautstärke an.

Slibulsky winkte mir zu, warf ein »Bis später, Heinz« ins Kampfgeschehen, und wir verließen den Kiosk.

Das *Eros-Center Elbestraße* hatte vier Stockwerke mit jeweils zwanzig bis fünfundzwanzig Zimmern, einer Dusche und einer Toilette. Erdgeschoß und erster Stock wurden jeden Tag gefegt, waren am umsatzstärksten und fest in deutscher Hand. Nach oben hin wurden die Flure dunkler, die Frauen billiger und farbiger. Im dritten Stock Asiatinnen, im vierten Afrikanerinnen; die Putzfrau kam einmal die Woche. Durch einen separaten Eingang konnte man von der Straße her das im Hof gelegene *Lady Bump* erreichen, eine kleine schmuddelige Bar mit Cordsesseln und Stripteasebühne. Nach außen sollte sie den Eindruck erwecken, hier würde Feineres geboten, doch bis auf daß man mit den Frauen Sekt trinken und alle halbe Stunde eine nackt unter bunten Glühbirnen tanzen sehen konnte, waren Bedingungen, Preise und Zimmer wie im Center.

Über allem, im ausgebauten Dachgeschoß, thronte Ibiza-Charly, ein Abteilungsleiter der Brüder Schmitz. Zu seiner Abteilung gehörte außer dem *Eros-Center* und dem *Lady Bump* auch ein kleines Pornokino im Nebenhaus. Solange den Brüdern Schmitz die monatliche Abrechnung gefiel, konnte Charly die drei Betriebe führen, wie es ihm paßte. Er konnte seinen Bruder im hauseigenen Kiosk beschäftigen, Slibulsky für die Drecksarbeit anstellen, zwei Unterabteilungsleiter für Bar und Kino einsetzen und sich die Zeit mit Cabriofahren,

Saufgelagen und Pferderennen vertreiben. Aber sollte die Abrechnung den Brüdern Schmitz einmal nicht gefallen, würde Charly schon am nächsten Tag auf der Straße sitzen oder im Krankenhaus liegen oder – schlimmstenfalls – keins von beidem, und zwar nie mehr. Die Brüder verstanden ihr Geschäft. Das Geschäft bestand in erster Linie daraus, jedem anderen deutlich zu machen, wie sehr sie es verstanden. Sie besaßen im Bahnhofsviertel noch drei andere Puffs, ein Dutzend Bars, mehrere Spielhallen und zwei Pelzgeschäfte. Zwei große Fische mit entsprechenden Verbindungen ins Rathaus, die über Leichen gehen ließen. Eberhard Schmitz war Ehrenvorsitzender beim Bund für Tierschutz, sein Bruder Georg Leiter des Karnevalvereins *Sachsenhäuser Narren Helau.*

Auf der Treppe fragte ich Slibulsky: »Wie heißt der Dakkel?«

»Howard, von Howard Carpendale. Is der Lieblingssänger von Heinzens Frau. Heinz haßt ihn, deshalb hat er den Hund so genannt.«

»Und die Frau ruft ihn auch Howard?«

»Nein, die ruft ihn Heinz.«

Wir drängten uns an zwei Freiern vorbei, die ans Geländer gelehnt auf eine verschlossene Tür starrten.

»Und auf was hört der Hund?«

»Auf gar nichts. Er ist taub.«

»Sie scheinen ihn nicht gerade zu lieben.«

»Den Hund schon.«

Im dritten Stock zogen sich bei Slibulskys Anblick zwei Thailänderinnen hastig in ihre Zimmer zurück. Den nächsten Absatz erklommen wir stumm.

»Sie haben Angst vor dir.«

Slibulsky blieb stehen. Seine gute Laune war verschwunden. »War das nicht abgehandelt?«

Es stimmte, wir hatten darüber geredet. Slibulsky konnte

hier schnelles Geld machen, wie er sagte, und wollte in einem Jahr aussteigen, um eine eigene Autowerkstatt aufzuziehen. Ein alter Traum. Mir war es egal gewesen, die Welt würde nicht schlechter werden, weil Slibulsky im Puff arbeitete; im Gegenteil, wahrscheinlich ging es dem Personal mit ihm sogar besser. Aber da hatte ich noch keine Frauen gesehen, die vor ihm hinter der Tür verschwanden.

»Früher hast du gedealt. Wenn du mich fragst, der anständigere Job.«

»Der anständigere Job! Das letzte Mal hat er mich ’n anständiges Jahr gekostet.«

Ich kickte ein zerknülltes Taschentuch die Treppe abwärts. »Was ist eigentlich aus dieser Erbschaft geworden?«

Slibulsky sah unwillig auf. »Mhm?«

»Hast du letzten Winter erzählt. Irgend ’ne Oma aus Berlin würde dir ’n Haufen Geld hinterlassen.«

»Ach so . . . nee. Is gestorben.«

»Was du nicht sagst.«

»Ich meine die Erbschaft. Sind nur Schulden übriggeblieben.«

Er sah aus dem Fenster. Irgendwo unter uns krachte eine Tür ins Schloß. Slibulsky wandte sich zur Treppe und sagte: »Komm, Charly wartet.«

Auch den nächsten Absatz blieben wir stumm.

Hausbar, Ledersofa und Ledersessel schwarz, die Glühbirnen rot, ein Tisch mit Glasplatte und Metallgestell, das Bett blauseiden bezogen und an den Wänden Heavy-Metal-Poster in Wechselrahmen. In einer Ecke ein Video-Stereo-Compact-Disc-Container und auf dem Boden ein schneeweißer Flokati. Der Raum maß etwa hundert Quadratmeter und hatte den Charme einer Pornofilmkulisse. Aus dem Fenster konnte man über die Dächer des Bahnhofsviertels schauen. Links das

BfG-Hochhaus, rechts der Hauptbahnhof, schräg gegenüber Spielsalon und Pennerasyl. Ein Ventilator rauschte leise. Es roch nach Putzmittel. Ibiza-Charly saß im roten Kimono auf dem Sofa, betrachtete seine Rolex und gähnte. Das Gesicht war aufgedunsen und voll mit roten Flecken. Rosa Wülste ließen seine Augen winzig erscheinen, und der Nacken hatte den Durchmesser eines Ofenrohrs. Charlys Kopf erinnerte mich fatal an eine doppelte Portion Eisbein mit dauergewelltem Sauerkraut über der Stirn. Er legte ihn jetzt zurück und fuhr sich, die Augen halb geschlossen, durch die Haare, als gelte es, dem weiblichen Geschlecht zu imponieren. Der Kimono öffnete sich, und ein weißer Bauch plumpste heraus.

Ich ging zum Fenster und steckte mir eine Zigarette an. Hinter der Hausbar kämpfte sich Slibulsky, auf der Suche nach einem vierzigprozentigen Frühstück, durch Schränke und leere Flaschen.

Nach Weidenbuschs Abgang hatte ich quer durch die Stadt telefoniert und herausbekommen, daß Sri Dao nicht allein verschwunden war. Im Asylantenheim in Hausen wurden seit zwei Tagen zwei Libanesen und ein Iraner vermißt, alle drei mit Abschiebebescheid. Allerdings konnten sie auch ohne das Angebot von falschen Papieren untergetaucht sein, und, ehrlich gesagt, ich glaubte nicht an die Fälschergeschichte. Anschließend hatte ich Slibulsky angerufen und gebeten, mich zu Charly zu bringen.

Slibulsky kam seufzend vor die Bar, klopfte sich die Hose ab und stellte fest: »Asbach ist alle und Bacardi nur noch'n Tropfen. Das Bier ist warm. Cola pur oder Eierlikör?«

Charly verzog angewidert den Mund: »Schlampe!« und wandte sich zum Wort unter Männern in meine Richtung. »Da zahle ich ihr seit Wochen jeden verdammten Schlüpfer, schlepp sie in die feinsten Freßlokale, zeig ihr die Welt und verballer die Kohle, als wollte ich die Kaiserin von China besteigen, und dieser Bauerntrampel aus dem Odenwald schafft es nicht, ein paar Flaschen Bier kaltzustellen.«

Er stand auf und stocherte mit dem Zeigefinger wild in die Luft. »Aber damit ist jetzt Schluß! Morgen fängt für sie die Arbeit an. Und der Schokobomber fliegt raus. Kann das Gejammer eh nicht mehr hören.« Mit den Armen gestikulierend, den Blick vor sich im Nichts, begann er, durchs Zimmer zu stampfen. »Meine Schuld, wenn ihre Gören nix zu fressen haben? Bin ich Jesus? Und überhaupt, was'n das für'ne Mutter, die ihre Kinder allein in 'ner Wüste zurückläßt? Hab ich neulich richtig was in Entwicklungshilfe gemacht. Hab ihr erklärt: ›No fickificki, no baby, Chappi enough in desert‹ – ganz einfacher Kreislauf. Also . . .« Er blieb kurz stehen und überlegte. ». . . na ja, sie lächelt mich an wie immer und antwortet: ›No problem, mister, no problem.‹ Ich sage: ›Very big problem. Du schaffst nicht genug money ran, und ich setz dich vor die Tür.‹ Dann sie wieder: ›No problem, mister.‹ Was willste da machen? Egal, ich bin dafür verantwortlich, daß dieser verdammte Laden hier läuft – und solange ich hier was zu sagen habe, läuft er!«

Er drehte sich um, grinste und polterte. »Was, Ernst?«

Slibulsky, Kopf, Ellbogen und Gipsarm auf die Theke gestützt, nickte gelangweilt. Charly stutzte einen Moment, dann wurde sein Grinsen gefährlich, und er schlappte langsam auf Slibulsky zu.

»Hör mal, du Niete, wenn ich dich was frage, möchte ich 'ne Antwort hören. Verstehst du? Hören. Irgendwas. ›Ja, Charly‹ oder ›wie du meinst, Charly‹ – ganz egal. Ich will, daß was klingelt in meinem Ohr. Und dafür mußt du, so anstrengend das auch für dich is, dein verdammtes Maul aufmachen. Ich bin nämlich hier der Boß, kapito?!«

Slibulsky zog ein Gesicht wie Zuckerwatte und sagte »Kapito«, und nach einer Pause, in die man alles mögliche legen konnte, »Boß«.

Charly nickte zufrieden. »So is recht, Kleiner.«

Er tätschelte Slibulsky die Schulter. »Hab's ja nicht so gemeint.«

Gewichtig stolzierte er zurück zum Sofa und ließ sich breitbeinig hineinfallen. Seine Augenbrauen hoben sich.

»Leute mit Charakter sind morgens etwas aufbrausend. Manchmal auch abends. Aber morgens ganz besonders.« Er zuckte die Schultern. »Dagegen kann man nichts machen.«

Ich räusperte mich. »Wie wär's, wenn wir zur Abwechslung mal über meinen Kram reden?«

Sein Blick hing nachdenklich an meinen Schuhen. Dann angelte er sich vom Tisch einen Zigarillo und ließ ein goldenes Feuerzeug aufschnappen.

»Der Kleine hat mir schon erzählt.«

Der Zigarillo knisterte. Langsam drehte sich der Kopf in meine Richtung. »Sehe ich so aus, als hätte ich's nötig, 'nem armen Mädchen die letzten Pfennige abzunehmen?«

»Ich weiß nicht, was Sie nötig haben. Aber es handelt sich nicht um Pfennige, sondern um eine Frau, die im Puff sechs- bis siebentausend Mark im Monat einbringen kann – abgesehen von den dreitausend, die sie bei sich hatte.«

Charly nahm den Zigarillo aus dem Mund.

»Ich denke, es geht um gefälschte Ausweise?«

»Erstmal geht es um jemand, der wußte, wann Sri Dao Rakdees Aufenthaltsgenehmigung abläuft. Und bis vor ein paar Wochen hat sie bei Ihnen gearbeitet.«

»Stimmt.« Er beugte sich vor. »Aber ich hab genug Mädchen. Ich brauch mir keine schmutzigen Tricks auszudenken. Weißt du, wie viele täglich ankommen und betteln, hier arbeiten zu dürfen?«

»Schon möglich. Und wie viele werden extra aus Thailand importiert? Um freizukommen mußte Frau Rakdee Ihnen fünftausend Mark Reisekosten bezahlen.«

Seine Lippen wurden schmal und seine Augen glühten, als er sagte: »Weil ich so 'n großes Herz habe, Schnüffler. Vorher is sie für'n Kerl anschaffen gegangen, der ihr nicht mal genug zu essen gegeben hat. Und damit sie sich loskaufen konnte, hab ich ihr Geld geliehen.«

»Wie heißt der Kerl?«

»Bin ich'n Auskunftsbüro oder was?!« Die Hand mit dem Zigarillo sauste durch die Luft und krachte auf den Glastisch. Der Zigarillo zerbrach und bröselte über den Teppich.

Charly erstarrte. »Der nagelneue Flokati! Scheiße!«

Er kroch über den Boden und zupfte hektisch in den weißen Flusen. Mit einem Blick ›Kneif mich mal‹ sah ich in Richtung Slibulsky. Slibulsky verzog keine Miene. Er stand hinter der Theke, trank warmes Bier und sah aus, als hätte er sein Leben lang nichts anderes getan als zuzuschauen, wie Flokatis nach Tabakbröseln abgesucht werden.

Auf allen vieren, halb unterm Tisch, wetterte Charly: »Was schleppst du mir auch für Typen ins Haus, Slibulsky? Hä?! Soweit kommt's noch, daß ich jemand verpfeife! Was du für Leute kennst . . .«

Plötzlich richtete er sich mit knallrotem Kopf auf. »Und wenn du auch 'n Schnüffler bist? 'n dreckiger Bullenspitzel? Hast dich hier eingeschlichen, was? Willst rausfinden, ob ich krumme Dinger drehe? Na los, spuck's aus!«

»Aber Charly . . .« Slibulsky tippte sich an die Stirn. »Das würde sich doch bei dir niemand trauen. Wo du 'n Bullenspitzel auf hundert Meter riechst.«

Charly betrachtete ihn mißtrauisch. Dann knurrte er zufrieden und grinste.

»Das is wahr. Da wär einer schön blöd. Spitzel haben bei

mir keine Chance. Die erkenne ich. Selbst wenn ich nichts sehen könnte, oder es wär immer dunkel . . .«

»Blind, nennt man so was im allgemeinen.« Ich wartete ab, bis sich beide in meine Richtung eingependelt hatten und fügte hinzu: »Und der nächste, der rumbrüllt, bin ich.«

Tatsächlich blieb es still. Die Straßengeräusche vermischten sich mit dem Rauschen vom Ventilator. Das Gewitter hatte sich verzogen. Sonnenstrahlen tanzten durchs Zimmer.

»Sie haben den Nagel auf den Kopf getroffen. Ich bin ein verdammter Schnüffler, und ich hatte gehofft, Sie könnten mir einen Tip geben, wer außer Ihnen über Sri Dao Rakdees Visumdaten informiert ist. Sie wußten von Slibulsky, weshalb ich komme, und Sie haben mich kommen lassen. Ich nehme mal an, nicht nur, um mir Ihr Theater vorzuführen. Also nehmen Sie Ihren Grips zusammen und versuchen Sie sich zu erinnern, warum. Es muß nicht gehen wie die Feuerwehr, aber mit'n bißchen Mühe schaffen wir's bis zum Mittagessen.«

Charly starrte mich wie ein Wesen vom anderen Stern an. Langsam ordnete er seinen Kimono und zog den Gürtel fest. Er kam ganz ruhig auf mich zu. Zu ruhig. Gerade als Slibulsky zu stottern anfing: »He, Charly, er hat's doch gar nicht so . . .«, landete seine behaarte Pranke auf meiner Schulter. Wir maßen uns abschätzend. Zwei harte Männer in einer harten Welt; der eine konnte seine Miete nicht zahlen, der andere heulte über Dreck auf seinem Flokati. Die Andeutung eines Lächelns umspielte Charlys Mundwinkel, und die Pranke klatschte an meinen Hals.

»Ich mag dich, Schnüffler. Wenn dir mal die Deppen ausgehen, die 'n Detektiv brauchen, weil sie keinen Mumm mehr für was haben, kannst immer bei mir anfangen.«

Ich nahm die Pranke und gab sie ihm zurück. Im ersten

Augenblick wußte er nicht wohin damit. »Das wird kaum möglich sein. Ich hab empfindliche Ohren, und für 'n Fußabtreter bin ich nicht flach genug.«

»Die Klappe immer groß wie 'n Scheunentor, was?« Er drehte sich um. »Slibulsky, drei Eierlikör – und dann raus mit der Kanaille.«

Ich atmete tief durch und versuchte, mich an den Geschmack von Eierlikör zu erinnern, und ob er meinem Magen bekommen war.

Wir liefen das schwüle Treppenhaus hinunter. Inzwischen sang eine Frei-ab-achtzehn-Stimme was über ›bodies in action‹. Der Eierlikör klebte mir wie Pattex unter den Rippen, und ich mußte in einem fort aufstoßen. Ein Rauswurfgetränk. Dem Erfinder war es zu verdanken, daß man unliebsamen Gästen die Meinung im Glas servieren konnte; wahrscheinlich derselbe, der sich Apfelkorn, Kirschlikör und Amselfelder Spätlese ausgedacht hat.

Slibulsky hüpfte mehr, als er ging, immer zwei Stufen auf einmal und ein gutes Stück voraus.

»Ich hab dir ja gesagt, da ist nicht viel zu holen.«

»Du kannst Charly ausrichten, wenn ich bis heute abend nicht den Namen von Sri Dao Rakdees Zuhälter weiß, hetz ich ihm die Polizei auf 'n Hals.«

Schon im Stolpern begriffen, rettete sich Slibulsky mit einem Griff ans Geländer und sauste herum. »Wie bitte?!«

»Sie soll den Laden dichtmachen. Illegales Personal, Drogen, Leichen – mir wird schon was einfallen.«

»Verrückt geworden? Kann ich auch gleich kündigen.«

»Dann überleg dir was anderes. Erkundige dich im Viertel. Du kennst doch die Leute, die Bescheid wissen.«

»Hör mal, es war nicht ausgemacht, daß ich deinen Assistenten mime.«

»Es war auch nicht ausgemacht, daß ich herkomme, um ’nem Halbirren beim Aufstehen zuzuschauen.«

»Du wolltest Charly sprechen, und du hast ihn gesprochen!«

Unsere Blicke schlugen Funken. Ich lehnte mich gegen die abgeblätterte, ehemals schwarze Holzverkleidung, die Treppenhaus und Flure schmückte, und verschränkte die Arme. Vom Erdgeschoß tönte das Kläffen Howard Carpendales.

»Na schön, und ich wollte die Polizei herschicken, wenn ich den Namen bis heute abend nicht habe, und ich werde sie herschicken.«

»Sehr fair ist das nicht.«

»Es gibt einen Haufen Sachen, die nicht fair sind. Zum Beispiel war von vornherein klar, daß Charly mir nichts sagen würde. Warum sollte er auch? Ein Kiezboß gegen einen kleinen Privatdetektiv, da ist für ihn nichts drin.«

»Und warum hat er dich dann kommen lassen?«

»Eben.«

Slibulsky runzelte die Stirn. Dann sah er kopfschüttelnd zu Boden. »Du hast gestern zu viel gesoffen.«

Ehe ich etwas erwidern konnte, stampfte uns Mister Tausend Volt entgegen. Ein Berg in Jeans, Lederjacke und schwarzen Cowboystiefeln, vor denen ich Angst gehabt hätte, meine Füße könnten sich drin verlaufen. Er maß über zwei Meter, und sein Gesicht bestand aus nichts als Haaren. Bart-, Nasen- und Kopfhaare bildeten eine einzige dunkelbraune Matte. In der Matte mittendrin steckte eine Spiegelbrille, und auf den Brillengläsern klebte eine nackte Frau. Wenn er sprach, bebte das Treppenhaus.

»Mensch, Slibulsky, endlich! Alles paletti, muß nur noch . . .«

Slibulsky hustete laut und trocken. Als der Anfall vorbei war, wies er auf mich und sagte: »Kemal Kayankaya, Privatdetektiv.«

Mister Tausend Volt schob die Brille nach oben und musterte mich ungeniert. Seine Hand fuhr mir entgegen. An allen fünf Fingern steckte ein Ring. Jeder für sich genommen war geschmackloser Schmuck, zusammen bildeten sie einen Schlagring.

»Ich bin der Axel. Ernst hat mir von dir erzählt . . .«

Wir schüttelten uns die Hand. Eine Panzerfaust zu halten mußte ein ähnliches Gefühl sein.

Slibulsky wippte mit den Fußspitzen. »Ich bringe ihn noch zum Auto. Wir sehen uns dann oben.«

Axel rammte die Brille zurück in die Matte, verabschiedete sich mit einem zünftigen ›All right‹ und donnerte die Treppe hoch.

»Auch einer von Charlys Spielkameraden?« fragte ich Slibulsky, als wir auf der Straße waren.

»Mhmhm. Ist aber in Ordnung. Sieht nur so wild aus.«

»Hört er immer auf zu reden, wenn du hustest?«

Slibulsky tat, als sähe er einem aufregenden Paar Beine hinterher. Vielleicht waren sie aufregend, wenn man die Art Röhrenjeans-Aufregung mochte, die in hochgeschlossenen Turnschuhen endet und mit lässig schlurfenden Schritten jahrelange Rucksackpraxis verrät oder vermitteln will.

»Ich hab dich was gefragt.«

»Es gibt Sachen, von denen weißt du besser nichts.«

Ich machte den Mund auf, blieb aber stumm. Dann tippte ich mir an die Stirn und lief zum Opel. Als ich den Schlüssel ins Schloß steckte, stand Slibulsky neben mir.

»Isses meine Schuld, wenn du 'n verkappter Bulle bist? Was passiert denn, wenn dich einer auf mich ansetzt?«

Ich zog die Tür auf, so daß sie zwischen uns hing, und zuckte die Schultern. Aus dem Auto heraus umspülte uns eine Welle muffiger Luft.

»Okay, okay. Von mir aus. Axel dealt mit geklauten Motorrädern. Ich helf ihm manchmal beim Schminken.«

Er schaute mich an. Der Jogginganzug glitzerte in der Sonne. Ich ließ mich hinters Steuer fallen, schloß die Tür und kurbelte das Fenster runter.

»Ich bin kein Bulle. Und was den Zuhälternamen betrifft, vergiß es, ich krieg ihn auch anders raus.«

Der Motor sprang an. Slibulsky nagte an der Unterlippe, dann wandte er sich ab und lief den Bürgersteig hinunter. Im Rückspiegel knallte er, in Gedanken versunken, gegen die nächste Parkuhr.

3

Die Türkenschweine sind unser Unklükk – ich bin stols ein Deutscher zu sein! Ich zog die Tür der Telefonzelle auf. Auch innen waren die Scheiben mit mehr oder weniger eindeutigen Zeichnungen und Sprüchen beschmiert, als wäre die Zelle beliebter Aufenthaltsort einer Sonderschul-SS. Ich steckte mir eine Zigarette an, zog Weidenbuschs Visitenkarte aus der Tasche und klemmte den Hörer unters Kinn. Beim Wählen las ich – in krakeliger Schreibschrift – ›Alf ist Deutscher‹.

Es klingelte ein halbes Mal, dann fiepte es schon atemlos.

». . . Sweetheart?«

»Nein, Kayankaya.«

Er schluckte. »Haben Sie sie gefunden?«

»Vielleicht eine Spur. Bei wem hat Frau Rakdee gearbeitet, bevor sie im *Lady Bump* anfing?«

»Sie meinen in Thailand?«

»In Frankfurt.«

Ich berichtete von meinem Besuch bei Charly, und er schien ehrlich überrascht. Sri Dao habe ihm zu verstehen gegeben, direkt aus Bangkok via Frankfurter Flughafen ins

Lady Bump gekommen zu sein; von einem Zuhälter wisse er nichts.

»War es ihre Idee, nach Deutschland zu gehen, oder wurde sie von einer Organisation angeheuert?«

»Darüber wollte sie nicht reden. Das wären only bad memories, meinte sie.«

»Also Sie wissen nur, daß sie hier Ende Dezember angekommen ist?«

»Wieso Dezember? Juni.«

»Juni . . .?« Ich zählte an den Fingern ab. »Das macht neun Monate. Ein normales Visum dauert drei.«

Eine Weile blieb die Leitung stumm. Wahrscheinlich malträtierte er jetzt seinen Schlips. ». . . da müssen Sie diesen Köberle fragen. Er hat Sri Dao den Paß nach ihrer Ankunft abgenommen und ihn ihr erst in meinem Beisein wieder ausgehändigt.«

»War das Visum durchgehend oder alle drei Monate verlängert?«

»Zweimal verlängert.«

»Und Sie haben sich bei den Überlegungen, Ihre Freundin im Land zu behalten, nicht gewundert, wie diese Verlängerungen zustande kamen?«

Wieder zögerte er. ». . . doch. Ich wollte sogar zum Club gehen und Köberle fragen, aber Sri Dao war dagegen.«

»Warum?«

»Weil sie vor den Leuten dort Angst hatte.«

»Mhm.« Ich trat die Zigarette aus. Durch ein geschwungenes L von ›Heil Hitler‹ gewahrte ich einen Polizisten, wie er interessiert um meinen Opel herum spazierte. Der Wagen stand mit laufendem Motor in zweiter Spur.

»Dann gibt es zwei Möglichkeiten: Entweder die Stempel waren falsch, oder Ihre Freundin hat dem Ausländeramt die Heirat mit einem Deutschen in Aussicht gestellt.«

»Aber ich sage doch, der Paß lag bei Köberle.«

»Ja, das sagten Sie.«

Der Polizist beugte sich, die Hände hinter dem Rücken verschränkt, durchs offene Fahrerfenster.

»Genauso wie Sie heute morgen sagten, eine Heirat zwischen Ihnen sei ausgeschlossen gewesen. Warum eigentlich?«

Während Weidenbusch an einer Antwort knabberte, kam die grüne Mütze wieder zum Vorschein und drehte sich auf Tätersuche in alle Richtungen. Dann lösten sich die Hände hinter dem Rücken, zogen Block und Stift aus der Umhängetasche und machten sich daran, einen Freund-und-Helfer-Zettel auszustellen.

». . . ich wollte ja, aber als ich ihr den Vorschlag machte, hat sie nur den Kopf geschüttelt. Später wurde sie sogar wütend. Es hat wohl mit ihrer Kultur zu tun.«

Daß alle Leute außerhalb Mitteleuropas für ihre Handlungen keine Gründe, sondern Kultur haben sollen. Ich sah den Beamten an meiner TÜV-Plakette reiben.

»Okay, sobald ich was Neues habe, melde ich mich.«

»Bringen Sie sie mir zurück?«

»Natürlich. Machen Sie sich keine Sorgen. Bis bald.«

Bevor er etwas erwidern konnte, hatte ich den Hörer auf die Gabel geworfen und rannte über die Straße.

»Okay, okay! Bin wieder da! Sie können das Ding wegschmeißen.«

Der Beamte, im Begriff, den Zettel hinter den Scheibenwischer zu klemmen, sah überrascht auf. »Bitte?«

»Ich fahr schon weiter. Mußte kurz telefonieren.«

»Na und? Halten auf der Fahrspur ist verboten.« Damit plazierte er den Zettel endgültig, richtete sich auf und schob die Mütze zurecht. »Im übrigen sollten Sie sich einen anderen Ton angewöhnen, junger Mann.«

»Mit meinen Angestellten rede ich, wie ich will.«

Während er verständnislos blinzelte, zog ich die Wagentür auf.

»Das muß man sich mal vorstellen: Ich zahle Ihnen Gehalt, damit Sie mir Strafzettel verpassen und mit dem Erlös andere bezahlt werden können, die mir auch wieder Strafzettel verpassen, und so weiter. Die Polizei is für mich also 'n völliges Minusgeschäft. Trotzdem zahle ich jedes Jahr Steuern, damit Sie 'ne Wohnung haben, Ihren Kindern Schulbücher kaufen und ins Kino gehen können. Überlegen Sie mal, würden Sie jemand ernähren, der Sie ständig in 'n Arsch tritt?«

Er betrachtete mich, als hätte ich keine Tasse im Schrank, hätte nie eine drin gehabt und würde nie eine rein bekommen. Ich deutete über den Türrahmen auf seine Brust. ». . . sehen Sie. Aber ich tu's. Da wär's doch mal Zeit für 'ne versöhnliche Geste, und Sie nehmen den Strafzettel zurück?«

Keine Reaktion. Unverändert, ein Auge leicht zugekniffen, die Stirn gerunzelt, stand er vor mir und schien meine Frage nicht gehört oder nicht verstanden zu haben.

». . . ach, vergessen Sie's!« Ich setzte mich ins Auto und lehnte aus dem Fenster. »Klamotten vom Staat, in der Sonne faulenzen und Leute ärgern – in bestimmten Kreisen nennt man so was ›arbeitsscheu‹.«

Zehn Minuten später parkte ich den Wagen gegenüber vom Ausländeramt, warf die Tür zu und rupfte wütend den Strafzettel vom Scheibenwischer.

Die Büros für die Buchstaben K bis R befanden sich im zweiten Stock, linker Flur, hinter dem Kakaoautomaten. Den Flur säumten Menschen aller Hautfarben, die stehend, sitzend oder liegend auf ihre Nummer warteten. Bänke oder Stühle gab es nicht. Der Boden war mit Zigarettenkippen und falsch ausgefüllten Antragsformularen übersät, angegraute Plakate warben für Paulskirche und Römer – *Frankfurt am Main,*

Stadt der Sehenswürdigkeiten –, und über den Türen zeigten Digitaltafeln die aktuellen Nummern an. Ein Videospiel-Peng-Peng aus unsichtbaren Lautsprechern bedeutete ›Der nächste, bitte‹. Gesprochen wurde kaum, und wenn leise. Vielleicht weil jeder meinte, die Luft, die zwischen Schweißgeruch und kaltem Rauch übrigblieb, sparen zu müssen. Die Fenster ließen sich auf Grund von Sicherheitsvorschriften nicht öffnen.

Ich hockte gegen die Wand gelehnt, links ein halbwüchsiger Dancefloor-Gigolo, der sich mit Marlbororauchen und Lockenordnen in Hektik hielt, rechts eine polnische Kleinfamilie. Vater und Mutter dösten über einer Tageszeitung, der Sohn schlug sich seit einer Stunde mit zwei Plastikcowboys herum. ›Bang‹, ›Zong‹ und ›Pfft‹ . . . Ich hätte ihm auch gerne mal ›Pfft‹ gemacht.

Plötzlich bahnten sich zwei Uniformierte einen Weg durch Beine, Kinder und Tüten, verschwanden in einem Büro ›S‹ und zerrten kurz darauf einen jungen Schwarzen, der in gebrochenem Deutsch beteuerte, von einem Abschiebebescheid nichts gewußt zu haben, über den Flur und die Treppe hinunter. Die Wartenden schauten ihm nach, als hätte sie ein Gespenst gestreift. Einen Moment schien es, als wollten alle gleichzeitig losreden, dann sah man sich an und schwieg weiter.

Ich überlegte, daß die Frankfurt-Plakate nicht nur taktlos waren, sondern, was dieses Amt betraf, auch völlig am Firmeninteresse vorbeigingen. Ihm entsprochen hätten Fotos von den Badestränden Beiruts – *Marmor, Stein und Eisen bricht* – oder äthiopische Wüstenpanoramen – *Bei Mutter schmeckts am besten.* Eine Kampagne für Heimatverbundenheit zu Krisengebieten. Selbst eine Werbung mit doppelter Zielrichtung war möglich. Zum Beispiel hätte das Bild eines thailändischen Mädchens im Arm seiner Eltern – *Der Schoß der Familie* – nicht nur zur Heimkehr bewegen, sondern ebenso den deutschen Urlaubermann ansprechen können. Allerdings besuchte der so ein Amt eher selten. In solche Gedanken hinein ertönte das Der-nächste-bitte-Peng-Peng, und meine Nummer erschien auf der Tafel. Ein Standardbüro mit Standardmöbeln, Postkarten an der Wand, Topfpalmen im Fenster. Die Frau am Schreibtisch aß Kuchen. Sie war um die Vierzig, trug eine weißblonde Perücke, eine rosa Bluse und eine goldene Kette mit Eiffelturmanhänger. Ihr Gesicht war länglich und etwas zerknirscht, und wenn sie sprach, hatte man das Gefühl, sie referiere eine Gebrauchsanweisung für Einwegfeuerzeuge. Der Raum roch nach einem dieser Parfums mit mehreren Geschmacksrichtungen.

Nachdem sie zu Ende gekaut hatte und sich ausgiebig über den Mund gefahren war, nahm sie einen Stift und sah auf ihren Block. »Nummer hundertdreiundachtzig?«

»Ja.«

Sie machte ein Kreuz.

»Name?«

»Kemal Kayankaya.«

»Können Sie buchstabieren?«

»Das meiste schon. Nur bei Fremdwörtern hapert's manchmal.«

Sie sah auf, und ihre Lippen spitzten sich stiefmütterlich. Nachdem sie mich kurz und endgültig gemustert hatte, fauchte sie: »Ihren Namen!«

Ich buchstabierte. Ohne den Stift abzusetzen, fragte sie: »Staatsbürgerschaft?«

»BRD.«

»Deutsch«, verbesserte sie murmelnd, um im nächsten Moment irritiert aufzusehen. »Deutsch . . .?«

»Soll ich buchstabieren?«

Ihr linkes Augenlid zuckte. Während sich unsere Blicke

maßen, schob sie den Block beiseite und lehnte sich zurück. Ihre Hände umfaßten die Stuhllehnen.

»Wenn Sie die deutsche Staatsbürgerschaft besitzen, Herr . . .«

»Kayankaya. Machen Sie den Job schon lange?«

Sie stutzte.

». . . das geht Sie wohl kaum was an.«

»Ich dachte nur. Falls Sie bei jedem Namen, der nicht wie Wurst klingt, so 'ne rasche Auffassungsgabe an den Tag legen, sind Sie vielleicht im falschen Betrieb beschäftigt.«

Ihre Stirn begann rosa anzulaufen.

»Noch eine Unverschämtheit, und ich rufe die Kollegen vom Außendienst! Sollten Sie tatsächlich Deutscher sein . . .«

»Türke mit deutschem Paß.«

Ihre Augen blitzten kurz auf, und ihre Chance witternd, sagte sie: »Sie meinen, mit Aufenthaltsgenehmigung – offensichtlich verwechseln Sie da etwas.«

Ich spürte meinen Kragen enger werden.

»Hätte ich Aufenthaltsgenehmigung gemeint, hätt ich's gesagt. Ich hab aber nicht Aufenthaltsgenehmigung gesagt, ich hab was anderes gesagt – wissen Sie noch?«

Anstatt zu antworten, packte sie die Stuhllehnen fester und machte ein Gesicht, als stellte sie sich bildlich vor, wie ich gevierteilt, gerädert, geköpft würde. Vom Nebenzimmer schwoll Gebrüll an: ». . . du nix verstehen, mir scheißegal! Hier sprechen Deutsch, nix Neger-Inglisch!« Es folgte ein Schlag auf den Tisch, dann Schritte, danach ging die Tür, und eine andere Stimme kicherte, dann Gemurmel, danach Stille. Die Frau vor mir klammerte sich immer noch mit wutverschobenem Gesicht am Sessel fest und schien die Brüllerei nicht wahrgenommen zu haben.

Ich deutete zur Seite: »Netter Umgangston.«

»Wir tun nur unsere Arbeit.«

»Wieso ›nur‹? Haben Sie sich das schon mal . . .«

Plötzlich ließ sie die Lehne los, beugte sich vor und schlug die geballten Fäuste auf den Tisch: »Raus!«

Ich schüttelte den Kopf.

»Wir sind noch nicht fertig. Ich komme wegen meiner Verlobten, Sri Dao Rakdee. Rakdee mit zwei E. Sie ist Thailänderin. Wir hatten vor, letzte Woche zu heiraten, aber die nötigen Papiere sind noch nicht eingetroffen. Ich wollte fragen, ob man ihr Visum um einen Monat verlängern kann?«

Anscheinend verblüffte sie die Frage. Dann erschien auf ihren Lippen ein triumphierendes Lächeln, und mit süßlicher Stimme beschied sie: »Nein.«

Ihre Hand langte nach der Kuchengabel.

»Wie Sie meinen. Wenn Sie dann bitte Sri Dao Rakdees Akte holen würden, um einzutragen, daß . . .«, ich trat zum Schreibtisch und las ihr Namensschild, ». . . Frau Steiner eine Verlängerung des Visums abgelehnt hat – damit ich meinen Anwalt informieren kann.«

Sie ließ die Gabel sinken. Einen Augenblick kaute sie unentschieden. Dann stieß sie sich von der Tischkante ab und stand auf. »Mit Vergnügen.«

Als sie das Büro verlassen hatte, trat ich ans Fenster und steckte mir ziemlich zufrieden eine Zigarette an. Damit, glaubte ich, würde der Fall erledigt sein. Ob Sri Dao Rakdees erster deutscher Mann nun Zuhälter war, wie Charly behauptete, oder einer der Kerle, die sich Frauen per Katalog bestellen, in der Akte mußte sein Name stehen; und Frau Steiner würde die Gelegenheit kaum auslassen, ihn mir lauthals um die Ohren zu schlagen, um mich als Lügner und Verbrecher zum Teufel zu jagen.

Für eine zweimalige Visumsverlängerung um drei Monate gab es keine andere Erklärung, und alles paßte zusammen: Sri Dao, die nach Weidenbuschs Worten am VW-Bus ›This is my man‹ schrie, sich aber nicht, wie Weidenbusch in seiner Eitelkeit glaubte, für ihn ins Feuer werfen wollte, sondern tatsächlich ihren ›man‹ meinte. Den, der sie nach Deutschland geholt und ihr und dem Amt die Heirat versprochen hatte, der ihrer irgendwann überdrüssig geworden war und der sie dann ans *Lady Bump* verkauft hatte. Er wußte, wann das Visum ablief und was Bordellwirte für Sri Dao zu zahlen bereit waren. Heute hatte er sie, samt dreitausend Mark, wieder geholt, um sie ein zweites Mal zu verkaufen.

Für Sri Daos Reaktion auf Weidenbuschs Heiratsantrag konnte es somit mehrere Gründe geben. Erstens, die Erinnerungen an den anderen Kerl waren so, daß ihr schon beim Wort Heirat übel wurde. Zweitens, sie wollte, selbst auf die Gefahr hin, abreisen zu müssen, Weidenbusch diese Geschichte verheimlichen. Oder drittens, sie vermutete, das Ausländeramt würde für einen Wechsel der Heiratskandidaten wenig Verständnis aufbringen und jeden weiteren Versuch zur Aufenthaltsverlängerung unterbinden.

Alles in allem mußte ich mit dem Namen des Kerls nur noch ins Telefonbuch schauen, um Weidenbusch spätestens heute abend Sri Dao wiederzubringen.

Fünf Minuten später kam Frau Steiner an der Seite eines Kollegen zurück. Sie warf die Tür zu und wies mit dem Kinn auf mich: »Da!«

Der Kollege war um die Vierzig, trug die wenigen Haare quer über den Schädel gepappt und steckte in einer hellblauen Kurzjacken-Kombination mit Unmengen goldener Reißverschlüsse. Er musterte mich abschätzend. Dann schob er die Daumen hinter den Gürtel, ruckte die Hose auf Taille, räusperte sich und trat auf mich zu. Seine feiste Visage schob sich bis auf einen Meter heran. Er bleckte die Zähne, und wie ein MG-Stoß krachten die Worte: »Name, Kanacke!«

Anscheinend war er hier zuständig fürs Feine. Ich nahm

die Zigarette aus dem Mund und betrachtete einen Augenblick die Glut. Sein Bieratem schlug mir ins Gesicht. Ich sah auf und sagte leise: »Noch ein Wort, Bulle, und ich schlag dich zusammen, daß du nie mehr stehen, nie mehr sitzen und nie mehr ficken kannst!«

Während Frau Steiner einen Aufschrei unterdrückte, schien meine Drohung beim Kollegen die erhoffte Wirkung zu haben. Er gab keinen Mucks von sich. Es sah allerdings nicht danach aus, als würde dieser Zustand lange anhalten.

Schnell setzte ich nach, »Wo ist die Akte?«, und ebenso schnell ertönte die Antwort aus sicherer Entfernung: »Es gibt keine Akte Rakdee.«

Frau Steiner hatte eine Hand auf der Türklinke, die andere in der Nähe einer Vase. Ich sah scharf zwischen den beiden hin und her.

»Wenn Sie lügen . . .«

»Aber hören Sie . . .!« Trotz ihrer offensichtlichen Furcht, die Auseinandersetzung könnte handfeste Formen annehmen, schaute Frau Steiner einen Moment empört. ». . . ich bin Beamtin.«

In einer anderen Situation hätte ich wahrscheinlich gegrinst, statt dessen versuchte ich jetzt, mich vorsichtig der Tür zu nähern. Jeden Augenblick drohten dem Kollegen die Gäule durchzugehen, und ich war nicht in der Stimmung, etwas einzustecken. Auf der anderen Seite hatte ich Besseres zu tun, als wegen Körperverletzung ins Kittchen zu wandern.

»Na also, mehr wollte ich nicht wissen . . . das Halali hätten Sie sich sparen können. Und was meinen Namen betrifft, der steht da im Block. Lesen Sie ihn sich gut durch. Falls wir uns wieder mal begegnen, rate ich zur korrekten Anrede . . .«

Dem Kollegen schienen Kopf und Schultern zu platzen. Er stand jetzt leicht vorgebeugt, die Arme wie ein Ringer angewinkelt, bereit zum Sprung. Während Frau Steiner zurückwich, legte ich die Hand auf die Klinke und tippte mir an die Stirn. »Schönen Dank.«

Ich zog die Tür hinter mir zu, stieg über den immer noch kämpfenden Polenjungen und lief zur Treppe. Bis zum ersten Absatz passierte nichts, dann brüllte es hinter mir, und ich rannte los. Am Ausgang kam mir ein Uniformierter entgegen.

»He, he, nich so hastig!«

»Bin gleich wieder da. Mein Wagen steht im Halteverbot . . .«

Ehe er reagieren konnte, war ich aus der Tür und lief zum Opel. Kurz darauf stürzte der Kollege, gefolgt vom Uniformierten, auf die Straße. Ich rutschte tief in den Sitz und wartete, bis sie die Suche aufgaben und zurücktrotteten. Dann ließ ich den Motor an.

An der erstbesten Imbiß-Bude kaufte ich einen Pappbecher Kaffee und Schokoladenriegel und setzte mich damit zurück ins Auto. Meine Theorie war also im Eimer. Die Stempel in Sri Dao Rakdees Paß waren gefälscht – von Charly oder sonstwem –, sie hielt sich seit mindestens sechs Monaten illegal im Land auf, und was ihren ehemaligen Kerl betraf, hatte ich dafür nur die Aussage eines durchgedrehten Zuhälters. In ihrer Situation waren falsche Papiere oder wenigstens ein neuer gefälschter Stempel tatsächlich der einzige Ausweg gewesen. Übrig blieb ›Herr Larsson‹, der Schnurrbart trug und einen VW-Bus fuhr. Dafür, woher er die Daten von Sri Daos Visum erfahren haben konnte, gab es im Grunde hundert Möglichkeiten – vielleicht schrieb er in seiner Freizeit Gedichte und gehörte zu Weidenbuschs Bekanntenkreis.

Ich trank den Kaffee und beschloß, zum Hausener Asylantenheim zu fahren.

4

Ein Schotterplatz von der Größe zweier Fußballfelder zog sich die Straße entlang bis zu den Hallen eines Sägewerks. In regelmäßigen Abständen standen metallfarbene, vier mal zehn Meter große und knapp drei Meter hohe Container in drei Reihen zu je zwanzig Stück. Auf den Mittelwegen wuchsen mächtige Straßenlaternen aus dem Schotter. Jeder Container besaß eine Tür- und eine Fensteröffnung; dazu außen einen Wasserhahn und eine Wäscheleine. Auf manche Dächer schienen die Bewohner Teile kaputter Fahrräder gehäuft zu haben, die sich bei näherem Hinsehen als selbstgebastelte Fernsehantennen entpuppten. Zwischen den Containern spielten Kinder, Männer hockten auf Klappstühlen. Der Platz war umzäunt mit meterhohem Maschendraht, und über allem lag das pausenlose Kreischen der Sägen. Smog fürs Gehör.

Ich lief den Zaun entlang zur Einfahrt, die ein rotweißer Schlagbaum markierte. Daneben das Verwaltungsgebäude, ein zweistöckiges Fertigteil mit aufgemaltem Fachwerk, hinter Stiefmütterchenbeet und Gartenzwerg – als wollte man den Flüchtlingen beim täglichen Postverteilen jene deutsche Vorgartenidylle vorführen, die man gegen ihre ›Schwemme‹ zu verteidigen gedachte. Über einen frisch verlegten Plattenweg ›natur‹ gelangte ich ins Haus und vor die Theke einer An- und Abmeldestube. Bis auf zwei Goldfische im Glas war die Stube leer.

Neben der Theke hing eine Schnur vor einem Schild *Bitte klingeln*, dazu die unbedarfte Zeichnung eines Strichmännchens, das an der Schnur zog, worauf Noten durch die Luft flogen und ein weiteres Strichmännchen lächelnd ins Bild trat.

Ich klingelte und steckte mir eine Zigarette an. Durchs Fenster sah man drei Halbwüchsige mit einem Kassettenrecorder zum Ausgang schlendern.

»Kannst du nicht sehen? Rauchen verboten!«

Ich drehte mich um und wäre fast durch die Scheibe gekippt. Statt des üblichen Pförtners mit durchgesessener Uniform und Fernsehglupschern stand Miss Krankenhaus vor mir. Sie hatte ein schmales, gekonnt geschminktes Gesicht, riesige braune Augen, und ihre blonden Haare waren flüchtig hochgesteckt, als wolle sie gerade unter die Dusche. Über alle möglichen Luxusmaße bis hin zum Busen spannte sich ein kantig gebügelter Nylonkittel mit Rotkreuz-Aufnäher. An ihr hätten wahrscheinlich sogar Clogs erotisch gewirkt.

Ich nahm die Zigarette aus dem Mund und gab mir Mühe, nicht in den Ausschnitt zu glotzen.

»Normalerweise reagiere ich da empfindlich, aber wenn Sie drauf bestehen . . .«, ich grinste, ». . . können wir uns ruhig duzen.«

Einen Augenblick schaute sie überrascht. Dann bemerkte sie kühl: »Tut mir leid, ich habe Sie mit einem der Heimbewohner verwechselt.«

»Sind Sie hier die Leiterin?«

»Ich bin die diensthabende Schwester. Herr Schäfer ist nicht da.«

»Donnerwetter, wenn ich Sie mit den Schwestern von meiner Blinddarmoperation vergleiche . . .«

»Darum hat Sie niemand gebeten. Ihre Zigarette!«

»Ach ja.« Ich ging zur Tür und schnippte die Kippe aus Versehen ins Stiefmütterchenbeet. Hinter mir hörte ich scharfes Einatmen. Meinem Ziel, von ihr etwas zu erfahren, schien ich mich nicht gerade zu nähern. Ich achtete darauf, die Tür zu schließen, ohne daß die Scheibe rausfiel oder die Klinke abbrach.

»... vor zwei Tagen sind hier drei Männer verschwunden. Ich wollte mich erkundigen, ob sie vorher irgendwelche ungewöhnlichen Besuche oder Anrufe hatten?«

»Sind Sie von der Polizei?«

»Privatdetektiv Kayankaya.«

Sie hob die Augenbrauen. »Privatdetektiv?«

»Sie wissen doch, diese baumlangen Kerle mit den breiten Schultern und 'nem Kinn wie'n Pistolenknauf.«

Ihr Blick verharrte verständnislos. Dann sah sie an mir herunter, und ich hatte es geschafft, sie zum Lächeln zu bringen. »Ach, die.«

Ich nickte. »Also, war was mit den Männern?«

»Sie müssen mit Herrn Schäfer sprechen. Ich darf keine Auskünfte geben.«

»Und wann kommt der wieder?«

»Nächste Woche.«

»Nächste Woche ...?« Wir hatten Dienstag. Ich sah aus dem Fenster. Zwei Frauen mit Kopftüchern schleppten einen Bottich Wäsche über den Platz. »Da werde ich mich wohl im Lager umhören müssen.«

»Im Heim. Und im übrigen werden Sie das nicht. Für Fremde ist der Aufenthalt auf dem Heimgelände verboten. Es sei denn, Sie besuchten jemand Bestimmtes.«

»... na, dann besuche ich eben jemand Bestimmtes.«

Unbeeindruckt trat sie hinter die Theke und holte Block und Stift hervor, wobei ihr eine blonde Strähne ins Gesicht fiel. Sie wischte sie hinters Ohr zurück mit einer Bewegung, als würde sie beim nächsten Mal abgeschnitten.

»Name und Unterkunftsnummer?«

Ich betrachtete die Goldfische. Wahrscheinlich hätte ich besser daran getan, mich mit ihnen zu begnügen.

»Hören Sie mal, Schwester, was Sie so machen, das ist sicher alles sehr anständig, aber zufällig geht es um ein Verbrechen, und ich kann weder eine Woche warten noch mit Ihnen Quiz spielen. Also, wenn Sie nicht wollen, daß ich in Ihr Heim gehe, dann beantworten Sie meine Fragen. Niemand erfährt davon, und ich vergesse, daß ich Sie je gesehen habe.«

Pause. Sie ließ den Stift sinken und schaute auf. Dann hob sie die Augenbrauen: »Ach ja?« und lächelte zum zweiten Mal.

Wenig später zwängte ich mich mit der Gewißheit, einer Bande Fälscher auf der Spur zu sein, am rotweißen Schlagbaum vorbei auf die Straße. Die drei Männer waren Freitag von der Ablehnung ihres Asylantrags mit Weisung zur sofortigen Ausreise unterrichtet worden, Samstag hatte Miss Krankenhaus einen Anruf von Herrn Larsson entgegengenommen und weitergeleitet, und Sonntag war der Heimtresor aufgebrochen gewesen und das Trio verschwunden. Zu einem Tausch der Telefonnummern war es nicht gekommen – oder jedenfalls nur einseitig und ziemlich erfolglos. Sie hatte meine Karte in einen Kasten mit der Aufschrift ›Anträge Elektro-Geräte: Fernseher, Waschmaschinen etc.‹ geworfen.

Mir die Ohren gegen das Sägekreischen zuhaltend, lief ich zum Opel. Zwei Kinder drückten ihre Gesichter in den Maschendraht und verfolgten stumm, wie ich einstieg und davonfuhr.

5

Zum zweiten Mal an diesem Mittag betrat ich das braune Gebäude der Ausländerpolizei. Auf einigen Ärger gefaßt, ging ich auf den Uniformierten zu, der am Eingang die Ausweise kontrollierte. Aber anscheinend hatte es einen Wachwechsel gegeben; jedenfalls war er nicht der, der mir auf die Straße gefolgt war. Bis auf den üblich mißtrauischen Oben-Unten-Oben-LinkeSeite-RechteSeite-TiefindieAugen-Najawollnmagnädigsein-Blick, ließ er mich unbehelligt passieren. Ich stieg, die überfüllten Flure der Antragbüros hinter mir lassend, die Treppe hinauf zum Kommissariat. Ein leerer Gang. Die Schritte hallten. ›Referat Aufenthaltsdelikte – Kommissar Höttges, Inspektor Klaase‹ stand auf dem Schild neben der Tür. Ich klopfte.

»Bitte!«

Wieder Preßspanmöbel, darin zwei Männer. Einer Mitte Dreißig, mit Schnurrbart und Rollkragen, der andere, zwanzig Jahre älter, mit grauem Haar und Schlips. Sie saßen sich an ihren Schreibtischen gegenüber, und der erste Eindruck war, sie säßen hier seit ihrer Geburt und warteten darauf, daß der andere endlich in die Steckdose unterm Lichtschalter greift. Auf dem rechten Tisch lag ein Stapel Tageszeitungen, auf dem linken stand das Foto einer Familie am Schießstand.

Der jüngere nickte mir zu und sagte »Tag«.

»Tag. Kommissar Höttges?«

Er wies mit der Hand auf sein Gegenüber, das mit entschiedener Bewegung einen Ordner zuklappte. Sein hageres, dünnlippiges, mit kantigen Kinn- und Backenknochen versehenes Gesicht wandte sich mir zu. Einen Moment schien er zu prüfen, ob er mich gleich rausschmeißen oder erst meine Dummheiten anhören sollte.

»Was gibt's?«

»Mein Name ist Kayankaya, Privatdetektiv. Ich wollte fragen, ob etwas über eine Paßfälscherbande bekannt ist, die gezielt abgelehnten Asylbewerbern und Illegalen ihre Dienste anbietet?«

»Gezielt?« Seine kalten grauen Augen ruhten auf meinen. »Wie soll das gehen?«

»Indem man sich zum Beispiel bei Flüchtlingsorganisationen über die aktuellen Härtefälle informiert.«

»Und warum interessiert Sie das?«

»Ich suche eine Frau, die auf das Angebot eingegangen ist.«

»Der Name?«

»Erika Mustermann.«

Aus den Augenwinkeln beobachtete ich Inspektor Klaase, der amüsiert herüberschaute. Höttges verzog keine Miene.

»Sehr komisch.«

»Kaum mehr als Ihre Frage.«

»So eine Bande gibt es nicht.«

»Sie meinen, Sie haben keine Ahnung?«

Er schloß den Mund, als wollte er ihn bis zum Feierabend nicht mehr öffnen, und sah auf seine über dem Tisch gefalteten Hände. Die Daumen tippten gegeneinander.

». . . nein, das meine ich nicht.«

»Na, schön. Aber vielleicht haben Sie in letzter Zeit einen verstärkten Umlauf falscher Papiere registriert oder einen Hinweis erhalten auf einen Ort oder eine Werkstatt, wo sich regelmäßig und ohne erkennbaren Grund Nichtdeutsche einfinden – in so was ist die Bevölkerung doch groß.«

Höttges antwortete nicht, und eine Weile war nur das gedämpfte Schreibmaschinenklappern vom Nebenbüro zu hören. Gerade als ich beschloß, den Besuch zu beenden, räusperte sich der Inspektor und bemerkte mit aller Vorsicht: »Da war doch diese Sache mit Gellersheim . . .«

Höttges Blick traf ihn wie der Blitz, und ohne den Inspektor aus den Augen zu lassen, nahm Höttges die Arme vom Tisch, stützte eine Hand auf die Lehne und zupfte sich mit der anderen am Ohrläppchen. Ich hätte nicht geglaubt, daß so eine Angewohnheit etwas derart Bedrohliches haben könnte.

»Haben Sie nichts zu tun, Klaase?«

»Aber Chef, ich . . .«

»Kommissar!«

Einen Moment ließ der Inspektor den Mund offen, seufzte dann, langte nach einer Akte und vergrub sich im Sessel.

»Und was Sie betrifft, Herr . . .«

»Kayankaya.«

». . . Ihre Besuchszeit ist beendet.«

Ich nickte. »Schon kapiert.«

Mit einem Blick über den Aktenrand drückte mir Inspektor Klaase sein Mitgefühl aus. Ich zwinkerte ihm zu, zog zwei Visitenkarten aus der Tasche und steckte jedem eine an die Schreibtischlampe. ». . . falls Sie irgendwann bessere Laune haben und sich sagen, Mensch, dieser nette Kerl von heute morgen, den müssen wir unbedingt noch . . .«

»Raus!«

6

Schon von weitem sah ich, wie der inzwischen wieder aufgekommene Regen in meine Wohnung pladderte. Ich mußte am Morgen vergessen haben, die Fenster zu schließen. Eilig parkte ich den Wagen, rannte über die Straße und stieß die Haustür auf. Wie so oft, trat im selben Moment der Gemüsehändler vom Erdgeschoß aus seiner Wohnung am Flurende. Um dem üblichen Gekeife wegen zu lautem Radio, Dreck neben der Mülltonne oder Duschen nach zweiundzwanzig Uhr zu entkommen, beeilte ich mich, die Treppe zu erreichen. Doch vor dem rettenden Absatz sauste er hinter mir um die Ecke und rief zum ersten Mal in unserer gemeinsamen Leidensgeschichte ein freundliches »Guten Morgen, Herr Kayankaya!« Fast wäre ich der Länge nach hingeknallt. Langsam drehte ich mich um und musterte ihn skeptisch.

»Geht's Ihnen nicht gut?«

»Ganz im Gegenteil . . .« Mit hastigen Schrittchen, die Hände ineinander wurschtelnd, kam er die Treppe herauf. ». . . ich wollte Sie nur um einen kleinen Gefallen bitten.«

Ich überlegte, ob man ihm was in den Kaffee getan hatte.

»Jetzt machen Sie mal halblang. So 'ne Wörter kennen Sie doch gar nicht.«

»Aber, Herr Kayankaya . . .« Er lächelte versöhnlich. »Vergessen wir doch die alten Geschichten.«

»Tun wir nicht. Außerdem läuft meine Wohnung über.«

»Nur einen Augenblick noch!«

Er machte einen Schritt, daß wir auf gleicher Stufe standen und ich sein Mittagessen aus Fleischsoße und Apfelkompott riechen konnte.

». . . es handelt sich um folgendes: mehrere Mieter, ich eingeschlossen, wollen an der Hausfront eine Plakatwand errichten, aber dafür braucht man die Genehmigung des Eigentümers. Um Herrn Kunze unser Anliegen möglichst überzeugend vorzutragen, haben wir an eine Unterschriftensammlung im Haus gedacht – Ihre wäre uns besonders wichtig.«

»Für 'ne Plakatwand?!« Ich schaute entgeistert. ». . . so eine wie für Zigaretten und Margarine?«

». . . so eine, aber für Inhalte . . . gemeinsame Ziele und

Wertvorstellungen, die wir der Öffentlichkeit, in dem Fall der Straße, nahebringen wollen.«

»Was für Inhalte?«

»Politische, gesellschaftliche, aber auch philosophische, den Menschen an sich betreffende.«

»Haben Sie'n Sprung in der Schüssel? Was soll denn nun drauf auf die Wand?«

»Tja, also . . . ich hoffe, Sie sind frei von Vorurteilen . . . Um es kurz zu machen, wir sind Mitglieder im Stadtteilverband der Republikaner und wollen der Partei eine Art Diskussionsfläche schaffen . . .«

Ich atmete langsam aus. Dann fragte ich: »Wer wir?«

»Meine Frau und ich. Die erste Plakatserie soll unter dem Motto stehen: ›Deutschland so groß . . .«, er strahlte mich an, ». . . daß auch unsere Gäste Platz haben‹.«

»Und wer hat unterschrieben?«

»Bisher alle, die ich gefragt habe. Das Motto kommt an. Frau Augstein aus dem vierten, Herr Walser und die jungen Herren Knapp und Kretschmann.«

Die Gesichter der Genannten tauchten vor mir auf.

»Eine Alkoholikerin, ein Greis und zwei Bekloppte – tolle Mannschaft. Und was ist mit Familie Benmessous oder Herrn Karagiannidis?« Er wich drei, vier Stufen zurück. ». . . oder der Familie Metin, die Ihnen mindestens die Hälfte Ihres elenden Gemüses abkauft?! Haben Sie die auch gefragt?!«

»Ja, aber . . .« Er ließ weitere Stufen vor sich, ich folgte ihm, und langsam gelangten wir zum Erdgeschoß.

». . . aber anscheinend haben die Ihnen noch nicht das Maul gestopft. Vielleicht, weil sie mit einem so windelweichen Arschloch Mitleid hatten.«

Er stolperte um den Geländerknauf herum und brachte die schwarzen Eisenstreben zwischen uns. Seine Augenwinkel zuckten.

»Jetzt ist man mal offen nach allen Seiten . . .«

Ich schwang mich hinterher. Er drehte sich um und flitzte in seine Wohnung. Halb hinter dem Türrahmen verborgen, schrie er dann mit wedelndem Zeigefinger: »Selbst im eigenen Treppenhaus wird man bedroht! Wenn wir erst mal das Sagen haben . . .!« Die Tür knallte. Stille.

Eine Weile stand ich da und dachte, wenn sich alle Republikaner so klug und mutig für ihre Ziele einsetzten, konnte es mit der Partei eigentlich nicht lange dauern. Andererseits hatte ich jemand wie Frau Augstein bisher zwar für leicht weggetreten, aber selbst im Suff immerhin für fähig gehalten, zwischen den einen und den anderen zu unterscheiden.

Weil mein Bett nun ohnehin durchgeweicht sein mußte, lief ich noch mal zurück zum Briefkasten und zog einen Packen Rechnungen und Prospekte heraus. Ein handgeschriebener Zettel ist mir nicht aufgefallen.

Oben warf ich die Post aufs Bett und schloß die Fenster. Dann ging ich in die Küche, schaute ins Eisfach, entschied mich für Rindersaftgulasch, riß die Packung auf und tat den gefrorenen Block in einen Topf. Als die Herdplatte zu knistern anfing, klingelte das Telefon. Auf dem Weg zum Sessel schnappte ich mir eine frische Packung Zigaretten und machte ein Bier auf. Die Beine über die Lehne gehängt, hob ich ab.

»Kayankaya.«

»Hier Klaase.«

»Ach, Herr Inspektor, ich hatte gehofft, Sie würden anrufen.«

»Hab ich mir schon gedacht. Die Nummer habe ich aus'm Telefonbuch. Der Alte hat mir Ihre Karte abgenommen.«

»Ziemlicher Feldwebel.«

»Halb so wild. Manchmal hat er seine Anfälle, aber sonst ist er erträglich.«

»Mhm.«

»Nachdem Sie weg waren, habe ich mich jedenfalls erinnert ... Sie sind doch dieser Detektiv, der vor Jahren Kommissar Futt hochgehen ließ?«

»Ja.«

»Obwohl's gegen einen Kollegen ging, aber das hat mir imponiert.« Und glucksend fügte er hinzu: »Vielleicht weil Futt mein Ausbilder war.«

Um ihm eine Freude zu machen, lachte ich ein bißchen mit. Dann fragte ich: »Und Gellersheim?«

»Die Meldung kam gestern abend. Eine Olga Bartels beschwert sich, daß seit einem halben Jahr in der Nachbarvilla in regelmäßigen Abständen größere Gruppen Ausländer einquartiert würden. Immer andere und immer nur für drei, vier Tage.«

»Wem gehört die Villa?«

»Keine Ahnung. Wir haben uns nicht drum gekümmert.«

»Warum nicht?«

»Weil solche Meldungen täglich eintreffen und der Alte gemeint hat, sicher wieder nur 'ne Schreckschraube, die nichts anderes zu tun hat als den ganzen Tag am Fenster zu kleben.«

»So hat er das gesagt?«

»So ähnlich.«

»Und die Adresse?«

»Am Rosenacker sechs.«

Ich notierte es auf den Rand einer Fernsehzeitschrift und trank einen Schluck Bier.

». . . wenn Sie so viele Meldungen haben, warum erzählen Sie mir ausgerechnet von dieser?«

»Wegen der größeren Gruppen und der Aufenthaltsdauer. Normalerweise handelt es sich um Familien oder Einzelpersonen, die als versteckt verdächtigt werden.«

»Können Sie mir auch was über falsche Papiere sagen?«

»Nichts Ungewöhnliches. Der übliche Amateurkram: ausradierte Daten, andere Fotos und so weiter.«

»Tja, Inspektor, dann erst mal vielen Dank.«

»Keine Ursache. Schließlich tun wir alle nur unsere Arbeit. Und nehmen Sie's dem Alten nicht übel, er hat es nicht immer leicht gehabt.« Beim Auflegen fragte ich mich, ob das die Ausländerpolizei oder die Heilsarmee gewesen war.

Im Fernsehen pinselte McEnroe einen maulfaulen Schweden vom Platz. Ich trank Bier und sah zu, wie er einer Linienrichterin etwas über seinen Hintern erzählte, und hoffte zwischendurch, Sri Dao würde heute abend wieder auftauchen, und der Fall wäre erledigt. Wahrscheinlich wohnte in der Gellersheimer Villa eine wohlhabende Familie mit ausgeprägtem Ferienbewußtsein. Sonnengebräunte Gesichter und oftmalige Abwesenheit mußten Frau Olga zu der Überzeugung gebracht haben, hier könne es sich nur um Zigeuner handeln.

Zehn Minuten später war das Gulasch warm. Mit Teller und Brot ließ ich mich zum Tie-Break nieder. Sechs fünf. Sechs sechs. Doppelfehler McEnroe, sechs sieben. Aufschlag der Schwede. Ich kleckerte mir auf die Hose. Zweiter Aufschlag ... Return auf die Linie, sieben sieben. Das Brot begann zwischen meinen Fingern zu pappen. Langer Ballwechsel, Netzangriff McEnroe, Jahrhundertstopp – acht zu sieben! Durchatmen. Aufschlagwechsel. Linker und rechter Unterarm an die Stirn, Aufstellung. Kein Laut. Schlag, Ball im Feld, Rückhandreturn, Halbflugball, Lob, Schmetterball, der Schwede springt ... und springt daneben. Ich löste das Brot von den Fingern und nahm den Löffel wieder auf. Anfang des zweiten Satzes klingelte es an der Tür.

»Ach, was.«

»Ich war gerade in der Gegend und dachte, schau ich mal rein ...«

Ich hielt die Tür auf. »Wenn's dich nicht stört, mit 'nem Bullen Tennis zu gucken.«

Slibulsky verdrehte die Augen. Dann gingen wir ins Zimmer, und er stopfte seinen klatschnassen Mantel über die Heizung. Der Gipsarm war durch die Feuchtigkeit grau geworden. Ich lehnte gegen die Tür.

»Soll ich die Vorhänge schließen?«

»Vielleicht könntest du dir die Sprüche sparen und mir statt dessen bei dem Sauwetter 'n Teller Suppe anbieten?«

Ich verschwand in der Küche und brachte den Pamps wieder zum Kochen. Als ich zurückkam, saß Slibulsky vornübergebeugt im Sessel, hatte seine schwarze Brille aufgesetzt und verfolgte das Match. Ich drückte ihm den Teller in die Hand und hockte mich daneben auf die Lehne.

Er fragte: »Wie stehts?«

»Erster Satz für uns.«

Eine Weile schaufelten wir unser Gulasch. Im vierten Spiel, Aufschlag der Schwede, stellte Slibulsky den Teller weg, wischte sich über den Mund und sagte: »Schmeckt ziemlich schlecht. Übrigens . . . ich weiß den Namen.«

Ich ließ den Löffel sinken.

». . . hast du aber spannend gemacht – soll ich erst den Nachtisch servieren, bevor du ihn verrätst?«

»Herrgott! Er nützt dir sowieso nichts. Der Mann sitzt seit zwei Wochen wegen Hehlerei. Mario Beckmann heißt er.«

»Kommt das von Charly?«

»Von 'nem Typ aus'm *Herzdame*.«

Wir funkelten uns kurz an, dann zuckte ich die Schultern. »Wahrscheinlich hätte es mir auch anders nichts genützt. Es handelt sich ziemlich sicher um 'ne Fälscherbande.«

Als ich die Teller in die Küche brachte, rief Slibulsky hinterher: »Was hast du jetzt vor?«

»Hab 'n Tip bekommen. Eine Villa in Gellersheim.«

»Wo?«

»Gellersheim!«

Ich stellte den Topf in den Kühlschrank. Beim Hinausgehen verwandelte McEnroe einen Überkopfball und hatte das Break geschafft. Slibulsky brummte anerkennend. Ich wartete den ersten Aufschlag ab – fünfzehn null, dann zog ich ein frisches Hemd aus dem Schrank und schleuderte die Schuhe unters Bett.

»Und wie fühlt man sich als Bullenspitzel?«

Nach einer Pause knurrte es aus dem Sessel: »Weißt du, Kayankaya, was deine herausragendste Qualität als Detektiv ist? Daß du dich wochenlang an einer Sache festbeißen kannst.«

Zehn Minuten später trat ich frisch rasiert und angezogen aus der Badezimmertür, nahm die Post vom Bett und setzte mich wieder auf die Lehne. Slibulsky hatte die Beine ausgestreckt und, so gut das mit einem Gips geht, die Arme verschränkt. Es stand inzwischen fünf zu drei.

»Hast den Hammer verpaßt. So . . .«, ohne den Blick von der Mattscheibe zu nehmen, fuhr Slibulsky den linken Arm seitwärts aus, ». . . am Netz, schon zwei Dinger abgewehrt, der Ball kommt die Linie lang, er muß springen und im Flug: so . . . einfach rübergewischt. Im Flug!«

Ich zündete mir eine Zigarette an und blätterte in der Post: Strom- und Telefonrechnung, ein Brief von der Hausverwaltung, jede Menge Reklame und plötzlich der handgeschriebene Zettel. Auf einer Hotelblockseite – *Interconti Frankfurt* – stand in unbedarfter Handschrift: ›Das Mädchen ist in Dietzenbach, *After Hours*.‹ Ich betrachtete den Zettel unentschlossen. Dann hielt ich ihn Slibulsky hin: »Kennst du den Laden?« Pause.

». . . is glaub ich 'n Schwulenpuff.« Er sah auf. »Was sollen die mit'm Mädchen?«

»Keine Ahnung. Aber irgend jemand muß sich was dabei gedacht haben.«

Slibulsky kratzte sich am Nacken. »Wenn jetzt auch noch die Schwulen in den Frauenhandel einsteigen . . . da blickt ja keiner mehr durch.«

Matchball McEnroe. Gejohle. ›Quiet, please‹ . . . ein As, und das Gesicht von einem, der sich wundert, bei so einem Gegner überhaupt antreten zu müssen.

Ich stand auf und nahm die Beretta vom Regal. »Das nächste Spiel ist Becker gegen Carl Arsch. Ich muß jetzt los.«

»Gellersheim?«

»Dietzenbach.«

Ich schob das Magazin ein. Slibulsky langte nach der Fernbedienung. »Wenn jemand anruft?«

»Laß dir Namen und Nummer geben. Ich ruf morgen zurück. Bier ist im Kühlschrank.«

Im Treppenhaus begegnete mir Herr Knapp. Er studierte Biologie, besaß ein Auto, das mit Campingplatzaufklebern vollgepflastert war, einen dazugehörigen herausnehmbaren Kassettenrecorder, den er stets mit sich herumschleppte, und eine Freundin, die ebenfalls Biologie studierte. Jetzt trug er außer dem Kassettenrecorder noch einen weinroten Aktenkoffer mit Zahlenschloß. Seine Kleidung war beige, selbst die grüne Jacke war irgendwie beige. Wahrscheinlich konnte er einen schwarzen Anzug mit roten Punkten tragen, und man hielte ihn immer noch für beige gekleidet.

Wie immer grüßte er freundlich, »Guten Tag«, und wie noch nie antwortete ich »Heil Hitler«.

Völlig verdattert, Koffer und Recorder heftig schlenkernd, blieb er stehen und stotterte, ». . . wa-was haben Sie gesagt?«

»Die Republikaner-Plakatwand – haben Sie nicht unterschrieben?«

»Aber . . .«, er schüttelte abwehrend den Kopf, ». . . doch nicht, weil ich ihre Ziele unterstütze – im Gegenteil. Ich bin sogar ein ausgesprochener . . . wie soll ich sagen . . .« Sein Mund ging ein paarmal suchend auf und zu, dann verkündete er: ». . . Freund der Ausländer«, und nickte strahlend.

»Falls Sie mich meinen, dann passen Sie bloß auf, daß Ihr Freund Ihnen nicht eins auf die Nuß haut.«

»Ich bitte Sie, Herr Kayankaya! Ich habe lediglich unterschrieben, weil ich es für wichtig halte, jedem die Möglichkeit zu geben, frei seine Meinung zu äußern – schließlich leben wir in einer Demokratie.«

»Eben. Und auch wenn es manchmal so aussieht, als wäre die freie Meinungsäußerung ausschließlich für Republikaner und Leute, die keine Meinung haben, erfunden, sie gilt auch noch für andere. In diesem Sinne, Herr Knapp . . .«, ich hob den rechten Arm, ». . . Hals und Beinbruch!«

7

›You're my baby, baby, baby – oh yeah. You're my sunshine, sunshine, sunshine – oh yeah. You're my . . .‹ krzzzzzz fghtntrzzzzzz ›. . . hat der Bundeskanzler zum Gedenken an die jüdischen Opfer des Nationalsozialismus einen Hut aufgesetzt. Bundespräsident Richard von Weizsäcker, ebenfalls bei der Veranstaltung zugegen, sagte anschließend: Die Frage ist doch, ob wir nicht alle Menschen sind? Und da sage ich ganz ausdrücklich: Ja! Ja, wir sind alle Menschen. Das Wetter . . .‹ krzzzzzzzerbgrngnzzzzzz ›. . . in der Ferne leuchten zwei Sterne, ich hab dich so gerne, als wär'n wir zwei Sterne, dort in der Ferne . . .‹ krzzzzzzzzzfghnlrtzzzzzzzzzz ›. . . jetzt mal zur rein technischen Frage, Herr Fips. Ich meine, wie können Sie sich auf Ihren zu lesenden Text konzentrieren, während Sie gleichzeitig versuchen, mit Ihrer Stirn ein Loch in die Tischplatte zu schlagen? Schon allein vom Rhythmus . . .‹ – ›In meinem Herzen wohnt ein Maschinengewehr, und meine Texte sind Salvenfeuer im Dunkel der Zukunft.‹ – ›. . . ja, mhmhm, sehr hübsch. Aber Sie haben meine Frage nicht beantwortet. Vielleicht könnten Sie in dem Zusammenhang auch ein Wort zu den Sichtverhältnissen sagen. Was machen Sie, wenn Ihnen das Blut über die Augen läuft? Haben Sie so Schweißmanschetten zum Abwischen wie Tennisspieler, oder spritzt das zu den Seiten weg?‹ – ›In meinem Herzen wohnt ein Maschinengewehr, und meine Worte sind Salvenfeuer im Dunkel der Zukunft – wenn Sie wollen, kann ich dazu eine Versfolge, die auch Ihre Frage beantworten wird, vortragen.‹ – ›Äh . . . na ja, warum nicht. Allerdings, bitte keine Flecken auf den Teppich . . .‹ krzzzzzzzfgnerzzzz ›. . . gestrige Rede des Bundespräsidenten, Freude durch Frieden, zum Auftakt des Natomanövers Friendly Touch fand national wie international großen Anklang . . .‹

Ich drehte ab. Beim Radio müßte man arbeiten. Es gibt wohl kaum etwas, was zum Bessermachen stärker animiert, und ich kenne wenige, die nicht mindestens hundertmal am Steuer oder hinterm Ladentisch überlegt haben, wie sich ein vernünftiges Programm anhören müßte. Wahrscheinlich überlegen das sogar die Leute, die tatsächlich beim Radio arbeiten; sitzen vorm Plattenteller, schmeißen ›Tommy und die Oberländer Gaudibläser‹ drauf und denken, beim Radio müßte man arbeiten.

Zwanzig Kilometer später passierte ich das Dietzenbacher Ortsschild. Ich fuhr den Opel an den Rinnstein, stieg aus und schaute mich um. Ein Vogel, irgendwo ein Moped und irgendwo anders ein Rasenmäher. Als würden sämtliche Bewohner ihre Stadt beerdigen. Der Leichnam lag hergerichtet vor mir: gewienerte Gardinenfenster, glänzende Briefkästen, Vorgärten wie nach Schnittmustern angelegt, keimfreie Bürgersteige. Die abgestellten Autos vermittelten den Eindruck, als kämen sie gerade aus der Styroporverpackung. Ich mag deutsche Kleinstädte. Sie geben mir das Gefühl, ein paar Sachen richtig gemacht zu haben. Berufsverkehr, Winterschlußverkauf, lärmende Nachbarn, und auch die Bauarbeiten zur Erweiterung der Frankfurter U-Bahn direkt unter meinem Fenster schon seit über einem Jahr erschienen hier in ganz neuem Licht.

Ich lief etwa fünfzig Meter die Straße hinunter bis zu einem Jägerzaun und einem Mann, der das Nummernschild seines BMW mit einer Zahnbürste säuberte.

»Guten Tag.«

Der Mann blickte hoch und bekam diesen Zug ins Gesicht, den sie alle bekommen, wenn sie neben ihrem Auto in ihrem Vorgarten hinter dem Jägerzaun stehen und glauben, einer könnte weniger oder gar nichts von dem haben, was sie haben. Mit der Zahnbürste wedelnd, kam er auf mich zu: »Nix brauchen, nix kaufen!«

»Hat er Karies oder stinkt er einfach nur'n bißchen aus dem Maul?«

»Wer stinkt hier?«

Mit geblähter Brust und vorgestrecktem Kinn blieb er vor mir stehen.

»Ihr Freund da, mit den Gummifüßen und dem Rohr im Arsch.«

Er wandte sich um und wieder zurück und betrachtete mich irritiert. Die Rechte lockernd, wie ein Gewichtheber, wiederholte er dann: »Nix brauchen, nix kaufen.« Und nachdem ich keine Anstalten machte zu gehen, noch ein drittes Mal, brüllend für ganz Dietzenbach: »Nix brauchen, nix kaufen!«

»Ganz prima, aber das können wir jetzt. Zweite Lektion: Wie komme ich zum *After Hours*? Und wenn's geht bißchen flüssiger.«

Er hielt inne in einer Bewegung, die alles mögliche hätte werden können. Langsam, einen Fuß hinter den anderen setzend, entfernte er sich Richtung BMW.

»Hau ab! Mach, daß du hier wegkommst!« Seine Stimme überschlug sich. »Du hast mich doch hoffentlich nicht angehustet, du . . .?!«

Mit der einen Hand simulierte ich, wie der Scheibenwischer funktioniert, mit der anderen fingerte ich einen Zettel aus der Hosentasche. »Hirschgraben siebzehn. Erklären Sie mir den Weg, oder ich spuck in Ihre Tulpen.«

Die Zahnbürste wie ein Kreuz vor die Brust haltend, lehnte er bleich am Kühler. ». . . geradeaus, zweite Ampel rechts, nach hundert Metern die rosa Leuchtreklame . . .«

»Vielen Dank.« Ich winkte. »Und immer schön Deutsch lernen. Man fühlt sich ja gar nicht mehr wie zu Hause.«

Eine schwere dunkelbraune Holztür mit verspiegeltem Guckloch, links die Getränkekarte, rechts ein messingfarbenes Viereck mit Klingelknopf, der Knopf aus Marmor. Ich klingelte, und eine Stimme vom Band schnarrte: »Please wait; attendez s'il vous plaît; bitte warten!« Minuten später ging die Tür auf, und eine bleiche Viertelportion mit Damenbart und großen Augen klammerte sich an den Rahmen. Weiße Tennisschuhe, Jeans, ein opalschimmerndes Hemd, bis zum Bauchnabel aufgeknöpft, Goldkettchen und ein Liter Schmiere im Haar.

»Bitte, was wünschen Sie?«

»Ich hätte gern den Chef gesprochen.«

Seine langen, mageren Finger trippelten nervös auf dem Holz.

»Gerhard ist leider nicht zu sprechen.«

»Ist er denn da?«

»Ich habe gesagt, er ist nicht zu sprechen.«

Ehe er die Tür zumachen konnte, hatte ich ihn beiseite geschoben und war in dem nach Alkohol und vollen Aschenbechern stinkenden Barraum. Die Stühle auf den Tischen, dazwischen ein Haufen leerer Gläser mit Fruchtstückchen und Strohhalmen, dahinter eine Art Kleinkunstbühne. Auf der Bühne lag der Rest einer riesigen rosa Torte und daneben schnarchte ein unrasierter Dicker in Reizwäsche. Zwei Neonröhren tauchten die Szene in fahles Licht. Außer der Eingangstür gab es noch drei weitere Türen. Auf der ersten stand ›Pool‹, auf der zweiten ›Safety first‹, auf der dritten ›Privat‹.

Jemand zog mich am Jackett. »Was fällt Ihnen ein! Machen Sie, daß Sie wegkommen!«

Ich drehte mich um und nahm die Viertelportion beim Hemdkragen. Er versuchte zu schlagen, aber ich hielt ihn mir mit der Rechten vom Körper weg. Mit der Linken deutete ich auf den Dicken.

»Ist das Gerhard?«

Keine Reaktion. Plötzlich rührte sich kein Muskel mehr an ihm. Die Augen starr geradeaus, hatte er beschlossen, den Mund zu halten.

»Hör mal, Kleiner, sag mir, wo dein Chef ist, oder du klebst an der Decke.«

Den Körper durchlief ein Zittern – aber das war auch alles. Er senkte den Kopf, als würde er sich dann eben für Gerhard an die Decke kleben lassen. Ich ließ ihn los, ging zu der Tür mit der Aufschrift ›Privat‹ und gelangte über eine eiserne Wendeltreppe in den Flur vom ersten Stock. Wieder drei Türen. Ich peilte die an, hinter der leise ein Radio spielte, und stieß sie auf. Zuerst überraschte mich die Sonne. Nach der

Düsternis in Barraum und Flur hatte ich den Tag draußen fast vergessen. Dann die Büroeinrichtung: Computer, Telefax, jede Menge Telefone, Lampen, Bildschirme. Die dritte Überraschung war Gerhard selber, vielmehr die Sicherung seiner Pistole.

»Pfoten hoch, mein Liebling.«

Ich hob die Arme und drehte mich langsam um. Er war groß, breit gebaut und gutgenährt. Vielleicht von allem eine Spur zuviel. Aus seiner solariumbraunen Fassade stachen zwei stahlblaue Augen, und von der Stirn über die Ohren bis zum Nacken kräuselte sich wasserstoffblonder Minipli. Eine Art Kalli Feldkamp in Leder. Die Füße steckten in amerikanisch beflaggten Turnschuhen.

»Ooh . . .«, er rollte mit den Augen, ». . . aan eschter Scheisch.«

Ich grinste müde. »Kann ich die Arme wieder runternehmen?«

»Wieso dann . . .? Machst disch doch gut so.«

Die Pistole im Anschlag, tänzelte er um mich herum. Als er wieder vor mir stand, schmatzte er laut. Ich sah zur Decke.

»Süß, werklisch süüß . . . wenn merr des Bäuschelsche da noch wegtrainiere, un 'ne neue Frisur, bissi modernä, un was Nettes zum Aaziehe . . . aan Don Schonson werst freilisch nie, awwer so klaa Beleibtere hawwe ja aach ihrn Scharm, gell?«

»Meine Arme schlafen ein.«

»Die läßt du ma hübsch obbe, Süßä. Solang es nur die Arm sin . . .« Er zwinkerte mir vergnügt zu, setzte sich hinter den Schreibtisch und legte die Beine hoch. ». . . du mußt dein Typ mehr betone.«

»Und das wäre? 'ne Mischung aus Gerd Müller und Gaddhaffi?«

Er stieß einen Jubelseufzer aus, »Gadawwi! Mein

Schwarm!« Und, die Augenlider auf Halbmast, »Auf den könnd isch tausend un aane Nacht – mindestens.« Er legte den Kopf schief. ». . . awwer an deiner Stell, isch würd mehr ins Rustikale gehn. Marineblau, Ämmel hochgegrämbelt, schwere Schuh – bist der Matrosetyp.«

»Ich werd dran denken. Im Augenblick suche ich aber eine Frau namens Sri Dao Rakdee. Sie soll sich hier aufhalten.«

Er stutzte: »E Fraa . . .?!« und zog eine Grimasse, als sei ihm der Teufel persönlich über den Weg gelaufen. Dann hellte sich sein Gesicht plötzlich wieder auf und er bleckte eine Reihe weißer Jackettkronen. »Du meinst die Dolores, unsern Transi! Die is awwer heut net da.«

»Nein, ich meine nicht Dolores. Ich meine . . . ach, leck mich doch am Arsch.«

Ich ließ die Arme sinken und zog meine Zigaretten aus der Tasche. Entgeistert verfolgte er, wie ich das Streichholz auswedelte und es in seinen Stiftehalter schnippte.

»Und nun? Wollen Sie jemanden abknallen, nur weil er ohne anzuklopfen in Ihr Büro gelatscht ist? Ich bin hier, weil ich eine Frau suche – ich meine, die ist schon so geboren, klar? Jetzt sagen Sie mir einfach, ob sich so ein Wesen hier aufhält oder nicht.«

Ganz langsam verschwanden die Beine vom Tisch. Er setzte sich auf und umfaßte die Pistole mit beiden Händen. Sie zielte auf meine Stirn. Die eben noch glänzenden Augen waren trocken und kalt, die Stimme schneidend.

»Merr sin net etwa 'n Bulle?«

»Seh ich so aus?«

Er zog die Oberlippe verächtlich hoch.

»Wie e klaa versoffene Ratt siehst aus.«

Der Himmel hatte sich verdunkelt, und ein Gewitter war im Anrollen. Mein Bedarf an halbseidenen Schwätzern war für heute gedeckt.

Ich deutete auf seine Nase: »Da hängt Ihnen was raus.«

Im ersten Moment schien er nicht zu verstehen. Dann faßte er sich reflexartig ins Gesicht und schielte nach unten. Der erste Schlag riß ihm die Pistole aus der Hand, der zweite beschädigte sein braungebranntes Kinn, und ein dritter ließ ihn nach Luft schnappen.

Ich nahm die Pistole und setzte mich auf die Schreibtischkante.

». . . so, und jetzt probieren wir das noch mal von vorn. Ist die Frau hier?«

In den Sessel gekrümmt, die eine Hand am Unterkiefer, die andere auf dem Bauch, starrte er mich ungläubig an. Schließlich bewegte er vorsichtig den Kopf hin und her und stöhnte: »Du hast 'ne Meise.«

»Ja oder nein reicht schon. Wird hier mit gefälschten Ausweisen gehandelt?«

»Gefälschte Aasweis?!« Er löste die Hand vom Kiefer und fuhr über die High-Tech-Landschaft. »Isch verdien 'ne halbe Million im Jahr, nur annä Börs. Was sollt isch dann so'n Scheiß mache?«

»Es ging Ihnen aber ziemlich nahe, die Idee, ich könnte ein Bulle sein.«

»Na und? Isch mag eusch Jungs nu ma net. Is köbberlisch. Un weil du iwwerhaapt kaa Rescht hast, hier rein zu komme. Die Geschischt is drei Jahr her. Der Laden is absolut saubä, net mal 'n verbodenes Viddeo.«

»Welche Geschichte?«

»Ei, tu doch net so schlau! Die mit dem Bürschche da. Kaa seschzehn, oddä was er war – des hinnerlistische . . .«

Mitten im Satz ging unterm Minipli die Sonne auf. Und während ich noch überlegte, was ihn plötzlich so glücklich machte, schlug bei mir der Blitz ein, durchs Rückgrat geradewegs in die Fußspitzen. Einen grellen Schein im Kopf und das Gefühl, ins Nichts zu fallen, hörte ich von weither seine Stimme: »Komm her, mein Schatz, dadefier hast du aan Kuß verdient.«

Ein endloser steiler Abhang, und ich fuhr wie der Teufel. Niemand und nichts konnte mich aufhalten. Nicht mal ich selber. Alles war weiß. Kein Himmel, keine Sonne, kein Baum. Nur weiß. Die Bretter trugen mich so schnell über den Schnee, daß mir keine Zeit blieb zu atmen. Stöcke hatte ich nicht. Es ging abwärts, immer weiter abwärts, das Herz rutschte mir in den Kopf. Doch auf einmal war gar nichts mehr weiß, sondern alles war schwarz, und am Ende ein riesiger Abgrund. Ich konnte nicht stoppen, mein Körper war wie gefühllos, und ein betäubendes Geräusch legte sich über alles. Ein Sausen wie von tausend Feuerstürmen.

Ich schlug die Augen auf. Keine zwanzig Zentimeter vor mir fuhr ein Staubsauger hin und her. Dahinter, in der einen Hand den Staubsaugergriff, in der anderen eine Pistole, die Viertelportion. Seine großen Augen betrachteten mich traurig. Ich versuchte, meinen Kopf zu bewegen. Es war, als hätte mir einer ein Messer in den Nacken gesteckt. Vorsichtig hievte ich mich auf den Hosenboden. Sie hatten mich in eine Ecke vom Barraum gekehrt. Die schmutzigen Gläser waren verschwunden, die Stühle auf dem Boden, und es roch nach Veilchen. Der Staubsauger umkurvte meine Füße. Ich kniff die Augen zusammen.

»Is nich langsam sauber genug? Oder kommt Mutti zu Besuch?«

Das Ungeheuer weiter hin und her schiebend, zischte er: »Verpiß dich. Ich mach meine Arbeit.«

Die Pistole schwenkte Richtung Eingangstür. Ich nickte gequält. »Schon gut, schon gut.«

Ich war sicher nicht der erste und auch nicht der letzte, der schlechte Witze über ihn riß. Ich malte mir aus, wie Ledermaxen vom Schlage Gerhards tagtäglich auf ihm rumtrampelten. Wahrscheinlich brachte er irgendwann einen von ihnen um, und ganz bestimmt würde er sich dabei erwischen lassen. Im Knast würden dann wieder alle auf ihm rumtrampeln und so weiter. Bis in die Kiste. ›Hier endet der Trampelpfad‹, müßte auf seinem Grabstein stehen, falls er einen bekäme.

Fünf Minuten später kam ich auf die Beine und betastete die blutige Kruste an meinem Hinterkopf.

»Hast ja 'n ganz schönen Wumm in den Armen, Kleiner.«

»Ich hab gesagt, verpiß dich.«

Ich seufzte, tippte mir an die Stirn und wankte zur Bar. Kopf, Bauch, überhaupt alles in mir, was stimmberechtigt war, verlangte nach Schnaps. Ohne zu fragen, setzte ich eine Flasche Scotch an den Hals, und als ich sie irgendwann absetzte, war aus dem Messer im Nacken ein Gummipfeil geworden. Am Thekenende saß der Dicke in Reizwäsche und starrte dumpf in meine Richtung. Schließlich hob er die Hand und winkte verstohlen. »Hätten Sie vielleicht Lust, ein Glas mit mir zu trinken?«

Ich zwinkerte zurück: »Tut mir leid, hab meine Tage« und stolperte hinaus in den Regen.

»Gina?«

»Ja.«

»Hier Kayankaya . . .«

Sie lachte, und wir wechselten ein paar Takte über eine gemeinsame Bekannte, mit der sie den gestrigen Abend verbracht hatte und die recht ausführlich über mein angebliches Balzverhalten getratscht haben mußte. Gina und Slibulsky gehörten seit über sieben Jahren zusammen, und bis auf gelegentlichen Streit klappte das hervorragend. Dabei fragte man sich, wie sie überhaupt den selben Gehweg benutzen konnten. Gina, knapp dreißig, studierte Archäologie, rettete Robben, las dicke Bücher und war nebenher Lehrerin an einer Tanz- und Benimmschule für höhere Töchter. Zum Geldverdienen, behauptete sie. Ich war mir da nicht immer sicher. Unvergessen der Abend, an dem sie mir erklären wollte, wie Servietten gefaltet werden und warum. Auf der anderen Seite scherte sie Slibulskys Lebenswandel ebensowenig, wie es ihr egal war, ob sich außer ihr noch jemand für alte halbe Vasen interessierte.

». . . hör mal, Gina, Slibulsky hat mir erzählt, er hätte sich den Arm auf 'ner Treppe gebrochen. Weißt du zufällig, auf welcher Treppe?«

»Na, im Puff.«

»Genauer hat er das nicht beschrieben?«

»Nein.«

»Mhm. Und diese Erbschaft von der Tante in Berlin, weißt du da was drüber?«

»Was soll's da zu wissen geben? Hat er seine Schulden mit bezahlt. Warum?«

»Ach . . . nur so.«

»Is irgendwas?«

Der Regen trommelte wie Golfbälle gegen die Scheiben, und um die Telefonzelle herum hatte sich ein kleiner See gebildet.

». . . nein, nein, ich . . . ich will ihm nur 'n Steuerberater vermitteln, und der braucht paar Vorinformationen . . . Was für Schulden waren das denn?«

Sie pustete schnippisch. »Schulden eben.«

»Und wie hoch war die Erbschaft?«

»Fünfzigtausend.«

Jetzt pustete ich. »Wann hat er die bekommen?«

»Im Januar. Aber die Steuern waren schon abgezogen.«

». . . ach so – ja, dann wird das den Steuerberater wohl kaum interessieren . . . Danke, Gina, und behalt das Gespräch für dich. Ich will Slibulsky die Beratung sozusagen . . . na, zum Geburtstag schenken.«

»Mußt es ja dicke haben.«

»Ja, ja, im Moment . . . Also, bis bald.«

Der Himmel schien immer schwärzer zu werden. Eine Weile starrte ich vor mich hin, bis ich die Tür aufzog und über die Pfützen zum Wagen sprang. Vielleicht war Frau Olga eine Schreckschraube, aber unter Hirngespinsten litt sie nicht.

8

Es war kurz nach halb fünf, als ich in Gellersheim einfuhr. Zehn Minuten später hatte ich den Rosenacker gefunden; eine vom Ortskern abgelegene Straße, die den Eindruck vermittelte, ein paar Halbreiche hätten sich überlegt, wie Ganzreiche wohnen müßten. Die Namensschilder an den Einfahrten waren zu groß, die Einfahrten selbst zu klein, und jede Villa sah anders aus: manche völlig rund, andere mit Spitzbögen oder bayrischem Holzschnickschnack. Vor einem windschnittigen Flachbau stand ein riesiger Fahnenmast mit der Fahne *Theo Manz Cinemaproduction*, bei näherem Hinsehen erwies sich die Fahne aus Plastik, und an der Gartenpforte waren die Klinken gespart. Ich mußte an einen Filmfritzen denken, für den ich mal eine Woche lang die zukünftige Gattin beschattet hatte. Er wollte wissen, ob sie sein Geld in Boutiquen und Buchhandlungen verplempern würde. Anschließend konnte er mich nicht bezahlen, weil er gerade ein Projekt in den Sand gesetzt hatte. Trotzdem, so hatte er mir erklärt, solle ich über die Bekanntschaft froh sein, denn für ihn wäre es kein Problem, mir im nächsten Film eine kleine Rolle zuzuschanzen. Als ich sagte, ich wolle keine Rolle, sondern mein Honorar, war er, ›irgendwie echt total überrascht‹, wie er es ausdrückte. Was Sprache und Kleidung betraf, hatte der vierzigjährige Volvo- und Penthousebesitzer ein unbändiges Bedürfnis gehabt, wie ein abiturnaher Autostopper auf dem Weg nach Süden zu wirken. Mein Honorar war nach und nach in Raten zu hundert Mark eingetroffen, in etwa den gleichen Abständen wie ich ihn auf der Freßgass vor rotem Fisch und Blubberwein sitzen sah.

Haus Nummer sechs nahm sich in der Gegend angenehm normal aus. Der zweistöckige Backsteinkasten mit weinüberrankter Terrasse stand in einem großen gepflegten Garten mit Teich und zwei Auffahrten. Eine, versteckt hinter Hagebuttensträuchern, für Personal und Lieferung an der Seite, die andere zur Straße mit hellem, von Rosen und schmiedeeisernen Laternen gesäumtem Kies. Durch das schwarze Eingangsgitter sah man Reifenspuren. Sonst deutete nichts darauf hin, daß sich hier außer einem Gärtner seit längerer Zeit jemand aufgehalten hätte. Sämtliche Rolläden waren heruntergelassen, der Briefkasten quoll über mit Reklame, und nichts unterbrach das nasse, glitzernde Grün des Rasens. Mir wäre lieber gewesen, das Gewitter hätte noch eine Weile angehalten. Im strahlenden Sonnenlicht hatte ich das unangenehme Gefühl, jede meiner Bewegungen könnte kilometerweit gesehen werden. Zumindest Frau Olga, deren Nachbarvilla mit rosa Türmchen wie eine amerikanische Miniausführung vom Heidelberger Schloß wirkte, konnte nichts verborgen bleiben.

Am Briefkasten stand ›Dr. Schelling‹. Ich tat, als hätte ich mich in der Hausnummer geirrt, und lief an der Personalauffahrt vorbei die Straße hinunter. Zehn Meter weiter machte ich kehrt, rannte zurück, warf mich über das Holzgatter und landete in einem Elektrodraht. Er spannte sich, gehalten von Plastikstäben, etwa zwanzig Zentimeter über dem Boden ringsrum die Grundstücksmauern entlang und führte an den Ecken in kleine graue Kästen. Ich stand auf und rannte hinter den nächsten Baum. Nichts rührte sich. Die Alarmanlage mußte abgeschaltet sein. Geduckt sprang ich über Blumenbeete, schmiß ein paar Gartenmöbel um, lief zur Terrasse und drückte mich gegen die gläserne Schiebetür. Die Hände über der Stirn, versuchte ich den Innenraum mit Couchgarnitur und Fernseher zu erkunden. Als ich zur Seite rutschte, ging die Tür mit. Ich stutzte. Dann schaute ich mich um und trat ein.

Statt des kühlen Möbelmiefs leerstehender Häuser schlug mir abgestandener Essensgeruch entgegen. Dazwischen der Zitronenduft eines Herrenparfums. Ich horchte. Eine Wanduhr tickte, und irgendwo brummte ein Kühlschrank. Dann faßte ich an die Heizung. Sie war abgestellt, aber noch warm. Was ich von draußen nicht hatte sehen können: im Flur brannte Licht. Vorsichtig bewegte ich mich zur Tür, lehnte mich gegen den Rahmen und zog die Beretta. An Einbauküche und Toilette vorbei gelangte ich zur Treppe. Auf halbem Weg nach oben bemerkte ich schräg unter mir die Kellertür. Sie stand einen Spalt offen, dahinter brannte ebenfalls Licht. Ich schlich zurück, entsicherte die Pistole und stieg die Stufen hinunter in einen Saal mit Tischfußball, Flipper und zehn Meter langem Eßtisch. Auf dem Tisch standen ein riesiger Blecheimer und etwa dreißig Teller mit Eintopfresten und Brot. Besteck lag am Boden, mehrere Stühle waren umgekippt, der Flipper zeigte noch drei Spiele an, plus die Kugel im Lauf. Ich durchquerte den Saal und schob einen grauen Filzvorhang beiseite. Ein schmaler, gelb beleuchteter Flur schloß sich an, links und rechts gingen Zimmer ab. In jedem der zirka acht Quadratmeter großen Räume befanden sich drei Armeebetten, ein Waschbecken und eine Garagenlampe. Nur im letzten Raum links befand sich noch etwas anderes.

Er lag auf dem Bauch, war bis auf die Strümpfe ausgezogen, und seine graue Haut war an den Armen mit Frauen und Waffen tätowiert. Im Gesicht den Ausdruck von Überraschung, stand der Mund unter dem Schnurrbart offen, als wollte er gleich ›Aber . . .?‹ oder so was sagen. Aber er sagte nichts, und er würde überhaupt nie mehr etwas sagen: man hatte ihm das Genick gebrochen.

Ich fühlte den Puls und schlug den Toten in eine Decke ein. Dann durchsuchte ich seine Kleider, die auf dem Boden verstreut lagen. Er hatte weder Brieftasche noch Adreßbuch bei sich, nur eine Schachtel Streichhölzer, ein halbes Päckchen Zigaretten und eine Neun-Millimeter-Browning. Ich steckte die Pistole ein, zog die Decke nochmal zurück und las mir die Inschriften auf seinen Armen durch. ›Manne loves Ingrid‹, ›Manne loves Sabine‹, ›Manne loves Iris more than all the chicks before!‹ und ›Manne hates Tempo hundert!‹ Kein Nachname. Ich setzte mich zu ihm und rauchte zwei Zigaretten. Dann lief ich hinauf in den Garten, fand hinter dem Haus eine Hütte mit Werkzeug und Gartengeräten, nahm einen Spaten und hob vor einem Kellerfenster eine ein Meter tiefe Grube aus. Mit dem Rasenmaherkabel kehrte ich zu Manne zurück. Als er samt Kleidern in einer Decke zur Riesenwurst verpackt war, zog ich ihn zum entsprechenden Fenster im Eßsaal und hievte und schob ihn an die frische Luft. Wenig später war von der Grube auf den ersten Blick nichts mehr zu sehen.

Anschließend nahm ich mir das Haus vor. Schränke, Truhen, Schreibtische, Bettkästen, schließlich sah ich sogar unter die Teppiche, aber ich konnte nichts finden. Bis auf den Keller schien die Villa von einem mittelmäßigen Möbelgeschäft eingerichtet, um leerzustehen. Keine Briefe, keine Bücher, nicht mal verrottete Zahnbürsten. Nur Eintopf und Manne, und im Kücheneimer ein Berg Gemüseschalen.

Ich setzte mich ans Telefon und erkundigte mich bei der Auskunft nach Doktor Schellings Nummer in Gellersheim. Der Name war nicht verzeichnet. Auch in Frankfurt, Offenbach, Mainz, Wiesbaden und Kassel gab es keinen Doktor Schelling. Als ich aufgelegt hatte, fiel mir der Spaten ein. Ich brachte ihn zurück in die Hütte und entdeckte beim Hinausgehen einen ans Holz gepinnten Zettel. Darauf stand: ›Teichrosen? Muß Kies ausgewechselt werden? Bäume stutzen – neue Leiter!‹ und eine Telefonnummer.

Es klingelte dreimal. Dann meldete sich eine kühle, geschäftige Männerstimme: »Olschewski bei Schmitz.«

». . . bei Schmitz?«

»Eberhard Schmitz. Ich bin der Sekretär. Was wünschen Sie?«

»Nun, ich . . . Sie meinen Eberhard Schmitz, den Bruder von Georg Schmitz?«

»Ganz genau.«

». . .«

»Hallo?«

»Ja, ja, ich bin noch dran . . . Ich wollte fragen . . . also, hier ist der Gärtner von der Villa in Gellersheim, und wegen der Bäume, da brauche ich eine neue Leiter . . . zum Stutzen, wissen Sie.«

»Setzen Sie's mit auf die Rechnung.«

»Vielen Dank . . .«

»Noch was?«

Ich räusperte mich. ». . . wenn man die Herrschaften, die

von Zeit zu Zeit kommen, vielleicht bitten könnte, nicht immer auf die frischangelegten Beete zu treten . . .«

»Darum haben Sie sich nicht zu kümmern, das wissen Sie doch. Schließlich werden Sie gut genug bezahlt, um die Beete auch zweimal anzulegen.«

»Ich mein ja nur . . .«

»Meinen Sie nicht, tun Sie Ihre Arbeit. Auf Wiederhören.«

Auf der Rückfahrt überlegte ich hin und her, wie jetzt am besten vorzugehen sei, und kam zu einem halben Entschluß. In Frankfurt angekommen, hielt ich bei der ersten Wirtschaft mit Henninger-Emblem und trat kurz darauf in eine halbdunkle, von kaltem Rauch erfüllte Schnapsgrotte. An der Theke hockten zwei Mittdreißiger in billigem Sonntagsstaat über halbleeren Gläsern und rauchten Drehtabak; dahinter ein Mädchen, das Geschirr abtrocknete, und der Wirt mit einer Illustrierten. Sonst war es leer. An der Wand leuchteten Geldspielautomaten und über den Tischen hingen vergilbte Faschingsgirlanden. Die vier wandten sich mir zu. Ausdruckslose, platte Gesichter. Der Wirt legte die Illustrierte beiseite und verschränkte die Arme. »Alles reserviert.«

Über die Lippen der Mittdreißiger huschte ein Lächeln. Ich schob die Hände in die Hosentaschen und sah zu Boden.

»Um's kurz zu machen: das is 'n öffentliches Lokal, und ich will 'n Bier trinken und telefonieren. Wenn jetzt alles reserviert oder der Zapfhahn abgestellt ist, oder in dieser Sekunde hier der Feierabend eingeläutet wurde, dann komme ich wieder . . . jeden Tag. Und ich bringe Freunde mit. Große Freunde, empfindliche Freunde, Freunde mit Baseballschlägern. Wir werden den Laden zu unserer Stammkneipe machen. Sie können schon mal türkische Musik besorgen, und Ihren Schweinsbuletten prophezeie ich keine große . . .«

»Schon gut!«

Der Wirt winkte genervt ab. Dann nickte er dem Mädchen zu und widmete sich wieder der Illustrierten. Die Mittdreißiger drehten sich enttäuscht wieder zu ihren Gläsern.

»Und wo ist das Telefon?«

Der Wirt ließ sich Zeit, bis er aufsah und erklärte: »Ham wir nich, wir machen Rauchzeichen.«

War das eine Brüllerei. Die Mittdreißiger konnten sich kaum auf den Hockern halten, und der Wirt wischte sich die Tränen weg. Während die drei wie ein nicht abzustellender Motor immer wieder von neuem in Gelächter ausbrachen, schob das Mädchen einen Apparat auf die Theke und warf mir im Schutz des Zapfhahns ein beschämtes Lächeln zu. Als die Begeisterung abgeflaut war, wählte ich Slibulskys und Ginas Nummer. Ich ließ lange klingeln. Dann legte ich auf, und das Bier kam. Ich trank es in einem Zug, nickte dem Mädchen zu und ging zur Tür. Ich hielt die Klinke noch in der Hand, da polterte es hinter mir her, »He, Sie ham noch nicht gezahlt!« Ich zog die Tür auf. »Ende der Woche bekommen Sie 'n Büffelfell, für ein Bier dürfte das wohl reichen.«

9

»Kommen Sie, kommen Sie, aus hundert Mark zweihundert – schauen Sie, gewinnen Sie! Wo ist die Kugel? Hier? Nein. Hier? Nein. Hier ist die Kugel! Und weiter geht's . . . hundert Mark auf die Hand, keine Tricks, kein doppelter Boden – ehrliches Spiel. Schauen Sie genau hin, schauen Sie . . .«

Die kleine weiße Kugel flitzte von links nach rechts, von oben nach unten, hüpfte übers Pflaster, tauchte mal zwischen den Fingern, mal unter einer der drei Streichholzschachteln auf und war schließlich verschwunden; noch einmal vertauschte der Spieler die Schachteln, hielt inne, wedelte mit einem Bündel Hunderter und sah unschuldig in die Runde. ». . . wo ist die Kugel?«

Etwa zwanzig Männerköpfe wogten skeptisch im Aprilwind. Alle wußten, gewinnen war unmöglich, aber alle schauten auf das Bündel. Der Wind fegte in heftigen Böen, Autos hupten und Menschen rannten, und eine Megaphonstimme verkündete die Revolution auf dem Spülbürstensektor – im Kreis um den Spieler herrschte Stille. Als er in die Hände klatschte und von neuem seinen Spruch runterleiern wollte, trat ein Pole zwei Schritte vor, setzte seinen Stiefel auf die linke Schachtel, fischte einen Hundertmarkschein aus der Brieftasche und sagte »Zeigen«.

In die Runde kam Bewegung, einige nickten zustimmend, andere wandten sich kopfschüttelnd ab. Der Spieler betrachtete den Stiefel. »Seh ich aus wie 'n Schuhputzer?«

Der Pole zuckte die Schultern und bückte sich. Doch kurz bevor er die Schachtel heben konnte, stolperte ein kleiner Dicker aus dem Nichts, lallte besoffen und stieß ihn um. Ein Raunen ging durchs Publikum, und ehe der eine sich fluchend die Hose abgeklopft hatte und der andere verschwunden war, hatte die Kugel den Platz gewechselt.

Ich lehnte gegen die Auslage eines Sexshops, rauchte und beobachtete den Eingang zum *Eros-Center Elbestraße*. Es war kurz vor sechs. Koffer- und Gemüsehändler begannen ihre Ware reinzuräumen.

Während der Pole zum ersten Schlag ansetzte, stoben die Plastiklappen auseinander, und Slibulsky hüpfte die Treppe runter. Ich wartete, bis er die Kreuzung erreicht hatte, dann warf ich die Zigarette weg. Im selben Moment flog mir der Pole in die Seite. Ich stürzte zu Boden, er hinterher, und gemeinsam landeten wir im Rinnstein. Röchelnd blieb er auf mir liegen. Sie mußten ihm eins mit dem Schlagring verpaßt haben. Ein

Schneidezahn fehlte, und das Blut spritzte wie aus einem undichten Schlauch. Ich stieß ihn beiseite, rappelte mich hoch und suchte die Straße ab. Slibulsky war verschwunden.

»Sorry, aber konnte ich wissen, daß so 'n Polacke gleich aus 'n Latschen kippt?« Es war einer aus der Hütchenspielrunde, keine achtzehn, milchige Haut, Augenringe wie ein Alter. Er hatte auch gesetzt, aber gewonnen. Ein Lockvogel. Jetzt trat er von einem Bein aufs andere, rieb sich die in Eisen gefaßte Hand und betrachtete mich abwartend. Vielleicht hielt er mich für eine der Figuren vom Kiez, mit denen man sich's besser nicht verdirbt. ». . . naja, tut mir leid, wegen dem Anzug mein ich.«

Ich sah an mir herunter. Tatsächlich sah es aus, als käme ich vom Schlachtfest.

»Tja, das wird 'ne teure Reinigungsrechnung . . .«

Er ging einen Schritt zurück. »Tja . . .«

»Aber vielleicht können wir's auch anders regeln. Du kennst doch sicher Ernst Slibulsky, drüben vom Center?«

»Der mit der Knubbelnase?«

»Genau. Und 'nem gebrochenen Arm. Ich will wissen, wo das passiert ist.«

»Wo der sich den Arm gebrochen hat?! Keine Ahnung. Ich seh den doch bloß. Und was man so hört.«

»Und wo siehst du ihn?«

»Na, hier. Immer rein und raus, und manchmal drüben im *Würfel* . . . Mann, Sie sind doch nicht etwa 'n Bulle?«

Ich sah auf und zuckte die Schultern. »So was Ähnliches.«

Mit einem Gesicht, als wäre er genau da reingetreten, sagte er »Scheiße!«, rannte zu seinen Partnern und gab das Zeichen zum Abhauen. Innerhalb von zwei Sekunden war der Hütchenspielplatz wie leergefegt.

Der Pole saß inzwischen aufrecht gegen einen Reifen gelehnt und betupfte mit einem Hemdzipfel seine Lippen. Ich steckte eine Zigarette an und klemmte sie ihm zwischen die Finger. Er nickte abwesend. Ansonsten keine Reaktion. Vielleicht war er Nichtraucher. Ich klopfte ihm auf die Schulter, murmelte irgendwas Aufmunterndes und lief über die Straße.

Der Lächelnde Würfel hätte eigentlich ›Der lächelnde Chinese‹ heißen müssen. Sowenig ein Würfel je lächeln wird, soviel schien Wang nichts anderes zu können. Ob um Haus und Hof gebrachte Männer heulend zur Tür krochen, die Polizei Razzia machte oder die Mafia das Inventar zerschlug – der kleine Mann aus Hongkong saß mit verschränkten Armen hinter der Theke und lächelte, als wäre die Welt eine große Frühlingsrolle. Zur Zeit hieß es, er sei verreist. Vor zwei Monaten hatte jemand Frau Wang erwürgt und einen jungen Burschen samt Schrank aus ihrem Schlafzimmerfenster im vierten Stock gefeuert. Seitdem führte Wangs Leibwächter die Geschäfte. Schlumpi, oder Arsch-mit-Ohren-Peter, lächelte nie. Jedenfalls war es für niemand erkennbar, denn nach einem Unfall beim Autorennen hatten sie ihm die Haut für die untere Gesichtshälfte vom Hintern wegschneiden müssen.

Die zwei kleinen Räume plus Bar lagen im Tiefparterre. Sie waren mit Roulette, Blackjack, Würfelecke und Schachuhren ausgestattet und hatten eine seit Jahren verkommene Eleganz. Alles war morsch und fleckig, selbst dem Croupier, zwar im schwarzen Anzug und mit Fliege, fehlte am Hemd ein Knopf, und von seinen Manschetten hingen Fransen. Durch schmale Fenster zum Bürgersteig sah man Beine auf hohen Hacken auf und ab marschieren. Um den Roulette-Tisch saßen elf Männer, tranken Bier und verloren ihr Geld. Ich stand an der Theke, trank ebenfalls Bier und wartete. Die Frau dahinter warf von Zeit zu Zeit einen befremdeten Blick auf meinen Anzug, sagte aber nichts. Außer den Anweisungen des Croupiers fiel kein Wort.

Zehn Minuten später öffnete sich neben der Theke eine Tür mit der Aufschrift ›Büro‹, und Schlumpi trat in weißem Wolfspelzmantel hinter die Kasse. Nachdem er ein Bündel Geldscheine hineingeworfen und die Lade wieder geschlossen hatte, schaute er auf und bemerkte nach kurzer Pause: »Sieh an, Robin Hood aus Istanbul.«

Die Tür öffnete sich zum zweiten Mal, und Slibulsky und ein Mann, den ich nicht kannte, kamen heraus. Slibulsky stutzte. »Kayankaya . . . was machst du denn hier?«

»Trinke Bier, und Schlumpi erzählt mir alte Witze.«

»Ah . . .«

Während sich Slibulsky von dem Mann, den ich nicht kannte, verabschiedete, lehnte sich Schlumpi über die Theke, deutete auf meinen Anzug und hauchte durch sein lippenloses vernarbtes Loch: »Ich kenn noch einen – ganz neu: Kayankaya hat 'ner Fotze die Regel weggeleckt.«

»Unheimlich komisch. Aber das komischste daran ist . . .«

Slibulsky zog mich am Ärmel. »Komm, wir gehen.« Und zu der Frau hinter der Theke: »Schreib sein Bier auf meine Rechnung.«

Die Frau nickte.

»Wußte gar nicht, daß du Schlumpi kennst.«

»Und ich nicht, daß du Roulette spielst.«

Wir liefen über die Kaiserstraße Richtung Bahnhof. Hinter den drei Bögen ging die Sonne unter, und links und rechts hingen Abendrotfetzen. Ein Hauch von Frühling lag in der Luft.

»Wer hat dir gesagt, daß ich da drin bin?«

»Jemand von der Straße.«

Wir drängten uns an einer Gruppe Fixer vorbei, die versuchten, ›We are the world‹ im Chor mit Kammbegleitung anzustimmen.

»Eigentlich wollte ich nur fragen, wo du dir den Arm gebrochen hast.«

Slibulsky blieb stehen. »Deshalb hast du mich gesucht?«

Ich nickte. Er machte den Mund auf, schloß ihn seufzend, um ihn dann von neuem zu öffnen und sagte: »Im Center.«

»Wo da?«

»Sag mal, spinnst du?«

Ich wies mit dem Kinn zur nächsten Kneipe. »Laß uns 'n Bier trinken.«

»Keine Zeit. Ich muß arbeiten.«

»Später?«

»Heute nicht und morgen nicht. Es kommen neue Frauen.« Er sah auf die Uhr. »Eigentlich sollte ich schon längst da sein.«

»Na, schön. Sag mir wenigstens, wie das Spiel ausgegangen ist.«

»Welches Spiel?«

»Becker gegen. . .«

»Ach das . . . hab's nicht zu Ende gesehen. Übrigens, ein Typ hat angerufen. 'n Name wie Baum.«

»Weidenbusch?«

»Kann sein. Sollst dich dringend melden. Also . . .«

Als Slibulsky im Passantengewühl verschwunden war, hielt vor mir ein Herr mit roter Samtfliege und zeigte eine Weste voller Armbanduhren. »Echt Schweizer Fabrikat, Monsieur.«

Ich entschied mich für eine besonders protzige, ging in die Kneipe und bestellte Bier und Korkenzieher. Dann zündete ich mir eine Zigarette an. Wie tief mußte Slibulsky im Schlamassel stecken, daß ich ihn nicht mehr rausholen wollen würde? Mittenrein in meine Überlegungen brachte der Kellner die Bestellung. Ein kleiner Dicker mit schmutziger Schürze und zurückgekämmten fettigen Haaren. Nachdem er kassiert hatte, wies er auf den Korkenzieher und fragte unwirsch: »Wolle Se sisch dademit die Fingäneschl säubern?«

Ich schüttelte den Kopf. »Ich will in eine Uhr 'ne Widmung kratzen.«

»Ach so . . . Na ja, hab nur gedacht, weil isch mach des nämlisch immä, un mer hawwe nur aan Korgenziehä, un da wär's mir ehrlisch gesacht net so lieb, wenn da noch annere . . .«

»Keine Sorge.«

Er brummte: »Sein Se net bös, awwer in mansche Dinge bin isch eigen« und verschwand. Ich betrachtete das Bier. Eigentlich sah es ganz normal aus. Ich schob es beiseite und machte mich daran, ›For Manne‹ in die Uhrrückseite zu schaben.

Wenig später verließ ich die Kneipe und fuhr nach Hause, um die Kleider zu wechseln.

10

Aus der Sprechanlage tönte es »Bitte, wer ist da?«

»Der Gellersheimer Gärtner.«

»Bitte, wer?«

Ich wiederholte meinen Spruch und wurde zum Warten aufgefordert. Minuten vergingen, dann fragte die Stimme: »Wen wünschen Sie zu sprechen?«

»Herrn Schmitz.«

»Herr Schmitz ist leider nicht da.«

»Und sein Sekretär?«

»Herr Olschewski ist es ebenfalls nicht.«

»Haben Sie auch genau nachgeschaut?«

»Bitte?«

Im zweiten Stock des burgähnlichen Gebäudes ging das Licht aus, und der Vorhang bewegte sich.

»Richten Sie den abwesenden Herren aus, wenn sie nicht in

einer Minute anwesend sind, erzähle ich der Polizei, was ich beim Tulpenstechen gefunden habe.«

»Und was war das, wenn ich fragen darf?«

»Eine Uhr.«

»Moment, bitte.«

Ein Jaguar glitt mit Standlicht den Berg hinauf und verschwand hundert Meter weiter oben in einem Zypressenwäldchen. Gegen die mondhelle Nacht wirkten die Konturen der Baumspitzen wie aus dem Himmel ausgeschnitten. Ich erkannte undeutlich die Hütte eines Wachmanns. Sah man in die andere Richtung, lag einem, dreißig Kilometer entfernt, Frankfurt als riesige Lichtertorte zu Füßen. Hier oben war es plötzlich ein angenehmer Gedanke, in der Torte zu leben.

Ich hatte mir eine Zigarette angesteckt und zur Hälfte geraucht, als der Lautsprecher erneut knisterte. »Sind Sie noch da?«

»Ja.«

»Nun, ich denke, eine im Garten aufgefundene Uhr würde die abwesenden Herren kaum interessieren.«

»Vielleicht doch, wenn sie erfahren, daß an der Uhr ein Mann war.«

»Sie meinen . . .«, er räusperte sich, ». . . beim Tulpenstechen?«

»Ja.«

Einen Augenblick später ging der Summer, und ich lief den Plattenweg hinauf zum Portal. Die mächtige Eichentür öffnete sich, und mein graumelierter Gesprächspartner bat einzutreten. »Wenn Sie mir bitte folgen würden.«

Durch Eingangshalle und Flure gelangten wir in die Bibliothek. An allen Wänden Bücher bis zur Decke, dunkelbraunes Parkett und in einer Ecke vier weinrote Sessel. Neben jedem Sessel stand ein kleiner Tisch mit Aschenbecher und Lampe; in der Mitte des Raums ein großer Tisch mit sechs Stühlen. Darauf lag aufgeschlagen, neben weiteren Aschenbechern, ein alter ledergebundener Wälzer.

»Wenn Sie bitte einen Moment warten wollen.«

Er verließ den Raum und schloß die Tür. Nachdem ich eine Weile die Regale entlanggeschlendert war, setzte ich mich vor den Wälzer und begann zu lesen. Auf der Flucht vor der Polizei kämpfte sich ein alter Bursche mit einem Bewußtlosen auf den Schultern durch die Pariser Kloake. Das Wasser stand ihm bis zu den Hüften, und der Grund unter ihm war uneben und schlammig. Gerade als er die Laterne eines Sergeanten erblickte und stehenblieb, um sich gegen die Mauer zu drükken, sagte hinter mir eine Stimme: »Sie wollen mich sprechen?«

Ich fuhr herum, und da stand er: ein kleiner, hohlwangiger Herr mit dünnem rotblondem Haar und dem Tick, den Kopf beim Sprechen immer leicht zur Seite zu rucken, als säße ihm eine Fliege im Gesicht. Er trug einen grauen Dreiteiler. Aus der Weste hing eine silberne Uhrkette, und um den Kragen war eine dunkelblaue Seidenkrawatte gebunden. Die Arme verschränkt, den rechten Fuß leicht vorgeschoben, im Gesicht den Ausdruck gelassener Kampfbereitschaft, wirkte er gegen den rotbraunen Hintergrund der Bücherwand wie ein etwas zu kurz geratenes Herrscherportrait – Eberhard Schmitz, der König vom Bahnhofsviertel.

Ich zeigte unbeholfen Richtung Buch, ». . . hab gelesen – sehr spannend . . .«, und nickte dabei.

Er lächelte. Dann ging er um den Tisch herum, setzte sich mir gegenüber und zog ein silbernes Etui aus der Westentasche. Mit dezentem Klick öffnete sich der Verschluß, und er hielt mir eine Sammlung verschiedener Zigarettenmarken entgegen. »Möchten Sie?«

Das Kopfrucken hatte bei ihm etwas geradezu Respekteinflößendes. Ich entschied mich für eine Filterlose, deren Namen ich nicht kannte. Während der folgenden Prozedur, in der er selbst eine Zigarette wählte, sie festklopfte, mir Feuer gab, sich Feuer nahm und das Feuerzeug wegsteckte, ließen mich seine gelben Augen keine Sekunde los. Schließlich nahm er die Zigarette aus dem Mund und bemerkte mit kurzem Blick auf das Buch: »Es freut mich, daß Gärtner noch was anderes als Rasenmähen im Kopf haben.«

»Tja . . .«, wieder nickte ich, ». . . das Problem ist nur, ich kann nicht beurteilen, ob Gärtner noch was anderes im Kopf haben.«

»Sie wollen sagen, mit Gärtnern haben Sie soviel gemeinsam wie ich mit jemand, der keine Konsequenzen zieht, wenn Fremde sich unerlaubt auf seinem Grund und Boden aufhalten?«

»So in etwa. Wenn ich auch nicht weiß, wen Sie meinen.«

»Ich meine Sie.«

»Ich darf also davon ausgehen, daß die Leute, deren Spuren ich in Gellersheim gefunden habe, für Sie keine Fremden waren, sondern mit Ihrem Wissen einquartiert wurden?«

Pause. Er streifte Asche ab, lehnte sich zurück und fuhr mit der Hand über die Tischkante, als wollte er ihre Schärfe prüfen.

». . . wer sind Sie?«

»Kemal Kayankaya, Privatdetektiv.«

»Privatdetektiv . . .« Er nahm einen Zug und verschwand einen Augenblick hinter Nebel. »Das sind doch diese schmutzigen Subjekte, die ihr Geld vorwiegend mit Erpressung verdienen.«

»Gauner gibt's überall. Das ist bei Privatdetektiven nicht anders als bei Hausbesitzern. Sogar bei der Heilsarmee habe ich gesehen, wie sich jemand die Sammelbüchse in die eigene Tasche . . .«

Ungeduldig schnitt er mir das Wort ab. »Kommen wir zur Sache!«

Ich drückte die Zigarette aus, dann holte ich die protzige Uhr aus der Tasche und schob sie über den Tisch.

»Das war an dem Toten in Ihrem Haus. Außerdem stand für'n halbes Regiment Suppe rum. Sagen Sie mir, wo die Leute hin sind, und ich lasse Ihnen Zeit, die Leiche wegzuschaffen.«

Nachdem er die Uhr von allen Seiten in Augenschein genommen hatte, legte er sie sorgfältig zurück und schüttelte den Kopf.

»Das Haus steht seit drei Jahren leer. Nur der Gärtner besitzt einen Schlüssel.«

»Bei Ihrem Sekretär hat das anders geklungen.«

»Das muß ein Mißverständnis gewesen sein.«

»Und der Tote?«

Er betonte jedes Wort einzeln: »Auch das war ein Mißverständnis.«

»Von mir aus. Dann gehe ich jetzt zur Polizei, um sämtliche Mißverständnisse zu klären.«

Ich langte nach der Uhr, aber er war schneller, ». . . die bleibt hier.«

»Finden Sie die so schön? Ich kann Ihnen verraten, wo's die gibt, und gar nicht teuer.«

Ohne mich zu beachten, ließ er die Uhr in der Innentasche seines Jacketts verschwinden und zog statt dessen ein Scheckheft heraus. »Sie werden nicht zur Polizei gehen. Ich kann im Moment keine Publicity – sei sie auch noch so weit hergeholt – gebrauchen.« Während sein Zigarettenstummel im Aschenbecher verglühte und ich überlegte, ob er mich wohl so einfach wieder gehen lassen würde, schrieb er einen Scheck über zwanzigtausend Mark aus.

Als ich das Papier in den Händen hielt, fiel mir die Kinnlade runter. »Donnerwetter! Muß aber ’n großes Mißverständnis sein.«

Er bedachte mich mit einem leichten Lächeln, verstaute Füllfederhalter und Scheckheft, schob sich vom Tisch ab und stand auf. »Ich bin solche Sachen gewohnt und weiß, daß ich mir mit ein paar Pfennigen viel Ärger ersparen kann. Pfennige – verstehen Sie?«

Ich nickte, »Klar, Pfennige«, und faltete das Papier zusammen. Er wartete, bis der Scheck in meiner Brieftasche lag, dann wies er zur Tür. Ich hätte gerne noch den Titel vom Buch mit dem alten Burschen nachgesehen, aber irgendwie schien mir der Moment nicht passend. Als wir in den Flur traten, hatte er einen fast zufriedenen Ausdruck im Gesicht. »Sehen Sie, Sie sind ein Erpresser.«

»Interessiert es Sie eigentlich nicht, warum ich in Ihrem Haus war?«

»Nein.« Wir gingen ein paar Schritte.

»Und wenn ich trotzdem zur Polizei gehe?«

Er blieb stehen und schlug die Augen nieder. Sekundenlang war nur unser Atem zu hören. Schließlich sah er mich an und erklärte mit einem beiläufig traurigen Ton in der Stimme: »Hören Sie gut zu, junger Mann: wenn Sie in dieser Stadt oder in diesem Land oder irgendwo auf der Welt jemals wieder in Ruhe eine Straße überqueren wollen, dann lassen Sie das besser bleiben. Ich bin ein friedliebender Mensch – deshalb der Scheck –, aber ein Wink von mir genügt, und es ist, als wären Sie nie geboren worden. Vor Ihnen steht, falls Sie das noch nicht begriffen haben, Eberhard Schmitz. Und wer sind Sie? Der Unterschied ist unvorstellbar.«

»Sicher . . .«, ich nickte ihm zum letzten Mal zu, ». . . da mögen Sie recht haben.« Dann deutete ich auf seine Brust. »Aber an Lungenkrebs sterben wir beide.«

11

Vollbepackt mit belegten Brötchen, Keksen und Schokolade, mit Zeitungen, einer Flasche Scotch und zwei Flaschen Wasser verließ ich den Hauptbahnhof. Es war kurz vor halb elf. Ich beeilte mich, rannte über den Bahnhofsvorplatz und über die erste Straße. Bei der zweiten mußte ich einen Pulk Reisebusse vorbeilassen. Plötzlich klingelte es hinter mir, und jemand kreischte hysterisch: »Kannste nich sehen: Radweg!«

Ich fuhr herum und brüllte: »Kannste nich fahren, zehn Meter Platz!«

Der Fahrer bremste, drehte eine Kurve und kam mit missionarisch strengem Ausdruck auf mich zu. Ein junger Mann im grünglitzernden Fünfziger-Jahre-Anzug, mit steif gefönten Haaren und einem T-Shirt, auf dem *Born to be wild* stand.

»Das is 'n Radweg. 'n Radweg is für Räder. Ich hätte dich auch umfahren können – wär mein gutes Recht gewesen«, belehrte er mich, seinen eigenen Worten zunickend, und hielt vor mir an. Offensichtlich erwartete er ein Zeichen des Dankes oder der Reue, und ich hatte den Eindruck, er wollte sich gerne länger mit mir unterhalten.

Ich ließ ihn stehen und lief über die Straße zum Wagen. Als ich ihn kurz darauf hinter dem Bahnhof überholte, hatte ich gute Lust, ihm zu zeigen, was eine rechtlich abgesicherte Vollbremsung ist.

Ich lenkte den Wagen an Messe und Plaza-Hotel vorbei auf die Autobahn. Die Stadtlichter verschwanden, und dunkelblaue Nacht schlug über mir zusammen. Ich begann auszurechnen, wie lange man mit zwanzigtausend Mark irgendwo im Süden am Meer leben kann. Wäre ich durchgefahren und der Opel wider Erwarten nicht zusammengebrochen, hätte ich am nächsten Morgen am Strand gesessen. Unter einem Strohdach, mit Garnelen und Weißwein, einer Kellnerin und Whitney Houston in der Musikbox. Ich lehnte mich zurück. Es war warm im Auto, und der Motor brummte fast gleichmäßig. Dann kam die Kellnerin an meinen Tisch und blieb bis zur Ausfahrt Gellersheim.

Bei der ersten Telefonzelle hielt ich, sprang raus und rief Weidenbusch an. Es klingelte siebenmal.

»Ja, bitte?«

»Kayankaya. Haben Sie die Stellung aufgegeben?«

»Nein, nein . . . ich war gerade im Bad.«

»Hhm. Also, was gibt's?«

». . . wie meinen Sie das?«

Seine Stimme zitterte. Es mußte ein harter Tag für ihn gewesen sein. Wahrscheinlich hatte er die ganze Zeit am Telefon gesessen, den Schlips in seine einzelnen Fasern zerrupft und einen Pfefferminzbonbon nach dem anderen gekaut.

»Na, Sie haben doch heute nachmittag bei mir angerufen.«

»Ach, so . . . Ich wollte mich nur erkundigen, ob Sie schon was herausgefunden haben?«

»Eine ganze Menge. Wenn mich nicht alles täuscht, haben Sie Ihre Freundin bald wieder.«

Sein folgendes »Ja?!« klang eher erschreckt als erfreut. Ich stutzte. »Ist das vielleicht nicht recht?«

»Doch, doch . . .« Einen Moment blieb die Leitung still. Dann holte er tief Luft und sagte ». . . aber, sehen Sie, ich habe mir das heute noch mal alles durch den Kopf gehen lassen und ich glaube inzwischen, es ist keine gute Entscheidung gewesen.«

»Was ist keine gute Entscheidung gewesen?«

»Mit Sri Dao und mir. Schon wegen der Sprache, und wer

weiß, was da noch alles auf mich zukommt. Ihre Familie, die Herkunft – das kann man doch gar nicht abschätzen. Und jetzt auch noch Gangster.«

»Hören Sie, Weidenbusch, ich verstehe, daß Sie auf'm Zahnfleisch gehen, aber . . .«

»Nein, nein, es ist besser, wenn wir uns trennen. Ich habe auch schon mit meiner Mutter drüber gesprochen . . .«

Pause. Ich sah mich nach der Herde Gäule um, von der ich glaubte, sie galoppiere über mich hinweg. Am anderen Ende der Leitung raschelte Papier.

». . . jedenfalls habe ich mir überlegt, ich zahle Ihnen vier Arbeitstage plus einen Spesensatz von dreihundert Mark, macht tausendeinhundert. Die fünfhundert von heute morgen abgezogen, bleiben sechshundert Mark. Den Scheck erhalten Sie Ende der Woche mit der Post.«

»Ausgezeichnet. Und was mache ich mit Ihrer Freundin?«

»Na, ja, ich dachte . . .«

»Sie dachten, ich fahre jetzt nach Hause und seh mir was Nettes im Fernsehen an? Ich sag Ihnen, was ich mache: Ich werd Ihre Freundin weitersuchen, und wenn ich sie gefunden habe, werde ich ihr links und rechts eine runterhauen. Soll ich von Herrn Weidenbusch ausrichten, erklär ich ihr dann – mit 'ner Berührung geantwortet, Sprache der Liebe und so.«

»Seien Sie bitte nicht zynisch! Ich habe mir die Entscheidung bestimmt nicht leichtgemacht.«

»Was Sie nicht sagen.«

Fast hätte ich den Hörer schon auf der Gabel gehabt, als es aus der Muschel tönte: »Warten Sie!« Und nach einer Pause: ». . . sagen Sie mir trotzdem Bescheid. Vielleicht bin ich im Moment nur etwas nervös. Und versprechen Sie mir, nicht zur Polizei zu gehen – egal, was passiert.«

Zurück hinterm Steuer spielte ich eine Weile nachdenklich mit dem Autoschlüssel.

Ich parkte den Opel vor *Theo Manz Cinemaproduction* und stellte den Sitz zurück. Dann zog ich mir eine schwarze Pudelmütze über, holte Proviant und Whisky vor und aß zu Abend. Bei Frau Olga brannte noch Licht, und Theo Manz feierte eine Party. Ein Haufen oberer Mittelklasse-Wagen stand den Bürgersteig entlang. Aus den Fenstern dröhnten die Rolling Stones. Von Zeit zu Zeit kreischte ein Chor Frauenstimmen ›I can't get no‹ und andere Textstellen mit. Haus Nummer sechs lag in völliger Dunkelheit. Als ich fertig gegessen hatte, setzte ich mich mit der Flasche Whisky in Position: schräg vor mir die Backsteinvilla, im Rückspiegel die Straße; wen Eberhard Schmitz auch immer schickte, die Leiche wegzuschaffen, er konnte mir nicht entgehen. Dabei fiel mir ein, daß ich Weidenbusch hätte fragen sollen, ob Larssons Arme tätowiert gewesen waren.

Ich nahm einen Schluck und zündete mir eine Zigarette an. Weidenbusch. Slibulsky. Dietzenbach. Wieder Slibulsky, und McEnroe. Um zwölf gingen die Straßenlaternen aus. Die Flasche war ein Viertel leer. Ich machte das Radio an. Musik nach Mitternacht, Udo Jürgens auf allen Kanälen: ›Zeig mir den Platz, wo alle Menschen sich verstehn . . .‹ Ich drehte wieder ab. Aus Theo Manz' Flachbau kam ein streitendes Paar und lief wild gestikulierend zum Auto. Er riß ihr die Tür auf, ». . . kicken, hab ich gesagt, nicht ficken! Gehn wir Samstag kicken!«

»Ach, Marita spielt Fußball?!«

Sie lehnten, jeder von einer Seite, übers Autodach, die Köpfe wie Geflügel vorgeschoben, und schrien die Straße wach.

»Nicht Marita! Aber ihr Freund, dieser alberne Serienmacher!«

»Soweit ist es also mit dir: dich mit einem ›albernen Serienmacher‹ zum Fußball zu verabreden?!«

»Weil ich diese Serie nunmal zufällig geschrieben habe!«

Die Türen knallten, Reifenquietschen. Der Wagen schoß mit hundert über die Kreuzung.

Ich nahm die nächste Zigarette. Langsam fragte ich mich, ob Schmitz, in der Überzeugung, der Scheck habe mich kaltgestellt, einfach ins Bett gegangen war. Die Uhr im Armaturenbrett zeigte halb eins. Ich gähnte. Der Himmel hatte sich bewölkt, und die Nacht war jetzt stockdunkel. Ich trank weiter Whisky, rauchte und starrte auf die Umrisse der Villa. Irgendwann mußte mir die Flasche aus der Hand gerutscht sein.

Als ich aufwachte, graute der Morgen. Etwas klopfte gegen die Tür, und ich hörte ». . . schulljung, aber Ihr Frankfurter Kennzeichn . . . wenn Sie mich vielleicht mm-mitnehmen können . . . bloß weg von hier!«

Ich brauchte einen Augenblick, mich zu erinnern, wo ich war und was ich hier wollte, dann fuhr ich auf. Durch das Seitenfenster schaute ein etwas aus der Form geratener Engel. Das Make-up war verschmiert, und die Frisur hatte sich in herunterhängende Strähnen aufgelöst. Mit einem Stöckelschuh in der Hand schlug sie aufs Türblech ein. »Kann mich auch am Fahrpreis beteiligen . . .« Anscheinend war die Party zu Ende.

Ich warf einen Blick an ihr vorbei zur Schmitz-Villa. Als erstes sah ich den silbernen Toyota-Jeep in der Einfahrt, dann Licht im Erdgeschoß. Ich entriegelte die Tür, während meine neue Bekanntschaft zufrieden »Vieln Dank« lallte, und sprang auf die Straße.

»Tut mir leid. Wird besser sein, Sie suchen sich'n Taxi.«

Dann spurtete ich los. Es war hundekalt, und Nieselregen schlug mir ins Gesicht. Über das Gatter der Personalauffahrt und den Alarmdraht, von Baum zu Baum und an der Terrasse vorbei, gelangte ich mit Kletterpartie und Laufschritt zur

Schiebetür. Der Rolladen war heruntergelassen, und außer Lichtfäden war nichts zu sehen. Ich legte das Ohr an. Von irgendwoher kam leises Tab-tab. Nach zwei, drei Minuten kam das Tab-tab näher, drehte vor mir einen Kreis, hörte auf, und es rummste. Dann passierte lange nichts, bis eine gedämpfte Stimme sagte: »Hallo? . . . Ja, hab alles durchsucht . . . Keine Spur. Muß'n Witz gewesen sein . . . Soll ich noch mal hoch zum Sportplatz? Vielleicht wissen die was . . . Das Geschirr?! Bin doch keine Putzfrau. Außerdem ist das Mannes Arbeit . . . Unsinn. Der wird schon wieder auftauchen . . . Okay, okay, aber das laß ich mir von Manne bezahlen. Bis später.«

Kurz darauf setzte das Tab-tab wieder ein, wurde leiser und verschwand. Ich richtete mich auf. Es gab zwei Möglichkeiten. Erstens, ich würde mit der Beretta in den Keller gehen und den Mann zu der Stimme zwingen, mich zu den Flüchtlingen zu bringen – aber dann hätte er mich gesehen, und auch wenn ich nicht gerade vor Angst zitterte, so nahm ich Schmitz' Warnung doch ernst. Je weniger Kontakt mit seinen Leuten, desto besser. Also die zweite Möglichkeit. Schließlich wollte ich keine Stadt hochgehen lassen, sondern eine Frau finden.

Ich schlich zum Opel zurück. Inzwischen war es fast hell.

Der Motor verstummte. Auf der Rückbank schlief der Partyengel. Ich zog die Decke unter dem Beifahrersitz vor, lehnte mich nach hinten und deckte sie zu. Ihre Züge hatten sich geglättet, und mit fast zufriedenem Ausdruck lag sie zusammengerollt in der Landschaft aus herausgeplatztem Schaumstoff, Zeitungen, Wasserflaschen und einem Ölkanister. Sie gehörte zu der Sorte kühler Schönheiten, die früher in jedem zweiten Film zu bewundern waren und an deren Stelle heute sogenannte Charaktergesichter getreten sind. Die Wimpern breiteten sich wie Fächer über die Wangen, und um ihren Hals lag eine Perlenkette. Ich hätte nichts dagegen gehabt, sie nach Frankfurt mitzunehmen. Ich hatte auch nichts dagegen, daß sie in meinem Auto schlief. Ehe ich auf die Idee kam, etwas dagegen zu haben, in den naßkalten Morgen hinaus zu müssen, setzte ich mich zurück, nippte am Whisky und stieg aus.

›1. FC Gellersheim‹ stand in abgeblätterter roter Farbe am Vereinshäuschen. Eisenstäbe sicherten das Fenster des kleinen verstaubten Lokals mit einem Haufen billiger Pokale an der Wand. Ich drehte mich um und sah über das leere Spielfeld. Verrottete Holzbänke lagen umgestürzt auf den Seitenauslinien, die Eckfahnen waren abgebrochen, und ein zerrissenes Tornetz schwang im Wind. Grasbüschel erinnerten an einen Rasenplatz. Ich kickte eine leere Bierflasche über den Sand und ließ den Blick durch den umliegenden Wald schweifen. Bis auf ein kaum wahrnehmbares Brummen war kein Laut zu hören. Ich schob das Brummen auf meinen Kopf, überquerte den Strafraum und lief einen moddrigen Weg entlang. Bald waren rechts und links nur noch Bäume. Durch die Kronen drang kaum Licht. Ein menschenleeres, ästeknackendes Halbdunkel. Ich entschied, mit dem Sportplatz die schlechtere Möglichkeit gewählt zu haben und kehrte um. Diesmal passierte ich das Vereinshäuschen auf der Rückseite. Eine verfallene Umkleidekabine schloß sich an. Das Dach war zur Hälfte eingestürzt, und unter den Fensterhöhlen glitzerten Scherbenhaufen. Ich stutzte. Kein Kopf der Welt konnte so laut brummen. Was hier brummte, war ein Generator. Ich fand ihn hinter der Kabine unter einem Bretterdach. Wen oder was belieferte er mit Strom? Das Flutlicht, das es nicht gab? Oder die neben der Vereinstheke aufgeklappte Kühltruhe, die leer stand?

Ich lief zurück zum Spielfeld, setzte mich auf die Kante

einer umgestürzten Bank und nahm eine Zigarette. Als ich sie zur Hälfte geraucht hatte, flammten, etwa dreißig Meter in den Wald rein, zwei Scheinwerfer auf. Ich duckte mich.

Der silberne Toyota-Jeep stand vor einer Betonwand mit grauer Stahltür, dahinter ein mit Sträuchern bewachsener Hügel. Seit zehn Minuten hatte sich nichts gerührt.

Ich kauerte, den Kragen hochgeschlagen, hinter einem Baum, die Beretta im Schoß, und ärgerte mich, die falschen Schuhe angezogen zu haben. Meine Füße fühlten sich an wie tote Fische. Nach weiteren zehn Minuten hatte ich genug. Vorsichtig, die Kanone im Anschlag, lief ich von Baum zu Baum, bis ich auf dem Trittbrett des Japaners stand.

Überquellende Aschenbecher, Dutzende von Musikkassetten, zwei leere Bacardi-Flaschen, Box- und Motorsport-Zeitschriften, ein Maulkorb und eine Kiste Hundefutter. Am Rückspiegel hingen eine Plastikgitarre und ein rosa Stoffherz. Plötzlich öffnete sich die Stahltür, und ein weißes, schweinsgesichtiges Tier schlüpfte ins Freie. Ich warf mich unter den Wagen, aber es hatte mich schon wahrgenommen. Auf kurzen, krummen Beinen kam es angewatschelt, blieb vor mir stehen und betrachtete mich wie gelangweilt aus blutunterlaufenen Schlitzen. Es knurrte nicht, schien nicht einmal zu atmen, stand einfach nur da und glotzte. Schwere Schritte näherten sich, und eine krachende Stimme kommandierte: »Rambo, komm!« Aber Rambo kam nicht. Rambo behielt mich im Auge und gähnte. Dabei klappte der Kopf in zwei Teile, und eine Armee von kleinen weißen Zähnen blitzte in ihm wie Messerspitzen.

»Rambo!« Die Schritte entfernten sich. Rambo blieb, wo er war. In Zeitlupe versuchte ich, die Beretta auf seine Höhe zu hieven. Mein Herz raste. Rambo verfolgte die Bewegung ohne jegliches Interesse.

»Jetzt komm schon.« Nach dem Motto ›Na los, sei ein braver Rambo, geh zu Herrchen‹ versuchte ich ihm zuzulächeln und entsicherte das Schießeisen. Unsere Augen maßen sich. Seine Ohren zuckten, und als ich abdrücken wollte, schnappte er zu. Er biß nicht, er schnappte. Wie eine Wolfsfalle – einmal. Und genauso hielt er fest. Der Schuß ging ins Leere. Ich lag schreiend am Boden, den Arm in seinem Maul. Die Zähne hatten sich durch sämtliche Ärmel hindurch direkt ins Fleisch gestoßen. Immerhin, er biß mir den Arm nicht ab. Ruhig, ohne sich sonderlich anzustrengen, stand er über mir. Ein Hund, der zerfleischt, wie andere Hunde in der Sonne dösen. Hinter mir knackten Äste. Verrückt vor Schmerzen brüllte ich: »Nehmen Sie Ihren verdammten Köter weg!« und wollte dem Scheißkerl ins Gesicht sehen, aber Rambo ließ mich nicht. Wer auch immer er war, ich haßte ihn. Ihn noch mehr als seinen Bullterrier. Ein Luftzug, mein Schädel explodierte, und ich sauste ins Leere.

»Aufwachen, mein Freund. Aufwachen . . .«

Eine warme glatte Hand fuhr mir über die Stirn. Ich blinzelte. Erst sah ich gar nichts, dann nur Beton. Betondecke, Betonwände, und auch mein Kopf schien voll Beton. An den Wänden ringsum hingen Neonröhren und warfen stechendes Licht. Mir fiel der Generator ein. Der Raum maß an die sechs mal zwanzig Meter, keine Fenster, keine Heizung, kein Sonstwas. Links und rechts die Wände entlang saßen etwa dreißig Menschen auf groben Holzbänken und richteten fragende Blicke auf mich. Dazwischen spielten drei Kinder Murmeln. Ab und zu ein Klicken der Kugeln und kurzes Getuschel, sonst herrschte Stille.

Wieder berührte mich die Hand. Ich quälte meinen Kopf ein Stück herum und sah in das faltige Gesicht eines schwarzen Mannes, der mich im Schoß hielt und leise wiederholte:

»Aufwachen.« Seine Stimme hatte die beruhigende Tonlage von altgewordenen Rauchern. Während ich mir alle Mühe gab, ihm den Gefallen zu tun, flüsterte eine Frau in rotem Glitzerkostüm irgendwas auf arabisch, und ein Dicker neben ihr nickte. Wahrscheinlich stand für sie fest, daß ich ihnen keine große Hilfe sein würde.

Endlich saß ich. Die Augen geschlossen, klemmte ich mir eine Zigarette zwischen die Lippen. Mein Hinterkopf fühlte sich merkwürdig an, wenn man drückte, sabberte rote Flüssigkeit. Der schwarze Mann gab mir lächelnd Feuer. Er mußte um die Siebzig sein, hatte kurzes graues Kraushaar und steckte in einem dunkelblauen Anzug. Taschentuch in der Brusttasche, Krawatte, Lackschuhe und ein Hauch von teurem Parfum. Neben einem wie mir – blutverschmiert und lehmverkrustet, der rechte Ärmel zerfetzt – sah er aus wie einer der Stinkreichen, die sich einen Spaß daraus machen, von Zeit zu Zeit unterm Volk eine Bockwurst aus der Hand zu vertilgen. Ich rauchte und betrachtete die Folgen von Rambos Kampf gegen den Einmarsch der Türken ins Oberhessische. Vorsichtig zupfte ich Stoffreste aus der Wunde und hielt den Arm hoch. Dann suchten meine Augen die schweigende Runde ab. Eine Mischung aus Wartezimmer beim Zahnarzt und Bombenschutzkeller.

Ich räusperte mich. »Ist hier vielleicht eine Sri Dao Rakdee anwesend?« Niemand antwortete. Drei Thailänderinnen, die eng beieinander in einer Ecke saßen, veränderten keine Miene. Ehe ich mich von der Überraschung erholt hatte, knurrte ein Bursche mit zwei schwarzen Strichen unter der Nase und jeder Menge Gold im Gesicht: »Wer sind Sie?!«

»Kemal Kayankaya, Privatdetektiv.«

Es zuckte durch alle Gesichter. Die Kinder warfen keine Murmeln mehr, und mein Samariter rückte ein Stück ab. Wie aus einem Mund kam es von allen Seiten »Polizei?!«

Ich bewegte leicht den Kopf »Nein.«

Aufatmen, Pause, nächste Frage. »Bist du auch hier wegen Papiere?« Das war die Glitzerfrau.

»Ich suche einen Herrn Larsson, der vorgibt, gefälschte Ausweise zu beschaffen.«

»Wie meinst du das?«

»Sie sind hier, weil Sie keine Aufenthaltsgenehmigung haben?«

Viele Gesichter strafften sich, andere wandten den Blick von mir ab. Alle taten, als hätten sie damit nichts zu tun. Ich wies zur Tür: »Abgeschlossen?«

Eine hagere Jeansreklame, gespickt mit Pop-Plaketten und Walkman-Kopfhörern um den Hals, stand auf. »Na und? Zum Schutz. Damit uns niemand findet – ist doch total okay.« Und nochmal mit Nachdruck: »Echt total okay.«

»Und wenn Sie tatsächlich niemand findet und man Sie einfach vergißt? Ich nehme an, Herr Larsson, oder wie er immer heißen mag, hat bereits sein Geld?«

»Und unseren Schmuck hat er auch genommen«, lamentierte die Glitzerfrau, »unseren ganzen Schmuck!«

»Ach, der Schmuck. Das war nur, weil die meisten nicht genug Geld dabei hatten. Den Walkman, zum Beispiel, konnte ich behalten.«

Mein Pflegeopa kratzte sich am Kinn.

»Ist Plastik.«

Der Jeanstyp warf ihm einen verächtlichen Blick zu.

»Wie deine Lacktreter, Großvater. Als wir vor zehn Jahren aus'm Iran raus waren, hab ich so was das letzte Mal gesehen. Du bist total out, Großvater, total out – wofür willst du'n deutschen Paß? Geh zurück nach Ugahugah und pflück Bananen.«

Der Alte lächelte.

»Wir sind alle aus demselben Grund hier.«

»Klar ...«, er sah in die Runde, »... nur ich hab nich so'n Schiß wie ihr. Dieser Larsson ist voll in Ordnung. Gestern hab ich mit ihm geredet und ihm gesagt, ich bin Ramin Ben Alam, und wehe, du verarscht uns. Das hat der voll kapiert. Über Kino, Eddy Murphy und so, haben wir uns auch unterhalten.«

»Sie sind seit gestern hier eingesperrt?«

»Gestern nachmittag.«

»Und vorher waren Sie unten in der Villa?«

Er nickte.

»Hat Larsson Ihnen erklärt, warum der Umzug?«

»Wegen der Nachbarin. Die Alte hat die Polizei angerufen.«

Ich vergaß meinen zertrümmerten Schädel und lehnte mich vor. »Ach was?!«

»Klar. Sag ich doch, zum Schutz.«

Plötzlich dämmerte mir, warum das Ausländeramt bei meinem Besuch über keine Akte Rakdee verfügt hatte. Überhaupt dämmerte mir einiges. Blieb die Frage, was jetzt passieren würde. Vorsichtig setzte ich mich zurück.

»Wann sollen Sie die Ausweise bekommen?«

»Heute abend.« Er strahlte. »Wird 'n Fest. Erst mit der Freundin piekfein essen und dann ab ins *Marylin*.« Er machte ein paar Tanzschritte, wiegte sich in den Hüften und krächzte »I'm bad, I'm bad, I'm bad – yeah ...«

Die Runde betrachtete ihn mitleidig. Plötzlich warf er den Kopf zurück. »Meine Freundin heißt Gabi, Gabi Schmittke!«

Ich trat die Kippe aus. »Hatte Larsson tätowierte Arme?«

Der Alte neben mir nickte.

»Und wie sieht der Typ aus, der mich gebracht hat?«

Zwei Mädchen unter Kopftüchern kicherten. Ein kleiner Kerl mit Ziegenbart stand auf und beschrieb mit den Armen eine Schrankwand. »Viel Fleisch, viel Bart und besonders viel Geruch.«

Ich seufzte. Dann sah ich mich um. »Zu essen oder zu trinken hat er Ihnen wohl nichts gebracht?«

Keine Antwort. Der Ziegenbärtige setzte sich wieder.

»Und wenn er auch heute abend nichts bringt? Wenn er überhaupt nie mehr kommt . . .?«

Die Blicke wandten sich zu Boden. Ich stand auf, schwankte zur Tür und prüfte, ob sie aufzubrechen sei. Aber ebensogut hätte man den Versuch unternehmen können, die Wand einzutreten. Als ich mich umdrehte, hingen die Kinder am Schoß ihrer dicken Mutter. Eins weinte. Das Gesicht war von Bunkerdreck und Tränen völlig verschmiert. Die beiden anderen beobachteten mich mit großen Augen.

Plötzlich wurde ich wütend. ». . . damit Sie niemand findet – eine tolle Idee! Larsson hat abkassiert, Sie haben keinem verraten, mit wem Sie sich treffen, und die Polizei ist froh, wenn Sie weg sind.« Die Hände in den Raum werfend schnauzte ich: »Wahrscheinlich werden wir hier alle erstikken!«

Jetzt weinten auch die beiden anderen Kinder, und spürbare Angst legte sich über die Runde. Selbst der Junge in Jeans sah verstört vor sich hin. Der Traum von einem Leben ohne die Hölle Beirut, Teheran, Colombo oder Istanbul schien sich in Luft aufzulösen. Militär, ermordete Verwandte, Folter und Hunger waren plötzlich gegenwärtig. Einer fing an zu schreien. Der alte Mann schloß die Augen.

Sie waren geflohen. Sie waren auf zwei Koffern um die halbe Welt gefahren. Sie hatten Anträge gestellt, waren abgelehnt worden, hatten noch einmal beantragt, waren wieder abgelehnt worden, hatten in Ställen gehaust oder zu zehnt auf einem Zimmer. Sie hatten sich versteckt und ohne Papiere gelebt und wollten sich jetzt falsche besorgen. Aus dem Nichts hatten sie dreitausend Mark aufgetrieben – hatten alles versucht, um sich irgendwann sagen zu können: morgen schlafe ich bis in die Puppen, oder bis nächstes Jahr spare ich auf einen Videorecorder, oder am Wochenende saufe ich bis ich auf allen vieren krieche, und wenn ein Polizist kommt, stehe ich einfach auf und greife nach meiner Brieftasche. Aber sie hatten keine Chance. Abgelehnt heißt abgelehnt. Der Flüchtling, ›in dessen Kulturkreis Folter eine traditionell übliche Vernehmungsmethode ist‹. Der Flüchtling, ›der, wenn er politisch nicht tätig geworden wäre, bei der Heimkehr auch keine Repressalien zu fürchten hätte – und der sich des Risikos seiner Tätigkeit wohl bewußt war‹. Und der ›Wirtschaftsasylant‹, der im Angesicht deutscher Supermärkte zum Schmarotzer erklärt wird, als seien Hunger und Armut für drei Viertel der Erdbevölkerung eine Art ›Menschenrecht‹; das ›Auf-unsere-Kosten‹-Gespenst, obwohl die Kosten seit Jahrhunderten er getragen hat, und der heute nur dahin geht, wo mit dem Reichtum seines Landes ›unsere‹ Fußgängerzonen, ›unsere‹ Fliegerstaffeln und ›unsere‹ Opernhäuser aufgebaut wurden; der ›Parasit‹, als würden Kaffee, Gummisohlen und Erze im bayrischen Wald wachsen. Früher oder später würde man sie alle finden und ins nächste Flugzeug stecken. Aber jetzt schien ihnen nicht einmal das zu bleiben. Während ich mir eine Zigarette anzündete, versuchten die meisten, den schreienden Mann zu beruhigen. Die Mutter zeterte auf arabisch, um dann auf mich loszugehen.

»Warum machen Sie uns so schlechte Gedanken?!« Und auf die weinenden Kinder weisend: »Sehen Sie, was Sie getan haben!«

Ich machte den Mund auf, aber es kam nichts. Inzwischen hatten sie den Mann auf eine Bank gelegt. Mit starrem Blick zur Decke und monotoner, atemloser Stimme erzählte er in einem Mischmasch aus Englisch und Tamil von seinem Heimatdorf. Soweit ich verstand, gab es das Dorf nicht mehr, und man hatte ihn gezwungen, irgend etwas mit seiner Tochter zu tun. Die Tochter gab es auch nicht mehr. Er war der einzige Überlebende in seiner Sippe.

Ich setzte mich zu dem alten Mann. Eine unsichtbare Mauer umgab ihn. Die Arme verschränkt, den Blick auf die Lackschuhe, flüsterte er: »Sie hätten es nicht sagen sollen. Das ist ein Raum mit sehr vielen Menschen. Kein Platz für Angst.« Und nach einer Pause: »Sie halten uns für dumm, aber wir haben keine andere Wahl.« Dann stand er auf, trat durch die hilflos dreinschauende Runde zu dem Mann ohne Dorf und legte ihm die Hand auf die Stirn.

Ich biß die Zähne aufeinander. War es vielleicht meine Schuld, daß wir hier saßen? Und würde ich etwa nicht mit von der Partie sein, wenn die Luft dünn würde? Sollten sie mir doch alle den Buckel runterrutschen. Ich schloß die Augen, rauchte Kette und hoffte, jemand käme, um mir die Qualmerei zu verbieten, damit ich ihm eine runterhauen könnte. Aber es kam niemand. Jedenfalls nicht so, wie ich dachte.

Nach der vierten Zigarette hörte ich die erste Sirene. Dann die zweite, die dritte, schließlich ein ganzes Konzert. Sie kamen schnell näher, heulten ein letztes Mal auf und gaben Ruhe. Motorengeräusch, Befehle, Megaphonstimmen, Hundegebell und Schritte; ein Schlüssel im Schloß, die Tür sprang auf. Ich schnippte die Kippe weg und lauschte einem Sack fallender Groschen.

Der erste, der reinkam, war knapp einssechzig groß, dünn wie ein Brett und ebenso steif. Die Uniform saß ihm wie eine zweite Haut. Von Oberlippe bis Kinn zog sich ein gepflegtes braunes Bartoval, ansonsten war er glatt rasiert und strömte einen dieser Herrendüfte aus, die die Luft nach Seife schmekken lassen. Breitbeinig stand er im Türrahmen, in der rechten Hand eine Pistole, in der linken ein Funkgerät. Wenn er sprach, konnte man meinen, er kaue Eiswürfel. »Aufstehen, zack, zack, in eine Reihe stellen – Ausweiskontrolle!« Zwei Uniformierte mit MPs postierten sich links und rechts von der Tür. Ich gehörte zu denen, die sitzen blieben.

»Ich habe gesagt, zack, zack!«

»Guten Tag und Ihre Dienstnummer bitte, sonst merke ich gar nicht, daß Sie da sind.«

Die MPs taten einen schnellen Schwenk auf meine Brust. Die Gesichter darüber, keine zwanzig und picklig, schauten drein, als müßten sie mindestens die Welt retten und hätten einen Haufen Angst davor. Die Finger am Abzug fuhren nervös hin und her.

». . . und sagen Sie Ihren Jungs, sie sollen die Knarren wegnehmen. Die drücken noch aus Versehen ab.«

Die Augen des Kommandierenden nahmen mich wie sezierend unter die Lupe, dann gab sein Kinn die Richtung an, und die Kollegen spurteten los. In Nullkommanix hatten sie mich von der Bank hochgerissen, in ihre Mitte genommen und abgetastet. Wie die Beretta war auch meine Brieftasche verschwunden. In der Brieftasche steckte mein Ausweis. Mit kurzen abgehackten Schritten kam der Kommandierende auf mich zu und postierte sich so, daß ich seinen Atem spürte. Er roch nach Minze. Old Spice und Minze. Es zog einem die Schuhe aus.

»Ihren Ausweis.«

»Ihre Dienstnummer.«

»Einseinszweiachteinsacht – Inspektor Hagebrecht. Ihren Ausweis.«

»Wurde mir gestohlen.«

»Verhaften.«

»Moment mal . . .« Ich stemmte mich dagegen. Es fehlte nicht viel, und sie hätten mir die Arme gebrochen. ». . . ich bin deutscher Staatsbürger.«

Ein dünnes Lächeln umspielte seine Lippen.

»So sehen Sie aus – abführen.«

»Wenn das Ihr Chef erfährt, macht er Sie 'n Kopf kürzer, dann sind Sie etwa einsvierzig ... aua! Ich wette, Sie sollen die Sache hier so diskret wie möglich schaukeln. Üben Sie schon mal, ihm beizubringen, daß Kemal Kayankaya unter die Flüchtlinge geraten ist ...«

Minuten später – ein Beamter neben mir – saß ich in Handschellen im Bus und verfolgte durch vergitterte Scheiben, wie einer nach dem anderen aus dem Bunker eskortiert wurde. Manche konnten nur durch Schläge bewegt werden, andere wurden getragen, viele weinten. Die Kinder kamen zuletzt. Man schleifte sie von der Mutter getrennt in einen PKW. Sie schrien. Ihre Murmeln fielen zu Boden und blieben blinkend im Schlamm liegen. Ich wandte mich an meinen Bewacher.

»Wer hat Sie hergeschickt?«

Blick und Kinn starr geradeaus, die Mütze tief in die Stirn gezogen, murmelte er »Dienstgeheimnis«.

»Kommt es Ihnen nicht komisch vor, daß Ihr Einsatzleiter 'n Schlüssel zum Bunker hat?«

»Liegt nicht in meinem Aufgabenbereich, das komisch zu finden.«

Nachdem Hagebrecht die Bunkertür verriegelt und den Befehl zum Abmarsch gegeben hatte, setzte sich die Kolonne in Bewegung. Wir fuhren den Waldweg zum Gellersheimer Sportplatz hinauf – ich sah meinen Opel und im Rückfenster den immer noch schlafenden Partyengel –, kamen nach Gellersheim und wenig später auf die Autobahn. Der Fahrer stellte das Radio an, und die Beamten wiegten die Köpfe zu bayrischer Blasmusik. Es regnete. Am Frankfurter Kreuz bogen wir Richtung Flughafen ab.

12

»... und heute wollte ich mit nach Mannheim. Hab dieses Jahr noch kein Spiel verpaßt, keine Minute. Sogar in Dortmund war ich bis zum Ende dabei. Und was für 'n Ende. Sechs Dinger haben wir kassiert – sechs! Das muß man sich mal vorstellen ... eigentlich hatte ich danach die Nase voll, aber dann ... ich meine, man kann die Jungs doch in so 'ner Situation nicht im Stich lassen. Also bin ich weiter hingegangen, jeden Samstag, und jetzt sind wir aus'm Schlimmsten raus. Mit Bein und Falkenmayer schaffen wir's nächstes Jahr vielleicht sogar in 'n UEFA-Cup, oder wir holen den Pokal, und dann sind wir international wieder drin, und dann ...«

Er brach ab und betrachtete die Gitterstäbe. Dahinter lag ein leerer, grüngestrichener Flur mit drei gelben Lampen. Die Schatten der Stäbe teilten unsere Zelle in schmale Bahnen. Wieder keine Fenster. An der Wand klebte ein Wasserhahn, daneben eine schmutzige weiße Plastiktoilette. Wir saßen zu siebzehnt auf eisernen Bettgestellen, graue Decken um die Schultern, rauchten und schwiegen. Die Frauen hatte man einen Raum weiter eingesperrt. Manchmal riefen sie herüber, und jemand von den Männern antwortete. Wie Gespräche Ertrinkender. Seit vier Stunden hockten wir hier; eine Aufseherin hatte Brot gebracht.

Frankfurter Flughafen, Abschiebehaft. Der nächste Flug nach Beirut ging in vier Stunden. Es war kurz nach drei.

Ich kauerte neben dem Burschen mit den schwarzen Strichen unter der Nase und betrachtete meine Zigarettenglut. Er hieß Abdallah, kam aus dem Südlibanon und würde in vier Stunden dabei sein. Vor uns auf dem Boden lag ein Landsmann von mir und murmelte Gebete. Von Zeit zu Zeit hielt er inne, hob den Kopf und erklärte mir irgendwas auf türkisch.

Abdallah knackte mit den Fingern.

»Aber vielleicht ist es das Gesetz des Ausgleichs, die Eintracht bleibt oben, und ich steig ab, oder andersrum.«

»Und wenn du dir 'ne Kugel in 'n Kopf schießt, holt sie den Meister.«

Seine Zunge schlug gegen den Gaumen und machte schmatzende Geräusche. »Das Schicksal läßt sich nicht lenken.« Und nach einem Blick Richtung Flur: »Trotzdem gibt's so was wie einen Ausgleich. Zum Beispiel, als ich mein Abitur bestanden habe, lief mir die Freundin weg. Ehrlich wahr.«

Ich nickte und blies Rauchringe. Meine Gedanken kreisten zum wiederholten Mal um Möglichkeiten, die Leute vorm Abflug zu bewahren. Anwälte, Zeitungen, Kirchenheinis – solange ich nicht telefonieren durfte, weil die Ausländerpolizei glaubte, mich mit der Abendmaschine nach Istanbul schicken zu müssen, war eins so gut wie das andere.

Ein Rauchring landete genau vor der Nase des Betbruders. Er schaute erneut auf, wedelte wütend mit den Armen und quasselte los, als gäb's was zu gewinnen. Vielleicht war er Asthmatiker? Ich hob die Schultern und lächelte gequält. Als die Quasselei nicht mehr aufhören wollte und mir das Lächeln wie Zement im Gesicht klebte, fuhr Abdallah genervt dazwischen.

»Begreifen Sie doch endlich, er versteht Sie nicht. Er ist zwar Türke, aber er spricht kein Türkisch!«

»Ach ja? Warum? Ist er zu dumm?« Die Oberlippe krümmte sich verächtlich. »Oder schämt er sich?«

Sein Deutsch war fast einwandfrei, und ich ärgerte mich, ihm vorhin mit so was wie Zeichensprache gekommen zu sein.

»Ich hab's nicht gelernt, ganz einfach.«

»Wie heißt dein Vater?«

»Was hat der damit zu tun?«

»Wie er heißt?!«

»Tarik Kayankaya.«

Er machte eine Handbewegung, die bedeuten sollte, ›Na bitte‹, und tönte: »Was habe ich gesagt, du bist Türke.«

»Donnerwetter, und das haben Sie einfach so rausbekommen?«

»Du verleugnest deine Herkunft!«

»Wollen Sie nicht lieber noch 'n bißchen beten? Ich hör auch auf zu rauchen.«

Sein Zeigefinger schnellte vor und blieb zitternd vor meiner Nase hängen. »Morgen abend bist du zu Hause, dann ist es vorbei mit deutsch spielen!«

Abdallah spuckte aus. »Na, das ist ja schön. Dann sitzt er im Knast da unten, bekommt dreimal am Tag eins in die Fresse, aber wenn er in zwanzig Jahren rauskommt, kann er sich in Istanbul ganz alleine auf türkisch 'n Kaffee bestellen.«

Abdallahs Goldzähne blitzten. Der Betbruder betrachtete ihn von oben bis unten, rümpfte die Nase und zischte: »Ich lasse mich nicht kaufen. Lieber in der Türkei im Gefängnis als hier Asylbewerber.«

Kaum daß er ausgeredet hatte, gab's hinter uns Bewegung. Ein Kurde pellte sich aus seiner Decke, schimpfte und stieg über zwei Bettgestelle vor den Vaterlandsschwätzer, wie ein Kerl, der seine Fäuste mehr pflegt als sein Kinn.

»Was du da redest, ist Scheiße, ganz große Scheiße!«

Der Türke antwortete auf türkisch, und irgendwas an seiner Antwort mußte falsch gewesen sein, denn im nächsten Moment krachte er in hohem Bogen gegen die Wand und rutschte an ihr wie ein nasser Sack zu Boden. Aus seiner Nase rann Blut. Ein Raunen ging durch die Zelle. Der Kurde stand wie ein Feldherr in ihrer Mitte und blickte um sich, nach dem Motto, ›wer hat noch nicht, wer will noch mal?‹ Er mußte

Bodybuilder oder Zehnkämpfer oder beides sein, jedenfalls schien es ihm Spaß zu machen, irgendwen irgendwohin zu werfen, und wenn es dann noch ein Türke war, um so besser. Er stand einfach so da und lauerte. Zeit genug für den Betbruder, sich an der Wand hochzuziehen und wie besoffen loszutorkeln, bis er erneut vor dem Kurden stand. Wenn man wollte, konnte man es mutig nennen, in jedem Fall war es ungesund, und Abdallah murmelte »Vollidiot«. Der Kurde ließ die Finger knacken und lockerte die Schultern, und jeder im Raum erkannte für sich, daß es kaum Freude machen konnte, dazwischenzugehen. Gerade als er zum zweiten Wurf ansetzte, wurde eine Tür aufgestoßen, und fünf Bullen kamen den Flur entlangmarschiert. Drei Männer, eine Frau, ein Hund. Augenblicklich wurde es still. Türke und Kurde verzogen sich in die Ecke.

Die fünf blieben vor unserem Gitter stehen, und die Frau zog einen Zettel aus der Brusttasche.

»Chatem, Abdallah.«

Abdallahs braunes Gesicht wurde gelb wie Käse, und ich hörte seinen Atem nicht mehr. Nachdem die Frau den Zettel weggesteckt hatte, schloß sie die Tür auf. Männer und Hund traten ein. Ich bedeutete Abdallah, sitzen zu bleiben und den Mund zu halten.

»Vortreten.«

Ich stand auf.

»Mitkommen.«

»Wohin?«

»Sie fliegen in einer Stunde«, erklärte die Frau vom Flur aus. »Wir haben Ihnen heute mittag versehentlich einen falschen Abreisetermin genannt.«

Männer und Hund nahmen mich in die Mitte, und gemeinsam verließen wir die Zelle. Hinter mir setzte Gemurmel ein, einige fluchten leise. Plötzlich schmetterte eine Stimme

»Allah yardımcın olsun!« Die Tür flog zu, und ein anderer knurrte: »Mit den Polizisten isser, dein Allah.«

Das letzte, was ich von den Flüchtlingen sah, war der alte Mann in Lackschuhen, der sich die Krawatte lockerte.

Sie hatte den züchtigen Knoten, die schmucklosen Hände, die barmherzige Stimme und das schmallippige bleiche Gesicht einer Nonne, dazu den lauernden Blick einer Frauenbewegten in Männergesellschaft. Die frisch gebügelte Uniform stand ihr wie ein Pappkarton. An ihren Füßen knatschten braune Allwetterstiefel, und zwischen dem Busen schlenkerte eine Kette mit hellblauen Steinen. Wenn sie überlegte, spielte sie damit. Seit zehn Minuten saß ich mit verschränkten Armen – zwei Bullen hinter mir – auf einem Holzschemel und beobachtete, wie sie Abdallahs Paß in Eisenschränken, Schreibtischschubladen und Aktenordnern suchte. Kein Ton war gefallen. An der Wand gegenüber hing ein Kalender vom Bundesgrenzschutz – ein Hubschrauber bei Sonnenuntergang. Ich sah auf die Uhr. Wenn sie nicht gelogen hatte, startete Abdallahs Flugzeug in vierzig Minuten. Damit er nicht mitflog, galt es also noch etwa dreißig abzusitzen. Außerdem durfte der Paß nicht auftauchen. Am besten, sie käme gar nicht zum Suchen. Ich sorgte dafür.

»Darf ich mal auf die Toilette?«

»Nein.«

»Soll ich mir in 'n Schuh pinkeln?«

Ein Waschlappen landete auf meiner Schulter.

»Ganz ruhig bleiben, Kollege.«

»Haben Sie gehört, Sehwester? Er hat Kollege gesagt. Das is üble Nachrede. Sagen Sie dem Kerl . . .«

»Bitte, Herr Chatem . . .« Ihr Tonfall erinnerte an die Sorte Vollkorn-Pädagogen, die einen Schüler in Grund und Boden und anschließend von der Schule lächeln konnten. Die Stimme klang sanft und voller Verständnis, und sie bewegte die Arme, als wollte sie mich an die Brust drücken. Alles an ihr gab vor, weich und warm zu sein, nur die Augen glänzten hart und kalt wie Stahl. ». . . wenn Sie sich einen Augenblick gedulden könnten.« Obwohl es nicht als Frage gemeint war, wartete sie auf Antwort. Ich senkte den Kopf. »Tut mir leid, Frau Kommissarin, ich bin ein bißchen nervös . . . Was werden meine siebenundzwanzig Frauen sagen, daß ich mich so lange nicht gemeldet habe? Und die Großväter und die Mutter, Allah, meine Mutter! Sie wird mich wieder zu den Schafen sperren, wie damals, als ich meinen Bruder Hassan mit der Handgranate spielen ließ . . .«

»Herr Chatem!« Sie schlug die flache Hand auf den Tisch und machte ein strenges Gesicht. Dann knatschte sie an mir vorbei und ging vor einem Schrank in die Hocke. Durch die Uniformhose zeichneten sich die Umrisse eines gerippten Schlüpfers ab. Ich lehnte mich nach hinten und raunte »Trägt ganz schön heiße Höschen, euer Boß.«

Bevor einer der Brüder reagierte, drehte sie sich in der Hocke um und zischte »Wie bitte?«

»Ich hab gesagt, Sie wärn 'ne klasse Ficksau und ob wir's nicht zu viert versuchen sollten. Bißchen Zeit bleibt ja noch.«

Ihr Blick fror sich in meine Stirn. Langsam stand sie auf und ging auf mich zu. Die linke Hand spielte mit der Kette.

»Eine bitte was?«

»Ficksau, von ficken, ficken wie bumsen . . .«, ich wandte mich bekloppt grinsend zu meinen Bewachern links und rechts und jubelte: ». . . bumsen, bumsen, bumsen!« Dann wieder zu ihr: »Und ich bin genau der richtige Typ dafür. Bei mir zu Hause nennen mich die Leute Ali die Dachlatte.«

Ihre Pupillen hatten sich zusammengezogen. Ich zwinkerte. »Und wenn ich Dachlatte sage, Süße, meine ich keine Zierleiste.«

Die Ohrfeige kam so schnell und mit solcher Wucht, daß sie mich vom Stuhl riß. Während ich noch am Boden lag, ging die Tür auf. Ich hob den Kopf, und meine Züge wurden hart. Der große grauhaarige Mann mit dem kantigen Gesicht blieb im Rahmen stehen und musterte die Runde. Seine Stimme war leicht belegt, als er fragte: »Was geht hier vor?«

»Herr Chatem hat mich beleidigt.«

»Chatem . . .?«

Ich zog mich am Schreibtisch hoch und wischte die Ärmel ab. »Die Schwester meint mich.«

Höttges schloß die Tür, schob die Hände in die Hosentaschen und kam langsam auf mich zu. Wie beim letzten Mal ruhten seine kalten grauen Augen auf meinen. Ohne den Blick abzuwenden, sagte er: »Frau Henkel, gehen Sie bitte raus.«

»Aber Herr Kommissar, was hat das . . .«

»Und nehmen Sie Ihre Beamten mit.«

An der Tür drehte sie sich nochmal um. »Soll ich dann für den nächsten Flug reservieren?«

»Sie sollen verschwinden!«

Als die drei das Büro verlassen hatten, lehnte ich mich gegen die Schreibtischkante und steckte mir eine Zigarette an. Höttges Augen folgten den Bewegungen, sonst rührte er sich nicht.

». . . tja, da bin ich doch gestern morgen glatt im richtigen Büro gelandet. Wissen Sie, mit welcher Begründung Larsson oder Manne, oder wie er gerade hieß, die Flüchtlinge von der Villa in den Bunker verfrachtet hat? Eine Nachbarin hätte die Polizei gerufen. Dieselbe Nachbarin, von der mir Klaase in Ihrem Büro nicht erzählen durfte, weil Sie wußten, der Tip ist heiß. Und auch wenn die Begründung für den Quartierwechsel vorgeschoben war – denn der eigentliche Grund war ich –, konnte Larsson über die Nachbarin nur von Ihnen erfahren haben.«

Er hatte keine Miene verzogen, aber um die Nase war es merklich hell geworden. Jetzt senkte er den Blick, und auf seinen Wangen spielten die Kiefermuskeln. Es war nicht auszumachen, ob er dabei war zusammenzubrechen oder versuchen würde, mir den Mund zu stopfen. Ich schnippte Asche ab. »Und das beantwortet, woher die Bande so genau informiert war, wer in der Stadt einen Ausweisungsbescheid erhalten hatte. Von Ihnen, der die Bescheide selber abschickt. Daß Inspektor Hagebrecht den Bunkerschlüssel hatte, war dann das i-Tüpfelchen. Er hat mit der Sache sicher nichts zu tun, aber er ist auch keiner, der eine Überlegung daran verschwendet, wie sein Vorgesetzter zu so einem Schlüssel kommt. Was ich nicht verstehe, warum Ihre Partner Ihnen meinetwegen nicht Bescheid gegeben haben? Überhaupt saudumm, mich in den Bunker zu sperren.«

Er starrte weiter zu Boden, bis er mir den Rücken zudrehte und begann, auf und ab zu gehen. »Mir können Sie nichts«, erklärte er dann mit bemüht fester Stimme.

»Stimmt. Ein paar Flüchtlinge verstecken sich im Bunker, werden von der Polizei aufgestöbert und abgeschoben. Wegen des illegalen Aufenthalts sind sie, rein rechtlich gesehen, die einzigen, die etwas verbrochen haben . . .« Ich trat die Zigarette aus und steckte mir eine neue an. ». . . jedenfalls, wenn ich in Gellersheim keine Leiche gefunden hätte . . .«

Er blieb stehen. »Eine Leiche . . .?!« Dann setzte er seinen Gang stockend fort, und eine Mischung aus Schrecken und dem Eintreffen schlimmster Befürchtungen spiegelte sich in seinem Gesicht. Ich nickte. »Und wenn Sie auch kaum der Mörder sind, und Ihnen auch sonst nichts nachzuweisen ist, kann ich einigen Rummel veranstalten, damit Ihr Name nicht gerade frisch gewaschen klingt. Vom Dienst suspendiert, arbeitslos, Pension futsch – das wären immerhin mögliche Folgen.«

Er war am Fenster stehengeblieben und sah auf den Polizeiparkplatz und den Eingang zur Ankunftshalle. Eine Urlauberfamilie mit bunten Hütchen, Sandalen und Strümpfen drängte durch die Schiebetür. Der Sohn hatte eine Taucherbrille überm Gesicht.

Höttges räusperte sich. »Wieviel?«

»Nicht wieviel. Ich will die Akte.«

»Welche Akte?«

»Die, die Sie gestern morgen auf Anweisung verschwinden ließen. Die Akte Rakdee.«

Pause. Er sah wieder aus dem Fenster. ». . . ist das alles?«

»Nein. Geben Sie Befehl, daß vorerst keiner abgeschoben wird, daß jeder Flüchtling seinen Anwalt verständigen kann und daß was Vernünftiges zu essen in die Zellen kommt.«

Er nickte, und sein Gesicht hatte dabei einen beinahe bemitleidenswerten Ausdruck. Ich musterte ihn skeptisch. »Nun tun Sie mal nicht so belemmert, bis eben haben Sie doch noch den Feldwebel markiert. Es ist Ihr Beruf, Menschen zu jagen, und im Verband mit Gangstern nehmen Sie ihnen sogar noch Geld und Schmuck ab – wenn Ihnen dann mal jemand auf die Füße tritt, kann man ja wohl 'n bißchen mehr Haltung erwarten!«

Als er den Kopf hob, schien er um Jahre gealtert. Seine Augen waren stumpf und das kantige Kinn nur noch ein morscher zitternder Knochen. Plötzlich brach es aus ihm heraus: »Was wissen denn Sie?! Im Verband mit Gangstern! Einmal in meinem Leben habe ich einen Fehler gemacht!«

Ich drückte die Zigarette aus. »Soll ich raten? Köberle hat von dem Fehler Wind bekommen, und seitdem stehen Sie auf seiner Mitarbeiterliste.«

Ich stieß mich vom Schreibtisch ab, ging zur Tür und legte die Hand auf die Klinke. Am Fenster blieb ein gebrochener Mann, der auf einen leeren Parkplatz starrte.

»Mit Gaunern in Kontakt zu geraten und von ihnen erpreßt zu werden kann jedem passieren, aber als Ausländerpolizist sind Sie mir einfach widerlich. Die Akte ist bis morgen früh in meinem Briefkasten. Und kommen Sie nicht auf die Idee, Köberle zu warnen. Wenn er anruft, erzählen Sie, ich sei auf dem Weg nach Istanbul. Schönen Tag noch.«

13

Zehn Minuten später stand ich in der Telefonzelle neben dem Pan-Am-Schalter und telefonierte mit sämtlichen Zeitungen und Organisationen, die mir zur bevorstehenden Massenabschiebung einfielen. Zuletzt rief ich Benjamin Weiss an: Leiter einer Flüchtlingsberatungsstelle, Aushilfsbassist der legendären Keller-Combo ›Die Wicherts von nebenan‹ und ein passabler Skatspieler. Wir kannten uns seit Universitätszeiten. Er hatte es mit Philosophie versucht, ich mit Jura, und beide haben wir es nach einem Jahr bei dem Versuch belassen; er, weil ihn nachts Schlafstörungen plagten, da er das halbe Pensum schon während der Vorlesungen absolvierte, ich, weil mir das ständige Aktenkoffer-auf-und-zuknallen Halbwüchsiger auf Hirn und Magen schlug. Heute wohnte Weiss mit Frau, zwei Söhnen und einer fünfzehn Meter langen Plattensammlung im Gallus, und wenn er nicht arbeitete, war er entweder krank oder mit den Söhnen beim Drachensteigen. Im Büro hob niemand ab und fürs Drachensteigen war es zu dunkel. Zu Hause klingelte es viermal, bis sich eine klägliche Stimme meldete. »Ja-a . . .?«

»Hier ist Kayankaya. Im Flughafen stehen dreißig Leute kurz vor der Abschiebung.«

»Wieviel?!«

»Dreißig.«

»Falls das 'n Scherz sein soll, ich lieg mit Angina im Bett.«

»Kein Scherz. Ich war selber bis eben eingesperrt.«

Irgendwie bekam er aus seinem geschwollenen Hals einen vergnügten Laut raus. ». . . wo wollten sie dich denn hinschikken?«

»Ich hab Sardinien vorgeschlagen.«

Er wiederholte den Laut, dann fragte er: »Und was genau ist passiert?«

»Is 'ne lange Geschichte. Komm erst mal her.«

»Okay. In 'ner halben Stunde bin ich da.«

»Ich sitze in der Abflughalle.«

Wir legten auf. Ich spielte einen Moment mit dem verbliebenen Kleingeld, bis ich es in den Schlitz steckte und die Nummer Weidenbuschs wählte. Nachdem ich ihm in groben Zügen über den Verlauf meiner Ermittlungen bis zum Bunker berichtet hatte, machte ich eine kurze Pause und sagte dann: »Nur leider war Ihre Freundin nicht darunter.«

»Wie?! Sind Sie sicher?«

»Ziemlich. Es sei denn, sie wollte sich nicht zu erkennen geben.«

»Aber sie hätte sich doch inzwischen bei mir gemeldet.«

»Vielleicht ist ihr das nicht möglich.«

»Wie meinen Sie das? Wenn Sie nicht im Bunker war . . .«

»Möglicherweise hat man mit ihr was anderes vor.«

Er schluckte und bat mich, ihn für einen Augenblick zu entschuldigen. Ich vernahm das Hantieren mit einer Flasche, leises Gluckern und ein schmatzendes Geräusch; dann kam es entschlossen aus dem Hörer: »Wahrscheinlich hat sie Angst gehabt und deshalb nichts gesagt. Bestimmt ist sie in der Zelle. Ich komme jetzt zum Flughafen.«

»Woher die plötzliche Aufregung? Gestern wollten Sie die Frau doch noch loswerden?«

»Ach, Unsinn! Ich war einfach fix und fertig. Bitte vergessen Sie, was ich gestern gesagt habe.«

Als Weidenbusch bald darauf, den Bauch mit beiden Händen zusammenhaltend, durch die Halle gedopst kam, saß ich mit Kaffee und Schinkentoast über einem Reiseprospekt. Keuchend hielt er neben mir an und japste: »Wo sind die Zellen?« Aus dem rotweinschlürfenden Westendaffen war eine Thekenleiche geworden. Er roch nach Alkohol und Zigaretten, die Haare hingen ihm ins Gesicht, das Hemd war voller Flecken, und seine schwarzgeränderten Augen glänzten fiebrig. Er hatte die Brille abgenommen und wischte sich über die schweißnasse Stirn. Ich deutete mit dem Daumen nach hinten. »Die Rollbahnen entlang, rechts raus und über einen Parkplatz. Wenn man Sie nicht vorläßt, verlangen Sie nach Kommissar Höttges und erwähnen meinen Namen.«

»Und Sie . . . kommen Sie nicht mit?«

Ich schüttelte den Kopf. »Weil Ihre Freundin woanders ist.«

»Wie können Sie das wissen?«

»Ich kann's nicht, ich tu's einfach.«

»Das heißt . . . Sie machen weiter?«

»Wollen Sie mir schon wieder 'n Scheck anbieten?«

»Nein! Nur weil . . .« Seine Zunge fuhr über die Lippen. Plötzlich änderte sich sein Ausdruck, und er zeterte: »Sie tun gerade so, als wäre ich einer Ihrer Verdächtigen . . .« Dann wütend: »Dabei habe ich Sie engagiert, und wenn's mir einfällt, kann ich Sie auch entlassen!«

»Jederzeit. Wollen wir die Abrechnung gleich hier machen?«

Unschlüssig fingerte er an seiner Brille herum. Dann setzte er sie mit einem Ruck auf. »Ich gehe jetzt zu den Zellen. Den Scheck erhalten Sie wie besprochen, und da wir uns nicht mehr sehen werden . . .«

Er schien abzuwägen, ob er mir die Hand geben oder es bei einem Nicken belassen sollte.

Ich tippte den Schinkentoast in die Luft. »Wenn jemand Sie wegen Frau Rakdee unter Druck setzt – ich meine, abgesehen von Ihrer Mutter –, sollten Sie mir das besser sagen.«

Er schaute fassungslos. »Haben Sie nicht verstanden? Sie sind gefeuert!«

Und ohne ein weiteres Wort drehte er sich um und verschwand im graugrünen Gewühl einer Seniorenreisegruppe. Ich blieb sitzen und aß den Toast zu Ende. Wenig später trafen die ersten Journalisten ein. Beladen mit Kameras rannten sie wie aufgescheuchte Hühner durch die Halle und sorgten für Aufregung bei Fluggästen und Personal. Eine Bombe, Geiselnehmer, der Fürst von Monaco oder die Kessler-Zwillinge? Hunderte von Augenpaaren suchten Türen, Schalter und Sessel ab. Dann erblickte ich Benjamin Weiss. Mit seiner stattlichen Zwei-Meter-Figur ragte er gut sichtbar aus einer buntgekleideten Gruppe, die mit Papierstapeln unterm Arm durch die Schiebetüren stürzte und augenblicklich begann, sich in der Halle zu verteilen und das Papier unter die Leute zu bringen. Ich winkte, und Weiss schlurfte heran. Er war in Mantel, Schal und Pudelmütze gepackt, und was von seinem Gesicht zu sehen war, verlangte nach Bett und heißer Zitrone. Er ließ sich neben mich in den Sessel fallen, streckte die Beine aus und murmelte: »Eine Zigarette, bitte.«

»Vielleicht nicht gerade die richtige Medizin?«

Mit Nachdruck wiederholte er: »Bitte!«

Ich steckte eine an und reichte sie ihm rüber. Er nahm einen Zug, inhalierte tief und blies den Rauch langsam aus. »Seit drei Tagen meine erste. Im Bett geht's ja, aber . . .« Er nahm einen zweiten Zug, dann sagte er: »Ich war eben im Knast. Dreiunddreißig Leute sind's genau. Drei Anwälte reden jetzt mit ihnen. Der evangelische Oberdings hat seine Hilfe zugesagt, der katholische ist mit Wallmann bei einem schlesischen Vertriebenen-Diner. Die gesamte SPD befindet sich bei Aufnahmen für eine Wahlkampf-Schallplatte, und der Zuständige der Grünen kriegt 'n Kind. Die Vertretung hat zwar kein Auto, will sich aber beeilen. Bleibt noch das Multikultur-Büro: dort meldet sich eine Putzfrau, die kaum Deutsch spricht, aber soviel ich verstanden habe, eröffnet die Belegschaft eine Kastagnetten-Ausstellung . . .« Er hielt inne und zog an der Zigarette.

»Das hast du alles in 'ner halben Stunde rausbekommen?«

»Das meiste. Den Rest hab ich mir ausgemalt. Jetzt bist du dran.«

Während Weiss immer tiefer in den Sessel rutschte und seine Mütze sich langsam über die Augen schob, schilderte ich kurz die Vorgehensweise der angeblichen Paßfälscherbande, erwähnte aber weder Namen noch Orte, und erklärte am Ende: »Rechtlich kann man ihnen nichts, aber ich will versuchen, Geld und Schmuck wiederzubekommen.«

Weiss starrte eine Weile glasig vor sich hin, dann seufzte er und rappelte sich hoch. »Mal sehen, ob die Anwälte damit was anfangen können. Ich geh jetzt wieder zu ihnen. Sehen wir uns heute noch?«

»Wenn ich das Geld aufgetrieben habe.«

»Ich bleib wahrscheinlich die Nacht über hier.« Er zog den Schal fest. »Falls wir uns nicht mehr sehen . . .«

». . . komm ich die Tage vorbei und schmuggel 'ne Packung Zigaretten ans Bett.«

»Mach das. Also . . .«, mit schlapper Geste hob er den Arm, ». . . viel Glück.«

»Gleichfalls.«

Er verschwand, und ich machte mich auf den Weg zum Ausgang. Durch die Schiebetür fuhr einem feuchter Wind entgegen. Ich schlug den Kragen hoch und winkte mir mit dem gesunden Arm ein Taxi. »Zum nächsten Krankenhaus.«

»Wo ist Heinz?«

»Weiß isch net.«

Ich zog mir ein Käsebrötchen unter der Glasglocke hervor.

»Ist Slibulsky im Haus?«

»Weiß isch aach net.«

»Charly?«

»Derf isch net wisse.«

Ich biß in das Brötchen und betrachtete sie kauend. Sie war um die Vierzig, aufgedunsen wie ein Sumo-Ringer, im hellblauen Blümchenkleid mit Perücke. Sie strickte ein Hundeleibchen. Auf dem Tisch neben ihr lag Kohl in fünfzig Teilen.

»Sind Sie die Frau von Heinz?«

Die Nadeln hörten auf zu klappern, und zwei verhangene Augen musterten mich prüfend.

»Wenn Se damit meine, deß isch ihn eimal die Woch mi'm Rolli die Zeil lang schiebe derf – ja. Un Viddeo derf isch ihm aach hole, un Mondachs den Kickä. Nur Socke muß isch ihm net stopfe – so hat alles sei gude Seid.«

Ihre aufgeworfenen Lippen deuteten ein Lächeln an. Ich lächelte zurück, warf zwei Mark auf die Theke und betrat den rosa Flur. Links und rechts stachen einem aus den Zimmern Frauenbeine entgegen. Von der Decke rieselte Schubidu. Es war kurz vor halb neun. Ich reihte mich in die Schlange der Freier ein, die sich an den Zimmern vorbei durchs Treppenhaus bis in den vierten Stock und zurück zog. Oben angelangt, stieg ich über einen Balken, auf dem ›Privat‹ stand, und klopfte zwei Treppenabsätze weiter an eine rostbraune Metalltür. Die Tür ging auf, und Charly schaute fragend heraus. Er trug einen weißen Seidenanzug ohne Hemd, war barfuß und hielt eine Kiste Matchboxautos in der Hand. Als er mich erkannte, öffnete sich sein Mund entgeistert. Dann hob er freudig den Arm.

»... aber das ist ja der kleine Braune mit der großen Klappe! Na, das is mal 'ne Überraschung.« Nach hinten brüllte er: »Häschen, wir haben Besuch, zwei Gläser und 'ne Flasche Asbach!« Und wieder zu mir: »Darauf müssen wir einen trinken.«

Ohne auf Antwort zu warten, packte er meine Schulter, kickte die Tür mit der Ferse zu und schleppte mich zum Sofa. Über Glastisch und Flokati verteilten sich an die tausend kleine bunte Metallautos. Daneben eine Spiritusflasche, ein Haufen weißer Lappen und ein Becher mit Zahnbürsten. Während er mit der einen Hand meine Schulter weiter knetete, nahm er mit der anderen ein Auto, hielt es gegen das Licht und erklärte glücklich: »Einundsiebziger Modell, gelber Jeep, braunes Verdeck, Anhängerkupplung – klasse, was?«

»Unheimlich klasse.«

Behutsam stellte er das Auto an seinen Platz zurück. »Meine Sammlung, achthundertzweiundneunzig Stück. Frühjahrsputz mach ich jedes Jahr, ganz schön anstrengend, aber ...«, seine Hand fuhr über den bunten Hügel, »... sag selbst, Schnüffler, ist das ein Anblick?«

»Ich muß mit Ihnen reden, Charly.«

Er stutzte.

»Ich zeig dir meine Autosammlung, und du willst mit mir reden ...?«

»Ganz genau.«

Der Arm glitt wie tot von meiner Schulter. Dann grinste er plötzlich. »Ich weiß, was dir fehlt, Schnüffler, dir fehlt was zu trinken.« Er tätschelte mein Knie und schnippte in Richtung Badezimmer. »Häschen, wo bleiben die Getränke!«

»Sofort, Charly ...«

Ein Mädchen um die sechzehn, in Jeans, Ringelpulli und Turnschuhen, mit einer blauen Schleife im Haar, kam ins Zimmer. Sie lächelte mir artig zu und verschwand hinter der Bar. Mit ihrem runden, stupsnasigen Gesicht, dem kleinen festen Busen und einem Hintern wie zwei Honigmelonen sah sie aus wie ein Teenager, der seine Vormittage auf dem Schulhof verbringt, die Nachmittage im Eiscafé und die Abende mit dem Kapitän der Fußball-Klassenmannschaft. Jedenfalls hätte ihr Anblick solches vermuten lassen können, wären da nicht das rechte Auge grün zugeschwollen und auf Wangen und Hals leuchtend rote Striemen gewesen. Der Versuch, alles mit Schminke zu übertünchen, ließ sie wie ein Monster erscheinen.

Charly lehnte sich zurück und blinzelte mir zu. »Süß, was?«

»Bißchen verbeult.«

Er wiegte den Kopf. »Das geht vorbei.« Und lauter: »Gell, Häschen? In zwei, drei Tagen hab ich wieder meine Prinzessin.«

»Ja, Charly.«

»Und daß ich das überhaupt nicht böse gemeint hab, weißt du. Im Gegenteil. Alles nur aus Liebe, und weil ich soviel Stolz habe.«

»Ja, Charly.«

»So ein Mann wäre dir in Klein-Mörlenbach nicht begegnet. Hab ich recht, Häschen?«

»Nein, bestimmt nicht.«

Nachdem zwei Gläser Asbach bei den Matchboxautos standen, sich das Mädchen mit Papier und Stift ins Bett verzogen und wir auf ewige Freundschaft angestoßen hatten, fragte ich: »Kennen Sie eine Dampfwalze, die auf den Namen Axel hört?«

»Klar, Big Beef Axel. War mal'n gar nich so schlechter Boxer. Heut macht er in Gebrauchtwagen und Motorräder.«

»Auch in Toyotas?«

»Er fährt einen. Wieso?«

»Einen silbernen Jeep?«

Die Augenbrauen zogen sich mißtrauisch hoch. »Willst du mich schon wieder aushorchen?«

»Ich will wissen, ob Axel einen silbernen Toyota-Jeep fährt.«

»Na und? Isses verboten?«

»Sagt Ihnen der Name Höttges was?«

»Nie gehört.«

»Kommissar Höttges von der Ausländerpolizei.«

»Mann, bin ich 'n Neger? Was soll ich 'n Bullen von der Ausländerpolizei kennen?«

»Als ich den Namen Köberle erwähnt habe, hat ihn das nicht besonders überrascht.«

»So, hat ihn das nicht . . . sag mal«, er starrte mich unverwandt an, »was soll das dämliche Gequatsche?«

»Ich war gestern morgen wegen Frau Rakdee bei Ihnen. Erinnern Sie sich?«

Er stöhnte: »Geht das wieder los«, langte sich den Asbach und sank zurück auf die Lehne. Seine Zehen spielten gelangweilt im Flokati.

»Und? Hast du das Mädchen?«

»Nein. Aber ich weiß, wer sie entführt hat.«

»So?« Er ließ das Glas kreisen.

»Mhmhm. Ein gewisser Manne. Aber er ist nur Teil einer Bande. Dazu gehören Höttges, Axel, Slibulsky und . . .«

Ich beobachtete ihn aus den Augenwinkeln. Seine Überraschung schien echt. Die Stimme senkte sich gefährlich.

»Was erzählst du da, Schnüffler?«

»Sie bieten Illegalen falsche Papiere an. Wer darauf eingeht, zahlt dreitausend Mark und wird an einem verabredeten Ort eingesperrt. Höttges und Kollegen brauchen die Flüchtlinge nur noch abzuholen. Heute waren es etwa dreißig, macht neunzigtausend Mark. Eine einfache, glatte Geschichte . . . ich denke, die Idee stammt von Ihrem Bruder.«

»Von Heinz?!«

Er packte mich beim Jackett und kam so nah heran, daß ich seinen Atem spürte. »Sag das noch mal!«

»Vorher nehmen Sie die Pfoten weg.«

»Die bleiben so lange da, wie ich Lust habe! Also?!«

»Ein Mann namens Köberle ist in die Sache verwickelt, und wenn Sie es nicht sind . . .«

»Gibt's dafür irgendeinen Beweis?«

»Nein, aber es paßt zusammen und reicht allemal, um es der Journaille hinzuwerfen.«

»Den Zeitungen . . .?«

Er beobachtete mich prüfend, und die Hände zerrten nur noch wie zufällig an mir herum. Dann gab er sich einen Ruck und zischte: »Wenn du mich verarschst, Schnüffler, mach ich Hackfleisch aus dir, aber wenn das stimmt . . .«, er ließ mich los, ». . . hat mein Bruder die längste Zeit Schokoriegel verkauft.«

Noch ein prüfender Seitenblick, und er stürzte zum Kleiderschrank und feuerte Schuhe, Strümpfe und einen grauglänzenden Anzug ins Zimmer. Das Mädchen wagte kaum zu atmen. Hinter Papier und Decke verkrochen, beobachtete sie Charlys Tun und schien abzuwägen, ob es klüger sei, die Sachen aufzusammeln oder sich tot zu stellen. Plötzlich hielt er inne und lehnte sich, den Unterkiefer diagonal verschoben, gegen die Schranktür.

»Warum kommst du mit der Sache eigentlich zu mir?«

»Erstens will ich wissen, wo die Bande jetzt steckt.«

»Keine Ahnung.«

»Und zweitens habe ich, wie gesagt, keine Beweise, und da die Polizei mit drinhängt, hört jede Ermittlung auf, bevor sie angefangen hat. Ich möchte, daß Sie ihnen die Hölle heiß machen, Charly.«

Die Schultern unter dem weißen Jackett spannten sich. »Worauf du dich verlassen kannst. Allerdings . . .«, er scharrte mit den Füßen im Teppich, ». . . es wäre ganz gut, wenn du mit den Zeitungen noch wartest. Ich würd die Angelegenheit gerne regeln, bevor mein Chef davon erfährt. Sonst säh's noch so aus, als könnten mir die Jungs hier auf'm Kopf rumtanzen.«

Ich nickte. »Eberhard Schmitz wird das nicht gefallen.«

Charly sah mich an, »Nein, das wird ihm gar nicht gefallen . . .«, und sein Blick bekam dabei etwas seltsam Entrücktes.

»Also gut, bis morgen abend.«

Seine Augen klärten sich. Ein dankbares Lächeln.

»Du bist in Ordnung, Schnüffler.«

Während er sich umzog, das passende Hemd auswählte und vorm Spiegel prüfte, wie die Krawatte saß, fluchte er in einem fort. Ich rollte eine Zigarette zwischen den Fingern und wartete ab. ». . . mein Bruder macht Geschäfte mit den Bullen – wenn das unsere Mutter noch erlebt hätte. Sie war die größte Hure von ganz Sachsenhausen und einen Körper . . . der geilste von'er ganzen scheiß Besatzungszone . . . ›Jungs‹, hat sie immer gesagt, ›Jungs, schreibt's euch hinter die Ohren, nie 'n Wort zu den Bullen. Wer Bullen ruft, is 'n feiges Schwein, und Bullen warn's, die euern Großvater ins Gas geschleppt haben.‹«

Er schüttelte den Kopf. »Und jetzt geht der Krüppel hin und zockt mit ihnen Bimbos ab . . .«

Unvermittelt wandte er sich zum Bett, aber außer einem Büschel Haare war da nichts zu sehen.

»He, du Schlampe, hör gefälligst zu, wenn ich von meiner Familie erzähle!«

Langsam kam ihr Gesicht zum Vorschein. »Aber ich höre doch zu, Charly.«

Verächtlich knurrte er über die Schulter. »Das sagt sie immer. Dabei hat sie nur eins im Kopf: ihren Freundinnen Briefe zu schreiben, ›Frankfurt ist so aufregend‹ und ›ach, bin ich glücklich hier‹ . . .« Sein ausgestreckter Zeigefinger fuhr auf ihr Gesicht zu. »Was würden deine Freundinnen wohl sagen, wenn sie dich mit dieser Fresse sehen könnten, hä?!«

Und während er eine zweiunddreißiger Automatic aus der Nachttischschublade zog: »Und überhaupt, Briefe schreiben, wozu gibt's Telefon, frag ich mich.«

Das Mädchen hatte die Decke über den Kopf gezogen, und die Decke zitterte wie ein kranker Hund. Charly schob das Magazin ein. »Denk bloß nicht, daß mir die Heulerei was ausmacht.«

Ich sah auf die Uhr. Es war viertel nach neun.

»Charly?«

»Mhmhm?«

»Wohin geht's jetzt mit der Kanone da?«

»Wohin . . .« Er klemmte die Automatic hinter den Gürtel. ». . . 'n Bier trinken, bißchen frische Luft schnappen . . .«

»Na, das paßt ja ausgezeichnet, auf ein Bier hätte ich auch Lust.«

». . . ach ja?«

Ich stand auf und ging zum Fenster. Es hatte wieder angefangen zu regnen. Der Wind trieb die Schauer fast waagerecht die Häuserschlucht entlang, und durch die nasse Scheibe zerliefen die Neonreklamen wie mit Wasserfarben gemalt. Passanten drängten sich in die Hauseingänge.

». . . und frische Luft kann nie schaden.«

Charly kratzte sich nachdenklich am Hintern.

»Dann paß bloß auf, daß du dir keinen Schnupfen holst.«

14

Die Wolkendecke riß auf, und Mondlicht überflutete das Gelände von *Wolfs Auto-Reparatur-Werkstatt.* Links ein Haufen Radkappen, rechts verrostete Kotflügel, dahinter Türen jeder Form und Größe. Ein schmaler pfütziger Weg schlängelte sich durch die Schrottberge zu einem mindestens fünfzig Meter langen Flachbau, der zur Hälfte Werkstatt, zur anderen Hälfte Büroraum und Materiallager war. Vor dem Flachbau standen Autos, dazwischen der silberne Toyota-Jeep. Breitmaschiger Draht umzäunte das Gelände, und außer der verriegelten Einfahrt zur Werkstatt gab es zwei aus Brettern zusammengezimmerte, unverschlossene Holztüren. Durch eine dieser Türen schlüpften wir hindurch, schlichen den Weg entlang und traten auf eine breite Betonstufe vor dem Büroeingang. Die Tür war angelehnt, ein Lichtstreifen fiel auf unsere schlammverkrusteten Schuhe.

Charly zog die Automatic. »Du gehst zuerst.«

Ich schüttelte den Kopf. »Der Ballermann geht zuerst.«

Die Automatic landete auf meiner Brust. »Du gehst zuerst.«

Ich sagte »Von mir aus« und legte die Hand auf die Klinke. Auf der Betonstufe auszurutschen schien nicht einfach, aber ich wollte mir alle Mühe geben. Mit einem Ruck zog ich die Tür nach links auf, verlagerte das Gewicht nach rechts und wirbelte wie ein Kreisel herum. Meine Handkante traf Charly genau in den Magen. Während er nach Luft japsend vornüberklappte, drosch ich ihm die Faust zweimal in die Visage, die Nase krachte, und über seine Lippen rann Blut. Mit ungläubigen Augen fiel er der Länge nach in den Schotter. Ich hob die Automatic auf, massierte meine Knöchel und horchte. Außer Charlys verhaltenem Stöhnen herrschte Friedhofsstille. Ich tippte ihm den Fuß in die Seite und zischte »Aufstehen«. Mit einer Hand umklammerte er sein verschobenes Gesicht, mit der anderen krallte er sich in den Schotter; er hob mühsam den Kopf und starrte mich an.

»Was hat das . . .?«

»Maul halten, aufstehen.« Ich zielte mit der Automatic auf seine Stirn. »Eins . . .«

Bei zwei war er schon oben.

»Vorwärts!«

Wie ein betrunkener Matrose schwankte er zur Tür, lehnte sich dagegen und stolperte in den Flur, einen unverputzten Schlauch mit nackter Glühbirne und rostigen Kleiderhaken. Zwei graue Decken markierten den Durchgang zum Materiallager. Dahinter dudelte ein Radio. Ich packte Charly am Kragen und bohrte ihm die Automatic ins Ohr. »Keinen Mucks.«

Er zitterte. Langsam näherten wir uns dem Durchgang. Jetzt hörte man neben der Radiomusik auch Stimmen. Bei den Decken angelangt, gab ich Charly einen Stoß, so daß er kopfüber hindurchsauste, sprang hinterher und krachte in ein Regal Scheinwerfer. Axel und Slibulsky saßen am Tisch, zwei Flaschen Bier und einen Berg Schmuck vor sich, sie glotzten entgeistert. Dann zog Axel eine zweihunderteinundzwanziger Remington Fire Ball. Man kann damit Elefanten jagen oder kleinere Flugzeuge vom Himmel holen, und wenn man will, damit auch Dächer bei Sturm beschweren – nur zum schnellen Schießen taugt sie soviel wie ein Küchenquirl.

Die erste Kugel traf ihn in die Schulter, die zweite in den Unterarm. Während der Boxer brüllend vom Stuhl rutschte, robbte ich über die Scheinwerfer, packte das schwarze Ungeheuer und warf mich, die Schießeisen im Anschlag, zur Seite.

»Der nächste, der sich bewegt, und mir gefällts nicht, hat'n Loch in der Schale!«

Aber niemand dachte daran, mir nicht zu gefallen. Jedenfalls niemand, der wußte, was eine Pistole ist. Als erstes hörte ich seine Tatzen aufschlagen, dann einen kehligen Laut und Hecheln. Ich fuhr herum und gab, ohne zu sehen, zwei Schüsse ab. Es war unglaublich, die Remington hatte ihm die halbe Flanke weggerissen, aber Rambo lief weiter. Das blutbesudelte Hinterteil über den Boden schleifend, ohne jeden Ausdruck von Schmerz, hetzte er mit nur noch drei Beinen auf mich zu. Ich drückte erneut ab. Insgesamt noch viermal, bis das Tier, zum roten Klumpen entstellt, endlich reglos liegen blieb. Ich atmete tief durch. Dann wandte ich mich um. Charly lag wimmernd zwischen Ölkanistern, Axel schmerzgekrümmt unterm Tisch, und Slibulsky war wie gelähmt. Abwesend, als überlegte er, was eigentlich vor sich ging, strich sein Blick über das Schlachtfeld. Um mich machte er einen Bogen.

»Slibulsky . . .«

»Mhm . . .?«

Ich stand auf und ging zum Tisch.

». . . hast du 'ne Kanone?«

Langsam hob er den linken Arm, winkelte den rechten in Gips leicht ab und bewegte den Kopf verneinend. Eine Weile sahen wir uns in die Augen. Seine waren leer, nichtssagend wie Knöpfe. Dann bedeutete ich ihm, die Arme wieder runterzunehmen.

»Stell die Kiste aus und kümmer dich um den Fettwanst.« Ich drehte mich um. »Charly . . .! Zu den anderen.«

Während Slibulsky Axel auf den Stuhl hievte und Charly, mit Taschentuch vorm Mund, dazu gestolpert kam, sah ich mich im Raum um. Meterhohe Eisenregale, voll mit Zündkerzen, Keilriemen und ähnlichem Zeug, standen in engen

Reihen bis ans Ende der Halle. Es gab weder Fenster noch Ventilator. Für gelbes schmutziges Licht sorgte eine Galerie vergitterter Lampen, die sich diagonal über die Decke zog.

»Gibt's hier noch mehr so Ungeheuer?«

Keine Reaktion. Das Kinn auf der Brust, die Hand an der Schulter, saß Axel über die Tischkante gebeugt und atmete schwer. Von Zeit zu Zeit öffnete er den Mund, aber raus kam nur Spucke. Ich schob die Remington hinter den Gürtel.

»Na schön. Zuerst zu Ihnen, Charly.«

Sein Taschentuch sank unschuldig in den Schoß. »Zu mir? Wieso zu mir?!«

Ich hatte es satt, von einem Zuhälter für dumm verkauft zu werden. Ehe Charly die Arme heben konnte, knallte ich ihm eine, daß das Echo durch den Raum hallte. Er schlug die Hände vors Gesicht.

»Und jetzt hören Sie zu, was ich zu erzählen habe!« Ich zündete mir eine Zigarette an und begann wütend auf und ab zu gehen. »Da Sie die Angewohnheit haben, alle anderen außer sich für Deppen zu halten, mußten Sie mich gestern morgen persönlich aushorchen. Slibulsky hätte das viel unauffälliger erledigen können, und ich hätte nicht von Anfang an den Verdacht gehabt, entweder Sie kennen Frau Rakdees Entführer, oder Sie gehören selbst dazu. Zwischendurch war ich zwar auf andere Ideen gekommen, aber spätestens durch Slibulskys Kurzschlußreaktion, mich eine Weile in die Wüste zu schicken, landete ich wieder bei Ihnen. Und natürlich bei Slibulsky.«

Ich nahm einen Zug. Slibulsky rührte sich nicht. Seit fünf Minuten saß er reglos, den gesunden Arm über den Gips gelegt, und starrte Löcher in den Boden.

»Der anonyme Brief war ein Riesenfehler. Nicht nur wegen der krakeligen Schrift, die gut zu einem Rechtshänder paßte, der zur Zeit nur die Linke benutzen kann, sondern auch, weil mir spätestens im *After Hours* aufgehen mußte, daß der Brief ein Ablenkungsmanöver war – von Gellersheim, denn sonst hatte ich nichts geplant. Und nur du wußtest davon, und als ich unter der Dusche stand . . .« Ich war nah an ihn herangetreten. Jetzt fuhr ich mit einer Hand in seine Jackeninnentasche und zog den *Interconti*-Block heraus. Slibulsky reagierte kaum. Alles, was er tat, war, phlegmatisch das Jackett geradezustreichen. Ich warf den Block auf den Tisch.

». . . na ja, anschließend bin ich nach Gellersheim gefahren, und so weiter.«

Ich trat die Zigarette aus und kickte sie unter ein Regal, um mich wieder an Charly zu wenden. »Irgendwann hat Eberhard Schmitz Sie von meinem Besuch unterrichtet, und Sie beorderten Axel in die Villa. Daß ich dann im Bunker gelandet bin, war der zweite Fehler. Hätte Axel mich nur für einen Tag irgendwo eingesperrt, wären die Flüchtlinge in alle Himmelsrichtungen verschickt gewesen und der Fall gelaufen. Er ist eben ziemlich groß, aber nicht ganz so klug, womit wir wieder bei Ihnen sind. Als ich vorhin bei Ihnen auftauchte, war klar, ich mußte beiseite geschafft werden. Schmitz hatte Ihnen die Villa zur Verfügung gestellt, und wenn da irgendwas anbrennt, sind Sie dran. Also begann das Theater mit Ihrem Bruder. Ziemlich blödsinnig, zumal die Idee von mir stammte. Ich weiß nicht, was Sie danach vorhatten – vielleicht wollten Sie die zwei hier beauftragen, mich bis morgen umzulegen –, ich weiß nur, wäre ich zuerst durch diese Tür gegangen, stünden meine Chancen, die Zeitungen zu informieren, einigermaßen schlecht.«

Die Lampen summten, sonst war kein Laut zu hören. Slibulsky kaute auf einem Streichholz, Axel hatte die Augen geschlossen, Charly tupfte sich die Nase. Sie sahen aus wie drei Kerle, die sich einen Porsche gekauft und ihn nagelneu gegen die Wand gesetzt hatten. Während der Abschleppwagen die Reste auflud, wurde jedem klar, wie wenig er die anderen beiden riechen konnte.

Ich zündete mir eine neue Zigarette an und rauchte ein paar Züge. »Jetzt zu dir, Slibulsky ... bis zuletzt hatte ich gehofft, ich könnte mich irren. Du klaust den Leuten nicht die letzte Socke und schickst sie anschließend krepieren. Okay, du bist bei Charly angestellt, und wenn er dich losschickt, um auf mich aufzupassen, mußt du das machen. Und weil du nicht einfach zurückkommen konntest, um zu sagen: ›Er ist jetzt auf dem Weg nach Gellersheim‹, mußtest du auch den Brief schreiben. Aber jetzt sehe ich dich die Beute aufteilen, und das ist keine Arbeit für Angestellte. Was ist dein Anteil? Zwanzigtausend, dreißigtausend? Dazu 'n Kilo Ohrringe? ... auch nur einer dieser billigen Kerle, die für Geld in jeden Abfluß kriechen!«

Slibulsky kaute weiter auf dem Streichholz und starrte weiter Löcher in den Boden. Nur seine Hand war zwischendurch in die Jackentasche gerutscht, als wollte sie sich wärmen.

Charly räusperte sich vorsichtig.

»Dir ist doch hoffentlich klar, daß das großer Mist ist, was du da erzählst.«

Ich ging zum Tisch, nahm eine Handvoll Schmuck und schleuderte sie ihm ins Gesicht.

»Und das, ist das auch Mist?!«

Er fing an, hysterisch mit dem Finger in die Luft zu stochern, und kreischte: »Du hast 'ne Macke, Schnüffler, 'ne totale Macke!« Und zu Slibulsky: »Sag deinem Kumpel, daß er 'ne Macke hat, sag ihm, er soll das Geld nehmen und abhauen!«

»Seid ihr bescheuert?!« Axel fuhr auf aus der Versenkung. Was man zwischen den Haaren erkennen konnte, war bleich und voller Haß; von seinen Wimpern tropfte Schweiß. »Vor dem habt ihr die Hosen voll – vor dem?!«

Er wirbelte herum. Über den Boden zog sich eine Blutspur.

»Was meinst du, wenn ich den Bullen erzähle, daß du den ganzen illegalen Haufen befreien wolltest – hä?! Die haben nun mal nichts übrig für edle Gesinnung, genausowenig wie unsereins für deine Freundschaftsscheiße! Wir sind hier nicht auf'm Balkan, Ali – und Slibulsky is nich Winnetou! Es kratzt hier keinen, wenn deine Kanackenbrüder nach Hause fahren!«

»Sie fahren nicht nach Hause, sie . . .«

»Weiß schon, sie krepieren. Hast 'n weiches Herz, Ali, kann man sich den Arsch mit abwischen!«

Mir pochten die Schläfen. Langsam zog ich die Remington aus dem Gürtel und postierte meine Artillerie. Der Revolver sah ihm ins linke, die Automatic ins rechte Auge. »Wo ist das Geld?«

Aber die Löcher im Arm mußten ihm den Verstand geraubt haben. Mit bis zum Anschlag geweiteten Augen zischte er: »Das wagst du nicht noch mal«, und sein Schatten kroch auf mich zu. »Wir haben uns lange genug verscheißern lassen! Guck, wie deine Knie zittern. Bist doch nur 'n schlechter Aprilscherz. Na los, sag April, April und gib mir die Kanone und verdufte!«

Es fehlten nur noch Zentimeter, dann hätte seine Hand die Pistolen erreicht. In meinen Ohren begann das Blut zu kochen. Plötzlich sagte eine Stimme hinter mir »April, April«, es krachte zweimal, und Axels Kopf schlug getroffen zurück. Ein Brei aus Hirn und Haaren quoll hervor. Er war tot, ehe die Schüsse zwischen den Regalen verhallten.

Charly bebte. Vom Stuhl aufgesprungen, starrte er auf den großen blutenden Körper, der zu Boden fiel. Er wurde bleich, wie ein vor Angst bebender Mann im schmutziggelben Licht nur bleich werden konnte. Um Axels Kopf bildete sich eine rote Lache. Ich drehte mich um. Slibulsky saß, wie er die ganze Zeit gesessen hatte, nur daß seine linke Hand jetzt eine Pistole hielt. Langsam ließ er sie in die Jackentasche gleiten und nahm das Streichholz aus dem Mund. Seine Lippen befiel ein leichtes Zucken.

Schweigend schleppten wir den Leichnam an Kotflügeln und Radkappen vorbei zu einer grasbewachsenen Stelle, wo der Boden lockerer war. Während Charly sieh zwischen zwei Autowracks erbrach, schaufelten Slibulsky und ich eine Grube. Genau über uns stand der Mond. Langsam entwickelte ich mich zum Totengräber.

Nachdem die Erde wieder glattgeklopft und die Schaufeln an ihren Platz zurückgebracht waren, gab Slibulsky mir meine Brieftasche wieder. Dann lief ich ins Büro, um zwei Taxis zu bestellen. Slibulsky holte unterdessen einen schwarzen Koffer aus dem Toyota. Anschließend gingen wir noch mal ins Lager, packten den Hundekadaver in eine Plastiktüte und nahmen den Schmuck mit.

Zu dritt traten wir auf die Straße, und ich stopfte die Tüte in einen öffentlichen Papierkorb. Charly stand, ganz grün im Gesicht, gegen eine Laterne gelehnt und zerbröselte mit abwesendem Blick einen Zigarillo zwischen den Fingern. Slibulsky hockte am Bordstein. Ich trat unter die Laterne und zündete mir eine Zigarette an.

»Wenn was rauskommt, schieb ich Ihnen das Ding in die Schuhe – Streit um die Beute oder so. Außerdem käme Schmitz' Name in die Zeitungen, und ich bin mir nicht sicher, auf wen von uns beiden er dann wütender wäre.«

Charly nickte.

Wenig später kam das erste Taxi, und Charly stieg ein. Kurz darauf das zweite. Slibulsky und ich schoben uns mit Geldkoffer und Schmuckbeutel auf die Rückbank, und ich sagte »Zum Flughafen, bitte.«

Eine Weile fuhren wir schweigend, und der Taxifahrer sah mehrmals mißtrauisch in den Rückspiegel. Ganz alleine begann er ein Gespräch über den Unsinn von Winter- und Sommerzeit, und ganz alleine brach er es auch wieder ab. Schließlich stellte er das Radio an.

Als wir auf die Autobahn kamen, fragte ich: »Warum hast du die Pistole nicht rausgerückt?«

Den Kopf leicht vorgebeugt, pulte Slibulsky am Gips. »Du hattest schon zwei«, antwortete er, ohne aufzusehen, »drei kann man nicht halten.«

»Und wenn ich dich durchsucht hätte, was glaubst du, auf was für 'n Gedanken ich gekommen wäre?«

Slibulsky schwieg. Ich sah aus dem Fenster, an dem die Lichter amerikanischer Wohnkasernen vorbeiflogen. Mein Arm pochte, und im Hintern spürte ich noch die Einstiche von Tetanus- und Tollwutspritzen.

»Was ich nicht verstehe, warum Schmitz euch die Villa gegeben hat. Egal, wieviele Prozente er bekommt, für ihn sind das doch alberne Summen.«

»Weil Axel sein Neffe war.«

Ich fuhr herum. »Du hast den Neffen von Eberhard Schmitz . . .?!« Gerade noch rechtzeitig verschluckte ich den Rest. Dennoch fing der Taxifahrer an, unruhig im Sitz hin- und herzurutschen. Slibulsky mußte ihn vergessen haben, oder es war ihm im Moment sowieso alles egal. Jedenfalls zuckte er die Schultern und sagte: »Axel hätte dich fertiggemacht. Schon den ganzen Tag war er am Schimpfen, daß er vorm Bunker 'n schwachen Moment gehabt hat. Und als dann auch noch seine Töle in Fetzen flog – mir blieb keine Wahl. Außer du hättest geschossen, und danach sah's nicht aus.«

Als wir vorm Flughafen hielten und ich das Geld vorreichte, schaute der Fahrer mich nicht an, und seine Hand zitterte.

Auf dem Weg zur Polizeiwache kaufte ich zwei Fußballzeitschriften. Dann mußten wir eine Weile warten, bis Benjamin Weiss eine Reporterin, der es gelungen war, in den Anwaltsraum vorzudringen, zum Teufel gejagt hatte. Wie sie erklärte, arbeitete sie für die Illustrierte *Schampus* und wollte sich die Exklusivrechte an einer ›Picturestory‹ über die Flüchtlinge im Bunker sichern. Die Flüchtlinge, soweit sie freikamen, sollten Szenen des ›heavy Aufenthalts‹ nachstellen; der ›Clou‹ dabei sei, ›alle tragen die neue Gaultier-Winterkollektion, dazu Sonnenbrillen, die Frauen oben mit Schleier, aber untenrum möglichst sexy‹.

Als sie fort war, übergaben wir Weiss Geld und Schmuck. Er trank einen Schnaps mit uns, spülte mit Aspirin nach und erzählte kettenrauchend, daß bisher niemand abgeschoben worden war und daß, nach Ansicht der Anwälte, das auch in den nächsten Tagen und Wochen nicht geschehen würde. Anschließend ging ich zu den Zellen und brachte Abdallah die Fußballzeitschriften, danach verließen wir die Wache. Um das Gebäude herum standen alle fünf Meter Polizisten mit Helm und Pistole. Gegenüber lümmelte sich ein Dutzend Reporter um einen Palmentopf und ließ Thermoskannen rumgehen. Der Platz dazwischen war mit Flugblättern übersät.

»Und jetzt? Gehn wir was trinken?«

Slibulsky schüttelte den Kopf: »Ich hab 'n Termin bei Schlumpi.«

»Um zwölf Uhr nachts?«

Die Schiebetüren stoben auseinander, und wir kamen in die Ankunftshalle. Slibulsky blieb stehen und erklärte mit verbissenem Gesicht: »Ich meine, wir sind jetzt quitt, und wenn ich nachts um zwölf 'n Termin bei Schlumpi habe, dann hab ich den eben. Danach können wir gerne was trinken gehen.«

»Falls du dann noch 'n Glas halten kannst.«

Er musterte mich argwöhnisch. Dann fuhr seine Hand mit fahriger Bewegung zur Decke. »Denk, was du willst, aber misch dich nicht ein.«

15

Das Bahnhofsviertel platzte. Die Amis hatten freien Tag, und die Eintracht war in Mannheim null zu eins badengegangen. Frustrierte Soldaten und noch frustriertere Fußballfans schaukelten betrunken über die Bürgersteige, von Musik bebende Autos standen einmal um den Block im Stau. An den Straßenecken verursachten Hütchenspieler Aufläufe. Neonflackern, Hupkonzerte, Geschrei und Gesang vermischten sich zu einem wogenden bunten Strudel. An zwei Pennern vorbei, die sich um eine Büchse Bier stritten, während sie sich ein dritter übers Hemd kippte, gelangten wir vor den Eingang zum *Lächelnden Würfel*.

Slibulsky ging hinein, und ich setzte mich auf den Kofferraum eines der parkenden Autos. Vor mir marschierten zwei Frauen auf und ab. Die Luft war mild und roch verhältnismäßig sauber; wenigstens für eine Nacht hatte das Unwetter Abgase und Männergerüche in den Rinnstein gespült. Aus einem Fenster drang türkische Musik. Ich nahm eine Zigarette und stellte fest, daß meine Streichhölzer alle waren.

»Feuer, Schätzchen?« Eine der Frauen baute sich breitbeinig vor mir auf und lächelte. Sie war um die Dreißig und hatte ein hübsches, etwas zu volles Gesicht. Ihre weiße Lackledermontur reichte knapp über den Hintern, und die Beine verschwanden in ebenfalls weißen, nadelspitz zulaufenden Schaftstiefeln.

Ich nickte, und sie ließ ein Feuerzeug aufschnappen.

»Oben hätt ich auch ’n Aschenbecher.«

Ich schüttelte den Kopf. »Danke, ich warte auf jemand.«

Sie musterte mich von oben bis unten. »Stehst mehr auf exotisch? Ich wohn mit ’ner Freundin zusammen, die zarteste Versuchung seit’s Schokolade gibt.«

Wieder schüttelte ich den Kopf. »Ich sag doch, ich warte auf jemand.«

»Auf den Kerl, mit dem du gekommen bist? Charlys Kläffer? Da kannst du lange warten.«

»Wieso?«

»Weil er ’n Arsch vollkriegt.«

Ich nahm einen Zug, stieß den Rauch durch die Nase und zuckte die Schultern. »Geht mich nichts an.«

»Warum sitzt ’n dann hier?«

»Wir wollen was trinken.«

»’n Kumpel von dir?« Ihre Lippen kräuselten sich verständnislos. Dann sah sie an mir herunter und fragte verächtlich: »Was bist ’n du für einer?«

Kopfschüttelnd stiefelte sie zurück an ihren Platz. Ich schaute ihr nach, schnippte die Zigarette weg und sprang vom Kofferraum. Der Laden war gerammelt voll. Über den Köpfen hingen Rauchschwaden, und die Gesichter der Kellner glänzten vor Schweiß. Ich zwängte mich zur Theke und stieß unter schlagartig einsetzendem Gezeter der Frau am Zapfhahn die ›*Büro*‹-Tür auf: Schlumpi, der Mann, den ich nicht kannte, und Slibulsky. Seine rechte Wange war gerötet; jetzt rötete sich auch die linke.

»Kayankaya! Verdammte Scheiße, hau ab!«

Ich knallte die Tür hinter mir zu. Der Mann, den ich nicht kannte, spitzte entrüstet die Lippen. Schlumpi lockerte die Finger und bewegte sich kaum merklich zur Seite. Ich legte die Pistolen, die immer noch in meinem Gürtel steckten, frei. »Schau genau hin, bevor du ’n Fehler machst.«

Schlumpi blieb stehen, und der Mann, den ich nicht kannte, räusperte sich. ». . . was sind das für Umgangsformen?« – und auf einmal kannte ich ihn doch – jedenfalls seine Stimme.

»Sind's bessere Umgangsformen, wenn man jemand den Arm bricht, weil er seine Schulden nicht bezahlen kann?«

In gelbbraun kariertem Jackett, auf der Nase eine Brille mit Goldrand, saß er hinter dem Schreibtisch und hatte aufgeschlagene Rechnungsbücher vor sich. Seine Hände waren um einen goldenen Kugelschreiber gefaltet. Hätte man ihm einen Beruf zuordnen sollen, wäre es ohne Zweifel Postbeamter, eventuell Oberpostbeamter gewesen. Eins dieser gesichtslosen Exemplare, bei denen man sich fragt, ob sie den Stempel oder der Stempel sie erfunden hat.

»Ich weiß nicht, wovon Sie reden.«

»Ich werd's Ihnen erklären. Slibulsky hat 'ne Erbschaft von fünfzigtausend Mark im Roulette verspielt. Und da er ein verdammter Idiot ist, hat er sich die nächsten Fünfzigtausend oder wieviel auch immer hier geliehen, weitergespielt und wieder verloren. Seitdem hockt ihr ihm auf der Pelle, und er macht 'n Haufen Scheiß, um die Kohle ranzuschaffen. Können Sie folgen?«

»Kayankaya . . .« Slibulsky seufzte.

Ohne ihn zu beachten, trat ich vor den Mann, mit dem ich gestern telefoniert hatte, und tippte ihm meinen Zeigefinger vor die Nase: ». . . aber jetzt kommt der Witz. Bei wem hat er die Schulden, und für wen treiben Sie das Geld ein? Für Wang. Und wer sind Sie? Der Sekretär von Eberhard Schmitz – wir hatten schon das Vergnügen. Die Fünfzigtausend-Mark-Frage lautet also: Wo versteckt sich Wang, seit seine Frau erwürgt wurde und ihr Liebhaber aus'm Fenster geflogen ist? Selbst die Polizei würde darauf 'ne Antwort finden. Während Sie noch überlegen, kann Schlumpi schon mal den Croupier anweisen . . .« Ich wandte mich um. ». . . wenn wir spielen, soll er die Schüssel so drehen, daß unsere Nummern kommen.«

Pause. Schlumpi sah den Sekretär an, der Sekretär mich, ich Slibulsky und Slibulsky zur Decke. Schließlich gab der Sekretär Schlumpi ein Zeichen, woraufhin dieser das Büro verließ.

»Zugegeben, Sie sind im Augenblick im Vorteil. Aber vergessen Sie nicht die Folgen. Wie wird Herr Wang reagieren? Ein Wohnort ist schnell gewechselt, und dann sehe ich einige Schwierigkeiten auf Sie zukommen.«

Fast gelang es Slibulsky, gleichzeitig zu nicken und den Kopf zu schütteln. Ich tat das letztere.

»Gar nichts wird auf uns zukommen. Es geht in erster Linie ums Prinzip. Niemand soll sich einbilden, solange Wang abwesend ist, könnten die Mäuse auf der Lampe tanzen. Deshalb wird Slibulsky die geschuldete Summe für alle Welt sichtbar zurückgewinnen. Andernfalls bin ich Privatdetektiv und habe für zwanzigtausend Mark Zeit, Wang ausfindig zu machen.«

Er rollte nachdenklich den Kugelschreiber zwischen den Fingern. Dann zuckte er die Schultern und begann die Bücher zuzuklappen.

»Wie Sie meinen. Ich werde Herrn Wang über alles unterrichten. Das Weitere findet sich.«

Nachdem er die Bücher in einer braunen Aktentasche verstaut hatte, stand er auf und kam um den Tisch herum. Seine Bewegungen waren eckig, als fühlte er sich ohne Lehne im Rücken unwohl. »Was Sie betrifft, Herr Slibulsky ... Ich möchte mich bei Ihnen wegen der Sache mit dem Arm entschuldigen. Es geschah auf Anweisung, und wie Sie bemerkt haben werden, konnte ich kaum hinsehen.« Mit leicht betretenem Gesicht streckte er Slibulsky die Hand entgegen. »Nichts für ungut ...«

Slibulsky hob verblüfft die Augenbrauen. Dann machte er eine unbeholfene Bewegung, und ich verschluckte ein Grinsen. Der Sekretär lief rot an.

Mit Bier und Korn und einem Stapel blauer Chips nahmen wir vor dem Roulette Platz. Ich lehnte mich zu Slibulsky. »Wieviel müssen wir eigentlich einspielen?«

»Hundertzwanzigtausend.« Und während er die Chips zum Turm schichtete: »Woher wußtest du von der Erbschaft?«

»Von Gina.«

»Hhm . . . Und was hättest du gemacht, wenn es nicht Schmitz' Sekretär gewesen wäre?«

»Keine Ahnung.«

Er teilte den Turm in zwei Haufen und schob mir einen hin. »Ich hab gesagt, du sollst dich nicht einmischen.«

»Rutsch mir doch den Buckel runter.«

Ich nahm die Chips, setzte mich zurück und warf tausend auf Ungrade. Der Croupier, ein hagerer Typ mit Schnurrbart und kalten Augen, taxierte uns kurz, dann ließ er die Kugel rollen und schenkte uns während der nächsten Stunde keine Beachtung mehr. Es schien zweifelhaft, ob er überhaupt mitbekam, auf welche Felder wir setzten. Aber er bekam es mit, und als wir den Laden gegen zwei verließen, war Slibulsky seine Schulden los.

Die Luft war noch immer mild, und über dem Bahnhof leuchtete der Mond. Die Frau im weißen Lackleder war verschwunden. Wir machten uns zu Fuß auf den Weg zu Raouls *Haiti-Corner*, ein kleines Restaurant, wo es guten Rum und gute Bohnen gab. Eine Weile stapften wir wortlos nebeneinanderher. Slibulsky hatte die linke Hand im Mantel vergraben und die Schultern angezogen. Als wir den Bahnhofsrummel hinter uns ließen und in eine Seitenstraße einbogen, sagte er schließlich: »Okay, gewonnen – aber bei den nächsten

Schwierigkeiten, aus denen du meinst, mich rausziehen zu müssen, gib doch bitte vorher Bescheid.«

Ich blieb stehen.

»Ungefähr so, wie du Bescheid gegeben hast?«

»Hätte ich dir etwa was sagen können, wenn ich, nach deinen Worten, Leuten die letzte Socke klaue und sie krepieren schicke?«

»Kaum. Aber wenn du 'n Vermögen verspielst, und bevor du bei Typen wie Charly versuchst, für Typen wie Schlumpi Geld aufzutreiben, während Schmitz und Wang zusammen in ihrer Burg hocken und sich mit Banknoten den Hintern abwischen.«

Er runzelte die Stirn, dann, nach einer Pause: »Ja, da könnte was dran sein.«

Wir liefen weiter, und wir liefen schneller. Unsere Schritte begannen zu federn. Mein Magen knurrte, als hätte ich seit Tagen nichts gegessen.

Als wir am *Spiel- und Sportcenter Ellermann* mit Billardsaal im zweiten Stock vorbeikamen, meinte Slibulsky: »Vielleicht trainieren wir mich doch auf links. Schon weil ich 'n neuen Job brauche. Gegen einen mit Gips spielt jeder um Geld. Die ersten Partien kriegt der andere, dann der große Einsatz und plötzlich . . .!«

»Mhmhm. Wenn man allerdings bedenkt, daß du schon mit rechts dauernd verlierst . . .«

»Idiot! Doch nicht hier. In so Studierten-Kneipen, wo sie sich großartig vorkommen, abends 'n bißchen im Filz zu stochern, mit Freundin und so. Die sind zwar geizig wie nix und feige dazu, aber wenn's 'ne hundertprozentige Abstauberchance gibt – schlimmer als Hausfrauen beim Schlußverkauf. Gina hat mich mal zu 'nem Klassentreffen mitgeschleppt, oder was das war; die trinken ihr Bier nicht, die rechnen's. Wenn der Kellner kassiert, weiß jeder auf den Pfennig, wieviel er und jeder andere am Tisch hatte. Sicher gute Skatspieler. Aber wehe, einer hat nicht gerechnet, dann wird gnadenlos zugelangt. Als ich meinte, ich wüßte nicht, wieviel ich getrunken habe und würde zahlen, was übrigbleibt, haben gleich drei noch was zu essen bestellt.«

Wir schwangen uns über eine Trambahnabsperrung und rannten über die Straße.

». . . und was wär da der große Einsatz? Zehn Mark und Hausaufgaben abschreiben?«

»Die haben doch Geld – versteckt in irgendwelchen Beutelchen. Zahlen tun sie mit Groschen, aber guck dir die Klamotten an, dafür kannst 'n Haus bauen. An die Beutelchen muß man ran.«

»Na schön, können's ja versuchen. Morgen abend bei Ellermann.«

Slibulsky kratzte sich am Nacken. »Na ja, morgen abend . . . Vielleicht besser, wenn ich erst mal aus der Stadt verschwinde. Wenigstens bis raus ist, ob Charly dichthält. Und Manne is 'n Choleriker. Wenn der erfährt, seine Kohle ist weg, der ist zu allem fähig. War übrigens kein schlechter Trick.«

»Ja, nicht schlecht.«

»Nur, daß Manne keine Uhr trägt, aber da bin ich erst später draufgekommen.«

»Warum eigentlich 'n Schwulenpuff?«

»Weil mir in solcher Entfernung kein anderer Laden eingefallen ist. Charly hat neulich davon erzählt. Die Gäste würden da gefilmt und so . . .«, er rieb Daumen und Zeigefinger aneinander. »Ich hatte gehofft, is so 'ne abwegige Spur, da könntest du dich 'ne Weile festbeißen. Und außerdem . . .«, er boxte mir gegen die Schulter, ». . . man soll nichts unversucht lassen.«

»Schönen Dank.«

»Hab so was inner Zeitung gelesen. Jeder wär irgendwie schwul, man müßte sich nur richtig erforschen, dann käme man bei sich selber auch drauf. Was so Leute für 'ne Zeit haben müssen . . . sich zu erforschen, worauf man Lust hat.«

»Was sie vor allen Dingen für 'ne Lust haben müssen.«

Wir bogen um die Ecke und liefen an einer Wirtschaft vorbei, aus der das Deutschlandlied schallte. Zwei fette Knirpse mit pickligen Biervisagen und kahlrasierten Schädeln standen links und rechts der Eingangstür. Vor ihren Wänsten hielten sie Holzknüppel. Auf der einen Bomberjacke stand in schwarzrotgoldenen Lettern *Deutsche Schönheit erhalten – reinrassig bleiben!*

Slibulsky sagte laut: »Kennst du den? Kommen drei Nazis zum Frisör . . .«

Die Knirpse wandten irritiert die Köpfe und waren einen Augenblick unentschieden, ob sie reagieren mußten. Dann nahmen sie schnell wieder dumpf geradeausstarrende Haltung an und taten, als hätten sie nichts gehört. Befehlsnotstand.

»Und weiter?«

». . . ach so. Also, der Frisör fragt den ersten: ›Wie hätten Sie's gerne?‹ Antwortet der erste: ›Mit Seitenscheitel, wie Hitler.‹ Fragt der Frisör den zweiten: ›Und Sie?‹ Antwortet der zweite: ›Kahlrasieren.‹ Fragt der Frisör den dritten. Der dritte schaut verunsichert auf und sagt dann schnell: ›Wie die anderen.‹«

Im *Haiti-Corner* waren wir die einzigen Gäste. Raoul spendierte eine Flasche Rum und setzte sich dazu. Nachdem wir gegessen und die Flasche getrunken hatten, machten wir die nächste auf, bis Raoul die Tür abschloß und die Rolläden runterließ. Dann fingen wir an zu würfeln. Der Verlierer mußte ein Glas auf Ex trinken. Eine Partie dauerte fünf Minuten.

16

Ich saß im Bademantel am Küchentisch, vor mir schwarzer Kaffee und Rollmöpse. Das Fenster stand offen. Strahlende Sonne, blauer Himmel. Ein warmer Wind wehte mir ins Gesicht. Auf der Straße plärrte ein Autoradio ›Bella, bella, bella Marie‹. Zwischendurch die Befehle »Gertrud! Wasser an!« oder »Gertrud! Wasser ab!« Der erste Frühlingstag in diesem Jahr. Mein Kopf fühlte sich an wie aus Blei.

Ich zwängte zwei Rollmöpse runter und trank eine Tasse Kaffee. Dann stand ich auf und lehnte mich mit einer Zigarette aufs Fensterbrett. Mittagspausler und Tüten schleppende Hausfrauen zogen über die Bürgersteige, eine Jungsbande hockte auf einem Stoß Baubretter und spuckte vor sich hin, am Bushalteschild lehnte ein Minirock. Ich verfolgte, wie der Gemüsehändler aus dem Laden schoß und eine Frau anfuhr, sein Grünzeug nicht zu berühren. Im nächsten Moment klingelte das Telefon. Ich raffte mich auf, schlappte ins Zimmer und ließ mich in den Sessel fallen.

»Kayankaya.«

»Morgen. Elsa Sandmann. Ich bin gestern in Ihrem Wagen aufgewacht.«

»Ach . . .« Ich setzte mich aufrecht hin. Der Partyengel. Auch wenn ich sie nicht vergessen hatte, mit ihrem Anruf hatte ich kaum gerechnet. Ihre Stimme war angenehm heiser, und zwischen den Sätzen konnte man vernehmen, wie sie an einer Zigarette zog.

»Ich dachte, vielleicht wissen Sie, wie ich dort gelandet bin?«

»Na ja . . . Sie kamen ziemlich betrunken von der Party und

wollten, daß ich Sie nach Frankfurt bringe. Aber ich mußte weg, und so sind Sie alleine eingestiegen und eingeschlafen. Als ich zurückkam, hab ich versucht, Sie zu wecken, war aber nichts zu machen.«

»Sie waren nicht auf der Party?«

»Nein. Ich stand nur zufällig vor der Tür.«

». . . und anschließend sind Sie in den Wald gefahren und haben mich da stehenlassen?«

»So ungefähr. Zugedeckt hab ich Sie auch noch.«

»Klingt schon 'n bißchen merkwürdig.«

»Aber so war's. Ich mußte wieder weg, wurde eingesperrt und von der Polizei festgenommen.«

»Auf Ihrer Visitenkarte steht Privatdetektiv.«

»Ich weiß, hab die Dinger ja drucken lassen.«

Nach einer kurzen Pause, in der ich das Gefühl hatte, am anderen Ende der Leitung würde gelächelt, fragte sie: »Ich dachte, Polizisten und Privatdetektive gehören zur gleichen Firma?«

»Sie sehen zu wenig fern.«

»Möglich. Ich hab nämlich auch gedacht, das Auto wäre für Detektive das wichtigste Arbeitsgerät. Aber bei Ihnen müßte der Verfolgte wohl mit schieben helfen.«

»Der Wagen ist eben maßgeschneidert.«

»Haben Sie ihn gesucht?«

»Nein.«

»Dafür hab ich Sie gesucht. Als ich den halben Wald und sämtliche Kneipen in Gellersheim durch hatte, fand ich es vernünftiger, zu Ihnen nach Hause zu fahren. Allerdings wußte ich da noch nicht, auf was ich mich einließ: dreimal blieb das Auto liegen, der vierte Gang ging nicht rein, und die Bremsen . . . na, ja. Als ich bei mir ankam, war ich fix und fertig. Das Auto ist nicht nur maßgeschneidert, wenn ihm Fremde nahekommen, bellt es auch.«

»Vor Freude. Ihre Anwesenheit hat es sicher ganz aus dem Häuschen gebracht. Wie wär's, Sie geben mir Ihre Adresse, und ich hol den Wagen ab?«

Anstatt die Adresse zu nennen, blies sie Rauch in die Muschel. Im Hintergrund hörte man Straßengeräusche und das Klingeln der Trambahn. Ich stellte mir vor, daß sie im Bademantel vor einem Teller mit Hörnchen am Fenster saß und wie ihre Haare im Sonnenlicht glitzerten.

»Wann?«

»Heute abend.«

Sie überlegte. Eine Tasse klirrte. »So zwischen sieben und acht?«

Ich sagte »Ja«, und sie nannte eine Straße in Sachsenhausen. Dann verabschiedeten wir uns und legten auf. Telefonieren, fand ich, stand Elsa Sandmann ebenso gut wie eine verrottete Rückbank. Und wer kann schon telefonieren, geschweige denn mit Unbekannten, gewöhnlich eine Kette von Mißverständnissen, Gelächter im falschen Moment und Pausen, in denen keiner weiß, wer mit Sprechen dran ist.

In der Küche lehnte ich mich wieder aufs Fensterbrett, bis der Briefträger kam und einen großen braunen Umschlag brachte. Ich riß den Klebestreifen ab und zog einen rosa Aktendeckel heraus. Mit schwarzem Filzstift stand darauf zu lesen: *Rakdee, Sri Dao*. Unterbrochen von unwichtigem Zettelkram, bis hin zum Interpol-Computerauszug, der ›keine Erkenntnisse‹ meldete, enthielt die Akte folgende Eintragungen:

›Frau Sri Dao Rakdee ist am zweiundzwanzigsten Juni neunzehnhundertachtundachtzig mit einem Touristenvisum in die Bundesrepublik Deutschland eingereist.

. . . hat am zweiundzwanzigsten September eine Visumverlängerung zwecks Heirat mit Herrn Manfred Greiner beantragt.

Erneute Visumverlängerung am zweiundzwanzigsten Dezember neunzehnhundertachtundachtzig, da sich die Zusendung der nötigen Heiratsunterlagen aus Frau Rakdees Geburtsort Tschiangmai verzögert hat.‹

Es war einer dieser frisch in Bonbonfarben gestrichenen Altbauten, vor denen man ein Kreuz schlägt und froh ist, den eigenen Fenstern gegenüber graue Fassaden zu haben. Leuchtend türkise Streifen auf gelbem Grund, die Fenster rosa gerahmt. Damit nicht genug, strotzte jeder Balkon vor Blumen- und Palmentöpfen, Luftballons, Kinderspielzeug, das sich im Wind drehte, und allerhand anderem Firlefanz. Eine Mischung aus ›Anarchie ist machbar, Herr Nachbar‹ und ›Unser Dorf soll schöner werden‹.

Ich ging zur Haustür, die sich an der Seite unter einem Glasspitzdach befand, in den Eingangsflur. Ein riesiger Kronleuchter hing von der Decke, und über die Treppe lief roter Teppich. Im ersten Stock befand sich ein Werbebüro, im zweiten eine Filiale der Partei mit Herz für Bäume. Die Tür war mit Aufklebern übersät: Nordsee, Atomkraftwerke, Fahrräder, Frieden, Mandela, Palästinenser, Nicaragua, Kinder, Behinderte, Schwule, Ausländer, schwule Ausländer, Frauen, schwangere Frauen, alleinstehende Frauen, Frauen in Häusern . . . Die Tür wirkte wie eine Mischung aus Madonnenbild und Guten-Zweck-Sammelbüchse, in die man nichts reinstecken mußte. Ein längerer Blick genügte, um Absolution für unsoziales Handeln der letzten und moralischen Vorschuß für die nächsten Wochen zu erhalten. Selber solche Aufkleber an Tür oder Auto zu haben müßte etwa hundert abgeleisteten Avemarias entsprechen.

Ich lief in den dritten Stock und drückte die Klingel. Nichts rührte sich. Ich drückte nochmal. Als ich spürte, wie sich jemand heranschlich, stellte ich mich aus dem Spionblickwinkel. Nach einer Pause klingelte ich ein drittes Mal, worauf es dann irgendwann leise fiepte: »Wer ist da?«

»Kayankaya. Machen Sie auf.«

»Was wollen Sie?!«

»Mit Ihnen reden.«

»Es gibt nichts mehr zu reden.«

»Da bin ich anderer Meinung. Und wenn Sie nicht aufmachen, erzähle ich Ihnen alles durch die Tür.« Ich hob die Stimme. »Nur, daß es dann das ganze Haus mitkriegen würde, und ich weiß nicht . . .«

Die Tür öffnete sich, und Weidenbusch stand im hellblauen Frotteeschlafanzug vor mir. Sein Gesicht war gerötet. »Was fällt Ihnen ein!«

Ich tippte mir an die Stirn: »Morgen.«

Dann schob ich mich an ihm vorbei in den Flur und gelangte über glänzendes Parkett in ein großes helles Zimmer. Weidenbusch kam zeternd hinterher: ». . . das ist Hausfriedensbruch! Als Detektiv müßten Sie das wissen!«

Dann blieb er an der Tür stehen und ordnete nervös die Frisur. Das Zimmer war ringsrum mit einer Sorte Kunst bestückt, als hätte sich jemand eines Morgens überlegt, sein Frühstücksbrettchen weiß anzumalen und an die Wand zu nageln. In der Mitte stand ein seltsam verkanteter Tisch, drumherum Stühle, wie Blitze geformt. Und es gab haufenweise Lampen. Jede für sich erinnerte an alles mögliche, nur nicht an ein Gerät zum Lichtmachen. Sonst glaubte ich den Raum leer, bis ich beim kurzen Rundgang, verschämt hinter der Tür versteckt, einen Fernseher entdeckte. Die Fenster standen offen, und von irgendwoher tönten asiatische Volksgesänge.

Ich wandte mich um. »Kann man da drauf auch sitzen?«

Er begriff nicht gleich, um dann aber pikiert zu versichern: »Natürlich. Sie sind stabil wie ein normaler Stuhl. Ein Entwurf von meinem Cousin.« Und mit blasierter Fassade: »Leider sieht man sie inzwischen schon in jeder zweiten Wohnung.« Hinter der Fassade begannen die Ratten das Schiff zu verlassen.

»Muß ich wohl immer in die ersten gehen.«

Ich setzte mich auf einen der Blitze, holte Zigaretten und Streichhölzer raus und legte beides auf den Tisch.

»Ich habe Sie nicht zum Bleiben aufgefordert.«

»Danke, aber ich brauche keine Aufforderung. Sie scheinen ziemlich innige Familienverhältnisse zu haben. Die Möbel vom Cousin, über die Freundin entscheidet die Mutter . . .« Ich sah ihn an. »Aber das war ja gelogen.«

Mit schnellen Schritten kam er zum Tisch. »Ich sagte Ihnen bereits am Flughafen, Sie sind entlassen. Und falls Sie auf mehr Geld spekulieren . . .« Er nahm meine Rauchutensilien und warf sie mir in den Schoß, ». . . der Scheck ist abgeschickt. Mehr gibt's nicht.«

»Wo haben Sie denn auf einmal die arrogante Klappe her, Brillo? Das hat Ihnen doch jemand beigebracht, mhm? . . . fällt Ihnen eigentlich nichts auf?«

Ich legte die Schachteln zurück auf den Tisch.

». . . Sie haben mir noch nicht gesagt, ob Sie Frau Rakdee gestern gefunden haben.«

Er öffnete den Mund, und ich winkte ab. Sein Gesicht verlor an Farbe.

»Übrigens ganz schön clever. Der Kunstbubi, der vor lauter Leben die Hosen vollbekommt und sich von Mutti den Rückzug ins angestammte Altbaudasein einpeitschen läßt. War nicht schwer, Ihnen das abzunehmen.«

Immer noch stand er in Rausschmeißerhaltung vor mir, aber sein Blick klebte jetzt am Boden, und der hellblaue Frotteebauch hob und senkte sich schnell.

»Wie wär's, Sie bieten mir 'n Kaffee an?«

Er schaute auf, ». . . Kaffee?« und schüttelte abwesend den Kopf. »Die Espressomaschine ist kaputt.«

»Ich bin da nicht wählerisch. Machen Sie ihn ruhig durch 'n Filter.«

»Ich habe keinen Filter.«

»Sie haben keinen Kaffeefilter? . . . na ja, dann eben Tee oder Kakao. Und holen Sie Ihre Freundin. Sie muß schließlich auch was frühstücken, und ich bleib 'n Moment.«

Er starrte mich an, und sein Gesicht wurde vollends weiß. Einen Augenblick schien es, als wollte er sich auf mich stürzen. Mit bebender Stimme begann er: »Sie phantasieren. Verschwinden Sie . . .« Dann ergriff ihn Panik, und er warf mir die Arme entgegen. ». . . ich will Sie nicht mehr sehen! Nie mehr! Gehen Sie! Machen Sie, daß Sie rauskommen . . .!«

Ich stand auf und knallte ihm eine. Er jaulte und schlug die Hände vors Gesicht.

»Werden Sie nicht hysterisch! Ich bin hier, um einen Fall zu Ende zu bringen. Und wenn Sie 'n Moment nachdenken wollten, würden Sie drauf kommen, daß ich weder Polizei noch Handschellen mitgebracht habe. Ihnen beiden wird nichts passieren.«

Er ließ die Arme sinken. Über seine Wangen liefen Tränen.

». . . was?«

»Sie haben richtig verstanden.« Ich setzte mich zurück und deutete auf eine zweite Tür im Zimmer. »Sie steht dahinter und horcht, nicht wahr? Also, reißen Sie sich wenigstens ihretwegen zusammen.«

Er brauchte noch ein paar Minuten; nur sein stockender Atem war zu vernehmen und das Klingelingeling der Volksgesänge. Dann schluckte er, wandte sich um und rief: »Sweetheart, please come in!«

Langsam ging die Tür auf, und eine Frau, Mitte Zwanzig, im rotweiß gestreiften Baumwollkleid, schob sich ins Zimmer. Sie war knapp einssechzig groß, zierlich gebaut und hatte ein rundes, pausbäckiges Gesicht mit großen ernsten Augen. Die schwarzen Haare fielen lang über die Schultern. Die Füße steckten in gelben Bastschlappen. Ihre Schritte waren leicht und geräuschlos. Beim Gehen verschränkte sie die Arme. »Good morning.«

Ich nickte, »Good morning«, und zu Weidenbusch: »Machen Sie uns jetzt was zu trinken?«

Zehn Minuten später saßen Sri Dao und ich vor unseren Tassen, und Weidenbusch schenkte Tee ein. Nach ›Good morning‹ hatte sie kein weiteres Wort von sich gegeben. Völlig ruhig verfolgte sie, was geschah, und hörte interessiert zu, wenn geredet wurde. Wieviel sie verstand und was sie darüber dachte, war nicht auszumachen. Als Weidenbusch sich gesetzt hatte, begann ich zu erzählen. Von dem Ausweisschwindel, von Charly und Höttges und von Manne Greiner. Am Anfang sprach ich Sri Dao direkt an, aber mit zunehmendem Gefühl, gegen eine Wand zu reden, beschränkte ich mich auf Weidenbusch.

». . . es war also doch so, wie ich am Anfang geglaubt hatte: Frau Rakdee hat am Bus ihren ehemaligen Mann und Zuhälter wiedergesehen, nur war das Zusammentreffen nicht beabsichtigt, sondern ein Fehler. Vermutlich hat Charly die Telefonate erledigt und Manne zu den Treffpunkten geschickt, ohne ihm die Namen der Flüchtlinge mitzuteilen. Die Überraschung war somit beiderseitig, und um den anonymen Ablauf der Aktion nicht zu gefährden, bedeutete es für die Bande, Frau Rakdee verschwinden zu lassen. Was sie mit ihr vorhatten, weiß ich nicht, aber während die Villa geräumt wurde, blieb Manne mit ihr zurück.«

Ich nahm einen Schluck Tee. Hätte Weidenbusch nicht von Zeit zu Zeit niedergeschlagenes Stöhnen von sich gegeben, man hätte meinen können, er sei mit aufgerissenen Augen im

Sitzen ohnmächtig geworden. Dagegen spielte Sri Dao gelangweilt im Zucker.

». . . tja, und als ich eintraf, war nur noch Manne da: tot, und äußerlich in einem Zustand, in dem man sich normalerweise zu zweit befindet. Ob er Frau Rakdee vergewaltigt hat oder sie ihn verführt – jedenfalls hat sie's hingekriegt, ihm dabei das Genick zu brechen.«

Weidenbusch sah mich kurz an, dann beugte er sich vor und stützte die Stirn in die Hände. Sri Dao folgte seinen Bewegungen und schien überrascht.

»Danach hat sie Sie angerufen, hat aber noch nichts vom Mord erzählt, woraufhin Sie mich anriefen. Leider war ich nicht zu Hause. Bei unserem nächsten Telefonat wußten Sie dann, was passiert war, und wollten mich von der Suche abbringen. Wie gesagt, ich habe Ihnen den Rückzug auch fast geglaubt. Als Sie dann aber am Flughafen aufkreuzten, um nochmal hautnah vorzuführen, wie wenig Sie über Frau Rakdees Aufenthaltsort wissen, wurde mir klar, entweder jemand setzt Sie unter Druck – wofür es keinen Anhaltspunkt gab – oder Sie haben eigene Gründe, mich an der Nase herumzuführen. Na ja, und so weiter. Alles in allem eine gut funktionierende Theorie, aber nicht mehr. Es gibt keine Beweise, und ich werde keine suchen. Nicht mal eine Leiche gibt es. Ich habe sie vergraben, weil ich von Anfang an vermutete, beim Mörder kann es sich nur um einen Flüchtling handeln, der sich befreit hat. Und dazu würde ich sagen, Notwehr. Daß es in dem Fall vielleicht noch andere Motive gab, spielt keine Rolle.« Und nach einer Pause: »Jetzt verstehen Sie, warum ich meinte, Ihnen wird nichts passieren.«

Aber er verstand nicht, jedenfalls nicht sofort. Nach wie vor hielt er sein Gesicht verborgen. Daneben betrachtete Sri Dao ihre im Schoß gefalteten Hände. Ich nahm meine Tasse und lehnte mich zurück. Die ersten Bienen summten im Zimmer, und von der Straße hörte man Kinderlachen und Balldoppsen. Vielleicht würde sich Elsa Sandmann von mir zum Essen einladen lassen.

Langsam hob Weidenbusch den Kopf. ». . . aber warum sind Sie hergekommen und haben uns das alles erzählt, wenn Sie . . .«

». . . wenn ich nichts unternehmen will? Erstens sollte ich Frau Rakdee finden, dafür wurde ich bezahlt. Und ich habe sie gefunden. Zweitens bin ich zu lange mit der Geschichte umgegangen, um sie nicht wenigstens einmal loszuwerden. Und drittens, ich mag nicht, wenn man mich an der Nase herumführt. Außerdem . . .« Ich zog meine Brieftasche raus und entnahm ihr drei Tausendmark-Scheine. ». . . Ihr Geld.«

». . . ach!« Dann winkte er ab. »Nein, nein, behalten Sie's. Bitte. Ich weiß sowieso nicht, wie ich Ihnen danken soll . . . Falls das das richtige Wort ist, ich meine . . .«

Seine Stimme war immer noch dünn vor Angst, und ich fragte mich langsam, was ihm fehlte, damit er wieder in Schuß kam. Vielleicht sollte ihn seine Freundin mal in den Arm nehmen, dachte ich. Statt dessen beobachtete sie ihn seit einer Weile seltsam kühl, als habe er irgendwas falsch gemacht. Dabei machte er gar nichts, sondern stotterte nur rum. Ich fand, für eine Mörderin, die nicht ins Gefängnis wandert und über ihre Tat nicht sonderlich betrübt schien, hätte sie ruhig ein bißchen umgänglicher sein können. Ich nahm einen Tausender zurück, sagte »Stimmt so« und wollte gehen. Aber als ich nach den Zigaretten griff, fiel mein Blick auf die daneben liegende Tageszeitung. Rechts unten war das Ergebnis vom Spiel Becker gegen Steeb von vor zwei Tagen abgedruckt. Sechs zwei, sechs zwei für Becker, und plötzlich begriff ich Sri Daos schlechte Laune. Wenn Slibulsky das Spiel nicht zu Ende gesehen, aber Weidenbuschs Anruf entgegengenommen hatte, konnte zwischen meinem Abgang und dem Anruf höchstens eine halbe Stunde vergangen sein. Zeit, die gerade gereicht haben mochte, für Slibulsky in Gellersheim Alarm zu schlagen und dafür, daß die Villa panikartig geräumt wurde, aber nicht noch für einen Mord und zwei Telefonate. Das hieß, wie auch immer sie bei dem Durcheinander ans Telefon gekommen war, Sri Dao mußte Weidenbusch während der Räumung angerufen haben. Und nachdem Weidenbusch mich nicht erreicht hatte, war er selbst nach Gellersheim gefahren.

Ich sah die beiden an. Jeder schaute auf seine Art gespannt. Weidenbusch zog aus meinem Zögern den für ihn üblichen Schluß und erklärte hastig: »Nehmen Sie ruhig alles, und wenn Sie noch mehr wollen . . .«

»Bleiben Sie sitzen.«

Sri Dao hielt ihre Tasse mit aufgestützten Ellbogen vor der Nase und verfolgte uns wie eine Pingpong-Partie, über den Rand.

»Ich glaube, Frau Rakdee ist der Meinung, Sie hätten mir noch was zu sagen.«

Irritiert wandte er den Kopf. »Sweetheart?«

Aber Sweetheart reagierte nicht.

». . . wie meinen Sie das?«

»Nun, es ist vielleicht nicht gerade der Beginn einer wunderbaren Liebe, wenn einer den anderen als Mörder durchgehen läßt.«

Er machte den Mund auf. Dann nickte er langsam.

Zehn Minuten später hatte Weidenbusch drei Zigaretten geraucht und nacheinander erzählt, wie er in der Villa angekommen war, sich in den Keller geschlichen hatte und sehen mußte, wie Manne Greiner Sri Dao vergewaltigte. Was folgte, war Reflex: dem bäuchlings Liegenden das Knie in den Nakken, die Hände um die Stirn und ein kräftiger Ruck.

Während er sprach, war seine Stimme fester geworden,

jetzt drückte er die Zigarette im Aschenbecher aus und wirkte zum ersten Mal seit unserer Bekanntschaft fast gelassen.

»Das hätte ich Ihnen gar nicht zugetraut.«

Er hob die Schultern. »Ich mir auch nicht. Nehmen Sie mich jetzt mit?«

»Nein.« Dann steckte ich die Zigaretten endgültig ein. »Aber kommen Sie nicht auf die Idee, 'n Gedicht drüber zu schreiben, wenn Sie wieder auf den Beinen sind.«

Ich war im Begriff aufzustehen, da hielt mich Sri Dao am Arm zurück und deutete fragend auf die Tageszeitung. Ich tippte auf das Tennisergebnis, und sie schaute verwirrt. Im nächsten Augenblick klingelte es an der Tür. Weidenbusch sah mich an. Ich lief zum Fenster. In der Einfahrt stand ein grün-weißer Bus.

»Polizei. Ich kümmere mich drum. Aber langsam sollten Sie sich was zur Aufenthaltsverlängerung einfallen lassen. Viel Glück.«

»Aber ...« Weidenbusch räusperte sich, »... ich meine, wollen wir uns nicht nochmal sehen?«

Ohne mich umzudrehen, mit letztem Blick auf die bemalten Frühstücksbrettchen, antwortete ich: »Liegt ganz bei Ihnen. Sie wissen ja, zweihundert Mark am Tag plus Spesen.«

Vor der Tür standen drei Uniformierte und ein Ziviler. Der Zivile hatte ein freundliches Gesicht und trug einen Schnurrbart. Wir sahen uns überrascht an.

»Nanu, Herr Inspektor, was machen Sie denn hier?«

»Das wollte ich Sie auch gerade fragen.«

Ich zog die Tür hinter mir zu.

»Meine neue Wohnung.«

Klaase reckte den Hals nach dem Namensschild. »Ach ... und Herr Weidenbusch?«

»Ich glaube, er ist nach München gezogen. Warum?«

»Tja, weil ...« Er faltete ein Papier auf. Die Uniformierten betrachteten mich, als wäre es für mich, würde es nach ihnen gehen, strafbar, auf zwei Beinen zu stehen.

». . . ich habe einen Abschiebebescheid gegen Frau Sri Dao Rakdee. Nach unseren Informationen soll sie sich hier aufhalten.«

Ich zuckte die Schultern. »Kenne ich nicht. Kommen Sie mit runter?«

Auf der Treppe hakten wir die üblichen WiegehtsDankegehtBaldWochenendezumGlück-Hülsen ab, bis Klaase mich nach der Haustür beiseite nahm und die Uniformierten zum Bus winkte.

»Ich hoffe, Sie haben meine Informationen vertraulich behandelt?«

»Natürlich.«

Er betrachtete mich nicht gerade überzeugt. »Höttges hat mich heute morgen gefragt, ob ich jemand von Gellersheim erzählt hätte . . .«

»Tatsächlich? . . . apropos Höttges. Sie sagten am Telefon so barmherzig, er hätte es nicht immer leicht gehabt. Was meinten Sie damit?«

»Ach das . . .« Er räusperte sich unwillig. »Genaues weiß ich da auch nicht.«

»Und Ungenaues?«

»Na ja . . . er war immer stolz auf seine Familie, glückliche Ehe, drei Kinder . . . aber irgendwann ging das in die Brüche, von wegen Seitensprüngen.«

»Gar nicht der Typ für Frauengeschichten.«

»Eben.«

». . . ach so.«

Wir gingen zum Bus. Die Uniformierten beobachteten uns durch die Scheiben und redeten dabei.

»Übrigens sollten Sie die Namensschilder auswechseln.«

»Das sagt mein Hausmeister auch schon seit zwei Tagen.«

Ich klopfte ihm zum Abschied auf die Schulter. »So ist's recht, immer schön aufmerksam bleiben.«

Er lächelte zögernd, ». . . danke.«

Ich grinste. »Nichts zu danken. Auf Wiedersehen.«

»Wiedersehen.«

Ich drehte mich um und lief die Straße hinunter. Es war immer noch ein warmer, blauer Tag. Ich zog die Jacke aus und warf sie über die Schulter. In meiner Brieftasche lagen jetzt ein Scheck über zwanzigtausend Mark und der Tausender von Weidenbusch. Zuerst kaufte ich mir davon unterwegs ein Eis, und während der Eismann durch die Nachbarschaft flitzte, um den Schein zu wechseln, suchte ich mir in der Drogerie nebenan eine Sonnenbrille aus und pfiff ›Say a little prayer for you‹. Mit soviel Geld in der Tasche pfeift's sich leicht. Es sollte sich nicht mehr lange so pfeifen.

Ich schloß die Bürotür auf, warf Post und Zeitungen in den Besuchersessel und öffnete die Fenster. Ein Geruch aus Vanille und Gebratenem strömte herein. Das *Chicken Inn* gegenüber hatte die Softeismaschine rausgestellt. Ich ging zum Waschbecken, spülte ein Glas ab, zog die Flasche Chivas aus der Schreibtischschublade und schenkte großzügig ein. Dann stellte ich mich ans Fenster, trank und ließ mir die Sonne ins Gesicht scheinen. Feierabend. Und die nächsten Wochen, dachte ich, könnte ich tun und lassen, was ich wollte. Ich würde schlafen, Billard spielen und im Café sitzen, und vielleicht sogar mal ins Grüne fahren. Außerdem wollte ich gut essen und feine Zigaretten, die Packung für acht Mark. Und Gina mußte ich fragen, wie das Buch mit dem alten Burschen in der Pariser Kloake hieß.

Oder ich würde wirklich endlich in den Süden fliegen. Wenigstens für ein, zwei Wochen.

Ich trank das Glas aus und wollte die Post durchsehen, als das Telefon klingelte.

»Herr Kayankaya?«

»Ja.«

»Olschewski, ich verbinde mit Herrn Schmitz.«

Die Leitung knackte. Ich schenkte schnell Whisky nach und fingerte eine Zigarette aus der Packung, dann meldete sich Schmitz' vornehme Stimme. »Guten Tag, Herr Kayankaya. Wie den Zeitungen zu entnehmen ist, sind in einem Gellersheimer Bunker mehrere Dutzend Asylanten aufgegriffen worden. Jemand soll sie dort eingesperrt haben, nachdem sie vorher in einer nicht näher beschriebenen Villa untergebracht waren. Ich vermute, die Meldung ist Ihnen zu verdanken?«

»Sagen wir, ich habe dafür gesorgt, daß die Presse mit den Flüchtlingen reden konnte.«

»Haben Sie vergessen, was ich Ihnen erklärte?«

»Sie meinen, das mit dem Unterschied . . .«, ich zündete die Zigarette an, inhalierte tief und stieß den Rauch aus. »So groß ist der gar nicht. Sie machen Ihren Job, so gut Sie können, und ich mach meinen, so gut ich kann. Der Rest ist nur 'ne Frage, ob man Goldnippes in der Wohnung braucht und 'n Grüßonkel an der Tür. Ich hab nichts dagegen, aber ich mache meine Tür gerne selber zu. Und falls Sie mich aus'm Weg haben wollen, werden es bezahlte Killer versuchen, wogegen ich Sie hochgehen lassen würde, weil ich es persönlich will oder muß. Mal sehen, wer bei seiner Aufgabe mehr Ehrgeiz entwickelt.«

»Sie drohen mir?«

»Ich stelle nur klar, was Ihr Vortrag von neulich abend wert ist. Ich mache meine Arbeit, und wenn Sie mir dafür ans Leder wollen, wehre ich mich. Vielleicht trete ich Ihnen damit nur ans Schienbein, aber möglicherweise treffe ich auch Ihren Kopf.«

Er räusperte sich und fragte dann wie leicht amüsiert:

»Man könnte meinen, Sie hätten meinen Anruf geradezu erwartet?«

»Hab mit ihm gerechnet.«

»Nun, eigentlich sollte ich wütend sein, aber Sie imponieren mir. Nach unserem Gespräch hätte ich nicht geglaubt, Sie würden die Geschichte weiterverfolgen. Und um die Wahrheit zu sagen, ich bin nicht nur durch die Zeitungen informiert. Auch Herr Köberle hat mich über alles unterrichtet.«

Ich spürte einen Kloß im Hals. ». . . alles?«

»Wie Sie der Bande das Geld abgenommen haben, meine ich. Sehr mutig, einer gegen drei. Damit wären wir auch beim Grund meines Anrufs. Ich möchte Sie engagieren.«

Hatte der Whisky an diesem Mittag so eine enorme Wirkung oder träumte ich?

»Bitte?!«

»Sie haben richtig verstanden. Es geht um meinen Neffen Axel. Sie haben ihn ja kennengelernt. Zwar ist er in jeder Hinsicht mißraten, aber zu unseren Verabredungen kam er seit zwanzig Jahren immer pünktlich – bis heute morgen. Herr Köberle berichtet, er habe Axel gestern nacht, nach Ihrem Auftritt in der Werkstatt, nach Hause gefahren, aber dort ist er nicht. Ich habe den Morgen herumtelefoniert, er ist auch sonst nirgendwo, und, ehrlich gesagt, ich mache mir Sorgen. Es gibt da Jugoslawen, die sich in meine Geschäfte einmischen wollen – Einzelheiten erfahren Sie, wenn Sie herkommen. Jedenfalls will ich, daß Sie meinen Neffen finden. Als Bezahlung dürfte der seinem ursprünglichen Zweck enthobene Scheck wohl genügen.«

Ich hatte einen tiefen Schluck genommen und mich mit dem Apparat hinter den Schreibtisch gesetzt.

»Tut mir leid. Ich kann den Auftrag nicht annehmen.«

»Warum nicht?«

»Weil ich mich auf ein Billardturnier vorbereite.«

»Sie scherzen.«

»Nein.«

Ich sah aus dem Fenster. Ein Kondensstreifen zog sich über den Himmel gen Süden. Dann fragte Schmitz wie nebenbei: »Haben Sie den Scheck eigentlich schon eingelöst?«

Ich wußte, was er vorhatte, und ich wußte, daß ich die zwanzigtausend Mark behalten konnte, wenn ich ›Ja‹ sagte. Was ich nicht so genau wußte: warum ich ›Nein‹ antwortete.

»Tja. Keine Leiche in Gellersheim, keine Möglichkeit, wegen der Asylantengeschichte zur Polizei zu gehen . . .«

Er wartete, ob er sich eventuell irrte und ihm widersprochen würde. Aber er irrte sich nicht und fügte schließlich hinzu: ». . . also werde ich den Scheck sperren lassen.«

»Machen Sie das. Dann haben Sie mehr Geld.«

Er lachte, ». . . ganz recht. Auf Wiederhören«, und legte auf. Ich starrte eine Weile vor mich hin. Dann nahm ich die Hälfte von Weidenbuschs Geld, steckte sie in einen Umschlag mit einem Zettel ›Miete Kayankaya‹ und schrieb Kunzes Adresse auf den Umschlag. Danach machte ich mich daran, das Büro in Schuß zu kriegen. Ich saugte und fegte, spülte Geschirr und brachte den Müll runter.

Mit einem frisch gefüllten Glas setzte ich mich an den gewischten Tisch und öffnete die Post. Eine Zeugenvorladung vom Gericht – der Fall lag zwei Monate zurück –, das Werbeschreiben einer Waffenfirma, eine ›Liga für die Zukunft Palästinas‹ fragte an, ob ich als Leibwächter zu engagieren sei . . . Ich begann, Sätze drei-, viermal zu lesen, ohne den Inhalt zu begreifen, legte schließlich den Rest Briefe ungeöffnet beiseite und lehnte mich zurück. Auch wenn ich mir Mühe gab, es war kein Tag für Routine. Morgen würde ein Tag dafür sein, und übermorgen, und die darauffolgenden Tage, aber heute . . . schon mein Name auf den Umschlägen war mir zuviel. Ich zog Schmitz' Scheck aus der Brieftasche und stellte ihn gegen den Fuß der Schreibtischlampe. Er machte sich gut dort. Dann leerte ich das Glas und stand auf.

Es war kurz nach zwei, als ich das braune Bürogebäude verließ und den Weg Richtung Innenstadt einschlug. Bei der ersten Trinkhalle kaufte ich Zigaretten, das Päckchen für acht Mark. In sechs Stunden war ich mit Elsa Sandmann verabredet, und es sah danach aus, als würde die Luft auch am Abend warm bleiben. Bis dahin wollte ich mir ein ruhiges Café mit Terrasse suchen. Vielleicht gab es im Hinterzimmer sogar einen kleinen Billardtisch. Ich würde ein paar Kopfstöße trainieren können. Das Turnier war in drei Wochen, und wenn Slibulsky nur halbe Kraft war, mußte ich bis dahin eben doppelte werden.

Ich zahlte, setzte die Sonnenbrille auf und lief die Straße hinunter. Über den amerikanischen Kasernen glitzerten die Hochhäuser, und es roch nach Teer und verbranntem Gummi.